一个钢镚儿 3（完结篇）

◎巫哲/著

北京燕山出版社
BEIJING YANSHAN PRESS

图书在版编目（CIP）数据

一个钢镚儿.3：完结篇/巫哲著.—北京：北京燕山出版社，2021.9
ISBN 978-7-5402-6152-8

Ⅰ.①一… Ⅱ.①巫… Ⅲ.①长篇小说－中国－当代 Ⅳ.①I247.5

中国版本图书馆CIP数据核字(2021)第168710号

一个钢镚儿.3：完结篇

作　　者	巫　哲	
责任编辑	王　迪	
责任校对	石　英	
策　　划	紫　总　派拉斯特	
装帧设计	何嘉莹　蓝　瀚	
社　　址	北京市丰台区东铁匠营芳子坑138号（100079）	
网　　站	http://www.bjyspress.com	
电　　话	（010）65240430	
传　　真	（010）63587071	
印　　刷	北京盛通印刷股份有限公司（010）52249888	
开　　本	880毫米×1230毫米　1/32	
字　　数	519千字	
印　　张	17	
版　　次	2021年9月第1版	
印　　次	2021年9月第1次印刷	
定　　价	58.00元	

出版发行　北京燕山出版社　BEIJING YANSHAN PRESS

版权所有　翻版必究

一/个/钢/镚/儿
A COIN

Contents 目录

1	第十六章	Chapter sixteen
32	第十七章	Chapter seventeen
60	第十八章	Chapter eighteen
99	第十九章	Chapter nineteen
127	第二十章	Chapter twenty
151	第二十一章	Chapter twenty-one
183	第二十二章	Chapter twenty-two
214	第二十三章	Chapter twenty-three
239	第二十四章	Chapter twenty-four
273	第二十五章	Chapter twenty-five
301	第二十六章	Chapter twenty-six
322	第二十七章	Chapter twenty-seven
354	第二十八章	Chapter twenty-eight
383	第二十九章	Chapter twenty-nine
403	第三十章	Chapter thirty
441	第三十一章	Chapter thirty-one
464	第三十二章	Chapter thirty-two
486	番外1	Extra 1
497	番外2	Extra 2
508	番外3	Extra 3
520	番外4	Extra 4
530	番外5	Extra 5

第十六章

Chapter sixteen

晏航的手挺瘦的,但是这么紧紧抓着的时候,能感觉得到他手指的力量。

初一无法判断自己此时此刻的心情和感受,只知道自己现在应该有同样的疑问。

"怎么?"晏航问。

是呀,怎么了?

初一垂下眼睛看着晏航的手,为了缓和气氛,他没有松手,还抓着晏航的手捏了捏。

然后说了一句:"打……打劫。"

"好汉饶命,"晏航说,"钱包在兜儿里。"

初一撒了手,从晏航兜儿里掏出了他的钱包,打开看了看。

晏航的钱包跟他的房间一样,非常简单利索,里面除了几百块钱和两张卡,就没别的东西了。

"这点儿东……东西,"初一说,"还用钱……包啊?"

"你觉得还应该放点儿什么啊,"晏航发动了车子,"你喝个水都拿饮料瓶子。"

"谁说的?"初一从包里拿出了晏航给他买的那个杯子,在他面前晃了晃,"看到没?一——一百多呢。"

"真的啊?"晏航笑了。

"你买……得起吗?"初一问。

"买不起。"晏航说。

"好好开……车,开得好,一会儿赏你摸……摸一下。"初一把杯子放回了包里。

"谢谢啊。"晏航点头。

初一把脑袋靠在车窗玻璃上看着外边儿。

除了老爸的车,他就坐过小姨的车,不过次数都很少,他对副驾驶这个位

第十六章

置也没有什么特别的感受。

初一今天第一次觉得,就算是这么大的SUV,驾驶座和副驾的距离,也还是很近的。

他靠在车窗上,左胳膊还能感觉得到晏航的体温。

好像有点儿太夸张了?

他转过头看了一眼,确定自己这是幻觉,他俩都穿着外套,中间的距离都够再坐一个人的了。

在晏航往他这边偏过头的时候,他猛地有些不好意思,赶紧垂下眼皮,假装看自己的手。

晏航继续往前看了,没过多大一会儿,晏航又往这边看了一眼,虽然角度不大,他还是感觉到了。

准备转出停车场时,晏航第三次往这边看了过来。

"怎么了?"他实在没忍住摸了摸自己的脸,问了一句。

"嗯?"晏航愣了愣。

"我脸……脸上……"初一又摸了摸脑袋,"还是头……"

"我看后视镜呢。"晏航说。

"哦。"初一猛地侧过身子,把脸贴到玻璃前缓解尴尬。

车在这时经过了一个减速带,车身颠了一下,他的鼻子非常精准地砸在了玻璃上。

"啊!"他皱着眉小声喊了一声,用手捂住了发酸的鼻子。

晏航把车停下了,转身把胳膊搭在椅背上看着他:"初一。"

"嗯。"初一捂着鼻子应了一声。

"你没事儿吧?"晏航问,"怎么感觉你有点儿迷迷瞪瞪的呢?"

"困了。"初一小声说。

"那睡会儿吧。"晏航在他坐椅旁边扳了一下,用手把靠背压了下去。

初一往后靠过去,闭上了眼睛。

这样挺好,闭上眼睛看不见晏航,他就没有这么不知所措了。

脸上扑过来一阵暖风,晏航把外套脱下来盖在了他身上。

他闭着眼用手摸了摸,然后把手放到了外套兜里,一个兜里是钱包,一个兜里是钥匙,他都用手抓住了。

从小初一就经常听老爸说各种开车时的事故,理论上他对晏航这种虽然会开车但是平时不碰车的司机是会有些担心的,小姨开车他都会担心。

但这会儿他却特别踏实。

晏航开车的样子很帅,动作看上去也很稳,整个人都很放松,完全看不出平时不开车。

一开始初一还会把眼睛时不时睁开一条缝儿看看晏航,结果车上了高速没几分钟,他就睡着了。

初一睡了一路,下高速收费站的时候晏航看了他一眼,侧着头睡得嘴都半张着了。

晏航伸手轻轻把他下巴往上推了一下,初一迷迷糊糊地哼一声:"啊?"

"还有一会儿,"晏航笑了笑,"吵醒你了?"

"没。"初一眼睛都没睁,又继续睡了。

晏航没再跟他说话。

初一这两天一直有点儿奇怪,从回家之前他就有点儿感觉,到现在这种感觉更明显了,但一时半会儿却也找不到原因。

初一的那个家,给了他多大的压力,晏航不太能想象得出来,但只要想到那个蚯蚓眉的老太太,晏航就想皱眉头。

这样家庭里长大的孩子,能长成初一这样,算是个奇迹了。

但影响初一情绪变化的原因,肯定不仅仅是回了趟家。

等红灯的时候晏航又看他两眼,要说初一藏不住情绪,这点不太可能。以前被欺负的时候,无论表情还是眼神,别人都看不出初一的任何情绪,他可以平静得让人无法理解,可要真说藏得住情绪……他这回的情绪又真是没藏好。

晏航觉得自己的某些猜测不太有根据,但初一带着颤音说"我好想你啊"的时候他就有了这样的猜测。

只是想到之前他问初一是不是在替周春阳传话时,初一的那个紧张的反应又让他觉得不太可能。

他一向觉得自己看人挺准的,却有些摸不透初一。

毕竟一直以来,他都是保持着各种各样或近或远的距离,以局外人的眼光观察着身边的那些人。

初一却不是"那些人"之一。

初一是他生活的一部分,很多时候他会觉得初一就像一条小狗,给它喂了

点儿吃的,就叽叽嘤嘤地想要挨在他身边,舔舔手,蹭蹭脑袋,享受他也许十几年都没有体会过的亲近关系。

这一点他自己倒是很有感触。

初一是他除了老爸之外,关系最亲近的人,是他第一次离开时会有那么强烈的"舍不得"的人,虽然不像初一那样,只分开了一天就像是十年未见,但他的确很喜欢跟初一待在一起。

摸摸脑袋,挠挠下巴……前面的车停了下来,晏航赶紧踩了一脚刹车。

初一蹭的一下坐了起来:"怎么了!"

"有点儿堵。"晏航说。

"你是……不是走……神儿了?"初一看着他。

"哟,"晏航笑了,"这个结论是怎么得出来的?"

"堵车用……用得着急……刹吗?"初一把椅背调直了,"我让你刹……刹得差点儿出……出溜下去了。"

"走神儿了。"晏航点了点头。

"专心点儿,"初一很严肃地看着他,"你毕竟只……只是个'二……把刀'。"

"好。"晏航笑了起来。

"严肃,"初一指了指前面,"开了。"

"不睡了?"晏航跟上了前面的车。

"这还怎……么睡啊,"初一揉了揉眼睛,"我给你导……导……导航。"

"有……有……有……有车,"晏航笑着说,"没说完呢哐就撞了。"

"你欺负我是……不是特别有……成就感?"初一说。

"是,"晏航伸手在他脑袋上扒拉了两下,"特别好玩。"

"手放方向……盘上!"初一说。

"好嘞!"晏航抓好方向盘。

到酒店的时候,正好差不多是餐厅的晚餐时间。从刚才在停车场停车的时候,晏航的手机就开始响了。

"快,我带你去休息室,"晏航一边拿手机一边说,"我该忙了。"

"不要管……管我,"初一赶紧摆手,"我车……车……车上睡觉。"

"嗯?"晏航愣了愣。

"嗯。"初一点点头。

"那……也行,"晏航把车钥匙递给了他,"你睡吧,车窗开着点儿。"

"知道。"初一笑了笑。

晏航关上车门,一边接着电话一边跑进了酒店后门。

初一拿着遥控在车上愣了好一会儿。老爸虽然长期开车,但他基本没怎么坐过,更不知道该怎么控制。

按理说,应该是把车钥匙插上拧开电门,然后再开点儿窗。

但他把车钥匙插上之后,却犹豫着没敢拧,怕车会嗖一下冲出去。崔逸这车一看就很贵,真"嗖"了他赔不起。

最后他把车门打开了一条缝儿。

刚准备躺下睡一会儿,车载警报就开始叫唤,一声接一声的。

他只得又坐了起来,把车门关上了。

刚想算了就这么睡吧应该死不了,就听见有人在车窗上敲了两下。

是酒店的保安。

他非常尴尬地打开了车门。

"先生,有什么需要帮忙的吗?"保安问。

"我等……等人,"初一说,"晏……晏航。"

"哦,等小晏啊。"保安点了点头。

"你会开……窗吗?"初一问。

保安帮他把车窗打开一条缝儿,笑着走开了。随后,初一躺到了椅子里,叹了口气。

给小晏丢人了。

小晏的朋友连车窗都不会开。

小晏的外套没拿走。

初一拿过外套盖在自己身上,闭上了眼睛。

外套上有小晏的味道,确切说是很淡的香水味儿。

小晏是个很臭美、很讲究的人。

初一笑了笑,不知道为什么,听到别人叫晏航"小晏"的时候,他会有种很满足的感觉。

"我刚出电梯,"晏航一边打着电话一边往停车场走,"急吗?不急的话我明天签字。"

"不急,"张晨说,"你这着急忙慌地要去干什么啊?"

第十六章

"过中秋。"晏航说。

"晏领班,"张晨愣了愣,"中秋是昨天。"

"我的中秋是今天,"晏航笑了笑,"挂了啊。"

今天他出来的时候比平时早,餐厅这会儿还有不少客人。虽然没有什么特别重要的事儿了,但平时这种情况他肯定是不会走的,一定会等客人都走了他才离开。

但今天要也这样,初一在车上愣着的时间就有点儿太长了。

晏航走到车旁边,从开了一小半的车窗往里看了看,初一盖着他的外套睡得还挺沉。

看这架势,回家这两天估计是没怎么睡。

晏航敲了敲车窗:"初一。"

初一睁开了眼睛,一边打着哈欠一边坐了起来:"小晏啊。"

"唉。"晏航应了一声。

初一拿过遥控按了按,他拉开了车门,探进去看了看初一的脸:"脸上都压出花了。"

"完全睡……睡着了。"初一有些不好意思地搓了搓脸。

晏航从手套箱里拿了桶湿纸巾放到初一腿上:"擦擦脸清醒一下吧。"

晏航绕到另一边上车的时候,初一刚把湿纸巾扯出来,正拿在手上看着。

"怎么了?"晏航发动了车子。

"好高级……啊,"初一说,"跟卷……卷纸一样扯……出来的?"

"跟卷纸一样很高级吗?"晏航叹了口气,"你要吗?我那儿也有,十元店里买的。"

"要。"初一又扯出来一张,在脸上擦了擦。

"小孩儿。"晏航笑笑。

"你最成……成熟了,"初一想想又转过头,"小晏。"

"干吗?"晏航回应。

"你叫……叫我。"初一说。

"小初。"晏航说。

初一下乐出了声音:"真难听,不如小……小晏好听。"

"小狗。"晏航说。

"唉。"初一应着。

一 / 个 / 钢 / 镚 / 儿 /3

A COIN

"摇尾巴。"晏航说。

初一一边扯安全带一边侧过身把手背到身后冲他晃了晃。

晏航笑着在他手上拍了一巴掌:"你真是挺可爱的。"

车开到小区门口的时候,崔逸已经拎着一大堆东西在路边站着了。晏航放下车窗看着他:"你开我开?"

"你开,"崔逸拉开后门上了车,"让你过瘾。"

"崔叔好。"初一回过身打了个招呼。

"小不点儿好,"崔逸说完又看了他一眼,"好像已经不是小不点儿了?感觉比上回见时长开点儿了。"

"是吗?"晏航偏过头看着初一。

初一也看着他。

这会儿天色已经暗了,只有前方照进来的灯光打亮了初一半边脸,发梢儿的金色和明暗之间勾勒出的轮廓,看起来的确不是小狗了。

得是条……中狗了。

初一有些兴奋,本来他们是打算先吃个饭再去海边看月亮的。但崔逸觉得直接去海边更好,帐篷一支,可以直接吃到半夜。

这个提议让初一很惊喜。

有帐篷,还可以提前开始赏月。

车往海边开的时候他一直扒在窗边,盯着外面,有些急切。

本来以为中秋已经过了,海边可能不会有什么人,但他们停车的时候,初一还是看到了十多辆已经停好了的车。

"人还不少。"晏航下了车。

"还有……有地儿放……帐篷吗?"初一跟着跳下了车。

"那么大的海滩,"崔逸打开车门把一大兜吃的递了下来,"你要有时间,搭个台子搁帐篷都行。"

初一仰头看了看天。

月亮很大。

非常圆。

感觉抬手就能摸摸它了。

第十六章

海滩离路边很近,走不了多远众人就踩到了海沙上。

月光下能看到这里有不少人,还有已经支好的帐篷。初一有点儿着急,拎着东西走在最前边儿。

"别再往前了,"晏航说,"风大,在旁边那儿就行。"

初一看了看,旁边放着一艘旧渔船,挺大的。船尾那边有个小帐篷,船头这边还有挺宽的位置。

他不会支帐篷,只能在旁边看着崔逸和晏航忙活。

帐篷支好以后,晏航掀开帘子:"进去趴会儿?我看你都快急死了。"

初一没说话,感觉自己仿佛一支箭,嗖一下就蹿了进去,趴在了垫子上。

这垫子是个防潮垫,挺薄的,趴在上边儿的时候能感觉到下面起伏的沙滩。

"感觉怎么样?"晏航也钻了进去,在他旁边撑着胳膊,左右看着。

"爽,"初一偏过头,把脑袋枕在下面一坨鼓起来的小沙堆上,"小窝。"

"什么小窝?"晏航低头看着他。

"就是……小窝棚,"初一笑了笑,"特别温……温暖。"

晏航也喜欢这种感觉,特别小的一个空间,能摸到四壁,能感受得到包裹,让人觉得安全。

他大概是因为家里很多时候只有他一个人,有些空荡荡的。而初一,大概是因为家里人太多了,没有一个属于自己的容身之处。

晏航伸手在他脸上摸了摸:"我给你买个帐篷吧,你拿宿舍去,支你床上。"

初一眯了眯眼睛,晏航的手在他脸上抚过的这一瞬间,他突然有种说不上来的舒服感觉。

也许是因为帐篷里挺温和的,也许是他很喜欢这种小小的空间,也许是……他突然很想偏过头靠在晏航的手上。

这个念头,比他发现自己非常想念晏航时更让他心慌。

一秒钟的恍惚之后,他一阵惊恐,心跳快得差点捯不上气儿来。

这到底是怎么了!

"不……不用,"他猛地推了晏航胳膊一把,"多傻……啊。"

"哦。"晏航愣了愣。

"在这儿铺个垫子吧?"崔逸在帐篷外头问,"还是直接在里头吃?"

"在外面吃吧,"晏航倒着退了出去,"不是还得看月亮嘛。"
"嗯,"崔逸翻了翻他们拎过来的东西,"还有个小酒精炉没拿过来?"
"放哪儿了?"晏航问,"我去拿。"
"后备厢里。"崔逸说。
晏航起身往停车场那边走了过去。
走到车旁边之后他点了根烟,靠在了车门上。

刚才被初一一把推开,让他有点儿尴尬。
不知道是因为初一已经不是个小孩儿了,不再能接受他这种摸小狗、逗小孩儿一样的方式了,还是因为别的什么原因……
总之这种被冷不丁拒绝的方式让他有点儿尴尬。
他拿着打火机,一下下打开,关上,再打开,再关上。
小屁玩意儿,要是搁去年,初一绝对不敢有这种嚣张的动作。
现在还真是狗哥了,了不起。
非常酷了。
啧啧。

车后面传来了脚步声,带着沙响。
晏航迅速把手伸到兜儿里握住了钥匙,把钥匙上挂着的一根小铁锥夹在了指缝里。
"晏航?"初一的声音传了过来。
"这儿,"晏航应了一声,看到初一从车后头转过来,他揣在兜儿里的手才松开了钥匙,"你怎么跑过来了?"
初一没说话,就那么站在他旁边。
"跟崔叔待一块儿尴尬吗?"晏航问。
"不会,"初一说,"他人特……特别好。"
"那怎么了?"晏航往那边看了看,只能看到崔逸模糊的身影,不知道在忙活什么。
"帮你拿……炉子。"初一说。
"一个酒精炉,还要帮忙拿吗?"晏航笑了起来,"你以为是个煤炉啊?"
初一没说话,也没跟着他笑,就那么垂着眼皮。

"那你帮我拿吧,可沉了,"晏航打开了后备厢,"像我们这种手无缚狗之

第十六章

力的帅……"

"如果,"初一转过头看着他,"周春阳……"

又周春阳?

晏航撑着后备厢的门,简直无奈了。

感觉自己是不是应该找个时间把周春阳约出来打一顿。

"周春阳又怎么了?"晏航叹了口气。

"如果他跟……跟你说在……在意你,"初一咬了咬嘴唇,拧着眉,"你会怎……怎么回答他?"

晏航愣了愣。

他突然反应过来,初一的奇怪情绪,确切说应该是在周春阳跟他说了这件事之后开始的?

"我不是说了吗?"晏航把酒精炉拿了出来,递给初一,"我不讨厌,也不反感。"

"不是这……这个……是……是……"初一拿着酒精炉,说得非常艰难,"是他要当……当面问……你的话,你怎……怎么回……答?"

晏航盯着初一,想判断出这个问题的背后他真正想要的回答。

他跟初一之间没有讨论过这话题,比起这个问题的答案,更关键的是初一为什么会问这个问题。

"你很讨厌他?"晏航看着他。

"啊?"初一走了神,一脸迷茫地也看着他。

"就是特别讨厌他们,特别想跟他保持距离?"晏航说。

"没……没有啊。"初一说。

"哦,"晏航关上后备厢,想了想,"如果他来跟我说在意我,我大概会说谢谢。"

初一看着他,过了好一会儿才问:"没了?"

"没了,"晏航说,"还能怎么说,话都在谢谢这俩字儿里了,傻子都明白吧……走,吃月亮去。"

初一拿着酒精炉跟在晏航身后走回了帐篷旁边,崔逸已经把吃的都在垫子上放好了。

"跟屁虫!"看到他俩过来,崔逸说了一句,"拿个炉子都要跟过去。"

"我爸要是当年给我生了个弟弟,"晏航笑着坐到垫子上,"现在估计就得是这么跟着。"

"你爸想要个闺女,"崔逸说,"臭小子养一个就够腻味的了,闺女才可爱呢,还能给她穿小裙子。"

晏航叹了口气。

"自己提的,自己又叹气。"崔逸看了他一眼。

"随便叹叹,"晏航说,"显得我深沉。"

初一坐到晏航旁边,看着崔逸点着了酒精炉,又把一个平底锅放了上去。晏航还是老习惯,无论是加工做好了的烧烤还是像现在这样现做的东西,他都爱放一坨黄油。

初一在家也做饭,不过因为大多数时候家里吃的东西都简单,老妈不炒菜的时候他们就吃各种速冻食品,所以他在做饭这方面没有天赋。眼下这种情况,他基本就是坐在旁边看着。

崔逸的水平大概也就是煮方便面级别的,弄了几下之后就只剩晏航了,他和初一一块儿在旁边瞅着。

头顶上的月亮比他们刚到的时候好像又大了一圈儿,初一看一会儿晏航的手,抬头再看一会儿月亮。

这大概是他第一次这么放松舒坦地看月亮,不知道是不是因为这是海边,一切都显得开阔大气,今天看到的月亮也是他看到过的最大的。

咬一口的话,口感应该是像个奶香冰激凌。

"给,"晏航拿盘子装了两片煎得非常香的大牛肉片给了崔逸,又递了两片羊肉的给初一,"崔叔爱吃牛肉,你应该是喜欢羊肉吧。"

"嗯,"初一笑了笑,"其实是……是肉都……行。"

"晏航这个手艺,"崔逸边吃边说,"过两年我给你投资个小西餐厅吧。"

"我记忆力可是非常好的,记下了,"晏航笑着说,"谢谢。"

谢谢。

听到这两个字的时候初一忍不住往晏航那边看了一眼。

我在意你。

谢谢。

这大概是他根据晏航之前说的那个回答能想象出来的周春阳和晏航的对答了。

周春阳肯定不会说得这么没意思,但他是个没意思的人,他能想出来的也

就是这样了。

或者说……让他去说的话,他也就只会这么说了。

没有铺垫,也没有装饰。

我在意你。

谢谢。

还需要在后面加一句不客气吗?

如果不加,那岂不是很尴尬。

加完了更尴尬好吗……

初一叹了口气。

"不喜欢吃吗?"晏航看了他一眼,"怎么还叹上气了。"

"跟你喝一……一大口啤……酒,然后,"初一拿起旁边的饮料灌了两大口,"啊……"

晏航笑了起来。

"舒服得叹……叹气。"初一说。

崔逸笑着拿了一罐啤酒,仰头喝了几口,然后一抹嘴:"啊……"

"别气我,"晏航说,"要不回去的时候你开车,我喝两口。"

"晚了,"崔逸晃了晃罐子,"我已经喝了。"

晏航笑着喷了一声。

舒服。

初一吃了三盘大片羊肉和一堆烤翅之后往后一躺,倒在了沙滩上,胳膊往两边一摊,看着月亮。

很开心,很放松。

只要不去想那个问题,就很愉快,整个人都很轻松,就想微笑。

不过要真的不去想,并不是一件容易的事儿。

眼下的所有的美好、愉快和微笑,都是因为晏航。

因为跟晏航在一起。

因为他想要跟晏航在一起。

其实刚才去问晏航,也只是冲动,被那些让自己慌乱不堪的情绪逼出来的冲动,那一瞬间他就是那么觉得的。

但听到晏航的那个"谢谢"之后,他又犹豫了。

他不知道自己是不是真的像周春阳一样。
也不知道如果晏航给了他一个"谢谢",他又该怎么办。
晏航又该怎么办。

从小到大,初一没有特别在乎过什么人,别说男生,女生也没有过。他没有去喜欢什么人的机会,而更没有人喜欢过他。他曾经的那些同学无论男女,恐怕没有几个还记得有他这么一个人。
在乎一个人是什么样的,他不知道。
被一个人在乎是什么样的,他更是不知道。
这种感觉很煎熬。
想要靠近晏航,不断地、无限地靠近。
却又因为这样的渴望而害怕、迷茫。
月亮的颜色都变淡了。

一个晚上的时间太短了,哪怕是从晚饭一直到夜宵,也还是很短。
他和晏航一块儿躺在帐篷里,把脑袋搁在帐篷门口的垫子上,崔逸用沙给他俩一人堆了个小枕头。
不想动,就想一直这么待着瞪着月亮。
崔逸比他俩还活泼些,爬到旁边的旧船上去拍月亮,还有月光下的渔船,顺带还拍了月夜里在帐篷里挺着不肯动的两个少年。
"快一点了,"崔逸看了看手机,"你俩要是不想回去,就在这儿睡,我去对面旅店开个房。"
"回吧,"初一说,晏航明天一早还要上班,为了让他过好这个中秋,晏航今天已经算是早退了,要明天再赶不及上班,就实在有点儿太不像话了,"晏航明……明天上班。"
"开心吗?"晏航偏过头问他。
"嗯。"初一一脸冲天笑了笑。
他不敢转过头去看晏航,这个距离太近。以往他不会有什么感觉,想要挨着晏航就挨着了,想要跟晏航勾肩搭背就勾着了,在他看来,所有这一切都是顺其自然的。
而一旦意识到他所有的这些"想要"里,似乎都掺杂着一些别的东西时,他就开始无法面对晏航了。

"其实想这么玩,不一定要中秋,"晏航说,"周末也可以,你什么时候想这么玩了,就来,咱俩自己来也行,叫一帮同学一块儿也行。"

"嗯。"初一瞪着月亮,笑着点了点头。

"那走吧,"晏航坐了起来,"开回去还得一个小时。"

初一坐了起来,晏航随手扒拉了一下他的头发,把他脑袋上的沙子扒拉掉,就这一个动作,和晏航侧身时扑过来的暖暖的气息让他瞬间像是逃命一样,一下迅速地又倒了回去。

"你找抽呢?"晏航手还举着,"刚给你把沙子弄掉点儿!"

"反正也弄不干净,"崔逸说,"老实回去洗头吧。"

初一第一次跟海沙这样亲密接触,坐在车上往回走的时候他才发现,自己明明也没在沙滩上打滚儿,穿的还是长袖长裤,但不光头发上全是沙子,衣服里也都是,连内裤里好像都有,只是他没好意思伸手进去确定。

他悄悄看了晏航一眼,发现晏航正在打哈欠,又回头看了一眼,崔逸已经歪在后座睡着了。

他皱了皱眉,要不是为了让自己开心,晏航和崔逸应该不会有兴趣在海边一待一整晚吧。

"你困吗?"他坐直了,小声问晏航。

"不困。"晏航说。

初一盯着前面的路,若有什么突发情况,他可以提醒晏航。

"你困了就睡会儿,"晏航说,"刚你躺那儿看月亮的时候都打呼噜了。"

"不可能,"初一愣了愣,"我没……没睡。"

"我也听到了。"后座的崔逸笑着接了一句。

初一回头看了一眼崔逸,发现他还是之前的姿势,连眼睛都没睁,只是在笑。

"我睡……睡着了?"初一有些无奈。

"嗯,"晏航笑了笑,"睡吧,不用管我,我正经睡都未必能睡得着,别说开车的时候了。"

初一没说话,他知道晏航睡眠不好,床头还有药,不过还是盯着前面的路,时不时往晏航脸上扫一眼,看他是睁着眼儿还是闭上了。

回到晏航家的时候,已经快三点了。

他俩紧赶慢赶地收拾洗漱,躺到床上的时候也已经三点半了。

· 15 ·

"睡吧。"晏航关掉灯,在他胳膊上拍了拍。

"晚安。"初一轻声说。

"晚安。"晏航说。

晚安是晚安了,但初一第一次知道自己失眠能失得这么彻底,不知道是玩得太兴奋了,还是脑子里的事儿太多了。

不,脑子里的事儿并不多,是太震惊了。

震得他一直有些发蒙。一会儿觉得是这么回事儿,一会儿又觉得放屁呢怎么会是这样;一会儿是这有什么大不了的呢,一会儿是拉倒吧也不是小孩儿了想事儿怎么还这么不靠谱。

晏航估计也失眠了,早上他起床的时候,初一都没听出他呼吸前后的变化来,估计一直就那么躺着而已。

"你再睡会儿吧,估计你能睡到中午,"晏航脱掉身上的T恤,拉开衣柜找着衣服,"一晚上都没睡呢。"

"你知道?"初一看着晏航。

"废话,"晏航套上了一件长袖T恤,转过身,"你翻了几次身我都知道,不给你做早点了,睡够了自己起来出去吃。"

"嗯。"初一盘腿儿坐在床上点了点头。

看着晏航走出卧室,再听到客厅的门响了一声,他又倒回了枕头上,下意识地把晏航的枕头抱了过来。

这两天的客流量每天都能创新高,基本都是预订,没有预订的客人都没办法安排了,晏航每天都觉得自己腿很酸。等这个假期过去之后,他得找个地方好好按摩一下。

不过让他觉得格外疲惫的,却是心里的不安。

不知道是连续两天没睡好总有幻觉,还是自己长久以来的过度敏感,又或者是真的,总之他今天一直觉得有人在看他。

但餐厅里的人无论是服务员还是客人,他全都观察过了,没有什么可疑的人。

他不得不去洗了好几回脸,想让自己清醒冷静一些。

他对自己的直觉和对危险的预判一向自信,这是老爸这么多年有意无意"训练"出来的,但他也知道自己一但情绪或者精神状态不对的时候,就容易出错。

这种不断得出结论，又不断以"现在是不稳定状态"推翻的纠结让他心里非常焦虑。

我今天去等你下班吧。
躲在酒店后门垃圾桶旁边抽烟的时候，初一发来了消息。晏航笑了笑。
只有初一了，还能让他在焦虑不安的时候笑得出来。
是不是太无聊了？
他回复了一条。
这两天初一都自己一个人待在家里，因为不会玩游戏，拿着笔记本也不知道该干什么，所以他都是看电视，估计是闲得不行了。
我不怕无聊的，我可是能在河边一个人坐一天的。
想我了吗？
晏航在屏幕上打出这行字之后，又在发送前删掉了。其实这句话要是之前，也就是他跟初一之间一个随口的玩笑，但现在他总感觉哪里不对。
初一本来就挺不对劲的，那天看月亮的时候问完那个问题之后就更不对劲了。但他自己这两天状态也不好，没顾得上去仔细观察，只觉得类似的话还是先不要说了，怕初一变得更不对劲。
他很心疼初一，也很在意初一，不愿意初一有一点点不开心。
那想出来逛逛街吗？要不要下个馆子？
我请你吃饭吧。
晏航笑了笑。
好。
我有事情想跟你说。
晏航看着这句话，过了一会儿才回了一条。
行，什么都可以跟我说。
回完消息他掐灭了烟，拿了两颗口香糖边嚼边往回走。
初一的反应和这句很正式的"我有事情想跟你说"，让他开始觉得自己之前的某些猜测是对的。

晏航，我有点儿奇怪。
我可能有一点儿在意你。
我觉得我大概……
初一站在镜子前叹了口气。

晏航，你觉得我现在这样是不是有点儿奇怪……

你能不能帮我分析一下？

晏航，我这两天一直在想，我会不会……跟周春阳一样？我是不是有点儿过分依赖你？

初一皱着眉，突然有些不敢看镜子里的自己了。

他已经在这里站了快一节课了，脑子里已经闪过无数的开场白，但却没有找到一句合适的。

也没能试着说出哪怕一个字来。

所有的感觉都只是他自己的猜测，他给自己划了一个范围，而在这个范围里，他所有的想法和行为，都只有这一个结论。

但他不知道这样的判断是不是对的，也不知道该怎么去开头，更不敢想晏航会给他什么样的答案。

是一个"谢谢"，还是沉默。

很多事需要勇气，而初一一向没有勇气。他害怕被否定，害怕不被接纳。他更熟练掌握的技能是逃避和自我封闭。

而勇气这种东西，都是晏航给他的。

甚至最初他能鼓起勇气接近晏航，也是因为晏航的温柔给了他勇气。

他去打工，他要去外地上学，他反抗梁斌，他不再顺从家里的人，他要去找晏航……一切一切，跟勇气有关的一切，都跟晏航有关。

这一次，他用了两天时间挣扎，最终决定无论是不是这样，无论需要面对的结果是什么，都必须来面对，也还是因为晏航。

晏航是个很厉害的人，自己现在这种连自己都回避不了的样子，晏航肯定早就感觉到了，与其这样纠结着让晏航跟着担心，不如豁出去了。

豁出去了！

他不是小土狗了。

是狗哥！

响当当的！狗哥！

他拿出手机又看了一眼，确定自己已经说了要跟晏航"说事情"。这句话说出去了，他也就没什么后路了。而且，他找不出第二件需要这么严肃地去跟晏航说的事儿了。

晏航发来了消息，告诉他可以出门了。

初一连一秒钟都没耽误,拿上包就跑出了门。

这几天是节假日,没有上下班的高峰时段,什么时候人都挺多的。他站在公交车站盯着车过来的方向。

虽然很紧张,不知道接下去自己和晏航面对面的时候会是什么情形,但又很着急,想要快一点儿见到晏航。

终于看到车过来的时候,他连尊老爱幼的好习惯都忘了,蹿过去第一个蹦上了车。上了车之后才回过神,就算是第一个上车,也不会比最后一个上车的快……

车一路慢吞吞地开着,假日的时候路上各种自驾的车挤着,公交车走得比平时慢得多。快到地方的时候,晏航的电话打了过来。

"喂?"初一接了电话。

"我换完衣服了,"晏航说,"现在出去。"

"我还没……没到。"初一顿时急了。

"我在车站等你吧,"晏航笑了笑,"不着急。"

"我急……急啊,"初一看了看外面,大概还有一站多,到酒店这边的几站路上人车极少,这边没有景点,游客很少,车倒是比之前开得快了,"我说了等……等你下班,现在是你等……等我下车。"

"那要不这样吧……"晏航说了一半没了声音。

"怎么了?"初一问。

"没,"晏航再开口的时候听上去有些心不在焉,"我现在去……车站,你到哪儿了?"

"超市,"初一一说,不知道为什么,他突然非常着急,"我下车跑过去。"

"嗯?"晏航愣了愣。

车进了站停下了,初一挤过去下了车。现在天色都已经暗下去了,人行道上人也少了,他跑起来比公交车要快。

"我跑……过去。"初一一边跑边说。

"你下车了吗?"晏航问。

"嗯!"初一笑了笑,跑起来的时候迎面吹过来的秋风让他一阵舒适,整个人像是一下都通了,"晏航。"

"嗯?"晏航应着。

初一一手按着在屁股上砸着的包,一手举着电话:"我现在就想说……"

"你在那边等我吧,"晏航突然说,"超市。"

"啊？"初一愣了愣，"我马……上就跑到了。"

晏航过了街之后回头又往身后看了看，没有看到有形迹异常的人，但他可以确定有人在跟着自己。

不是没睡好觉，也不是精神状态的影响，这种强烈的危险靠近的感觉他已经很久没有过了。

"你……"晏航看了看四周，人不多，说实话一眼望过去他就能看得清，没有他要找的目标，"你就在那儿等我。"

他不能让初一过来，他这会儿还没有弄清情况。

"为什么啊？"初一问。

"有个惊喜给你，"晏航随口编了个理由，"你……等我一会儿就过去。"

酒店这边环境很清净，除了酒店背后有个商场，街这边基本都是绿化的小花园和单位的围墙。

"惊喜？"初一听声音像是停下了步子，"什么惊……惊喜？"

"说出来了还叫惊喜吗？"晏航说。他没往初一过来的方向走，转身准备往回返，那边人更少，如果有什么人，他更容易发现。

转身的时候，他一眼看到前面一个转角有个人影晃了一下。

要不是他刻意注意着四周，肯定看不到这个人，而直觉让他只凭这一晃，就把这个人和那天在餐厅里见过的那个左腿有问题的人联系在了一起。

"那我等你过……过来。"初一听上去心情不错。

他想挂电话的时候初一又叫了他一声："晏航。"

"嗯？"晏航往拐角那边慢慢走了过去，手伸进了兜里，握住了钥匙，把小钢锥夹在了指缝儿中间。

"我……我想……想告诉你……一个事儿，"初一说，"我怕我看……着你的时……候就不……不敢说了。"

"什么事儿？"晏航问，眼睛盯着转角，慢慢靠近，再猛地一步跨了过去。

转角这边是一片花圃，外面是一个喷水池，里面种了不少树，一条小石板路延伸过去，有两三套石桌椅，中午不少旁边上班的小姑娘会买了午餐上这儿来吃。

不过这会儿一个人也没看到。

"初一，"晏航看着那边，"我一会儿打给……"

"晏航，"初一清了清嗓子，"我喜……喜……我在意你。"

第十六章

晏航愣了愣。

听到身后的脚步声时,他刚从初一的话里回过神来,已经来不及躲开了。

背后有人对着他猛地一撞。

初一最后还是选择了这种特别老土的、没新意、没技巧、没退路的表达方式。

唯一留给自己的那一丁点儿余地,大概就是因为没有跟晏航面对面,所以如果晏航脸上有什么让他尴尬的表情,他看不到。

看不到就没有那么难堪了,哪怕是拒绝,他也可以把语言和表情的双重打击避开一半。

而就这样一句话,对于他来说,几乎已经用掉了全部的勇气。

他就这么拿着手机,站在人行道上。前后都有路灯,他就这么站在没有遮挡的光里。左边有车开过,右边有人走过。对于一直习惯性要挨着墙根儿走的土狗来说,这是以前想都不敢想的场面。

他就这么站在这里,看着前方。

说出这句话之后,四周就静了下去,他所有的感知都关闭了,所有的捕捉能力都留给了贴在手机听筒上的右边的耳朵。

听筒里很安静,初一能清楚地听到晏航的呼吸因为这句并不完整的话而有所停顿。

他的心跳得很快,身边的一切都不存在了。

紧张,害怕。

还有一丝丝后悔。

晏航那边的停顿是多长时间他不知道。

零点一秒还是零点二秒,是更长还是更短。

他都不知道。

他突然很想挂掉电话,他这一瞬间才发现,等待答案竟然比说出心里的在意要困难得多。

听筒里短暂的停顿之后,他听到了晏航的喘息,伴随着很低的一声……他判断不出来这声音是什么意思,是哼了一声,还是叹气,或者是什么别的。

没等他从混乱中尝试判断,那边又传来了咔啦的几声响。

电话挂断了。

一个钢镚儿 /3
A COIN

初一愣在原地,举着电话。

晏航挂掉了电话。

在他说出那句话之后,晏航挂掉了电话。

这一刻他连体会一下心里是什么滋味儿的能力都丧失了,只有迷茫。

听筒里的寂静消失了。

身边的寂静也消失了。

他的感知慢慢回到身体里,他听到了身边开过一辆车,看到了两个路人从他旁边走过,他甚至看到了迎面而来的一个大妈眼睛扫过他脸上时略带探究的目光。

这一刻他非常想要躲开,缩起来,团到旁边的树影里,团到墙角边。

他很艰难地把手机拿到眼前看了看,屏幕都已经黑了。

他点亮屏幕,通话界面已经消失,就好像什么都没有发生过。

他被晏航挂了电话。

怎么会这样?

晏航从来没有这样简单粗暴地对待过他。

除了那些惹事的小混混、大混混,他心里的那个晏航,对陌生人都不会是这样的态度。

是因为这是一个不一样的电话吗?

可晏航明明说过,他会说谢谢。

连周春阳都能得到一个温和的谢谢。

为什么自己是这样的答案?

初一拧着眉,低头看着自己的脚尖。

晏航这是为什么?

这是怎么了?

怎么了?

是的,怎么了?

初一猛地抬起头,在一瞬间的犹豫之后又拨了晏航的号码,再次把手机放到耳边的时候他发现自己的手在哆嗦。

他不相信晏航会挂他的电话。

也不相信晏航会用这样的方式拒绝他。

第十六章

晏航不是这样的人。

晏航是在整个人都陷入了黑暗的时候还会想着他有没有吃饭,用不用叫外卖来吃的人。

这个被挂断的电话是个意外。

但是个什么样的意外,他不知道。

电话没有接通,听筒里一片死寂,然后响起了一个女声:"对不起,您所拨打的电话暂时无法接通,请稍后再拨……"

初一愣了愣。

接着把手机往包里塞,拔腿就往前跑了出去。

人的预感是个很神奇的东西,一般都是对不好的事才会产生预感。而一旦预感出现,脑子就会转得非常快,前前后后,所有的细节一秒之内就能全部被串起。

晏航打不通的电话,晏航突然挂断的电话,晏航那个短促的听不出是叹气还是喘息的声音,晏航有些心不在焉的对话,晏航让他不要过去……

跑出去两三步的时间里,这倒着回想开去的一串细节已经让他害怕得汗毛都立了起来。

初一已经很久没有这样跑过了,全力以赴。

耳边的风和脑子里的轰响混成一片,全身的血液都因为紧张而往上涌,手脚冰凉,眼睛却发烫,烫得发红的那种。

也就十几秒钟,他冲过了公交车站,没有看到晏航。晏航一开始说到车站等他,从酒店出来过了街就是车站,现在却没看到人。

晏航让他原地等着,可现在他发现晏航根本就没有往他那边走。

这一定是出事了!

初一步子顿了顿,想要看清四周环境,看晏航有可能在哪里。

就在他放缓步子的同时,从前面二十米的一个拐角跑出来了一个人,先是往这边看了一眼,似乎是在看到他之后顿了顿,然后转身往相反的方向跑了。

这个人!

就是这个人!

初一也不知道自己是凭什么判断的。

但他撒丫子追过去的时候满脑子都是这个判断。

这个人跟晏航突然挂断的电话和打不通了的手机有关系!

他知道自己跑得挺快,虽然没有晏航快,但比眼前这个人要快得多,特别是在现在这样的情况下,他大概跑出了此生最快的速度。

在他一片惊慌、茫然、混乱的意识里,感觉自己追到这个人身后也就几步。

但他不知道该怎么样能让这个人停下。

只能是凭本能。

他猛地一蹬地,借着惯性,几乎是腾空而起一脚踹在这人后腰上时,有一种自己要没踹到人,就会从这人脑袋上飞过去的错觉。

这人被他一脚踹得重重地趴在了地上。

初一落地之后没有停顿,直接过去扑到了这人身上,抓着这人后领子往上一提,也顾不上思考自己就这么把人踹翻在地如果踹错了会有什么后果。

而就在这时,那人手里同时摔出去的一个东西让他当场愣住了。

是一把刀。

虽然光线不够,他看不清刀上有没有血,但他看到了这人握着刀的右手上有血。

这不多的一点儿血迹进入他视野时,就像有人在他耳边猛地敲了一记响锣,嗡嗡的声音震得他脑袋都有些晃了。

他一把抓过这人的右手,往背后一拧。

没有伤。

这人手上没有伤。

看他跑起来的样子也不像是有伤……那血是谁的!

初一从这人身上一跃而起,顾不上别的,抓人和去看看晏航的情况,这两者他根本不需要思考就选择了晏航。

他往拐角那一片小花园跑了过去。

一边跑一边吼了一声:"晏航!"

没有人回答他。

太阳落山之后,秋风吹过来,带着能轻松吹透两件衣服的凉意,而他却整个后背都是汗,额角的汗甚至滑到了下巴上。

顺着喷水池边的小石子儿路往里跑过了一张石桌之后,他看到了前面路边

第十六章

倒着一个人。

也看到了这人身上穿着的他熟悉的衣服。早上晏航出门的时候刚换的,一件黑色的带拉链的卫衣。

"晏航!"他喊出这一声的时候嗓子完全哑掉了,几乎发不出声音来。

他腿有些发软,扑到晏航旁边的时候带着跟跄。

"说了让你别过来!"晏航动了动,声音很低地说了一句。

"你怎……怎么了!"初一跪在地上,手在晏航胳膊上轻轻碰了几下,他不敢扶晏航,也不敢动他。

"没事儿。"晏航说着想要坐起来,但没使上劲。

"你别动!"初一赶紧往他肩后托了一下,想要再托住他胳膊的时候,摸到了一手湿润。

是血。

满手的血。

初一看着自己的手,顿时觉得眼前一片发红:"伤哪儿了?我报……报警!"

"先打120,"晏航皱着眉,"然后叫崔逸。"

"好。"初一几乎是一把撕开了自己包上的拉链,伸手进去拿手机的时候,觉得手上的血有些发黏。

在他手指有些哆嗦地拨通120报地址的时候,晏航在旁边报了崔逸的电话,然后闭上了眼睛。

初一努力地控制着自己的情绪,放慢语速,尽量让自己说话能利索一些:"就在酒店对……面的喷水……池旁……旁边,应该是刀……刀伤……"

挂了120的电话,他又迅速拨了崔逸的号码,他很佩服自己在这样的情况下,还能记得住晏航报出来的这些数字。

"我马上到,"崔逸很冷静地说,"你检查一下他的伤在哪里,帮他按一下,不要移动他。"

"好。"初一哑着嗓子回答。

电话打完之后他都顾不上把手机塞回包里,直接往地上一扔,半跪半趴地伏到了晏航身边:"伤哪儿……了?"

"腰上。"晏航说。

初一脱掉了自己的外套:"我帮你按……按着。"

"嗯,"晏航笑了笑,"稍微……靠后一些的……位置。"

他一直按在腰上的手松开时,初一看到了他手上的血。那一片的衣服都是湿的，黑色的衣服看不出血的颜色，但初一闻到了血腥味儿。

他小心地把外套卷了一下，按到了晏航腰上。

"用力点儿。"晏航说。

初一使了点儿劲。

"没事儿，死不了，"晏航睁开眼睛看了他一眼，"你筛什么糠，抖得我都……哆嗦了。"

"我没抖。"初一看着他。

晏航脸色看上去不像电视里演的那样，捅一刀就煞白了，基本还算正常，但看得出他很疼，还有些虚弱。

"行吧，是我在抖。"晏航笑了起来。

"别笑了，"初一不知道晏航这时候怎么还能笑得出来，他不松劲地用力按着伤口，"不要说……说话！"

"嗯，"晏航应了一声，停了一会儿又问了一句，"你刚是不是碰到……"

"是，"初一为了节省他的体力，直接打断了他的话，"我本来可……可以抓……住他……你别说话。"

救护车来得挺快，初一和晏航没说几句话，就听到了救护车的鸣笛声。

"我去路……路边，"初一拉过晏航的手放到衣服上，"你按住。"

晏航没说话，伸手按住了伤口。

初一把身上的包甩到一边，顺着小路狂奔出去，站在路边冲着前方闪着灯开来的救护车一通又蹦又喊："这里！这里！这里！"

看着担架从车里被拿出来的时候，他才稍微感觉安心了一些，带着医生跑到了晏航的位置。

检查，简单包扎止血，把晏航抬上担架……初一一直在旁边盯着。

医生掀开晏航上衣的时候，初一看到了他腰上的刀口。

没有看得太清楚，但一眼过去，血淋淋的一片。初一感觉，此刻就像是有人在他身体里抓着自己的皮肉狠狠拧了一把。

手机响起来的时候，初一才发现自己的手机还扔在地上，赶紧捡起来接了电话。

"救护车到了吗？"崔逸在那边问。

"到了。"初一跟着担架往车子那边快步走着。

第十六章

"送哪个医院？"崔逸又问。

初一报了医院的名字："现在就过……过去了。"

"好，我直接去医院，"崔逸说，"你别慌。"

"嗯。"初一应了一声。

走到拐角时，他看到了草丛里有东西反光，闪了一下。

是晏航的手机。

他捡起来看了看，手机屏幕全是裂纹。他拧着眉，把它放到了包里。

晏航当时就是站在这里吧……他没敢再想下去。

初一跟着救护车到医院的时候，崔逸已经到了。

看到崔逸的时候，他就像是看到了靠山一样，整个人猛地一软，差点儿跪下去。

"你跟着，"崔逸抓了抓他的肩，"我去办手续。"

"嗯。"初一点点头。

他是个没见过世面，也没什么机会处理任何事情，甚至没去医院看过病的土狗，崔逸的到来，让他终于从慌乱里慢慢脱离出来。

别的不行，他起码能帮着跑腿儿，交个费什么的。

崔逸在医院应该是有认识的人，打了两个电话之后，来了一个看上去年纪很大、很像老专家的大夫。

初一没有什么心情去听崔逸和大夫说话，只知道晏航马上要手术。

"狗哥。"晏航叫了他一声。

"嗯。"初一看着他。

"笑一个，"晏航说，"脸都快拉成驴哥了。"

初一扯着嘴角咧了咧嘴。

"回去跟学校请几天假，"晏航说，"过来伺候我。"

"嗯。"初一点点头。

别说请几天假，就是马上退学也没问题。

晏航被推进手术室的时候，初一一直跟着，崔逸拉了他一把他才听到护士说的话："家属在外头等着！"

家属。

这个称呼让初一猛地感到一阵温暖，但很快又有些心疼。

家属，哪儿来的家属？

晏航没有家属。

唯一的亲人也失踪了。

他低着头走到一边，站到了墙边靠着。

"是怎么回事儿？"崔逸走过来问。

"我不知道，"初一还是觉得全身发冷，老觉得墙上不断有寒气透过来，"我跟他打……打着电话，突然断……断了。"

"然后呢？"崔逸脱下了自己的外套递给了他。

"我不……不冷。"初一赶紧摆手。

"我车上还有衣服，一会儿我去拿了就行，"崔逸看着他，"你这脸色比晏航还难看了。"

初一有些不好意思，低头把崔逸的衣服穿上了："后来我跑……过去，就看到一……一个人跑出来。"

"什么样的人？"崔逸问。

"中年人，"初一拧着眉使劲儿回忆着，他跟那个人对上了一眼，但除了记得那人看着大概四十来岁的样子，别的都记不太清了，"头……头发挺……脏的。"

"这事儿得报警，"崔逸说，"到时警察要是问话，你有什么就说什么，不用紧张。"

"嗯。"初一点了点头，在心里叹了口气。

警察问话这种事，他是有经验的。

初一不知道这样的一个手术需要多长时间，多长时间是正常的，多长时间不正常，多长时间是伤得轻，多长时间是伤得重。

他就那么一直站在墙边，看着手术室的门。

门里不止有晏航一台手术，还有两个人不知道是什么情况，一路嗷嗷叫着也被推了进去。

初一有些担心，手术室里面是什么样？这么号叫着会不会影响给晏航做手术的大夫啊？

他有些焦躁地捯了捯腿。

"我去买点儿吃的，"崔逸过来跟他说了一声，"你在这儿守着，有事儿给我打电话。"

"嗯。"初一点了点头。

第十六章

"坐会儿吧,"崔逸看着他叹了口气,"你不会是有洁癖吧?"

"没,"初一扯着嘴角笑了笑,"我坐……坐不下去。"

崔逸看了看他的腿。

"我紧张。"初一说。

"没你想的那么严重,"崔逸说,"放松点儿,别他还没出来你再倒了,我照顾不过来两个人。"

"嗯。"初一有些不好意思,低头坐到了椅子上。

手术室旁边的墙上有个显示屏,初一这会儿才注意到上面显示的应该是每一个手术间的手术情况。

上面有晏航的名字,第三手术间。

初一一直盯着,眼睛有些发酸了他才抬手揉了揉。

坐下来之后,整个人都很沉,不断往下坠的感觉,脑袋、肩、胳膊,都沉甸甸的像是被什么重物拽着往下沉着。

他搓了搓脸,胳膊肘撑着膝盖,捂着脸。

手冰凉,捂在脸上能让他舒服一些。

他怎么也想不到今天会发生这样的事。

晏航事先是不是已经发现了些什么?也许跟之前那个奇怪的电话有关,但晏航什么也没有跟他提起过。

而他也什么都没问。

为什么不多嘴问一句呢?

如果问了一下,今天他是不是就能早一些反应过来呢?也许晏航就不会……

他眼前闪过晏航腰上血淋淋的那个刀口。

他抬了抬脸,看着自己的手。

刚去洗过手了,但隐约还能闻到血的味道。

他并不害怕血,一棒子把梁兵的脑袋砸出血来的时候他没有一丝害怕,但他现在却很难受。

这是晏航的血。

怎么就会发生了这样的事呢?

晏航反应那么快,正常情况下根本没人能靠近他动手。

居然会被捅了一刀?

那个人被他一脚踹倒时看上去也并没有什么厉害的……怎么就能把晏航捅伤了呢?

初一手指按在额角,紧紧拧着眉。

几秒钟之后他猛地抬起了头。

是自己那个电话吗?

晏航那会儿还在跟他打着电话,那时的心不在焉应该就是发现了情况不对,但……为了不让自己发现,晏航一直没有挂电话。

而如果只是这样打着电话,晏航还不一定会分神。

是自己那句话。

晏航就那一秒钟的停顿,接着就……

他狠狠吸了一口气,靠到了椅背上,瞪着天花板上的灯。

初一你太会挑时间了。

你就非得今天说吗?就非得紧张得只敢在电话里说吗……晏航那边语气已经明显不对劲了,你居然没有听出来……

他双手紧紧握在一起。

一直到崔逸在他手上轻轻拍了拍,他才猛地回过神来。

"吃点儿东西,"崔逸递给了他一个小纸杯,"估计你吃不下,所以也没买大个儿的,吃两口垫垫。"

初一低下头,看了看手里的小纸杯,是个纸杯装的泡芙,很香。

他定了定神,咬了一大口。

这会儿还是冷静些吧。晏航还在手术室里,自己在这里琢磨这些,除了会让自己魂不守舍之外,再也没有其他意义了。无论自责与否,都改变不了晏航已经受伤了的事实。

他咬了咬嘴唇,努力让自己镇定下来。

不知道过了多长时间,显示屏上的字终于变了,晏航的手术结束了。

"怎么不……不出来?"初一站了起来,有些急切地瞪着手术室的门。

给晏航手术的大夫走了出来,但没有看到晏航。

"我先问问情况。"崔逸拍拍他的肩。

情况还可以……失血不是太多……体质很好……

初一站在崔逸身后,听着大夫跟崔逸说话,老感觉声音有些忽远忽近的,听不真切,大概还是紧张。

没有伤到重要脏器……小肠破裂……

大夫大概是想说晏航伤得不是特别重,没有伤到重要的部位,而且晏航体质很好应该恢复得快……但初一还是觉得听到的每一句话都让他心里发疼。

晏航终于从手术室里被推了出来,但还不能回病房,护士说要先在观察室里待着。

初一紧紧跟在病床旁边,盯着晏航的脸。

之前还觉得晏航脸色正常,现在手术完了,看上去却有些苍白。

"土狗。"晏航冲他笑了笑,有些疲惫和虚弱。

"在这儿呢,"初一轻轻握了他的手,把另一只手背到身后,"给你摇尾巴。"

"嗯,"晏航笑着闭了闭眼睛,过了一会儿又叫了崔逸一声,"老崔。"

"在呢,"崔逸在旁边应着,"不过我不会摇尾巴。"

晏航笑了起来,旁边的护士也笑了:"状态还不错,笑得这么开心。"

观察室不让进,初一和崔逸只能在外头等着。

晏航被推进去的时候看了初一一眼:"狗哥,你去……量个体温,你可能发烧了。"

"啊?"初一愣了愣。

"你别操心了,"崔逸说,"我一会儿给他量一下。"

观察室的门关上了,初一站在门口瞪着门。

崔逸伸手在他脑门儿上摸了摸:"好像是有点儿烧,我去问护士要个体温计来。"

初一没出声。

崔逸走开之后他猛地蹲了下去,把脸埋到了胳膊里。

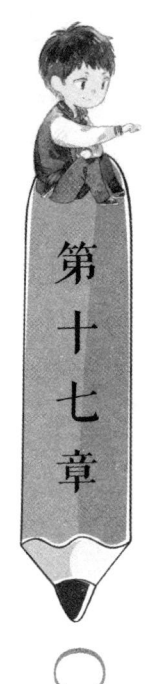

第十七章

Chapter seventeen

第十七章

发烧了。

初一听着崔逸告诉他，体温计上显示的是三十八度四的时候，他先是一愣，接着就有点儿想笑。

嘲笑。

他会不会是世上第一个因为惊吓而发烧的人？

"先用这个降降温吧，"护士拿了个冰袋给他，"要是还降不下来再拿退烧药。"

"谢谢。"初一非常不好意思地接过冰袋放在了脑门儿上。

"要不今天晚上你先回去休息，"崔逸说，"我打听一下，请个陪护……"

"不，"初一吃了一惊，赶紧一通摇头，"不不不不不。"

崔逸看着他笑了："你这是结巴了还是加强语气啊？"

"加强，"初一说，"我没……没事儿。"

这会儿已经很晚了，陪护肯定是请不到，初一要是回去睡觉，那就只能是崔逸在这儿守着。人一个大律师，一天天忙得跟个陀螺似的，麻烦人家不合适。

再说了，别说这会儿他就是发个烧，就算这会儿他马上要晕倒了，他也不愿意离开。

发烧对于他来说的确是没什么大不了的，他就没因为任何病去过医院，什么感冒发烧、咳嗽发烧，包括被人打伤，都没去过医院。

姥姥有神药——止痛片。

无论是什么问题，头痛、肚子疼，还是感冒、上火、发炎、受伤，只要是身上有任何病痛，姥姥就会给他拿颗止痛片，吃下去无论是好是坏有没有用，都不会再有人管。

小姨知道之后强烈反对，但姥姥是个很有主见的人，反对也没什么用，最后是姨姥用"吃多了会变成傻子，以后没人养你们了"这样的理由，才阻止了姥姥继续给他塞止痛片。

但也依旧不会去医院，他一般都靠自愈。

一个钢镚儿/3
A COIN

像今天这样的发烧,他根本不会当回事,最多烧个两天,也就差不多了。而且他今天也不是哪儿病了,就是吓的。

急的。

说是急的还能挽回点儿面子。

观察室的门关着,什么也看不到,初一还是每隔一分钟就会过去晃一晃,站一会儿再回来坐着。

里面应该还有别的病人,旁边的椅子上还坐着几个人,有个大姐一直用手帕捂着脸在哭。

本来初一心里就不踏实,看到她这样,简直是完全坐不住,屁股一碰椅子就想站起来。

"晏航说你没碰过什么事儿,"崔逸说,"看来还真是。"

"我现在就出……出去转……一圈。"初一说。

"去吧。"崔逸笑了笑。

初一坐着没动。

"怎么不去啊?"崔逸说。

"我说这……这种话从……来都不……不算数。"初一说。

崔逸笑着没说话。

初一拿出手机看了一眼时间:"崔叔你回……回吧,很晚了。"

"我再待一会儿吧,"崔逸也看了看手机,"我走了,剩你一个小屁孩儿,碰上事儿处理不了。"

"你明……明天过来看……看就行,"初一说,"现在也没……什么大事儿,在这里也就……就是愣着。"

崔逸笑着拍了拍他的肩膀。

崔逸走了之后,初一继续在走廊里发愣。

晏航不知道要在观察室里躺多久,走来走去的医生护士看上去都很忙,他也没好意思找人问。

不过他感觉不到累,也没觉得困,发烧对他似乎也没什么影响,在这儿继续愣下去并没有什么难度。

他倒是有些担心晏航。

晏航现在是醒着的还是睡着了?

麻醉药的劲头过去了没有?

第十七章

伤口会疼吗?

如果伤口疼,本来就总失眠的晏航会不会更睡不着了,就那么躺着?但现在身上还有很多管子和线,不能翻身什么的……会很难受吧。

初一叹了口气。

晏航是什么时候从观察室里出来的,初一弄不清了,反正很久很久,好多个小时。

他跟着护士小姐姐一通忙活,把晏航送回了病房。

大概是崔逸打过招呼,或者是多交了钱,晏航住的是个很高级的双人病房,两张床距离挺远的,中间帘子一拉,基本能相互不干扰。

"七点的时候大夫会过来查房,"护士说,"现在让他休息,有什么事就打铃叫我们。"

"嗯。"初一点了点头。

护士把门关好离开病房之后,初一拿过旁边的椅子,轻轻放到床边,坐下盯着晏航。

一直到这会儿,他才终于完全放松下来,稍微感觉到腰有点儿发酸。

晏航应该是睡着了的,闭着眼睛,只在刚才推到病房换床的时候他稍微睁开眼睛看了看,然后又继续睡了。

初一托着下巴,一动不动地看着他的脸。

头发有点儿乱了,嘴唇也有些苍白,鼻子里还插着管子,看上去让人心疼,不过还是很帅。

晏航就是这么帅。

初一笑了笑。

这么愣着没看多长时间,大夫就来查房了,初一这才回过神来。一个晚上就这么在手术和观察室里过去了。

"现在还不能喝水,病人口渴的话就用棉签湿润一下嘴唇,"大夫交代着,"胃管这两天得插着,肠蠕动完全恢复以后才能拔,拔了之后就可以吃些流质、半流质的食物了。"

"嗯。"初一认真地听着,生怕自己错过一个字。

要上课的时候他有这么认真,肯定能考个重点高中。

八点多的时候,晏航醒了,眼神看着还有点儿迷瞪,不过状态还可以,冲

· 35 ·

初一笑了笑。

"疼吗?"初一问。

"还行吧。"晏航说,声音有点儿哑,感觉说话有些吃力。

"口渴吗?"初一又问,"大夫说你可……可以喝棉……棉签……"

晏航没说话,闭上眼睛笑了起来,笑了没两秒又皱了皱眉,大概是拉到伤口了。

"棉签蘸水,"初一纠正了一下自己的说法,又叹了口气,"这么低的笑……笑点可怎……么办?"

"来一根儿。"晏航说。

初一倒了杯水,拿棉签蘸了在他嘴唇上抹了抹,刚要拿开的时候,晏航一口叼住了棉签头,把上面的水抿掉了。

可怜啊。

初一非常心疼,又蘸了一根给他。

"我要洗脸,"晏航说,"脸上难受。"

"哦。"初一应了一声,想起来如果要住院,还得回去一趟把必备的日用品拿过来。

这对于他来说是一个非常艰难的决定,他现在根本连一步也不想离开医院,别说医院,就是病房他也不想离开。

"去买。"晏航说。

"好。"初一点头。

不知道是不是晏航看出了他在想什么,所以给他指了条路,如果是平时,初一肯定会觉得这也太浪费了,没多久之前晏航才刚买了一堆毛巾牙刷牙膏什么的……但这会儿他想都没想,立马拿了钱就出门了。

医院门口就有超市,吃的用的一应俱全。

初一连价格都没太仔细看,拿了毛巾牙刷什么的,还抓了包他从来没买过的湿纸巾,挺贵的,一小包要十二块,晏航那儿一大筒才十块。

回到病房的时候,崔逸过来了,正站在病床跟前儿打哈欠。

"崔叔。"初一打了个招呼。

"这脸色……"崔逸一看他就叹了口气,"烧退了没?"

"不知道。"初一说。

崔逸伸手摸了摸他脑门儿:"中午再不退你去要颗退烧药吃了。"

"哦。"初一拿着毛巾去了厕所,搓毛巾的时候顺便看了一下自己的脸。

第十七章

挺难看的,还不如晏航脸色好呢,估计是没睡觉的原因。

给晏航擦脸的时候,晏航看着他小声说了一句:"回去睡会儿。"

"睡不着。"初一小心地在晏航脸上轻轻擦着,晏航的皮肤看着挺嫩的,他总怕一使劲给搓破皮儿了,又怕手不稳碰到他脸上的管子。

胃管啊。

胃管居然是从鼻子进去的,想想都觉得难受。

"这脸色不知道的以为被捅的是你呢。"晏航说。

"你以……以为你多……好看啊?"初一说,"你现在开……个直播,保证粉丝小姐姐们游……游艇都不……刷了直……直接给你支……付宝打钱。"

"这么惨吗?"晏航笑笑。

"非常惨,"初一想想又叹了口气,"直播不了,手机还摔……碎屏了。"

"正好换个新的。"晏航说。

"财主。"初一说。

晏航的精神还不错,但时间不长,没多大一会儿就又有些迷糊了。

"我得去办公室,还一堆事儿,"崔逸说,"我托人帮联系陪护了,下午可能才过来,人来了以后你就靠边儿上睡会儿。"

"嗯。"初一点点头。

"我下午忙完了再过来。"崔逸说。

"也没什……么事儿,"初一说,"我能处……处理。"

"口气真大,"崔逸说,"那你处理,处理不了的跟我说。"

"好。"初一有些不好意思地抓了抓头。

昨天那一堆事儿,没有崔逸,他都不知道自己能办成什么样。

还好有崔逸。

他一直觉得自己比以前牛多了,胆子也大了,很多事儿他都能办得了,其实真碰上什么事,他才发现自己还是像以前一样没用。

他坐到椅子上,靠着墙叹了口气。

明天是初一跟宿舍几个人约好了去爬山还要玩索道的日子,周春阳发消息过来跟他确定的时候,他只能拒绝了。

"怎么了?"周春阳把电话打了过来,"不是说没事儿的吗?"

"突然就有事了,"初一不知道该怎么说,"之前不知道。"

"那明天就我跟晓洋、吴旭三个人啊,"周春阳叹气,"他俩说要带女的,我就惨了。"

"你带男的。"初一说。

周春阳笑了起来:"上哪儿带啊,好容易看上一个还不能动。"

初一没出声。

"行吧,我明天去当灯泡,"周春阳说,"等其他人都回学校了再出去玩一次吧。"

"嗯。"初一应着。应完了又有些犹豫,假期结束他也未必能马上有时间,还得请假照顾晏航呢。

他不知道自己是不是该现在告诉周春阳。

"怎么了啊,"周春阳大概是听出来他语气不对,"没精打采的?"

"我可能得请……请几天假,"初一说,"有事儿。"

"你是不是出什么事儿了啊?"周春阳问,"有事儿你说啊,我和晓洋他们可以帮忙。"

"不……不用,"初一说,"小事儿。"

"是……"周春阳开了口,但话没继续说下去,"反正要帮忙你开口。"

"嗯。"初一笑笑。

病房里的另一个病人很安静,一直都在睡,从早到晚,醒了也没什么声音,估计是挺严重的什么病。

相比之下,晏航的状态就要好得多,白天迷迷糊糊地半睡半醒,到了晚上,就基本清醒了,只是还不能动。

医生也不让动,只让躺着。

"一会儿陪护过来,让他给我擦一下身上,"晏航叹了口气,"我感觉身上跟糊了壳儿一样,难受。"

陪护过来擦身上?

初一愣了愣。

"我擦。"他站了起来。

"你?"晏航看看他,似乎有些犹豫。

初一没说话,晏航这一犹豫,他顿时想要弯腰钻到病床下边儿去。

从晏航早上醒过来到现在,今天一整天,他俩都没有提起过昨天的事儿,晏航应该是没有精力,而初一是不敢提。

第十七章

他昨天攒起来的那点儿勇气，在说完那句我在意你之后就已经消散了，别说晏航因为他那句话受了伤，就算是没受伤，他也已经连回想一下当时情景都不敢了。

现在晏航的这一瞬间犹豫，他立马就怂了。

晏航是不是因为知道了他的想法，所以对于擦身体这样的身体接触有些抵触？

可是他话已经说出口了，又该怎么才能收回去啊！

初一站在床边愣着。

"那你来擦吧。"晏航说。

"啊？"初一看着他。

"怎么，"晏航也看着他，"一秒就反悔了啊？"

"没。"初一赶紧跑进了厕所，把毛巾搓好拿了出来。

"其实不差这一会儿，"晏航把身上的被子掀开了，"你这两天一夜都没睡了……"

初一听着这话，心里酸得很，偏开头，怕自己一不小心又要抹眼泪。

娘兮兮的。

"我怕你一脑袋扎我伤口上。"晏航说。

初一愣了愣，笑了起来，小心地研究了一下晏航身上穿着的病号服。

挺复古的款式，居然是系绳的。

"这衣服不科……科学，"初一把绳结一个一个解开，"这要碰个傻……傻子，系了个死扣怎……么办？"

晏航笑着没说话，叹了口气。

"伤口疼……疼吗？"初一问。

"你少说两句就行，"晏航说，"不笑就不疼。"

初一抿着嘴不再出声。

把晏航衣服拉开之后他皱了皱眉。

他本来以为晏航身上的伤，就是腰上的那个刀伤，还有手上一道。但现在才发现，不只是这些，还有三个被纱布盖着的地方，下面应该都是刀伤。

还有些没有遮挡的擦伤。

"怎么……"初一拿着毛巾都有点儿不知道该往哪里擦了，"这么多伤……"

"这些都没什么，"晏航说，"过两天就好了。"

"那个人，"初一拧着眉，慢慢地在他胸口上擦着，"我本来可……可以抓……住他。"

"嗯，那肯定，"晏航说，"我们狗哥，一拳就能把他打趴下。"

初一没说话，擦完胸口之后顺着擦了擦晏航的胳膊，看到他手上缠着的厚厚的纱布时，没忍住问了一句："手是怎……怎么……你抓刀……了吗？"

"不抓着的话就一刀全捅进去了，"晏航说，"那这会儿我估计都还说不了话呢。"

初一不再出声。

他想知道当时的情形，想知道晏航到底怎么受的伤，但问了一嘴之后又还是觉得不应该问。

晏航身上其实没多少地方可擦，胸口擦一下，肋骨两边三个小伤口，腰上和肚子旁边还有一大块纱布，总之正面能擦的部位着实不多。

擦肚子的时候他把被子往下拉了拉，病号服的裤子也是系带儿的，这会儿晏航刚手术完，也没系上，这一拉，被子裹着裤腰一块儿被扯了下去。

初一这才反应过来，刚手术完的病人……是没穿内裤的。

他拿着毛巾猛地愣住了。

"唉，"晏航伸手过去把裤子提了提，"这要进来个人就尴尬了。"

初一赶紧帮他把裤子提好。

"我去搓……搓……搓……搓……"初一不知道自己是太紧张了还是太尴尬了还是太……他放弃了继续说话，转身直接进了厕所。

进了厕所之后，初一拧开水龙头，慢吞吞地搓完毛巾，拿着搓好的毛巾回到床边。

"擦擦背吧。"晏航说。

"嗯。"初一小心地把晏航往没有腰伤的那一边推了推。

背上情况还可以，没有什么伤，只有一块不大的青紫。初一很小心地擦完，再慢慢托着晏航的背让他躺平。

"舒服多了。"晏航闭了闭眼睛。

初一放好毛巾，坐回了床边，盯着地板出神。

从之前的震惊里回过神来之后，他开始慢慢有些郁闷，接着是不爽，再接着就是对自己有些愤怒。

第十七章

他真不知道自己这是怎么了。

就算是在乎晏航,也不至于就这样吧?

自己这算是什么毛病啊!

又不真的就是个狗!

就算是个狗,这还是秋天呢!

"你吃点儿东西去。"晏航说。

"没胃口。"初一闷着声音。

"中午就没吃,"晏航偏过头看着他,"不吃不喝不睡?"

"修仙呢。"初一说。

晏航笑了两声又叹了口气:"你别说话了。"

"那我去吃……吃点儿,"初一说,"你眯会儿?"

"嗯。"晏航点点头。

初一又拿棉签给他蘸了点儿水之后才出了病房。

他是真的没胃口,从昨天到现在,他整个身体都像是麻木了,感觉不到累,也感觉不到困,也没什么地方难受,大概是身体素质太好了。

不过他不愿意让晏航这种时候还操心他吃没吃饭,打算出来买个小面包、小蛋糕之类的吃两口。

门口有个饼屋,昨天崔逸给他带的泡芙应该就是在这家店买的,还挺好吃的。

他进了店里转了转,本来想买个大点儿的,结果发现就昨天那种小的都要十二块。

要不是赶时间想快点儿回病房,打死他都不会花十二块买个小泡芙。

这个泡芙他一路拿回了病房都没舍得吃,不过进病房之前他猛地想起来,晏航现在没东西吃,自己捧着这个进去太残忍了。

他站在走廊里,把泡芙吃完了,又擦了擦嘴,这才进了病房。

晏航闭着眼睛偏着头,看样子是睡着了。

初一很轻地走过去看了看,把椅子拿起来轻轻地放到床边,坐了下去。

这会儿外面走廊上人挺多的,医院送饭的车过来了,不少人正走来走去地拿饭。

不过屋里还挺安静的,初一甚至能听到晏航缓缓的呼吸声。

他趴到床沿儿上，枕着自己的胳膊，看着晏航放在身侧的手。

晏航的左手没有伤，但这会儿插着针头，看上去特别让人心疼。

这么趴了没多久，他感觉有点儿犯困，打了个哈欠，又坐了起来，吊瓶里还有药，他怕自己睡着了错过。

坐了一会儿又觉得后背酸疼，大概是两天没休息，终于开始有些撑不住了，他又趴到了床沿儿上。

继续盯着晏航的手。

晏航应该睡得挺沉的，但手指却时不时会微微动一下。

不知道这是不是因为手上扎了针不舒服，但每次手指一动，他都会伸手过去在指尖上轻轻点一下，算是安慰一下手指头。

真漂亮啊，晏航的手。

在手指又一次微微勾了勾的时候，初一往前凑了凑，用嘴巴在指尖上很轻地碰了一下。

麻醉劲已经完全过了，身上的伤口开始一阵阵的痛，晏航算是很能忍的，这种疼痛对于他来说不算太厉害，但架不住时间长。

他一直想努力让自己睡着，调整呼吸，放轻放缓，按着节奏来，但始终也就是稍微迷糊一会儿，没法真的入睡。

左手手背上一直扎着针，对于几乎没挂过水的他来说，也有点儿痛苦。

从手背到小臂都是酸胀的，还发冷，会有点儿控制不住地微微抽动。

本来他还觉得挺有意思，初一一趴在床边，他手抽动一下，初一就会伸手在他指尖上轻轻点一下，再动，再点，他有种在钓鱼的感觉。

抖一抖饵，小笨鱼过来碰一碰又跑开了。

直到鱼咬钩了他才发现有点儿不对，但也没敢动。

等初一轻手轻脚走出病房把门关好了之后，他才轻轻叹了口气，把一直偏着的头转了回来，脖子都酸了。

最后那一下，碰到自己指尖的不是初一的手指，应该是……他的嘴唇。

虽然只是轻轻一碰，不一样的触感还是挺明显的。

晏航往病房门那边看了一眼，又继续闭上眼睛。

以前老爸总说打架要注意，别受太严重的伤，要不上一次全麻智力会损失一半。

他每次听着都觉得很好笑，不过这回体验过之后，觉得一向胡说八道的

第十七章

老爸这次说的可能是真的。

麻醉药劲儿已经过了,他却一直像是脑子里混进了浆糊的感觉,随便想点儿事儿都觉得费劲。

智力下降了一半吗?

其实也没事儿,以前智商三百,现在打个对折一百五,还是天才。

晏航笑了笑。

昨天的事很多细节已经记不清了,晏航也不太愿意多想,毕竟他长这么大,第一次面对一个实力跟自己相差这么多的人的时候,竟还被对方捅进了医院。

唯一记得很清楚的就是那一撞的同时他能马上反应过来,感觉得到身后的人右手是抬起来的,而万幸的是他是左手拿的电话,垂在身侧的右手可以在腰上感觉到刺痛的瞬间抓住了还没有完全刺入身体的刀刃。

之后就记不清了,腰不被捅他还注意不到,身体的几乎每个动作都需要用到腰部力量,他没有硬拼,选择了保护自己。

但……他一直没有太想明白的是,这个人除了开始的那一刀,之后的动作都没再有什么杀伤力了,要不就是这人太没经验,要不就是这人根本没想下太重的手。

为什么不下重手?

为什么没经验的人要冒这个险跟他动手……他如果不是因为那个电话,这人根本连伤都不可能伤得了他。

那个电话。

这两天晏航记得最清的大概就是初一的那个电话了。

确切地说是初一电话里的那句话。

虽然他之前就往这方面想过,但初一在他看来,一直就是个懵懵懂懂的小孩儿,哪怕是现在快一米八的个儿了,哪怕是在学校有了"狗哥"的称号了,也还是个傻小孩儿。

他怎么也没想到初一会这么突然而且如此直白地说出这么一句话来。

而他到现在也没想好要怎么回答。

换了别的任何一个人,他一句谢谢就完事了。

可初一不行。

初一跟任何一个人都不一样,敏感自卑,小心翼翼。

一句跟别人相同的"谢谢",对初一来说没准儿就会是打击。

晏航把左手换了个姿势放在肚子上，酸胀得实在难受。

初一在意他、依赖他，非常明显，他一直知道初一在乎他，就像他也很在乎初一，会觉得初一很逗、很可爱，受了委屈的时候他还会心疼。

但初一是个傻狗，这一点也非常明显。

初一甚至可以算是基本没有跟什么人有过正常的情感交互，亲情友情什么情都没有……

晏航把脑袋偏了偏，躺的时间太长了，就像一整夜失眠的时候，他无论什么姿势都全身酸痛，现在一天一夜了就这么个姿势，简直要疯了。

以至于他现在也无法判断自己对初一的在意是哪一种。

他没格外在意过什么人，虽然也会觉得这个姑娘漂亮，那个小伙儿挺帅，但除此之外，他基本不会动什么别的念头了。

不过……在弄清初一到底怎么回事之前，他自己是怎么回事并不重要。

门外传来了初一手机的铃声。

这小子出去也就是站在门口，差不多是寸步不离了。

晏航又有点儿担心他的身体状态，虽说是个练拳练了一年的狗哥，毕竟也是两天一夜没合眼还发着烧的状态……

门被推开了，晏航闭着眼睛继续装睡。

能听到初一很小心地走到床边："还在睡……嗯，知道了……"

晏航眼睛睁开一条缝儿，哼了一声。

"我把你吵……吵醒了？"初一挂了电话看着他，轻声问。

"没，"晏航说，"就是醒了。"

"哦，"初一笑了笑，"崔叔说帮……帮你请……假了，让我去买……买个手机。"

"你出钱吗？"晏航打了个哈欠。

"我……我出……出钱的话，"初一说，"也行，你用……得惯老……老人机吗？"

"滚。"晏航说。

"崔叔说你卡……里有钱。"初一拉开床头柜的抽屉，拿出了他的钱包。

"老崔这个没人性的！"晏航喷了一声，"生日就送我一盒蜡笔棒还拿走六根，现在我都身残志坚了，他手机都舍不得送我一个。"

"你志也不……怎么坚，"初一拿出了他的卡，"昨天跟你一……块儿手术

第十七章

的……那个人,嗷嗷叫着进……去的,这会儿人走……走廊上溜……达呢。"

"我坚一个给你看看,"晏航笑了,"我想侧着躺一会儿,你扶我一把。"

"好。"初一走到床那边,把手垫到他后背下面,"你别用力。"

晏航没用力,初一把他托着慢慢推成了侧躺。

"劲儿挺大。"晏航说。

"一般大,"初一说,"给你转……个三百六……十五度没……没问题。"

"闭嘴。"晏航笑了两声。

"三百六……十度。"初一又纠正了一下。

"去买手机,"晏航说,"顺便吃点儿东西去。"

"陪护马……马上到,"初一帮他把被子拉好,"他来了我再……再去。"

"哦。"晏航掀开被子,伸手进去想把衣服扯一下,这病号服也没点儿弹性,还松松垮垮的,就这么翻个身,就全拧劲了,哪儿哪儿都不舒服。

"别动。"初一抓住了他的手腕,小心地放回床上。

"总得扯扯衣服、挠个痒痒什么的吧,"晏航说,"没那么夸张,我又不是手断了。"

"你……是扯……扯衣服还……是挠痒痒?"初一问。

"现在是扯衣服,一会儿可能需要挠痒痒,"晏航说,"我从昨天到现在还没挠过痒痒呢。"

初一站在他身后,也看不见表情,过了一会儿才感觉到他把被子掀开了。

衣服扯得很小心,晏航感觉初一比他这个受了伤的人紧张多了,虽然他不想开口,但衣服这么一扯实在是舒服极了,立马后背就痒了,一秒都等不了。

他只得又说了一句:"后背痒,顺便挠一下吧,狠狠挠的那种。"

"哦。"初一应了一声,扯起衣服把手伸了进去,唰唰就是两下,"够狠吗?"

"嗯……非常狠,"晏航都能感觉后背有点儿火辣辣了,大概是仰躺压着的时间长了,再这么一抓,有点儿受不住,"再来两下不那么太狠的。"

初一又轻轻抓了两下:"刚是……不是太用……用力了啊?"

"没,"晏航笑笑,"舒服了。"

初一拿了椅子坐到床边,拿出手机看了一眼,叹了口气:"没电了。"

"你晚上回去一趟,"晏航说,"我不想穿病号服,你去拿几件我的衣服过来,顺便拿你的充电器。"

· 45 ·

初一看着他没出声。

"再睡个觉。"晏航说。

"你不是说让……让我伺……候你吗?"初一似乎有些不高兴。

"陪护晚上睡这儿呢,你跟陪护挤吗?"晏航说。

"那不要陪……陪护了,"初一说,"还省……点儿钱。"

晏航看着他没说话。

初一也瞪着他,过了能有三分钟,才开了口:"好吧,那我明……明天一早再过来。"

"乖,"晏航动了动左手,"过来让小天哥哥摸摸脑袋。"

初一低头凑到他手边,他在初一脑袋上抓了抓。

陪护是个四十多岁的大叔,人看上去干净利索,据说干了十多年陪护了,对医院的各种流程规定都很熟悉,护理病人也很熟练。

不过初一老觉得有点儿不怎么太爽。

特别是给晏航换衣服的时候。

新的病号服送来的时候,晏航的吊瓶正好挂完,大叔说正好把衣服换了。初一正想帮着把晏航扶起来,大叔已经很熟练地在床尾拽出个摇杆,唰唰几下把床给摇了起来。

初一顿时看呆了,他完全不知道这床还能有这个姿势。

接着就是脱衣服换衣服,他根本插不上手,大叔几下就弄完了,还顺便帮晏航擦了擦身上。

让大叔一衬托,他仿佛一个废物。

换裤子的时候就更不爽了。

初一只能是努力地加入"搭把手"的活动当中,尽量让换裤子的时间更短一些。

"唉,"换完衣服晏航靠着床舒出一口气,"这手术的地方离得挺远的,怎么还把毛给刮了。"

初一愣了愣,不知道该怎么接话了。

其实这也是他从扯完晏航裤子之后就一直长存于心的疑问,只是也不好意思开口问。

"手术都这样,消毒面积可大了,"大叔笑了笑,"没事儿,长出来快着呢,就是有点儿扎……"

第十七章

"啊,"晏航笑了,偏过头看着初一,"狗子。"

"啊,"初一从震惊中回过神,"嗯?"

"回去收拾东西吃饭睡觉,"晏航说,"明天过来。"

"好。"初一应了一声,又看了一眼大叔。

"放心吧,"大叔说,"我照顾过的病人,没有对我不满意的。"

初一走出医院的时候突然有点儿犯迷糊,站在路边不知道该往哪边走。

一阵冷风吹过来,他才想起来,医院这边他没来过,昨天又是跟着救护车过来的,本来就不知道该往哪边走。

他左右看了看,想找个公交车站看看站牌。

但就这么左右一晃脑袋,他猛地感觉一阵头晕,晃了一步撑住旁边的树才站稳了。

这个反应让他有点儿慌张,倒不是因为自己可能病得挺厉害,而是怕自己万一明天病得起不来怎么办。

作为一个抠门儿精,他撑着树,激烈地斗争了一分钟之后,走到了路边停着的一辆出租车前,拉开门坐了上去。

回到小区门口的时候,初一觉得自己大概真的是烧得有点儿糊涂,晏航的手机还没买,他都忘了问一声,晏航要什么样的手机。

犹豫了好半天之后,他决定自作主张一回,给晏航买个跟原来手机同牌子同系列的新型号。

晏航对他自己的手机还是挺喜欢的,成天夸,说是拍照片很好。

初一此生头一回走进了手机店里。

头一回一次性花出去四千多块钱,而且因为没拿晏航的卡,他取的是自己的钱。给手机交完钱,他基本也就没剩什么钱了。

捏着兜里的小皮衣钢镚儿,有种相依为命的感觉。

打开晏航家房门,闻到屋里熟悉的气息时,初一整个人都放松了下来。

但这一放松,他才真的感觉到自己可能是病得不轻。

头晕,冒冷汗,脚底下发飘。

他赶紧拿出了晏航的小药箱,翻了翻,找到了……一盒布洛芬。得益于姥姥常年的止痛片儿培训,他知道这个能退烧,于是拿了一颗吃了。

也顾不上收拾晏航的衣服,把手机充上电洗了个澡就上床裹上了被子,抱着晏航的枕头开始蒙头大睡。

　　大概的确是困了,这一觉他感觉自己睡得天昏地暗,醒过来的时候全身都被汗浸透了。
　　放在枕边的手机在闪,他赶紧拿过来看了一眼。
　　上面有几个未接来电,是个陌生号码,还有崔逸的好几个未接电话和短信。
　　"崔叔,"他先给崔逸回了电话,"我刚睡……睡着了。"
　　"猜到了,"崔逸说,"是回来了吗?还发烧吗?"
　　"回来了,也不……烧了。"初一摸了摸自己的脑门儿,摸了一手汗。
　　"再接着睡,还早呢。"崔逸说。
　　"嗯。"初一应了一声,看了看时间,发现才刚十一点,还以为自己这一觉睡到第二天了呢。

　　"是你弟弟打回来了吧?"陪护大叔拿着正在响的电话走到晏航床边,"你接吧。"
　　"谢谢,"晏航拿过手机接了电话,"初一?"
　　"我睡……睡着了,没……听见。"初一声音里带着刚睡醒的鼻音。
　　"困了吧?"晏航笑了笑,"吃了点儿东西没?"
　　"吃……吃了。"初一犹豫了一下。
　　"吃什么了?"晏航马上问。
　　"饭。"初一这下倒是答得很快。
　　"冰箱里有酸奶,"晏航说,"不想吃东西就喝罐酸奶吧。"
　　"哦,"初一说,"我帮你买……买手机了,不过不……知道你喜……不喜欢,是……是……你等我看……一下……"
　　"喜欢,"晏航说,"老人机也行。"
　　初一笑了起来:"不是老……老人机,四千多呢。"
　　"你自己的钱买的?"晏航问。
　　"嗯。"初一应着。
　　"那不还钱了。"晏航说。
　　"去你微……微博下边儿挂……挂你,"初一说,"过气口……口罩美食博……博主为了一……一个手机竟……然做……做出这……样的事!"
　　晏航捂着腰上的伤口笑了几声:"说这一长串话真难为你了。"
　　"不难为,"初一说,"只要有恒……恒心,总能说完的。"

第十七章

"闭嘴。"晏航咬着牙控制着自己的笑声。

手机是大叔的,晏航也不好跟初一聊太长时间。而且这会儿对于医院来说,已经很晚了,电视断了都一个多小时了,旁边床的病人应该也睡着了,他跟初一随便聊了一会儿就挂了电话。

听着大叔在旁边的陪护小床上躺下,晏航轻轻叹了口气。

今天晚上他应该又是睡不着的,脑子里事儿挺多,情绪说不上低落,但也的确不怎么好,只有听着初一声音的时候能稍微打个岔。

电话一挂,他顿时就陷入了郁闷和极度无聊当中。

要说就这么一个人愣着,他也不是不习惯,但这么愣着睡不着还不能动,就非常难受了。

一晚上晏航也没睡着,也许是智商并没有被砍掉一半的原因,他感觉脑子开始慢慢变得清晰起来。

除了更清晰地感觉到伤口的不适和全身的酸痛之外,他对于那个偷袭自己的人,突然有了一个判断。

这个判断让他心跳都有些加快了。

崔逸说过,当年的人不止一个,如果老丁是其中之一,无论是怎么死的,他的同伙可能都有所觉察。

那个走路不稳的人,年纪差不多能吻合,那就假设他就是那个同伙。

但同伙不可能仅仅是因为觉察或者知道另一个同伙死了,就来对他做出点儿什么,因为就算把他杀了,对于改变这个人的困境来说也毫无意义。

只能是这个同伙被逼得没有办法了……

被谁逼的?伤了他能对谁产生威胁?

晏航慢慢抬起手,捏了捏自己眉心,他一直没敢去想老爸的现状,死了,还是活着,在哪里,在干什么。

但现在他突然有了猜测。

虽然所有的事都建立在假设之上,他还是无法控制自己这个突如其来的念头。

晏致远这个老狐狸,应该没有死。

初一一大早扛着个行李袋走进病房的时候,一眼就看出来晏航昨天晚上没睡觉,脸色不好,比昨天看着要疲惫一些。

"上哪儿弄的袋子？"晏航看着他。

"你柜子里。"初一说。

"我柜子里好几个行李袋呢，"晏航说，"随便拎一个也比它好看啊。"

"这个丑……丑吗？"初一看了看手里的袋子，就是个普通的亮蓝色的帆布袋子，因为要拿的东西不多，它的大小最合适。

"不丑。"晏航说。

"给你手……手机。"初一从袋子里拿出了手机，陪护大叔过来把袋子放进了旁边的柜子里。

"帮我装上卡吧。"晏航笑了笑。

初一正在弄手机的时候，病房门被推开了，一个脑袋探了进来，看了一眼，小声说："晏航？"

"你怎么来了？"晏航愣了愣。

"唐经理说你被打劫了，"一个女孩儿走了进来，捧着一大束花，身后还跟着好几个人，"我们就过来看看啊，王姐开车带我们来的。"

初一认出来这是晏航的同事，中秋节还唱歌了。他退到旁边，把床边的位置让了出来。

"怎么回事啊？"一个年纪大一些的姐姐把一个礼品袋放到了床头柜上，"还说你混过呢，这下谣言可传不下去了，打个劫都能被劫进医院里……伤得重吗？"

"没事儿。"晏航笑笑。

这个应该就是王姐，初一听晏航提起过，是另一个组的领班，人挺好。

"真没事儿假没事儿啊，"捧着花的那个女孩儿看上去跟晏航很熟，伸手在他脸上拍了拍，"这脸色，太差了啊。"

手拿开！

拿开！

初一眼睛都瞪圆了，本来靠着墙站的，这会儿顿时一下站直了。

晏航就像是听到了他心里的咆哮，目光突然从人群缝隙里穿过来，在他脸上扫了一眼，冲他笑了笑。

这个笑容很温柔，特别温柔，初一一下就靠回了墙上，还感觉腿有点儿发软。

"现在你的活儿都由张晨顶着，"王姐说，"她每天给你汇报一次，有什么

第十七章

问题你就跟她说。"

"嗯。"晏航点了点头。

"你赶紧好起来,平时没觉得,就昨天一天我都快累死了,"张晨说,"等我哪天适应了、不累了,我就该篡位了啊。"

"赶紧篡,"晏航说,"我正好申请去后厨。"

"王姐你看这个人,"张晨叹了口气,"后厨到底有什么吸引力啊,这边都干到领班了,还想着去后厨从小杂役干起呢,相当气人了。"

"我就这点儿爱好。"晏航笑笑。

"近期怕是不行了,餐厅这边儿刚上正轨,"王姐说,"总监满意得不得了,恐怕你交了申请总监也不会同意……今天还想跟我们一块儿过来看你呢。"

"哎,可千万别,"晏航吓了一跳,"这级别也太高了。"

"放心吧,唐经理要来都让我拦下了,"王姐笑了,"就知道你受不了这些。我们今天也不待久了,一会儿就走了。"

晏航完全没想到会有同事来探望,其实这也是很正常的事,只是他因为从来没在什么地方干过这么久,没这个概念。

王姐说一会儿就走的时候,他松了口气。

他现在已经算是适应得很好了,每天都站在餐厅里,看着眼前来来往往的人,扯着嘴角微笑着应对各种突发事件……这都是他从前会尽量避开的场景。纷乱的人群,会让他压力猛增。

而现在他可以强迫自己去融入"正常"的工作生活里,努力适应着生活里出现的同事,领导,客人……

只是依然会觉得疲惫,虽然没有人看得出来。

除了初一,他很难能做到轻松面对别的人,这样的状态不知道什么时候才会改变,也许一辈子都会这样。

王姐和张晨他们离开之后,他躺到床上,长长舒出一口气来。

"花很……好看,"初一站到床头柜前,从花束里拿出了一张小卡片,"祝晏航早……早日康……复。"

"那一大兜是什么?"晏航问。

"我看看,"初一打开了王姐拎来的那个大礼品袋,"哟,好多吃的。"

"有什么?"晏航转过头。

"曲奇,蛋卷,"初一一样样拿出来,好几个很漂亮的盒子,"凤……凤梨酥……"

"凤梨酥我爱吃,"晏航说,"你有什么喜欢吃的吗?"

"不知道,我都没……没吃过,"初一说,"不过我不……不爱吃……甜食。"

"那把别的那些……"晏航小声说,"给大叔。"

"嗯。"初一点了点头。

大叔非常愉快地推辞着,说是不用,初一似乎也不知道该说什么,就一直把袋子往大叔手里递,就说了两个字:"拿着。"

晏航在一边看着老想笑,最后初一去厕所搓毛巾的时候,大叔笑着说:"谢谢啊,小哥。"

"客气什么,我也吃不了那么多。"晏航笑笑。

"你弟弟,"大叔说,"非常……耿直啊。"

"嗯?"晏航想了想刚才初一的样子,没忍住又笑了。

"好像我再推一下他就要生气了,"大叔说,"明明平时看着挺和气的一个小哥。"

"所以你就别推了,再推他说不定还要打人。"晏航说。

大叔笑着很夸张地拍了拍胸口,看到初一搓好毛巾出来,他伸手去接:"擦身是吧,我来吧。"

"我来,"初一一脸上还是没什么表情,走到床边了才像突然想起什么似的笑了笑,"我试试。"

"那你试,"大叔说,"我去办公室问问大夫今天是不是可以拔胃管了,拔了就能吃点儿流食了。"

"好的。"初一点点头。

晏航身上的伤换了药,伤口附近那些被药染出的颜色也淡了一些,擦伤也结了痂,看上去没有之前那么吓人了。

初一可做不到像大叔那么利索,只能试着尽量让自己的动作显得不那么笨拙。

抓着晏航的手给他擦胳膊的时候,晏航靠在床上哀叹:"我好想洗澡啊……太难受了……"

"再忍两……两天。"初一说。

"你应该把我香水拿来,我喷点儿还能遮遮味儿。"晏航说。

"你身上没……没味儿,"初一说,"又不是夏……夏天。"

第十七章

晏航叹气。

初一掀开被子,准备帮晏航擦擦腿,但抓着裤子的时候又有点儿犹豫,不知道是应该把裤腿儿撸上去擦,还是应该把裤子脱下来擦。

"穿内裤了,"晏航弯起一条腿,轻轻挺了一下,"脱了擦,我正好换条运动裤,这个没弹性穿着难受。"

初一放下毛巾,借着去给晏航拿裤子的机会,拉开柜门,把自己藏在了门后头,闭上眼睛轻轻叹了口气。

"你……"晏航叫了他一声,但话没说完又没了声音。

初一整个人都是僵的,就那么站在柜子跟前儿,瞪着已经关上了的柜门,头都不敢往晏航那边转。

"初一,"晏航感觉不能再这么僵持下去了,虽然他也不知道该怎么办,但还是叫了初一一声,"过来。"

初一抓着他的裤子走过来的时候,指关节都因为用力而有些发白,走路也有点儿顺拐,眼睛也不知道看的是哪儿,反正一直没跟他对上。

走到床边,初一什么也没说,动作僵硬地把裤子往他腿上套着。晏航努力让自己动作的幅度小一些,俩人配合十分不默契地把裤子穿上了,初一给他盖上被子的时候,裤腿儿还是拧着劲的,但他也只能先忍了。

"小狗,你过来。"晏航冲初一招了招手。

初一艰难地挪到了他旁边,但他还没开口,陪护的大叔和两个护士就拿着个托盘走了进来。

"可以拔管了,"一个护士看着他床头的牌子,"有没有感觉腹胀?"

"没有。"晏航回答。

初一不知道什么时候又让到一边去了。

"好的,"护士点点头,"一会儿我说屏气的时候你就憋一下气,以防有液体滴到气管里。"

"嗯。"晏航应着。

"会疼吗?"初一在旁边问了一句。

"没什么感觉就拔出来了的,很快,"护士笑笑,"不会疼的。"

"哦。"初一靠在柜子旁边点了点头。

拔完管子,晏航感觉整个人都轻松了很多,闭着眼睛深深吸了口气,再慢慢吐出来:"舒服。"

"这几天得吃流食,然后再换成半流质。"护士说。

"嗯,我帮他订了病号饭了。"大叔说。

护士出去之后,晏航想把初一叫过来安抚一下,但陪护大叔一直在旁边待着,他也没法开口。

初一就那么靠在柜子旁边,不知道在想什么。

就这么沉默了好几分钟,走廊上突然有些吵闹,大叔侧过头听了听外面:"怎么吵起来了?我去看看。"

大叔出去之后,晏航看了初一一眼,初一低着头走了过来,坐到了他床边的椅子上。

"怎么了?"晏航抬了抬手,想抓抓他脑袋,又有点儿犹豫。

"没。"初一迅速把脑袋凑到了他手边。

他笑了笑,在初一脑袋上抓了抓,初一顺势趴到了床沿儿上,脸冲下埋在自己胳膊里,过了一会儿才闷着声音说了一句:"你是……不是看……到了?"

"嗯,"晏航看着他,发现他耳根都红透了,又有点儿想笑,但想想又不太笑得出来,"没什么的啊。"

初一不出声,还是那么趴着。

晏航连安慰人都不太会,更别说开导人了,这会儿看着初一这样子,他简直不知道下一句该说什么了。

"你会……会不会觉得,我是……是个……"初一声音还是闷着,听得出他非常郁闷。

"你这个……从哪儿说起啊……"晏航轻轻叹了口气。

"我以前没……没这样。"初一还是很郁闷。

"你以前不是个小狗吗,你现在是……"晏航非常艰难地组织着语言,"大……大狗了嘛。"

"你结巴什么。"初一说。

晏航笑了起来:"啊,我居然被一个结巴嘲笑结巴了。"

笑了两下好像又扯到了伤口,他正想捂一下的时候,初一伸手捂住了他的伤口,但脑袋还是没抬,就那么趴在床边,伸个胳膊按着他的伤口。

晏航很难形容自己现在的心情。初一的表现的确已经不像是普通小狗蹬蹬腿、嘤嘤叽叽地哼几声了,他就算再不愿意去猜测,也已经能感觉得到了。

第十七章

所以他现在很无措。

就是挺心疼的。

他不会有任何反感,但也没办法就那么轻率地给出初一想要的答案。

而且初一似乎更多的也只是想让他知道,扛不住了需要说出来,并没有表现出有多么期待他的回应。

也许是不敢期待。

"初一,"他把手按在了初一手上,"我不知道该怎么说……"

"不用说,"初一说,"我没……没有……你就当我什……什么也没……没说。"

晏航没出声。

"我不……不在意你。"初一说。

晏航笑了。

"败家,还总……总失眠,"初一说,"还……还……还总……总……"

"总什么啊?"晏航笑着问。

"没了,"初一沉默了一会儿,再开口的时候声音里突然带上了鼻音,"你太……好了,我找……找不出毛病。"

晏航在他手背上轻轻拍着,小狗东西又哭了。

这要换个人,一天天的没事儿就哭一鼻子,他早一脚给踹开了。

但不知道为什么,初一每次哭,他都不会觉得烦,只会觉得挺可爱的,最多也就是不知道该怎么安慰。

不过今天初一哭的时间很短,大概因为在医院,陪护大叔和护士随时都有可能推门而入。

"真是,小时候哭……少了,"初一抓过床头柜上的纸巾,"烦人。"

"初一,"晏航挑起他一根手指,轻轻捏着,"我吧,一直跟着我爸到处跑,要说好玩呢,是挺好玩的,见世面,什么样的人,什么样事儿,我都见过。"

初一趴回床边,侧过脸听着他说。

"要说孤单呢,也真的很孤单,"晏航说,"我大多数时候愿意一个人待着,消停。看看书,听听音乐,边儿上没人最好。但是不想一个人待着的时候……我也得一个人待着。"

"所以我一直挺想有个兄弟姐妹的,"晏航说,"特别乖的那种。我烦的时候一挥手,小玩意儿就走开了;无聊的时候一招手,小玩意儿就蹦过来了……"

"您挺……挺能想,"初一说,"没有想……不到,只有做……不到。"

晏航笑着在他手上弹了一下:"我就是想说,你就挺乖的,我一直就想着你是我弟弟就好了。"

初一小声说:"结巴弟……弟弟也想……要吗?"

"听我说完行吗?"晏航说,"你结巴的毛病千万别好,好了咱俩一天就得打一回。"

初一没有说话。

"我说这么多,就是想告诉你,"晏航说,"我一直没有想过我俩之间,会不会有超出这个范围的感情存在,我完全没想过。"

初一咬了咬嘴唇没出声。

"所以我不知道要怎么回答你,"晏航说,"我……"

"不……不……不用,"初一一听就坐直了,"我不……不要你回……回答,我不用……不用,不……"

"哦。"晏航看着他。

晏航真是个很好的人,非常好,非常善良。

初一根本没想过晏航会跟他说这么多,就是怕他难受和尴尬。

其实说出那句话的时候他也没有任何想法,他只是觉得再也扛不下去了,想说出来。

他已经不再想要晏航的回答了,完全不想要了,他甚至希望没有跟晏航说过那天的那句话。

他只想要跟晏航轻松地待在一起,晏航不开心的时候他可以逗晏航开心,他不开心的时候晏航会安慰他。

如果晏航只是想要个遥控弟弟,他也愿意做那样的弟弟。

他不知道对于晏航来说,自己是什么样的存在,他只希望晏航跟他在一起的时候是轻松的,没有任何压力。

哪怕是被在意却不知道该怎么应对的压力。

"我什么时候能出院?"大夫来查房的时候晏航问了一句。

"是不是待得有点儿闷了啊?"大夫笑着问。

"嗯,"晏航叹了口气,"我快憋死了。"

"这才一星期不到,"大夫说,"再坚持几天。你身体素质很不错,再有几天可以出院回家调养。"

第十七章

"几天？"晏航问。

"观察观察再看，"大夫说，"身体重要，别这么不当回事儿。"

身体当然重要，但对于晏航来说，情绪更重要。

他这几天每天都跟人乐呵呵地聊天儿，跟初一、跟陪护大叔、跟护士，但无论怎么强装开心，他都感觉自己的情绪一天比一天低落。要不是有初一，他早就低落到谷底了。

"我陪你出……出去转转。"初一推了个轮椅进了病房。

"我能走，"晏航笑了笑，"现在不用这玩意儿了吧。"

"去花园，推你过……去了你再自……自己走。"初一说。

"行吧。"晏航慢慢下了床，坐到了轮椅上。

初一推着他进了电梯，下了楼，溜达着走到了医院后楼之间的休闲小花园里。

平时上这儿来透气的病人应该挺多的，但今天降温，冷了不少，除了他俩，一个人都没有。

"冷吗？"初一把晏航身上的厚外套拉了拉。

"不冷，没风，还行。"晏航说。

"这儿不……不如家那……那边儿，"初一说，"下个月才供……供暖。"

"怎么，你冷得睡不着了吗？"晏航笑着问。

"一天比……一天冷了，"初一把外套拉链拉上，"我挺怕……冷的。"

"柜子里有电热毯，你要冷就铺那个。"晏航说。

"不，"初一摇头，"不安全，万一烤……烤熟了怎……么办？"

"我正好吃了。"晏航说。

初一把手递到了他面前："给。"

晏航看了看他的手："擦擦。"

初一从兜里掏出包湿纸巾。自从晏航住院之后，他就被迫跟着养成了非常讲究的习惯，走哪儿都带着湿纸巾。因为讲究的晏航没事儿就让他把这儿擦擦，把那儿擦擦。

他抽了张湿巾出来把自己的手擦了擦，重新递到了晏航面前。

晏航张嘴就要咬。

他在晏航碰到他手的时候猛地收回了手。

不是因为怕手脏。

· 57 ·

他把手揣回了兜里，捏了捏兜里的小钢镚儿。

"抠门儿。"晏航笑了笑。

"今天才知……道吗？"初一坐到了他对面的石凳上。

"你们上课了吧？"晏航问，"明天回学校一趟？"

"我请……了假，"初一说，有些犹豫，他不知道要怎么跟宿舍那帮人说他请假的原因，"今天宿……宿舍的人还……问我来着，不知道怎……么说。"

"就说我住院了呗。"晏航说。

"能说吗？"初一看着他。

"这有什么不能说的，"晏航笑笑，"被打劫的捅了一刀。"

"哦。"初一点了点头。

"我现在也不用老守着……"晏航话说了一半突然顿了顿，转头往旁边看了一眼。

初一马上也跟着往那边扫了一眼。

那边是住院部的消防通道，没什么人往那儿走，初一一眼就看到了那儿有个人正快速地往里走。

这个走路的姿势！

他顿时想起了那天在他前面逃跑的那个人，也在这一瞬间想起来那人跑起来似乎略微有点儿晃……

初一猛地从石凳上跃起，腿一蹬直接翻过了旁边半人高的灌木丛，往消防通道那边冲过去，晏航差点儿给他鼓掌再外带叫一声好。

虽然知道初一练拳，会打架了，在学校也声名在外了，但这还是他第一次亲眼看到初一这么漂亮的身手。

行云流水一气呵成。

非常帅气。

两秒钟之后他才回过神来，想叫住初一，但腰上、小腹上还没好的伤让他没法出声大喊。

蠢狗！

万一这会儿再来一个人捅你哥一刀怎么办！

晏航摸了摸外套口袋，空无一物。

他看了看四周，有一个推着垃圾车的保洁大姐正从旁边经过，他微微松了一口气。

第十七章

  还没等保洁大姐走到他旁边,初一又跟风卷着一样从消防通道那边跑了回来。
  "飞去来兮啊!"晏航看着他,"Cos回旋镖呢?"
  "吓死我了,"初一把他连人带轮椅靠背一把搂住了,"我跑……跑一半儿,突……突然想是……不是声……声……声……"
  "东击西,"晏航帮他把话说完了,"所以你就回来了。"
  "嗯,"初一点了点头,"脚扭……扭了。"
  "废物,"晏航伸手到他外套里,隔着衣服在他背上搓了搓,"坐下。"
  "是那个人!"初一往四周看了看,又盯着消防通道那边,好半天才坐了下来,"是他!"
  "嗯,"晏航看着他的脚,"先看看脚。"
  初一一边警惕地东张西望,一边伸手想脱鞋,手抓着鞋帮刚一用力,立马就抽了口气,脸都拧起来了。
  "疼?"晏航撑着轮椅扶手往他那边挪了挪。
  "啊,"初一咬着嘴唇,解开鞋带把鞋脱了下来,"有点儿。"
  晏航看到了他已经肿了起来的脚踝,有些吃惊:"你是怎么跑回来的?"
  "不……知道啊。"初一说。

第十八章

Chapter eighteen

第十八章

初一没扭过脚。以前他没少被人撵,但每次都能跑得呼呼的,从来不扭脚。今天也不知道怎么了,刚跑到消防通道那儿就扭了。

那一片的地面都是平的,也没有什么杂物,他不知道怎么就像是一脚踩空了似的猛晃了一下。

那个人跑得不算快,但消防通道那边就是住院部办手续的大厅,人很多,初一继续冲过去的时候已经看不到人了。本来想再出去转转看看,但想到晏航一个人在小花园里坐着的时候,他一身冷汗都下来了。

往回跑的时候就盯着晏航四周,连保洁大姐他都盯了好几眼,生怕保洁大姐突然一扬手扯掉假发,从车底下抽出一挺机关枪。

一直到要脱鞋的时候,他才发现自己脚踝疼得连碰都碰不了,平时根本不会觉得受力的这么一个动作,疼得他汗都下来了。

"去挂个号,"晏航站了起来,"走。"

"不……不急,"初一赶紧也站起来,弯着扭伤的脚,往四周看了看,老感觉这里不安全,"我先送……送你回去。"

"我……"晏航皱着眉,想弯腰看看他的脚。

"哎,你别……别动。"初一一把抓住了他的胳膊。

"我过几天都能出院了,"晏航说,"到你这儿我连动都不让动了啊?"

"我送你回……回病房。"初一把脚往脱下来的那只鞋里塞了塞。

失败了,塞不回去,而且很疼。

他只好把鞋递给晏航:"你拿……拿着。"

"你坐着吧,"晏航叹了口气,拿出了手机,拨了号,"叔,你下来一趟吧,小花园这儿。我弟脚扭了……嗯,挺严重的,你推他去看看吧……好嘞。"

"那……那个人,"初一一直抬着胳膊环在晏航身后,"能让警……察叔叔调监……监控,抓……起来吗?"

"你别管了,"晏航说,"我一会儿告诉崔逸……"

· 61 ·

"什么叫我别……别管了啊!"初一一下就急了,忍不住提高了声音,瞪着晏航,"我怎……怎么不管啊!"

晏航像是被他吓了一跳,转头看着他。

他顿时觉得有些不好意思,刚想再开口的时候,晏航也冲着他吼了一嗓子:"脚!"

吼完这个字之后,晏航停了停,然后声音就恢复了原样,但语气还是很凶:"都那样了,你还管那个人呢!我让你别管你就别管!我现在让你去看你的脚,你就去看你的脚!听懂了吗?"

"听懂了。"初一点了点头。

"别冲我吼!"晏航凑到他面前恶狠狠地说,"我现在也就是使不上劲,要不我能吼得你退回那边重新跑过来一次。"

"啊,"初一看了他一眼,"内……内力不……够?"

"滚,"晏航板着脸绷了一会儿,最后笑了起来,"滚滚滚……"

陪护大叔很快过来了,用轮椅把初一推着,先把晏航送回了病房。

"你别出……出去。"初一说。

"嗯。"晏航应了一声。

"医院我非常熟,"大叔推着初一往外走,"不用挂号,直接去骨科病房那边找大夫先看看,请他处理一下再说。"

"谢谢了。"晏航说。

"谢啥?"大叔笑了笑,"又不费事。"

看着初一被推走了之后,晏航没有关病房门。他的病床在门旁边,斜对面就是护士站。只要不关门,有点儿什么动静护士都能看得到。

他坐回床上,给崔逸打了个电话。

"你确定?"崔逸有些吃惊。

"确定,"晏航说,"初一都认出来了。"

"我再跟警察那边联系一下,"崔逸说,"上回监控查不出,这回在医院里,应该能拍得更清楚一些。"

"认得出人也没用,"晏航皱皱眉,"这人要是没有案底,知道长什么样了也不知道是谁。"

"我给你办个转院吧。"崔逸说。

"不用,"晏航看了看门外,"他没那个本事,而且我感觉他……"

第十八章

"他在等你爸出现。"崔逸说。

"你也这么想吗?"晏航咬了咬嘴唇。

"嗯,"崔逸说,"但是你爸不会上这个钩。"

"是啊,老狐狸。"晏航笑了笑。

"现在得注意着点儿了,"崔逸说,"我一下也找不到什么地方能藏你,藏也没用,你在明处。"

"我不藏,"晏航说,"要不是那天我分心了,他不可能靠近我。"

"你这个狂劲儿就跟你爸一模一样,"崔逸叹了口气,"那你最好别再分心了。"

"嗯。"晏航应了一声。

分心。

是啊,那天就是被初一分了心。

但他不是太所谓,倒是怕初一因为这事儿会内疚。

今天看初一急成那样,他就觉得挺过意不去的,也特别怕初一一冲过去了碰上什么事儿。初一虽然看着很能打,但毕竟没什么街头斗殴之类的经验,对方随便来点儿阴的,他可能就会吃亏。

初一爸在这件事里到底扮演了什么样的角色,晏航到现在也弄不明白,也许只是来帮开个车,被逼的、被骗的,都有可能,反正不会是什么关键人物。

可初一却不会这么想,晏航能感觉得出来,初一一直有很强的负罪感,尽管这件事跟他没有任何关系。

这性格,一点儿也不狗哥。

初一被大叔推回病房的时候,就更不狗哥了,脚上被缠上了绷带。

"骨头有问题了?"晏航一看就愣了。

"没,"大叔说,"里面是包着药。拍了片子,骨头没问题。韧带拉伤,得有一阵儿走路不方便了。"

"不会,"初一站了起来,一步就蹦到了床边,"看!"

"我去给你借个拐吧,"大叔说,"蹦起来能更快点儿。"

"好。"初一笑了。

"你这几天要来的话……"晏航轻声说,"就打车,我给你报销。别舍不得花钱。"

"嗯,"初一点了点头,想想又看了他一眼,"手机钱还……没给我报呢。"

"哎哟,"晏航喷了一声,把钱包拿出来递给他,"自己拿卡取去。"

"密码呢?"初一问。

"你手机号前六位。"晏航说。

"我的?"初一愣了愣。

"嗯,"晏航笑了笑,"这卡我爸给我的,之前设的密码特别怪,一直记不住,上次去取钱输了好几次才输对,嫌麻烦,就改了。"

"哦。"初一低头看着卡。

在医院大厅拿着晏航的卡取钱的时候,初一看了看余额,居然差不多有十万,对于他来说,这简直是巨款。

取完钱回病房的时候他就差把卡塞嘴里含着了,一路都非常紧张,撑着拐飞快地蹦着。既怕刚才那个人再出现,也怕有人抢他的卡,自我感觉比脚没伤的时候走得快多了。

一直到进了病房的时候他才反应过来,卡抢走就抢走了呗,贼又没有密码。

这两天晏航都吃流食。所谓的流食,就是粥之类的。对于美食爱好者晏航来说应该是非常痛苦的。

他把卡放回晏航钱包里的时候,晏航正对着一碗米汤出神。

"不想吃啊?"初一问。

"等着放凉点儿一口气喝掉呢,"晏航说,"你吃点儿东西吧,大叔一会儿去打饭,让他给你打一份吧?"

"嗯。"初一点头,他这几天也没什么胃口,回了晏航家也不想吃东西,如果坐这儿跟晏航一块儿吃,他似乎又很有胃口了。

大叔打了两份回锅肉饭回来,他俩一左一右围着病床,中间是晏航和他的米汤,这个场面有点儿虐心。

"我要吃回锅肉。"晏航说。

"太油了,"大叔说,"你这个里面也有肉,只不过是打成汁儿了。"

"那还能算肉吗?"晏航拿勺在米汤里搅了搅,"我不怕油,我要吃肉。"

"坚强点儿。"初一飞快地吃着,尽量吃快点儿避免长时间刺激晏航。

"滚蛋。"晏航笑了起来。

初一扒拉得非常快,没几分钟饭盒里就还剩下最后一小片肉了。他夹了刚要往嘴里放,发现晏航在盯着他。

"嗯?"他看着晏航。

第十八章

"给我。"晏航说。

初一看了看筷子尖上夹着的大概小指甲盖儿那么大的肉片:"你要吃?"

"给我,"晏航瞪了他一眼,"赶紧的。"

初一犹豫了一下,把肉片递到了他嘴边,晏航一口叼走了。

"能嚼……嚼得着吗?"初一问。

晏航嚼了两下就停了,叹了口气:"已经失踪了。"

"明天就好了,"大叔笑了起来,"明天给你订的饭就不是这个了。"

吃完饭,初一靠在床边陪晏航一块儿看电视。

隔壁床的病人刚才换了病房,这会儿没有新的病人住进来,大叔去了隔壁找老乡聊天,于是病房里就剩了他和晏航两个人。

挺长时间了,他都没有跟晏航这么安静地待着了。

虽然电视很无聊,虽然他的脚有点儿难受,还得架在旁边的椅子上才行,但他觉得很舒服。

手机响了一声,李子强发了条消息过来。

我们都回来了,你怎么回事?春阳说你请假了?

嗯,晏航住院了,我请了三天假照顾他。

他按晏航的指示给李子强回了消息。

没过两秒钟,李子强的电话直接打了过来。

"谁?"晏航在旁边问。

"李子强,"初一说,"我说你住……住院了……"

"嗯,"晏航笑了笑,"他们要是过来看我,让他们带吃的,什么海鲜面、海鲜粥的都行。"

"海鲜不……不行吧?"初一看着他。

"先接吧。"晏航打了个哈欠。

"初一你怎么回事?"电话刚一接通,李子强劈头就问了一句,"你还拿不拿我们当朋友了?"

"什么?"初一愣了愣。

"春阳说你前几天就说有事儿了,是不是前几天航哥就住院了啊?"李子强问。

"嗯。"初一应着。

"那你是不是有点儿过分啊!"李子强很不满意,"春阳他们几个都是本地的,你说一声也能帮帮忙啊!什么也不说,你太不够意思了。"

"啊……"初一不知道该怎么回答,弄不明白这为什么就不够意思了。

"啊什么啊,"李子强说,"明天我们去医院看望一下航哥,有什么要帮忙的你只管开口。"

"不……不用……这么客……"初一还想推辞一下,但被晏航打断了。

"让他们给我带吃的。"晏航说。

初一看了他一眼。

"吃的,有肉的。"晏航说。

"那你们带……带点儿吃的,"初一只得跟李子强重复,"他喝米汤快……喝疯了。"

那边李子强笑得非常响亮:"没问题,包在春阳身上了!"

"半流食,"初一赶紧又补充了一句,"他……"

"他是什么病住的院?"那边传来周春阳的声音。

"被打……打劫了。"初一看了晏航一眼。

"刀伤?"周春阳愣了愣。

"嗯。"初一应着。

"行吧,半流食是吧?"周春阳问。

"对。"初一点头。

"那就鸡丝面之类的?再弄个蒸蛋什么的?南瓜小米糊应该也行……"周春阳说,"我都把我自己说饿了。"

"行。"初一刚吃完饭,让他说得也有点儿犯馋。

宿舍这帮人,对于旷课这种事大概没什么感觉,初一本来以为他们会中午过来,结果一大早他刚进了病房没多久,一帮人就到了。

"天哪!"张强一看到初一先惊呆了,"你脚怎么了?你俩是一块儿被劫的吗?"

"不是,"初一笑了笑,"不小心。"

"那一会儿再慰问你吧,"李子强拎着个装了好几个饭盒的兜挤到病床边,"航哥是馋了吧?赶紧,先吃,还热着呢。"

"谢谢啊。"晏航说。

"跟我们说什么谢啊,本来我们还想买高级营养品呢,"李子强说,"你这一开口说要吃这些,倒是很省钱了,加一块儿都没到一百块。"

第十八章

"口气挺大,"晏航说,"一百块不放在眼里啊?"

"刚从家里回来,"周春阳站在墙边笑着说,"都是大款。"

"航哥,"胡彪凑到床边坐下,"给大家说说吧,怎么回事儿啊,打劫的还能把你给伤了?"

"好几个人围着我,"晏航打开了一个饭盒,应该是鸡丝面,非常香,初一站在门边都能闻到香味,晏航边吃边忽悠,"我忙不过来。"

"这种时候还是给钱算了,要不多吃亏啊,"胡彪叹气,"伤哪儿了?"

"肚子。"晏航看了旁边的李子强一眼,问道,"你脸怎么了?还有那个谁……张强?"

"别提了,"张强一挥手,"一回学校,先干了一仗。"

"是跟上回我看见的那几个?"晏航问。

几个人七嘴八舌地就说上了,大概就是一回学校就碰上404的几个人在他们宿舍门口转悠,于是一言不和就动了手,中途膀子哥带着对周春阳的仇恨加入战斗,从四楼打到三楼又从三楼打回四楼。

初一看了周春阳一眼,果然发现他脖子上有一道血口子。

"你脚怎么扭的?"周春阳偏过头问了一句。

"踩……空了。"初一说。

"哦,"周春阳看了看他,叹了口气,小声说,"以后有这种事儿,你就开口说,我们就算都是学生帮不上什么大忙,跑个腿儿什么的还是可以的啊。"

"嗯。"初一笑了笑。

"你是不是都熬瘦了啊?"周春阳又看了看他,"我怎么感觉你瘦了?"

"有吗?"初一摸了摸自己的脸。

"嗯,就是没晏航瘦得多。"周春阳说。

初一没说话,看了周春阳一眼。

周春阳进门就站墙边儿上居然还能看到晏航瘦没瘦!

这帮人没一个发现晏航瘦了的,周春阳居然看出来晏航瘦了!

他跟周春阳对视着,内心有些澎湃,视线都忘了收回来,周春阳跟他对瞪了一会儿之后笑了起来。

"笑什么……"初一顿时有些尴尬。

"没,"周春阳往晏航那边看了看,又转回头,往他这边侧了侧身,继续靠着墙,声音很低地说,"上回问你是不是心里有点儿什么,你还不承认。"

初一一想到上回在餐厅吃饭时跟周春阳聊的那些话，立马就有点儿要脸红了，当时他跟周春阳说"不行"的时候，心里想的那些跟现在完全不是一回事。

他怎么也没想到就这么一点儿时间里，他能突然就变成了现在这样。

非常郁闷。

甚至有些恼火。

人变起来怎么这么快呢？

他非常想要回到以前，不用特别以前，就他跟周春阳吃饭那天之前就行，那他和晏航之间，就什么问题都没有了。

"没有。"他说。

"嗯？"周春阳愣了两秒才反应过来，"哦。"

初一还是看着他，感觉想再说点儿什么，却又不知道该说什么了。

"我误会了，"周春阳说，"毕竟我……所以有时候就看别人总有点儿什么，不好意思啊。"

周春阳这么一说，初一突然又有点儿觉得失望。

可是又说不清在失望什么。

宿舍里的这些人没待太长时间就被护士进来赶走了，说是太闹腾。

"狗哥，你回学校的时候说一声，"胡彪拍拍初一的肩，"我们过来接你，你这脚估计没十天半个月的好不了。"

"哦。"初一点了点头，这回他没说谢谢，怕李子强又怪他不够朋友。

几个人走了之后初一看了看他们带过来的那些吃的，晏航没吃掉多少，就吃了几口鸡丝面。

"不好吃吗？"他问。

"挺好吃的，就是一直没怎么吃东西，现在吃几口就饱了，"晏航看了看面前的饭盒，"这个南瓜小米糊我还没吃，你吃掉吧。"

"我都……能吃光。"初一说。

"那你吃光。"晏航笑着把饭盒都推到了他面前。

初一拿过来就开始吃，的确挺好吃的，他早上没吃早点，刚闻到香味的时候就觉得肚子里空得难受了。

晏航靠在床头，看着他埋头苦吃。

这都十天了，初一吃不好睡不好，又是发烧又是扭脚的，晏航本来感觉不

第十八章

明显,刚才跟初一宿舍的这帮小屁孩儿们一对比,他才猛地注意到初一瘦了不少,而且看上去很疲惫。

"你一会儿去走廊上称称体重吧,"他说,"你是不是瘦了挺多的?我天天看着你也看不出来。"

"刚春……春阳也说我……瘦了,"初一边吃边说,"可能瘦……了点儿吧。"

春阳。

三个字儿的名字就是容易占便宜。

"我看你俩刚聊好半天,"晏航说,"聊什么呢?"

"没什么,"初一仰头把剩下的一口鸡丝面扒拉到嘴里,"就问……问我脚怎……么了。"

"哦。"晏航笑了笑。

初一很快把剩下的那些东西都吃光了,然后收拾了饭盒出去扔:"我去称……个重看看瘦……没瘦。"

"嗯。"晏航应了一声。

看着初一出去之后,晏航往后仰了仰头,叹了口气。

虽然理智上他知道初一现在这样,跟周春阳同学没什么关系,但看到初一跟周春阳站在一边小声聊天儿的时候,他又还是会觉得不愉快。

总觉得想把周春阳拉过来警告几句。

可警告什么呢?

别瞎跟初一说话?

别把初一再往别的道儿上领了?

啧。

这些事跟周春阳真有什么关系吗?

他其实弄不清自己到底在想什么,担心什么。一边觉得这些事也没什么大不了的,一边又看着初一这样子觉得心疼。

"瘦了十……十斤!"初一蹦进病房,非常吃惊地看着他,"我的肉是……被切……切掉的吗?瘦这……么多!"

"切个屁啊,"晏航叹了口气,"说得这么瘆人。"

"你去称……称一个看看?"初一说。

"行。"晏航慢慢下了床。

他俩一个缓慢行走,一个单腿儿蹦着,穿过走廊的时候护士都笑了。

一个钢镚儿 / 3
A COIN

晏航站上体重秤看了看，大概比住院之前瘦了十五斤。

初一看了看体重秤，皱着眉："比我轻了。"

"饿的。"晏航笑笑。

初一拧着眉没说话。

"怎么了？"晏航在他脑门儿上弹了一下，"出院了吃两顿就补回来了。"

"就是生……生气。"初一说。晏航从体重秤上下来的时候，他伸手在晏航腰上轻轻摸了一下，又很快地把手缩了回去。

晏航拉过他的手，往自己腰上按了按："没事儿了，马上就拆线了。"

"嗯。"初一抽出手笑了笑。

初一请了四天假，从周一到周四，但是晏航出院的时间是周五，于是他到周四的时候又给班主任打了个电话说再请一天假。

"你一开始请五天不就行了吗？加上周末又凑一个长假了。"班主任说。

"那太明……显了吧。"初一说。

"就这一天假了，"班主任说，"我们虽然是中专，但自己也不能太松散了，学这些东西都为了自己。"

"嗯。"初一应着。

因为不是周末，他没叫宿舍的人过来接应，毕竟班主任都说了，不能太松散了，宁可让那帮人旷课在宿舍睡觉，也不好叫他们出来。

反正东西也不多，崔逸一车就都拉了。

"手续办好了，"崔逸拿着几张单子进来，"走吧……账单你看看吗？"

"不看。"晏航说着拿起了自己的包。

"我来。"初一一把他的包拿了过来。

"一个瘸子，"晏航看了他脚一眼，"逞什么能！"

"已经没……事儿了。"初一拎着包转身走出了病房。

说没事儿是不可能的，就这几天时间，肿都刚消下去，但是已经不需要蹦着走了，不跑不跳都问题不大，有点儿瘸也不影响走路，看上去还是非常身残志坚的。

从病房下楼到停车场，初一直都注意着四周，怕再碰上那个人。

看了两圈之后他发现晏航和崔逸也跟他差不多，时不时会往两边看看，只是看上去比他要淡定一些。

"我请了个家政阿姨，每天过去给你做两顿营养餐，"崔逸打开车门上了

第十八章

车,"这段时间你就静养,不要出门了。"

"嗯。"晏航应了一声。

初一把他扶上后座坐好,自己上去的时候发现伤的是左脚,上车不太好使劲,犹豫了一下他背转身直接一蹦,蹦到后座上坐下,再把腿收了上去。

"嚯,"崔逸回头看了他一眼,"这动静,我差点儿要掏刀了。"

"你一……个律师,"初一关好车门,"还有刀啊?"

"水果刀总还是拿得出来的。"崔逸发动了车子。

离开医院的时候初一看了看车窗外,松了口气。

虽然晏航现在的身体状态不错,恢复得也挺好,但他一个外行都已经能看得出,晏航的情绪不高,脸色也差,应该是又失眠了,再不出院他都担心晏航要出问题。

他转过头看了看晏航,晏航正枕着靠枕偏头看着那边的车窗。

这个侧脸简直太好看了。

颈侧拉出的线条和锁骨。

初一看了一会儿,在晏航转回头的同时转开了脸,看着前面。

"你那个手,"崔逸说,"医生说教了你要怎么恢复,你回去按他说的做,别犯懒。"

"嗯,"晏航笑了笑,"好啰唆啊。"

"不啰唆行吗?也就是人人都知道掉头发是正常现象,要不我怕你爸哪天回来了还要数数你头发,少一根都跟我过不去。"崔逸说。

"我爸哪儿有这么夸张!"晏航笑了起来。

"当你面当然不会让你看出来。"崔逸说。

晏航笑了一会儿,又轻轻叹了口气。

"我看……看你的手。"初一在晏航耳边小声说。

晏航把右手伸了过来。

初一捧住他的手,小心地掀开纱布往里看了看。

晏航腰上的伤他就换药的时候看过几次,因为是刀捅的,所以不算特别大的口子,小腹上手术的刀口也不大。

相比之下,他手上抓刀留下的这条口子,视觉冲击力要更大些。

横贯了整个手掌的一道切口。

虽然没有伤到神经,不会影响手的功能,但这么大一道疤,又是手掌的位置,恢复起来会很慢。

"没事儿。"晏航说。

初一没说话。

"我左右手都能用,"晏航说,"左手还有隐藏技能。"

"我左……左手的隐……藏技能是挠……痒痒。"初一说。

晏航和崔逸一块儿听乐了。

"那我也有,我左手隐藏技能是打车。"崔逸说。

初一也笑了,感觉还是出院了好,连带他自己都觉得轻松了不少,医院的条件再好,天天看着的都是病人、伤员,挺压抑的。

回到家里,晏航把带去的衣服收拾回了衣柜里,拿了一套睡衣出来,但站在衣柜前又有些犹豫。

初一差不多能看出来晏航在想什么,他想洗个澡,对于一个非常讲究的洋狗来说,十天没洗澡就那么拿毛巾来回擦,是无法忍受的。

但洗澡就必须得自己帮忙。

晏航大概还记得他那天凹凸有致的侧身画面,正在进行着很激烈的思想斗争。

那个画面,初一一想起来就想往地上刨个坑躺进去,还得脸冲下。不过他还是一咬牙走了过去,扒着卧室的门框。

"洗澡吗?"他说,"我帮……帮你。"

"嗯,"晏航转脸看着他笑了笑,"我难受死了。"

不就是帮忙洗个澡吗?

有什么大不了的。

初一站在浴室门口,眼睛斜视,盯着旁边门框上的一小条裂缝儿,余光里晏航正在脱衣服,他感觉自己来的还是有点儿急了,应该等晏航脱好了他再过来。

就这么站这儿等着人家脱衣服,挺傻的。

"好了。"晏航说了一句。

"嗯,"他应了一声,拿着医生给的一大卷防水膜进了浴室,"先把这个贴上。"

这个防水膜长得跟保鲜膜差不多,不过有黏性,贴在皮肤上可以防水。初一扯出一截儿,往晏航腰上比画着。

第十八章

"随便一粘就行了,你还要横平竖直吗?"晏航笑了。

"怕漏水。"初一小心地贴了一片到他腰上,把边缘都按实了,再站到正面小心地往小腹的伤口上贴着。

晏航转过身对着墙,抬起受伤的手扶着墙。初一拧开了水龙头,拿着花洒低头试着水温。

不跟晏航面对面让他放松了很多,但晏航的这个姿势太帅气,他还是不敢盯着看。

他有些痛恨自己的状态,但又没什么办法。

"你明天回趟学校,露个脸,"晏航说,"虽然是周末,也让人知道你不是给自己又凑了个长假,脚的确是伤了。"

"嗯,"初一往他背上淋了些水,"合……适吗?"

"非常愉快的温度。"晏航说。

初一笑了笑,拿毛巾在他背上搓了搓。

"有泥儿吗?"晏航马上问。

"没有,"初一又用了点儿劲,"真没有,你可以放……心了。"

"我觉得他们往我身上涂了很多莫名其妙的东西,胶水啊,这个药、那个消毒水的,"晏航叹了口气,"快忍不下去了。"

"你一会儿睡……睡个觉吧,"初一说,"脸色挺吓……吓人的了。"

"是吗?"晏航说,"我其实特别困,就是在医院睡不着。"

"我给你唱……唱个《数鸭子》,"初一说,"你睡……一觉。"

"初一,"晏航偏过头,笑着说,"你是怎么能一本正经地跟人说你要给人唱个歌的啊?"

"怎么了?"初一往他背上涂了点儿沐浴露,"我是个正……正经人啊。"

"哦,"晏航冲着墙笑了半天,"唉,瞌睡劲儿没了。"

这么洗澡比初一自己洗用的时间长多了,不过晏航一直跟他聊着天儿,他脑子里那些乱七八糟的念头没找着机会苏醒,算是顺利地帮晏航洗完了澡,还洗了头。

走出浴室的时候他才发现自己身上的衣服都湿了。

"我睡会儿,"晏航换好衣服走了出来,顶着条毛巾,"你也洗个澡吧,都湿了。"

"嗯,"初一看了他一眼,"头发吹……吹干了再睡。"

"好。"晏航进了卧室。

初一洗完澡,换了套晏航的衣服出来,发现晏航在卧室里已经睡着了,头发也没吹,就那么垫着之前那条毛巾,身上连被子都没盖。

初一站在门口犹豫了半天,最后提气提了好半天让自己尽量身轻如燕地进了屋,拿过旁边的被子,一寸一寸慢慢挪动着扯过来,用了能有三分钟,才终于盖在了晏航身上。

晏航这会儿能睡着实在太不容易了,他踮着脚一瘸一拐地出了卧室,把门关好了。

晏航这一觉睡得有点儿吓人。

他们中午过后回来的,晚上家政的阿姨过来做营养餐,看他还没醒,只能先做好放着。

初一随便吃了点儿东西就坐在沙发上看电视,看到晚上十点多,晏航还是没动静。

他轻手轻脚地推开门看了好几次,听到晏航的呼吸是正常的之后才又退出来关好门。

这段时间他自己也没睡好,这会儿已经困得不打哈欠都泪流满面了,但还是坐在沙发上一直强撑着没敢睡,怕晏航醒了或者哪儿不舒服。

不过最后肯定还是睡着了,因为他最后一次看时间的时候是十一点半,之后就没有了记忆。

晏航起床的时候,太阳已经挺热情地在天上挂着了,一看就不是早上八九点的那种。

他这一觉睡得有些夸张,坐在床边呆了快十分钟,身上的酸麻和伤口因换姿势带来的拉扯感才消失。

他慢吞吞地打开卧室门走出去,看到坐在沙发上仰着头半张着嘴睡得正香的初一时,有点儿吃惊。

他起床用的时间挺长的,也折腾出不少动静,但初一一直没进去,他还以为初一已经去学校了……

一直走到沙发跟前儿了,初一都还是睡得天昏地暗快要立地成佛了的那种样子。

"小狗,"晏航抬手在他脸上轻轻点了一下,"脖子要拧断了。"

初一还是半张着嘴,睡得呼呼的。

第十八章

晏航看了他一会儿，心里说不上来是什么滋味儿。

长这么大，他第一次感觉到，对一个人好，可以这么全力以赴。

"我给你弄点儿东西吃吧。"晏航小声说。

转身刚走到厨房门口，就听到后面初一长长地舒了一口气，听着跟好不容易捯过气儿来了似的，他赶紧转过头。

就看到初一没仰着头了，已经坐直在了沙发上，瞪着他看了一秒钟之后猛地弹了起来，哑着嗓子喊了一声："你醒了啊？"

"啊，"晏航看着他，"怎么，我醒了你意见挺大啊？"

"嗯？"初一愣了愣。

"这架势，"晏航说，"看着像要过来揍我一样。"

初一低头看了看自己，又抓了抓头，缓过来之后才笑了起来："我以为现……现在是晚上呢。"

"快中午了。"晏航说。

"啊，"初一拿过手机看了一眼，"真……真是……你刚起……来吗？"

"嗯，"晏航点点头，"给你弄点儿东西吃？"

"不用，"初一说，"昨天营……营养餐没……吃呢。"

"哦。"晏航这才反应过来自己睡了多长时间，连吃没吃晚饭都没有记忆，睡了差不多一个对时了，难怪睡得骨头缝儿都酸了。

"我给你弄那……那个营养……餐，"初一进了厨房，"昨天阿姨教……我了。"

"好。"晏航笑了笑，靠在门边。

初一把几个保鲜盒从冰箱里拿出来的时候，晏航打开手机，进了直播间。

"这个就……"初一回过头，看到了对着他的镜头，"你干吗？"

直播啊小傻瓜。

啊啊啊起得晚有福利！

小帅哥怎么一脸迷糊？

刚起床吧头发乱得好可爱。

"直播，"晏航说，"今天小狗给我做午饭。"

"这个没……没什么可……做的，"初一有些不好意思，"就放微……波炉里'叮'。"

那就看你"叮"呀。

"叮"!

"叮"! 可爱!

去"叮"吧小狗!

"你'叮'就行。"晏航笑笑,走到他旁边,看到屏幕上一下刷过三辆跑车,忍不住喷了一声,"什么也没干呢就给他跑车,平时就给我棒棒糖。"

小天哥哥你露个脸我天天给你刷游艇!

不露脸一个棒棒糖,露脸两个!

哈哈哈哈!

初一听到有跑车,往这边看了一眼,低头拿保鲜盒的时候很小声地说了一句:"我头发……乱吗?"

我听到了。

不乱,小宝贝。

很帅的,一点也不乱。

这么小声你们能不能装没听见啊!

"不乱。"晏航笑着说。

"这个是……"初一拿起一个盒子,对着镜头,"小天哥哥的营……营养餐,半流……流食。"

屏幕上顿时一片问号。

怎么要吃营养餐啊?

病了吗?

这么久没出现是不是病了啊?

"受了点儿小伤,"晏航把手举到镜头前晃了晃,"没事儿。"

啊,手伤了!

我梦里的手啊!

天哪,我最爱的手伤了吗?

"营养餐,很简单,"初一学着晏航的样子,拿起保鲜盒,打开微波炉,"放……进去,高火'叮',一分钟。"

晏航笑着看着屏幕上的初一。

初一定好时间之后转过身看着镜头,愣了一会儿之后:"不……知道说什……什么了。"

太可爱了!我的天。

第十八章

我的老母亲之心要炸裂了!

什么也不用说,就这样站着吧!

"那两盒呢?"晏航问。

"哦,"初一把另两个保鲜盒拿了起来,"忘了可……可以一……起放进去。"

又是一片"可爱帅炸裂",晏航一直勾着嘴角,初一的直播跟他自己直播时感觉不太一样,他做直播就是有一搭没一搭地随便玩玩,始终也没觉得太有意思,有时候笑都懒得笑一下。

但初一不一样,他甚至能感觉得到小姐姐们为什么这么激动。

小天哥哥是跟小帅哥哥住在一起的吗?

一堆表白里夹着这么一句,很快就被刷了上去。

晏航定了定神。

与这类似的话其实从初一第一次出现在他直播里的时候就有了,他每次看到都没有什么感觉。

今天看到的时候却有点儿在意。

以前他都把这些话简单地归到玩笑里,现在却突然感觉到了一些不一样的意味。

初一沉默着把另两个保鲜盒都放到微波炉里"叮"好之后,又把几个盒子里的东西都倒到了碗里,然后看着镜头:"就是这……样了。"

"我吃饭了。"晏航关掉了直播。

"我脸都没……没洗。"初一摸了摸自己的脸。

"不影响你的英俊。"晏航说。

初一笑了笑。

洗漱完,晏航把营养餐分了一大半给他,这阵没怎么正经吃过东西,胃都缩小了,吃点儿东西跟猫似的,几口就饱。

初一倒是依然能吃,也不知道那十斤是怎么瘦掉的,估计是生病加上太操心。

吃完营养餐,初一看了看时间,这会儿回学校,时间差不多。

"你那几件衣服不拿回宿舍了吧,"晏航进了卧室,把睡衣换掉了,随便套了件T恤出来,"搁这儿就行了,衣服不够就再买几件?"

"嗯。"初一一边收拾桌上的碗筷,一边抬头看了他一眼。

晏航这件衣服他不是第一次看见,晏航待在家里的时候经常穿,非常随意的宽松款,领口比一般T恤开得大,能看到晏航的锁骨。

晏航真的瘦了不少，锁骨比以前更清晰了。

他迅速地捧着碗筷进了厨房。
把碗放到洗碗池里之后，他拧开了凉水开关，往脸上泼了两捧水。
现在天儿已经挺冷了，凉水一泼，他打了个冷战。
呼。
舒服多了。
他低头认真地把碗给洗了。
不过对自己还是挺生气的，觉得自己特别没有出息。
特别不像个男人。

洗完碗他走出厨房，晏航正靠在沙发上玩着手机。
"我回学校。"他过去拿了自己的包。
"嗯，"晏航放下手机，"中午跟宿舍的人吃个饭吧，谢谢他们那天来医院看我。"
"好的。"他点点头。
"晚上家政阿姨过来的时候我让她做点儿别的……"晏航的话没说完就被他打断了。
"我晚……晚上不过来。"他说。
他需要点儿时间让自己冷静下来，仔细调整一下心情，以前他不开心了，不高兴了，觉得憋屈了，就会找个周末去河边，对着河水发上一天的呆。
每次发完呆，重新回到自己的生活里时，他都能好受很多。
晏航怔了怔，看看他，过了一会儿才问了一句："晚上在宿舍吗？"
"嗯。"他应了一声。
"那……行吧，"晏航没再说别的，"打车走，别坐公交车。"
"嗯。"他继续应着。

晏航在看他，他能感觉到，一直到他背了包出门，关门的时候都还能从最后那一点儿缝隙里感觉到晏航的视线。
但他始终都没敢看晏航。
初一觉得自己太生硬了，非常粗暴，但除了这样的方式，如他一般这么土的土狗，实在又找不到别的方式。
他总不能就这么跟晏航说吧。

第十八章

郁闷。

他闷头走出小区,看了看四周,没有发现什么可疑的人,于是按晏航的吩咐打了个车。

烦躁。

那天还不如跟周春阳承认了呢,起码这种时候,他还有个人可以说一说。

出租车开出去没多大一会儿,手机响了,是胡彪打过来的。

"喂?"初一接起电话。

"狗哥,你请假是到昨天吧,今天回学校吗?"胡彪那边声音压得挺低。

"是。"他回答。

"要不你明天再回吧。"胡彪说。

"怎么?"他皱了皱眉。

"404跟我们约架了,"胡彪说,"你脚没好,春阳让我跟你说别回宿舍。"

初一没有出声。

"你明天再回来,"胡彪说,"听到没啊?"

"跟他们,"初一说,"用不着脚。"

初一打开自己的包,从里面拿出了一卷弹力绷带,这是大叔带着他去药店买的,挺好用的,还很方便。

土狗第一次知道还有这样的绷带。

这两天他脚好了不少,走路不疼了,也不怎么肿了,不过还敷着药。

他把鞋和袜子脱掉,坐在出租车后座上,把左脚架到右腿上,慢慢地往脚踝上一圈圈缠着绷带。

缠好之后他穿上鞋试了试感觉,还不错,包裹感很强,支撑力也够。

404的那群人,按这个情况来看,大概会是他们之后的日子里天长地久的仇家了。

其实初一挺看不上那几个人的,每次的事都是他们挑起来的。

来上个中专而已,一个个仿佛进了黑虎帮。

平时也就算了,他一直是以和事佬的身份出现,没人招惹他,他也不会去招惹谁。

但今天他本来就心情压抑,一想到404一帮人没完没了的小家子作派,他心里一股压不住的火顿时就蹿了上来。

不,这么多天来,自从那天跟晏航说了那句话之后到现在,他始终都觉得哪里憋着了，虽然他从小到大就是个受气包，但很少会憋闷得这么难受。

也许这次是对自己有气吧，憋着自己的人偏偏是他自己。

出租车在学校门口停下了，他推开车门下了车，带着自己一身的烦躁怒火就往校门里走。

"哎，小哥！"司机喊了一声，"钱不给了啊？"

哦，还没给钱。

初一停下，转身回到车旁边，给了车钱之后继续怒气冲冲地往校门里走。

周末学校里人很少，学生差不多有一半都是本地的，一到周末就差不多走光了。

学校门口站着三个人，都叼着烟，看样子不是他们学校的学生，应该是在这片儿活动的辍学青年兼"社会青年预备役"。

也许是初一脸上的表情不太和善，也许是视线停留时间超出了他们的承受范围，也有可能是这会儿门口的保安没在，其中一个叼着烟的把烟头往地上一啐，瞪着他："看什么看？"

初一没理他，继续往里走。

他没有跟人挑衅的习惯，要放在以前，他从下车起就会是低着头走路，旁边的任何人他都不会去看。

现在虽然会抬头也会看看别人，在眼下这种情况中他还是会习惯性地选择沉默离开。

"傻瓜。"那人又说了一句。

初一停下了脚步。

傻瓜？

傻瓜到你头上了吗？

傻不傻瓜轮得着你说吗！

他转过了头。

那人大概是感觉收到了回应，全身充满了力量，立马迎着他走了过来，边走边用手指了指他："说你呢！看什么……"

初一在那人走进自己臂展范围内迈出第一步的同时，一拳砸在了他鼻梁上。

直拳，腰背力量带动肩膀出拳。

这一拳定位精准，力道十足。

得一分。

第十八章

那人被砸得退了两步,后面的人扶了他一把他才没一屁股坐到地上去。

一个梳着土狗都嫌土的大背头的人冲了过来,初一站着没动,他左脚还是不太方便,而且对付这样的人他的确不需要动。

抬手架住抡下来的胳膊,出拳。

大空门,这会儿正面的任何部位都可以轻松打中,但初一还是严格遵守规则,腰带以上才能击打。

这一拳打在了腰带往上的胃部。

大背头身体猛地一弓,后脑勺儿油腻的头发都甩到了脸上。

初一看着剩下的那一个。

那人应该不会过来了,一手一个扶着他的"社会青年预备役"朋友,他已经腾不出工夫再进攻。

初一转身走进了校门。

往宿舍那边走的时候,几个发现了这边动静的"吃瓜群众"正好迎面跑过来,不过还没跑到位,"瓜"已经没了。

初一看了无"瓜"可吃的群众一眼,几个群众迅速避开了他的视线,往旁边走开了。

宿舍楼里也没几个人,都回家了。

从一楼到四楼,初一一个人都没碰着,真是个约架的好日子。

四楼走廊里同样没人,不过好几个宿舍都开着门,初一往自己宿舍走的时候,有人探出了脑袋,看到他立马缩了回去,接着就是一阵小小的骚动。

路过407的时候,膀子哥正好从里面出来。这么冷的天儿,他依旧光着膀子。

一看到初一,他立马高声说了一句:"助阵的赶回来了啊!"

这一嗓子刚喊完,404马上有人走了出来,没有说话,就那么瞪着他。

初一没往那边看,直接推门走进了403。

"天哪!"张强正坐在桌子上,一看他就愣了,"你怎么还真回来了啊!"

"嗯。"初一应了一声,把自己的包扔到了上铺。

"脚怎么样了?"周春阳问。

"没事儿。"初一低头看了看自己的脚。

"一会儿初一别去了吧,"李子强说,"我们几个够了。"

"嗯,"张强点点头,"他们叫的人不是已经到了吗,怎么还不出来?"

"叫了人?"初一看了张强一眼。

宿舍里打个架居然还叫人?

"好像是叫了几个混混,"张强说,"我们宿舍全上,他们404可没这么团结,不叫人他们吃亏。"

"我问问,"胡彪拿出手机拨着号,"我安插了眼线在门口……喂!刚你不是说看到人了吗?那几个人……什么?"

胡彪有些震惊地转头看着初一:"啊?狗哥收拾了?"

初一猛地反应过来,门口那三个人,居然是404叫来的外援?

外援不都是拿来开挂的吗?居然找了三个这么弱的外援?那几个的战斗力跟404的相比差得太远了,就这种水平还来给人当外援,自己没练拳时都能一拳一个把他们打趴下。

最近大众吹牛的水平真是日新月异。

突然听到这样的消息,初一的怒火差点儿都被浇灭了,他拿了自己的杯子去接了杯水,坐到桌子旁边喝了一口。

"你在门口碰上了?"周春阳问。

"可能吧,"初一说,"我不……知道是谁。"

"不知道是谁你还上去对付?"周春阳愣了愣。

"骂我了,"初一说,"傻瓜。"

周春阳瞪着他,瞪了能有快十秒钟才反应过来:"我的天,你说话能不能不要这么精简啊?"

"我都差点儿要考虑你俩打起来我站哪边儿了。"胡彪也刚反应过来。

"说多了费……费劲,"初一笑了笑,把杯子放到桌上的时候他愣住了。

桌上放着几颗小石头,有两颗已经碎了,另外几颗也都磨花了,有一颗上面都磨出了凹槽。

这是他的石头。

晏航捡来给他的,他准备磨好了弄个手串的,就差最后刷漆打孔了!

现在居然变成了这样?

"对了,忘了问你,"周春阳拿起一颗小石头,"这是你的吧?那天打架打到宿舍里来了,砸东西扔东西的,踩了一地,我找了半天才找齐的……"

第十八章

"404的?"初一转过脸看着他。

"407那个人,冲得比404的猛,"李子强说,"这石头值钱吗?找他赔。"

"不值钱也得找他赔。"高晓洋说。

407那个人,就是膀子哥。

初一感觉自己的手在抖。

看着这些被磨花的小石头,想到它们被膀子哥一帮人踩在鞋底蹭来蹭去,他感觉自己眼前都有些发红。

如果只是他自己捡来的小石头,他可能也就忍了。

但这是晏航捡的,晏航在他没有出现之前捡的,这不是随便的几颗石头!

初一站了起来,从桌上拿起了一颗石头。

"初一,"周春阳马上叫了他一声,"你干吗?"

初一没吭声,闷头就往宿舍门口走。

"拉着他!"周春阳喊了一声。

胡彪离门最近,立马过来了,伸手想拉他胳膊:"狗哥,狗……"

初一看了他一眼,胡彪的表情僵了一下,接着全身都僵了,话都没说完整。

宿舍几个人回过神跟出来的时候,初一已经进了407的宿舍。

膀子哥正站在窗户旁边往外看,404的那几个也在,看到他进来,就都愣住了。

初一不知道约架是不是还有什么别的规矩,时间地点人物情节的,他也没约过。

但他现在不是约架,这是他自己的事。

就算现在是约架,他这一脑门儿的怒火,也不会再管什么规矩不规矩的了,土狗就是规矩。

屋里几个人都没出声,后面跟过来的他们403的几个堵在门口,也没说话。事情到这个状态了,也就没什么可说的了。

初一走到膀子哥跟前儿,伸出手,手心里是一颗被磨残了的小石头。

"干吗?"膀子哥看了他一眼,冷笑了一声,大概是想说话,但他的笑容还没有展示完全,初一已经一拳抡在了他脸上。

这一记摆拳很重,砸在他左脸上,起码有三秒钟,他会是晕眩状态。

没等他从这种美妙的感觉里脱离,初一又一拳击中了他的左脸。

膀子哥晃了一下，重重地倒在了旁边的床上。

初一上去抓着他后脑勺儿的头发把他脑袋拽起来，往床板上又砸了一下。

犯规！

犯规就犯规！

屋里很静。

没有初一一开始想象的，他开了头，乱战就开始了，他甚至还留意了背后会不会有人偷袭，拿凳子砸他之类的。

但没有。

所有的人都站在原地。

没有人动，也没有人说话。

初一盯着膀子哥。

大概是倒下去的时候撞到了床板，膀子哥一个鼻孔里流出了鼻血，表情有些迷茫。

初一不知道下一步该干什么，只能等着他从迷茫中醒来。

过了一会儿，膀子哥终于有了动静。

他嗷地叫了一声。

嗷完了之后用手摸了一下鼻子。

又嗷了一声。

然后就没了声音。

初一被他"嗷"得有些不知所措，看了他两眼之后，转身往外走。

屋里的人还是站着没动，走出门的时候李子强在他肩上拍了一下，看着屋里的人："今儿还约吗？"

没有人出声。

"散了吧。"周春阳说了一句。

403的几个人跟着初一一块儿往宿舍走。

初一到了走廊上才看到，这层没回家的估计这会儿都过来了，但脸上都有些意犹未尽，毕竟战斗时间太短，来晚了的都没看到怎么回事。

回了宿舍，吴旭把门关上，想了想又反锁了一下，然后靠在了门上。

一屋子人都没有说话。

第十八章

安静了好一会儿，周春阳才开了口："我去。"

"我去！"胡彪张着嘴。

"我去。"李子强跟着也说了一句。

"我去。"张强说。

"我的天哪！"高晓洋破坏了队形。

"他没被打疯吧？"吴旭说。

"我还怕他被打死了呢，"周春阳说，"谁有烟给我一根，压压惊。"

"我有。"李子强掏出了烟，几个人分了，一人一根地叼着。

沉默着抽了好几口之后，周春阳才又说了一句："有没有十秒啊？"

"不知道，"胡彪说，"我第一次经历这么短暂的斗殴。"

"这是屁的斗殴，"高晓洋说，"这叫碾压。"

"我去看看，"周春阳叼着烟准备出去，"万一有什么不良反应是不是得送医院？"

"我去。"李子强说。

初一一直没出声，坐在桌子旁边看着那几颗小石头出神。

打完了膀子哥，他的小石头也还是原样。

不过他倒是平静下来了。

按理说这会儿他应该后怕，他对付膀子哥那几下，出手很重。

但他没后怕，虽然手还有些抖。

他这会儿满脑子都是心疼，盯着小石头想琢磨一下能不能补救。

"没事儿，"李子强叼着烟又回到了宿舍，停了一会儿突然笑了，"我去看的时候他在哭呢。"

"哭了？"张强愣了愣。

"啊，"李子强点头，"初一把人给打哭了，牛不牛？"

"牛。"周春阳掐掉了烟头。

"牛。"张强说。

"牛。"吴旭看了看初一。

"真是太牛了。"高晓洋再次破坏了队形。

"这个，"周春阳坐到了桌子旁边，用手指扒拉了一下碎掉的那两颗小石头，"可以粘上吧？"

"嗯,应该可……以。"初一说。

"这些也应该可以打磨好,"周春阳看了看其他的小石头,"车库那边有工具,打磨一下问题不大。"

"谢谢。"初一转头看着他。

"谢什么?"周春阳问。

"帮我捡……捡回来。"初一说。

宿舍里这帮人都是大大咧咧的,如果没有周春阳,这些小石头可能到他回来都不会有人注意到。

"这个就别客气了,我就是觉得可能挺重要的,"周春阳小声说,"扯到枕头的时候掉出来的。"

"嗯。"初一点点头,小石头他都放在枕套里了。

是很重要。

他知道周春阳肯定能猜到石头跟晏航有关系,但他还是没有犹豫地点了头,在周春阳面前他实在已经没什么掩饰的必要了。

"王敏的话你别介意。"周春阳说。

"王敏?"初一看着他。

"给点儿面子吧,你刚打的那位同学,叫王敏,"周春阳说,"都打哭了,记一下人家的名字。"

"哦。"初一应了一声,膀子哥居然有一个这么文静如同小姑娘的名字。

初一把小石头都拿个袋子装好,放到了柜子里,打算明天去车库转转,找找工具看能不能修补。

关上柜子门的时候,他又想起了膀……王敏。

初一回过头,不知道为什么他想找周春阳聊会儿。

但转头的时候周春阳背对着他正跟李子强说话,他俩视线没能对上,倒是跟个有些陌生的带着嫌弃的眼神碰上了。

苏斌居然在宿舍里。

初一很吃惊,这个世界上居然还有比他更没有存在感的人。

他从回到宿舍再到出去打架再到回来,全程都没发现苏斌在宿舍,今天是约架日,初一完全没想到他这么"不关我事"的人居然还会留在宿舍。

冷不丁这会儿看到苏斌眼神里扑面而来的嫌弃,初一顿时整个人都有些

第十八章

郁闷了。

"去车库吗?"周春阳回过头问了一句。
"去车库干吗?"李子强马上追问。
"修一下他的石头,看看能不能行。"周春阳说,"你们想吃什么?一会儿给你们带回来。"
"麻辣小火锅。"胡彪说。
"那你去借个锅,"周春阳说,"一会儿我们带材料回来。"
"行,"高晓洋很有兴致,"我去借。"
"去吗?"周春阳走到初一跟前儿又问了一次。
"嗯。"初一又打开柜子,把石头拿了出来。

走廊里空无一人,不过初一和周春阳走出来的时候,能听到好几个宿舍里都有人在聊天儿。

不知道是不是他太过敏感,总觉得平时听别的宿舍的人聊天也不会这么兴致高涨。

是在聊刚才他打了王敏的事?

还是在说……

"心情是不是不太好啊?"下了楼走到操场上了,周春阳才开了口。
"没。"初一说。
"你是不是总习惯性否认啊?"周春阳伸了个懒腰,"不管问你什么,回答要不就是'不',要不就是'没'。"

初一有些不好意思地笑了笑。

"其实我特别过意不去,"周春阳说,"因为我的事,咱们一个宿舍的人都惹上麻烦了,还弄坏了你的东西……"

"没有你,也一……一样,"初一说,"那几个就……是找麻烦……型的。"

周春阳笑了笑,没再说话。

初一也不出声,跟他一块儿往车库那边走。

但他并不是真的不想出声。

他想出声,想说话。

只是有些不敢。

手机响了一声,初一拿出来看了一眼,是晏航的消息。

你们宿舍有人吗?

有。

给晏航回完这一个字之后,他猛地不知道该说什么了。

盯着手机,心里特别不是滋味儿。

这样的回复大概连晏航这么温柔的人都不知道该怎么继续聊下去了吧,手机没有消息再进来了。

车库门是开着的,负责车库的老师也在,周春阳过去跟老师聊了几句,不知道是怎么说的,反正老师点了点头,同意他们进去用工具了。

进去转了一圈儿,初一找到了一个小小的电动打磨机,他研究了一下,换了个最细的砂轮,蹲下准备试试。

拿出一颗小石头之后初一又有些犹豫,去门口的草堆里随便抠了块差不多大小的石头。

晏航找来的这些小石头,不能再有任何意外了。

他蹲下,拿着捡来的那块石头又有些出神。

他突然很想晏航。

晏航在干什么?

晏航伤口还疼吗?

晏航看了自己那条回复会不会有些失望?

"初一?"周春阳蹲在他对面,叫了他一声。

"春阳,"初一抬起头,"你在……在意……"

说了一半又组织不起语言来了。

"啊,是。"周春阳看着他。

"多吗?"初一问。

"什么多吗?"周春阳没听明白。

"你的在意,很……很多……吗?"初一问得很艰难。

"你对我这样的人是不是有什么误解啊?"周春阳叹了口气,"我在乎晏航也不表示我见个人就在乎啊。"

"哦。"初一看着他。

"哦个什么鬼啊?"周春阳也看着他,"你想说什么就说吧,我不会说出去的。"

"我有点儿在……在乎晏航,"初一说,"算是……跟你一样的人吗?"

第十八章

"你很在意晏航?"周春阳终于找到了重点。

"我……嗯,"初一应完之后突然又有些心虚,这是他第一次从别人的嘴里听到这样的话,非常不安,"可……可能,我不是很……确定……"

"那你先确定了。"周春阳说。

初一看了看他:"是。"

"那就行了,"周春阳说,"你都这么说了,考虑那么多做什么?"

"啊。"初一捏着石头,猛地不知道说什么了。

"接受不了吗?觉得很奇怪吗?"周春阳问。

"不是,"初一还是有点儿蒙,"不知道。"

"是就是,不是就不是,没什么大不了的,"周春阳说,"你要是接受不了,我给你个自我安慰的说法。"

"什么?"初一问。

"我想想啊,"周春阳清了清嗓子,"这个要用一种文艺的状态来说。"

"哦。"初一看着他。

"你,只是很在意晏航……"周春阳深情地说着,"仅此而已。"

初一看着他的表情觉得有点儿欠抽:"晏航不……不是男人吗?"

"我没说完呢,"周春阳皱了皱眉,又很快换成了深情的表情,"而他正好是个男人……你就这么安慰自己吧。"

"有用吗?"初一说。

"你想找个理由就有用,"周春阳说,"不想找理由就没用。"

"哦。"初一低下了头,他大概是不需要这样的自我安慰吧,他本来也没想这么多。

初一根本没去琢磨跟这些有关的任何东西。以前班上男生凑一块儿聊些"不健康"的内容的时候,他听到了也没什么感觉,就觉得所有的事都跟他没有关系。

他的生活就是那么简单,尽量避免被人欺负,祈祷姥姥不要出门惹麻烦,在家里被骂被打好默不作声,就是全部。

一直到离开了家,他才发现自己有那么多的"不知道",也发现自己会面对那么多的"不知道"。

"晏航知道吗?"周春阳问。

"嗯?"初一收回思绪,"知道。"

"可以啊,"周春阳有些吃惊,"他什么反应?"

"没……没有反应,"初一想了想,"就说没……想过。"

"那就给他时间慢慢想呗。"周春阳说。

"哦,"初一应了一声,"你……"

"我什么都没有,"周春阳说,"你千万别把我当假想敌,我就是对晏航挺有好感的,没有执着到非得怎么样。"

"啊。"初一低头打开了打磨机。

"万一他最后明确拒绝你了,"周春阳说,"你也不用难受。"

初一喷了一声,没有说话,把手里的石头凑到砂轮旁边轻轻磨了一下,拿到眼前看了看,还行。

世界那么大,属于自己的也就那一点儿,好人那么多,他见过的最好的也只有晏航。

家政阿姨在厨房里忙活着,晏航躺在沙发上,手里抱着本书。

他还能在家里待个十天左右,之后就得继续回餐厅里忙活了,这段时间的空闲挺难得的,他有很多时间可以看看书。

但却不太看得进去。

初一两天没有给他发过消息了。

两天!

整整两天!

非常神奇,按初一以前联系他的频率,现在这节奏得是土狗失忆了。

晏航叹了口气,他也没打算联系初一。

初一心里乱,让他自己慢慢调整是最合适的了,自己无论说什么、做什么,都会扰乱初一。

不过说是这么说,他还是会担心的。

初一是个特别简单的人,一二三就是一二三,没有小数点,但就是因为太简单了,他才担心。

"今天不是流食了,是普通的饭菜,"家政阿姨把做好的菜端了出来,"不过比较清淡,对伤口好。"

第十八章

"谢谢姐。"晏航说。

"别客气,"阿姨笑着说,"你慢慢吃吧,我走了。"

阿姨走了之后,晏航起身坐到桌子边,看着桌上的菜发呆。

其实阿姨做的菜还可以,换个人肯定觉得好吃,但晏航嘴挺挑的,吃也吃得下去,吃得香就做不到了。

也就是他手掌上的伤还没好,做不了饭,要不他早自己做了。

他叹了口气,拿起筷子。

这些菜他肯定吃不完,要浪费了。如果初一在,就不用担心这个,一口菜都不会剩下。

晏航抬眼往桌子对面看了一眼,空荡荡的,能一直穿过卧室开着的门看到阳台去。

这顿饭晏航照旧是吃了没多少就饱了,把剩菜处理掉之后碗就放在洗碗池里,家政阿姨明天过来的时候会洗碗。

离他能睡着的时间还有几个小时,晏航躺回沙发上拿起了书。

有时候他会有疑问,同样是这样极度的无所事事,极度的无聊,以前他是怎么忍受的?

甚至是在跟初一一年没见的日子里,他也一样能适应。

现在初一重新出现才多长时间,他居然开始在面对寂寞和无聊的时候坐立难安。

人还真是奇怪。

晚上十点多的时候崔逸打了个电话过来:"明天我送你去医院换药。"

"不用了,我自己去吧,"晏航说,"又不是不能走路。"

"不差这两天了,"崔逸说,"不费事。"

"嗯。"晏航笑笑。

腰上和小腹上的伤口都好了很多,也不需要再用药,贴个纱布护着点儿就行,倒是手上的伤还得换药。

晏航举起手看了看。

想想又突然有点儿不爽。初一知道他还在家里"静养",也知道他的伤都没好,需要去医院换药,洗澡也费劲……居然就这么不闻不问了?

他拿出手机看了看。

初一就算现在改变很大,微信里的状态也还是跟以前差不多,几乎不发朋友圈,想从他朋友圈里了解他的情况基本是件不可能的事。

好酷啊,狗哥。

微信今天一下午响了不下十次,全都是加好友的提示。

初一看着一条条的消息,简直有些莫名其妙。

他已经习惯了他的微信一片死寂的状态,偶尔有那么一两个陌生人请求加好友,直接忽略就行。

但现在这些好友提示,全是各种"我是你同学""我是幼教2班的""你好呀,我是你学姐"这样的内容……

都是他们学校的同学。

这让他非常迷茫,也不好直接都忽略掉,只能一个个都通过了。

但通过之后又是各种消息。

狗哥,终于加上你啦。

嘿,土狗。

…………

"我微信号,"初一坐在床上,看着在桌子周围或坐或站的几个,"怎……怎么回事?"

"嗯?"周春阳抬头看着他。

"好多人加……好友。"初一说。

"胡彪!"周春阳冲厕所那边喊了一声,"这事儿就只能问他了。"

周春阳一说胡彪,初一立马就反应过来了,之前周春阳的微信也被大量账号加过好友,就是胡彪被一顿烧烤收买了供出去的。

"什么事儿?"胡彪从厕所里出来了。

"说吧,"高晓洋说,"你是怎么把狗哥交出去的?你这个403的叛徒。"

胡彪喷了一声:"我是403的宣传大使好吗?"

"谢谢啊,"周春阳说,"现在我微信上还好几个对我有意思的姑娘,我是不是要请你吃顿好的?"

"没男的加你吗?"胡彪问。

"滚。"周春阳对着他的屁股踢了一脚。

"狗哥的号我真没捞着什么好处,"胡彪拍拍裤子,"真的,一帮小姑娘围着你撒娇,你腿不软吗?"

"不软。"周春阳说。

第十八章

"不是，"吴旭叹了口气，"人围着你撒娇，要的是初一的号，你腿软什么啊？你不应该深受打击吗？"

"你不懂，"胡彪笑着抓着上铺栏杆蹬了上来，"初一，这里头可有蒋燕妮，你是不是得请我吃饭。"

蒋燕妮？

初一没说话，看着胡彪。

"他不知道蒋燕妮是谁，"李子强说，"他走在路上都不看女生。"初一顿时有些尴尬。

"他也没正眼看过男生，"张强叹气，"人酷就是这样。"

"蒋燕妮，"胡彪一副恨铁不成钢的样子看着初一，"校花啊狗哥，肤白貌美腿长笑容甜。"

初一完全没有印象，除了他们汽修班的这些男生，还有跟他们打过好几架的那几个惹事精，他别说女生了，男生他也没印象。

"啊。"他只能礼貌性地应了一声。

"当我没说。"胡彪看了他一眼，跳了下去。

周春阳坐在桌子旁边，边乐边晃着椅子。

"你要吗？"初一看着胡彪，"她号。"

胡彪蹦了上来："要。"

不过加的人挺多，并不是都用真名，最后胡彪是根据相册里的自拍照确定的人。

"没想到，"胡彪说，"校花发个自拍也P得认不出，差点儿没看出来是她……"

初一笑了笑，看了看照片。

说实话，并没觉得有多漂亮，感觉还没有贝壳漂亮。

不过他的审美一直严重缺失，看不出好看来也正常。毕竟不是每个人都有晏航那种能让无审美细胞的土狗也觉得帅气的颜值。

想到晏航，他倒回枕头上，脸冲墙，点开了晏航的相册。

晏航这几天居然没有发过朋友圈，是因为手不方便吗？不是说左手有隐藏技能吗？居然连点几下屏幕都做不到。

他叹了口气。

自从那天给晏航回了一个超级简单的"有"之后，晏航就没再理过他。

其实晏航不主动联系他并不奇怪，平时大多数时间里，都是他先找晏航的，晏航一般是有事的时候才会找他，比如那天问他宿舍有没有人。

初一皱了皱眉，越想越觉得自己那天的回答太生硬了。

晏航就是担心他回宿舍的时候没有人，一个人待着会闷，结果问了一句，自己就给了那么一个字。

他翻了个身，点开了晏航的聊天窗口。

愣了半天却不知道该说什么。

这一瞬间他突然很慌张。

就这么几天时间，他居然找不到跟晏航联系的理由了。

不，不是找不到理由。

一直以来他找晏航都没有任何理由，或者说他所有的理由都只有一个，就是想跟晏航说话了。

而现在，感觉完全不对。

一旦他不能轻易因为想跟晏航说话而找晏航的时候，他竟然就完全不知道该怎么办了。

"狗哥！"胡彪叫了他一声。

"啊。"初一把手机熄屏，翻了个身。

"哟，现在叫初一都不理人了，"李子强说，"叫狗哥才答应。"

"没听见。"初一坐了起来。

"出去转转，"周春阳说，"你去吗？"

初一犹豫了一下："去。"

宿舍人都出去了就剩他和梁斌的话，实在有点儿难熬，再说出去转转还能分散一下注意力。

晏航躺在床上，听着耳机。

大白天的就这么躺着实在有点儿闷，接了几个餐厅那边打来的电话之后，就更闷了。

他没在的这段时间都是张晨代班，平时张晨挺机灵的，但毕竟领班的工作她不太熟悉，出了不少错。张晨打电话过来说的时候都哭了，他也不知道该怎么安慰。

电话又响的时候他都不想去拿手机了，怕又是张晨的哭诉，他依旧不知道

第十八章

该说什么。

不过电话是崔逸打来的:"烧退点儿没有?"

"我看看,"晏航从衣服里拿出体温计看了看,"退点儿了。"

三十八度,上午是三十八度三,严格说起来的确是退了。

"多少度?"崔逸又问。

"三十七度五,"晏航说,"估计晚上能退了。"

"明天还是得去检查一下,"崔逸说,"又没感冒又没怎么的,为什么就发烧了?"

"闲的。"晏航说。

闲的,要不就是闷的。

晏航挂了电话之后就一直没再动过,看着窗外的阳光一点儿一点儿地从对面楼的左侧移到右侧。

初一这两天没事就跟着宿舍一帮人到处溜达,跟巡街似的,快把附近路上哪儿有条缝儿、哪儿有个坎儿都全背下来了。

"你手机响了。"周春阳碰了碰他胳膊。

"啊?"初一抬起头,愣了一秒才听到自己的手机在响,赶紧拿了出来。

看到是崔逸的号码时他突然一阵紧张。

"崔叔?"他接起电话。

"你今天去看晏航吗?"崔逸问,"去的话给他带点儿吃的吧。"

"啊。"初一应了一声,崔逸大概是不知道他跟晏航都有快一星期没联系过了。

"他烧还没退,"崔逸说,"今天开始不是没让家政再去做饭了嘛,你要去的话就给他带吃的,我今天晚上回不去。"

"啊?"初一惊了一下,晏航发烧了?

"你是没睡醒吗?"崔逸问。

"醒了。"初一回过神,"知道了,我现……在就过去。"

挂了电话之后周春阳小声问他:"怎么了?"

"晏航发……烧了,"初一说,"我得过……过去。"

"哦,"周春阳看了看时间,"那你过去吧。晚上不回了吧?"

初一看着他,这个问题突然变得非常难以回答。

以前周春阳也不会问这个,但从放假结束之后,学校的管理就严起来了,晚上舍管会过来看看。他如果不回来，宿舍的人就得帮他打掩护。

"应该……不回吧。"初一说。

"知道了，"周春阳说，"那你打个车过去吧。"

有人在敲门。

晏航听到了，但是一直到敲门声越敲越急然后又消失了的时候，他才回过神来，从床上坐了起来。

这是在敲他的门。

这个时间……房东吗？

他站起来的时候觉得头有点儿晕，不知道是因为愣得久了还是发烧的原因。

他走到门后，从猫眼儿里往外看了看。

门外有个人，正低着头按手机。

虽然看不到脸，但就看这个头发旋儿他都能认出来，这是初一。

晏航有些吃惊地打开了门："你怎么跑来了？"

初一猛地抬起头："你发烧了？"

"谁告诉你的？"晏航愣了愣。

"崔叔。"初一瞪着他。

"老崔告诉你这个干吗啊！"晏航看了看初一，他手里还拎着一个大兜，"进来。"

初一进了屋，走过他身边的时候他都能感觉到一阵凉意。

"外边儿冷吧？"他问。

"不冷，"初一一放下大兜，回过头一边搓手一边看着他，"还烧吗？"

"不知道，没量。"晏航说。

初一疯狂地搓了一会儿手之后，很小心地抬手在他脑门儿上摸了摸，又在自己脑门儿上试了试："比我烫啊。"

"没事儿，"晏航坐到了沙发上，"你拎这一堆是什么啊？"

"吃的，"初一一把大兜打开，从里面拿出了几个饭盒，"我刚……买的……拿碗盛……盛出来吧。"

"嗯。"晏航应了一声。

初一拿着一堆饭盒进了厨房。

第十八章

晏航靠在沙发里,能看到他在厨房里手忙脚乱的背影。

晏航突然就觉得身上一下都轻了。

就像是郁闷的时候看到初一发来的消息他都能勾嘴角,这几天以来的那种沉闷压抑,因为初一的到来,被撕开了一道口子。

他感觉像是闻到了从窗户缝儿里透进来的带着冰凉的新鲜空气。

"买什么吃的了?"晏航问。

"回锅肉,"初一回过头看着他,说完了又有些迟疑,"能吃吗?"

"能,我现在是补充营养阶段,"晏航说,"大鱼大肉不要客气,有就只管呈上来。"

初一把饭盒里的菜都换到碗里端了出来,回锅肉、炸排骨、鱼香茄子、肉馅儿蒸蛋,最后才端出来个炝炒大白菜——唯一的素菜。

"我吃不下这么多。"晏航虽然非常馋肉,但这一大堆他再饿十天也吃不下去。

"有我呢。"初一说。

晏航看了他一眼,笑了笑。

这些菜应该是从饭店里买的,不是快餐店里随便炒的那种。晏航吃了几口,感觉还不错。

"你……"他想让初一拿瓶饮料喝,刚开了口,初一的手机响了一声。

初一从兜里拿出手机看了一眼,把手机放下了。

"你去……"他继续说,没说完,手机又响了一声。

初一拿过手机看了看,又放下了。

"你去拿点儿喝的。"晏航飞快地说完了。

"嗯。"初一点点头,起身去厨房打开了冰箱。

拿了两瓶冰红茶还没走到桌子旁边,桌上的手机又响了。

"这谁啊?"晏航实在有些受不了。

"同学。"初一把冰红茶拧开放到了他手边,拿起手机又看了看。

"你们宿舍的?都在宿舍呢还发消息交流吗?"晏航问。

"不是,"初一说,"别班的。"

"哦。"晏航看了看他,初一都能跟别班的同学加好友聊天儿了?

土狗在这方面的进步很大嘛。

晏航没再说别的,喝了口冰红茶低头继续吃饭。

吃了没两口,手机又响了。

啊——

晏航非常不爽地把筷子往桌上一拍:"你给人回个消息啊,没完了啊?嘀嘀嘀,嘀嘀嘀,嘀嗒嘀,嘀嗒嘀……我给你唱个歌吧?"

"我没……没聊。"初一被他吓了一跳。

"你没空聊就跟人说一声啊。"晏航说。

"我不……不知道怎……么说。"初一揉了揉鼻子。

晏航愣了一会儿,反应过来了:"女生?"

"嗯,"初一皱了皱眉,"胡彪把我……号给了那……那些女生……"

"那些?"晏航问。

"嗯,"初一叹了口气,"我不……不想回话。"

"哦,"晏航重新拿起筷子,"不想回话那你弄个静音啊,一直响就不嫌吵啊?"

"哦。"初一像是才反应过来,拿起了手机。

"其实不想聊拉黑了就得了。"晏航说。

"啊?"初一愣住了。

第十九章

Chapter nineteen

初一有些吃惊的表情让晏航突然有点儿尴尬,就好像教小孩儿干坏事被天真的小朋友质疑了一样。

"我看看。"晏航伸手。

"哦。"初一把手机递给了他。

晏航点开微信看了看,等待通过的好友申请四个,未读消息十七条。

他看了初一一眼。

初一已经完全毫无感觉地继续低头吃饭了。

面对对自己完全没有一点儿戒心的这个土狗,晏航觉得自己对这十七加四个没处理的消息做了什么都很对不住他。

最后他也只是点开消息看了看。

都是女生。

算上已读的那些,消息可以说是多到爆炸了。

晏航粗略地数了一下,新加上的这些小姑娘,起码在十五个以上。

了不起啊狗哥。

"胡彪是你的经纪人吗?还是拿你号卖钱呢?"晏航叹了口气,要不是初一一直把跟"刑天"的聊天框置顶,这一个星期没联系,他估计能被挤到列表最末位去。

初一看了他一眼,没有说话。

晏航感觉自己应该是烧还没退,要不就是太久没见着初一了,已经忘了该怎么说话才合适。

"这个姑娘挺漂亮。"他把屏幕冲着初一,上面是一个女孩儿朋友圈里的自拍照。

"说是校花,"初一看了看,"你觉得好……好看?"

"嗯,还行,"晏航又看了看照片,"长得挺洋气的,大眼睛。"

"哦。"初一应了一声。

晏航看着他:"你觉得不好看?"

第十九章

"我分不……清好看还……还是不好看,"初一有些不好意思,"你不是说……我土吗?"

"这跟土是两回事好吗?"晏航有些无奈,"再土也会有觉得好看的,你这是智障了。"

初一笑了起来,夹着一块排骨笑了好一会儿才放到嘴里:"那她还没……没有贝……壳儿好看。"

晏航顿了一秒才想起来贝壳是谁。

于是又往下翻了翻,找到了贝壳的对话,点进去看了一眼,在他上回帮初一回复过贝壳之后,他俩的对话大概又进行了四次,基本都是由贝壳热情的"嘿帅哥"开始,由初一冷漠的"嗯"结束。

晏航看了都替贝壳伤心。

"吃饭啊。"初一埋头扒拉了一大通之后,抬起头看着他。

"嗯。"晏航把手机放回了他手边。

"拉黑了吗?"初一问。

"没,"晏航笑了笑,"加了人家再拉黑不太礼貌。"

"哦。"初一点了点头。

晏航拿起筷子刚要吃饭,初一的手机又响了一声。

"你没……没……没帮我……"初一赶紧拿起手机,"静……音吗?"

晏航没说话,从他手里把手机抽了出来,直接关了机。

"吃饭吧。"他冲初一笑笑。

吃完饭,晏航往沙发里一靠,看着这么多天以来,第一次吃空了没有剩菜的碗盘,觉得挺愉快。

初一拿了体温计过来递给他:"再量量?"

"嗯。"晏航拿过来塞到衣服里。

初一去洗碗的时候,晏航把电视打开了。

他估计有差不多四五天没开过电视了,觉得没什么意思,屋里有电视响着让他心神不宁,很烦躁,但有时候又觉得太静了压得人要憋死。

这会儿电视声在屋里响起来的时候,他却只是感觉到了烟火味。

看了看厨房里洗碗的初一,晏航躺到沙发上,偏过头继续看着初一,说不上来是什么感觉。

一／个／**钢**／镚／儿／3
A COIN

他是希望初一能想明白的，但是似乎又不太希望他想明白，总觉得他什么感情都没经历过就死命依赖着自己，让他有些不放心。

但要说女生……

就初一对女生的这个态度来看，实在是不像能跟女生有点儿什么的状态，别说谈恋爱了，连普通朋友都不像能交得上的……就算他喜欢女生估计也处不下去。

晏航翻了个身，冲着沙发靠背瞪着眼。

其实相比初一到底是应该先交个女朋友试试再确定还是已经确定了，更值得他费神的应该是他自己。

跟初一相比，他并没有强到哪里去。

没交过什么朋友，更没交过女朋友，无非是收到过或男或女的表白而已。

会觉得某个女生很漂亮，也会看着某个男人觉得帅。

如果换个人，就自己刚才对初一微信的反应，细致如他的观察和判断，早就会说这人要没有点儿什么是不可能的了。

偏偏这事儿搁自己身上了。

他分不清这是占有欲，还是真有点儿什么了。

土狗是他的土狗。

他一个人的。

这是这么长时间以来，根植于晏航心里的想法，甚至有时候他会排斥初一的父母姥姥姥爷。

土狗的朋友只有他，土狗的哥哥只有他，土狗的依靠也只有他，土狗的眼睛里还是只有他。

一旦在这里头多出了别的人，无论男女，他都会不舒服。

幼稚得就像小朋友被拿走了心爱的玩具。

这是占有欲。

现在仔细想想，霸道得相当可以了。

可是转回头一分析，如果是"有点儿什么"，外在表现，差不多也就是这样，很难分得清。

初一还是个小狗，顶破天了是个中狗，十七岁的生日都还没过。

他无论是出于什么样的想法，给了初一任何暗示，都会是一种指引。

他连周春阳会跟初一说过什么，会不会给初一造成过什么影响都会担心，

· 102 ·

第十九章

何况这个人是他自己。

"我看看。"初一洗完碗收拾好厨房回到了客厅里。
"看什么?"晏航问。
"体温……计啊。"初一说。
"哦,"晏航往衣服里摸了摸,没摸到,又换了一边找了找,还是没找到,"不见了。"
"你是做……了一套广……广播操吗?"初一有些迷茫,"夹个体……温计还能丢……丢了?"
"不知道,打了套太极拳。"晏航坐直了,在身上拍了拍,又抖了抖衣服,体温计从衣服里掉了出来。
初一拿起来看了看:"三十……二度。"
"这得死了有一会儿了。"晏航笑了起来。
"别瞎说,"初一皱了皱眉,把体温计递给他,"重量吧。"
"唉。"晏航把体温计塞进衣服里,躺到了沙发上。
初一站在沙发旁边没动。
晏航看了他一眼,把腿收了起来:"坐着。"
初一坐到了沙发上。
他闭上眼睛,在心里叹了口气。
要是以前,初一根本不会这么犹豫,现在连坐到他旁边都这么费劲了。

"我手机坏……坏了?"初一拿过手机按了几下之后惊恐地转头看着他。
"我刚帮你关机了你没看到吗?"晏航说。
"哦,我忘了。"初一松了口气。
"这几天在学校怎么样?"晏航用脚碰了碰他。
"就那样吧,"初一看着手机,"上课,下课,吃饭,逛。"
"逛?"晏航枕着胳膊。
"学校旁边来……回溜达。"初一笑了笑。
"哦。"晏航应了一声。
初一盯着手机又看了一会儿,转过头,声音很低地问:"你呢?"
"你猜?"晏航问。
初一没说话,咬了咬嘴唇,又转头盯着手机看了半天,这才小声说:"对不起。"

"有什么对不起的啊。"晏航说。

"我就……就是……就……"初一拧着眉。

"你开不开机?"晏航打断他,"我强迫症都快犯了。"

初一愣了愣笑了,低头把手机开了机。

这回没有嘀嘀嘀了,初一在屏幕上戳着,不知道在干什么。

"狗哥,"晏航看着他的侧脸,"你现在是不是你们学校的风云人物啊?"

初一看了他一眼,没说话,继续在屏幕上戳着,看样子是在回信息。

晏航笑了笑也没再开口,就那么一直看着他。

初一会招女孩子其实一点儿也不稀奇,以前不起眼,是因为他永远小心翼翼,穿着又旧又破的校服,顶着自己剪的头,走路要顺着墙根儿,极尽一切努力把自己隐藏起来。

而一旦摆脱这样的状态,他就是很多女生会喜欢的那一款。

长得帅,身材好,能打,话少。

"哎,狗哥,"晏航用脚在初一背上点了点,"外套脱了。"

"嗯?"初一转过头。

"外套脱了。"晏航说。

"已……已经脱……了啊。"初一有些震惊地看着他。

"哦。"晏航看了一眼衣帽架。

初一今天是在运动服外面套了件厚外套,进门的时候他就已经把外套脱掉了。

"你这件里面穿的是什么?"晏航问。

"短袖啊。"初一一脸蒙圈地看了看自己的衣服。

"你冷吗?"晏航又问。

"不冷。"初一回答。

"脱了吧。"晏航说。

初一半张着嘴,非常迷茫地看着他:"为……什么啊?"

"我看着热。"晏航说。

"哦……"初一愣了愣,放下手机,把身上的运动服脱掉了。

里面穿的是件黑色的短袖T恤。

晏航用脚勾着T恤往上提了提。

第十九章

"干吗?"初一终于一巴掌拍在了他脚上。

"这衣服是我的吧?"晏航问。

"是啊,"初一扯了扯衣服,"还有白……色的。"

"挺好。"晏航点了点头。

初一看着他,过了能有五秒钟,才开了口:"体温计给……给我。"

晏航拿出体温计递给了他。

初一拿着看了两眼,猛地转过头:"三十八度七?"

"又上去了?吓得你都不结巴了……我看看,"晏航坐了起来,从他手里拿了体温计看了看,"还真是三十八度七啊。"

"去医院。"初一站了起来。

"一会儿就退了,"晏航躺回沙发上,"我没那么娇气。"

"这是高……高烧吧?"初一有点儿着急,被晏航命令脱衣服又撩衣服烧起来的那点儿火顿时就被这个三十八度七给吓得无影无踪了。

"你发烧的时候去医院了吗?"晏航问。

"没有,"初一很老实地回答,他什么病也没去过医院,"但是我没……没……"

"我不去,"晏航挥了挥手,"我自己有数。"

初一看着他。

心里挺急的,但这是晏航,换个宿舍里的谁,他都可能会上去拽起来就往医院拉了,但晏航他不敢,他怕晏航揍他。

"给我烧点儿热水吧,"晏航说,"发发汗。"

"哦!"初一赶紧跑进厨房。

晏航平时没有喝热水的习惯,想喝点儿热水就得现烧。初一拿了烧水壶装了一壶水,插了电之后想想又倒掉了一大半,这样能快点儿烧出一杯来让晏航先喝着,然后慢慢再烧一壶。

啊,小土狗真聪明。

水很快就烧好了,初一倒出来正好一杯。拿给晏航的时候,晏航正坐在沙发上看电视,脸色看着倒还是很正常的,就是有点儿犯困的样子。

"要不你睡……睡吧。"他把水放到晏航面前。

"嗯,"晏航笑笑,"别这么紧张,我也不是头一回生病。"

"我没见……过啊。"初一说。

"现在见过了，"晏航说，"你镇定点儿，你一惊一乍的我跟着都紧张，不晕过去都对不住你。"

初一有些不好意思地笑了笑，医生说过，晏航身体素质很好，发个烧应该不会有什么大问题吧，他之前发烧，捂了一夜也就退了。

"你脚怎么样了？"晏航问。

"好了。"初一抬了抬腿。

"没这么快好，"晏航慢慢喝着热水，"感觉可能好了，但是特别容易再扭伤，你走路的时候小心点儿。"

"嗯，"初一在他腿边蹲下，抬头看着他，一想到自己一个星期就把晏航这么一个伤病员扔在这儿没管，他就感觉特别难受，"晏航。"

"知道你要说什么，"晏航看了他一眼，"憋着吧。"

"嗯。"初一点了点头。

"狗子。"晏航抓了抓他头发，手放在了他脑袋上。

"啊，"初一应了一声，等着他继续说，但等了半天，晏航也没说下去，似乎有点儿走神，他晃了晃脑袋，"啊？"

"你真是个好狗。"晏航说。

"你真会……夸人。"初一说。

晏航笑了起来，靠到沙发里叹了口气。

第二壶水烧开了，初一去了厨房。

晏航觉得眼睛有些发涩，挺了这么多天，他这会儿终于有了睡意。

"我先睡了，有点儿困，"晏航进了浴室洗漱，"你要是不困就先自己玩会儿。"

"嗯，"初一正在往暖瓶里灌开水，"一会儿拿冰……毛巾降……降温吧。"

"好，"晏航应着，洗漱完出来的时候初一还在厨房里站着，看样子是在等他，一脸的不放心，他拍了拍初一的脸，"晚上别睡沙发了。"

"哦。"初一点头。

说是有睡意，但要真睡着，也不是特别容易的事儿。

晏航躺在床上，闭上眼睛。

不过没睡意硬躺着等天亮，和有睡意躺着慢慢等睡着，两种感觉还是很不一样的。

躺了一会儿，他听到初一走了进来，接着一条有点儿冰的毛巾搭到了他脑

第十九章

门儿上。

"会吵……吵到你睡……觉吗?"初一轻声问。

"不会。"晏航没睁眼睛,初一的声音在这种情况下听着,居然还挺磁性的。

"我就在旁……旁边。"初一说。

"嗯。"晏航笑了笑。

床垫往下沉了沉,初一坐在了他旁边。

初一的隐身功练得是非常好的,坐下之后,基本就没有了动静,一直到脑门儿上的毛巾没有了凉度,晏航才感觉到初一动了动,毛巾被轻轻地拿走了。

然后床垫轻轻抬了一下,初一站了起来,很轻的脚步,走出了卧室。

其实对于一个睡不好觉的人来说,初一这种轻得细不可闻但又没有完全静音的动静是最可怕的,会忍不住凝神聚气想要听清,听清之后困意就没了。

但晏航今天却并没有这种烦躁,倒是有点儿享受。

这段时间他没出过门,除了崔逸和家政阿姨,他也没见过别的人,屋里多数时间静得让他窒息。

也许是因为受了伤又发着烧,他变得非常敏感,孤单和寂寞的感觉像是在骨缝儿里蔓延,再也找不到以前那种长期独处时的平衡感。

初一在这里,发出各种细小的声响,让他觉得踏实。

不过他那点儿可怜的睡意虽然没有完全消失,却也没法再继续增长了。

初一给他换了四次毛巾,他始终就这么闭着眼睛假寐着。

第五次拿开毛巾的时候,初一在他脑门儿上摸了摸,没有再放下第六次毛巾了。

晏航能听到他是去洗漱了,然后关掉客厅的灯,进了卧室。

大概是怕吵到他,初一进卧室没开灯,刚往床边走了两步就一脚踢在了床脚上。

"你大爷。"初一压着声音几乎是只用了气地骂了一句。

晏航忍着笑。

小土狗背地里还会骂人呢?

初一很轻地上了床,又定住不动了。

只有一床被子,天热的时候他俩睡一张床都不盖东西,这会儿天已经很凉了,不盖东西没法睡。

晏航本来想开口，让他一块儿盖，但又怕开了口初一会尴尬，于是只能继续装睡。

初一定了能有三十秒，终于伸手掀开了被子。

晏航假装往他那边翻了个身，把被子往那边匀了一半过去。

初一赶紧趁他翻身这会儿钻进了被子，往他这边蹭了蹭，把被子盖好了。

屋里静了下去，只能听到床头小闹钟很小声地咔咔走着。

还有初一的呼吸声。

晏航听着初一的呼吸，从快到慢。

土狗的入睡速度还真是让他羡慕，最多也就十分钟，他就听到了初一很轻的小呼噜声，呼噜了没几分钟，就彻底变成了轻缓放松的呼吸。

这就睡着了。

啧。

晏航简直想把他推醒了让他重新睡，这儿还有个失眠的呢，你怎么好意思睡这么快？

床垫抖了两下，初一猛地睁开眼睛时，晏航已经掀开被子坐了起来。

"怎么了！"他很紧张地跟着也坐了起来，屋里没开灯，他只能看到晏航的轮廓。

伸手想去开灯的时候，晏航抓住了他的手腕："睡你的。"

"不舒服？"初一问，晏航手挺热的，但不是特别烫，烧应该已经退下去一些了。

"我尿尿。"晏航下了床。

"哦。"初一松了口气，躺了回去。

虽然没开灯只能看到晏航模糊的身影，但初一还是能看出来晏航下了床五秒了还没穿上拖鞋，一直低着头找鞋，他都担心再过一会儿晏航会头晕，一脑袋扎地上去。

"你烧退……了吗？"他又问了一句。

"退了。"晏航说完终于穿上了拖鞋，趿着往卧室门口走。

"你没量怎……怎么知道退……退了？"初一问。

"是啊，那你还问个屁啊。"晏航说完走到了门边，接着就非常干脆地哐地撞在了门框上。

第十九章

"哎!"初一吓了一跳,从床上蹦起来一巴掌拍在了床头的开关上,"没事儿吧!"

"没事儿,"晏航几乎是在灯亮的同时也一巴掌拍在门边的开关上,灯又灭了,"开什么灯,眼睛要闪瞎了。"

"哦。"初一应着。

的确是很闪,这会儿他连晏航的影子都看不见了,眼前只有一片忽明忽暗的光斑。

晏航进了厕所,关上门之后才松了口气。

他对自己有点儿不太理解。

其实他现在对着马桶冷静下来一想,刨去反应这一块,他无非就是对好不容易"拥有"的初一太过在意,总得找个理由把自己的土狗拴好。

万一哪天土狗被别的小公狗小母狗给勾引走了,自己连抢回来的理由都没有。

是吗?

晏航皱了皱眉。

突然觉得很好笑,对着马桶笑了半天。

厕所的门被敲响了。

晏航叹了口气,转过头看着门:"干吗?"

"你尿得有……有点儿久啊……"初一在门外说。

"我还没开始尿,"晏航说,"回去睡你的。"

"五分……钟了,还没开……开始?"初一愣了愣,"你是……不是上……火了?"

"你挺有经验?"晏航有些无奈。

"以前我们家楼……楼下小……广告上说的,"初一说,"尿道发……发炎……"

"滚。"晏航说。

"那你慢……慢尿,"初一说,"可能是发烧……烧的。"

"快滚!"晏航吼了一嗓子。

"滚了。"初一说。

晏航听到初一脚步声消失之后才对着马桶拽了拽裤子。

吼完这一嗓子，他差点儿真尿不出来了。

从厕所出来的时候他去茶几旁边想拿水喝，刚伸了手要拿杯子，沙发那边传来了一句："量个体……体温吧。"

屋里没开灯，还拉着窗帘，晏航根本没发现沙发上有人，这一句话吓得他条件反射直接就把手里的杯子砸了过去。

杯子出手的瞬间他才反应过来这是初一的声音。

"砸到你了没？"晏航赶紧一边问一边过去把灯打开了。

初一坐在沙发上，身体往旁边倾斜着，杯子倒在他边儿上，洒了一沙发的水。

"砸到没？"晏航又问。

"啊。"初一抬起胳膊遮了遮眼睛。

这一声啊挺平静，晏航听不出来他这是应了一声还是礼貌性惨叫。

"啊个屁啊？"晏航说。

"没砸到，"初一说，"躲……开了，闪避完美。"

"你这家伙，"晏航简直无语了，过去对着他胳膊甩了两巴掌，初一往旁边躲的时候他又对着初一的屁股蹬了两脚，"抽风了吧，不睡觉跟这儿坐着吓人玩？"

"哎，"初一赶紧回身抱住了他的腿，"伤口，伤口。"

"伤口好了？"晏航说。

"哪有这……么快？"初一松开他的腿，站了起来，"小心拉……拉伤。"

晏航往下看了一眼。

初一平时睡觉都穿着T恤和大裤衩儿，应该是在家里没独立空间养成的习惯，而他一般就是内裤，套件T恤是因为没有安全感。

本来一直也没什么感觉，初一现在这反应把他带得都有点儿尴尬了。

"进屋睡觉。"他说。

"嗯。"初一转身进了屋。

晏航躺下之后，他把体温计递了过来："夹着睡，一会儿到……时间了我帮……帮你看。"

"我没那么快睡着，"晏航说，"我怕你挺不够时间。"

"不会。"初一没躺下，拿被子盖住腿就那么坐在了床上。

晏航没说话，叹了口气。

大概是折腾了一通，也可能是烧开始退了，晏航闭上眼睛感觉到了疲倦，没等到初一给他报体温就直接睡着了。

第十九章

醒过来的时候觉得晕得厉害,盯着天花板足足得有两分钟,眩晕才停止了。晏航转过头,看了看旁边。

初一没在床上了,枕头上放着一张纸条。

上面有初一虽然很工整但是挺难看的一行字。

你烧退了,我去学校了,下午实训课上完就过来。

晏航摸过手机看了看时间,这一觉睡到了十一点。他闭上眼睛,小心地伸了伸腰,躺在床上没动,重新闭上了眼睛。

"这两天别出去转悠了,"胡彪捧着饭盒,"我这儿的最新情报是外援找了外援,我们出去估计会被蹲。"

初一有点儿没想明白:"不……不关你们……的事啊。"

那三个外援根本都没机会完成外援工作,跟404约的架也取消了,也没谁再约第二次,这事儿要被找麻烦也只能是他自己一个人。

"你是不是傻?"李子强说,"404只是明面儿上没动静了而已,他们叫来的人本来就不服气,这会儿正好背地里搞搞小动作,人才不管你是狗哥还是全体403。"

初一皱了皱眉。

"那就在宿舍待着呗,睡觉玩游戏,"张强边吃边说,"下午就一节实训,正好。"

"实训啊……最烦这个了,"吴旭叹了口气,"我现在都还弄不清。考试的时候让画底盘构造怎么办?"

"不至于,顶多是给你个图让你认这是什么。"高晓洋说。

"那我也有可能记不清。"吴旭说。

"没事儿,"周春阳边吃边玩着手机,"有初一呢,你直接让他画个底盘构造他也能画出来。"

"画不出。"初一说。

"能不能配合点儿啊?"周春阳看了他一眼,"我正夸你呢。"

"随便画,"初一说,"闭眼也……能画出来。"

几个人边吃边乐,隔了两桌的404的几个人一脸不爽地往这边看了一眼。

初一觉得自己选汽修专业还是对的,他虽然别的科目很差,各种文化课都听不进去,但是专业课起码是他们宿舍里最强的,电工那块儿他也学得不错。

有时候想想,如果自己真能上普高,也未必能学出个什么来,大学估计依旧考不上，毕业了还不如中专能有门技术了。

离学校两站地有个4S店，那儿就有个他们学校毕业的学生，据说干得还不错。

初一——想到自己以后说不定也能去那儿，就有点儿小激动。

吃完饭回到宿舍，他给晏航发了消息，问他还烧不烧，晏航没回，估计是没睡醒或者是又睡了。

初一叹了口气。

"下午要去找晏航吗？"周春阳小声问。

"嗯，"初一点点头，"晚上……"

"不回来，知道。"周春阳笑笑。

"狗哥，"胡彪看到他从柜子里拿衣服往包里塞的时候凑了过来，"你真是去航哥那儿吗？不是去姑娘家过夜？"

"嗯？"初一愣了愣看着他。

"当我没说，"胡彪叹了口气，"真的，开窍这么晚的人我也就见过你这一个了。"

周春阳坐在桌子旁边一通乐。

初一看着他。

"晚点儿挺好。"周春阳笑着说。

下午实训课初一直接背着衣服去的，他懒得再回宿舍拿一次了……其实就是着急走。

毕竟晏航昨天还发着高烧，今天也不知道情况怎么样。

唉，其实就是想快点儿见着晏航。

找这么多理由。

"干什么呢！"老师上了一半课突然看着实训室外面说了一句。

几个小姑娘拿着手机笑着边往这边看边走开了。

"拍你俩呢。"胡彪小声说。

周春阳笑了笑没说话，初一也没出声。

"狗哥，"胡彪又小声说，"你跟燕儿有戏没戏？"

"燕儿？"初一愣了愣。

"蒋燕妮。"周春阳说。

"哦，怎么不……不叫妮儿？"初一说。

第十九章

"妮儿多土啊,"胡彪说,"哎,就问你有戏没戏呢?"

"没戏。"初一说。

"那你给她说说我,"胡彪说,"在她面前夸夸我。"

"啊?"初一愣了。

周春阳低头一直笑得停不下来。

"笑什么笑。"胡彪戳了他一下。

"你见过初一跟女生说话吗?"周春阳偏过头,"要不你帮我做两次值日,我去帮你说。"

"哎对,"胡彪一拍手,"找你合适,你帮……"

"你!"老师突然一指胡彪,"看你前后左右说了半天了,不想学东西就给我站门口去!"

"想学啊,"胡彪赶紧说,"非常想学,我就是有不懂的,在问呢。"

"别跟我油嘴滑舌的!"老师瞪了一眼,"再让我看到你这样,你就别上课了,我可不跟别的老师似的睁一只眼闭一只眼!"

胡彪没出声。

"你现在来给我说说,"老师往实训室中间一堆汽车底盘零部件里一指,"这是什么?"

"这个还没学呢。"胡彪顿时就愣住了。

"十字轴。"初一小声说。

"十字轴!"他赶紧说。

"考试的时候你也最好跟着初一,"老师说,"看他能不能帮你把试也给考了!"

初一还是挺怕老师的,老师骂完这两句,他整节实训课都没再敢出声。

以前他不太会被老师骂,多数老师都注意不到他的存在,但哪怕是老师骂别人,他也会跟着紧张。

一直到下课了走到操场上了,他才松了一口气。

"帮我给燕儿说点儿好话,"胡彪挨着周春阳,"就现在,赶紧的。"

"急成这样……"周春阳拿出了手机。

初一其实挺想看看周春阳要怎么帮胡彪跟蒋燕妮说好话的,但他急着去晏航家,只能放弃。

这种随便就能跟不熟的人聊起来的技能,他实在是很佩服。

周春阳就不说了,他性格本身就挺开朗,就晏航看上去那么冷淡的一个人,平时跟什么人聊个天儿的都很轻松,哪怕他未必愿意。

就自己这种嗑嗑巴巴话说不利索也不敢跟人说话的,晏航也能跟他聊得下去……

相比之下,自己还真是……酷啊。

你很酷啊狗哥。

但他并不想这么酷,他想要在跟晏航聊天儿的时候哪怕气氛尴尬了也不会冷场。

出了校门初一没去等公交车,直接打了个车。

最近他非常败家,为了节约时间,打车差不多都不再犹豫了。

到晏航家门口,没等他敲门,晏航就把门打开了。

"你怎……怎么知道我……来了?"初一很吃惊。

"窗户那儿看见你了。"晏航冲客厅窗户那边抬了抬下巴。

初一看过去的时候看到了飘窗上放着一个大玻璃碗,旁边还放着一小袋面粉。

他看了晏航一眼:"你要干……干吗?"

"烤面包,"晏航说,"再烤点儿小饼干。"

"你手……好了?"初一看着晏航的右手,手上还贴着纱布呢。

"用左手也一样,"晏航走了过去,"快闷死了,做点儿吃的解解闷儿。"

"我帮你。"初一把包放下,脱了外套准备去洗手。

走了两步又停下了,自己穿的还是昨天那套衣服,他不知道晏航看他这身衣服还会不会热,是否需要把运动外套脱了。

他看了一眼晏航:"你看我热……热吗?"

"你热不热问我?"晏航看着他。

"我是说……"初一说了一半话,叹了口气,直接把运动外套脱掉了,"算了。"

洗好手出来,晏航正拿着个小电子秤称面粉。

初一过去在他旁边看着:"我来和……和面?"

"不用,"晏航笑笑,"你把握不好。"

"你用左……左手和吗?"初一问。

"嗯。"晏航点点头。

第十九章

"你说左手有隐……藏技能，"初一看着他把称好的面粉倒进玻璃碗里，"是和面……吗？"

"不是。"晏航说。

"那是什么？"初一有些好奇。

"你猜。"晏航说。

初一愣住了，没听懂他说什么："啊？"

"耍流氓。"晏航说。

初一这回听懂了，但是愣得更严重了，猛地听到晏航说出这样的内容，他完全反应不过来了。

"怎么了？"晏航看了他一眼。

"我没……没……"初一说。

晏航偏过头咳嗽了一声，不知道是被呛着了还是怎么着。

初一感觉非常尴尬，他咬了咬嘴唇，为了缓解尴尬……他努力地在脑子里寻找着"如果是胡彪或者周春阳他们会怎么说"的答案，两秒钟之后他开了口："右手不……不行吗？"

晏航转过头看着他。

初一彻底不知道该说什么了，有点儿想爬上飘窗跳出去。

"去把牛奶和鸡蛋拿过来。"晏航说。

初一没说话，飞一样地冲进了厨房。

晏航瞪着自己面前的一盆面粉，感觉自己应该去把体温计拿过来，看看是不是烧到四十度了把脑子烧化了。

晏航你是不是神经病了？

"You are insane, totally deranged,"他对着面粉小声唱了起来，"out of your mind like a psychopath..."

其实就是心情还不错，从受伤之前感觉到有人跟踪自己那时开始，他的情绪就挺压抑的，受伤住院之后差不多可以说是落到了谷底。

一直到今天，他才算是缓了过来。

初一下午要过来，他也觉得挺高兴，想着好久没弄吃的了，烤点儿面包小点心之类的……

但也许是高兴大发了，到初一愣住的时候他才反应过来这个话题要搁在以前，逗逗初一乐一会儿也没什么。

可眼下这种情况，就非常有什么了。

初一捧着牛奶和鸡蛋走过来的时候，他都能感觉得到初一的手足无措和尴尬。

"倒牛奶吧，我让你停就停。"晏航把鸡蛋打进了面粉里，加上了糖。

"嗯。"初一拿着牛奶盒，慢慢倒着。

晏航看着他。

初一低着头也看不清他的表情，就能看到他的睫毛和鼻尖，但就这样也能看得出来……这还是个小狗啊。

怎么不教人点儿好的呢？

晏航叹了口气。

初一停下了："嗯？"

"继续。"晏航说。

"做什……什么面包啊？"初一问。

听得出这是他憋了好半天才终于找到的话题，晏航用右手在他脖子后面轻轻捏了一下："土狗面包。"

"扯呢，"初一笑了笑，"土狗哪有这……么洋气，我们土狗都……都吃馒头。"

"一会儿让你看看什么叫土狗面包。"晏航说。

牛奶加够了之后，晏航把面团揉了揉，又拿了坨黄油放进去，再把黄油一点点揉进面团里。

"我来吧，"初一盯着面团，"这个有技……术含量吗？"

"没有。"晏航说。

"我想……玩一会儿，"初一有些不好意思，"我喜欢玩面……面团。"

晏航笑了起来，把碗推到他面前："那你玩，揉到能把面扯成很薄的膜就行了。"

"嗯。"初一马上低头开始揉。

晏航坐到飘窗上，靠着墙看着他揉面。

其实初一心理素质挺强的，刚还那么尴尬，没多大一会儿，注意力就转移到面团上了，这会儿揉面团揉得兴致高涨的。

"揉完了就可……可以烤了吗？"初一问。

"还要发酵，一会儿扔机子里发酵就行，"晏航说，"然后做馅儿。"

第十九章

"什么馅儿?"初一马上问。

"奶狗馅儿。"晏航说。

"哦,"初一点点头,"可爱。"

"嗯,"晏航笑了笑,又看了他一会儿,"小狗。"

"啊。"初一应了一声。

"其实吧,"晏航说,"你跟以前一样就行。"

初一的动作顿了顿,抬头看着他。

"我们俩之间,"晏航说,"无论有没有'在意'这个东西,都可以跟以前一样的,你想说什么,想做什么,都没关系。"

初一还是看着他。

"你不用在意什么能说,什么不能说,什么说了会不会让我有什么想法,"晏航抬手在他鼻尖上弹了一下,"懂了吗?"

"嗯。"初一低头继续揉面团。

"我也一样,"晏航说,"我想说什么就说了,老去琢磨你会不会尴尬,我也挺费劲的。"

"我不尴尬。"初一说。

"哦。"晏航笑了。

初一抬起头,盯着他看了一会儿,突然张开胳膊,凑过来一把抱住了他。

"怎么了?"晏航问。

"揉揉背吧。"初一紧紧地搂着他,很小声地说。

晏航在他背上用力地搓了搓。

初一闭上眼睛,整个人都靠在晏航身上,把下巴搁在他肩膀上,感觉非常放松,很舒服。

他觉得自己已经有很长时间没有这么舒服地跟晏航挨着了。

晏航在他背上轻轻拍着,跟哄小孩儿一样,让初一有种踏实而放松的舒适感。

他搂紧晏航,在晏航背上也搓了搓。

"换个人敢在我衣服上擦手,我一巴掌就给他扇到阳台上去了。"晏航说。

"嗯?"初一闭着眼睛,又搓了搓晏航后背,他只觉得晏航声音很好听,但说了什么没太注意。

"你再在我身上擦手,"晏航说,"我就抽你。"

"啊,"初一猛地反应过来,赶紧把手举起来看了看,然后松了口气,"我手上没……没有面……粉。"

"废话,"晏航说,"都在我背上呢。"

初一愣了愣,没忍住笑了起来。

他笑得特别投入,怎么也刹不住车了,嘎嘎地在晏航肩膀上乐了能有一分钟。

松开晏航之后,他看了看晏航背后。

嗯……也还行,有几条面粉道道,如果晏航今天穿的不是黑色T恤的话,就看不出来了。

"什么也……没有。"初一说。

"现在说瞎话挺溜啊,"晏航看着他,"张嘴就来。"

初一有些不好意思地笑了笑。

"去,"晏航一抬下巴,"厨房那个小筐里有做馅儿的材料,拿过来。"

"不在厨……厨房做吗?"初一问。

"这会儿窗户这儿太阳好,"晏航看了看窗外,"在这儿待着舒服。"

"好。"初一点头,去厨房里把小筐拿出来了。

"拿我手机开个直播,"晏航说,"挺久没做复杂的东西了。"

"嗯。"初一拿过他手机。

晏航解了锁发了个微博,然后把手机递给了他,拿了口罩戴上了:"今天你来拍吧。"

初一没玩过直播,只是看过,这会儿有点儿手忙脚乱。

晏航坐在飘窗上,屈着一条腿,下巴搁膝盖上看着他:"会弄吗?"

"不……知道,"初一看着屏幕上的晏航,还有刷过去的一行行字,"这算开……开始了吗?"

算呀,已经开始啦。

今天是小帅哥掌镜啊。

小天哥哥太像一幅画了我的天。

截图了,手机屏保有新图了。

"小姐姐们话变得特别多了就是开始了。"晏航说。

"挺多的。"初一点点头。

"那就是开始了。"晏航从小筐里拿出一个洗好了的土豆,冲着镜头这边

第十九章

抛了抛,"今天我要给小狗做个奶狗馅儿的面包。"

好帅啊!

初一心里和屏幕上的小姐姐们一块儿刷过了起码三排惊叹号。

给小狗做面包!苍天啊!

小狗你是奶馅儿的吗?

这个宠溺的语气要了我的命了。

"土豆切丁儿。"晏航左手拿起刀,低头开始切土豆。

左手。

第一次看到小天哥哥用左手啊!

左手也这么溜!

初一到这会儿才反应过来,晏航说的左手的隐藏技能,大概就是这个了,他左手做事跟右手一样没有什么区别。

想到晏航之前跟他说的……他顿时就觉得晏航是个神经病。

"洋葱,"晏航拿起一个洋葱,冲镜头这边晃了晃,"也切丁儿。"

小狗你说话呀。

是啊小帅哥你今天是人肉自拍杆吗?

"切丁儿。"初一说。

…………

哈哈哈哈哈哈哈哈哈!

小狗牌复读机。

晏航看了他一眼:"被小姐姐笑话了吧?"

"嗯。"初一点点头。

"来,这句你说。"晏航又拿起了培根。

"培根,"初一说,"切丁儿。"

"对。"晏航点头。

哈哈哈太可爱了。

配一脸。

把材料都切成丁丁之后晏航站了起来:"现在要去厨房了,把馅料炒一下。"

初一脑子有些发晕地举着手机跟在他身后。

第一次看到小天哥哥全身。

这身材,流口水了……

小狗快去把他口罩扯下来!
炒馅料挺简单的,土豆洋葱先放进去,炒软了就放培根。
初一站在旁边,还没有从之前那个小姐姐的话里回过神来,只是盯着屏幕里的晏航出神。
一直到晏航把炒好的馅料盛到碗里的时候,他才又说了一句:"出锅了。"
妈呀这解说也太冷酷了。
小帅哥是不知道该说什么了吗?
大概看呆了,跟我们一样。
"接下来,"晏航很熟练地用左手敲了三个鸡蛋到碗里,然后回过头,拿着碗往他面前一递。
"鸡蛋。"初一说。
"嗯,"晏航回手又往碗里倒了些白色的东西,再把碗往他面前一递,"还有这个。"
"不认识。"初一回答。
"尝一下。"晏航说。
初一伸手在碗里轻轻点了一下,嘬了嘬手指:"奶油。"
"嗯,"晏航点头,"再加上盐和一点点黑胡椒,拌好就行了,奶狗馅儿。"
我死了。
我炸了。
"游艇。"初一看到了两条礼物消息,忍不住说了一句。
给你游艇!
给你给你都给你!
天哪太可爱了!
"现在来做土狗面包。"晏航把馅料端出了厨房,回到了飘窗旁边。
小狗出个镜吧。
求同框!

初一看了看晏航,晏航正低着头把发好的面揪成一小坨一小坨的并排码着。
他靠过去,把手机对着自己和晏航。
"嗯?"晏航转过头。
"求同框。"初一说。
"你还真是有求必应啊。"晏航说。

第十九章

"啊。"初一笑了笑。

对不起我又死了。

我也死了。

一起死吧给我留个位置躺。

"接下去就是捏小狗,"晏航说,"摄像给个特写。"

"嗯。"初一把摄像头对着晏航的手。

"我手有伤,"晏航说,"一只手的话就不做太复杂的了,就做个狗脑袋,太复杂的烤出来也容易变形。"

晏航右手只能帮忙,把馅儿放到面上之后就基本是左手在捏。

但初一看得很出神,晏航的左手随便几下,就捏出了一个椭圆形,然后再捏了几下,一个圆圆的狗脑袋就出来了,再揪了小面团贴上耳朵和眼睛。

"我们土狗是立耳,"晏航说,"撒娇的时候才会把耳朵夹起来……"

初一已经看不清屏幕上小姐姐们在说什么了,只知道刷得很快,还有很多礼物,他脑子里全是嗡嗡的"我们土狗""撒娇"……

"好了,这是开花了的小狗,"晏航一边说一边用剪刀在面团上面剪开一个小口,轻轻捏成花瓣的样子,"现在进烤箱,再发酵一会儿,然后一百八十度烤十五分钟,烤完之后再把刚做的那个奶油倒进去,继续回炉烤五分钟,就可以吃了。"

晏航把做好的面包在烤盘上码好,端进了厨房。

初一晕头转向地跟在他身后,进厨房的时候还在门框上撞了一下。

晏航把烤盘放进烤箱,定好时之后转过身。

初一终于回过神,按晏航的习惯,此时就可以结束了,没有结束语也没有总结发言。他凝神聚气地伸出手指在屏幕上戳了一下,退出了直播。

"还有点儿面粉,再做点儿小狗饼干吧。"晏航说。

"嗯。"初一点头,把手机放到桌上,去洗手池那儿认真地把手上的面粉渣子洗掉,然后转身靠在了晏航身上。

"干吗啊?"晏航问。

"撒娇。"初一说。

"哦,"晏航笑了,回手在他脑袋上摸了摸,"耳朵呢?"

"夹……起来了。"初一说。

今天晏航烤的面包很复杂,用的时间也长,还做了小狗饼干,都烤好出炉的时候已经可以吃晚饭了。

"就吃这……这个。"初一拿着一个土狗面包说。

"随便你,"晏航说,"吃吧,一会儿想吃别的还可以弄点儿意面。"

"嗯。"初一咬了一口面包。

"好吃吗?"晏航问。

"好吃。"初一点头。

这话说得一点儿都不违心,他觉得晏航做这些东西的水平随便都能秒杀一个西饼屋。

土狗面包一共做了十六个,初一吃了十个,晏航吃了四个,还剩下两个初一打算明天当早点吃。

"跟你说个事儿。"晏航坐在沙发上一边看手机一边说。

"嗯。"初一坐到他旁边。

"之前跟你说的那个打工的事儿,"晏航说,"人家说从明天开始,晚上七点半到十点。"

"明天?"初一看着他,先是一阵兴奋,毕竟他手里的钱不多了,但兴奋过后又有点儿紧张,他一共就打过一份工,还是不用说话的。

"明天晚上我陪你过去认认地方,"晏航说,"离我这儿不算太远。"

"好,"初一搓了搓手,"我有……点儿紧张。"

"没事儿,"晏航看了他一眼,"你都会骗礼物了,服务员的活儿还紧张个屁啊。"

"我没!"初一愣了愣,"谁骗礼……物了啊!"

"今天小姐姐们刷了好多礼物。"晏航说。

"那是你!"初一瞪着他。

小姐姐每次集体"死亡"都是因为你说的话!

不过这个话他没好意思说出来,而且太长了,说着费劲。

"嗯,"晏航笑了,"我今天……心情特别好。"

"真的吗?"初一问。

"真的,"晏航看着他,"很久没这么高兴了。"

"累吗?"初一感觉他看上去还是有些疲惫,不知道是因为做面包太累了,还是高烧之后人有点儿虚弱。

"有点儿,"晏航说,"烧退了都这样。"

第十九章

"那你还做……面包。"初一说。

"心情好就没所谓,"晏航枕着胳膊,"前年过年的时候,我扛着胃疼还做了顿大餐呢。"

"今年过……过年你在……哪儿?"初一问。

"在这儿啊,"晏航想了想,"跟老崔一块儿过的。"

初一想起了过年那会儿的事,那时的心情现在都还能清楚地回忆起来,他皱了皱眉,又猛地一抬头:"那明……明年……"

"还是跟老崔过呗,"晏航说,"他反正也不回家。"

初一没说话。

他一直没想过过年的事儿,过年对于他来说,也就那样,但现在他找到晏航了,过年就不是"也就那样"了。

他不想回家过年,只想悄悄回去看看爷爷奶奶还有小姨,可这样就又要跟晏航分开了……一想到"十一"回家的那三天,他的情绪顿时就一落千丈了。

"还有好几个月呢,"晏航把手放到他脑袋上,手指勾了撮头发一下下转着,"看看你这表情。"

初一偏过头冲他咧了咧嘴。

"你要去打工?"胡彪有些吃惊,"是不是缺钱啊,缺钱跟我们说啊,我们给你凑点儿?"

"不是,"初一叹了口气,"就是要……打工。"

"为什么啊?"胡彪又问。

"赚钱啊。"初一说。

"还是啊,缺钱你跟我们说啊。"胡彪说。

"唉,"周春阳躺在床上乐着,"人就是去打工赚钱,不是缺钱等咱们众筹,跟你说话怎么这么费劲呢。"

"打工多累啊,"胡彪说,"我们还是小孩儿。"

初一看着他。

"难道不是吗,你对自己没有个正确认识吗,"胡彪说,"我们不就是小孩儿吗,我哥二十岁,看我就跟看小孩儿一样。"

初一没说话,他一直没觉得自己是个小孩儿,家里也没谁把他当小孩儿惯着,他只是觉得自己土。

但胡彪这么一说,他好像突然明白了什么。

晏航。

在晏航眼里，自己就是个小孩儿吧？

小狗，小土狗，奶狗……

晏航就是把他当个小孩儿吧，宠着惯着，会夹耳朵的小孩儿……

今天开始有点儿胃口了。

刚过四点晏航就感觉有点儿饿，挺到了五点多，他去给自己做了个椰丝菠萝炒饭，一通狂吃，吃完了居然觉得没完全饱。

估计是身体在慢慢恢复了。

当然，最影响他食欲的就是情绪，情绪好了一切都好。

他拿过手机看了一眼时间，本来初一是打算过来跟他一块儿吃了饭再去打工那个餐厅的，不过临出门的时候被老师叫去帮忙搬东西了。

晏航躺到沙发上，在初一过来之前的这段时间里，他不知道自己是应该看会儿书呢，还是玩会儿游戏呢，还是眯一会儿呢。

他拿着手机很随意地点着，安全软件提示他很久没清理垃圾了，他点了"清理"。

清理完了又告诉他空间没多少啦，要不要清理。

他看了看，占空间的无非就是照片和视频。

照片他不想删。

视频？

视频他挺长时间没看了，都快不记得有些什么了，他打开了视频文件夹。

初一在楼下等晏航下来，顺便在小花园转了一圈儿，但是没找到刺猬。

保安经过的时候看了看他："找刺猬呢？"

"啊。"初一笑了笑。

"大概跟它老婆上那边散步去了。"保安往远处的花圃指了指。

"它老婆？"初一愣了。

"嗯，"保安点点头，"就你们那个崔叔叔，不知道从哪儿给捡来个母刺猬……"

初一笑了起来，他真没想到崔逸还有这种闲情，给刺猬找老婆。

正想往那边走过去看看的时候，身后传来了晏航的声音："去哪儿呀你？"

初一立马回过头，裹着风两步就蹿到了他跟前儿："哪儿也不……不去。"

"走，"晏航胳膊往他肩上一搭，然后又拿了下来，看了他一眼，又把胳膊搭了上去，然后皱了皱眉，"你不会又长个儿了吧？"

第十九章

"嗯?"初一摸了摸头顶,"不知道啊。"

"搂个肩都不顺手了。"晏航说。

"那怎……么办,"初一说,"一会儿给……你买……买高跟……鞋吧?"

"我跟你说,初一,"晏航看了他一眼,"我一会儿就买块膏药把你嘴给粘上。"

初一笑了半天。

这家打工的餐厅不大,有点儿像以前晏航打工的那个小咖啡厅,七八张小桌,暖黄的灯光,很轻的音乐,还有站在门口都能闻到的咖啡香。

"你自己进去,"晏航跟他一块儿站在街对面,"别让人看到你来打个工还得有人陪。"

"嗯,"初一点点头,"他们知……道我说话结……巴吗?"

"知道,"晏航笑笑,"人家说用不着说什么话,就几句礼貌用语说完也没什么别的可说了。"

"好,"初一看了看时间,"现在进……去吗?还没……到时间。"

晏航也看了看时间,离约好的时间还有二十分钟:"过一会儿,提前个三五分钟就行,太早了万一人家有别的事就不方便了。"

"那在这儿站……一会儿。"初一点头。

"去那边。"晏航看了看两边,往前指了指。

他俩往前走了一段,在路边的椅子上坐下了。

现在天儿凉了,除了他俩,没别的人还在这儿坐着吹风。

"冷吗?"初一问。

"不冷。"晏航把胳膊搭在他身后的椅背上,手指在他肩头一下下点着,像是在打节奏。

初一很喜欢现在这种气氛。

就他跟晏航两个人,说话,或者不说话,都因为能感觉到晏航身上微微的温度而惬意。

"要变魔术给你看吗?"晏航说。

"左手也……会吗?"初一问。

"哦,忘了,"晏航笑了起来,"左手可以玩钢镚儿,不过变不了,没右手快,会露馅儿。"

初一笑了一会儿,又看着地面发了一会儿愣。

"晏航，"他偏过头，"你是……不是……"

"嗯？"晏航看着他。

"觉得我是……是个小孩儿？"初一问，"就是，把我当小……小孩儿看？"

"干吗问这个？"晏航笑了笑。

"就想问问。"初一说。

"我第一次看到你的时候，以为你是小学生呢，"晏航说，"看你穿着校服我才知道你应该是上初中了。"

"因为矮吗？"初一叹气。

"不是，"晏航看了看他，"因为你怯生生的。"

"哦，"初一想了想，"那后……来呢？"

"后来啊，"晏航仰了仰头，看着天，"后来就……有点儿说不清，一边觉得你长大了很多，一边又还是觉得你很小。"

晏航竖起小拇指："就这么点儿。"

"其实我是钢镚儿精吧？"初一说。

晏航笑了起来，好一会儿才停下了，再看着他的时候，脸上表情变得有些严肃。

"也不算小孩儿了吧，"晏航看着他，伸手在他嘴唇上点了一下，"起码我现在……也不太能把你当个小孩儿看了。"

第二十章

Chapter twenty

时间差不多了,初一跟晏航一块儿起身,往咖啡厅那边走。

人行道上铺的都是挺大块的青石,初一一路走过去,踢着石缝儿被绊了至少三次。

晏航转过头看着他:"就你这个桩子,别人跟你打拳的时候不用进攻吧,是不是等着你把自己绊倒就能弄个击倒了?"

初一看了他一眼,低头在地上跺了两脚。

嘴唇上现在都还能感觉到晏航手指留下的触感,他这一路走过来没连摔带滚的就不错了。

"进去吧,"晏航拍拍他的肩膀,"我在旁边转转,晚点儿过来接你。"

"不,"初一马上看着他,"你回去。我打车,不用接。"

"怎么了?"晏航愣了愣。

"不安全,"初一皱了皱眉,"你不要出……来了。"

晏航笑了笑:"我有第六感……"

"不。"初一打断了他的话。

"唉!"晏航无奈地叹了口气,"行吧。你自己回去,认识路吗?"

"比你强。"初一说。

"进去吧,"晏航推了他一把,"老板叫刘小香,叫她小香姐就可以了。"

初一推开咖啡厅的门时,又回头看了一眼,晏航靠着对面的灯柱冲他挥了挥手。

他笑了笑,进了咖啡厅。

里面没有客人,只有一个女孩儿在吧台后边儿收拾东西。

"你好,"初一往吧台走过去,放慢语速,"我找……小香姐。"

"初……初几来着?"女孩儿抬眼瞅了瞅他,"初一是吧?"

"是。"初一点点头。

"也不结巴啊,"女孩儿隔着吧台伸了手过来,"我是刘小香。"

初一赶紧伸手跟她握了握。

第二十章

"具体工作你都知道了吧?"刘小香招招手,"来,换身儿衣服。"

刘小香是个御姐嗓,有点儿哑,要是不看真人可能都会以为她是个大姐大。

从吧台后头走出来之后初一才发现她个子很娇小,感觉跟自己遇到晏航那会儿差不多高。

初一看着她的时候才猛地发现,自己真的长个儿了,真的已经不会再被人笑话身高了。

刘小香给他拿了套衣服,跟以前晏航在咖啡厅打工时的制服长得有点儿像,感觉全国各地咖啡厅的打扮可能都差不多吧。

他在更衣室里换衣服的时候,刘小香在外头一连串地交代着:"菜单就在吧台上,晚上的单子跟白天不一样,简单一些,点什么就按那个收钱就行。十点关门,要没什么人了你早点儿走也没事儿。第一个抽屉里的钥匙你拿着……"

"嗯。"初一一边应着一边飞快地换着衣服。刘小香说话仿佛一个大姐头,说得还特别快,给他一种下一秒没换好衣服出去她就会进来打人的错觉。

"有什么不明白的可以打电话问我,"刘小香声音似乎不在门口了,"门锁有点儿不好用了,锁的时候使点儿劲……"

"哦。"初一一提裤子,打开了门。

没看到刘小香,再看店里,也没有人了。

走了?

就这么连珠炮一样地交代完就走了?

初一站在吧台旁边,看着空无一人的咖啡厅,有点儿回不过神来。

愣了几秒钟之后,他走到吧台后边儿,台面上放着张名片,是刘小香的。初一把她的电话号码存到了手机里,然后拉开第一个抽屉,把里面的钥匙拿出来放到了兜里。

接着……就不知道该干什么了。

他连收银机都不会用,也不知道菜单上的各种饮料和咖啡是怎么做的,这会儿要来个客人,他大概只能给人家端杯白开水。

怎么还会有这样的老板啊?

初一茫然地站在吧台后头。

门那边传来很轻的一声铃响,有人来了!

苍天啊!

来客人了!

您好,打烊了。
您好,现在只提供白开水。
您好……

"热牛奶。"进来的客人站到了吧台跟前儿,说了一句。
一直低头假装很忙的初一猛地抬起了头。
"晏航?"他无法控制自己上扬的嘴角,"你怎……怎么……"
"你们老板五分钟前就走了,"晏航说,"我估计你正犯迷糊呢。"
"她什……什么也没……教我!"初一小声喊,"就说了几点关……关门,然后就……走了!"
"废话,"晏航笑了起来,"人家要招的是熟手,根本不用教的那种。"
"那我也不……不是啊!"初一顿时就慌了。
"有我呢,"晏航说,"怕什么!"
"你怎么没……回去?"初一回过神。
"我要回去了你现在怎么办?"晏航说。
初一没吭声。
"来,"晏航绕过吧台走到他旁边,"我先告诉你收银机怎么用,然后是咖啡,都是自动咖啡机做的,很简单的。"
"嗯。"初一整个人都踏实下来了。
晏航可是五星级酒店西餐厅的领班!这个吧台后面的所有东西他都懂!没有的东西他也懂!
啊哈哈哈哈哈厉害吧!
他也不知道自己到底在得意什么,懂的是晏航,厉害的是晏航,又不是他。
但他还是得意,而且很安心。

虽然不爱学习,但是初一不笨,学东西还是很快的,基本的东西晏航教了他一遍他就差不多能明白个大概了。
"我看看他们的咖啡,"晏航拿过菜单,"一般这些小咖啡厅就那几种咖啡,都很容易做……"
门响了一声,初一看了一眼,进来了两个女孩儿。
"去招呼。"晏航推了他一下。
"哦,"初一应了一声,拿了菜单走了过去,虽然有晏航在,单独面对客人的时候他还是有点儿紧张,他走到桌子旁边,把菜单放到桌上,"晚上好。"

第二十章

两个女孩儿拿过菜单研究了一会儿:"一杯卡布奇诺,一杯冰拿铁。"

"好的。"初一应了一声,转身回了吧台,小声跟晏航说,"卡布……奇诺和冰,拿铁。"

"嗯,"晏航点点头,"你看着我做。"

"好。"初一盯着他。

以前晏航在咖啡厅打工的时候他就去过一次,而且那会儿晏航只做服务员,他也没见过晏航做饮品。

现在看着晏航一边熟练用着店里的机子,一边小声给他讲解卡布奇诺和拿铁分别要放多少奶,要打多少奶泡。

看到晏航一手拿着咖啡杯一手拿着打好的奶泡开始拉花的时候,初一惊呆了:"还……还要……拉花?我还是辞……职吧。"

"不用。他们有模具,你用可可粉筛一下就行。"晏航说,"我这个是习惯性动作。"

初一听到不用强制拉花之后才放松下来,继续盯着晏航的手,看着他随手就做出了一片叶子。

太帅了。

给小天哥哥打电话!

左手也这么帅!

"现在做拿铁,"晏航小声说,"拿铁要分层,不过不是特别难。"

初一再次有种想要辞职的冲动。

晏航拿过一个杯子,往里放上冰块,再把牛奶和糖浆倒了进去搅匀了,接着拿了个长柄的勺,开始顺着柄往杯子里倒咖啡。

"慢一点儿、角度大一些就能分层,"晏航说,"最后再加一层奶泡就可以了。"

初一看得有些出神。

把晏航做好的咖啡端过去给那两个女孩儿的时候,初一觉得她俩看上去非常满意。

不过一个女孩儿唰唰就把分好层的冰拿铁给搅和成了一团,他顿时就感觉非常心疼。

"就那么搅……搅掉了!"初一撑着吧台小声说。

"怎么了?"晏航笑了笑,"有些人喜欢分层喝,有些人喜欢搅匀了喝。"

"浪费,"初一说,"那还分……什么层。"
"你管得真多。"晏航说,"进来,继续教你做别的。"

今天晚上的客人不算太多。两个女孩儿走了之后,又来了两对小情侣。一对点的是咖啡,另一对点的是果汁。

晏航没有再亲自做,而是在旁边小声指挥着他来做。

笨手笨脚。

以前姥姥总这么骂他,初一还挺不服气的,只是也懒得反驳,今天他才觉得姥姥说的未必没道理。

他就是笨手笨脚,虽然都做出来了,看客人的反应,味道应该也没问题,但他距离晏航漂亮的动作,差了十万八千多个姥姥。

九点半的时候他靠着吧台舒出了一口气:"真麻烦啊。"

"其实差不多也就是这些,有个两三天就熟了,"晏航说,"小店要求也不高,客人也不会挑什么毛病,顶多说这家咖啡不好喝。"

"今天晚……上的肯定好……喝。"初一笑了笑。

"明天还要我先回家吗?"晏航问。

初一没说话,他有些不好意思,今天晚上要没晏航在,他估计八点就得关门。

十点的时候初一已经把吧台都收拾好了,准时关了门。

街上的人已经不多了,两边的酒吧和KTV倒还是很热闹。

初一很警惕地往前后左右都看了看,没发现什么可疑的人,才跟晏航一块儿慢慢往大街那边走过去。

晚上的风很冷,他看了看晏航,晏航穿的是件厚呢外套,非常帅,但是这会儿的风估计挡不住。

"你冷吗?"初一问。

"冷死了。"晏航很夸张地缩了缩脖子。

初一愣了愣,迅速脱下了自己的夹棉外套。

晏航一看就乐了:"干吗啊?"

"这个暖……暖和。"初一说。

"你不冷啊?"晏航问。

"不冷。"初一回答得很干脆。

"行,那你冻着吧,"晏航接过他的外套,套在了自己身上,"一会儿感冒

第二十章

了别哭。"

"不可能。"初一说。

冷是非常冷的,他的外套里头就一件长袖T恤加单层的运动服,这会儿风一吹,直接人都吹透了。

但他知道自己不会有什么问题,从小他就这么穿,大冬天的也就一件穿了八百年的绒都跑光了的羽绒服,也没怎么感冒,练出来了。

不过走到街口的时候,初一还是打了个喷嚏。

忍了半天都没忍住。

顿时感觉自己有点儿丢人。

"傻狗,"晏航脱下了他的外套,往他身上一披,搂住了他,"这一身都冻透了,知道什么叫死撑吗?"

"我没死……撑。"初一说。

"穿上吧,打个车。"晏航说。

初一有些郁闷,好容易"成熟"一回,还被晏航嘲笑了。

晏航拦了辆出租车,初一先上的车,还没往里坐好,晏航就上来了,往他旁边一挤,坐下了。

初一本来想再往里挪挪,给晏航匀出点儿地方来,但这么挤在一块儿的感觉,实在让他很舒服,于是装死没动。

晏航看了他一眼。

他目视前方,镇定地装着什么都不知道。

"狗子。"晏航笑着叫了他一声。

"嗯?"初一依然目视前方。

晏航没说话。

于是初一也没出声,不过他听得出晏航在笑,笑了好半天。

最后他只得往里挪了过去,挪了两屁股的时候,晏航笑着抓住了他的手,把他往自己那边拉了拉。

他迅速倒了回去,挨着晏航的胳膊。

回到晏航家,再被扑面而来的暖意糊了一脸,他干脆连耳朵都烧了起来。

"哎,"晏航看了他一眼,"怎么了?"

"什么?"初一坚强地问了一句。

"脸红成这样，"晏航摸了摸他的脸，"风吹的吗？"

"嗯，"初一赶紧点头，"迎……迎风红。"

晏航笑了起来："睡吧，我明天要早起，帮老崔翻点儿东西。"

"哦，"初一看着他，"兼职吗？"

"免费的，"晏航说，"财迷。"

"我要有十……十万，"初一说，"我就不……财迷了。"

"哎哟，"晏航一边脱衣服一边乐，"我那个卡给你吧。"

"不要，"初一把视线放到了茶几上，"我自……自己挣。"

晏航边笑边脱衣服，去洗漱完了往卧室走的时候T恤都脱掉了，光着个膀子进的屋。

初一看着他晃了几秒钟神儿之后又清醒过来，跟进了卧室："伤口怎……么样了？"

"要看吗？"晏航问。

"嗯。"初一点头。

晏航侧身对着他，把腰上的一小块纱布揭掉了："结痂了，现在贴个纱布就是防止摩擦。"

"哦。"初一拧着眉。

伤口的确是结痂了，但是刀口的形状还能清楚地看到，有些触目惊心。

"手术的这个口子也好了，"晏航转过来把小腹上的纱布也揭掉了，"按着还有点儿疼，不碰的话没什么感觉了。"

初一挺心疼的，以后就算完全好了，这两条疤估计也会一直存在了。

"帮我重新贴两块纱布吧，"晏航拿过小药箱递给他，躺到了床上，"哎……躺着真舒服啊。"

初一拿了片叠好的纱布，盖到伤口上，又扯了几条胶带贴上了。

贴得有点儿难看，他伸手在纱布上轻轻按了按："我去洗脸。"

晏航靠在床头，打开手机，看着微博上的一堆评论。

他以前不太看评论，攒个几天瞅一眼。评论不多，来回就是那些人。但最近他微博涨粉涨得厉害，评论也变多了。不过内容都差不多，各种"按头党"，也有很多人在求"初一小帅哥"的微博。

他笑了笑，把手机放到一边打了个哈欠。

初一肯定有微博，但是他还真没问过。

第二十章

刚往下出溜着在枕头上躺好,初一扔在床上的手机就响了。

"电话!"晏航喊了一声,"初一!"

"啊!"初一应着。

他往手机上看了一眼,是个没存过的号码,归属地显示是伟大的首都。

初一跑进卧室拿起了手机,看到号码时愣了愣:"谁啊?"

"接了听听看,没准儿是你境外大额消费了,泰国买了头象。"晏航说。

初一笑着接起了电话:"喂?"

电话那头没有声音。

"喂?"初一又喂了一声,"谁啊?"

那边还是没有人说话。他把手机拿到眼前看着,晏航突然翻身起来,跪到床沿儿上,抓着他的手,在手机上点了一下免提。

他看着晏航,愣住了。

"再问。"晏航悄声说。

"喂?说话……"初一再开口时,声音有些不受控制地发颤。

他已经反应过来了晏航的意思。

电话那头,可能是老爸。

随着电话里的沉默,他的手也开始有些发抖,最后那边挂掉的时候,他整个人都有点儿抖了起来。

他拿着已经没有了声音的手机,瞪着晏航。

心跳得很快,眼前有些模糊,似乎看到的东西都跟着心跳微微地晃动着。

"是……谁?"他问。

"不知道,"晏航拿过他的手机,放到一边,手指抬了抬他的下巴,看着他,"狗子?"

"是,是我爸……吗?"初一看着他,"是吗?"

"不知道,"晏航轻声说,"也许是打错的。"

"打错为……为什么不出……声?"初一声音还是有些发抖。

晏航没说话,伸手搂住了他,搂得很紧:"没事儿,管他是谁呢,你现在好好的就行,不用管别人。"

"嗯。"初一点点头,然后闭上眼睛,努力地调整着自己的呼吸,慢慢地平静下来。

"初一。"晏航松开他,看着他的脸。
"嗯。"初一也看着他。
"别瞎想,"晏航说,"听见没?"
"嗯。"初一点点头。
"答应了我的事要做到。"晏航说。
"嗯。"初一笑了笑。
"睡吧,"晏航拍了拍他的脸,"有些事只能等,过好眼前就行。"
"嗯。"初一应着。

关了灯躺下之后,初一很小心地往晏航那边蹭了蹭。
"明天你辛苦一下,帮我套一下被子吧,"晏航说,"该换个大被子了。"
"嗯,"初一侧过身看着他,"你不是说伤……伤口好……了吗?"
"是啊,怎么了?"晏航转过头。
"那你还……套不了被……子吗?"初一说,"那就没……没好啊。"
"傻狗,"晏航说,"我就是不想套被子,天下最烦的事就是套被子。"
"那我也讨……讨厌套被……子啊。"初一说。
"那没办法,你咬牙忍忍吧。"晏航说。
"欺负我啊?"初一叹气。
"不然呢,"晏航说,"我除了支使你还能支使谁。"
"那……好吧,"初一叹了口气,"我耳朵都气……气趴下了。"
"滚,"晏航笑了起来,伸手在他耳朵上捏捏,"我看看趴下了没。"

"盖好。"晏航往卧室外面走的时候说了一句。
"啊?"初一应了一声。
晏航没再出声,走出了卧室。
洗脸的时候他才打开了厕所的灯,手撑着洗手池,看着镜子里的自己。
还……挺帅的。

回到卧室从衣柜里找了套衣服,他回过头,看到初一已经坐了起来,盘腿儿坐在床上,低着头。
"给。"晏航把衣服递给他。
初一接过衣服,下了床,飞快地出了卧室,又飞快地进了厕所。
晏航笑了笑,把卧室的灯打开了。

第二十章

他穿了件厚的居家外套,拿了根烟站到了阳台上。

升起的烟雾里,他长长舒出了一口气,看着远处星星点点的灯光。

现在说不上来心里是个什么滋味儿。

初一在厕所待了挺长时间的,回到卧室的时候手里拿着已经洗好了的裤子,看到他在阳台上的时候,站在床边似乎有些进退两难。

"大半夜的还这么勤快!"晏航招了招手,"过来。"

初一走到阳台上,把衣服给晾上了,还把挂着内裤的那个衣架挂到了最边儿上。

晾好衣服低头往屋里走的时候,晏航拉住了他的胳膊。

"怎么了?"晏航问。

"没。"初一说。

他在初一后背上搓了好半天,初一才放松下来,靠到了他身上。

换个别的事儿,晏航虽然不太会安慰人,但怎么着也还能找点儿话题打个岔,但现在他实在不知道应该说点儿什么了。

只能就这么搂着初一,一直到初一偏开头打了个喷嚏,他才注意到初一身上就穿了一套他刚拿的运动服。

"进屋吧,"他拍拍初一,"睡觉。"

"嗯。"初一点点头。

早上醒过来的时候,初一已经起床洗漱完了。

"晚上你直接过去?"晏航问。

"嗯,"初一点点头,想想又看着他,"你要去……的话打……打车,别坐公交。"

"知道了。"晏航笑笑。

"那我走了。"初一打开门走了出去。

"狗啊。"晏航又叫了他一声。

初一又退了回来:"你叫我什……什么?"

"小狗,叫急了。"晏航指了指电视柜,"那个抽屉里有套钥匙,你拿着吧,再过来的时候就不用总敲门了。"

"哦。"初一应了一声,走过去拉开抽屉拿出了钥匙。

往门口走的时候非常标准地顺了拐,蹦了两下都没调整过去,最后只能是顺着拐出了门。

门关上之后，晏航叹了口气。

在这个时候突然说钥匙的事好像时机有点儿不是那么太合适。

初一一直走出电梯了，才总算放松了一些，脚步也不那么诡异了，他低头整理了一下衣服。

走出楼门之后，迎面吹来一阵寒风，他打了个冷战，整个人的思绪才终于回到了正常范围里。

没走几步他又猛地转过头，往身后的楼上看了看。

晏航家飘窗是关着的。但没等他松口气，窗户突然打开了。晏航伸出胳膊冲他挥了挥手。

他顿时一个趔趄，差点儿扑到地上，都没顾得上给晏航也挥个手，转头大步就往小区大门那边冲了过去，就差跑了。

今天初一没有打车，天天这么来回打车花费太高了。今天出门比较早，他坐了公交车回学校。

一路上人很多，来回挤着，他从车头让到车尾，又从车尾让到车肚子那儿，最后被几个大妈挤到了后门上贴着车门。

脑子就剩了一个"快让我下车"的念头。

在学校那站下车的时候，人都被挤得细长了不少。

刚走进学校大门，旁边就有人叫了他一声："初一！"

"啊，"他转过头，看到了一脸不满的班主任，"杨老师。"

"你有点儿太不像话了啊！"杨老师看着他。

初一愣了愣，没说话。

杨老师这意思，应该是已经知道了他昨天没有回宿舍。

"父母让你大老远的来上学，是学东西的，不是满世界乱玩的！"杨老师皱着眉头，"学校为什么要让本地学生都住校，还不就是为了严格管理吗！"

"嗯。"初一应了一声，低着头没敢看老师。

他很少会被老师骂，但老师不骂他的时候，他都会紧张，现在老师直接站在面前骂，他简直连一个字儿都说不出来了。

"之前放假请那么长时间的假，我都没有说你什么，"杨老师说，"现在都开始夜不归宿了！出了事怎么办！"

"我知……知道了。"初一好一会儿才憋出了一句话。

第二十章

"你来了学校,我就要对你负责,对你们每一个人负责,不要觉得上中专就比上普高轻松,就可以混日子了!"杨老师说。

"嗯。"初一应着。

"你专业课现在是班上最好的,"杨老师说,"你自己不要松劲!这是你以后吃饭的本事!"

"知道了。"初一说。

"行了,"杨老师挥挥手,"你去上课吧。"

初一松了一口气,转身跑开了。

上午就两节课,上完就没什么事儿了,初一跟宿舍几个人在操场边儿上坐着,看高年级的人打篮球。

"老杨还说你什么了没?"周春阳问。

"嗯?"初一从恍惚里回过神,看着他。

"你昨天晚上是去码头扛包了吗?"周春阳皱皱眉,"一上午都是一副没睡醒的样子啊?"

"没,"初一有些不好意思地揉了揉鼻子,"就搬了会儿……砖。"

"你大爷。"周春阳看着他。

"我打工十……点才完,"初一叹了口气,"怎……么办啊?"

"没事儿,"周春阳说,"十一点之前你能回来就行,就走廊窗户外面那个铁楼梯,爬上来就可以了,舍管十点就在走廊上转转,听听动静,十一点了才会过来看一眼。"

"昨天也是寸了,"胡彪说,"老杨过来找苏斌那个傻冒儿不知道有什么事儿,进来就看到空着一张床。"

"嗯。"初一笑了笑。

打工的事儿初一不想放弃,毕竟他跟别的同学不一样,打工是他唯一的经济来源,不打工就连饭都吃不上了,别说学费那么大一笔。

还要还钱给何教练,人家肯那么帮他,他不能拖太久不还钱,最好过年前能把钱给还上。

"土狗。"身后有女生笑着的声音。

初一没回头,他不好意思。

周春阳偏了偏头:"不理人啊?"

"不知道怎……么理。"初一说。

"狗哥,"又一个女生说话了,"干吗这么冷漠啊,打个招呼都不行吗?没礼貌!"

初一犹豫了两秒,转过了头,看到了三个女生正靠在后面的树下,边喝汽水边冲这边看着。

"嘿。"初一说。

几个女生都愣住了。

初一也没有多余的社交词汇储备,于是转回头继续看人打球了。

"我服了你了,"周春阳说,"有时候真想看看就你这样子以后是怎么追人的。"

追人?

追谁?

初一猛然又陷入了单向尴尬之中。

是啊,没追过。

要追的吗?

要吧?无论男女,喜欢一个人,不都得追求吗?

啊。

要追吗?怎么追?

他转头看着周春阳。

"干吗,"周春阳看着他,"不服啊?"

"随便看……两眼。"初一说。

周春阳笑了起来:"有病。"

初一正想说话,手机响了。

是晏航吗?他很着急地掏出手机,伸手就直接接了电话。

但在把手机举到耳边的时候,他看清了来电显示。

不是晏航。

是一个没有存过的号码,归属地显示的是一个南方城市。

他顿时想起了昨天晚上的那个来自首都的电话。

是老爸吗?

是同一个人吗?

一南一北,一夜之间就换了地方?

"喂?"他站了起来,转身往一边没有人的地方走过去。

第二十章

电话里没有声音。

"说话,"初一走到了教学楼的侧面,"喂?"

那边依然没有人出声。

初一控制不住自己的手,又开始有些发抖,不知道是预感,还是别的什么感,很强烈,他无法控制自己这么想。

这是老爸打来的电话。

沉默了几秒钟之后,他很艰难地开了口,声音非常低:"爸?"

那边迅速挂掉了电话。

初一站在原地,盯着墙角的一小丛草出神。

是老爸。

这种感觉太强烈了,无法回避。

初一用了好半天才让自己平静下来,冲回头看了他好几次的宿舍的几个人摆了摆手,示意自己没事儿,然后拿起手机,拨了晏航的电话。

"小狗。"晏航接了电话。

"我又接……接到那个电……话了。"初一说。

"不出声的那个电话吗?"晏航问。

"是,"初一说,"我觉得就……是我爸。"

晏航停了两秒:"你叫他了吗?"

"嗯。"初一点头。

"那边什么反应?"晏航问。

"挂掉了。"初一说。

晏航没说话,似乎是在琢磨。

"要不要……报警?"初一咬了咬嘴唇。

这句话说出来,对他来说非常困难。他不知道老爸在那件事里扮演了什么样的角色,也不知道警察抓到了老爸会有什么样的结局。

但他还是说了出来。

如果是另一个人,他也许还会犹豫,可那是晏航。

"两次的号码不一样吧?"晏航问。

"嗯,"初一说,"一南一……北。"

"这种任意显示号码的,不一定能查得出来,"晏航想了很久,"先……不要报警吧。"

"你不……不想知道他……在哪儿吗?"初一轻声问。

"想知道，"晏航说，"但是这个不一定有用，而且……"

"什么？"初一有些着急。

"我不想让你来做这个事，"晏航说，"真需要报警的话，我去说就行。"

初一没说话，突然有点儿想哭。

"别哭啊，"晏航说，"再哭我抽你。"

"没，"初一吸了口气，"我是狗，狗哥。"

"狗个屁的哥，"晏航笑了，"你在我这儿就是小芝麻狗。"

"狗哥。"初一坚持。

"你还真倔强。"晏航笑着说。

"狗哥。"初一又强调了一遍。

"狗哥，必须是狗哥。"晏航说，"狗哥，晚上你别吃饭了，去你们那个咖啡厅，我给你做好吃的吧，你买单就行。"

"好。"初一笑了笑，挂掉电话之后他揉了揉眼睛，发现自己的睫毛还是湿了。

下午下了课，初一还专门去了一趟实训室，猫在一堆零部件里拆拆装装地研究了半天。

杨老师今天骂他，他虽然很紧张很害怕，但有些话他还是记住了。

他的专业课目前很好，要继续学好，因为他以后得靠这个吃饭。

也许别人不能理解，比如周春阳那种每天脑子里就是吃喝玩乐的家伙。他家里送他来上个中专，无非就是初中毕业没地方可去。汽修是周春阳自己选的，他喜欢车。虽然他现在发现学汽修根本不是他想的天天能玩车，只是天天玩零件而已，不过已经晚了。

初一很清楚他跟那些同学都不一样，他是没有退路的，他从说出要上中专的时候开始，就都得靠自己了。

不，其实他要真混不下去了，还有晏航，晏航会帮他。

想到晏航，他心里就感到一阵踏实。

但他并不想要晏航帮他，每次晏航耍赖要他出钱的时候，问他要贵的礼物，让他买手机说不给钱了，说做饭给他吃但要他买单……每次听到这样的话的时候，他都会很满足。

有种自己已经长大了的感觉。

实训课的老师过来的时候看到初一正满手油泥地蹲地上折腾，顿时非常

第二十章

愉快,过来给他讲解了一通,还指点他拆装了一次引擎。

"你要是有兴趣,"老师说,"平时有时间就可以过来,或者去车库找我,那里有些要修的车,你可以去看看,熟悉一下各种故障怎么查、怎么修。"

"嗯。"初一点了点头。

"现在汽修可是很吃香的,"老师说,"别觉得就是个修车的有什么了不起,有的故障我一眼就能看出来,车开过我旁边我一耳朵就能听出是个什么车,这就是本事。"

"嗯。"初一点头,莫名就觉得这样的技能非常拉风。

洗了手从实训室出来的时候,初一觉得自己走路都挺轻快的,好像看到了两三年之后拉风的自己。

不过走到学校门口的时候,他手在兜里摸到了手机,猛地想起了那两个电话,顿时又堵得满心都是郁闷。

晏航说什么也不要多想,想也没用,但要真的做到实在是太难了。

出于安全考虑,他一边往公交车站那边走,一边看了看四周。

不过他感觉自己的道行真的比晏航差太多了,就这么一路东张西望的,有人靠近了他居然也没能发觉。

离车站还有一段距离的时候,有东西顶到了他腰上。

"抢狗,"身后有人说,"别动。"

他先是整个人一僵,接着顿时心情就一扬八丈高了。

"你怎……怎么这么厉……害啊?"他回过头,看到身后站着的晏航。

"我是谁?"晏航笑笑,"我小学的时候我爸就这么跟我玩了。"

初一看着晏航的笑容,觉得这一瞬间自己什么烦恼都没了,全都消散了,人都能飘起来。

"你怎么在……这儿?"他飘了一会儿才想起来问一句。

"在家里闲着没什么事儿,"晏航说,"就过来抢狗玩。"

初一笑了半天,又叹了口气:"是……不是担心……"

"别美了,"晏航打断了他,"我没你那么紧张。"

"哦。"初一笑着没再说话。

今天咖啡厅里跟昨天差不多,没什么客人,估计要再晚一点儿才会有人进来。

"我看看有什么材料,"晏航走到冰柜前研究着,"你买单啊。"

· 143 ·

"嗯,"初一点点头,"我先去换……衣服。"
"去吧。"晏航说。

初一换好制服出来的时候晏航已经拿了些食材出来准备开工了,他走过去站在晏航旁边。

"做简单点儿,不耽误店里的事儿,"晏航说,"做个披萨,再来个黑椒牛肉炒饭吧?"

"好。"初一咽了咽口水,平时他都五点多就吃晚饭了,今天为了跟晏航一块儿过来吃,一直饿着,这会儿光听到菜名就想过去把锅给啃了。

晏航开始做披萨的时候,进来了几个客人,点了咖啡和饮料之后开始边聊天儿边打牌。

初一非常紧张,用咖啡机做咖啡的时候一直往晏航那边看。

晏航冲他笑了笑:"能行吧?"

"嗯。"初一点头。

昨天晏航教了他好几种咖啡的做法,比例和要放的东西他都还记得,这会儿主要是习惯性紧张。

不过做起来的时候,依然笨手笨脚,多亏了那桌客人主要是想打牌,并没有催他。

端着咖啡过去的时候他看着好几杯自己做出来的咖啡和饮料,突然感觉自己多才多艺。

"服务员,"有个小伙子转头叫了一声,"好香啊,在做什么?"

"炒饭,"初一说,"是我……我们的晚……"

"再帮做份炒饭吧,"小伙子说,"闻着饿了。"

"饭。"初一把话说完了,听他这么一说,顿时不知道怎么办了,转头看着晏航。

晏航点了点头。

"好。"初一拿过菜单看了看,上面并没有黑椒牛肉炒饭的价格,夜间的菜单里没有主食。

"告诉他们二十八元一份,只有一份了,多了没有。"晏航看了一眼菜单。

"嗯。"初一笑了笑。

这份工作还是挺好的,晚上过来的客人不多,来了一般就是点几杯饮料,时间到了就收拾好卫生关门走人。

初一觉得挺有意思,当然,如果晏航没在,肯定就没这么有意思了。

披萨和炒饭做好之后,他俩坐到了角落的小桌旁边。

披萨是榴梿的,初一不太喜欢的味道,但晏航做得很好,不知道加了什么配料,让榴梿味儿没有那么重,透着奶香,居然还挺好吃。

他一边吃一边看着晏航。

晏航抬眼看他的时候,他又猛地有些慌乱,赶紧低头扒拉炒饭。

现在和晏航待在一起时,感觉跟以前不太一样了。

有种很隐蔽的亲密感,却也因为这份亲密感而会猛地有些不好意思。

"我过两天要上班了,"晏航说,"再陪你两天,应该就没问题了。"

"嗯,"初一点点头,想了想又有些担心,"你这……么久没上班,还是领……领班吗?"

"是,"晏航笑了,"怎么,你怕我工作丢了吗?"

"不怕。"初一说。

"我明年争取去后厨。"晏航说。

"你们经……经理要疯,"初一叹了口气,"没完了,一天到……到晚就想……想着后……厨。"

"那没办法,"晏航笑着说,"就这点儿爱好了。"

"我都没……没有爱好,"初一突然有些惆怅,"真的啊,我居……然没有爱……爱好?"

"你有啊,"晏航说,"打拳啊,磨个小石头什么的。"

晏航一说小石头,初一就一阵紧张,被踩坏的那些小石头没有全部拯救回来,有两颗从小石头被磨成了小小小石头,钻眼儿都把石头给钻裂了,所以他还没全做好,这会儿就特别怕晏航问。

这么久没做好,太不重视了吧!

"你今天……"晏航说了一半又停下了,似乎有些犹豫。

初一立马反应过来了:"我回学校。"

"哦。"晏航看了他一眼。

"我们班……主任,"初一赶紧解释,"早上骂……我了,说夜不归……归宿什么的。"

晏航喷了一声:"你们一个小破中专还管这么严啊?"

"不小,也不破,"初一有些不服气,"文盲。"

"滚。"晏航笑了起来,手上的披萨差点儿掉了。

"我们实训老……师就听发……发动机就知……道是什么车。"初一说。

"那你呢?"晏航笑着问。

"我以后也……可以。"初一说。

这话他说得非常肯定,一点儿都没犹豫,说出来的时候也没有一点儿不好意思,这还是他长这么大,第一次如此自信满满。

晏航没说话,就看着他,笑了好一会儿。

晚上下了班关好店门,晏航要送他回学校,初一没同意,打了个车先把晏航送回家之后再自己回的学校。

下车给钱的时候他心疼得想把司机打一顿。

宿舍已经关门了,初一按周春阳的指点,从宿舍侧面的铁楼梯爬了上去,钻进了走廊。

爬楼梯的时候他发现这架铁楼梯一看就是平时没人用的,但踏脚的地方都磨得很光滑,一点儿锈迹都没有……

一看就是个人来人往的繁华通道,学校居然没有把它拆掉。

回到宿舍的时候,已经熄了灯,但屋里泛着一片手机屏幕的亮光。

"初一啊?"胡彪问了一句。

"嗯。"初一应着。

"今天人可都是齐的,"李子强躺在床上,"一晚上都齐刷刷。"

"没错。"胡彪说。

"谁要造谣说有人晚归,"张强说,"我就收拾谁。"

初一往苏斌床上看了一眼,这人也在玩手机,脸上面无表情,屏幕上的光一打,显得他非常严肃,一个被全体人民耽误了的学霸。

初一进了厕所洗漱完,爬回床上,给晏航发了个消息。

我睡了。

晚安小狗。

晚安小晏。

晚安道完之后,初一还捧着手机看了老半天,也不知道在看什么,基本就是点开了晏航的相册,一直慢慢地往下划拉。

虽然全是他看不懂的英文,但他却看得津津有味。

看完之后又点开微博,看了一圈儿小姐姐们给晏航的评论。

第二十章

求直播。

我是新来的,请问是直接开舔吗?

想你俩了。

谁知道直播的规律啊?刚粉上,每天来看一次,总怕错过,还真体谅我,一直都没错过,干脆就没有直播啊……

没规律,消失个半年一年的也是常态。

谁能解答一下我的疑问?小天哥哥跟小狗到底是不是住一起的?

不知道,太神秘。

每天都想扯下小天哥哥的口罩。

扯口罩太纯情了,我一直想扯美少年的裤子。

想扯小狗的裤子。

稳重点儿,小狗还是个孩子,先扯天哥的吧。

不爽,这两天涨粉涨得也太多了,有种私藏的宝贝要被小妖精们抢走的感觉。

…………

不知道晏航会不会看这些评论,初一看了一圈儿下来脸都红了,小姐姐们什么都敢说,就看着这些评论,他就下意识地想要把裤子提一下。

晏航大概不会看吧,除了玩游戏,晏航看手机的时间不多,初一一直感觉他在这方面特别无所谓,直播想开就开,想停就停。

如果换了是他自己,应该每天都会看评论,还会回复吧,他这种从小没朋友没自信的人,比不了晏航那种全世界只剩下自己一个也依旧自信淡定的人。

虽然他知道晏航很多时候会处于情绪的低谷,但又始终能扛住。

这样的人,一辈子能碰上一个,就是非常幸运的事了吧。

晏航每天去咖啡厅陪他上班的日子很快结束了,初一开始自己一个人守在店里。

不过有晏航几天的培训,他站在吧台后头的时候,已经没有了一开始的那种手足无措。

客人点的咖啡饮料他差不多都能做出来,就有一次有个客人要点爱尔兰咖啡,晏航没教过他,只跟他说了是跟威士忌混合的,平时喝的人不太多。

听到客人要点这个的时候,他也很镇定地直接说今天没有酒了,做不了。

都能这么平静地忽悠人了,打工真是很好的锻炼。

唯一不怎么开心的,就是因为杨老师已经警告过他不许再夜不归宿,所以除了周末,他只能在宿舍里待着。

盼周末。

但周末真的来了……初一又会紧张。
连续三个周末了,他都没睡好。
根本没法睡踏实。

快到年底了,晏航特别忙,周末一整天忙着没得休息,他每次过去的时候都觉得晏航脸上写着"我很累"三个大字。

今天晏航下班早,中午的事忙完,没到晚饭时间就到家了。

初一拿出钥匙打开房门,看到晏航从卧室里走出来的时候,顿时就被暖哄哄的幸福感给包裹住了。

"一会儿去给你买件衣服吧,正好今天有时间,"晏航看着他,"就上你们咖啡厅所在的那个步行街买,买完吃了饭正好你去上班。"

"买衣服?"初一低头看了看自己身上的衣服,"衣服不是还挺……挺好的吗?"

"短了,"晏航叹了口气,"你这衣服去年买的吧?你从去年到今年长了多少自己不知道吗?"

"不知道。"初一说。

"别抠门儿,"晏航看着他,"我知道你昨天发工资了。"

初一笑了起来,一提发工资的事儿他就高兴。

"算了我给你买吧,"晏航想了想,"你自己买估计预算就二百。"

"预算五百,"初一冲他伸出五个手指,"没想……到吧?"

"太意外了。"晏航真诚地点头。

"你狗哥,"初一说,"非常有钱。"

"是,"晏航笑了起来,"非常有钱的狗哥,麻烦去帮我把被罩套一下。"

"又套?"初一看着他,"上回换了没……到俩月吧?"

"你以为跟你们住宿舍一样啊,一学期一换?"晏航说,"赶紧的!"

初一实在非常讨厌套被罩,他以前在家要套全家的被罩,个子还矮,套完了要抖抖被子都得蹦着抖。

全世界的人应该都讨厌套被罩吧。

前阵子天冷了换被子的时候,宿舍里一帮人套被罩的惨状他现在想起来都

第二十章

还想笑，周春阳套了两次都是拧的，最后一怒之下把被子掏出来，直接放在了被罩上，睡觉的时候就一层被罩一层被子地睡，大家纷纷觉得这个办法非常完美，可以成为宿舍特色。

不过虽然很讨厌套被罩，帮晏航套被罩，初一还是会愉快完成的。

晏航已经把被罩和被子都整齐地铺在了床上。

"都铺成这……样了，"初一叹了口气，"顺手套了不……不就完……事儿了吗？"

"都铺成这样了你还不赶紧套完了。"晏航说。

初一刚开始套被子，手机在客厅里响了一声，他转过头："帮我看……一下，可能是……宿舍的，他们今……今天去吃自……自助。"

"嗯。"晏航应了一声。

初一的书包基本是空的，就一个手机和一副手套扔在里头，还有从小兜里探出脑袋的一把零钱。

相当直男。

晏航笑了笑，拿出他的手机看了一眼。

是胡彪发过来的几张照片，全是吃的，看过去是满眼的肉，还有热气腾腾的麻辣锅。

"真是，"晏航说，"这才几点就开吃了，欺负你还没吃饭呢？"

"肯定还发……朋友圈气……人了。"初一笑着说。

"我看看。"晏航点开了初一的朋友圈。

果然是九图凑满，而且不光是胡彪，他们宿舍几个人全都发了朋友圈，每个人都是九张图，一眼看过去相当欠抽。

晏航笑着往下慢慢划拉了几下。

初一自从加了一堆同学的微信之后，朋友圈就变得非常热闹。

啧。

全是小姑娘。

晏航啧啧啧地往下翻着，翻到昨天的内容时，他手指停下了。

一个女孩儿发了三张照片。

三张都是初一和周春阳在学校操场边儿上坐着的照片。

有说有笑的样子……

但只是这样，晏航心里也不会有多不爽，毕竟初一在宿舍跟周春阳的关系最好。

让晏航整个人瞬间就不好了的,是这女孩儿配的那行字。

今天的狗粮。

狗你大爷的粮啊!

晏航非常震惊,虽然他觉得这只是小姑娘的玩笑,也非常确定初一跟周春阳不会有什么哥们儿之外的关系。

但此时此刻,他还是觉得相当不爽,非常不爽。

这种感觉无论是占有欲还是别的什么欲,都让他酸得牙根儿一分钟里倒了七十多回。

他拿着手机走到卧室门口,看着背对着他正在抖被子的初一。

小屁狗子居然跟别人去撒狗粮了。

不能忍。

什么大强小强胡彪的他都能忍,偏偏是周春阳!

第二十一章

Chapter twenty-one

一 / 个 / 钢 / 镚 / 儿 /3
A COIN

在咖啡厅打了这么长时间的工，初一一次也没逛过步行街，只知道晚上来店里的都是逛步行街逛累了的人。

不过他对逛街没什么兴趣，也从来没逛过街，第一次逛街是晏航带他去买鞋，第二次就是今天了，晏航带他买衣服。

初一摸了摸兜里的小钢镚儿，晏航要帮他买衣服他也没拒绝，反正他也有计划，想帮晏航买点儿什么。

虽然感觉晏航什么也不缺。

"要不别买羽绒服了，"晏航说，"你除了这种基础款羽绒服和校服之外，还穿过别的衣服吗？"

"穿过啊，"初一说，"毛衣、T……T恤、运……动服。"

晏航看着他。

"没有。"初一笑了笑。

"你这个狗一样的气质，"晏航搂着他的肩，"试一下棒球服吧。"

"什么叫狗……一样的气……气质？"初一不太懂，也不知道棒球服什么样，"是买制……服吗？"

"……闭嘴。"晏航大概是不知道从哪儿解释起。

"闭上了。"初一说。

晏航往前走了一段，把他拉进了一个店里。

这个店，要搁以前，初一无论是买什么，都不会进。

店里的衣服一看就都是他不会穿，也不敢穿的，各种衣服明明都长得像运动款，却又全透着一股"土狗勿近"的洋气。

别说他不敢穿，就算是敢穿，也觉得配不出来。

晏航拿了一件带杠的棉外套往他身上比了比："套一下看看。"

"这个是棒……球服？"初一小声问。

"嗯，"晏航笑了笑，也小声说，"是的，土狗快悄悄试一下，被人发现要赶

第二十一章

你出去了。"

初一愣了愣,跟着他笑了起来,拿过了衣服:"我就……就是觉……觉得,我穿不出……个样子。"

"不可能,"晏航说,"我们土狗这么帅,穿什么都能有样子。放心吧,你哥给你配。"

初一点点头,把自己身上的羽绒服脱了,穿上了这件衣服。

"挺好,"晏航看着他,"显腿长,随便配个运动裤就行。"

"嗯。"初一飞快地往镜子那边扫了一眼,确定自己并没有看上去很奇怪之后,才转过身面朝镜子认真看了看。

然后低头看了看吊牌上的价格。

妈呀!

打棒球穿的衣服这么贵!

他咬了咬牙才没出声。

"挺好的,"晏航又拿了一件稍长一点儿的过来,"你再试试这个款。"

短的都这么贵了,长一点儿的不是更贵!

初一摇了摇头:"我喜……喜欢短的。"

"行吧,"晏航没说别的,把自己外套脱了递给他,穿上了那件长一点儿的,"那我要这件吧。"

"嗯。"初一看着他。

晏航穿什么都挺好看的,休闲的,运动的,正式的,长的短的,套头的拉链的,无论什么款,他都能穿出帅气来。

这就是气质吧。

洋狗的气质。

晏航试衣服的时候,初一看到了旁边的一个架子上挂着不少围巾,看上去都很洋狗。

他伸手摸了摸,很软,应该也很暖和。

于是他又悄悄地把吊牌拎起来看了一眼。

亲娘啊!

警察叔叔,这个店抢钱!

这是个黑店!

一条围巾居然两百九十九!两百九十九啊!

一个钢镚儿/3

菜市场找个大姐织一条才五十块!
当然,没有这么好看。
也没有这么好摸。
一分钱一分货吧……

"喜欢这个围巾?"晏航走到了他身边。
"不……不是,"初一摇了摇头,"随便……摸摸。"
晏航喷了一声。
"手没地儿……放了。"初一把手放到了围巾上搁着。
晏航笑了起来,看了看架子上的围巾,然后拿起来了一条黑白灰格子的,往他下巴那儿比了比:"这个挺好看,不过不太适合你……我再看看啊……"
"就它。"初一一把抓了过来。
"好,"晏航抓了抓他的头发,"结账去。"
衣服和围巾都被晏航放到了收银台上,收银的小姑娘问了一句:"一起吗?"
"不,"初一赶紧把围巾拿了出来,"这个我……给钱。"
"嗯?"晏航看着他。
"快。"初一也看着他。
"随便你。"晏航笑笑,把两件衣服的钱给了,然后让到一边。
"围巾三百九十九。"小姑娘拿过围巾扫了一下。
"啊?"初一惊呆了,"不是二……二……二百九……十九吗?"
"二九九的是纯色的那种,"小姑娘说,"这种是三九九的。"
"换一条吧,"晏航往围巾架子那边走,"你用格子的本来也不好看。"
"就它。"初一一拉住了晏航的胳膊,一只手从包里把钱抓了出来。

从店里出来的时候,初一还老想捂胸口,虽然这是给晏航买的,他也还是心疼,一年前的他,就没买过超过三十块的东西。
不过晏航喜欢,就没问题了。
"给,"他把装着围巾的袋子递给了晏航,"送你的。"
晏航愣了愣,看着他没说话。
"发工资……了嘛。"初一说。
晏航还是看着他没说话。
"随手就赏……赏你了。"初一说。

第二十一章

晏航伸手兜住了他后脑勺儿,把他往自己跟前儿一带,在他脑门儿上弹了一下。

"走。"晏航推了他一把。

初一跟跄了一下才回过了神,低头就往前一通猛冲,生怕刚才那一幕被人看到了。

一直冲了能有五十米,晏航拽了一下他的衣服,他才慢了下来。

"没人看见。"晏航说。

"哦。"初一猛地松了一口气。

"怎么了?"晏航问。

"以为你要打……打我。"初一说。

"我没事儿打你干什么?"晏航看着他。

"上次就打……我来着。"初一瞅了他一眼。

"你怎么不把牙给焊上呢。"晏航说。

"牙是焊……不上的,"初一说,"你没用……用过焊……枪吧?"

"……吃饭去。"晏航说。

这个周末对于初一来说,意义还是不太一样的。

回到学校的时候他都还在琢磨这个问题。

胡彪在旁边说了一句:"苏斌进厕所多长时间了还没出来?在里头种地吗!"

"便秘。"吴旭说。

"万一是滑倒了起不来呢,"高晓洋说,"我去敲敲门。"

"你得了吧,"周春阳靠着椅背一下下晃着椅子,"万一人是在那什么,你这一敲给他吓得不行了怎么办?"

一帮人全乐了,李子强蹦过去在厕所门上砸了几下:"你完了没!"

里面苏斌没有出声。

初一一直没吭声,听着宿舍里这帮人开始各种聊天大爆发。

"哎,"周春阳踢了他一脚,"你没事儿吧?"

"嗯?"初一看了他一眼,"没事儿。"

"发什么呆啊?"周春阳说。

"沉……思呢。"初一胳膊往桌上一架,手托住了下巴。

"你肯定有事儿,"周春阳说,"平时你深思也不是这么思的。"
初一没说话。

宿舍里的人之后还说了什么,初一都没再仔细听了。
只觉得自己就算不是外星球来的,也真的是没有电的那种山沟里出来的土狗了。
长这么大,他就好像一个什么也不懂的人。
开窍晚都不能形容他自己了,这是根本就没有这个窍。
得算是晏航给他凿开的。

苏斌总算从厕所出来了,看不出来为什么这么长时间,反正他脸上永远都是那样的表情。
没等大家洗漱完,宿舍就熄灯了。
周春阳最后一个,摸黑洗完骂骂咧咧地上了床。
初一拿出手机,正想跟晏航发个消息说晚安的时候,手机突然响了起来,吓了他一跳。
而看到来电显示的时候,他愣住了。
是老妈。

他有些不安,这么长时间,老妈从来没有给他打过电话,现在突然接到她的电话,总有种害怕的感觉。
"谁电话啊?"李子强有些不耐烦地问了一句。
"我的,"初一赶紧接起了电话,把头埋进了被子里,"喂?"
"你爸联系过你没有?"老妈劈头就问。
"啊?"初一愣了愣。
"梁兵说有人在外地看到过他,但是又不确定,"老妈说,"你爸肯定没死!他联系过你没有?"
"……没有。"初一坐了起来。
"我要跟他离婚,"老妈说,"通知你一声,他要是跟你联系,你就告诉他。"
"啊。"初一愣了愣。

老妈突然提出要跟老爸离婚,初一以为自己会很意外,但意外的是,他居然并没有特别意外。

在他的记忆里,老爸老妈很少说话,老妈发火的时候老爸就沉默,或者躲开,老妈不发火的时候,他俩也没话。

他们基本没有给初一留下过"父母"的印象,从小初一就觉得课本上的爸爸妈妈都是假的,因为跟他的爸爸妈妈都不一样,长大一些之后他发现其实是他的爸爸妈妈跟大多数的爸爸妈妈不一样。

而作为"夫妻",他俩就更没给初一留下过什么印象了。

对于初一来说,他们就像姥姥姥爷一样,只是一个称呼。

现在老妈突然说要离婚,初一就像是听到任何一对与他无关的夫妻要离婚一样平静。

他甚至没有问一句为什么。

而老妈自然也不会去解释,这个电话打完之后,她就像之前一样,没有了消息,没有电话,没有短信。

初一的生活也没有因为老妈的这个电话有任何改变,每天上课下课打工,周末去找晏航。

"元旦有假,"晏航说,"你要想回去看看怎么回事的话,可以元旦回去。"

离元旦也就还有半个月了,初一拿出手机看了看日历,沉默了一会儿,摇了摇头:"不回了。"

"家"已经越来越陌生,连他的小床,他的书桌,他抽屉里那些小玩意儿都消失了,他回去甚至连睡觉的地方都没有了,回去干什么呢?

过年的时候回去看看爷爷奶奶就好了。

海边的风很大,他和晏航并排站在栈桥上,看着翻着浪花的大海。

多少还是有些孤单的感觉。

不是一个人的那种孤单,只要有晏航在,他就不会有这样的孤单。

是从此以后他就只是初一的那种孤单。

这种孤单,晏航应该可以理解,不仅仅是这种孤单,晏航一路长大,应该能理解很多的孤单,每种孤单他应该都品尝过。

"我想喝……米糊。"初一拉了拉衣服,看着晏航。

"那过去喝,"晏航笑了笑,他半张脸都埋在那条格子围巾里,笑起来的时候眼睛特别明显,很暖的两个弯,"我想喝玉米汁。"

这个小店在海边,店外的小木廊就架在海面上,能看到很多帆船,每次他跟晏航到这边来玩的时候，都喜欢上这儿来坐一会儿。

进了店，他们还是按老习惯往木廊那边走。

还没走出门口，晏航拉了他一把，看着玻璃墙外面："周春阳？"

"嗯？"初一愣了愣。

顺着晏航示意的方向看过去的时候，他发现他和晏航最喜欢坐的那个位置上坐了两个人。

一个背对着他们，另一个是侧脸，不过很明显能看出来，的确是周春阳。

"真是春……春阳，"初一一边说一边往外走，"他怎么也在……在这儿……"

"哎，"晏航拉了他一把，"你别过去了，你怎么知道他愿意不愿意让你看到啊？"

"为……什么不……愿意啊？"初一没明白。

"人家就想两个人待一起，不想别人去打扰。"晏航说。

"不懂。"初一愣了愣。

"你会跟大强俩人上这儿来坐着喝东西看海吗？"晏航看着他。

"不会啊，"初一看了他一眼，"我跟大……大强关系不……不是特别……好。"

"那你跟谁关系好？"晏航问。

"春阳。"初一说。

"然后你俩好到要上这儿来喝东西看海？"晏航瞪着他。

初一跟他对视了好几秒之后突然笑了起来："不会。"

"你再笑一个？"晏航指着他，又在他鼻尖儿上戳了一下，"我跟你说你跟周春阳的关系非常危险你知道吗？"

"那我们也……去找个地方坐下吧。"初一没理会他的话，挑了个重点。

"行。"晏航说。

"那我就不……不怕别人看……到，"初一说，"而且他俩坐……坐了我们的专……专座。"

"行吧，"晏航笑了起来，"那你偷拍一张给他发过去，让他们让开，不让开就开打。"

他俩走到了木廊上，那边周春阳没看到他们。

初一拿出手机，对着周春阳和那个男生拍了张照片，然后从微信上发了过去。

第二十一章

过了几秒钟，周春阳放在桌上的手机响了，他拿起来了看了一眼，接着就看他的口型应该是说了一句："天。"

然后立马就往这边看了过来。

初一冲他笑了笑。

"我的天！"周春阳站了起来，拍了拍他旁边那个男生的肩，往他们这边跑了过来，"不是吧，这么巧？"

"嗯，我们来晒太阳。"晏航点点头。

"我朋友，"周春阳看了看跟着走过来的那个男生，"初中同学。"

"过来一块儿坐坐吧？"那个男生说。

"不用了，"晏航笑笑，"你俩聊你们的，我们上那边坐会儿。"

"那行。"周春阳看了初一一眼，笑了笑。

初一看了看晏航，晏航正在跟服务员说话。

冬天的晏航和夏天的晏航给人的感觉不太一样。

夏天时晏航穿得很随意，除了正经的制服，多数时间里都是T恤运动裤，偶尔会穿衬衣，但大多还是很休闲的样子，看上去有点儿懒。

冬天的时候就不一样了，各种精致的长短外套，所有细节都透露着一个信息——我不光臭美，我还挺有钱的。

格子围巾大概是他一直没变过的搭配了，无论穿什么，他都会围上这条格子围巾。

"给你们介绍一下我和小狗一会儿要喝的东西，"晏航拿着手机，对着服务员刚端上来的两杯热饮，"我的是玉米汁儿。"

初一这才注意到他在直播，赶紧抓了抓被风吹乱了的头发。

"小狗的那杯，"晏航把摄像头对着他，"告诉小姐姐们你那杯是什么？"

"五谷……"初一拿起杯子贴在脸上，"米糊，杂粮米……米糊。"

晏航笑了笑："挺好喝的，他特别喜欢。"

初一点点头，低头喝了一口："好喝。"

"你玩吗？"晏航把手机往他面前递了递。

"嗯。"初一接过手机。

晏航把围巾拉上去，遮住了半张脸。

"这个围……围巾，"初一把手机转过去对着晏航的脸晃了晃，"好看吗？"

好看呀。

非常衬小天哥哥了。

好看,不过你的小天哥哥围块抹布也好看的,相信我。

小狗那么单纯,你当心他真的去找块抹布……

初一笑了起来:"我买的。"

呀!

啊我的心!

跪在地上哭着一颗颗捡起狗粮!

晏航今天没戴口罩,只是把围巾挂在鼻梁上遮着脸,大概是为了"嘚瑟"他鼻梁很高。

但是围巾的质量很好,软滑有分量。

他这一抬头的动作幅度有些大,围巾从鼻尖上滑了下去。

屏幕上瞬间刷得什么也看不见了。

初一只觉得后背一阵炸热,赶紧把手机啪的一声拍在了桌上,瞪着只有下巴还藏在围巾里的晏航:"怎么办!"

晏航大概也没想到会有这样的意外发生,甚至都没想起来抬手拉一下围巾,跟他对瞪了好半天才说了一句:"拍到了?"

"啊。"初一说。

"唉!"晏航又愣了一会儿,往椅背上一靠,笑了起来,"我苦心经营的神秘形象,一秒崩塌啊。"

"啊,"初一看着他,"直播还没……关呢。"

"哎,"晏航笑得更厉害了,"赶紧关了啊。"

"哦,"初一看了一眼屏幕,黑屏的情况下一条条飞速往上蹿着的评论看得更清楚了,就是没一条能看清是什么字儿,他戳了几下屏幕,退出了直播,"关掉了。"

"啊……"晏航仰着头,靠着椅子晃了晃,"神秘感没了。"

"对……不起。"初一揉了揉鼻子,非常内疚,双手握着杯子,把下巴搁到了杯沿儿上,皱着眉头。

"你怎么什么都对不起啊,"晏航趴到桌上,伸手在杯子上弹了两下,"这又对不起什么?对不起我鼻梁不够高?"

"我不说就……"初一垂下眼皮看着他的手。

初一对着杯子里的米糊开始笑,不知道自己在笑什么,总之就是想笑。

第二十一章

口水都笑出来了,他想要及时闭上嘴阻止口水滴出来的时候已经晚了,他赶紧抓过旁边的餐巾纸捂在了嘴上。

太丢人了!

他听到晏航喷了一声之后的狂笑。

"这段要是直播就好了,"晏航靠着椅子笑得停不下来,"我们家土狗秋膘没屯够,看着杯米糊能馋得口水都滴出来了……"

"啊……"初一把餐巾纸打开,捂在了脸上,"别……别笑了……"

"我不想笑的,"晏航边乐边说,"我就是忍不住。"

初一叹了口气。

"狗子,"晏航笑着也叹了口气,"真的,这个世界上能让我笑成这样的,只有你了。"

初一把餐巾纸往下移了移,露出了眼睛,看着晏航。

"面带微笑,"晏航说,"和笑了起来,是完全不一样的感觉,你懂吗?"

初一没有说话,他还记得第一次见到晏航时,晏航脸上的冷漠,也记得晏航对着人时所有的微笑。

但晏航这样的笑容,只有他看过。

"懂。"初一点了点头。

"小不点儿。"晏航笑了笑。

初一感觉滴口水的尴尬消退了不少,他放下了餐巾纸,拿起了米糊,低头刚要喝的时候,晏航一巴掌拍在了他手背上。

"啊!"初一吓了一跳。

"口水都滴进去了,"晏航说,"还喝呢?"

"又不……不是服……务员的口水,"初一说,"我自己的口……水啊。"

"换一杯。"晏航抬手叫了服务员。

"二……十八一杯啊!"初一抓紧了杯子,"不要了?"

"你要敢突然一口喝光,"晏航指着他,"我就敢把你扔海里去。"

"我不敢,"初一叹了口气,"有这……这么讲……究的工夫你倒……倒是洗……洗碗啊,吃完了就……往那儿一堆,不比口……口水夸……张吗?"

"一个结巴,"晏航跟走过来的服务员又要了一杯米糊,"还这么能说。"

"这个世……界上,能让我说……这么多的,只……只有你了。"初一说,想想又补了一句,"狗哥和小……小狗是不……一样的,你懂吗?"

晏航盯着他看了一会儿:"懂。"

初一有些不好意思地低头揉了揉鼻子。

人的心情好,日子就会过得很快。

每天虽然还是老样子,上课下课打工,但多了一点儿乐趣,听周春阳吐槽他那个初中同学。

他俩每天就是你撩一下我撩一下,聊天儿扯皮。

"都等着对方先开口呢,"周春阳啧啧两声,"想得美,我嘴紧着呢,严刑拷打也守口如瓶就是不说。"

"神经……病。"初一说。

周春阳看了他一眼,"你这种实心脑瓜子不懂。"

初一的确不懂,但每天听听周春阳说这些事儿,也挺有意思的。

还没什么感觉,元旦就到了,就是假期有点儿太抠门儿,三天假还把周六日算上了。

不过就算是有十天假,对于初一来说,也就那样,别说节假日了,就算是普通周末,晏航也比平时要忙。

而他也比平时要忙,虽然他只是一个咖啡厅的夜班服务员。

他没有回家的打算,家里也没有人过问他会不会回家。

但让他意外的是,小姨和小姨父开着车过来了。

"你不用管我们,"小姨说,"我们是去旅游的,有人等着我们,专门绕路过去看看你,你抽空跟我们吃个饭就行。"

"我带你……们玩啊。"初一说。

小姨过来了,他还是很开心的。

"小狗真是长大了,以前哪会说这种话,还带我们玩呢,"小姨笑着说,"小孩子跟我们中老年有什么可玩的,闷着你。在学校等着我们去接你啊!"

初一站在学校门口,看到小姨家熟悉的车开过来的时候,心里一阵暖。

"我的天,"小姨从车上跳了下来,瞪着他,"这是我们家小狗吗?"

"是。"初一笑着点点头。

"这有一米八了吧!"小姨摸了摸他头顶,"有了吧?"

"不知道。"初一说。

"哎,你快下来,"小姨冲车里喊,"你不是一米八二吗?过来跟小狗比比,看看他有没有一米八了!"

第二十一章

小姨父从车里下来，笑着走了过来："你小姨真是……有一米八了，感觉跟我差不多高。"

"我说了吧？"小姨拍拍初一的肩，"我就说这小子是蹿得晚，一旦蹿起来，吓死你们。"

一直到开始吃饭的时候，小姨都还沉浸在他的身高里。

"这大小伙子，"小姨拿手机对着他一通拍，"一会儿发给你姨姥看看，这哪还看得出来以前的小可怜儿样子啊。"

"你胖了。"初一说。

"哎哟你看出来了啊？"小姨摸了摸脸，"你就不能假装没看出来吗！"

"太……明显了，"初一愣了愣，"假装很……难啊。"

"小鬼！"小姨说，"学坏了。"

初一笑了笑。

"我看你们学校还挺大的，环境不错吧？"小姨说，"跟宿舍同学关系都好吧？有没有人欺负你？"

"你看他现在这个头儿，"小姨父说，"谁欺负得了？还会打拳。"

"他性格就软，"小姨说，"长成一头牛也是小狗的性格，我不放心呢。"

"没人欺……负我，"初一笑着说，"同学都很……很好。"

"那就行，你好好学，"小姨说，"有门手艺以后啥也不怕。"

"嗯，"初一点了点头，犹豫了一会儿他又轻声问了一句，"我妈……说要离……离婚……"

"喊了有半个月了，"小姨叹了口气，"不知道呢，你也别劝她，她压力也大，你姥还天天在家惹麻烦，她没跑了就算不错。"

"嗯。"初一应了一声。

"你过年回去吗？"小姨问。

初一没出声。

"你看，"小姨看着小姨父，"我就说他们家有毛病吧？把人孩子的床都给拆掉了，这下是回还是不回啊！"

"回吧，"初一轻声说，"总要回去看……看看的，还想看……看你们，我爷爷奶奶。"

"你这次回去的话，给你爷买个老人机，"小姨说，"这样还能打打电话。"

"嗯。"初一点点头。

一/个/**钢**/镚/儿/3
A COIN

小姨给他带了一堆吃的,还有好几身衣服,虽然按预估的买小了一码,但好在买的都是宽松的运动服,他都能穿。

小姨走了之后,初一有些失落。

他把吃的拿回宿舍分给大家时,大家都以为是他家里带过来的。

"家里"指的就是父母,自己的家。

他没多解释,但真的有些失落。

他喜欢小姨,小姨对他也很好,但小姨不是父母,也不是姥姥姥爷,而小姨也不可能一年到头都跟他在一起。

有些感情,真是没法替代的。

以后他要是有了自己的家……啊,自己的家?

这个好像不太可能了?

家是爸爸妈妈和孩子。

对于他来说,应该是没可能了吧……

但如果他以后有一个自己的家,家里是他和晏航两个人,也不是不可以的。

初一想想又觉得很想笑,让晏航知道了估计得抽他。

他对着窗户一通乐。

"初一你没事儿吧?"李子强在后头边吃着小姨带来的零食边问了一句,"对着玻璃笑什么呢?"

"谈恋爱了,"高晓洋拍了拍桌子,"肯定是谈恋爱了。"

初一有些尴尬地回头看了一眼。

"真的假的?"张强有些兴奋,"真谈恋爱了?那你是我们宿舍第一个脱单的啊!"

"谁啊?"胡彪顿时紧张了,"应该不是燕儿,那是谁啊?是幼教的吗?我的天哪也没见你跟哪个女生聊过啊!"

初一张了张嘴没说出话来。

他突然发现,自己跟周春阳还真是差得很远,面对宿舍这么熟悉的几个人,他居然不敢开口。

宿舍的几个人兴致满满地围过来想要继续追问初一的"恋情"时,周春阳拍了拍手:"吃零食吃饿了,去撸串儿吗?"

大冬天的,外面寒风凛冽,对于吃货来说,周春阳这句话的吸引力压过了

第二十一章

一切，几个人顿时同时喊了一声："去！"

"那走，"周春阳一挥手，"其实我还特别想吃铁板烧……可惜学校这边儿没有。"

几个人怀着对食物的美好想象，一块儿出了门。

初一跟在队伍最后头，他倒不是特别馋。

周春阳放慢脚步，到了他旁边。

"你的事儿，"周春阳小声说，"不要跟宿舍里的人说。"

"啊？"初一一下没反应过来，看着他。

"谈不谈恋爱、跟谁谈恋爱的事儿，"周春阳说，"自己知道就行了，别随便跟人说。"

"嗯，"初一点了点头，想想又问了一句，"那你……"

"我也没想说啊，"周春阳说，"我那不是被王敏强行说出来的吗？"

初一叹了口气。

"那样的人多了，咱们宿舍就算都能和平共处，也保不齐别人，你看要碰上王敏那样的，这日子还怎么过？"

初一笑了笑，很快又觉得笑不出来了。

"自己心里过得去就行了，"周春阳说，"有些事儿没必要非得别人认同。"

晏航站在员工通道外面的垃圾桶旁边，抽根烟兼休息。

临近过年了，他忙得有种强烈想要辞职的冲动，他长这么大，还没这么坚持着干过什么工作。

要不是一直琢磨着想去后厨，他可能真的就不干了。

上星期还有别的餐厅的经理找他聊过，同样是领班，待遇和工作时间比现在都要好，他也没考虑。

他还是一门心思想着后厨，在这边儿混熟了，去后厨的机会更大些。

"小晏。"唐经理在后面叫了他一声。

"嗯，"晏航应着，转过头，"您找我？"

"随便聊聊，"唐经理走到他旁边，点了根儿烟，跟他并排站着，"我正好出来透透气。"

"上垃圾桶旁边透气？"晏航说。

唐经理笑了起来："唉。"

"是不是有什么活儿要安排我干的？"晏航问。唐经理一般不会上这儿来抽烟,他有独立办公室,窗户一打开就能抽了。

"你和小王已经忙成那样了,"唐经理笑了笑,"我哪儿还敢安排工作,俩这么能干的领班,我还怕给累走了呢。"

晏航笑着没说话。

"何况有个家伙一直都不想干领班,"唐经理看着他,"是吧?"

晏航低头掐了烟:"也不是不想干,就是更喜欢后厨……领班的工作我在岗一天就认真干一天,不会影响。"

"这个我知道,本来想着你兼个领班先干着,结果干得挺好,一时半会儿也换不下来了。"唐经理说。

"您直说吧,我什么性格啊,跟我还绕呢。"晏航知道唐经理肯定是有什么安排了,可能是知道了之前有人来挖过他。

唐经理笑了起来:"我一直记着你想去后厨的事儿呢,也真的是想有机会就让你过去。不过你得等金铃回来,金铃的工作可能会重新安排,到时我看看能不能让你去后厨。"

"行。"晏航想也没想就点了点头。

"我尽量给你安排,换个人肯定从最低层做起,不过你有基础,"唐经理说,"我看能不能安排个助理之类的。"

"谢谢唐经理,"晏航说,"给您拜个早年了。"

"神经了!"唐经理掐掉烟,笑着拍了拍他的肩,"安心好好干,去后厨的事儿我答应了就会帮你想着的。"

"嗯。"晏航笑笑。

快下班的时候崔逸打了个电话过来:"有空去抢点儿年货吧。"

"你是不是以为我很有空闲啊?"晏航叹了口气。

"我就随便一说,"崔逸说,"打电话总得有个开场白吧。"

"我一直以为开场白就是'喂'呢。"晏航笑了,"我让初一去抢吧,他们今天期末考最后一科了,考完就没事儿了。"

"你今年过年怎么过?"崔逸问。

"还不知道,我现在和王姐还没排好班,三十儿晚上还不知道谁的班,她说她去,"晏航说,"我想着她一个女的……反正她还在争呢,特别爷们儿。"

"我们可以去你们餐厅订个桌,"崔逸说,"初一呢?"

"他想回家看看他爷爷奶奶,"晏航说,"如果我休的话就……"

第二十一章

"那你就陪他回去吧。"崔逸说。

"那你多可怜,我想个万全之策。"晏航说。

"请放弃我,我一个人过这么多年了,"崔逸说,"跟你一块儿很烦,还非要放炮。"

晏航想到去年崔逸扛着鞭炮一通狂奔的样子,没忍住乐了好一会儿。

"还有个事儿,"崔逸说,"本来想过完年再说,但是你过年要出门的话,还是注意些。"

"嗯?那边有消息了?"晏航马上问。

"那个攻击你的瘸子没查到,"崔逸说,"但是跟他有接触的人里,有一个可能有嫌疑。我知道的就这些,再有消息了我会跟你说。"

晏航皱了皱眉:"那就是至少两个人?"

"是,"崔逸说,"但瘸的这个跟当年的事有没有关联还不确定,他有可能只是找来的帮手。"

"知道了,"晏航犹豫了一下,"初一他爸有什么线索吗?"

"没有,"崔逸说,"现在案子分属两个地方,困难也多,人家也不可能多透露什么。"

"辛苦警察叔叔了,"晏航叹了口气,"希望他们能……早日抓到嫌疑人初某和晏某。"

"我录音了,以后我会放给晏某听。"崔逸说。

晏航笑了起来:"去你的。"

初一每次拿出钥匙打开晏航家的房门时,都有一奇妙的愉快感觉。

不仅仅是因为这是晏航的家,还因为这里有着越来越多他自己的气息。衣柜里有几件他的换洗衣服,洗脸池旁边有晏航帮他准备的牙刷,还有他的拖鞋。

虽然只是一间租来的房子,却会有让他比回自己家要愉快得多的感受。

今天期末考试结束,宿舍楼里瞬间就走得没人了。

寒假的人去楼空比之前国庆节人去楼空的状态要寂寞得多,国庆节的假期更多的是放假本身,寒假这个假期,所有人想的都是"团聚"。

于是初一也赶紧收拾了东西,跟着大部队一块儿逃离,生怕自己是最后离开的那一个。

他暂时没有家可以回,但至少可以跟晏航待在一块儿。

"考得怎么样啊?"晏航还没下班,打了个电话过来问情况。

"从来没……考过这么好,"初一如实回答,"我觉得专……专业部……分我能满……满分。"

"这么厉害?"晏航说,"现在是斗牛犬了啊,非常牛啊。"

"还是土……狗吧,"初一说,"斗牛犬长……长得不好看。"

"土狗也好看不到哪儿去,傻乎乎的。"晏航说。

"土狗可爱。"初一说。

"你前两年还是真可爱的,小狗,"晏航喷了一声,"现在这个儿,你还好意思用可爱形容自己?"

"好意思。"初一说。

"……行吧,小可爱,"晏航说,"我一会儿从餐厅带两份饭回去,吃完了去帮老崔买点儿年货,你今天还得去咖啡厅吧?"

"嗯,"初一应着,"年底还有五天班。"

挂了电话之后初一躺到沙发上,拿出手机来回看着。

他现在看得最多的是刑天小哥哥的微博。

刑天小哥哥从上回不小心露了脸之后,就从一个过气美食主播变成网红了,每天看着粉丝数增长,初一都会很吃惊,觉得肯定是有疯了的小姐姐给他买了粉了。

不过评论还是很有意思。

他喜欢看小姐姐们说话,她们说话都很可爱。

今天是露脸之后消失的第几天了啊,相思让我失忆。

小天哥哥请出现,我们假装没有看到你英俊的脸好吗?

是的,在我们心里你是一个没有脸的帅哥。

简称不要脸帅哥。

小天哥哥!贴心如我,帮你把口罩加上了。

初一看着下面贴的那张图片笑了半天,那天直播很多人把晏航露脸那也就一秒的时间截了图,然后就出现了各种打码图、口罩打码、小狗打码、爱心打码……

初一存了很多在手机里。

晏航那天露脸的一瞬间还是很帅的,虽然因为围巾突然滑落,他脸上有点儿迷茫。

第二十一章

初一放下手机,盯着天花板上的灯。

晏航拎着两套牛排打开房门的同时,就听到屋子里传来了什么东西的碰撞声。

他顿时一阵紧张,一把推开了房门,喊了一声:"初一!"

"啊!"初一也喊着应了他一声。

与此同时,他看到了初一跨过茶几冲进厕所的背影。

就像当初在医院里看到那个瘸子冲过去时一样,身手矫健,行水流水。

没等晏航看明白是怎么回事儿,初一已经哐的一声关上了厕所门。

晏航拎着牛排在门边愣了能有好几秒,才回手关了房门,把牛排放到茶几上,走到了厕所门口。

里面没什么动静。

"狗子?"晏航在门上敲了两下。

"走开。"初一在里面说,声音里透着坚定和冷酷。

晏航愣了愣:"你让我走开啊?"

"是。"初一很肯定地回答。

"你大爷啊。"晏航说。

"没有。"初一说。

晏航莫名其妙,但是也没再说话,站门外听着。

几秒钟之后,里面传来了水声,听着像是搓毛巾或者洗衣服的声音。

勤劳的长工在主人回来的一瞬间决定飞进厕所洗衣服。

多么神奇以及让人感动。

主人抱着胳膊站在门外,突然感觉自己已经猜到发生了什么事。

然后就有点儿想笑。

但是因为没最后确定,所以主人把笑憋住了,准备一会儿确定之后再一次笑个够。

大概两分钟之后,厕所门锁响了一声。

晏航往后退了一步。

但门并没有直接打开,而是开了一条缝儿,接着就看到初一的脑袋从里边儿探了出来。

看到他的时候,眼睛猛地一下瞪得溜圆:"我就知道!"

"知道什么?"晏航笑着问。

"知道你没……走开!"初一瞪着他。

"我就问你,我要跟你似的这样来一回,"晏航说,"换你在外头,你走开吗?"

初一看着他,过了一会儿才回答:"不走。"

"那不就行了,"晏航说,"我总得确定你没事儿吧?"

"我没事儿,"初一手扶了扶门,"你走开。"

晏航一眼就看到了初一扶门的手上拿着的东西,是洗好的一小团衣服。

晏航咬牙忍着笑,转身回了客厅。

没等他走到沙发坐下,就听到身后传来了奔跑的声音,伴随着初一的一声大吼:"别回头!"

晏航没有马上回头,听到初一的脚步声到卧室门那边之后才微微偏了一下头,看到了初一光着的腿。

手上拿着的不光有洗好的内裤,还有一大坨灰色的,应该是一起洗好的运动外裤。

晏航倒到沙发上,拿过自己的衣服捂脸上开始狂笑。

捂着衣服好半天,晏航终于把笑意强行压了下去。

把衣服扔到一边的时候,发现初一拧着眉站在他面前。

裤子已经换好了。

"吃饭。"晏航指了指茶几上的大兜。

"嗯。"初一拧着眉把袋拎到了旁边的饭桌上,再从厨房里拿了碗碟,把牛排和配餐都装了过去。

摆好之后他扭头看了晏航一眼,眉头还是拧着的:"可以吃了。"

晏航去洗了洗手,坐到了桌子旁边。

初一坐到他对面,一言不发地埋头开始吃。

吃了能有十分钟了,他才往晏航脸上扫了一眼:"你今天怎……么回……回得这么……早?"

"今天坐经理的车回来的,"晏航说,"正好他办事要往这边走。"

"哦。"初一应了一声。

吃完饭收拾完了,初一跟晏航去超市帮崔逸买年货。

第二十一章

"你别记着这……这个事儿。"初一小声说。

"什么事儿?"晏航问。

"很好。"初一点点头。

晏航笑了笑,把胳膊往他肩上一搭,在他脸上戳了两下:"过年我跟你一块儿回去看看吧。"

"真的?"初一猛地转过头。

"嗯,"晏航点点头,"不过我们只能二十九走,我三十儿和初一有假。"

"初一。"初一笑了笑。

"初一。"晏航又戳了他两下,"那我让同事帮订机票了,还有酒店,你回去没地儿住了吧?"

"嗯,"初一轻轻叹气,"我想回家看……一眼,然后去爷爷……家过三十儿。"

"行,"晏航说,"那得订个你爷爷家附近的酒店。"

"做……梦呢,"初一看了看他,"只有旅……旅社。"

"旅社就旅社,"晏航说,"我以前跟我爸一块儿连通铺都睡过。"

初一笑了笑。

回家对于初一来说,其实还是有一点儿期待的。

他给爷爷奶奶都准备了过年的红包,还给小姨一家买了礼物,还有何教练的钱也准备好了,还有何教练买了一串木珠子,不怎么值钱,但是何教练喜欢往手上戴东西。

他想要看到大家因为他的礼物开心的样子。

不过自己家里的人,他并没有准备礼物,只是装好了红包,对于姥姥来说,可能现金比礼物更有意义。

"你自己的东西就这一个小包吗?"晏航问。

"嗯,就内裤,"初一说,"两晚上就不……带衣服了。"

"行,"晏航点点头,把一个密封袋塞进了他包里,"那我也就两条内裤。"

"牙刷毛……巾呢?"初一问。

"去了再买吧,不想带。"晏航说。

"你不是快去后……后厨了吗?"初一说,"后厨钱……少吧?败家玩……玩意儿。"

"闭嘴。"晏航说。

一个钢镚儿 3
A COIN

出门的时候初一有点儿兴奋,坐飞机已经不算什么了,但是跟晏航一块儿坐飞机,还是会让他兴奋得顺拐。

他把小包交给晏航,自己扛着装了各种礼物的大包。

"到门口等一下崔逸,"晏航说,"他大概二十分钟到。"

"嗯。"初一蹦了一下。

"冷啊?"晏航看着他。

"喜悦,"初一又蹦了一下,念经似的唱了一句,"咱小土狗,今儿个真高兴……"

"下回直播你唱歌吧,我估计唱完你立马就能红。"晏航说。

初一没说话,笑着啧了一声。

街上已经没什么人了,他俩站在小区大门旁边的树底下,好几分钟才过去了两辆车,行人大概也就五个不到。

"都回家了。"初一往晏航身边靠了靠。

"嗯,"晏航靠着树,"去年这会儿,我就跟老崔商量吃什么了。"

"今年他一……个人,"初一说,"会不会寂……寞?"

"他说习惯了,"晏航说,"我估计他是习惯了,平时也都是一个人。"

"回来的时候给……给他带点儿……"初一的话没说完,小区围墙拐角那里晃过的一个影子让他猛地转过了头。

这已经是第三次了。那人因为腿有点儿瘸而有些特别的晃动姿势,几乎已经刻在了初一脑子里。

没等他问晏航有没有看到那个黑影,晏航已经把手里的包往地上一扔,拔腿往那边冲了出去。

初一立马反应过来,紧跟着晏航也往那边冲过去。

晏航拔腿往拐角那边追过去的时候,脑子里就只有一个念头,要抓住这个人。

不是为了报那一刀之仇。

这人是现在他能接触到的唯一线索,虽然不能确定这个人跟当年的事有直接联系,但这人已经第三次出现在他周围了,抓住他,多少都会有点儿用。

他和初一都冲得很快,但到拐角的时候为了安全起见,他放慢了步子,初一却直愣愣地还往拐角猛冲。

第二十一章

"慢点儿!"晏航压着声音喊了一嗓子,眼睛盯着墙角,以防有什么意外。

初一说话的反应速度要能有他行动时的反应速度,肯定能念一百次"红鲤鱼与绿鲤鱼"不带磕巴的。

就在晏航出声的同时,初一就放慢了步子,而且为了减缓惯性,他甚至非常帅气地往墙上蹬了一脚,让自己不是直接转过拐角,而是保持一定距离横向冲出了拐角。

这个狗现在都能无意识耍帅了。

还是当着耍帅高手晏几道的面。

转过拐角之后,是一条直道,沿途有几个小路的入口,通向另外的几个小区,不在这之前抓到正在前面狂奔的那个瘸子,就有可能让他跑掉。

不,这人跑起来的时候,居然看不出左腿有问题,噌噌地窜着。

晏航吸了一口气,很久没有这样跑了,还好今天出门为了舒服,他穿的是跑鞋。

他猛地加速,盯着瘸子身后追了过去,瞬间就把刚无意识耍完帅的初一甩在了身后。

初一跟在晏航身后,晏航跑步的爆发力让他心服口服,上回在街上被晏航穿着休闲鞋撵上的时候,他就已经相当服气了。

这会儿他只能拼命撒开腿跟紧,他怕再有什么意外发生。

没跑多大一会儿,他俩就追到了那个人身后。

晏航还是老招儿,不知道从兜里掏出了个什么,往那人身后砸了过去。

东西砸中那人后脑勺儿再落地时,他才看出了那是把折叠刀,他曾经有过一砸之缘的那把折叠刀。

晏航随身带着的刀,作用居然是流星锤。

那人后脑勺儿被砸了一下之后踉跄了一下,但还是疯了一样继续踉跄着往前跑,跟着就转进了旁边的小路。

晏航因为扔了流星锤,速度受到影响,初一赶紧冲了过去。

这个场面他的脑子里有记忆,相似的速度,相似的距离,同一个人。

他离着那人还有几步就一跃而起,在空中一脚蹬在了那人后背上,那人腿软了一下,被他直接踹得脸冲下摔到了地上。

那人大概是知道被他俩抓到了会有麻烦,在摔倒的同时就又撑起来想继续往前逃。

　　初一刚想要再往他背上踹一脚的时候，晏航擦着他身侧冲了过去，对着那人后脑勺儿一脚蹬了过去。

　　那人再次扑倒，鼻子应该是撞到了地，他捂住鼻子躺到了地上。

　　初一不知道应该怎么办，只能看向晏航。
　　晏航过去抓着那人的胳膊一掀："说。"
　　那人仰面躺在地上，还是捂着鼻子，指缝儿里有血渗出来，应该是磕出了鼻血，听到晏航的话之后他并没出声。
　　晏航直起身，等了两秒钟之后，猛地一脚踢在了他腰上。
　　那人顿时缩成了一团。
　　初一在旁边看着都能感觉到晏航这一脚的力度，他心里都跟着猛地缩了一下，他从来没见过晏航下这么重的手。
　　"说不说？"晏航弯腰看着那人的脸。
　　那人还是不出声，只是把捂着鼻子的手又捂到了腰上，闭着眼睛用力地喘着气。
　　在晏航刚要再开口的时候，那人喊了一声："救命！抢劫！"

　　这会儿街上基本没什么行人，开过去的几辆车也没有注意到这边的动静，这条小路两边都是绿化带，小区这个时间出入的人也很少，加上大概是因为被晏航那一脚踢得不轻，这人喊的声音并不算大声。
　　但初一还是被他吓了一跳，顿时有些恼火。
　　什么无赖啊！居然还能倒打一耙？
　　晏航估计是也火了，没再说话，对着那人的脑袋就是一脚。
　　接着就是一脚一脚地往那人身上招呼，肋条，腰，肚子……全是要害。初一愣了十几秒才回过神来。
　　"晏航！"他喊了一声。
　　地上的那个人开始还抱着脑袋，后来胳膊开始没劲了，被晏航连续在脑袋上踢了好几脚。
　　初一甚至看到了有一脚踢在了下巴上，那人好几秒钟都没有捯上气儿来。
　　"晏航！"他又喊了一声，这么打下去会出人命吧！
　　他从来没见过这么生气的晏航，没有见过这么招招都要命的进攻。
　　以前他还幻想过也许自己跟晏航对打不一定会落下风，现在他算是看出来了，晏航要是真的跟他动手，他估计连还手的机会都没有。

他又愣了几秒钟，一咬牙扑了上去，想要从晏航身后抱住把他拖开。

但刚靠近，晏航的胳膊肘已经条件反射地往后撞了过来，砸在了他肋骨上。他疼得抽了口气，但还是咬着牙扛下了这一撞。

他张开胳膊从身后一把搂住了晏航，然后手相互一扣，把晏航连人带胳膊一块儿锁在了自己的胳膊里。

晏航还要上脚踢，他赶紧往后猛地把晏航拖开了，晏航一脚蹬了个空。

"晏航！"初一在他耳边压着声音说，"冷静！"

晏航没有说话，只是挣扎了两下。

"会打死他的！"初一收紧胳膊。

晏航依旧不出声，但手突然往他身侧摸了过去。

初一不知道这是什么招儿，但他知道晏航有无数逃脱的技能，而且超级会用巧劲儿，他只能抢在晏航之前动手。

他松开胳膊，同时扣着晏航的肩狠狠地往旁边的墙上甩了过去。

初一跑得没有晏航快，打架技巧没有晏航牛，但他确定自己力气比晏航大。

这一甩，晏航整个人都撞到了墙上，初一出手之后立马一阵紧张，他怕晏航脑袋会磕到墙。

但晏航毕竟经验老道，在后背撞到墙上的同时低了一下头，抵掉了一部分惯性，没有磕到墙上。

初一扑过去，左手手臂卡在了他胸口上，右手按住了晏航的脑门儿。

"晏航！"他盯着晏航的眼睛，"你看我！"

晏航气息有些乱，挣了一下之后终于往后一靠，没再动。

"看我！"初一盯着他，"你看我。"

晏航看着他，过了一会儿才轻声说了一句："一个土狗，有什么好看的。"

"别打了。"初一说。

晏航没说话。

"别打了，"初一又说了一遍，"听到了没？"

"你不结巴了啊？"晏航说。

"拆分了，"初一说，"不结巴。"

晏航笑了笑，眼睛往地上那个人身上扫了一眼："给老崔打个电话，通知警察。"

"嗯。"初一马上掏出了手机。

打电话的时候,晏航过去在那人衣服兜里摸了一会儿,没找到什么有用的东西。

崔逸的车很快拐了过来,在路边停下了。

接着又来了辆警车。

初一看着地上的人被带上了警车,又看着晏航被警察叫到一边问了半天情况,最后警车开走的时候,他才猛地松了一口气。

上了崔逸的车之后,他都还有点儿恍惚。

"初二回来是吗?"崔逸问。

"初一晚上回,"晏航说,"我初二要上班了。"

"嗯,"崔逸把车掉了个头,往小区门口开过去,"主要是警察如果找你问话,你人得在这儿。"

"在的。"晏航靠在车门和椅背之间,把腿伸长了。

"我们的包!"初一突然坐直了。

"丢不了,"崔逸说,"门口有保安呢。"

他们扔下行李去追人的地方,就在小区大门旁边,保安把包拎进了岗亭里。

看到他们过来的时候,那保安一脸震惊地把包拎了出来:"你们刚是去……抓小偷儿吗?"

"是啊。"晏航说。

"抓着了吗?"保安问,"怎么不叫我一声,我也好去帮个忙啊。"

"抓到了,"晏航笑了笑,"小毛贼,要是大贼,我肯定叫你了。"

"赶紧的,还要去机场,"崔逸看了看时间,"我估计得晚了。"

"晚了就改签。"晏航说。

"我飙个车试试能不能赶上。"崔逸说。

崔逸开车一直还挺稳的,严格按照一个中年人的风格来行事,不争不抢不怒,实在怒了就骂,骂的时候还是能保持车速稳定。

今天街上人少,晏航第一次看到崔逸开快车,但也都还是压着限速范围开。

"我以为你要超速呢。"晏航看了看迈速表。

第二十一章

"我好歹是个律师。"崔逸说。

"不强调差点儿都忘了。"晏航笑了笑,转头看了看初一。

初一靠在后座上一直没说话,眼睛看着前方,不知道是在发愣还是在想事儿。

他伸手在初一胳膊上戳了一下。

初一转过了头看着他:"嗯?"

"嗯?"晏航歪了歪头。

"没事儿。"初一笑了。

到机场的时候时间居然还凑合,只要他们能一路飞奔马不停蹄狗不停爪地跑向登机口,就不会误机。

"赶紧跑跑跑跑跑,"崔逸一通催,"到了给我回个电话。"

"嗯!"初一拎起包就往里跑。

"啊……"晏航跟在他后头,非常不爽,"我最烦这么赶了,不如直接改签一下换一班……"

"快跑!"初一回头冲他喊了一声。

"喊个屁!"晏航说。

"屁!"初一又回头喊了一声。

晏航边笑边跟着他往前跑,跑到登机口的时候笑得都没劲了。

"点名了!"初一终于放慢了步子,"乘客初……一和晏……航。"

登机口已经没有乘客了,他俩是最后两个登机的。

坐到位置上之后晏航系好安全带往椅背上一靠,就完全不想动了。

有点儿疲惫。

这种疲惫不仅仅是体力上的,还有精神上的。

他偏过头看了看初一。

初一看上去还好,车上发了一会儿呆,现在似乎已经缓过来了,正盯着给大家讲乘机安全事项的空姐看着。

晏航看着他的侧脸。

长大了啊,是个小伙子了。

这么长时间里,晏航今天才算是看到了初一真正狗哥的那一面。

在他情绪崩溃的时候,初一的反应让他有些吃惊。

"看我!"

说出这两个字时,初一眼神里的冷静和坚定让他意外。

而让他平静下来的,也就是这样的眼神。

那一瞬间他猛地感觉到,初一像是某种依靠。

小结巴已经不需要他罩着了,小结巴说不定还能一挥胳膊罩着他。

晏航笑了笑。

初一转头看了他一眼:"笑什么?"

"你猜。"晏航说。

"我太……帅了吧?"初一说。

"是,"晏航点了点头,"你的不要脸跟你的帅成正比。"

初一笑了起来,揉揉鼻子,继续看着空姐。

一个谨慎的土狗,这架飞机上的所有乘客里,听得最认真的大概就是他了,甚至还伸了伸脖子去看紧急舱门。

这种认真谨慎的态度在别人身上可能会有点儿傻气,但在初一身上,却会莫名地让人觉得他挺帅的。

"看我!"

晏航脑子里一直都响着这个声音。

看你了。

晏航闭上眼睛,眼前是初一说出这句话时的脸。

初一是个脾气挺好的小孩儿,晏航很少能在他脸上看到今天这样的表情,让他瞬间觉得初一不再是个傻狗子了的表情。

甚至他第一次发现,初一脸上的轮廓都已经不再是从前那样,像个小孩儿一样的柔和。

已经带上了几分……冷峻?

作为一个文盲,晏航一时找不到合适的形容词。

"晏航。"初一拍了拍他的手。

"嗯,"晏航睁开眼睛,"怎么?"

"要起飞了。"初一说。

"哦,"晏航应了一声,跟初一对视了一会儿,初一似乎没有继续说话的意思,他只好问了一句,"然后呢?"

"没有然……后啊,"初一看着他,"就是告……诉你起……飞了。"

第二十一章

"……好的我知道了。"晏航笑了笑,重新闭上眼睛。

"一会儿再……睡吧,"初一又拍了拍他的手,"起飞了,睁眼。"

"起飞了不能闭眼睡觉?"晏航无奈地看着他。

"不知道,"初一想了想,"睁着点儿安……安全。"

"哦。"晏航叹了口气,配合着没有再闭上眼睛,跟初一一块儿扭脸瞅着窗外。

一直到飞机飞平稳了之后,初一才靠过来,凑到他耳边说了一句:"你以后不……要这样了。"

"哪样?"晏航问。

"今天这样打……打人,"初一说,"手上太……没数了。"

"嗯,"晏航点了点头,"好的,听你的。"

"特别吓……人。"初一说。

"吓着你了吗?"晏航偏过头。

这会儿跟初一的脸距离很近,能数得清初一的睫毛,也能看到他皱起的眉头。

"是啊。"初一叹气。

"你这个皱纹,"晏航在他眉心按了按,"不对称。"

"皱纹说它可……可烦了,顾……不上对称。"初一说。

晏航刚笑起来,他突然又很紧张地往脑门儿上摸了一把:"我有皱纹了?"

"啊,就是……"晏航话没说完就被他打断了。

"你都还没……没有呢!"初一说。

"我就大你三岁又不是大你三十岁,凭什么我就得有?"晏航说。

"我才十……七啊!"初一震惊地说。

"我说的那个皱纹,"晏航无奈地叹了口气,"是说你皱眉头的时候的那个小皱皱!谁说你有皱纹了啊!"

"……哦。"初一松了口气,靠回了自己椅子里。

晏航本来想在飞机上睡一会儿,不过这种状态也不太能睡得着,加上初一一直握着他的手,在他手心里轻轻捏着,他大致也只能闭眼假个寐。

不过他主要还是情绪问题,并不是真的缺觉。

初一一路抓着他的手来回捏,居然还有点儿缓和作用,下飞机的时候,晏航感觉疲惫感消退了不少。

"一会儿直接回你家是吗?"晏航问,"我在楼下等你。"

"嗯,"初一点点头,"你跟我一……起回吧,外边儿太……太冷了。"

"行吧,"晏航笑了笑,"先说好,你姥要是敢骂我,我不会跟你似的忍着的啊,我会跟她对骂的。"

"我现在也……不忍她。"初一说。

"真的?"晏航偏头看着他。

"嗯,"初一拉拉衣领,"我现在暴……脾气。"

晏航笑着没说话。

"真的,"初一说,"土斗。"

"土斗是什么?"晏航问。

"土狗中的斗……狗。"初一回答。

"噗。"晏航笑得差点儿被口水呛着。

不过话说得虽然挺牛,但是从上了出租车之后,初一就没怎么再出过声,在他家路口下车的时候,晏航能感觉到初一的紧张。

晏航有些感慨,回家居然会让初一紧张,这还真是个很神奇的家。

晏航往四周看了看,他的心情当然不会紧张,但也有些特别的感受。

这个地方他还挺熟悉,这条街,还有之前经过的,街对面他曾经住过的,在他这么多年四处游荡的生活里唯一留下了记忆的出租房。

还有那个曾经满是血迹的巷子。

说不上来什么感觉,不难受,也不压抑,更不郁闷,准确地说,大概是有些怅然。

他跟老爸在这里分开,已经两个春节了。

"一会儿在小……卖部,"初一一边往里走一边说,"给我姥买……条烟吧。"

"嗯。"晏航应了一声。

他没去过初一家,不过路两边的楼看上去都差不多,破旧而灰暗,特别是冬天,墙边的积雪一衬,年前本来就没有人的路上显得更寂寞了。

他第一次从那边繁华的大街转进来的时候,就是这样的感觉。这么长时间,这里还真是一点儿变化都没有。

往里走过了三栋楼之后,晏航听到了前面有挺热闹的声音。

但仔细一听,又似乎听到了里面有女人扯着嗓子在喊叫。

第二十一章

初一猛地停下了脚步。

晏航立马反应过来,这应该……是初一那个蚯蚓眉的姥姥。

"没天理了啊——"晏航竖起耳朵听了听,能听到个一两句,"欺负我们孤儿寡母啊——大过年的不让人活了啊——"

晏航愣了愣,孤儿寡母?

他赶紧转过头看着初一:"你姥爷……"

"活着呢,"初一一说,"口……头禅。"

"哦。"晏航叹了口气。

"走吧,"初一转过身往外走,"去请我小……姨吃个饭,再去拳……拳馆,然后去爷爷家过……过年。"

"行。"晏航点点头。

回到街上,初一习惯性地往河边走。

"去看望你的树洞吗?"晏航问。

"嗯,"初一想想又笑了,转过头,"它可能还……还认识你。"

"是啊,"晏航说,"我还跟它说过话呢。"

初一的情绪挺容易调整的,就这么一小会儿,他已经比之前高兴了不少,往河边过去的时候看着挺愉快的。

走到通往河边的岔路时,里面晃出来了三个人。

晏航看了一眼,脸他不太看得清,但从走路的姿势能看出来,居然是螃蟹和他的两个小虾兵。

梁兵第一眼显然只认出了晏航,第二眼看过来的时候,他眼睛一下就瞪大了,接着又很快地恢复了平常的大小。

初一看着他。

按以前的习惯,他早就绕开走了,现在他却没有动。

梁兵也没有了以前见到他就要找麻烦的样子,顿了顿之后,带着那两个跟班儿往那边墙边靠了靠,继续往前走。

"他说有……有人见……过我爸。"初一低声跟晏航说了一句,往梁兵那边走了两步,堵在了他的去路上。

"干什么?"梁兵瞪着他,"咱俩现在没什么过节了吧?你还想干什么?"

"采访一下,"晏航拿了根烟出来点上了,站在初一身后说了一句,"请问您现在什么心情啊?"

"我想走的心情!"梁兵说。

"谁看到……我爸了?"初一问。

梁兵愣了愣,看着他没有说话。

初一从兜里拿出了之前接的传单,卷成了一个筒,递到了梁兵嘴边:"在哪儿……看到的?"

梁兵看了看纸筒,脸上肌肉抽动了两下。

"不说,"初一看着他,"就让你……冬泳。"

第二十二章

Chapter twenty-two

晏航叼着烟,看着初一的后脑勺儿。

当初他和老爸一块儿解救初一的时候,他在螃蟹跟前儿还是个闷声受气的小孩儿,那晚他们要是没有出现,初一不知道会被欺负成什么样。

而现在,他只需要站在这里就可以了,初一拿着一个纸筒就可以让这片儿的"老大"震惊兼愤怒还不敢出声。

"你什么意思?"螃蟹看着初一。

晏航觉得这句话还是有威力的,现在河水都冻上了,扔下去冬泳问题不大,扔下去摔冰上,问题就挺不小的了。

"你说就行。"初一说完把纸筒收了回去。

情商还凑合,晏航在后头给初一一项项评估着。

初一跟他的风格不一样,初一给螃蟹留了面子,要是欠儿了乎乎地一直拿纸筒站螃蟹跟前儿,估计不打一架螃蟹不会开口。

而他一般都是"我才不管",打一架就打一架。

"你凭什么说是我知道?"螃蟹说。

"你不……知道吗?"初一问。

螃蟹皱着眉没说话,脸偏向一边儿,很不爽的样子。

初一也没出声,估计是不知道该怎么说了。

"你是要等警察来问才说吗?"晏航开了口,"顺便进去住几天?"

螃蟹往他这边扫了一眼,晏航眯缝着眼睛从烟雾里看着他。

"呸,"螃蟹咬牙骂了一句,"人家随口一说,我也随口一说,我可不敢保证是不是真的,警察真来了我也是这句话。"

"说吧。"初一说。

"以前跟老丁混过的一个人,老丁死了他就上南方打工了,"螃蟹说,"说是看到老初了,但也就是一眼。"

有人在南方打工时,在一个用工市场上看到了跟老爸长得很像的人,但是没有说话,只是扫到了那么一眼。

梁兵走了之后,初一看着晏航,他不知道这个消息到底可不可靠,能不能相信。

"我爸怎……怎么会……"初一说,"去用……工市场?临工吗?"

"他不去还能干什么?给人开车吗?"晏航说,"他身份证驾驶证根本不敢拿出来用吧,就只能去这样的地方了。"

第二十二章

初一拧着眉。

"不过这事儿要是真的，"晏航叹了口气，"跑得够远的啊。"

"我爸真是……"初一轻声说了一句，后面的话他没有说完。

姥姥一直看不上老爸，说他胆小怕事，有点儿风吹草动就能窜出去二里地，老婆孩子都可以扔下不管。现在想想，姥姥一辈子看谁也不顺眼，成天不是骂这个就是骂那个，但对老爸的评价似乎也并不是完全胡说。

如果不是因为怕事没担当，那就是老爸在这件事里的参与程度不像晏航说的那么浅，晏航一直说他没那个胆儿。

有时候，初一很痛恨老爸的没担当，有时候却也希望他在这件事里只是没担当而已。

"嘿，"晏航站在树洞前，弓着腿弯着腰，"还记得我吗？"

初一看着他笑了笑。

第一次跟晏航在这儿碰上的时候，晏航跑到他的专属树洞前去说话，他还曾经非常不高兴。

"我是你大众脸的朋友的朋友，"晏航说，"好久不见，大众脸长大了，帅得特别不大众了，一会儿你看看还能不能认出他来？"

晏航说完，拍了拍树干，走到河边的石凳上坐下，看着他。

他走到树洞前，用晏航同款姿势站好的时候，突然有些感慨。

"我是……不是长……长高了……很多？现在是一个巨……巨人了，"初一把脸扣到树洞上，"我以前是……不是很啰……啰唆？每次都……说很多愿……愿望。"

他闭上眼睛笑笑："现在我暂……暂时没有什……么愿望了，我很开心。"

在河边儿待一会儿，初一看了看时间："再去我家看……看吧。"

"嗯。"晏航拉拉围巾，这边儿是真冷，还在河边吹了好半天的风，多亏他穿了自己最厚的羽绒服。

他看了一眼初一，初一看上去还挺自在，果然是从小被冻大的人。

"如果我姥还……还在闹，"初一皱着眉，"就不回……去了。"

"好。"晏航点点头。

初一说完之后一直拧着眉，走出去老远了，又突然伸手按住了自己脑门儿，用手指把刚才皱眉的地方往两边捋着。

晏航看乐了："干吗呢？"

"给小……皱皱抒……抒平了。"初一说,"我才十……七岁不……能有皱纹。"

"您都是土斗了,"晏航说,"还在意一点儿皱吗?"

"土豆儿怎……么了,只有你们洋……葱才注意形……象啊?"初一说。

"闭嘴。"晏航在他脑袋上拍了一下。

初一家楼下已经没有了之前的热闹劲儿了,不过经过几个小区居民身边时,从他们看初一的眼神里,还能看到对之前他姥姥演出的意犹未尽。

初一走进了楼下的小卖部,买了一条烟。

小卖部的老板看了他一眼,欲言又止地叹了口气。

初一没说话,拿着烟继续往家里走。

晏航跟在他后头也一直沉默着,这种情况下也不知道还能说点儿什么了。

初一拿出钥匙开门的时候转头看了他一眼。

"没事儿。"晏航说。他知道初一这一眼的意思,这大概是初一第一次带人回家。这样的家,要展现在别人眼前,估计不是一件特别容易的事。

初一扯着嘴角笑了笑,低头把钥匙往锁里送的时候,突然停下了。

"怎么?"晏航小声问。

初一盯着锁看了半天,又伸手摸了摸:"换锁了。"

晏航愣了。

初一倒是还算平静,咬了咬嘴唇之后抬手在门上敲了几下。

好一会儿门里才有了动静,里面的人大概先是从猫眼里往外看了看,晏航听到了一个老头儿的声音,在里头说了一句:"稀客呢。"

门打开了,里面站着个老头儿,应该就是初一的姥爷。

老头儿看着上去比姥姥稍微正常一些,起码脸上没有吓人的妆,不过一开口,就跟姥姥挺是一家人的了。

"来视察呢?还带了个打手。"老头儿打量着晏航。

晏航本来准备好的一声"姥爷好"被这句话外带这个眼神生生憋了回去,他没出声,跟老头儿对视了一眼。

"我姥呢?"初一站在门口问。

晏航觉得非常难以忍受的,是这个老头儿一直用手把着门,似乎并没有让初一进去的意思。

"骂架骂累了,休息呢。"老头儿说。

第二十二章

初一沉默了几秒钟,拿出了那条烟,冲屋里喊了一声:"姥姥,给你的烟。"

"喊什么喊!"屋里传了来姥姥的声音,"谁不让你进屋了是怎么着!"

初一推开老头儿,走进了屋里,在晏航要跟着进去的时候,老头儿的手又伸了过来,初一抢在他前头伸手把住了门框:"进来吧。"

屋里的灰尘味儿很重,采光也不太好,客厅没有窗户,只有开着的厨房门能透进来一点儿光亮,大白天的暗像是半夜。

晏航站在门边,没有再继续往里走的想法。

他看着眼前的这个客厅,无法想象初一是怎么在这里生活了十几年的,之前又是有多压抑和自卑。

屋里的家具摆设虽然说旧,在普通人家的老房子里也不少见,这楼里十户可能有八户是这样的,但各种混乱得完全没有秩序的景象,让屋里根本待不住人。

初一把烟给了姥姥之后,又往一间关着门的屋子看了看:"我妈呢?"

"跟人私奔了。"姥爷回答得特别顺溜。

初一转头看着他。

"就你有嘴是吧?"姥姥把烟往茶几上一摔,"就你嘴利索是吧?你嘴这么利索咋没把舌头吞了呢!差你个蘸碟儿是吧!"

初一没出声,过去把那个屋子的门打开,往里看了看,再转回头时,脸上的表情有些不太好形容,看着像是有些茫然。

"走吧。"晏航说了一句。

初一还是没说话,原地愣了一会儿之后,往门口走了过来。

屋里的人都没再说话,初一出了门,回手把门关上的时候,屋里传来了姥姥发出的声音,开头的一嗓子像是号叫,接着就是听不出真假也听不出情绪的哭声。

初一埋头往楼下走,走出了楼道才开口说了一句:"我以后……可能不会再……回来了。"

"没所谓,"晏航搂过他的肩,"家不仅仅是一个名称,不是说给你指个屋子,说是家就是家了。"

初一看着他。

"得看屋子里的人和感情,"晏航说,"那些才是家。"

"嗯。"初一应着。

"Home is where you feel like you belong."晏航又补充了一句。

· 187 ·

"什么?"初一看着他。

"你猜。"晏航说。

"你再说一……一次,"初一拿出了自己的手机,戳了几下对着他,"我录……个视频。"

"好了吗?"晏航问。

"嗯,"初一点点头,"请开……开始你的表……演。"

"从前有一个土狗,小名儿叫小狗,后来长大了变成了狗哥。"晏航一连串飞快地说着,"狗哥给自己起了个名字叫土豆儿还特别怕自己英俊的脸上长皱纹,成天觉得自己天下第一帅,脸比轮毂还大一圈儿……"

初一举着手机,半张着嘴,一脸震惊地看着他。

"皱土豆儿还想破解我藏宝图的密码,非让我说出来,还要录视频。"晏航说,"我怎么会告诉他呢?尽管他想用美色迷惑我,但是我是绝对不会说的。"

"你……信不信我……"初一非常震惊,做了个打的动作。

晏航绷着脸:"还恐吓,恐吓我也不会告诉你的,我们洋葱家族……"

"闭嘴吧。"初一说。

"录完了吗?"晏航问。

"我已经不……不想说话了。"初一叹了口气,停掉了视频,又点了一下播放。把晏航刚才的话又听了一遍之后他低头开始乐,冲着手机笑了一路。

"傻狗。"晏航在他后脑勺儿上拍了一下。

本来按初一的计划,今天应该在家里待一阵的,但没想到会有这样突然的变化,他和晏航站在街边都不知道该干什么了。

"给你妈打个电话,"晏航说,"问问是怎么回事儿,弄明白了心里舒服一点儿,要不以后你想起这事儿还是会不爽。"

"嗯。"初一点点头,拿了手机拨了老妈的号码。

已关机。

这个结果挺意外,但其实也并不奇怪,基本还在老妈的行事风格之内。

就这样了吧。

初一抬起头看了看,今天的太阳还是非常好的,站在阳光里,在风的间隙中还能感觉到暖意。

"去拳馆吧,然后请你小姨吃饭,"晏航帮他安排着,"吃完就去你爷爷家。"

"好。"初一吸了口气,慢慢吐出来之后感觉好了一些。

其实也没什么大不了的。

他一直都想要离开这里,除去要离开来自四周的不愉快之外,也同样想要离开那个他时常不愿意回去的家。

现在就算是一种解脱了吧,如果说回来之前还想着毕竟是妈妈、姥姥、姥爷,现在也没有这样的想法了。

在他们的心里,仿佛并没有一个叫初一的亲人。

拳馆今天没什么人,都放假了,但何教练和几个学员都在,看到初一时震惊得话都快说不出来了。

要不是都已经换了衣服准备回家,几个人估计能当场把他拽到台子上去打一场。

这种感觉初一很喜欢。

看到熟悉的人因为他的变化而吃惊的样子,就像是有人在帮着他确认自己真的在一点点长大,不再是以前的那个受气包狗。

小姨见到他的时候就好一些,毕竟之前已经见过一面。

不过看到晏航的时候,她还是很警惕地盘问了半天。

"我们家初一一直没什么心眼儿,人又老实,性格又软和,"小姨说,"说实话我最担心他出门儿让人给骗了拐了卖了什么的。"

"应该不会,"晏航说,"他外号叫狗哥。"

"这是长大了啊,"小姨感叹了一句,"以后可就真是只能靠自己了。"

"嗯。"初一点点头。

"你妈要是跟你小姨换一下……"坐在车上往爷爷家去的时候晏航说了一句。

不过很快被初一打断了:"那就碰……不到你了。"

"要碰到我的这个代价也太大了点儿吧。"晏航笑了。

"看怎……么理解了。"初一说。

晏航喷了一声:"被人夸了几句长大了还马上就哲理上了。"

"总还是得配……配合一下的嘛。"初一笑了笑。

看得出去爷爷家对于初一来说是件愉快的事,相比回家时一路没话可说,这会儿在车上初一的话一路没停过。

给晏航磕巴着介绍一路的风景,还有小时候每次去的时候碰上的趣事。

晏航都没太说话,全程看着听着初一说。

"费劲吗?"初一问。

"嗯?"晏航看着他。

"听我说……话。"初一说。

"习惯了,"晏航说,"哪天你说顺溜了我估计还不适应呢。"

"你适……适应能力还挺……强。"初一点点头。

"谢谢夸奖啊。"晏航说。

看到初一的爷爷奶奶时,晏航整个人都放松下来了。

这才是他想象中一个家庭里应该有的老人的印象,笑眯眯的和善老头儿,笑眯眯的热情老太太。

"爷爷奶奶好。"晏航很顺当地跟两个老人打了招呼。

"晏航对吧?"爷爷指着他对奶奶说,"这就是那个……五颗星的领队。"

"领班。"初一纠正了一下。

"五颗星的领班,"奶奶竖了竖拇指,"奶奶明天给你们做一顿六颗星的饭。"

"明天我做饭吧,"晏航说,"我做饭能有八颗星。"

"看到没?"爷爷拍了拍奶奶,"你输了。"

奶奶摆摆手,不太服气:"先给你们把床整理一下吧,还以为跟往年一样,得到初二初三才过来呢。"

一通忙乱之后,奶奶还是坚持做了两碗九颗星的面条让他们吃了。

"哎,"吃完东西,晏航站在小屋的窗前伸了个懒腰,"他们睡了吧?"

"睡了,平时这会儿都睡……睡半天了。"初一笑笑。

"吃撑了。"晏航说。

"吃不完没……事儿啊。"初一摸了摸他的肚子。

"哪好意思不吃完?"晏航说。

"累吗?"初一看着他。

晏航跟爷爷奶奶说话的时候看着很轻松自然,但是他知道晏航应该并不是特别喜欢这种场合,毕竟是个独行侠。

"还行,"晏航说,"累是挺累,但是不烦。"

"我奶话多。"初一说。

第二十二章

"听她十句也比听你姥姥一句强,"晏航说,"而且他们没问我为什么跟着你上这儿来过年,我很怕回答这种问题。"

初一笑了笑:"啊,明天她肯……肯定给你讲鬼……故事。"

"我又不怕鬼,"晏航喷了一声,"一个老太太哄小狗的鬼故事。"

"行。"初一笑着躺到床上。

大概是累了,初一躺下没几分钟就觉得自己打呼噜了,但让他意外的是,旁边的晏航似乎比他入睡还要快,在他还有意识的时候,晏航的呼吸已经变得很缓了。

初一翻了个身,把胳膊很轻地放到晏航腰上,踏实地睡着了。

这大概是他人生中第一次因为过年而兴奋,天还没亮就醒了。

手往旁边摸了个空的时候初一猛地睁开了眼睛,晏航居然没在床上了?

他赶紧起床套了衣服,奶奶正在客厅里忙活着,看他跑出来,往上指了指:"五颗星跟你爷在上头呢。"

"哦。"初一出门上了露台。

露台已经被爷爷用塑料膜遮了起来,假装是个温室,他上去的时候,爷爷正在给晏航讲他的花花草草。

"这个开春的时候一开花啊,"爷爷一脸得意,"那就是一片红,特别好看。"

"嗯,"晏航偏开头装着看旁边的花,打了个哈欠,"花大吗?"

"碗口那么大,这楼里好多人都养了,就我这儿的最大。"爷爷说。

"厉害,"晏航点头,看到初一的时候他笑了笑,"早。"

"我爷又显……摆花呢,"初一笑着说,站到晏航身边又很小声地问了一句,"你怎么起这……么早?"

"我起来上个厕所,"晏航也小声说,"碰上你爷爷了,估计是以为我起床了,就给我拉到这儿来了。"

"那你上……厕所了吗?"初一赶紧问。

"上了,我还能憋到现在吗?"晏航喷了一声。

露台赏花活动很快就结束了,奶奶上来叫爷爷下去帮忙弄饭菜。

"真的,我来。"晏航说。

"会包饺子吗?"奶奶问。

"您能说得上来的,无论中餐西餐,"晏航说,"我都会。"

"哎哟,"奶奶看了看初一,"真的假的啊?"

"真的。"初一点头,奶奶走开之后他又看着晏航,"真的?"

"假的,"晏航笑了起来,"我吹牛从来都吹得跟真的一样。"

不过饺子倒不是吹牛,初一见过晏航包饺子,特别厉害。

晏航开始和面的时候奶奶指着他:"哟,这真是会的。"

"我也会。"初一说。

"那你来?"晏航看着他。

"我就随……便说说。"初一说。

爷爷奶奶家过三十儿没有什么太多规矩,饺子什么时候包好了就什么时候吃,吃完了就睡觉,一直睡到晚饭前才起来,为晚上熬夜做点儿准备。

晏航和初一都没有这样的睡觉习惯,在屋里待了一会儿之后,初一带着晏航出了门。

他们在小镇的几条主要街道上来回转悠着,初一把小时候爱去的几个地方都带晏航看了一遍。

天色有些暗了,估计爷爷奶奶起床了,才往回走。

"这里没……街可逛,"初一说,"这么随便溜……达会……不会无聊?"

"不会,我还挺喜欢这种小镇子的,"晏航活动了一下胳膊,"离城区不远,又清净又不是特别闭塞。"

"我也喜欢,"初一笑笑,"以前过……过年就盼……盼着能过来。"

"一会儿是不是还会给我压岁钱啊?"晏航搓了搓手。

"是,不过不……太多。"初一也搓了搓手。

"无所谓,我就想收一次正经压岁钱,"晏航说,"我爸和老崔给我压岁钱给得都非常不正经。"

初一没说话,笑了半天。

"真的,就……"晏航笑着偏过头,话却突然顿了顿,大年三十儿这个时间的一个小镇,街上除了他俩,基本就是空荡荡的了,但他余光里看到了一个人,"每次给得都像开玩笑。"

他往那个方向看过去的时候,已经没有人了,两个已经关了门的商店中间,一条窄巷,没看到任何人影了。

但晏航知道,刚才那里肯定有个人。

而且根据他的第一判断,那是初一的爸爸。

第二十二章

晏航没有把这个事儿告诉初一,他并不能百分百确定那是初一爸爸,他甚至不能百分百确定那里有个人。

也不想让初一大过年的心情一次又一次地被影响。

回到爷爷奶奶家的时候,奶奶已经在厨房忙着了。

晏航进去强行抢下了灶台,按奶奶准备好的各种食材飞快地重新搭配,开始做菜。

"全让他给混搭了,"奶奶在厨房门口小声对爷爷说,"太时髦了看不明白,也不知道能不能吃。"

"你就是不服气。"爷爷笑着说。

"我做了几十年的饭,我还能服气一个这么点儿的小孩儿啊?"奶奶说,"你看初一,那是能做饭的人吗?"

"人家也不是初一啊。"爷爷说。

晏航做菜速度一直很快,炖菜奶奶之前已经做上了,炒菜做起来不费事,没多大会儿工夫,几个菜就都端上了桌。

"还真是……挺有样子的啊,这菜,你看看。"爷爷说。

"这孩子还真没吹牛?"奶奶站在桌子旁边。

初一很得意,坐下之后他给大家倒上了酒,举了举杯子。

"都好好的。"奶奶说。

"都好着呢!"爷爷说。

晏航看到了两个老人眼睛里突然涌出来的泪花。

"好着呢,"他往窗外看了一眼,"你们看看初一,都长成大小伙子了。"

"是,"爷爷抹抹眼睛,笑着说,"这一转眼的。"

喝了几口酒,老人的情绪缓过来一些之后,晏航正想找个话题聊聊,坐在他对面的奶奶突然一脸神秘地冲着他说:"五星,奶奶给你讲个鬼故事。"

"啊?"晏航愣了愣。

"传统。"初一笑着说。

"你们今天是不是上街转悠去了?"奶奶问。

"嗯。"晏航点头。

"带没带你去后街那边啊,有个庙的那条街?"奶奶脸上的表情有了些变化,带着几分恐惧。

"去了……吧,"晏航看着她,"是有个庙……"

"你往里看了吗?"奶奶紧接着又问,压低了声音,"你要是往里看了,会感觉有人在后面……"

晏航被奶奶的表情和声音带得有些莫名其妙地后背发凉。

奶奶压着声音:"扯你的头发……"

晏航突然觉得自己后脑勺儿上的头发像是被风吹过似的轻轻动了动,顿时心里一阵狂跳,这种下意识的惊恐有些控制不住。

"啊!"他喊了一声,猛地挺直了背,转过头。

看到了爷爷的手正在他背后举着。

爷爷奶奶都笑了起来,初一抓过他的手笑着搓了搓。

"今年的不开心都吓跑了,"奶奶笑着看着他,"明年就是开心的一年了。"

"啊。"晏航愣了愣,也跟着笑了。

这大概是晏航过得最像"普通老百姓家过年"的一个年了,吃年夜饭,聊天儿看春晚,守岁放鞭炮。

闹哄哄的一晚上,到后半夜才缓过劲来。

缓过劲了也睡不着,情绪堆着,没有睡意,他跟初一坐窗户旁边一直聊到了天亮,然后俩人往床上横着一躺,不知道是睡是醒地一直躺到了快中午奶奶来敲门。

"起来,拿压岁……钱了。"初一拍了拍他。

"啊。"晏航觉得压岁钱还是很有吸引力的,立马挣扎着爬了起来。

爷爷奶奶俩人都穿着红棉袄坐在客厅里,一夜的鞭炮放着,屋里都是硝烟味儿,甚至能看到飘过眼前的蓝烟。

很有年味儿。

外头一阵鞭炮响过之后,爷爷抓紧时间开了口:"来。"

初一马上走了过去,冲爷爷奶奶一弯腰:"爷爷奶奶过……年好。"

"过年好!"奶奶笑眯眯地拿出一个红包递给了他,"这大小伙子的样子奶奶都有点儿不习惯了。"

"来,拿着。"爷爷也拿出了一个红包给了初一。

晏航站在后头看着,他不知道一个正规的领压岁红包的流程应该是什么样的,毕竟没有正规过,但初一这个也太简单了。

"五星,你来,"奶奶冲他招了招手,"初一从小说话不利索,拜年也就这一句,多了听得人着急。你说话利索,你得说点儿吉利话。"

"还要磕……磕头。"初一在一边补充。

第十二章

"你也没磕呢你要人家磕,"爷爷笑着说,"小孩儿才磕呢,你们都大孩子了,不用磕头。"

吉利话。

晏航从来没说过什么吉利话,对于吉利话的第一反应居然是"百年好合",这让他对自己非常无语。

"爷爷奶奶过年好,"他先把初一的话拿了过来,然后想了想,把长这么大扫到过的所有能跟吉利话沾边儿的词儿都背了一遍,"祝二老身体健康年年有余大吉大利心想事成福如东海寿比南山……"

爷爷奶奶听得一个劲儿乐,奶奶拍着巴掌笑得不行:"好好好,这个好。"

从两个老人手里接过压岁钱的时候,晏航突然感觉鼻子有些发酸。

"我有东西送……你们,"初一进了屋里,拿了个盒子出来,"给你们买……了个手……手机。"

"哎哟,你怎么还花这个钱?"爷爷愣了愣,"我们也不会用。"

"老人机,特别简单。"初一把盒子放到他们面前的茶几上,一边拆一边说,"以后就……就能跟我打……电话了。"

"你哪儿来的钱啊?"奶奶说,"贵吧这个?"

"不贵,"初一说,"我打工呢,有工……工资。"

"你看这孩子,"奶奶抹了抹眼泪,"这孩子,有点儿钱就想着给我们买东西。"

晏航坐在旁边,看着初一磕磕巴巴地教两个老人怎么打电话,感觉就像是在看一个电影片段。

虽然就在眼前,但看着的时候,他却有些恍惚,总觉得这一幕已经是他记忆里的一部分了。窗外下着雪,时不时响起鞭炮声,屋里很暖,能闻到硝烟的味道。一个英俊的土豆,正在教土豆爷爷和土豆奶奶用手机打电话。

他笑了笑。

"看到了吧,"初一说,"只要按……按这个'1',再按这……这个绿的,我手机就……会响了。"

"我试试,"爷爷在手机上按了两下,初一兜里的手机响了起来,爷爷笑着说,"响了。"

"然后我就接……接电话,"初一把手机拿出来接起了电话,"喂?"

爷爷把手机也拿到耳边,喊了一声:"喂!"

"不用这……么大……大声,"初一退到了屋里,"平时那……样说就可以。"

"能听到,"爷爷把手机递到奶奶耳边,"你听。"

"奶奶。"初一说。

"唉!听——到——了——"奶奶喊。

"不用喊,"爷爷拍了她一下,"你这吓人劲儿。"

爷爷奶奶熟练掌握了接打电话的技能之后,就去厨房忙了。

初一和他是下午的飞机,吃完午饭就得走。

晏航都不敢往厨房里看,每次看过去,都能看到奶奶在抹眼泪。

"你要不进去打个下手吧。"晏航看着初一。

"会赶我出……来。"初一笑了笑,他一直靠在门边往里看着。

晏航没再说话。

爷爷奶奶,姥姥姥爷,说起初一的家庭成员还是非常齐全的,老人都在,有父有母……

晏航在记忆里又搜索了一遍,除了之前在梦里梦到过的那些不怎么愉快的片段之外,他再也没有关于老爸之外任何亲人的记忆了。

"来,"初一小声说,"我有个礼……礼物给你。"

"什么礼物?"晏航站了起来,跟他一块儿往屋里走,"平辈儿还要送新年礼物吗?"

"不是,"初一笑了,"是本来就……就要送的。"

"行吧,什么礼物?我看看。"晏航坐到床边,看着初一在包里翻着。

"这个。"初一从包里拿出了个红色的小方盒子,"盒儿是我问大……大强要的。"

晏航接过来看了看,红盒子是个硬纸盒,夜市上卖首饰的一般都给配一个这样的小盒儿。他笑了笑,打开了盒子。

里面是一串手珠。

一颗颗大小不一的石头珠子,中间还有黑色的金属珠子和垫片。

这些小石头,要不是现在看到,他都已经快忘掉了,这是他在街上抓到初一时给他的那几颗。

"越来越专业了啊,"晏航把手串戴到了左手手腕上,"大小还挺合适。"

"肯定啊,"初一抓着他手腕,用手指圈了一下,"一抓就知……知道了。"

"谢谢。"晏航看着他。

第二十二章

"不客气,这是我应……应该做的。"初一说。
"不摸摸你胸前鲜艳的红领巾吗?"晏航笑了。
初一马上很配合地在胸前拍了两下。

吃完奶奶做的十八星午饭,他和初一拿着爷爷奶奶给塞的一大包土特产出了门。
初一没让老人出门,把他们拦在了家里:"我们出门就打……打个车走了。"
"打车得多贵啊!"奶奶吓了一跳。
"安慰我们呢,"爷爷说,"这大年初一的哪儿来的出租车,班车都差点儿没有呢。"
"这能安慰得着?"奶奶说。
初一笑了笑:"坐班车,就让你们别……别出门了,太冷。"
"爷爷奶奶,"晏航说,"想初一了就给他打电话,现在电话费特别便宜,你们电话里的钱,天天打一小时,够打五年的。"
"啊,好!"奶奶笑着点头。
跟老人告别之后,往班车点走的时候初一问了一句:"够打五年?"
"反正你会充话费,"晏航笑了笑,"这么说他们心里舒服。"
"也是,"初一点点头,又拍了拍口袋,"大款。"

回程的时间感觉比去的时候要短得多,大概是因为团聚和别离两种滋味不同。
机场的人倒是比二十九那天要少得多,他俩可以安安生生地坐在登机口等着,也没被广播点名了。
"一直没问你呢,"晏航伸长腿靠在椅子上,"你生日是哪天啊?是不是快到了?"
"还有一个……月呢。"初一也伸长腿,跟晏航的腿并排着。
"居然不是今天啊?"晏航笑着晃了晃脚。
"我小时候就以……以为是今天呢,"初一也跟着晃了晃脚,"因为过年所……以就不过生……日了。"
"今年生日想怎么过?"晏航看了他一眼,又晃了晃脚,"要不请同学一块儿吧。"
"好啊,"初一点点头,继续跟着晃脚,"请宿舍的。"
"嗯,"晏航继续晃脚,左脚往初一右脚上敲了一下,"可以先去我们餐厅

· 197 ·

吃,我们有生日主题的晚餐。"

"好。"初一有些兴奋,立马一晃脚,回敲了他一下。

"你没完了是吧?"晏航往脚那边看了一眼。

"你先撞……我的。"初一说。

"你跟着我晃个屁啊。"晏航踢了他脚一下。

"只有你会……晃吗。"初一也踢了他一脚。

晏航继续踢他,他也继续反击。

这种你来我往的较量,要搁十岁以下小孩儿身上,到这个程度就该打起来了……当然,超过了十岁还这么玩的大概也就是他俩了。

这场较量最终以初一落败结束,他从包里扯了一张湿纸巾,小心地擦着鞋:"熊玩意儿,把我鞋都踢……脏了。"

晏航笑了半天,一抬头看到登机口站着的两个空姐也正冲着他俩这边捂嘴乐呢。

"你看看,让小姐姐看笑话了吧。"晏航啧了一声。

"怪我吗?"初一看着他,想想又偷偷往那边瞄了一眼,"会不会是你……的粉……粉丝啊?"

"应该不是,"晏航说,"毕竟我只露过一秒钟的脸,截图以后还一点儿也不清晰,说不定是你的粉,你现在小姐姐粉相当多。"

初一笑了笑。

"都问你微博呢,"晏航伸了个懒腰,"你要不要出个道?"

"不,"初一马上回答,"不出。"

晏航啧了一声。

"我是过……过气美食主……主播背……后的男人,"初一说,"兼敛财道……具。"

"滚。"晏航笑了起来,想想又说,"过气个屁,我现在又翻红了好吗?"

"你都没红过,翻……什么红,"初一叹了口气,"是终于红了。"

晏航没说话,在自己兜儿里掏了半天,拿出一片创可贴,撕开了贴在了初一嘴上。

那边两个空姐笑出了声音。

过年的时间对于初一来说略微短了一些,周围大多数人都还沉浸在过年的气氛里,晏航已经开始正常上班了。

第二十二章

他在家里闲了两天,也开始回咖啡厅打工了。

换了以前,他也没什么感觉,这次会这样,也就是因为跟晏航在一起,让他第一次有心情去体会"过年"这个词。

也第一次让他知道,其实自己对"过年"这件事还是非常在意的。

就像生日一样,很多事得看跟谁在一起,才能分得清自己到底在意不在意。

店里没有客人,初一坐在吧台后头发愣。生日啊,长这么大他还从来没盼望过这个日子。

晏航说先吃饭,吃完饭可以去K歌。

K歌?

K歌挺好的,年轻人都喜欢,虽然他估计点歌器里根本就没有他会唱的歌……要不要提前学几首啊?

喷。

临时学歌谈何容易!

其实也无所谓,他唱歌反正都是念经,随便点一首对着歌词念就可以了。

初一正发着呆,有人在吧台上敲了一下。

他赶紧站了起来,先说了句"晚上好"之后才看清了人。居然是周春阳,身后还跟着高晓洋和吴旭。

"新年好啊小哥,"周春阳笑着说,"赶紧的,给我们一人一杯你做得最好的咖啡。"

"新年好。"初一笑了起来,这会儿正无聊,居然能碰上宿舍的人。

"我们够意思吧,"高晓洋靠着吧台,"专门上这边儿来逛街,专门来看望你。"

"在宿舍没……看望够呢?"初一一边给他们做咖啡一边笑着说。

"复习一下吧,"吴旭说,"还两天就又见面了,非常烦,得提前适应。"

初一给他们做好咖啡,一块儿坐到了桌子旁边。

"你生日的时候,蛋糕就别订了,我们给你订个大的。"周春阳说。

"嗯,"初一点点头,"谢谢。"

"苏斌要叫上吗?"吴旭问。

"不叫他,别扭,我一直默认咱们宿舍就七个人。"高晓洋说,"再说了,他那么高尚,你叫上他他可能还觉得这是对他人格的侮辱。"

几个人笑了起来,初一叹了口气:"他真是比……比我还隐形。"

"你可不隐形，"吴旭说，"大名鼎鼎的狗哥，一说汽修，就是狗哥，你现在是汽修代言人。"

"没错，代好几个言呢，最能打的，最帅的，最酷的，最不会说话的……"周春阳扳着手指头，"专业成绩最好的。"

"最后一个放这里头一块儿说好奇怪啊。"高晓洋啧了一声，"不符合狗哥形象。"

"闭嘴吧。"初一笑了笑。

崔逸的车停在路边，晏航跑过去上了车，舒出一口气。

"问完了？"崔逸看了他一眼。

"嗯。"晏航拉过安全带扣上，皱着眉，"跟上回问的差不多，今天还辨认了一下照片。除了那个瘸子，我谁也没见过，感觉使不上劲，一点儿忙也帮不上。"

"问话就已经是帮忙了，"崔逸说，"你要什么忙都能帮得上，人警察还会那么累吗？"

晏航叹了口气，闭上眼睛。

"找你问话的事儿还是没跟初一说吗？"崔逸边开车边问。

"没说，"晏航说，"初一心思重，我怕他老琢磨，他还几天就生日了，过完生日再说吧。"

"嗯。"崔逸应了一声。

沉默了一会儿之后，晏航偏过头看着崔逸："老崔，有个事儿，你帮我拿拿主意。"

"说。"崔逸点点头。

"初一接过两次没人说话的电话，"晏航拧着眉，"他觉得像是他爸。"

崔逸转头看了他一眼："然后呢？"

"三十儿那天，我陪他去他爷爷家，在街上闲逛的时候，"晏航说，"我觉得我看到他爸了，但只是感觉，没法确定，我转头的时候没看到人了。"

"你没跟警察说，是吧？"崔逸问。

"我不知道应不应该说，"晏航说，"我怕误导警察了，影响他们办案，也怕……"

"怕初一觉得你着急抓他爸。"崔逸说。

"嗯。"晏航点头。

崔逸沉默了一会儿："未必是你怕初一这么想吧，你自己替他这么想的。"

第二十二章

晏航没出声。

大概是这样吧,虽然初一接到电话的时候就问过他要不要跟警察说,初一应该是不会这么想,但他老有点儿过不去。

他一直觉得初一爸爸没胆儿办下这么大的案子,只是被牵扯了而已,但万一呢,万一……

"告诉警察吧,"崔逸说,"真要是个线索,案子有进展,对你俩都有好处,不是吗?"

晏航沉默了一会儿,叹了口气:"掉头吧。"

生日一大早,爷爷就打了个电话过来,初一接起来的时候就听爷爷在那头一个劲儿地"喂"着。

"爷爷,爷爷,听到了,"他笑着说,"我听到了。"

"今天你生日啊,我跟你奶奶祝你生日快乐!"爷爷说。

"很快乐。"初一笑着点头。

"你奶奶让你别忘了吃碗面条。"爷爷说。

"我自己跟他说!"旁边传来了奶奶的声音。

"你奶奶跟你说啊。"爷爷把电话给了奶奶。

"吃碗面条,"奶奶的声音响了起来,"别忘了啊。"

"嗯!"初一按了按眼角,"记着呢。"

跟爷爷奶奶聊完挂了电话,周春阳在旁边笑着说:"意面算不算面条啊?"

"啊,"初一笑了,"不知道。"

"没事儿,"李子强说,"有航哥在,给做碗正宗中式面条也应该没什么问题。"

"唉我现在就饿了,"胡彪揉着肚子,"咱去把蛋糕取回来吃了吧。"

"你过完年上过秤没?"周春阳过去按了按他的肚子,"刚吃完午饭,又琢磨蛋糕了?"

"我的肚子,我的胃,"胡彪说,"每年也就狂欢这一次。"

"你的体重……一直在狂欢。"初一说。

"狗哥,"胡彪看着他,"我念你今天是寿星……"

"不用念。"初一笑了笑。

"还是念一下吧,"胡彪说,"毕竟……"

一个钢镚儿/3
A COIN

"不念他是寿星,他也是狗哥,"张强一边玩手机一边说,"你一个底层,能怎么样?"

"我绝食了,"胡彪躺到床上脸冲着墙,"这个宿舍没什么友情了。"

"过一个小……时,"初一看了看时间,"我请你去小……卖部买零食吃吧。"

胡彪马上翻了个身冲他竖了竖大拇指:"狗哥够意思。"

初一今天心情很好,长大一岁了,十七岁了!

虚岁十八了!

按有些地方能虚个两岁的习惯,那他就十九了!跟晏航一样大了!

明年他就二十了,就比晏航还大了!

哈哈哈哈哈哈。

初一对着窗户一通乐。

"神经了。"周春阳看了他一眼。

"啊。"初一点点头,"被你发……现了。"

周春阳笑了笑,继续低头玩游戏:"晚上包厢订好了吗?"

"晏航说他订。"初一说。

"那行,"周春阳说,"他比较讲究,肯定能订个高级地方。"

初一笑着没说话。

在宿舍里待了一个小时,胡彪跟掐着表似的坐了起来:"狗哥,小卖部走起?"

"走吧,"初一站了起来,"你们去……吗?"

"去啊——"除了苏斌之外,所有的人都统一回答。

"真是的,"胡彪说,"刚还嘲笑我!"

一帮人笑着出了宿舍,往小卖部进发。

其实小卖部也没什么好吃的,主要就是救急解馋。

初一不馋,站在收银台等着他们挑吃的。

正想给晏航发个消息,兜里的手机响了,他一边掏手机一边感叹,真是心有灵犀啊……

来电显示上的"家里"两个字让他愣了能有五秒钟。

家里的座机几乎没有人用,老爸老妈用手机,姥姥用声控,座机一般就姥爷用来给他的朋友打电话吹牛对骂。

他印象里几乎就没接到过这个号码打出来的电话。

第二十二章

是家里谁还记得他生日？

还在生日这天打了电话过来？

他很吃惊地接起了电话："喂？"

"你那个天下第一没出息的爹被公安局给逮着了！"姥姥的声音从电话里传了出来。

"你说什么？"初一拿着电话，觉得自己的声音有点儿远。

"你爸被公安局抓了！"姥姥非常难得这么有耐心，又重复了一遍，"拘留通知书都送来了！"

"通知书？"初一轻声说。

他长这么大，只收到过一次通知书，就是他们学校寄过去的录取通知书，他第一次知道通知书还有别的种类。

拘留通知书？

"行了，你妈都不管他了，你也别操心了。"姥姥说，"你爸最好没杀人，他要是杀了人，我看你这辈子怎么做人……"

初一挂掉了电话。

"一起结吗？"收银员在旁边问。

"嗯。"初一回过神，转头看了看台子放的东西，点了点头。

"我再加瓶辣酱吧！"胡彪捧着一瓶辣酱。

"要点儿脸吧，"周春阳说，"你一会儿能把这一瓶辣酱都吃了就加上。"

"没事儿。"初一说。

"这个我自己来，"胡彪一指初一，"狗哥真给面子。"

初一笑了笑。

回了宿舍大家围着桌子一块儿一坐，边吃边聊。先是商量着晚上要怎么过去，是打车还是坐公交车，要控制时间，吃饭别吃太饱，边K歌还得边吃，K完了还要去吃夜宵，又争了半天应该去哪儿吃夜宵，吃什么……

初一一直坐在桌子旁边听他们说，基本没有开口。

他脑子里反复地回忆着姥姥的话，想要得到更多的信息，但姥姥已经说得很清楚了，他再想找到别的信息不太可能。

也不用再问姥姥，要真还有什么别的内容，刚才她就已经说了。

初一仰了仰脖子。

一/个/钢/镚/儿/3
A COIN

拘留通知书。

老爸终于被抓到了,被拘留了。

不知道为什么,在终于反应过来这个事实之后,初一第一秒感觉到的,是轻松。

松了一口气。

终于被抓到了,终于不用再担心老爸是死是活,过得好不好,也不用再去埋怨他没有担当。

也许是现在还没有真正回过神吧,初一觉得自己甚至没有去想老爸到底扮演了什么样的角色,他到底被牵扯进去了多少。

想也没有什么用吧,人已经抓到了,警察很快就会弄清楚到底发生了什么。

宿舍一帮人聊完天儿拿出手机开始一块儿玩游戏。

"初一玩吗?"周春阳问,"你上回不是说在玩了吗?带你。"

"……不了,"初一扯扯嘴角,"我看……你们玩。"

"来看我的,"胡彪说,"非常牛气的我。"

"你改个名字叫吹牛气最合适了。"李子强说。

"真不是吹!"胡彪不服气。

"赶紧的!"周春阳拍了拍桌子。

几个人边喊边开始了游戏。

初一偏着头,看着胡彪的手机,看了好一会儿他也没看明白,甚至都没听清他们几个在喊什么。

慢慢地到这会儿了,他才发现自己所谓的轻松,其实只是个假象。

他并没有轻松,那些他觉得想也没有用的东西,一直在脑子里转着。

伸了个懒腰,假装要透气,拿了手机走出了宿舍。

走廊上有几个人,靠在栏杆上说着话。

初一走过去,在栏杆最边儿上站下了,默默观察了一下四周的人,确定没有人注意到他,也不会有人听到他说话的时候才把手机拿到了眼前。

他点出了晏航的名字。

多久了?

这件事给他和晏航的生活带来了多少变化?

他无论多开心,想到这件事的时候都会心里一沉。

晏航表面上不太看得出来,但上回抓到瘸子的时候,晏航的失控就能说明

第二十二章

一切。

现在有了些进展了,无论老爸被抓的事好坏与否,都是进展。

他不希望老爸真的有什么麻烦,但也害怕这件事就这样一直悬在头顶上。

手机响了一声。

是晏航发过来的消息。

我跟后厨申请了,一会儿我去给你做道专菜。

初一笑了笑。

你们有面条吗?奶奶让我吃面呢。

没问题,看我的,我还是第一次给人操办生日,都不知道得吃面?

其实不吃也没事吧,我也不知道。

奶奶说了吃就吃,也不麻烦,你等我再给你做一碗满星的面条。

初一看着晏航的回复,晏航发消息几乎不带表情,但这条带上了一个很可爱的笑脸表情。

看得出来晏航心情很好。

看着这个小表情,初一突然犹豫了。

老爸现在只有"被抓了"这一点儿消息,而晏航正愉快地在给他准备生日,甚至很高兴地带上了可爱的表情,如果他现在把这件事告诉了晏航……

晏航轻易不会流露出任何他能看得出来的情绪,所有的事晏航都会藏在心里。

一想到晏航一边琢磨着这件事,一边还要给他准备生日,让他开心,他顿时就一阵心疼。

事儿肯定是要说的,但这个时间实在是太不合适了。

他想要好好过一个生日的心情已经很难再恢复,他不想让晏航也被影响。

起码过完这个生日吧,对于他和晏航来说都挺重要的生日。

"航哥,你弟他们是几点过来?"张晨过来问了一句。

"说好是五点,"晏航看了看时间,"差不多了。"

"那我看时间通知后厨吧,"张晨点点头,"这些你就不用管了,一会儿你就去做菜吧。"

"嗯。"晏航笑笑。

"是不是觉得挺过瘾的啊,"张晨笑着看他,"成天想着去后厨,今天如愿了。"

"如个屁，"晏航说，"就做一个菜一碗面，完全不够我施展的。"

"不错啦，我要想去后厨做个菜，你看他们让不让我去。"张晨说。

"煎鸡蛋吗？"晏航笑了。

"看不起我啊？起码得是个鸡蛋饼啊。"张晨说。

晏航的手机在兜里响了，他拿出来看到是崔逸的号码："我接个电话。"

"嗯。"张晨应了一声。

晏航走到走廊，接起了电话。

崔逸打电话都是有正经事，反正不会是为了初一的生日打过来，之前跟警察把可能看到了初一他爸的事儿说了之后，晏航心里就一直有些不太踏实，说不上来是什么感觉。

"怎么样？还在上班？"崔逸问。

"不然还能旷工吗？"晏航笑了笑，"怎么了？"

"初一和他同学过去了没啊？"崔逸又问。

"还得有一会儿，约的五点，"晏航说，"我一会儿去后厨做个菜。"

"你还真是不肯放过后厨啊，"崔逸笑了，"行吧，晚上给我带点儿夜宵回来。"

"嗯，想吃什么？"晏航问。

"你们吃什么就给我带什么就行，我只要有口吃的垫垫就行。"崔逸说。

"好。"晏航等着崔逸说正事儿。

但那边崔逸却说了一句："那我挂了。"

"老崔，"晏航说，"你不是吧？这也太不是你的风格了。"

"没错，"崔逸叹了口气，"直接挂才是我的风格。"

"是不是有什么消息了？"晏航问。

"本来是想直接说的，感觉你心情不错……"崔逸说，"就又算了。"

"你这样我心情也不可能保持原样了啊，"晏航叹了口气，"也没什么了，时间这么久了，早习惯了，说吧。"

"初建新被抓获归案了。"崔逸说。

"初建新？"晏航愣了起码两秒才反应过来，这是初一他爸，"什么时候的事？"

"昨天，"崔逸说，"应该已经通知了家属了，初一那边没有跟你说吗？"

第二十二章

"没有。"晏航说。

"不过现在详细的情况也都不知道,只知道人已经抓到了,他家里大概没跟他说,"崔逸说,"你……"

"我也不能跟他说啊,"晏航说,"他今天生日。"

"那你找个合适的时间吧。"崔逸说。

"嗯。"晏航挂了电话,拿了根烟下了楼。

员工通道外面的这几个垃圾筒,要是能说话,晏航估计已经跟它们是老朋友了。

每天都来报到,频率能赶上保洁大姐了。

晏航点了烟,抽了好几口之后才缓过劲儿来。

初某,不,初某某被抓获归案了。

初一爸爸叫初建新。

晏航发现自己到现在了才知道,一直也没想过要打听,或者说故意没去打听。

有些细节知道了也没什么用,但却会让你在某件事里陷得更深。

比如一旦知道了初一他爸叫初建新,这个人因为名字的出现,跟这件事的关系立刻就变得紧密起来了。

晏航不太喜欢这种感觉。

他看着眼前的烟雾,没有风的时候烟能在空气里凝聚很长时间,吹了一口气才散开了。

这个被抓的日子也真是挑得太准了。

哪怕是明天才告诉初一,也不见得有多合适,早一些晚一些都会好得多。

也许是自己跟警察说的时间就不对。

晏航皱了皱眉。

我们马上到了!

晏航在后厨刚把土斗面包做好准备烤的时候,初一发了消息过来。

他笑了笑,看着这个惊叹号,他都能想象出初一的表情来。把面包放进烤箱之后,他走到一边给初一回了消息。

好嘞寿星

晏航回到餐厅,看到张晨已经把初一和他们宿舍的几个人带到了留好的桌子旁边,每人面前都放了一颗圆球巧克力,上面有印着小狗图案的生日贴纸。

这个其实是餐厅按属相做的,晏航挑了一款跟初一形象最相符的立耳小狗。

"生日快乐。"晏航走到桌子旁边笑着说了一句。

"快乐。"初一笑着看他。

"现在先给你们上开胃菜。"晏航手扶着初一的肩膀,轻轻捏了捏。

"听航哥安排了,"胡彪搓了搓手,"我从中午一直馋到现在。"

晏航笑了笑,转身走开的时候又顺手在初一脑袋上弹了一下。

初一笑着摸了摸头。

"他们带来的生日蛋糕我先冰上了,"张晨说,"一会儿我推过去吧。"

"你唱着生日歌过去吗?"晏航问。

"别人的话呢,我肯定就放着音乐过去了,航哥你的朋友呢,"张晨一挥手,"我跳着舞过去都行。"

晏航笑了:"谢谢。"

通知了上开胃菜之后,晏航又去后厨,看了看土斗面包,今天这个面包他第一次做,分段烤的时间他没数,得盯着点儿。

看着烤箱里变成了土狗色的面包,他感觉还不错,面包笑起来还挺像初一的。

不过不太像今天的初一。

今天的初一笑起来没有面包好看。

他把面包拿出来,往背上的开花里加上了奶汁之后重新放回烤箱,然后又回到了餐厅里。

后厨这会儿挺忙的。

而且他想看看初一。

初一今天笑起来跟平时不太一样,有些牵强,扯着嘴角。

初一没有跟他说自己爸爸被抓的事,但晏航感觉他并不是不知道。

晏航不在场的时候,初一对着宿舍的几个同学,连强扯的笑容都没有了,看上去心不在焉的。

晏航轻轻叹了口气。

初一家里应该是把这件事告诉了他,初一妈妈"离家出走"联系不上,那么就是姥姥吧。

晏航皱了皱眉,那个完全不会考虑任何人哪怕是亲外孙感受的人,估计都

第二十二章

不记得今天是初一的生日,也许记得也会无所谓,只要能让身边的人不舒服,她就舒服了。

土斗面包烤好了,晏航闻了闻,非常香,根据他丰富的经验,这个面包挺好吃,而且卖相很好。

他端着面包走到初一身边时,初一的眼睛一下睁大了,脸上的笑容顿时没有了之前的勉强,笑得很开心。

"这个是……我吗?"初一问。

"嗯,"晏航把面包放到桌上,"这个面包叫土斗。"

"土豆儿?"胡彪愣了愣,"好香啊我的天。"

"里面是奶油芝士焗土豆泥,"晏航说,"尝尝吧。"

"你做的吗?"周春阳问。

"嗯。"晏航笑笑。

"这心意。"周春阳感叹了一句。

"你一块儿吗?"初一小声问。

"我上班呢,"晏航弯下腰在他耳边小声说,"一会儿你们吃完下班了就去唱歌。"

"嗯,"初一回头看了看,"那你偷偷吃一……一小块儿……狗子面包,会被发……现吗?"

"应该不会,"晏航低声说,"你掰一口给我。"

"好。"初一点点头。

初一伸手在面包背上开花那儿掰了一小块带着馅儿的,桌上几个人就等着他先动手,他这一掰,大家立马都上手了。

他笑了笑,把面包往晏航嘴边递了过去。

晏航张嘴正要咬的时候,后面有服务员叫了一声:"航哥,那边有客人要签单。"

初一吓了一跳,手里的面包已经递到了晏航嘴边,顿时不知道是该继续还是收回来了。

"好。"晏航应了一声,迅速凑了过来。

初一赶紧把手里的面包往他嘴里一塞,还用手指往里推了推。

"你……"晏航咬着面包,"怎么没给我直接塞胃里去呢!"

"手短……了点儿。"初一有些不好意思。

"我给你煮面去。"晏航咽下了面包,转身走开了。

这个喂面包的动作,桌上几个人都没注意到,就算注意到了,对于这些脑子里只有姑娘的男生来说,也不会有什么想法。

只有周春阳……他看了一眼,果然周春阳正边吃边冲他乐。

他笑了笑,赶紧也塞了一口面包到自己嘴里。

很好吃。

跟之前晏航在家里做的小号土狗面包味道不一样,这个大号土狗面包带着焦糖的甜香味儿。

看到这个面包的时候,初一感觉自己这一下午的心情才算是有了一点上扬。

接着就是牛排和汤,几个人吃得非常愉快,要不是考虑到这是个高级西餐厅,而且周围还有老外,感觉他们聊着聊着能喊起来。

过了一会儿,晏航又端过来一小碗牛肉面。

非常小,初一目测自己大概两口就能吃完。

"做多了怕你没肚子吃蛋糕了。"晏航说。

"嗯。"初一低头挑了一筷子面放进嘴里。

"生日快乐啊,小狗,"晏航小声说,"长大一岁了,要每天开心。"

"嗯。"初一喝了一口汤。

"无论发生什么事,"晏航说,"都有我呢。"

初一侧过脸看了他一眼又转回头把碗里的面吃光了,再一仰头喝光了汤。

晏航给他准备的这个生日晚餐非常丰富,一看就是精心设计过的,除了一开始带着小狗贴纸的巧克力,沙拉端上来的时候上面还放着几颗白巧克力小狗脑袋。

服务员说是航哥雕的。

比起知道航哥还有这样的雕功,初一吃惊的是航哥还能想到这样的细节。

生日蛋糕被张晨小姐姐唱着生日歌推过来的时候,初一听着宿舍几个人一起小声唱出的"生日快乐",还有旁边不知道哪桌传来的"happy birthday",突然就觉得眼眶发热,赶紧闭上了眼睛,对着蜡烛许愿。

不知道该许什么样的愿,脑子里转着的都是晏航的脸。

那就祝他和晏航以后都能顺顺利利的,所有的事情都能平安过去。

还……希望所有的人都健康平安。

嗯。

第二十二章

土狗的愿望很灵的，都会实现。

蛋糕没有吃完，周春阳说会买个大蛋糕，还真就买了个巨大的双层蛋糕，一人吃了一块儿应景还剩了一半有余。

"带着唱歌的时候吃吧，"张强说，"唱歌挺费体力的，唱着唱着就饿了。"

"你还担心吃不完吗？"高晓洋说，"我最多半小时，都不用唱歌就又能吃下两块了。"

"说真的我就在想，你这一天天的也没少吃，"胡彪看着他，"肉都长哪儿去了啊？"

"你身上啊。"初一说。

几个人都乐了，胡彪叹了口气："感觉我们宿舍吃下去的肉都长我身上了。"

蛋糕重新装好系好之后，晏航走了过来，给了周春阳一张名片："我还有二十分钟，你们打个车先过去，坐不下的等我。"

"你开……车了吗？"初一问。

"开了老崔的车。"晏航点点头。

周春阳带着胡彪几个先过去了，大小强留下来坐晏航的车。

初一跟到吧台，小声问晏航："为什么不……不让我拿名……片过去。"

"嗯？"晏航愣了愣看着他。

"要让春……周春阳拿。"初一说。

晏航看了他两秒之后笑了起来："居然不叫春阳了啊？"

"问你呢。"初一说。

"你是不愿意跟我坐一个车吗？"晏航说。

"啊，"初一顿了顿，"我没想到这……这个。"

"那你想到什么了？"晏航笑着问。

"洋气的事就……就让洋……气的人去……做呗，"初一说，"我去了不……不知道怎……么说呢。"

"想得真远。"晏航看着他乐。

"我也挺……洋气的，"初一喷了一声，"飞机我都会……坐呢。"

"那是，越来越洋气了。"晏航点点头。

"我们去楼……楼下等你，"初一说，"停车场？"

"嗯，"晏航把车钥匙给了他，"你们先上车待着吧。"

大小强大概是过年还没玩够,这会儿要去唱歌,有点儿兴奋,俩人在车后座上就已经激动地提前唱上了。

初一坐在副驾,看着车窗外面的路灯出神。

跟晏航说着话的时候还好,这会儿一个人待着,脑子里一不留神就又开始想着老爸的事儿了。

老爸现在是在拘留所里吗?

吃饭了吗?

警察开始审问他了吗?

爷爷奶奶还不知道呢,要怎么跟他们说呢?

家属什么时候能去看望呢?

能探望的话,老妈会去吗?

见到老爸,自己要说什么呢……

晏航打开车门坐进了驾驶室,初一才吓了一跳地转过头:"你来了。"

"嗯,"晏航看了他一眼,"现在过去吧。"

晏航订的这家KTV跟他们餐厅一样,很高级。

领着他们去包厢的小姐姐又高又漂亮,大小强一直紧跟着她,没话找话地问着。

初一眼睛老往地上看,大理石的地面光亮得让他老觉得会一脚踩空。

快走到包厢的时候,初一的手机响了。

晏航转过头问了一句:"谁啊?"

初一拿出手机,看到是一个陌生号码,他皱了皱眉,接起了电话:"喂?"

老妈非常熟悉现在听着却又很陌生的声音传了出来:"你爸被抓到了你知道了吗?"

初一猛地停下了脚步。

"你们先过去唱着,要点什么直接点不用管别的,"晏航说,"我跟初一一会儿到。"

"好的,"李子强点点头,"快点儿啊,等着听寿星唱歌呢。"

"嗯。"晏航笑笑。

"我知道。"初一看了看四周,旁边都是包厢的门,时不时听到里面的歌声,偶尔还有人经过,让他有些紧张。

晏航在旁边拉了拉他，搂着他的肩带他往回走了一段，进了洗手间。

耳边顿时安静了下来。

"你爷爷那边你去说吧，我不想说。"老妈说。

"嗯。"初一应着。

"能打听到他现在什么情况吗？"老妈问。

"我怎……怎么打听。"初一叹了口气，走到窗边，他不想让晏航听出来他和老妈说的是什么。

"你有什么用？"老妈说。

"你没……什么用，"初一皱着眉，"我能多有用？"

"行了！"老妈提高了声音，"我就是想说这事儿我不管，谁愿意管谁管！"

说完就挂掉了电话。

初一叹了口气，把手机放回了兜里，转过身看着晏航。

他努力地想让自己看也来没事儿，却怎么也做不到，连扯个笑容说句"去唱歌"都做不到。

晏航也没说话，只是张开了胳膊。

初一顿了顿，过去用力地搂住了他。

"没事儿。"晏航抱着他轻声说。

"你是……不是知道了。"初一把下巴搁在他肩上。

"不知道也猜到了，"晏航说，"就你，隔十里地放个屁我都能感觉到震动。"

"那我屁……屁股得是……个活火山吧。"初一说。

"啊。"晏航笑了笑。

初一跟着也笑了起来。

笑了一会儿，他转过头看着晏航："为什么不……不说？"

"我们土狗开心过生日最重要啊。"晏航说。

第二十三章

Chapter twenty-three

第二十三章

高级KTV的洗手间初一是第一次进，高级KTV的洗手间的隔间，初一更是第一次进。

他只觉得这个隔间比他家干净整齐多了，还有香水味儿……

高级洗手间挺好的，还有音乐。

走出洗手间，回到走廊上，又听到了各个包厢里传出来的或杀猪或动听的歌声，初一才慢慢平静下来，感觉回到了现实里。

刚才老妈电话之后的画面，就像是狗血电视剧里突然插播的香艳广告。

让他有些不愿意再回到狗血的电视剧里。

"今天你生日，"晏航在他耳边说，"什么也不用想。"

"嗯。"初一点点头。

"你爸的事，"晏航说，"崔逸会去打听的，如果有什么要处理的，他也会处理，你不用担心。"

"嗯。"初一点头。

"生日快乐。"晏航说。

包厢里的几个人正沉醉在自己的歌声里，对于他们比正常接个电话要长得多的迟到并没有在意。

"来来来，"李子强一看他俩进来，立马一伸手把胡彪正在唱的歌给掐了，"先来个《生日快乐歌》。"

"好。"吴旭过去把《生日快乐歌》点上了。

然后一帮人扯着嗓子吼叫着把"生日快乐"又唱了一遍，感觉是之前在餐厅里不能放声大吼没唱爽似的。

初一不知道是因为刚才在洗手间的事儿，还是晏航的安慰起了作用，这会儿看着一帮人一块儿对着他吼出"生日快乐"的时候，心里的那些不愉快慢慢地被压了下去。

他从来没有想象过自己有一天也会这样过生日，跟同学一块儿，吃饭唱歌

· 215 ·

吃夜宵,像个普通的高中生一样。

生日歌唱完,之前的排队独唱继续。

晏航又点了些小吃和饮料,茶几上都摆满了。

初一拿出手机,把包厢里的人和茶几上的东西都拍了一遍,然后跟之前在餐厅里拍的那些照片一块儿放到了一个相册里。

相册叫狗生日。

他还想跟晏航一块儿拍一张照片,但是又觉得这会儿举个手机自拍有点儿傻,如果没有周春阳在,他就无所谓了。

他跟晏航有点儿什么小动作,周春阳一眼就能看出来,他会不好意思。

"给你点个歌吧?"晏航凑到他耳边问,"《数鸭子》。"

初一转过头看着他:"不。"

"为什么啊?"晏航笑了笑。

"要笑……笑死人啊。"初一说。

"笑死就笑死了呗,"晏航喷了一声,"怎么,你一个狗子还有偶像包袱啊?"

"又不是普……普通狗,"初一说,"好歹是……个土豆儿。"

说完这句,他俩就一块儿乐了,嘿嘿笑了半天。

手机响了一声,初一低头看了一眼,发现居然是周春阳发了消息过来,他赶紧先往周春阳那边看了一眼。

周春阳拿着杯饮料,一边喝一边冲他晃了晃手里的手机。

初一点开了消息。

周春阳发过来的是一张照片,上面他和晏航脸冲着脸笑得满眼睛没别人了的样子实在叫人没眼看。

"拍得不错啊,"晏航看了看照片,冲周春阳那边竖了竖拇指,"给我发过来。"

初一把照片发给了晏航,又盯着手机看了一会儿。

真的挺好的,大概是为了不把周围的人和乱七八糟的东西拍进去,周春阳这拍得差不多是近景特效了,胸口往上,整个画面里只有他俩,脸上都铺着KTV里的暖光。

"谁点的《数鸭子》啊?"高晓洋喊了一声。

"……我。"初一叹了口气。

"给你话筒,"高晓洋把话筒递给了他,"你这选歌的风格很别致啊!"

"我怀旧。"初一接过话筒看了看。

他摸过的话筒就家里电视机配的那个,姥姥用那个话筒在家唱过一次卡啦OK,一嗓子出来,声音炸得就跟狼牙棒抢过来了似的,非常吓人,连姥姥这么勇敢的人都只唱了那一嗓子。

这个高级话筒就不同了,拿在手里沉甸甸的,特别有质感,他顿时就觉得自己是个歌神了。

屏幕上开始播放《数鸭子》,一个蹦蹦跳跳的小姑娘出现了。

初一盯着倒计时的那几个点儿,压着点儿开始唱了起来:"门前大桥下游过一群鸭……快来快来数一数……二四六七八……"

包厢里除了晏航,所有的人同时转过了头,一块儿瞪着他。

初一都能感受得到他们目光里的震惊,突然有点儿想笑。

"咕嘎咕嘎真呀真多鸭……"他忍着笑,一本正经地继续唱着,"数不清到底多少鸭——数不清到底多少鸭——"

"我的天!"周春阳终于没扛住,爆发出了一阵狂笑。

"我的天!"胡彪一拍大腿。

"我的天!"张强仰头靠在沙发上边笑边喊。

"我……的天!"李子强呛了一口水。

"狗哥这个调也太完美了。"高晓洋按惯例破坏了队形。

"这得给封口费了吧。"吴旭说。

初一没有理会他们,坚持把后面的歌词都唱完了,以前他只记得前半段,这会儿看着歌词,非常完美地把一整首歌都给唱了下来。

"谢谢。"唱完之后他说了一句。

包厢里顿时又一通乐。

后面的人开始接着唱歌了,初一才转过头看着晏航:"还是念……经吗?"

"不然呢?"晏航边看手机边乐,"下回你也别要伴奏了,我在边儿上给你敲木鱼儿吧。"

初一靠到沙发上笑了半天。

"我刚录了个视频,"晏航挨到他旁边,把手机递到他面前,"我要发出去给你的粉丝小姐姐们看,行吗?"

"好。"初一看着视频里一本正经"念"着歌的自己,还有旁边笑得东倒西歪都看不到脸了的几个人……狗哥的侧脸还挺好看的嘛。

"小……狗……唱……歌……"晏航打好字,把视频发到了微博上,又小声笑着说,"要看评论吗?"

"不看,反正都是夸……夸我的。"初一说。

晏航没说话,看着手机,过了一会儿就开始笑。

初一挺了一会儿,还是凑了过去:"我看看。"

哈哈哈哈哈哈哈哈哈哈。

哈哈哈哈哈哈哈哈哈对不起小狗,姐姐还是很爱你的!

哈哈哈哈哈哈哈哈!

天哪!小狗这歌声,哈哈哈哈哈!

你们能不能有点儿素质!哈什么哈,先夸完了再哈哈哈哈哈哈哈哈啊!

到底是怎么做到一脸严肃唱成这样的啊哈哈哈。

对不起我笑死了。

哈哈哈哈床板快让我笑塌了。

…………

晏航往下划拉了几下,评论非常统一,一眼看过去,初一都快不认识"哈"字了。

每看到一行"哈哈哈",他就忍不住想跟着笑。

"我的形……形象没……有了。"他叹了口气,揉了揉因为一直咧着嘴而有些发酸的脸。

"你的形象本来就是这款,"晏航说,"完全没崩。"

一晚上大家都唱得很爽,不过初一就唱了一首《数鸭子》,他倒不是不好意思,关键是也没别的会唱的了,总不能在KTV里唱国歌,还唱成那样吧……

晏航也没唱,只在最后要走了的时候,他唱了首英文歌。

瞬间秒杀了宿舍这帮人一晚上所有的成果。

"真看不出来,"胡彪说,"每次航哥都让我觉得他'精分'。"

"我唱成初一那样就不'精分'了吗?"晏航说。

大家顿时又一通笑。

走出KTV的时候,初一觉得自己的耳朵有点儿发闷。

"我是……不是聋了?"初一看着晏航。

第二十三章

"小狗,"晏航说,"小狗小狗小狗谁看到我家小狗了……听到了吗?"

"这儿呢。"初一笑了起来。

"吼了一晚上呢,"晏航扒拉了一下他的头发,"一会儿就好了。"

"是去吃烧烤吗?"胡彪问。

"是,我去把车开过来,"晏航点了点头,"你们打个车跟着我。"

吃烧烤的地方离KTV不远,开车也就十分钟就到了。

一帮人的兴奋劲儿还没过,边吃边聊,一个个肚子仿佛无底洞。

最后吃得实在不行了,才终于停了下来。

周春阳拿出手机看了看时间:"现在初一是十七岁零一小时了。"

"十七岁快乐。"一帮人拿起杯子叮当碰了一圈。

把人送回宿舍之后,初一跟着晏航一块儿开车回了家,明天是周六,一周最期待的一天,周日他都不期待,因为要回学校了。

"等老崔下来拿夜宵。"晏航说。

"嗯。"初一点了点头。

提到崔逸,他就又想起了老爸的事儿,忍不住叹了口气。

晏航没说话,在他肩膀上拍了拍。

崔逸很快下了楼,穿着身睡衣,连拖鞋都没换,看到晏航手上的烧烤,就两眼放光地快步走过来一把拿了过去:"再没吃的就要疯了。"

"初一他爸的事,"晏航说,"你帮打听着点儿吧。"

"嗯,那肯定,"崔逸看了初一一眼,"以为你不知道呢。"

"我姥跟我……说了。"初一说。

"你别着急,这段时间吧,只有律师能见着你爸。"崔逸拿了一串烤羊肉出来咬了一口,"我已经联系了一个律师,我以前的同学,很牛的姐姐。明天一早我带你去办一下委托手续,然后她就过去,具体情况等她见了你爸之后就知道。"

"嗯。"初一点头,"谢谢崔……叔。"

想了想之后他又赶紧问了一句:"那是……不是得有费……费用?"

"费用我找晏航要就行,"崔逸说,"你以后还给他吧。"

"拘留得多长时间?"晏航问。

"正常三天要请批捕,七天内决定是否批捕,"崔逸说,"如果有特殊情况,最多十四天。"

"他爸这个算特殊情况吗?"晏航又问。

"这就不好说了,得先见着人。"崔逸说。

回到晏航家,初一去洗了个澡,坐在沙发上发愣。

这闹哄哄的一晚上……不,应该算是闹哄哄的一天。

他感觉自己什么情绪都经历了,一整天起起落落的,脑子里填得很满,一直到现在,洗完了澡,身边没有了音乐声、说笑声,他感觉整个人才慢慢静了下来。

"赶紧睡吧,"晏航洗了澡出来,一边擦着头发一边说,"明天还要去办手续,得早点儿起来,弄好了才能让律师姐姐早些过去。"

"律师姐姐是崔……崔叔的同学,"初一说,"人家是姐他是……叔?"

"嗯,"晏航笑着点点头,"女人嘛,从小妹妹到小姐姐到大姐姐到姐,跟男的不一样。"

初一笑了笑。

"赶紧的,"晏航说,"去睡觉。"

"睡不着。"初一说。

晏航看着他没说话。

初一偏了偏头,看着晏航:"其实我本……本来不想再……再管我家……的事儿。"

"我知道。"晏航说。

"但是还……是担心。"初一皱了皱眉。

"这也是正常的,"晏航说,"毕竟是亲爹啊。"

"我妈我姥就……不管了。"初一说。

"你跟她们不是一种人,"晏航说,"但是……你如果不想管,也可以不管。"

"我也管……不了多少,"初一叹了口气,"我就……就想知道为……什么,到底是怎……么回事。"

"嗯,"晏航把毛巾扔到沙发扶手上,坐到他旁边,"别想那么多了,明天办好手续,律师过去谈话,然后就能知道是怎么回事儿了。"

初一点了点头,过了一会儿他抬眼看了看扔在扶手上的毛巾:"湿的吧?"

"啊。"晏航摸了摸毛巾,"刚擦了头发肯定是湿的啊。"

"皮沙发啊,"初一说,"会发……霉吗?"

"……你脑子是不是一会儿正着转、一会儿倒着转,"晏航起身拿了毛巾放回浴室,"有时候还脱轨往旁边转啊?"

第二十三章

初一笑了笑:"不知道。"
"睡吧。"晏航叹了口气。

睡不着。

初一躺在床上,侧身冲着晏航,把手放在他肚皮上,能感觉到晏航的呼吸起伏。

晏航也睡不着。

就算心里没有别的事儿,这么闹腾了一晚上,想要马上睡着,也不是件容易的事。

晏航心里的事儿,比他心里更多。

老爸被抓了,无论是好是坏,无论结果怎样,起码有了一个结果,而晏叔叔却还什么线索都没有。

晏航也许本来是平静的,只需要耐心地等待,现在平静却被打破了。

初一皱了皱眉。

"屁狗子,"晏航轻声说,"睡不着吗?"

"嗯,"初一应了一声,"我明天起……得来,别担心。"

"没担心。"晏航笑了笑。

初一的手在晏航肚皮上轻轻拍了两下,有些犹豫,但还是开了口:"晏航。"

"嗯?"晏航捏住了他一根手指,一下下搓着。

"如果……如果我爸……如果是我爸让……让晏叔……叔受伤的,"初一说得很艰难,"你会生我……气吗?"

"不会。"晏航偏过了头,"干吗这么想?"

"随便想想。"初一说。

"又不是你干的,"晏航说,"我生你气干吗?"

"父债子……子偿啊。"初一说。

晏航笑了起来,过了一会儿才说了一句:"那也行,卖身契签一下。"

"……丧尽天……良啊,"初一愣了愣,"我还这……这么小。"

晏航没说话,一直在乐。

初一叹了口气,没忍住也笑了起来。

俩人在黑暗里嘎嘎地笑了好半天。

这一夜晏航是彻底失眠的,平时失眠,初一在边儿上的话,他会尽量少

一个钢镚儿/3
A COIN

动,不过今天晚上无所谓了,听动静初一也没太睡着。

半夜的时候他俩还聊了一会儿,但是聊的什么,天亮的时候晏航记不清了,夜里有时候就是这样,明明没睡,却也不知道这一夜到底是怎么过的。

初建新被抓,对于一直努力保持内心平静的晏航来说,不能用"往平静的湖水里扔了一颗石头"这样的话来形容,这起码得是扔了一块砖。

他知道以初某某的胆子和经验,肯定用不了多久就会被抓到,特别是在……他已经告诉了警察有可能见过初某某的情况下。

但人抓到了之后,很多事就会慢慢被揭开来,老爸在这件事里扮演的角色,也会变得清晰,他害怕的东西,就在那些真相里。

他其实跟初一一样,一边想要知道,一边又害怕知道。

早上起来的时候初一眼圈儿都有些发暗,不经常失眠的人失一次眠真是特别明显,他觉得自己看起来,就比初一要精神得多。

"我有点儿紧……紧张,"初一洗漱完看着镜子,"也吃……不下东西。"

"我也吃不下东西,不吃早点了,"晏航把他挤开,捧了水往脸上泼着,"办完手续再看吧。"

"嗯。"初一应着。

"你不用太紧张,"晏航擦了擦脸,"你爸不会有多大问题的。"

"你怎么知……知道。"初一叹了口气。

"你爸有胆儿捅人吗?"晏航问。

"他哪敢啊。"初一愣了愣。

"他没捅人,就不会有多大的事儿。"晏航说。

"嗯。"初一应了一声。

接下去他俩都没再说话。

初一看着晏航,晏航撑着洗脸池发呆。

初一不知道晏航在想什么,只知道如果老爸没有捅人,那人就只能是晏叔叔捅的,而且老丁死了。

想想就不愿意再继续往下想了。

他不懂法,也不敢随便胡乱琢磨。

更不愿意晏航去琢磨。

不知道为什么,这会儿突然觉得有点儿困,就这么站着这儿闭着眼睛就不想动了。

第二十三章

一直到崔逸的电话打到了晏航的手机上,他俩才从浴室出来。

"让我们直接下去,他把车开到楼下了。"晏航说。

"嗯。"初一点了点头,跟在他身后出了门。

今天天气还不错,大概是因为一夜没睡,从楼里出去的时候,还没完全舒展开来的阳光让人眼睛有些发胀。

"初一是不是没睡好?"崔逸问了一句。

"没睡。"初一有些不好意思了揉了揉眼睛。

"这事儿你想那么多也没什么用,"崔逸说,"小孩儿。"

初一扯着嘴角笑了笑。

还好爷爷奶奶现在还不知道这件事,要不他更睡不着了,怕两个老人着急。

想到爷爷奶奶的时候,他又总会突然想到老妈和姥姥姥爷,他们都已经知道老爸被抓的事了,现在他们在想什么,在干什么?

会着急会去打听吗?

或者真的就像他们说的,就什么也不管了?

"崔叔,"初一看着崔逸的后脑勺儿,"我爸的事儿是……不是半……个月就能有……有结果了?"

"他要是没干什么,不会太长时间。"崔逸说。

"那他要是干……了什么呢?"初一又问。

"那就要看干的是什么了,"崔逸说,"他是不是同伙,流窜期间有没有继续多次犯案,他的供述是不是会被采纳……这个说起来很复杂,你们不用管这么多,小白一直接刑案,有她在,你们只管放心。"

"本来以为有你在也能放心呢。"晏航笑着说。

"你俩哪天跟人有经济纠纷了,"崔逸说,"找我就最合适了。"

"我一共就三……三千块钱,"初一说,"最多拿……两百跟人纠……纠纷,估计纠……不起来。"

崔逸笑了起来:"还能开逗,看来心理素质不错。"

"他?那属于条件反射的一种。"晏航笑着说。

牛气的律师姐姐姓白,崔逸管她叫小白,晏航和初一都叫她白姐姐。

白姐姐并不像初一想象中很有气势的那种女律师,而是挺温和的样子,脸

· 223 ·

上带着笑。

初一并不知道这个手续是怎么回事,只知道他得往上签老妈的名字。

"这个是我强……强项。"初一说。

小学的时候老师一直要求家长检查作业,要签字,家里无论找谁签这个字,都会招来一阵心烦,所以初一从来都是自己签老妈的名字。

签得比老妈自己写的都像。

他拿着笔,感觉手有点儿抖,不知道是不是因为紧张。

不过签得还是很像的,毕竟练习了很多年。

"我马上过去,得争取时间,"白姐姐说,"别着急。"

"辛苦白姐了。"晏航说。

"不辛苦,"白姐姐说,"习惯了。"

差不多到中午了,初一才开始觉得有那么一点儿食欲,闻到路边饭店里飘出来的香味时,他说了一句:"得吃午……饭了吧?"

"嗯,"晏航看了看他,"饿了吧?"

"还好。"他摸摸肚子,"要叫崔叔出……来吃吗?"

"他去办公室了,"晏航说,"这事儿完了以后再请他和白姐出来吃饭吧。"

"好。"初一点点头。

今天去办完手续之后,初一就一直拉着晏航在街上溜达着,平时他不太喜欢人多的地方,这会儿却只有在热闹的地方他才感觉踏实些。

也许是注意力会被分散,瞎琢磨的时候思路也容易被打断。

"这会儿白姐见……见着我爸了吧?"初一看了看手机。

"坐火箭过去的话,这会儿肯定见着了。"晏航说。

初一笑了起来,叹了口气。

"想吃海鲜自助吗?"晏航说,"前面有一家不错的。"

"贵,"初一摇摇头,"节约点儿……吧。"

"吃个自助能花多少钱!"晏航说。

"律师费……"初一说,"很贵的,我没那……那么多钱,得借你的。"

晏航笑着揉了揉他脑袋:"那我的钱肯定够啊,不够还可以找老崔拿,不差这一顿自助的,走。"

海鲜还是很有诱惑力的,初一以前吃得少,小姨带他吃过,那时也没觉得

第二十三章

有多好吃，到了海边的城市之后，才知道海鲜还是得在当地吃才能吃出最好的味道来。

这是个旋转自助餐厅，的确挺贵，但是东西也非常好吃，品种还超级多。

"我小……时候，以为旋转餐……餐厅，"初一边吃边说，"是嗖嗖嗖……转的，里面的人得捆……捆在椅子上。"

晏航夹着一块鱼笑得都没机会往嘴里送。

"要不就飞……出去了。"初一说。

"你小时候还挺能琢磨的嘛。"晏航说。

"闲着就想……想想，"初一说，"有时候跟树……洞说说。"

"以后有什么就跟我说吧，"晏航说，"我还能给你个回应。"

"比如？"初一看着他，"笑吗？"

"是啊。"晏航点点头。

"笑吧，"初一也笑了笑，"我喜欢看……你笑。"

"肉麻。"晏航喷了一声，"这话就不是狗哥的款。"

"'精分'狗。"初一说。

因为是自助餐，得吃回本，晏航一向吃得不算多，所以初一就得担起这个任务。

"吃不了就不吃了，"晏航看着他，"这个价你够呛能吃回本儿。"

初一喝了一口水："世上无……难事……"

"闭嘴。"晏航说。

"世上本没……没有回本儿，"初一换了一句继续坚持，"吃的人……多了，就……"

"闭嘴吃。"晏航在他脑门儿上弹了一下。

"我不踏实。"初一埋头吃了几口之后停下叹了口气。

"我也不踏实，"晏航说，"不踏实的时候我就看你几眼，你最好踏实一点儿以便让我踏实。"

初一看着他，过了一会儿点了点头："好。"

下午他俩再不踏实，也实在在街上逛不下去了，于是一路溜达着往回走。

本来可以打车或者坐公交，晏航却选择了走路回去。

"为什么？"初一问。

"舒服，"晏航说，"好久没跟你一块儿走这么长时间了，以前还天天跑步呢。"

"我在学……学校跑。"初一说。

"我还围着小区跑呢,"晏航说,"那能一样吗?"

"不一样。"初一笑了笑,往他身边挨着。

"一会儿回去你睡一觉,"晏航说,"晚上我弄点儿吃的,你是不是还要去咖啡厅?"

"嗯。"初一点头。

"我陪你去,"晏航说,"我估计白姐晚上能有消息了。"

"好。"初一又有些紧张,一紧张就觉得发冷,于是往晏航身边又挤了挤。

回到家之后,晏航坐在沙发上看电视玩手机,初一也不愿意进屋睡,就在沙发上躺下了。

估计是一夜没睡又溜达了那么长时间,晏航很快就听到了他轻轻的小呼噜声。

晏航把旁边的小毛毯堆到了他身上,低头继续看手机。

手机上有崔逸刚发过来的消息。

你这两天要是情绪不对,还是要找罗医生聊聊。

我情绪还行。

晏航回了一条。

初建新的口供有可能对你爸不利,你得有这个心理准备。

我知道。

你自己调整不过来就找罗医生,你要是出点儿什么问题,你爸能马上现身把我劈了。

晏航笑了笑,仰头枕着沙发靠背闭上了眼睛。

晚饭晏航还是做的焗饭,初一爱吃,做起来也简单,适合心不在焉、情绪不佳的时候操作。

崔逸担心他的心理状态,他自己也担心。

但是这一年多,他能感觉自己慢慢地一点点地在情绪调节上比以前好了不少。老爸突然离开,他猛地失去了依靠和重心的痛苦感觉,现在想起来的时候,会觉得有些遥远和模糊了。

只是要真的完全不被影响,也不可能。

比如他依旧会因为这件事失眠,而且可能会连续好几天或者更长。

第二十三章

烤箱里飘出香味的时候,初一进了厨房:"饿啊。"

"中午吃那么多呢,"晏航说,"睡了一觉又饿了?"

"嗯。"初一叹气,"好香啊。"

"马上就能吃了,"晏航看了一眼烤箱,"冰箱里还有酸奶。"

"白姐还没联……联系我们。"初一说。

"见了面要先谈,然后聊聊聊,"晏航说,"聊完还得吃个饭休息一下,再整理一下,才联系吧。"

"哦。"初一蹦了蹦,又过去搂住晏航,用脸在他肩膀上用力蹭了好几下,才转身回了客厅。

晚上晏航陪着他在咖啡厅,店里还是老样子,客人不多。

初一正看着晏航做咖啡的时候,手机响了。

他顿时猛地挺直了腰,愣了有两秒才有些慌乱地从兜里往外掏手机,但半天也没掏出来。

"我来,"晏航抓住了他的手,从他兜里把手机拿了出来,又捏了捏他手腕,然后接起电话,按下了免提,"白姐你好,我是晏航,初一在我旁边。"

"好的,我刚跟老崔通了电话,"白姐姐的声音传了出来,听着还是很温和,不急不慢,从语调上听不出今天谈话的好坏来,"手续已经补好了,我也跟初一爸爸详细聊过了。"

初一感觉自己手都是冰的,僵立在吧台旁边连一个字也说不出来。

"情况怎么样?"晏航问。

"他让我告诉初一不要担心他。"白姐姐说,"他现在身体也没什么问题,情况还可以的。"

晏航看了初一一眼。

"嗯。"初一应了一声,鼻子猛地有点儿酸。

老爸说的是告诉初一,并没有说告诉家里人,让初一有些不好受,就好像这个家里的人,早就已经没有了关系。

"现在呢,关于案子的情况,因为要保密,我不能给你们透露什么具体的内容,但是可以告诉你们,初建新的情况,问题不是太严重,还是有很大机会的,"白姐姐继续说着,"前提是如果他跟我说的情况属实。"

"嗯。"晏航应了一声,"明白。"

一 / 个 / 钢 / 镚 / 儿 / 3
A COIN

初一的呼吸猛地顿了一下，感觉有些喘不上气，他死死地盯着晏航手里的手机。

听到老爸的名字时，他还算是能保持冷静，但想到这里面还牵扯到晏叔叔，却什么也不能说的时候，他却猛地一阵慌乱，揣在兜里的手都抖了一下。

"我知道你们现在的心情，但不管怎么说，还是要有耐心，"白姐姐的声音还是很温和，"根据初建新的说法，在我看来，这个案子的基本事实以及晏致远和被害人的关系还是比较清楚的。"

初一感觉自己能听清白姐姐说的每一个字，但脑子却像是被卡死了的齿轮，在"晏致远"三个字上一直卡着过不去了。

这是事情发生这么长时间以来，他第一次真正感觉到，老爸和这件事的关系，老爸和晏叔叔的名字同时真切地以这样的形式并列着出现，让他非常慌乱。

"所以初建新在这里面，并没有什么主要的责任，"晏航说，"是这样的情况吗？能不能这样理解？"

"如果他说的这些情况都属实，"白姐姐说，"他事先甚至完全不知情。"

"那如果就是他说的那样，"晏航继续问，"他的情况……"

"我可以试一下无罪辩护。"白姐姐说。

初一努力控制着自己的情绪，认真地听着晏航和白姐姐的对话。

他大概是个不孝子，这时他所有的注意力全都放在了晏航身上，在听着白姐姐虽然并不明确，但还是能听出一些内容的话时，晏航竟然能冷静地绕过晏叔叔，而把重点放在了初建新身上。

听着晏航为老爸的情况小心地追问时，初一觉得心里跟刀戳着似的发痛，非常难受。

"好的，辛苦白姐了。"晏航的嗓子有些哑。

"另外……如果他的说法属实，对于晏致远来说，也还是有利的。"白姐姐说。

"嗯，"晏航顿了顿，"谢谢。"

挂了电话之后，初一盯着晏航，却怎么也张不开嘴说话。

晏航也没有出声，坐在椅子上，用胳膊肘撑着膝盖，一直看着吧台下面的一箱牛奶出神。

过了很长时间，晏航才抬起头："听这个意思，你爸的问题不大，如果能判无罪,那过不了多久就能出来了。老崔说了,白姐挺厉害的,你不用担心了。"

初一没有说话。

听到白姐姐说老爸的情况时,他只是觉得鼻子发酸,却并没有像现在这样,身体里仿佛翻着十级海啸,浪头一下下地拍在他心口上。

拍得他连哭都哭不出来。

晏航把手机放回他兜里,顺手在他胳膊上拍了拍:"我……"

初一抱住了他的脑袋,把他的脸按在了自己肚子上。

晏航顿了顿,过了几秒,轻轻靠在了他身上没有再动。

初一不知道该说什么,脑子里也转不出什么内容来,他只想安慰晏航,现在的晏航,比他要脆弱得多。

哪怕是什么事都经历过,什么事都能处理的晏航,在面对别人说起跟自己爸爸受伤有关的内容时,也不见得就能扛得住。

脑子里想的事,哪怕是千遍万遍,也永远都是模糊的,有些不愿意想的细节会被聪明地跳过、漏掉,出现了也会"转瞬即逝"。

而听到别人的话时,哪怕是白姐姐这样没有任何实质性内容的几句轻轻点拨,那些细节也会因为无法回避、无法快进、无法漏帧而变得无比清晰。

"晏航。"初一低下头,在晏航头顶上轻轻抓了一下。

"嗯。"晏航埋在他肚子上应了一声。

"你喝热……牛奶吗?"初一轻声问。

"不是我说,狗哥,你在这儿干了小半年了,"晏航闷着声音说,"就会做个热牛奶吗?"

"不是,"初一说,"热牛……牛奶我一……只手就能做,别的要两……两只手。"

晏航轻轻笑了笑:"行吧,热牛奶。"

"嗯。"初一把右手放在晏航肩上,左手从吧台上拿了牛奶,倒进了奶锅里,放到旁边的电陶炉上开始加热,"我喜欢煮……煮开的牛奶,特别香。"

"嗯。"晏航应着。

"要加糖吗?"初一问。

"多加点儿。"晏航说。

"好。"初一点点头。

正在往牛奶里加糖的时候,店门被推开了,进来了两个女孩儿。

"打烊了。"初一看着她俩。

"啊?"两个女孩儿愣了愣,接着就转过头,看到了吧台里一站一坐还搂在一块儿的他俩,顿时眼神和表情同时变化了能有七八种款式。

"不好意思,"初一把煮开了的牛奶拿下来,慢慢倒进杯子里,又重复了一次,"打烊了。"

"……哦。"两个女孩子又愣了好几秒之后,才转身一边回头一边小声说着什么走了出去。

"你们老板明天一看监控,"晏航说,"你就失业了。"

"不会,"初一说,"小香姐人挺……好的,她要是问,我就说我朋……朋友……"

"她要是问,你就说我心情不好,你安慰一下。"晏航说。

初一没怎么想过关系的问题,也没敢问,更没想过称呼这类基于实质的问题,一直都挺安于现状的,觉得现在这样挺好的。

但要说一点儿期待都没有,似乎也不准确,在他从来不会去想的某个角落里,一定是有过期待的,要不现在他也不会因为晏航瞬间丢了魂儿,只剩了一个壳儿,成为了一个完美的牛奶锅支架。

牛奶还没倒完,因为支架不会动了,所以锅的倾斜角度不够。

晏航等了一会儿,看他一直没再倒,于是伸手过去把那半杯牛奶拿了,喝了一口。

而初一这会儿才猛地回过神,想着牛奶还没有倒完,于是锅一倾,把剩下的牛奶倒在了吧台上。

在他手忙脚乱地擦掉吧台上的牛奶时,晏航在他身后轻轻叹了口气:"你确信你们小香姐能忍得了你这样?"

"其实她不怎……怎么看监控,"初一说,"心特别大,好多食……材她都没……没数。"

晏航笑了笑。

"再帮你煮……煮儿牛奶?"初一回头看了看他手里的杯子,半杯牛奶已经喝光了。

"不用了,"晏航说,"半杯其实就可以了。"

"嗯。"初一走到一边去洗着抹布。

第二十三章

洗了挺长时间的,翻过来倒过去地来回搓着,不知道的估计得以为他洁癖晚期了。

但是毕竟只是一块抹布,而且还是新换的,统共就擦了两回桌子,搓了一会儿他就实在搓不下去了,把抹布挂好,走回了晏航身边。

站了一会儿之后,他坐了下去,跟晏航挨着,一块儿冲着吧台发愣。

脑子里的事儿很多。

脑子里的事儿总是很多。

自从找到晏航之后,他就感觉脑子里都是事儿。

以前什么也不想,缩着就可以,哪怕是老爸出事儿晏航失踪之后,他脑子里想得也并没有多少,无非就是老爸出事的原因,以及小李烧烤。

现在就不同了。

也许是因为长大了吧。

十七了呢,虚岁十八了呢,虚两岁都赶上晏航了呢。

是个大狗了,事就多了。

晏航呢?

初一用眼角的余光扫了扫晏航,晏航还是那么坐着,看不出来情绪,不知道在想什么。

想晏叔叔的事情吧。

白姐姐说了,根据老爸的说法,这件事里的几个人,关系还是比较清楚的,那是不是案子也不是很复杂……

但是如果像白姐姐说的,能给老爸做无罪辩护,那是不是说明,至少人不是老爸捅的?这么一来,捅了老丁的,就必然是晏叔叔。

而老丁死了。

那晏叔叔会怎么样?

初一想不下去了。

又偷偷看了晏航一眼。

"我没事儿。"晏航说了一句。

"啊。"初一有些不好意思。

"老偷看我。"晏航说。

"没有。"初一说。

"没有个屁,没有脸是真的。"晏航转脸看了看他。

初一笑了笑:"这么英……俊的脸怎……怎么能视……若无睹?"

晏航在他脸上上下左右看了一圈儿,喷了一声:"幅员辽阔。"

又发了一会儿愣,晏航的手机响了,是崔逸打过来的电话。

晏航站了起来,接起电话,在初一肩上拍了拍,走出了咖啡厅,在门口跟崔逸说着话。

初一继续对着吧台发愣。

这两天心情起起落落的,这会儿这么愣着,他居然觉得有点儿困了。

明天又该回学校了,按理说他今天晚上下了班,就应该回学校,但他决定还是去晏航家待着,大不了明天早点儿起来。

他已经习惯了每个周末见见晏航,然后周日晚上回学校,很久没有像现在这样,一秒钟都不想离开晏航。

也许是因为老爸被抓到,两个人像是猛地一下被紧紧地捆在了一起,也许……是因为晏航刚才的那句话。

他看了一眼门口站着的晏航,只能看到晏航正从兜里拿烟出来的背影。

不过能想象得出来他拿着火机点烟的样子。

晏航的很多样子,他闭着眼用鼻孔都能看到。

"如果能做无罪辩护,"崔逸说,"那初建新就应该跟老丁还有你爸没有直接接触。"

"白姐说他甚至可能完全不知情。"晏航说。

"嗯,那他关不了多长时间应该就能出来。"崔逸说,"小白以前接过类似的案子,她说无罪基本问题不大。"

"那他也就是个被迫吃瓜的群众,"晏航说,"他跑什么呢?"

"害怕了呗,"崔逸说,"现场什么样你也不是不知道,那么多血,老丁还是他开车拉过去的,肯定得跑,没准儿跑完了想回家,结果老丁死了。"

"跟我想的差不多,"晏航抽了口烟,"一看就是怕事儿的人。"

"初一没随他,还不错,"崔逸说,"你那个烟,少抽两口吧,跟你爸没学一点儿好。"

"我现在抽得少了,"晏航说,"今天一整天我就抽了这一根。"

"还是注意调整情绪,不行就找罗医生,"崔逸说,"别嫌我啰唆。"

"嗯,"晏航应了一声,想想又问了一句,"初一他爸要是放出来了,是不是能找他问问是怎么回事儿?"

第二十三章

"这案子还没破,毕竟同案嫌疑人还在逃,"崔逸说,"警察应该会让他不要随便跟人说案情。"

"他儿子应该不算别人吧,"晏航拧着眉,"也不能说吗?"

"这个靠觉悟,"崔逸说,"警察也拦不住他喝多了啊。"

"嗯。"晏航笑了笑。

"没事儿就早点儿休息,睡不着好歹也躺床上摊着,休息一下内脏。"崔逸说。

"……听着怎么那么吓人?"晏航笑着说,"知道了。"

挂了电话之后,晏航又在门口站了一会儿,看着几个脸上带着笑的路人从风里走过。

现在已经没有那么冷了,但风里还是带着寒意。

晏航不知道他们在笑什么,除了跟初一待在一块儿的时候他能发自内心地笑出来之外,很多时候,特别是老爸跑了之后,他感觉自己根本就不存在笑点这个东西了,更无所谓高低。

现在所有的事都呼之欲出了,只需要时间。

无论老晏在哪里,他都希望自己能在知道了事情全貌之后,能够真正把这件事放到一边。

"不冷吗?"初一不知道什么时候站到了他身后问了一句。

"还行,"晏航回头看了他一眼,"是不是差不多该下班了?"

"嗯,"初一点头,"我收……收拾完就……可以走了。"

"我在这儿等你吧,"晏航说,"透透气。"

"好,"初一往他手里放了个东西,"给你吃。"

晏航看了看,是一小块巧克力,还是粘了小狗贴纸的,他笑了起来:"昨天拿的吗?"

"啊,"初一也笑了,"他们没……没吃的我都……拿了。"

"抠门儿精。"晏航把巧克力剥开,放进了嘴里。

收拾完关了门之后,初一也没说要不要回学校,晏航也没出声。

走到路口的时候,初一伸手拦了辆出租车:"打车吧。"

"嗯。"晏航笑笑。

一块儿上了车之后,晏航报了小区的地址,初一坐在他旁边,捏了他一根儿手指头搓着。

虽然差不多能知道初建新没什么大事儿,但初一毕竟是个心思挺重的人,这会儿估计心里并不踏实。

"你要不要给你姥姥或者你妈打个电话?"晏航问。

"不,"初一回答得很简单,也很干脆,"不管的人就不……不管到……底吧。"

"好。"晏航点头。

"我爸如……果能出来,"初一转过头,凑在他耳边低声说,"我得回……回去一趟。"

"嗯?"晏航看着他。

"我要问问怎……怎么回事,"初一说,"他到……到底看到什……么了。"

晏航没说话,搂过他的肩,用力收了收胳膊。

今天晚上晏航肯定依旧是睡不着的,但是初一看上去应该是困了,偷偷打了几个哈欠都被晏航看到了。

"你还挺文雅。"晏航靠在沙发上,看着手机说了一句。

"嗯?"一直假装看电视看得很认真的初一转过头。

"打哈欠还转头呢?"晏航说,"挺娇羞。"

"我没打。"初一一脸镇定。

"我都听见了,装得不像。"晏航说。

"班门弄……斧了,"初一说,又指了指电视,"我看电……电视剧呢。"

晏航看了一眼电视,是个电视剧的回放,他听了几耳朵,大致讲的是男青年狂追美貌小寡妇的故事。

"你学习呢?"晏航说。

"没,"初一继续指着电视,"男主角特……特别会做菜,为了追……人家,天天给做……做饭……"

"打明儿起,"晏航指了指他,"你自己下厨。"

初一愣了愣,过了几秒钟才一下乐出了声,靠到他身上一个劲儿地笑着。

"你们结巴星的人,"晏航说,"笑起来不结巴是吧?"

"嗯,"初一点头,"哈,哈哈哈,哈哈,哈……"

"滚。"晏航推了他一把。

"是我追……追……"初一说,"对吗?"

第二十三章

"没有，"晏航说，"你饭都不会做，凭什么追人？"

初一没说话，仰着头继续乐。

晏航叹了口气。

初一笑了一阵儿之后停下了，似乎有些迷茫，又有点儿不好意思，瞪着天花板好半天才转过头看着他："是真的吗？"

"什么？"晏航问。

"你之前说……的话。"初一说。

"我之前说什么了？"晏航说，"我之前好像说了不少话……"

初一咬了咬嘴唇，啧了一声没再说话。

晏航笑了起来，低头又玩了一会儿手机才开了口："真的。"

电视剧还没演完的时候，初一就有些撑不住了，打哈欠顾不上文雅了，一个接一个的，要每次都转头躲着，估计得转成拨浪鼓。

"擦擦眼泪儿睡觉吧。"晏航递了张纸巾给他。

"你呢？"初一接过纸巾按了按眼睛。

"你别管我了，"晏航说，"我修仙的时候你拼不过我的。"

"那你好……歹也假个寐……吧。"初一说。

"好。"晏航点点头，伸了个懒腰站起来进了卧室。

躺到床上之后，初一侧身冲着晏航，看着他在黑暗里顶着一丁点儿亮光的鼻尖，还想说点儿什么。

但是说老爸和晏叔叔的事儿，他不敢，怕晏航心烦。

再琢磨说点儿什么别的吧，他就已经睡着了。

周一回到学校，一切都还是老样子，熟悉的环境，熟悉的人，熟悉的每天的流程。

但初一的感觉却非常不一样了。

虽然说不出到底是什么不一样了。

明明每天都还是那样。

老爸的事应该还算顺利，白姐姐联系过他两次，一次是告诉他给老爸带了些生活必需品进去，一次是告诉他情况比较顺利，让他不用太担心。

老爸也让白姐姐带过话给他，说对不住他，让他先不要把这个事告诉爷爷奶奶，怕老人着急。

除此之外，他没有再提过别的人，老妈，姥姥，姥爷，他都没有让白姐姐带过话,也没有问过情况。

应该是能感觉到了吧,毕竟请律师时一开始的委托人都只有初一。

初一有时候坐在球场边看着宿舍一帮人打球的时候,会突然觉得,时间过得很快,有些事情变得也很突然。

老爸突然消失了,他突然长大了,家突然没有了。

有些怅然,就像是个老头儿回头看看自己走过来的这一路……虽然他目前走过的路非常短,四条腿儿蹦几下就走过来了。

不过他还挺满意的。

毕竟有晏航。

有变化的,还有他和晏航之间的关系。

看上去还是一样,但自打那天晚上之后,这种跟以前没什么两样的相处里,多了一份心安理得和理直气壮。

"晚上去逛个街吧,"晏航说,"我今天下午就休息了,想吃个大餐逛个街什么的。"

"我上……班啊。"初一说。

"请假吧,"晏航说,"今天星期二,也没什么客人。"

"好吧,"初一想了想,"我想去酒……酒吧。"

"你想去哪儿?"晏航问。

"酒吧。"初一说。

"您多大了自己数没数过啊?"晏航说。

"虚岁十……九了。"初一说。

"你再说一遍?"晏航说。

"十九。"初一非常坚定地回答。

晏航听乐了:"行吧,狗哥说他十九了,那晚上带他去酒吧。"

"好。"初一愉快地点了点头。

其实他也不是多想去酒吧,就是有时候会有种想要见见世面的感觉,土了这么多年,他偶尔也想洋气一回。

而且自从老爸归案之后已经一个星期了,晏航的失眠似乎没什么变化,周末见到他的时候,已经能看到黑眼圈了,初一不知道叫晏航去酒吧放松一下能不能让他的睡眠稍微好点儿。

第二十三章

"不要去人太……多的酒……酒吧,"吃完饭之后晏航带着初一往酒吧街去的时候,初一强调了一下,"去那种有……有格调的。"

"好,"晏航说,"小音乐放着,阴暗角落里'撩骚'着的那种。"

"……我说的是正……正经的地方。"初一说。

"我又不是什么正经人。"晏航喷了一声。

"你挺正……经的,"初一看着他,"非常好。"

"这都被你发现了?"晏航搂住他肩膀,"非常有眼光。"

晏航把他带到了一个符合要求的酒吧里,很静,音乐声隐隐约约,转过屏风才看到有人在一个小圆台子上弹吉他。

"这儿行吗?"晏航问。

"嗯。"初一满意地点点头。

一眼看过去,基本没有看到人。等他们在角落里坐下之后,初一才看到离得没多远的一个桌子旁边还坐着一对小情侣。如果不是小姑娘的白色鞋晃了一下,他都没看出来那儿有人。

晏航给自己要了酒,给他要的是一杯芒果汁。

"欺负人是吧?"初一说。

晏航喷喷两声,笑着把自己的酒跟他的饮料换了一下:"喝吧小狗。"

初一拿过酒杯看了看:"传说中的鸡……鸡……鸡……"

"尾酒,"晏航帮他补充完了,"求你了狗哥,能不在关键字眼儿上磕巴吗?"

"不是故……意的,"初一叹了口气,"鸡……尾酒,我从来没……没说过这……个词儿。"

"尝尝吧。"晏航说。

初一拿着杯子喝了一小口。

"怎么样?"晏航问。

"还成,"初一点点头,"跟鸡……尾巴味儿差……不多。"

"你尝过啊?"晏航问。

"尝过附近。"初一说。

"什么附近?"晏航愣了愣。

"鸡屁股。"初一说。

"你这人……"晏航往他胳膊上甩了一巴掌,伸手在兜里掏了半天,什么也没掏着,"你怎么这么欠……"

初一抓住他的手搓了搓:"我错了。"

"唉,"晏航叹了口气,往后一靠,伸长腿,"你说,你从小是那么长大的,还能这么烦人,你要搁个正常家庭里长大,你得什么样啊?"

"估计一……一样得挨揍。"初一也叹了口气。

晏航扫了他一眼,枕着胳膊笑了半天。

第二十四章

Chapter twenty-four

一个钢镚儿 /3
A COIN

初一喝了一口芒果汁，抹了抹嘴。

晏航伸手拿了酒喝了一口，放下杯子的时候，旁边传来了说话的声音，声音不算太高但在这种安静的气氛里还是能让人听得清清楚楚。

"真烦人。"

晏航的手刚离开杯子，听到这句话时，手在空中定了一下。

他的第一反应是看了一眼初一。

初一还拿着芒果汁，一动也没动地坐着。

说这句话的是个女声，听声音的方向，就是坐在初一斜后方的那对小情侣中的姑娘。

"算了。"那个男生低声说了一句。

"什么算了啊，"女生依旧是不低不高的声音，"非要挤到这么近的地方坐！"

"换个桌吧，"男生说，"眼不见为净。"

"凭什么我们换？"女生不高兴，"要换也是他们换，我们先来的。"

"小点儿声。"男生说。

"为什么要小声？"女生提高了声音，又一招手，"服务员！"

晏航看了看初一。

但初一看上去还算平静，也不知道是真平静，还是一时半会儿没回过神来。

"小狗。"晏航叫了他一声。

"嗯。"初一抬眼看着他。

"没事儿。"晏航说。

"嗯，"初一应了一声，想想又说，"我们要……走吗？"

"想走的时候才走。"晏航说。

初一没出声，点了点头。

被叫到邻桌去的服务员在那边低语了几声之后，往他们这桌走了过来。

第二十四章

"不好意思两位,打扰一下,"服务员是个小姑娘,开口的时候看上去有些尴尬,"是这样的,那边两位客人想问一下你们能不能换个桌?"

"跟他们换桌?"晏航眯缝了一下眼睛。

"不是,"服务员这一下更尴尬了,"是……是能不能请你们换到那边,我们那边还有很多空桌。"

"为什么?"晏航问。

"因为……他们就是觉得,呃……觉得……"服务员皱着眉,说得非常艰难。

晏航也不想让服务为难,打断了她的话:"没事儿,你让他们自己过来说吧,基本的礼貌嘛。"

"好的先生,"服务员赶紧点头,"不好意思。"

"晏航,"初一小声说,"你别……别……"

"别打架,"晏航说,"知道了。"

"不是。"初一说。

"嗯?那别什么?"晏航看着他。

"别打人。"初一说。

晏航靠在沙发里笑了起来:"好,知道了。"

"什么意思啊!"那边的女生估计很生气,完全不再控制音量了,站了起来,冲他们这边提高了声音,"有病吧!"

"喊,"晏航偏过头,枕着胳膊,"再大点儿声,我给你加油。"

"你说什么?"男生也跟着站了起来,指着晏航,"你再说一遍!"

"加油。"晏航说,"Come on guys. Go ahead. Louder please."

男生一推椅子,往这边就冲了过来。

服务员赶紧上去想拦他,被他一把扒拉开了。

晏航看着他一直冲到桌子旁边站停了,才又开口问了一句:"什么事?"

"你说话注意点儿!"男生指着他。

晏航勾了勾嘴角。

一直没有出声,看上去非常紧张的初一这会儿抬了抬头,看着他的手:"你……手放下。"

晏航这一瞬间非常想吹声口哨,但是忍住了,只是挑了挑眉毛。

男生看了看初一,犹豫了两秒之后,放下了胳膊,往他女朋友那边看了看,又说了一句:"你们换个桌,我女朋友今天心情不好,想清净些。"

"你们换个桌就清净了,"晏航喝了口酒,"你们出去了也清净了。"

"凭什么我们走!"女生在那边喊了一嗓子,"很简单的一个事儿,先来后到!换一下有什么!"

"谁不爽谁走。"晏航说。

男生一掀旁边的椅子,大概是要往他身上扑,但没等他发力,晏航已经起身,抓着他肩膀半压半扳地往后一推。

这招儿老爸用在他身上每次都让他非常无奈,基本都是老老实实被一掌给推坐下。

他用出来的效果也很"棒棒",男生往后跟跄了一步,坐在了之前刚被他掀到一边的椅子上。

就在他一脸愤怒加尴尬,非常没有面子地想要站起来的时候,初一突然站了起来。

男生顿时愣住了。

也许觉得一对一还能挣扎一下,现在瞬间一对二,于是顿时就陷入了是要在女朋友跟前儿丢人还是更丢人的纠结之中。

初一拿起芒果汁,把剩下的那一口喝光了,然后看了一眼晏航。

晏航觉得这世界上除了老爸,大概他就只对初一能这么用意念交流了,他叹了口气:"我不想喝了。"

初一拿起他那杯鸡屁股附近的鸡尾巴酒也一口喝掉了,然后说了一句:"走吧。"

晏航拿了外套跟在初一后头,看着初一雄赳赳、气昂昂地往店门口很有气势地走过去,完全没有停顿的意思,他不得不叫了一声:"狗哥。"

初一回过头看着他。

"您先等我结个账?"晏航说。

"……哦,"初一这才回过神,"我来。"

"别别别,"晏航拦了他一下,"我来就行,哪能让老大结账……"

"我今天就……就是想请……你来酒……吧的啊。"初一有点儿着急。

"站着。"晏航看着他。

初一犹豫了一下:"哦。"

晏航去把账结了,往外走的时候看到那个女生还瞪着眼一脸不爽地看着他俩。

晏航没理她，跟初一一块儿走出店门。

到了街上之后，他没有直接走，而是过了街，到斜对面的一个小超市买了包烟。

买完烟他就站在超市门里头，往酒吧那边看着。

"怎么？"初一问。

"要出气吗？"晏航看了他一眼。

初一往那边看了看，轻轻叹了口气："不用了。"

"真的？"晏航问。

"真的，"初一点点头，"你想出……气吗？"

"那种战斗力，我估计打他一顿能把自己给打出火来，"晏航说，"看不上。"

"那你也动……手了啊。"初一说。

晏航喷了一声，瞅着他。

"因为他先动……动手了，"初一点了点头，"我也看……不上，那样的杂……杂毛，纯色儿也看……不上。"

晏航没说话，看着他笑了半天。

"逛街吧？"初一说。

"好。"晏航推开门走了出去。

酒吧街这边都是高端小店，东西无论好坏，价格首先能吓人一跟斗，别说初一，晏航自己也不会在这里买东西，逛逛倒是还可以。

但初一连逛逛都做不到，一直只在外头看，瞅瞅橱窗，路过门口往里看一眼。

"进去看看吗？人家也不会伸手掏你兜拿钱的。"晏航说。

"我一眼就……就能看全了，"初一说，"眼神儿特……别好。"

晏航叹了口气，胳膊搭到他肩上，俩人一块儿慢慢往前，边走边欣赏橱窗。

走了大半条街之后，初一转过头，看了他一眼，又转开了头。

过了一会儿，又转过头，提了半口气像是想说话，但接着又转开了头。

本来想让晏航放松心情，结果在酒吧里还碰上了不开心的事儿，也不知道晏航的心情会不会更糟糕，不过感觉上还可以。初一回宿舍之后，晏航还发了张照片给他，是靠在床头，看上去应该是准备尝试睡觉。

脸也没那么大。

哟，小天哥哥太帅了！我自爆了！

初一给他回了一条。

盯着照片又看了老半天，什么时候睡着的都不知道，早上醒的时候手机都还在手里。

初一一般从周二开始盼周末，但这周好容易盼到周末的时候，却接到了白姐姐的电话。

这个来电让他猛地有些紧张。

按时间上来说，应该就是老爸的事儿有结果了。

他接起电话的时候差点儿连"喂"都"喂"不出声了。

"初一啊，我是白姐，"白姐姐在那边说，"先给你说个好消息，你爸爸今天可以回家了。"

"啊。"初一应了一声，突然不知道下一句该说什么了。

"经过公安机关的侦查，你爸爸现在无罪释放了。"白姐姐说，"可以放心了。"

"啊。"初一站在宿舍走廊"啊"，除了"啊"感觉发不出别的声音。

"你先跟你爸爸说几句话？"白姐姐问。

"谢谢白姐，"初一终于说出了整话，"谢谢。"

"不客气。我把电话给你爸爸了。"白姐姐说。

"初一？"那边马上传来了老爸的声音，"初一啊，我是爸爸。"

"……爸。"初一觉得自己声音有些发干。

"我没事儿了，"老爸说，"没事儿了，现在就可以走了，我已经从看守所里出来了。"

"嗯，"初一走到走廊尽头的窗户边，"你先回……回爷爷家吧。"

"我知道，"老爸有些无奈地笑了笑，"我现在也没法回别的地方。"

"我明……明天过去。"初一说。

"坐大巴过来吗？"老爸说，"别让你小姨送，我不想让她们知道……"

"我坐飞机回，"初一打断了老爸的话，"我出……出来上学了。"

"什么时候的事？"老爸有些吃惊，"你上什么学要去外地？你不是上着初中呢吗？"

"我快高……二了，"初一闭了闭眼睛，不知道老爸这话让边儿上的白姐姐听到，人家会怎么想，"先不……不说了，我明天回去。"

第二十四章

晏航看着正在往小包里塞衣服的初一，看了看时间，差不多可以出发去机场了。

但他还是有些不放心地又问了一句："真不要我陪你回去吗？"

"不用，"初一说，"我就待一……晚上。"

"有什么事儿就给我打电话。"晏航说。

"没事儿也打，"初一说，"想你了就……打电话。"

"好。"晏航笑笑。

初一把包背上，叹了口气："这么回……回去一点儿也不……开心。"

"废话，所以我说要不要陪着你。"晏航说。

"你好好睡……睡觉，"初一说，"我看到你又……又吃安……眠药了。"

"偷看我。"晏航喷了一声。

"是偷看你……的药，"初一转身，"晏航。"

"嗯？"晏航拍了拍他。

"我要问……问点儿什……么？"初一说。

"你想问什么就问什么，不想问就不问，"晏航说，"本来也不是一定需要你去问什么的。"

"不问我回……回去干吗？"初一皱了皱眉，"我就是要……问才回……去的。"

"行吧，"晏航搓了搓他的后背，"那你就问问他是怎么跟警察说的就行。"

"嗯，"初一点了点头，"我跟他喝……喝酒。"

"傻狗。"晏航笑笑。

初一长这么大，还没跟老爸喝过酒，老爸总开车，平时不怎么喝酒，也就逢年过节的喝几杯，也不敢多喝，因为老妈会骂。

所以他从来没有像别人家的儿子那样，时不时跟自己爸爸喝几盅。

也许是感情也并没有到位吧。

毕竟就算用逃亡来做借口也不太能解释他一直不知道自己儿子到底上几年级的事儿。

不过没所谓了，初一觉得，自己大概也从来没有对家人的感情有过什么期待吧。

飞机落地之后，他给晏航发了个消息。

本来想打电话，但现在是午饭的时间，晏航应该没有空闲接电话。

而且他也不想像个小孩儿那样，像是要寻求安慰。

虽然他的确是有些紧张,想要晏航的安慰。

但这次他就是想自己一个人把这件事办了,就像晏航能自己一个人处理很多事那样。

大狗要有个大狗的样子。

他坐上去爷爷家的班车之后,给爷爷打了个电话。

电话是奶奶接的,他刚"喂"了一声,那边奶奶就哭了起来:"你爸回来了,初一,你爸回来了啊。"

"嗯,我知道,"初一轻声说,"我现在在车……车上,一会儿就……到了。"

"你吃饭了没有啊?"奶奶哭着问。

"吃了,"初一说,"飞机上管……管饭。"

"回来几天啊?"奶奶哭着又问。

"明天就……得回,"初一说,"我还上……课呢。"

"我来说吧,"爷爷的声音传了过来,"初一啊。"

"爷爷。"初一应着。

"上车了是吧?"爷爷问。

"嗯。"初一看了看窗外,"马上开了。"

"行,你一会儿到了家再说,"爷爷说,"你爸挺好的,瘦点儿,精神还不错。"

"嗯。"初一点点头。

老爸看上去的确是精神还算好,大概是在看守所里终于能睡踏实了吧。

但变化也挺大的,似乎老了不少,额角居然有了白头发。

看到初一时,他嘴角抽了抽,半天都没说出来话,只是偏开头按了按眼角。

"看看,初一都长成大小伙子了,你都认不出来了吧!"奶奶在老爸背上用力拍着,"你就是这么当爹的!你怎么给孩子做榜样的!"

"你先别说了,"爷爷把奶奶拉进了厨房,"让他们爷儿俩先聊会儿。"

初一看着老爸,他们爷儿俩其实没有什么可聊的。

他这两年对老爸的失望,让他现在看到老爸时虽然有点儿百感交集,却一句话也说不出来。

"长这么高了……"老爸看着他。

"嗯。"初一点点头。

"有一米八了吧?"老爸问。

"没量。"初一拉了张椅子给老爸,在桌子旁边坐下了。

第二十四章

"那个白律师,是你的朋友吗?"老爸也坐了下来,"多亏她了啊。"

"你都能无……无罪释……放,"初一看着他,"你当初为什么跑?"

"我能不跑吗?"老爸皱着眉,手在桌上轻轻拍了两下,"你是没看到当时的情形,那种场面,全是血,老丁还死了!我要不跑,让警察把我当凶手抓起来怎么办!"

初一拿过杯子,倒了杯水,喝了几口之后突然笑了起来。

老爸莫名其妙地看着他:"你笑什么啊?"

初一摇了摇头,没说话,还是想笑,有些忍不住。

他不知道自己到底在笑什么。

他不知道一个人害怕到什么程度,会在一件自己无罪的案子里,扔下一个家就那么跑了。

他趴到桌上,笑了好半天才停下来。

如果老爸不跑,晏叔叔到底发生了什么事,也不会这么久都没有真相,晏航也不会一天天的因为这件事而被困扰着,心里永远有一块是被阴影罩着的。

虽然他也能理解老爸,也知道这事儿不能都怪在老爸头上,但他还是觉得很无奈。

"你妈去哪儿了你知道吗?"老爸大概还是没忍住联系了老妈。

"不知道。"初一说。

"没跟你说吗?"老爸皱了皱眉。

"家里换……锁了也没……没人跟我……说啊,"初一笑了笑,"何况这种……小事儿。"

老爸愣了半天,叹了口气:"这个家大概是要散。"

"早就散了。"初一说。

"初一,"老爸盯着他看了很长时间,"你变了不少啊。"

"嗯。"初一点点头,"我长大了。"

"是啊,"老爸长长地舒出一口气,笑了笑,"长大了,是个大小伙子了……说话的时候都感觉你不像我以前的那个儿子了。"

"我以前什……么样,"初一说,"你也未……未必知道。"

奶奶从厨房走了出来,端出了一大盘饺子:"我昨天包的,想着早上我俩煮几个当早点慢慢吃呢,没想到今天人就都回来了,正好吃点儿。"

"一块儿吃吧,"老爸说,"你俩也别忙活了。"

"初一多吃点儿,"爷爷说,"中午肯定没吃东西呢,还说飞机上管饭,飞机上才不管饭呢,就给口可乐喝。"

初一笑了笑。

他很想现在就开门见山地问问老爸,这件事到底怎么回事儿,问完了他也就踏实了。

但实在又没办法当着爷爷奶奶的笑容和眼泪就这么问出来。

只能先忍着。

手机响了一声,晏航发了消息过来。

别当着爷爷奶奶的面问你爸那些事,老人听了受不了。

初一顿时就想钻进手机里爬到那头用力搂搂他,晏航永远这么细心。

我知道!

惊叹号是几个意思啊?

我就是这么想的,又被你提醒了,非常不爽啊!

那后面我什么也不提醒了,狗哥非常稳。

初一笑了笑,发了个强壮的小表情过去。

对方回了个"耶"。

"初一回他爷爷家了?"崔逸打了电话过来。

"嗯,"晏航看着垃圾桶,今天他没抽烟,忙完中午那轮感觉很累,出来透透气儿,"他想问问他爸是怎么跟警察说的。"

"你觉得他爸会说吗?"崔逸问,"胆儿那么小。"

"差不多吧。"晏航说,"这么长时间这事儿就搁心里憋着,谁也不敢提,碰上白姐估计就是倒豆子了,再见着儿子,不喝酒都得一通倾诉。"

"知道是怎么回事儿,你爸的情况就能有个判断了。"崔逸说。

"嗯,老狐狸的秘密要被我发现了。"晏航笑了笑。

"这两天你感觉怎么样?"崔逸问。

"还行吧,"晏航说,"晚上我约了罗医生,想跟她聊聊。"

"行,是个好孩子。"崔逸说。

挂了电话之后,晏航又看了看手机,初一那边还没有消息过来。

当然不会有消息过来,初一这会儿到家也就两个小时,估计都还没找到合适的机会开口。

第二十四章

晏航一直跟初一说不要着急。

但他其实很着急,他比任何人都着急,比初一也着急。

他现在的心态已经跟老爸刚消失那会儿有了很大不同,他已经无所谓老爸在哪里,会去哪里了,也无所谓老爸还会不会重新出现在自己面前。

他只想知道老爸在这个案子里的情况,他需要判断出来老爸如果被抓到,会是什么样的结果。

有了这些,他就能安心。

如果初建新一开始就没跑,直接报案,那他也许早就能安下心来了。

这世界上各种各样的人,各种各样的事,还真是一不留神,就是一个出人意料。

"你这么长时间,都躲到哪里去了啊,"奶奶抹着眼泪,"一点儿消息也没有,家里什么都不管了……"

"到处躲,"老爸叹了口气,"车票不敢买,好一点儿的旅舍都不敢住。"

"你就是没担当!"爷爷说,"事儿都出了,是你也好,不是你也好,你就得站在那里,就得站出来说话!跑来跑去的算什么男人!你看看你现在!"

老爸又叹了口气,没有说话。

"都不如初一一个十几岁的孩子。"爷爷也叹了口气。

"你现在学汽修是吧?"老爸转过头看着初一,"学校怎么样?"

"挺好的,"初一说,"还一年就……能工……作了。"

"那不错,你妈还成天想让你考大学,"老爸说,"这样不也可以吗?"

"初一不是读书的料,但是学技术还是很不错的,"爷爷看着他,眼睛里都是笑,"现在也不跟以前似的总小心翼翼了,有朋友了,在学校跟同学关系也不错……你知道吗?过年的时候,还带了个朋友上家里来玩呢。"

"是吗?"老爸很吃惊。

"嗯,"初一应了一声,"晏航。"

老爸猛地转头看着他,声音都没压住,提高了不少:"晏航?那不就……"

"是,"初一盯了他一眼,打断了他的话,"白律师就……是他帮……帮忙找的。"

"……这样啊。"老爸轻轻说了一句,眼神里全是震惊。

"你之后打算怎么办?"奶奶问,"还回去上班吗?"

"还上什么班!"老爸说,"早就被开除了。"

奶奶抹了抹眼泪,叹了口气。

"人没事儿就行,别的都好说,慢慢来。"爷爷说。

"我现在也不敢回去,"老爸皱着眉,"老丁家里的人肯定要找我麻烦。"

"公安局都说你没罪了,他们还找什么麻烦?"奶奶说。

"这种事儿哪有那么好说理的。"老爸叹气。

初一一直没怎么出声,听着爷爷奶奶和老爸聊。

老爸不敢回去,他倒是能理解。

初建新杀了人的事,早就已经传成不知道什么样了,就算初建新无罪释放回去,也没有人会相信,就算相信他没杀人,也不会相信他无罪,茶余饭后聊起来,一定很有滋味。

他每次回家,感受到的目光都是各种各样的,让人浑身难受,老爸胆小怕事的性格,面对比他感受到的强十倍的目光,肯定是挺不住的。

何况老丁的家人可能真的会来找他麻烦。

初一轻轻地叹了口气。

老爸就算回来了,逃跑了这一趟,其实也就很难真的回来了。

太久没有见面,爷爷跟老爸说了很多,一直到奶奶把晚饭做好,他才和奶奶随便吃了几口,去了露台。

"你们父子俩这么久没见了,好好聊聊,喝几口酒,"爷爷说,"别的事都不管了,人回来了总比还在外面飘着强。"

老爸点了点头,拿过酒瓶,给初一倒了杯酒:"咱爷儿俩还没一块儿这么喝过酒吧?"

"嗯。"初一看着杯子。

"以后也不知道还有没有机会这么喝了,"老爸说,"你这出去上学了,估计也难得回来了。"

"我要回……回来看爷爷和……奶奶的。"初一说。

老爸笑了笑,拿起酒杯,初一也拿起了杯子,跟老爸碰了一下。

"不管怎么说,我儿子还是个好儿子。"老爸一仰头,把酒都喝了下去,然后又倒了一杯。

初一喝了一小口。

这不知道是什么酒,爷爷每次都拿瓶子去附近酒厂的门市部买,散装的,度数很高,一口下去能把人烧一跟头。

第二十四章

"你怎么还跟晏航混在一起了?"老爸吃了一口菜,低声问。

"我跟他在一……一个地方。"初一看了他一眼,他还记得老爸跟他说过,让他少跟晏航来往。

"他爸……"老爸往露台楼梯那边看了看,把声音压得更低了,"我就知道他爸得出事儿。"

初一盯着老爸。

"出事儿之前,"老爸说,"我在车队见过他,他去找过老丁。"

"你确定?"初一问。

"嗯,"老爸点点头,"跟老丁扯上关系的,就没什么好人,所以那时我说让你别跟他家走太近。"

"你跟白……律师……说了什么?"初一问。

"也没说什么,那事儿其实挺简单的,"老爸叹了口气,"就是太突然了。"

初一没想到老爸居然还真不打算跟他说这件事儿。

他没说话,拿起杯子跟老爸碰了碰。

老爸大概是这么久一直没放松吃过饭睡过觉,更没放松着喝过酒,这会儿拿起杯子一仰头又是一整杯灌了下去。

"老丁为……什么叫你开……开车?"初一一边吃菜边问了一句,"你俩不……是不对付吗?"

"人家是副队长呗!"老爸啧了一声,"副队长说话好使呗!我还能怎么着,他说去找姓晏的有事儿,让我顺路捎他过去,我还能说不吗!我要说不,他能让我一个月没轮休的。"

老爸的酒量不太行,这酒又烈,两杯下去,他音量都调高了不少。

"他能找……找晏……姓晏的有什……么事儿啊?"初一用尽量随意的口气说话。

"谁知道呢!我要知道他是要去捅姓晏的,打死我也不可能拉他过去啊!"老爸说,"还让我去叫住姓晏的,老丁也不是人。"

初一感觉自己的心跳得很厉害,他喝了口酒想把心给压回去,结果蹦得更厉害了,只好又起身去倒了杯水。

"你这喝酒还要兑着水喝,"老爸笑了起来,"不行啊儿子。"

初一扯了扯嘴角,他都差点儿没听清老爸说什么,满脑子里都是"是要去捅姓晏的"这句话。

老丁是去找晏叔叔的麻烦!

"然后就……就……就捅了吗?"初一问。

"你也吓着了吧?这回见着你,我还觉得你结巴好点儿了,"老爸给他加了点儿酒,"一吓着结巴又严重了。"

"没。"初一说。

"老丁是带着刀去的,我现在想想都后怕,我要是没听他的,他是不是先捅我一刀啊……"老爸拧着眉叹了口气。

"你没……没拦一下吗?"初一看着他。

"我哪敢!"老爸想也没想就说了一句,然后顿了顿才补充,"我也拦不及,我就叫了姓晏的一声,然后就想走,老丁跟着下车就冲过去了。"

"然后呢?"初一压着心里的紧张继续问。

"还有什么然后?"老爸轻轻拍了拍桌子,"打起来了呗!没看出来姓晏的挺能打,就两下老丁就被干趴了,把裤腿儿里的刀拿出来就捅了对方……这人也是阴得很。"

听到晏叔叔被老丁拿刀捅了的时候,初一顿时觉得气儿都捯不上来了。

他没有再说话。

但老爸的酒劲大概到位了,没有他的提示词,也能继续说下去。

大致就是老丁拿刀捅了晏叔叔,两刀,或者三刀,老爸太紧张了记不清了,然后晏叔叔抢下了老丁手里的刀,也捅了老丁一刀。

接着就是血,满身满地的血,非常吓人,吓得老爸靠着墙腿都软得站不住了……

之后老丁就顺着路往河边方向跑了,而晏叔叔是往另一个方向跑的。

最后路人甲初建新因为太害怕,不光没敢拉架,警也没敢报,连家都没敢回,甚至一个电话都没打,就开始了亡命天涯的生活,直到最后被警察抓住。

后来老爸还说了不少,但因为喝多了,他的话反反复复就那几句,不断地反复地描述着当时的情形。

扑上去就打起来了……两招儿就被放倒了……拔了刀捅……刀被抢了反捅……跑……害怕……跑……

初一已经不想再听了,但却没办法阻止已经喝高了的老爸,他不得不一遍遍地听着,脑子里不断重复着当时的场景。

一直到老爸趴在桌上睡着了,嘟囔着慢慢没了声音,初一才靠到椅背上,向后仰着头,长长地舒出了一口气。

第二十四章

我上飞机了,直接去你那里,你不要接我。

晏航看着初一发过来的消息,给他回了一个笑脸的表情。

好的。

屏幕上他和初一的对话框里,这句话往上再翻一会儿,有他们聊天儿以来初一发的最长的几段话。

是昨天晚上初一发过来的,初建新对当时现场发生的事件的详细描述。

这些内容,要让初一说出来的话,估计太费劲,所以他选择了发消息。

而这些内容,别说说出来很困难,其实晏航看得也很困难。

初一用了尽量简单的描述,但晏航对自己老爸太了解,他一眼看过去,就能想象得出当时是什么样的场面。

如果没有刀,老丁肯定不是老爸的对手,而老爸在放倒了他之后也明显没想致老丁于死地,要不老丁不会还有机会去拔刀。

"那这么说来,"崔逸说,"你爸肯定是先找到了老丁,差不多能确定就是他要找的人,但他没有马上报警……"

"他去找过老丁,"晏航说,"这么明显的打草惊蛇,他是想把另一个人引出来吧。"

"大概吧,但是老丁先下了手,老狐狸大概没算到老丁这么沉不住气,"崔逸叹了口气,"现在这些都不是最重要的了,重要的是得找人再问问,他这个情况要是被抓着了会怎么判。"

"对我来说都不重要了。"晏航说。

"那你就别管了,"崔逸说,"我去处理就行。"

"你俩有什么故事啊?"晏航说,"你这么帮他。"

"那我放弃他得了,"崔逸说,"不管了。"

晏航笑了起来。

"我主要还是闲的,"崔逸说,"你们年轻人太忙了,最近记得多去跟罗医生聊天儿,别的事先不要想了。"

"嗯。"晏航应了一声。

晚上下班回家,晏航没有坐公车,直接打了个车回去的。

他坐公交车或者骑自行车上下班挺长时间了,大概是被抠门儿精初一影响的,每次想打车上下班的时候都觉得罪孽深重。

今天他决定还是罪孽一回,他想快点儿到家。

路上他想买点儿吃的带回去,初一肯定没吃晚饭,回去做饭还得花时间,买点儿吃的先垫垫。

但最终他只在门口小超市买了一盒冰激凌,拿着跑回了家。

出了电梯刚要掏钥匙开门,房门就打开了,初一笑着靠在门边。

"是不是在窗口那儿看到我了?"晏航问。

"嗯,"初一点点头,"我一直坐……坐在窗户……那儿看……看着呢。"

晏航张开胳膊,初一上去搂住了他,很用力地收紧胳膊。

"小狗辛苦了,"晏航在他后背上搓着,"小狗跑了这一趟估计觉都没睡好,回来就蹲窗台上一直摇尾巴等着我……"

"等的时候……不摇尾巴,"初一一说,"见着人了才……摇尾巴。"

"现在摇了吗?"晏航伸手到他尾巴骨那儿摸了摸,"我摸摸看。"

"别瞎摸。"初一说。

"摸你怎么了?"晏航在他屁股上拍了一巴掌,"挺牛啊。"

"就牛。"初一说。

"对,也是,"晏航竖了竖拇指,"现在的确是非常牛,特别是这两天,牛得不行不行的。"

初一笑了笑。

"我弄点儿吃的,"晏航把手里的冰激凌递给他,"你先……垫垫肚子。"

"这个?"初一看着他。

"嗯,"晏航脱了外套,进了厨房打开了冰箱,"我做饭得有一段时间呢,你不饿吗?"

"谁饿……饿了吃冰……激凌啊!"初一捧着那盒冰激凌非常震惊。

"又没规定冰激凌只能夏天吃。"晏航拿出了冰箱里的食材,一样样放到案台上。

"饿了吃冰……冰激凌啊?"初一提高声音。

"不然呢?"晏航偏过头看着他,"吃我吗?"

"好。"初一想也没想就点了点头。

"来来来,来吃,"晏航转身笑着,"不吃不是人。"

初一扑上去搂住他,低头在他肩膀上一口咬了下去。

"滚——"晏航被咬得一声怒吼,"一边儿待着吃冰激凌去。"

第二十四章

初一捧着冰激凌,站在厨房墙边看着晏航忙活。

这个天儿吃冰激凌还是有点儿冷的,冻手,不过他还是吃得很愉快。

晏航买的是盒巧克力冰激凌,很香。

"你爷爷奶奶怎么样?"晏航一边切肉一边问。

"挺好的,"初一说,"毕竟儿子回……来了。"

"嗯,"晏航叹了口气,"人没事儿就行,老人家也不求别的。"

"是啊,"初一吃了一口冰激凌,"我奶一……一直哭。"

"哭什么?"晏航问。

"什么事都……哭,想起来就……就哭,"初一说,"送我去车站哭……哭了一路。"

晏航笑了笑。

"那个,"初一看了看晏航,感觉他今天的情绪还可以,于是小心地问了一句,"我爸说的那……那些有……用吗?"

"有用,"晏航点点头,"起码能知道当时的情况,差不多能猜一下会怎么判吧。"

"嗯。"初一没敢再细问。

"初一,"晏航转过头,手上还在切着肉,"我……"

"眼睛看……看着刀!切手了!"初一顿时急了。

"我炫技呢,"晏航说,"你能不能配合一下。"

"哟,好厉害!"初一赶紧拍手,"行了快看……看着点儿。"

晏航叹了口气,笑了笑转回头继续切肉:"谢谢你。"

"不客气。"初一说。

晚饭做得挺丰盛的,晏航的冰箱里特别有生活气息,永远都能拿出做一顿大餐的材料来。

今天做的其实就是披萨,也谈不上是多么大的大餐,但是材料很足,而且味道超级美。

是初一喜欢的大虾披萨。

还有一碗面条,很大的一碗面,跟生日那天的那碗面味道一样。

"怎么还……还有面条?"初一问。

"你是不是挺喜欢吃的?"晏航笑笑。

"嗯,"初一点点头,夹了一筷子面,"就是太……太少了,两口就没了。"

"所以今天给你煮一大碗,"晏航说,"放开吃吧。"
"你怎么知……知道我喜……欢吃?"初一边吃边问。
"你这种傻小孩儿,"晏航拿了一块披萨慢慢吃着,"我一眼就能看穿了。"
"啊,真可怕,"初一放下筷子,捂住了胸口,"被看穿了。"
晏航看着他。
"哦,"初一想了想,反手抱住自己,"啊,看穿了。"
"滚!"晏航说。

吃完饭,初一把桌子都收拾了,跟晏航一块儿挤在沙发上看电视。
电视一如既往地不知道有什么可看的,但今天感觉还是跟平时不太一样。说不上来是特别安心,还是特别温暖。
晏叔叔的事还没有结果,还是悬在心里的一个疙瘩,但总归是知道了是怎么回事,比起之前一直胡乱猜测,现在起码有了方向。
虽然他只是去问了问老爸,并没能做出更多的更有力的什么事儿,可他还是略微有一些小小的满足。
他想为晏航做点儿什么,很小的事也可以。

"今天早点儿睡吧,"晏航看了看时间,"我有点儿困了。"
"真的?"初一有些惊喜,"困了?"
"嗯,"晏航在他鼻子上弹了一下,"我昨天睡得也还可以。"
"那睡吧!"初一站了起来,"太不容……易了。"
躺到床上之后,晏航倒是直接睡下闭上了眼睛,初一却有点儿睡不着了,瞪眼儿一直看着晏航。
"怎么了?"晏航问。
"没。"初一笑了笑。

不知道是不是累了,晏航很快就歪着脑袋睡着了。
初一听着他平缓的呼吸,感觉松了一口气。
从知道老爸的消息,一直到问出事情的经过,再到现在,他老有一种快要松一口气,这口气却始终没有松下来的感觉。
现在听到晏航睡着了的呼吸声,他才真的放松了。
不管怎么说,这件事算是告一段落了吧。
虽然晏叔叔依旧下落不明,虽然老丁的同伙依旧没有被抓到,但至少改变

第二十四章

了他们生活的这件事，已经清楚了。

初一也睡得很香。

不过半夜的时候惊醒了一次，因为身边躺着的晏航突然猛地动了一下，像是想要坐起来，但又并没有醒过来。

初一迷迷瞪瞪地伸手搂住他，在他胳膊上轻轻拍着。

晏航应该是做噩梦了，他想说点儿什么安慰一下晏航，但是没等想好怎么说，他就又睡着了。

早上醒来的时候感觉还不错，特别是看到晏航在阳台迎着淡金色的阳光伸懒腰的背影时，就觉得连起床气都没有了。

"你睡……好了吗？"他趴在床上问。

"还不错，"晏航说，"不过好像做噩梦了。"

"嗯，"初一点点头，"是的。"

"梦到我爸了，"晏航喷了一声，"本来梦到他应该挺高兴，结果是梦到案子，挺吓人的。"

"他现在没……没事儿了，"初一说，"伤早好了。"

"是啊，"晏航转身进了屋，顺手在他背上甩了一巴掌，"起吧，我今天要早点儿去酒店。"

"怎么？"初一坐了起来。

"今天要去后厨做几道菜，"晏航说，"准备进军后厨了。"

"真的？"初一跳下床，跟在晏航身后，"以……以后就是晏……主厨了？"

"真敢想，"晏航笑，"就是能有个机会去后厨跟着了，当个助理什么的，哪就能当主厨，让我们主厨听见了瞪你。"

"以后会……是的。"初一说。

晏航拍了拍他："挺会说话。"

晏航的后厨之路还算顺利，没到一个月时间，经过了几道考核之后，他如愿以偿地去了后厨工作。

对于初一来说，虽然钱没有领班拿得多，但只要晏航高兴，就是好工作。

唯一有些遗憾的，就是……制服没有前厅的好看！

晏航站在更衣室镜子面前给他拍了一张照片发过来。

白衣飘飘。

就不要这样美化厨师服了吧……这衣服也飘不动啊。

黑围裙还是很美的。

那是围裙吗?我以为是裙子,你没拍全啊。

晏航只好又拍了一张全身的照片过来,黑色的裤子。

这身衣服只能靠脸撑了。

初一回复。

反正你来吃饭也看不见我了。

我去吃的话,能吃到你做的菜吗?

不能,大概能吃到我打下手的菜。

初一看着手机笑了半天。

其实再多看几眼,也就不觉得难看了,毕竟是晏航,驾驭什么衣服都不在话下。

晏航对后厨工作很快就适应了,初一能感觉得到在后厨比他做领班的时候要开心,每天还会跟他说说今天都干了什么,偷学到了什么菜之类的。

以前做领班的时候,初一几乎没听他说过工作时的事儿。

日子一踏实,时间就会过得快,初一一直觉得自己这学期才刚开始,没回过神来居然就快要期末考试了。

今天他们分组跟老师去汽修厂实地体验,老师开着学校的破车带他们过去,宿舍几个人比放假了还兴奋。

"是不是今天能有个真出了问题的车让我们折腾一下啊?"胡彪问老师。

"你们可以听听看看,"老师说,"想上手修?还早点儿。"

"说不定我们是天才呢,"张强说,"一直也没什么机会碰碰整车,开发不出我们的能力来嘛。"

"你们汽修这一帮人,要说谁有点儿那个意思,"老师说,"也就只有初一了,那离天才也差得远呢,初一天天泡在实训室,你们就知道谈恋爱。"

"也不是,"高晓洋说,"我就没谈恋爱,我主要是爱睡觉,没有时间谈恋爱。"

几个人都乐了。

初一坐在副驾的位置,有些感慨,学校几辆车,除了校长有时候开出去要充个门面的那辆,别的都不怎么样,从打火开始就哐哐响。

开了一阵儿之后,老师踩油门加速时,初一在一帮人热闹的聊天儿声里听到了很轻的滴答声,还挺有节奏感的。

第二十四章

他仔细听了一下，第二次加速时声音又出现了。

"没机……机油了吧？"他转头问了老师一句。

"是吗？"老师反问了一句。

"滴……滴答响呢，"初一说，"加速的时……时候。"

"看到没有？"老师偏了偏头，冲后面几个人说，"你们就知道聊，耳朵都白长了，之前有没有给你们说过怎么通过异响找故障！"

"我没听见啊。"李子强把脑袋伸到了前排，"我们坐后排听不见呢。"

"你坐前排也听不见。"老师说。

"您这样容易逼着我们孤立初一，"周春阳说，"我们宿舍的传统就是排斥孤立优秀同学。"

初一笑了起来。

"如果不是机油的问题呢？"老师问初一。

"气门间……间隙，"初一说，"调一下，要是还……响就得拆发……动机。"

"嗯，"老师点点头，"拆发动机全面检查这个费用就高了，加机油，换滤清器，调整气门，都是比较省钱的维护方法。"

后排传来几个人整齐的一声"嗯"。

初一对汽修还挺有兴趣的，特别是站在现场时。

看着那些技工在车底钻着的时候，莫名会有种成就感，而且他一直觉得这工作很适合自己，不用说话，不用太多的交流。

有问题找问题，找到问题就修。

多利索。

"我这车就是老有那种撒气的声音，嘶嘶嘶的，"一个大姐正跟维修人员说着话，"有时候不注意听就听不到，稍微静一点儿就能听到了，怪吓人的。"

"这有可能是什么问题？"老师低声问他们几个。

"汽缸垫漏气了。"苏斌抢着说了一句。

其实不抢也没事儿，看宿舍这几个人的样子就知道没人准备回答。

"嗯，有这个可能，"老师又看着初一，"你觉得呢？"

"真空管断……了，裂了，真空泄漏……"初一说着就跟维修的小哥一块儿站到了车头，"对吗？"

"对，"小哥点点头，"就是这个位置不太好找，得听声音在哪儿。"

"这儿。"初一弯腰盯着看了两眼，顺着声音指了指。

"好像是。"小哥也看了看，又回过头看着老师，"今年实习的？"

"没呢,"老师抱着胳膊,"得明年了,今天就带着过来感受一下,随便看看。"

回到宿舍之后,几个人一块儿去食堂吃饭,胡彪小声说:"今天苏斌相当不爽了。"

"建议他跟初一约一架,"周春阳说,"嫉妒使人战斗力增强,没准儿能把初一打趴了。"

"那不可能。"李子强喷喷两声。

初一也知道今天他让苏斌有点儿没面子,但是他俩说的问题都有可能,只是碰巧的确是真空管断了而已,他叹了口气:"都是基……基……"

"都是鸡。"胡彪点点头。

"神经病,"吴旭笑得呛了一下,"你瞎接个什么鬼。"

"都是基础。"周春阳说。

"嗯。"初一点头。

"你是不是气人呢!"张强看着初一,"我们都没回答上来,你说是基础,成心气人吧?"

"是啊。"初一继续点头。

"约架吧。"张强说。

"好。"初一还是点头。

"看到没?"胡彪笑得不行,"狗哥现在气场就是不一样。"

"不枉费你强行给人推广了一年。"周春阳说。

初一想起了最早听到除了晏航之外的人叫他狗哥那会儿,时间还真是过得很快。

那时他还是个矮狗,还不太敢说话,也特别害怕被人围观。

一年过去了,他想到那时的自己时,虽然还能体会那样的感觉,却已经开始对那样的感觉有了些许陌生。

"暑假你有什么安排吗?"晏航坐在沙发上,手里拿着本旅游小册子,"要出去旅行吗?"

"王老师说介……介绍暑期工……作给我,"初一躺在沙发上枕着扶手,把脚搭在晏航腿上一下下晃着,"牛吧?"

"牛,"晏航点点头,"看你这脚晃的,就知道你有多得意了。"

初一笑了笑,又用力晃了两下。

"什么时候开始啊?"晏航问。

第二十四章

"七月中。"初一说。

"那就有半个月时间。"晏航点了点头。

"怎么?"初一问。

"想出去玩吗?"晏航说,"我有五天年假……"

初一先是愣了愣,然后猛地蹦了起来,吼了一声:"真的吗!"

晏航被他吓了一跳,手里的册子直接往他脸上甩了过来:"假的!"

"啊。"初一看着他。

"我要手里拿的是把刀,你现在脑袋都得让我劈了,"晏航瞪着他,"一惊一乍的,还大狗呢,狗哥呢,奶狗都比你镇定。"

"我高兴啊,"初一往他身上蹭了一下,"汪!"

"滚。"晏航躺到沙发那边扶手上,继续看着旅游手册。

初一紧跟着也一倒,挨到他旁边,把鼻尖凑过去狠狠吸了一口气:"小天哥哥换……换香水了。"

"嗯,"晏航抓了抓他的头发,"鼻子挺好使,好闻吗?"

"好闻,"初一说,"你本……本来就香。"

"这马屁拍的,"晏航喷了一声,"全是痕迹。"

初一一通乐,过了一会儿又问了一句:"真的吗? 去玩。"

"嗯,"晏航用小册子在他脑袋上一下下敲着,"你有想去的地方吗? 五天能来回的。"

"没有。"初一说,"跟你在……一起哪儿都……都行。"

"我吧,倒是有个地方想去,"晏航说得有些犹豫,"那儿不算旅游热门景点,但是也挺好玩。"

"嗯。"初一点头。

"我就是想问问你的意见,"晏航说,"我想去是有原因的,但是要拉着你一块儿去的话……"

初一抬起头看着他:"是想回……家吗?"

晏航有些吃惊地也看着他,过了一会儿才说了一句:"你这意念交流有点儿神奇啊。"

"就觉得你哪儿……都去……去过了,"初一笑了笑,"还想去的,也没别……别的地方了。"

"嗯,"晏航轻轻叹了口气,"我以前没想过回去看看,我也没觉得那儿跟我有什么特别的关系……但是现在吧,就有点儿想再去看看了,也想看看我妈，离得也不是太远。"

"那就去。"初一说。

"嗯。"晏航笑笑。

晏航不知道自己为什么会突然有这样的想法，以前他从来没想过要回去看看，他对自己出生的地方几乎没有什么太多的记忆。

也许是现在日子过得很平静，让他开始有时间也有心情去想到过去。

他没见过的妈妈，他消失了很久的老爸，他们之间唯一的联系，就是那里了。

还有一点他没有告诉初一，他总觉得，老爸会去那里。

虽然他已经努力让自己不去琢磨老爸在哪里，现在怎么样了，但毕竟这是他那么多年动荡生活里唯一的支撑和靠山，总还是想要找到一点儿让自己安心的痕迹。

初一的期末考试就像他目前的工作一样，基本没什么悬念，意料之中的都很顺利。

"就是文化课有点儿惨啊。"晏航一边收拾行李一边说。

"没办法，"初一把自己的衣服扔了一床，挑出要带出门的几件，"毕竟是专……专业人才，专业好就……行了。"

"你这种不要脸的精神值得你们全校学生学习。"晏航说。

"你真的开……开车吗？"初一看着他。

"别转移话题。"晏航说。

"二把刀司……司机，"初一说，"一年摸不……着一次车。"

"你总摸车是吧？"晏航说，"你都没摸过整车。"

"摸过。"初一说。

"都是坏的。"晏航说。

"你幼不幼……稚啊。"初一喷了一声。

"放心吧，"晏航躺到一堆衣服上，"你在车上呢，我肯定会小心开的。"

"嗯。"初一跟着也躺了下去，衣服堆面积有限，他半边身体都压在了晏航身上。

"滚下去。"晏航说，"你现在不是小狗了知道吗？气儿都让你压得上不来了。"

"我……"初一站起来，靠到墙边，"一米八……八……"

"臭不要脸，你有个屁的一米八八。"晏航说。

"八二。"初一说。

"我三年前就一米八二了。"晏航说。

第二十四章

"你三年长三……三厘米,"初一说,"我三年三……十厘米。"

"那是因为你基数小,你初二的时候要只有一米二,你现在还长了六十多厘米呢。"晏航看着初一。

小孩儿时不怎么显高,平时看着初一的时候,也没觉得这小子长高了多少,专门盯着的时候,才会发现,当年那个小可怜儿,现在已经完全看不到了。

啧啧,吓人。

出门旅行,对于晏航来说没有什么稀奇的,他跟着老爸三天两头地旅行,什么形式的旅行都有过,自驾都驾过,老爸买过一辆八手破车,开着跑了两个地方之后卖了第九手。

不过对于初一来说,旅行就是很兴奋的大事儿了。

他俩一直也没真的去哪儿旅行过,也就是回趟家,还回得不怎么愉快。

早上起来的时候初一眼圈儿就是黑的,兴奋得一夜没睡着。

在楼下跟崔逸拿车钥匙的时候,崔逸都笑了:"你这是兴奋了半个月都没睡过觉吧,不困吗?"

"乘客都上……上车了就睡,"初一说,"那才叫旅行。"

"开慢点儿,看到休息站就停车休息,"崔逸交代晏航,"车我已经保养过了……其实不保养也没事儿是吧?有初一呢。"

"我会修。"初一上了车。

"年轻真好,能嘚瑟得这么欠抽,"崔逸笑着看了他一眼,拍了拍晏航的肩,"给你的地址带着了吧?"

"嗯。"晏航点点头。

"注意安全。"崔逸说。

"知道。"晏航拉开车门上了车。

"除了行车安全,别的安全也要注意。"崔逸看着他。

"嗯,知道。"晏航点点头。

车子开出小区大门的时候,初一兴奋地放下车窗,把脑袋凑到窗边,感受着吹到脸上的湿润的暖风。

"关窗,"晏航说,"我要开空调了,热死了。"

"不。"初一很干脆地说。

"干吗?"晏航看了他一眼,"一会儿上了高速发际线都给你吹到后头去。"

· 263 ·

"这样才……才像旅行啊,"初一半眯着眼,"热乎乎的风,阳光,往后……跑的树,还……还有电台……"

初一转过头看着他:"以及你和我。"

晏航笑了起来,伸手打开了车上的电台,随便搜了一个音乐台:"是这样吗?"

"嗯。"初一点点头。

车开出市区之后,路上的车就有了些变化,不少顶着行李箱的车从他们旁边开过,暑假出去玩的人不少。

一路看着特别有旅行开始了的感觉。

一阵热乎乎潮乎乎的风吹进车里的时候,晏航冲着车窗外面,吹了很响亮的一声口哨。

"疯了。"初一笑着说。

"高兴。"晏航说。

暑假的时候出去旅行的人很多,好在初一他们学校比普通高中放假时间早了几天,他们出发的时候,大规模暑期自驾旅行团还没有开始上路。

不过就这样,上高速的时候也排了一会儿队。

初一透过窗口往外看着:"那……那边那个……口为什么不……排队,唰唰过?"

"那是ETC通道,要办个卡,就可以直接扫描车牌过去了,"晏航把车慢慢往前挪着,"不用现场拿卡,下高速也不用排队交费。"

"哦,"初一点点头,"以后你买……买车了就去办……一个吧。"

晏航看了他一眼,笑了起来:"说得好轻松啊。"

"我给你凑……凑点儿,"初一转过头看着他,"我明年就上……班了。"

"好,"晏航点点头,"定个计划吧,二十万的车,你给我凑五万怎么样?"

"没问题。"初一说。

晏航笑着打开车窗,接过了收费员递过来的卡。

收费员是个小姑娘,带着非常标准的笑容说:"祝您旅途愉快。"

"谢谢。"晏航说。

"旅途愉快。"初一说,"开始踏上旅……旅途了。"

"嗯。"晏航应了一声,通过收费口之后他踩了油门,后视镜里能看到挨在

第二十四章

窗口的初一脑门儿上的刘海儿一下被吹成了大背头,眼睛也吹没了。

"不关窗?"他又问了一次。

"就不关。"初一说。

"你面前那个斗里有两副墨镜,一个我的,一个老崔的,"晏航说,"你拿一个戴上吧,一会儿眼睛给你吹瞎了。"

"嗯,"初一打开小斗,拿出了两个眼镜盒,打开看了看,"这个骚蓝……色的是你的吧?"

"是啊,"晏航笑着点头,"那个黑的是老崔的,你戴他的吧。"

"不,"初一拿出了蓝色的那副墨镜戴上了,"我要时……时髦的。"

"挺帅的,"晏航扫了他一眼,"配上你的大背头,像个黑社会的了。"

"你戴吗?"初一说,"路上反……光了。"

"嗯。"晏航点头。

初一拿了那副黑的给他戴上了,又偏着头盯了半天:"挺像我们黑……社会的小……小弟。"

"是,狗哥,"晏航说,"狗哥您看我这车开得还行吧?"

"可以,"初一点点头,"继续努力。"

晏航之前计算过,如果中途不休息,开到地方大概也就四个小时,不过他们中途肯定是要休息的,他没跑过高速,也没开过这么长时间的车,像崔逸交代的,得注意安全。

"有休息……站了。"初一顶着热风靠在窗户边说了一句。

"好,"晏航说,"尿尿喝水吃东西伸伸腿儿。"

"尿尿不要放……在第一个说。"初一说。

晏航笑了起来,放慢车速,进了休息站。

他上完厕所,又洗了个脸,出来的时候初一正拿着手机对着四周拍着。

"拍什么呢?"晏航过去看了看,都拍的是来来往往的人。

"旅行的人,"初一说,"跟平……平时的人看着不……不一样。"

"嗯,"晏航也看了看四周,"这倒是真的。"

"以前你跟晏……叔叔,"初一看着他,"也这……这样吧?"

"不太一样,"晏航伸了个懒腰,带着他往休息区的超市走过去,"我们连行李都没两件,算不上旅行,算迁徙吧,一站站走,没有目的地,也不回头。"

初一没说话,低头看着手机。

旅行啊,到处旅行。

初一以前就很想旅行,每次放暑假回到学校,前后左右的同学都在聊暑假去了哪儿玩,他一般都是隐身地在一边听着。

他出来读书之前去过的最远的地方就是爷爷家,旅行从来没想过。

好像全家人也没有谁想过旅行的事儿,姥姥可能连他们滨河区都没有离开过。

初一挑了几张照片,想要发到朋友圈,想想又觉得还不够,于是凑到晏航旁边:"小天哥哥帮……帮我拍……张照片。"

"嗯,"晏航拿了点儿零食和饮料,"拍什么样的?"

"我坐在驾……驶室的。"初一有些不好意思地小声说。

"好,"晏航笑了,"还可以车头车屁股地坐着靠着,我给你拍。"

"女生才……才那样,"初一说,"我要坐驾……驾驶室。"

买完吃的,他俩去了停车场,晏航把车从车位上开了出来,停在了绿化草坪旁边:"在这儿拍,背景好看点儿。"

初一上了车,坐到驾驶室里之后,就不知道该怎么摆姿势了。

虽然晏航总说他帅,但他知道自己不像晏航,随便往哪儿一坐,定格了就是张硬照,他得"凹造型",要不就还是土狗。

"胳膊撑方向盘上吧,"晏航说,"然后转头看着我就行,把您的黑社会墨镜带上。"

"好。"初一戴上墨镜,清了清嗓子。

他不知道自己为什么要清嗓子,总之他清了清嗓子,然后把胳膊往方向盘上一撑。

喇叭非常响地叫了一声。

"哎!"他吓了一跳。

清嗓子大概就是为了这一声吼吧。

"拍下来了。"晏航笑着说。

初一没有笑,很严肃地重新把胳膊在方向架上撑好,偏过头看着他。

"哎,酷死了。"晏航按下了快门,"把车门关上再来一张,往车窗外面探点儿。"

"哦。"初一关上车门,把胳膊肘伸到车窗外,往车窗上一靠。

"墨镜拉下来点儿。"晏航又说。

"好麻烦。"初一用手指勾着墨镜往下拉了拉。

第二十四章

"这个动作帅!"晏航连按了几下快门,"狗哥我提醒你,这种照片发了朋友圈之后,请拒绝小姑娘们的各种撩。"

"怎么拒……拒绝?"初一问。

"不回复就行。"晏航说。

"我本来也不……知道怎……怎么回啊。"初一说。

"那太好了,"晏航说,"请保持你在这方面的弱智。"

拍完照片,他俩坐在草坪边儿上吃了点儿东西就继续出发了。

"喜欢这种感……感觉,"初一说,"在路上……跑啊跑啊,旁边有你。"

晏航没说话,伸手捏了捏他肩膀,发动了车子。

阳光很好,风里有灰土和泥草的味道,耳边有电台主播没话找话的尬聊,时不时会因为信号不好而有断续的音乐,眼前指向天边的高速公路,远处连绵的绿色,还有副驾上靠着窗看风景的狗。

这种感觉的确很好。

生活有时候会因为不确定而充满新奇和乐趣,也会因为太多不确定而人心不安。

如果有一个确定转头就会看到的人,所有的不确定就都会变得缓和起来。

初一昨天晚上没有睡好,这会儿一直盯着外面不断后退的风景,催眠效果应该很好,大概开出休息站没到一小时,晏航发现他"挂"在安全带上睡着了。

姿势有点儿毁形象,不过很可爱。

晏航把车窗关上,打开了空调。

这一路热风吹得他脸上都麻了,也不知道初一哪儿来那么大劲头一直顶着风兴奋着,就差吐舌头了。

路过了两个休息站之后,初一醒了过来。

"我睡着了。"他说。

"睡得爽吗?"晏航问。

"爽,"初一拿了张湿纸巾在脸上擦着,低头看了看纸,"我去。"

"哎哟,土狗也会说我去了。"晏航说。

"一……一直会说,"初一又抽了一张纸继续擦脸,"不当人面儿说……而已。"

"骂谁呢!"晏航说。

"不当外……外人面儿。"初一补充说明,又拿了第三张纸在头发上搓着。

"都黑了吧?"晏航喷了一声,"还拿脑袋兜灰吗?"

初一笑了笑。

下高速之前,他俩在休息站又停了一次,给车加满了油。

出了高速收费站,晏航在路边停下,拿出了手机点了导航。

初一往四周看着,田原景象已经少了很多,远处有不少高楼,前面的路绿化带很宽,草很厚,毛茸茸的看着很舒服。

这就是晏航出生的城市了。

很陌生的感觉。

车继续往前开的时候,晏航的话少了,不知道是为了听清导航的声音,还是因为到了这个城市,心里有事儿了。

"先到酒店住下,"晏航说,"崔逸给指定的酒店,说那儿交通方便,去墓园也比较好走。"

"嗯。"初一点点头,看着窗外,"你记……记得这些地……方吗?"

"不记得了,"晏航说,"我就小学在这儿,也没来过这边,对于我来说这里基本就是个陌生城市。"

"哦。"初一应着。

"其实我小时候住哪儿我也不记得了。"晏航叹了口气,"什么印象都没有,上小学之前就没什么记忆。"

"弱智啊。"初一说。

"你是不是欠收拾了!"晏航斜了他一眼。

"我三……三岁的事儿都记……得呢。"初一说。

"我大概……"晏航皱了皱眉,"是刻意不记得的吧,人的脑子是很聪明的,太痛苦的东西就自动遗忘了。"

初一看着晏航,没再说话。

崔逸给指定的酒店,还是可以的,今年还加修了新楼,他们的房间就在新楼,东西都很新,起码看上去很干净。

"我们要一……张床就够,"初一进了房间之后就往床上一倒,"两张多浪……浪费啊。"

"那你去跟前台说我们俩男的要换个大床房。"晏航说。

"我就是随……随便说说。"初一笑着说。

晏航到卫生间浴室里转了一圈儿,又拉开窗帘看了看外面:"环境还可以,窗户外面是停车场,安静,还能看到车。"

第二十四章

"崔叔的车挺……贵吧？"初一问。

"嗯，"晏航点点头，"对于我们来说相当贵了，七十多万，丢了我俩赔不起。"

初一想了想："那你以后买二……二十万的车是……不是太便……便宜了？"

"老崔第一辆车才五万，"晏航说，"二十万的计划已经挺牛的了。"

"嗯，"初一笑笑，"二十万能买……买到大车吗？SU……V。"

"能，你喜欢大车啊？"晏航问。

"旅行方便。"初一说。

"行，以后有车了，争取一年出去玩一次。"晏航想了想。

初一没说话，嘿嘿嘿地乐着。

"洗澡去，"晏航伸了个懒腰，"跑这一通都成咸菜狗了。"

初一拿了衣服去洗澡，听动静他应该还处于旅行的兴奋当中，一边洗还一边哼着歌。

可惜这人长了快十八年，就会一首《数鸭子》，天天数。

晏航叹了口气，看了看手机。

三点多，一会儿出门去墓园看看，回来能赶上吃晚饭，崔逸还给了他几个饭店的地址，说是味道不错可以去吃吃。

虽然崔逸没说，但看名字都不是什么高级的饭店，应该就是夜市小店，晏航估计这几个饭店都是老爸跟他以前经常去吃的地方。

"洗完没？"晏航到浴室门口问了一句。

"洗头呢，"初一在里头说，"你洗个澡半……半个小时我都……没催过你。"

从浴室出来的时候，初一突然紧张地抬头看了看："会不会有摄……像头！"

"不知道，"晏航一边擦头一边说，"这么好的身材，摄了就摄了吧，也不丢人。"

"这是什……什么逻辑啊？"初一有些吃惊地看着他。

"帅哥的逻辑。"晏航说。

"哦。"初一还是看着他。

"快收拾吧，"晏航拉开窗帘往外看了看，"一会儿先陪我去趟墓园，然后回来咱俩去吃点儿老崔推荐的……忆往昔晚饭。"

"好，"初一提了提裤子，"要买点儿什……什么香啊纸……纸钱之类的吗？"

"不用，"晏航笑了笑，"我爸应该不弄这些。"

"嗯。"初一点了点头。

· 269 ·

初一突然有点儿紧张。

他不知道为什么会紧张,但这种紧张从他和晏航穿好外套走出房门开始就一直没有消失了。

就像是……要见家长一样的紧张。

虽然初一也不知道见家长这种想法是怎么冒出来的,而且他也不知道见家长是不是这样一种紧张,再说他第一次见晏叔叔也没有这样紧张过……但总之他就是紧张。

"怎么了?"晏航大概是感觉到了他的情绪,"你是不是……害怕?要不你在房间等我,我自己过去……"

"不不不不,"初一赶紧摆手,"不是。"

"嗯?"晏航看着他。

"我是紧……紧张。"初一轻声说。

"紧张?"晏航愣了。

"见……见家长。"初一声音更小了。

"就一个墓碑,"晏航顿了顿,几秒钟之后没忍住乐出了声,"你要笑死我了。"

初一喷了一声。

"没事儿,"晏航说,"一会儿找到地方,你不用紧张,我说话就行……"

初一张了张嘴,想说什么,但是想想又还是没说出来。

墓园在市郊,从酒店开车过来,没有什么岔路,不到一小时的车程,很好找。

现在不是扫墓的时间,墓园里很静,停车场上停着两三辆车。

晏航拿着崔逸发给他的编号,看了看旁边的地图:"应该是在山坡那边。"

"这儿的空……空气真好。"初一说。

"都是树啊草的,还没有人,"晏航说,"空气当然好了。"

顺着路往山坡那边走,一路他俩都没再说话,初一轻轻抓住他的手时,他才注意到自己手心有些出汗,这么热的天儿里他的手指是凉的。

多少还是有些伤感吧,对于记忆里从来没有存在过的妈妈。

离编号越近,晏航感觉自己的手越凉,脚步也很慢。

一个个墓碑,一个个名字,记录着不一样的人生。

第二十四章

最后他停在了一个墓碑前。

这是个夫妻墓,一半立了一块黑色的碑,写着名字,还有照片,另一半是空的。

这是晏航第一次知道自己妈妈叫什么名字。

陆小舟。

晏航笑了笑,还挺可爱的。

看墓碑的新旧程度,这应该是老爸几年前的什么时候过来新换的。

墓碑前收拾得很干净,他们过来的时候,还看到有工人在打扫,应该是每天都会打扫。

这么说来,如果老爸来过,也没有什么痕迹能留下了。

不。

还是有的。

晏航蹲了下去,墓碑前有一个香炉,还挺大的,比附近的都大了一号,里面放着一香炉的米,还有没燃尽的香柱,晏航看了看旁边墓碑前的小香炉,确定工人是不会清理香炉的。

老爸果然是不弄这些香啊纸钱的……但为什么放了个香炉呢?

他犹豫了一下,用手指戳了戳香炉里的米。

米里埋了东西。

他手指轻轻勾了一下,一个很漂亮的小戒指被指尖带了出来。

"啊。"初一在边儿上有些吃惊。

"玩浪漫呢,"晏航笑了笑,"你猜还有什么?"

"戒指。"初一说。

"……戒指都拿出来了,"晏航又在米里翻了翻,然后愣住了,"我去?狗子你去摆个摊儿吧,算命什么的。"

"真还有?"初一也愣住了。

"嗯,"晏航又摸出来了一个戒指,"这个款比刚那个旧一些。"

"每年……都买一个……吗?"初一也蹲了下来。

"应该不是,每年都买,这里头该有一把了,"晏航轻轻叹了口气,继续在米里翻着,"这米倒是可能得一年一换。"

"新米好吃,"初一说,"陈米都不……不香了。"

晏航看了他一眼,笑了起来:"傻狗。"

米里的东西其实也不是太多,三个戒指,一个小吊坠,一条手链,烟盒纸叠的两颗心，几片枯了的玫瑰花瓣，还有……一张很小的照片，剪成了圆形，看边缘应该是之前夹在那种照片吊坠里的。

晏航拿起照片看了看，手猛地抖了一下。

虽然照片很小，但毕竟上面的人是他，他一眼就能看到细节。

"老狐狸。"他咬了咬牙。

"我看……看看，"初一凑了过来，接着先是一愣，又猛地抬头看着晏航，"这是……是……是……这是你……你……"

"这是我的领班制服。"晏航说。

"他怎……怎么拍到的？"初一非常震惊。

"不知道，"晏航盯着照片，"拍得不是特别清楚，应该是离得挺远，然后把镜头拉近了拍的。"

"嗯。"初一也盯着照片。

"老狐狸偷拍我，"晏航说，"这个老狐狸居然偷拍我！"

"告他。"初一说。

晏航一下笑了起来："你烦不烦？"

"烦。"初一也笑了笑。

"这个应该是在楼下垃圾箱那儿，我每天都在那儿抽烟，"晏航看着照片，"也不知道是什么时候拍的，制服天天都一样。"

初一没说话，他的脑子已经被震得没办法再去思考了。

一直下落不明的晏叔叔，有一张晏航当领班之后的照片。

"偷拍我……"晏航声音低了下去，"这人也太不要脸了，居然偷拍我。"

初一感觉到了晏航声音有些发颤，他伸手搂住了晏航的肩。

"看来我已经帅到会被亲爹偷拍的地步了……"晏航低下头，把脸埋进了胳膊里，"我要告他。"

"嗯。"初一在晏航背上轻轻拍着。

他听到了晏航很轻很低的哭泣的声音。

第二十五章

Chapter twenty-five

晏航真是个很少哭的人，对比自己没事儿就鼻子发酸，初一一直觉得晏航真的很坚强，晏叔叔是个不动声色的老狐狸，晏航就是个特别坚强的小狐狸。
　　只有在他极少数控制不住情绪哭了的情况下，初一才会觉得晏航并没有他表现出来的那么强。
　　他只是很善于隐藏和掩饰。
　　初一蹲在墓碑前，四周很静，偶尔有鸟叫，还能听到几声不知名的虫鸣。
　　除去这些，就什么声音也没有了，甚至听不到晏航的哭泣声。
　　但他放在晏航后背上的手能感觉得到，晏航的确是在哭。
　　一点儿声音都没有。
　　就那么坐在地上抱着膝盖，脸埋在胳膊里。

　　初一体会不到晏航现在的心情，他只能猜测。
　　毕竟自己跟老爸并没有这么深厚的感情，在知道老爸被抓到时，他也有些鼻子发酸，但更多的是想知道为什么。
　　晏航不同，晏航和晏叔叔一直在一起，虽然居无定所，没有一个传统意义上的家。但就像晏航说过的那样，家不仅仅是个名称，而是人和感情，他和晏叔叔在一起，就是家。
　　晏叔叔失踪之后晏航似乎也过得很好，除了会像以前一样失眠，也没有增加什么别的负面表现。
　　但直到现在，眼前，看到了晏叔叔的这些痕迹之后。
　　那种失去了的感觉才突然再次爆发吧。
　　晏叔叔这么久没有消息，他们却突然发现，他手里有晏航的近照。
　　他不知道晏航现在的感受是委屈、欣慰、生气，还是想念。

　　初一没有出声安慰，只是把手一直放在晏航背上。
　　他找不到什么可以安慰的话，也不觉得晏航现在需要安慰。
　　哭一哭挺好的，想哭的时候就得哭，为什么要劝他不要哭呢？

第二十五章

初一把从米里找出来的小物件一样一样地藏回了米里，以前他只是觉得晏叔叔是个很有意思的人，现在看到这些，又觉得晏叔叔还是个很温柔的人。

初建新被抓了又释放的事，他应该已经知道了吧，也应该知道当时的事情经过警察调查已经清楚了，为什么还不出现呢？

初一轻轻叹了口气。

晏航哭的时间挺短的，起码比他短得多。

但晏航一直把脸埋在胳膊里没有抬头。初一知道为什么。晏航这么讲究，还这么会掩饰自己的人，当然不会在眼睛还发红的时候就抬起头。

旁边松柏的影子从晏航身上移到初一胳膊上时，晏航轻轻叹了口气，抬起了头，往他这边看了一眼。

果然，眼睛不红了，鼻尖也不红，除了脑门儿上有被衣服压出来的一点儿痕迹，晏航连眼神里都看不出他刚才哭过。

"走吧，"他慢慢站了起来，手撑着膝盖，停了一会儿直起身伸了个懒腰，"开车回去正好吃晚饭。"

"嗯，"初一点点头，"要留……留点儿什……么让晏叔……叔知道……"

"不用，"晏航看了一眼香炉，"他伸手摸一下就知道有人动过了，东西放回去又摆不回原样。"

"他还能记……记得这个？"初一有些吃惊。

"不确定，"晏航笑了笑，"不过他经常让我大吃一惊。"

离开墓园之后，看着路上慢慢又繁华起来的景象，晏航觉得自己也因为不断变化的街景而被分散了注意力，情绪慢慢缓过来不少。

老爸有他照片的事，崔逸应该不知道，否则崔逸不会让他过来。而且以老爸的性格，他决定躲起来，就不会轻易让任何人知道。

"去吃什么？"初一在旁边问。

"老崔介绍的什么饭店，挑了个离得最近的。"晏航说，"导航上都找不到店名，只能按路名搜，过去看看。他也多少年没回来过了，说不定都拆了呢。"

"你替他怀……怀旧。"初一笑笑。

"嗯，"晏航打了一把方向盘，按导航的提示把车开上了一条小路，"过十几年，你回趟家，也可以怀旧了，那个超市啊，菜市场啊，十块三条的内裤啊……"

"十块五条都……都有，"初一一说，"我穿过。"

"没把屁股给你染红了啊?"晏航喷了一声。

"还行,"初一笑了起来,"我穿过一……一直掉色儿的,洗出洞了还……掉呢,我还想它是……不是就是拿染……染料做……的啊,没有布。"

晏航笑了半天:"哎,好歹也是大城市长大的,生活质量都不如山里孩子。"

"现在好了,"初一说,"内裤都……都是条……纹的了。"

"那是我的。"晏航说,"你自己买过吗?抠门儿精。"

"你不服……气可以穿我……我的,"初一说,"十块三……条的,不掉色儿。"

"滚。"晏航看了看窗外,"你看着点儿路边的牌子,那个饭店叫哥儿俩好。"

"嗯。"初一扒着车窗往外看。

一条街开过去,并没有看到叫"哥儿俩好"的饭店,倒是有一个叫"哥儿俩好"的杂货店,还挺大的,门口挂满了各种小朋友的泳衣和游泳圈,还有拖鞋凉鞋,把门边的招牌都挡掉了,初一眼神儿好才看到了一个"好"字。

"去问问。"晏航把车停在了路边。

俩人下了车走到了杂货店门口。里头没有开灯,光线挺暗的,也看不清有没有人。

"啊!"初一冲里头喊了一声。

晏航莫名其妙地看着他:"你当这儿有声控灯呢?"

"要买什么啊?"里面走出来了一个大爷。

"有人。"初一说。

晏航对他这种招呼方式表示非常服气。

"大爷您好,"晏航跟大爷打了个招呼,"我想打听一下……"

大爷盯着他一直看,看得他有点儿不好意思,话都差点儿说不下去了:"您这个店一直开在这儿吗?"

"是啊,"大爷还是看着他,"几十年了。"

"那您知道这儿原来有个饭店也叫哥儿俩好吗?"晏航问。

"就是我这儿,"大爷往脚下指了指,"哥儿俩好饭店,年纪大了经不住累,就不开了。"

"哦,"晏航愣了愣,"饭店也是您开的?现在改商店了?"

"对,"大爷看着他,有些犹豫地问了一句,"你姓晏吧?"

初一猛地转过头看了晏航一眼,晏航也愣住了:"是。"

第二十五章

"跟你爸长得真像,我一眼就认出来了,"大爷说,"一模一样。"

"我爸以前总来这儿吃吧?"晏航马上问。

"隔几天就得来一回,"大爷很得意地一扬头,"我这儿的排骨和酱鸭绝对吃一次就忘不了。"

"他跟朋友来还是……跟我妈来啊?"晏航问得有些艰难,"我妈"这个词对于他来说实在有些陌生。

"你妈应该就来过一两次吧,"大爷想了想,"后来就没再来过,你爸总跟朋友过来,小崔吧我记得。"

"他现在是老崔了,"晏航说,"您这儿的地址就是他给我的。"

"可惜来晚喽,"大爷笑了笑,"现在吃不着了。"

"是啊。"晏航叹了口气,有些怅然。

"你爸妈和小崔,都还好吧?这一晃十几年了,别的老食客我还经常能见着,就他们一直没再见过了。"大爷说。

"都挺好的,"晏航说,"离得远,回来一次也不容易。"

"也是,"大爷点点头,"一晃十几年,年轻人的儿子都是年轻人了啊。"

离开这里之前,晏航给大爷拍了个照,把他还有身后的哥儿俩好商店一块儿拍了下来。

回到车上之后,他把照片发给了崔逸。

大爷还记得小崔和小晏。

崔逸这种中年人,一般都不会打字回复,直接回了个语音过来。

"我去。"他说。

晏航发动了车子,把车开出了这条路,在街上来回转悠着,等着初一在手机上找个附近好吃的饭店。

"这个吧,"初一指了指手机,"饭店叫好……好吃。"

晏航笑了笑:"行。"

"我买个优……优惠券。"初一说。

"……我请客啊。"晏航叹了口气。

"你可以给……给我现金,"初一说,"原价。"

"滚,"晏航喷了一声,"导航过去。"

这个饭店叫好吃,装修得也挺好的,服务员笑得也特别卖力,三杯鸡做得很不错。

就是分量小，初一吃完一盘三杯鸡之后叹了口气："我还说挺……挺便宜，原来这……么小。"

"正常人够吃了，"晏航说，"人家是按正常人食量来设计的。"

"我们狗，"初一说，"不够，申请再……再要一盘。"

"还要别的吗？"晏航问。

"那个是什……什么？"初一看了看旁边桌子，小声问，"堆……堆起来的那……个。"

"吐司，"晏航看了一眼，"上面应该是浇了冰激凌。"

"我要吃。"初一说。

"好，"晏航叫了服务员，给他点了这两样，"你一会儿尝尝，三杯鸡我没把握，吐司你要爱吃，我回去可以给你做。"

"嗯。"初一笑着点了点头。

初一点的是个蓝莓吐司，味道很好，他一个人吃掉了三分之二。

"夏天也这么能吃。"晏航叹了口气。

"长个儿呢。"初一说。

"赶紧长，长个两米我看看。"晏航说。

"一米九就……就能俯……视你了。"初一心满意足地拍了拍肚子，"现在站……起来也能俯……俯视你。"

"你能不能有点儿结巴的操守，"晏航说，"你看哪个结巴有你话这么多的？"

"我是结巴里话……最多的，"初一说，"话多的人里最……最结巴的。"

"结账。"晏航站了起来。

初一拿着手机去了吧台，大概是从来没机会用手机结过账，他全程都很认真地盯着自己的手机。

"优惠了三……三十多，"初一说，"真好。"

晏航笑了笑没说话。

"钱就不……用给……给我了，"初一叹了口气，"白姐的代……代理费还……还没还你呢。"

"对啊，"晏航打了个响指，"差点儿忘了。"

初一看了他一眼。

"别人我肯定忘不了，"晏航搂搂他的肩，"你的就不大记得住了。"

第二十五章

从饭店出来的时候,外面的天还没有全黑,不过街上的各种灯已经亮成了一片。

这种繁华的感觉,其实并不特别,无论是家里还是现在上学的地方,这样的夜景都很常见。

但对于初一来说,却又的确是不一样的。

这是一个完全陌生的城市,他旅行的目的地。

之前大老远跑去找晏航的时候,见到的也是陌生的城市,期待和希望之外,更多的是紧张和慌乱茫然。

现在不同,现在因为身边有晏航,因为这是他和晏航共同的经历,所有的陌生就都变成了新奇和美好。

这不是个特别专业的旅游目的地,但是相比看到各种游客,这种在本地人群里慢慢走着的感觉,也很奇妙。

"口渴吗?"晏航问,"前面有个冰激凌店。"

"冰激凌不……解渴。"初一说。

晏航喷喷两口气:"想吃冰激凌吗?"

"想。"初一点头。

"去吃,走,"晏航一拍他后背,"我发现你有时候真烦人啊。"

"现在才发……发现有点儿晚……晚了。"初一笑着说。

"认了。"晏航说。

在街上瞎溜达,吃冰激凌,去电玩城里转悠,这都是初一以前很羡慕却也不敢羡慕的那些普通同学的日常生活。

出来上学之后,他已经过上了这样的日常生活,但现在这一切却还是因为"这是旅行的一部分"而变得与众不同。

他和晏航甚至在逛了几小时之后还去看了个午夜场的电影。

虽然是个难看到中途好几个人退场,而他连讲了什么都不记得了的电影。

这一晚上过得津津有味。

回到酒店的时候才觉得很累,洗澡都是晏航往他腿上甩了几巴掌才把他甩起来进的浴室。

"旅行好累啊。"洗完澡之后他躺在床上摊开胳膊腿儿,闭着眼睛感叹了

· 279 ·

一句。

"你也太好打发了，"晏航说，"谁去旅行是跑另一个城市逛街打电动看电影的？"

"咱俩啊，"初一很舒服地笑了笑，"我觉得这就……就是旅行，不用跟别……人一样。"

"狗哥说得好。"晏航给他鼓了个掌，把他往旁边推了推，躺到了床上。

"你累吗？"初一问。

"累，"晏航说，"全身心地累。"

"也高……高兴的吧，"初一转过头，"毕竟知……知道晏叔……"

"不高兴，"晏航咬了咬牙，"气死我了。"

初一笑了笑。

"老狐狸不知道躲哪儿偷拍我呢，"晏航叹了口气，"一百个人里有人盯了我一眼我都能感觉到，他偷拍我居然没发现。"

"你这些都……都他教的，"初一说，"肯定比……比你强啊，说不定还留……留了秘方没……有传给你。"

"肯定。"晏航点头。

"以后见……面了，"初一说，"捆起来逼……逼供吧。"

"好。"晏航笑了起来，偏开头呛得咳嗽了两声，"你来逼供怎么样？"

"没……问题。"初一握了握拳。

去墓园的事已经完成了，收获还超出了晏航的预期，接下去的几天，就可以是真正的旅行了。

不过这一夜他却还是没睡着。

身边的初一睡得跟猪一样，床本来就小，初一还不停地往他这边拱，最后他干脆坐了起来靠着床头。

就这样也没躲开，初一继续挤过来。

"你怎么这么烦人？"晏航往他背上甩了一巴掌。

初一连哼都没哼一声，完全没动静。

"居然打不醒？"晏航又拍了他一下。

初一还是睡得跟吃多了安眠药似的一动不动。

"狗子！"晏航继续拍他。

初一吧唧了一下嘴。

"摇尾巴！"晏航在他脸上弹了两下。

第二十五章

初一抓了抓脸。

"睡神吧你?"晏航叹了口气,搓了搓他的脸,"没心事真好啊!"

晏航挺羡慕初一的,活得很单纯,也会想事儿,但想得不是太纠结,情绪也不会有特别严重的波动,毕竟是在那样的家庭里长大而且还没有被毁掉的小孩儿,心理承受能力比他这种再怎么说也一直被老爸宠着的人要强。

"狗,"晏航捏起初一一撮头发,"狗,狗。Go,go,go!Ale,ale,ale…"

初一估计是真的心里踏实了,初建新被抓了,无罪释放了,他最担心的晏叔叔虽然还在"神隐",但是已经能确定是安全的了。

对于初一来说,就放下心来了。

晏航打了个哈欠,对于自己来说呢?

其实也可以说放下心来了,就算照片是他刚当上领班的时候偷拍的,距离现在也没有多长时间,何况照片是旧的,边缘有些起毛,能看出来在照片吊坠里也放了不短的时间。

喷。

老爸居然还有这种"少女心思",他那么想老爸,也没想到要把照片藏在吊坠里没事儿就看看……顶多是打开手机瞟一眼。

晏航不知道自己是什么时候睡着的,醒过来的时候他已经躺着了,但被初一挤到了一边。

"我就没见过你这种狗,"晏航简直无语了,抓着初一的胳膊把他往旁边一掀,"快滚!今天不给狗粮了!"

初一被他一掀之后翻了个身,嗵的一声直接从床上消失了。

晏航愣了愣,赶紧坐了起来。

初一的反应比狗还快,在"嗵"的同时他就跟装了弹簧一样从地上蹦了起来,站在了床边。

"小哥功夫可以啊。"晏航抬头看着他。

初一没说话,愣了半天才回过神来,盯着床看了一眼,又看着他,咬牙说了一句:"你这个恶,恶霸!"

"你……"晏航非常震惊,但还是低头也看了一眼床,这时才发现自己已经睡到了床边,按刚才的姿势,是他挤着初一……他重新抬起头,看着初一点了点头,"没错,我就是恶霸。"

"我一……一晚上,"初一拿过衣服,一边穿一边叹气,"都梦见在悬……

悬崖边儿上抱……抱着一……块石头,不敢松……松手……"

"滚蛋,"晏航笑了起来,躺床上看着他,"你昨天晚上一直挤我,我还没跟你算账呢。"

"报复心太……强了。"初一把他的衣服扔到床上,转身进了浴室洗漱。

晏航在床上又笑了一会儿才慢吞吞地下了床,走到窗户边把窗帘拉开了,然后伸了一个大懒腰。

今天的阳光不错,虽然出门肯定一身汗,但是要是去景点的话,还是有阳光玩得比较舒心。

"快洗……脸刷……牙!"初一从浴室里探出脑袋喊了一声。

"哎,"晏航吓了一跳,回过头,"吓死我了。"

"这么不……不经吓,怎么行……行走江湖的?"初一说,"早餐券八……八点半就过时间了吧!"

"放屁,"晏航说,"九点半,十点也说不定。"

"我看看,"初一出来,拿了自己外套,把兜儿里的早餐券拿出来看了一眼,"九点半。你怎么知……道的啊?哦,你就……就在酒店上……班。"

"两张早点票你还藏兜儿里啊?"晏航乐了,都不知道该说什么好了。

"自助餐呢。"初一说。

"傻狗,"晏航笑着说,"你以为送的自助早餐跟我们去旋转餐厅吃的一样吗?"

"起码不……不限量。"初一坚定地说。

"行吧,快快快!"晏航松开他蹿进了浴室里,飞快地开始洗漱,"我早晚得让你折腾成个抠门儿精。"

"二十万……的车。"初一说。

"好。"晏航差点儿呛着牙膏沫子。

酒店的自助早餐还行,有粥有面有豆浆,还有各种包子、饺子、点心,初一其实也没吃多少。

"我以为你要把那一桌子的东西都吃了呢,"晏航走进电梯,"一副雄心壮志的样子。"

"留点儿给别……别人。"初一说。

他们身后跟着进来了一个穿着服务员制服的小姑娘,进来之后先问了一句:"两位去几楼?"

第二十五章

"一楼。"晏航说。

小姑娘帮他们按下了一楼的按钮,晏航笑了笑:"谢谢。"

"不客气。"小姑娘退到一边,时不时往他俩脸上扫一眼。

到了一楼出了电梯,小姑娘跟在他俩身后小声问了一句:"是刑天吧?"

晏航顿了顿,回过头。

"天哪,"小姑娘捂住嘴蹦着低声喊了一声,"是吧?小天哥哥和小狗!"

"……拉出去灭口吧。"晏航说。

"不要不要,不要灭口,"小姑娘赶紧摆手,"我不拍照也不会到处说的,我就是自己兴奋一下,我特别喜欢你俩,我觉得你俩非常帅,小狗可爱死了,太可爱了……"

没等晏航开口说话,小姑娘已经转身一路小声喊着"帅啊可爱可爱"顺着走廊跑掉了。

"你彻底暴……暴露了啊。"初一说。

"嗯。"晏航笑了笑,转身往酒店门口走。

"保持不……不了神……秘了啊。"初一说。

"不保持了。"晏航活动了一下胳膊。

"为……什么啊?"初一说,"以后要靠……靠脸混……了吗?"

"真想抽你啊,"晏航感叹了一句,搂过他的肩,"以后跟以前,就不一样了。"

五天的假期,掐头去尾,中间留给晏航和初一"旅行"的时间其实并不多,晏航觉得有点儿对不住初一,初一都没出过远门儿旅游,结果第一次出来玩,却没去真正的"景点"。

不过初一对去了哪里、看了什么、玩了什么并不在意。

"套用你……的话,"初一说,"旅行不仅……仅是个名称,还要看人,跟你一……一起出门就……就是旅行。"

"这么会说话!"晏航笑笑。

"不……不要小看结……结巴。"初一点点头。

"一会儿要去的地方没有门票,就买个索道的票上山顶就行,"晏航说,"是不是挺符合你的要求的?"

"那要看索……索道多……少钱了,"初一拿出手机,"我查一下看有……没有优惠。"

自从发现网上无论结账还是买票,都多少会比现场付钱便宜一些之后,初

——每到一个地方都会先查。

晏航觉得能省点儿钱也好,但他怕麻烦,懒得折腾,有初一在旁边一路"省吃俭用",也挺好的。

这么算起来,他以前跟老爸东游西荡,因为怕麻烦而多花出去的钱,加一块儿估计能吓初一一跟头。

"我没坐……坐过缆车,"排队等着上山的时候,初一有点儿紧张,"我会……不会恐高啊?"

"我刚看图片了,也没多高,"晏航说,"你要是害怕就跪下求我,叫几声小天哥哥救命啊,我就抱着你。"

"不用了,"初一说,"没求你也没……没少抱,自己想抱还找……找个借口。"

"我一会儿就把你推下去。"晏航说。

初一笑了半天。

"晚了,我跟你说,"晏航说,"一会儿你跟着缆车在下边儿跑上山吧。"

缆车挺有意思的,中间也不停,一辆辆车往前顺着索道走,他们前面的俩姑娘胆子都小,跟着跑了两趟,终于上去了一个,另一个怎么也上不去,看着远去的同伴一直喊:"等等我,等等我啊!"

最后是工作人员半扛半抱把她弄上去的,折腾出一脑门儿汗来,然后转头冲他俩:"快!"

初一感觉自己和晏航基本上是嗖嗖两个人影就蹿上了缆车,工作人员很满意地点了点头。

"拍照。"初一把手机递给晏航。

这几天玩下来,他手机都快满了,晚上回到酒店,坐床上得翻半小时删照片。

"你不自拍了吗?"晏航拿了手机,往后靠了靠,"你之前不是挺喜欢自拍的吗?"

"有你还自……什么拍。"初一笑了笑。

晏航给他拍了几张之后,俩人又靠在一起准备合影。

晏航举起手机的时候初一从屏幕里看到了后面那辆缆车上的女孩儿正用手机对着他俩。

"偷拍的。"他小声说。

"拍呗,"晏航说,"咱俩又不丑。"

第二十五章

"什么逻……辑啊。"初一冲屏幕那边笑着。

"帅哥的逻辑啊,"晏航说,"老问。"

山顶的风景还是不错的,一边是连绵的小山,一边能看到城市。

初一觉得很美。如果放在三年前,他估计看不出什么感受来,但人就是这样,看得多了,见得多了,很多东西才体会得到。

晏航拿着手机退开了两步对着他,他转过头:"直播吗?"

"不直播,"晏航笑了笑,"拍张照片。"

"酒店那个小……小姐姐……会尖叫的。"初一说。

"嗯,"晏航点头,"这两天见了面她都不敢过来打招呼,估计是不好意思,只在评论里喊得起劲,好多粉丝见着博主本人了估计都会害羞。"

"发了吗?"初一凑过来。

"急什么,"晏航说,"现在这么臭美了,等着看人夸你帅吗?"

"嗯。"初一非常诚实地回答。

"我发现就你这样,再过两年不定什么发展趋势呢,"晏航喷了一声,把照片发到了微博上,"一点儿安全感也没有。"

"你这……这样的我都能觉得安……安全,"初一说,"你有什……么不安全的。"

"我哪样了?"晏航看着他。

"帅,能干,会办……办事儿,跟谁都……都能聊,"初一扳着手指头,"还失……失踪……"

"这个不算吧?"晏航说。

"算,我找……找你一年呢,怎……么就不算了?"初一说,"还冷酷无……无情。"

"那你为什么会有安全感啊?"晏航问。

"你总让……让我不要理……别人,"初一说,"我就懂了。"

"懂什么?"晏航眯缝了一下眼睛。

"就是懂了,"初一说,"你要不……不懂就装懂吧。"

"去你的,"晏航笑了起来,在他脑袋上扒拉了两下,"有时候就因为你结巴,我老觉得你挺傻的,偶尔发现你一点儿也不傻的时候就吓一跳。"

"就在你这儿……傻。"初一说。

最后一天"旅行"结束准备返程的时候,初一对着高速收费站的牌子拍了好几张照片。

"以后我每……去一个地方就……就留一……个地名。"他一边拍一边说。

"嗯。"晏航点点头。

车上了高速之后，初一关上了车窗。

"哟，"晏航看了他一眼，"不吹头了啊？"

"心情不……同了，"初一看着外面，过了一会儿又回头看了看晏航，"你以后还……会来吗？"

"不知道，"晏航说，"我在这儿也没什么旧可怀，我妈吧……我也没什么印象，如果以后老狐狸想过来，我可以陪他过来。"

"你说他现……现在会不会跟……着我们？"初一往后看着。

晏航看了一眼后视镜，后面只有隔得老远的一辆本地牌照的小面包车，他笑了笑："你当他是有多不放心我呢。"

初一没再说什么，轻轻叹了口气。

回来之后第二天，晏航就又开始上班了。

后厨的工作时间看上去是比当领班的时候要短了不少，但工作强度却挺大的，每天下班之后回来，晏航都会做一两道看上去非常牛气的菜。

"偷学的吗？"初一问。

"也不算偷学吧，"晏航说，"当然，人家做菜的时候你什么也不干就站旁边盯着看肯定不行。"

"现在的菜比……比以前做……做得高级很多。"初一看着今天的菜。

今天晏航做的是鸡扒，用红酒做的。其实初一觉得以前晏航也能做，但是味道肯定没有现在的好，而且摆盘也非常精致。他看着都不舍得吃。

"要刀叉吗？"晏航问他。

"不，"初一拿起筷子，"还是这……这个吃……起来快。"

"谁跟你抢啊？慢了就吃不着了似的。"晏航叹气。

"我的敌……敌人是自己。"初一说。

"那你战斗吧。"晏航说，"我再给你做个烤吐司，我买了巧克力冰激凌。"

"啊！"初一看着他。

"怎么了？"晏航问。

"幸福。"初一说。

"那你拍拍手吧。"晏航进了厨房。

第二十五章

"你不吃啊!"初一喊了一声。

"吃不下,天天闻这些味儿,"晏航说,"我其实想吃红烧肉!"

初一没出声,拿出了手机。

红烧肉红烧肉红烧肉……

就这个吧,红烧肉木桶饭,看上去挺不错。

他虽然不会做,但好歹也是马上就要打两份工的人了,点个外卖还是没问题的。

不过看了看别家之后他又改了主意,相比套餐,还是单点一个红烧肉再配一盒饭比较正规,而且这家店离得还近。

晏航把巧克力冰激凌烤吐司做好拿出来的时候,初一把鸡扒吃光了。

"没给你留。"初一说。

"嗯。"晏航把吐司放到他面前,"吃吧。"

"这个也不……不给你留了。"初一说。

晏航挑了挑眉:"嗯。"

初一把吐司拿到自己跟前儿开始吃的时候,突然觉得有点儿想哭。

晏航忙活了老半天,做了两道菜,自己一口没给他留,他居然多一个字都没说。

"你不……生气吗?"初一问。

"气什么?"晏航勾了勾嘴角。

"你没……没的吃。"初一说。

"不气。"晏航说。

"为什么啊?"初一低头夹了一小块烤吐司在冰激凌里裹着。

"因为你给我点菜了。"晏航说。

初一猛地抬起头瞪着他。

"对吧?"晏航笑了笑。

"……没有。"初一说。

这话刚说完,他手机响了,拿起来就听到电话里有人说"您点的餐到了"。

"送到了?"晏航问,"还挺快嘛。"

"我去散……个步。"初一站了起来,转身往门口走。

"在门口散吗?"晏航说。

初一没理他,打开门走了出去,再把门认真地关上了。

到电梯跟前儿站了没到一分钟,送餐的小哥就上来了。

不过拿到之后初一也没回去，站在门口愣着。

对于晏航一眼……不，连一眼都没看就猜到自己给他点了餐，他觉得很没面子，不散够了步他是不会进去的。

还没散满两分钟，房门打开了，晏航靠在门口："冰激凌要化了啊。"

"啊！"初一一惊，赶紧往屋里挤，"我的吐……吐司。"

"你打算站多久啊？"晏航问。

"没想好，"初一一把手里的袋子放到桌上，"你的红……烧肉。"

"红烧肉不错，"晏航打开了餐盒，"很香。"

"以后我学……学会了给你做。"初一说。

"不用，有这句话就行了。"晏航说。

暑假里不少同学这会儿才刚睡够了开始玩，初一已经开始了暑期打工生活。

王老师给他介绍了一个汽修店，挺大的，看店名就知道跟一般的修理店不一样。一般普通汽修店就叫××汽修，走时髦路线的汽修店，就会叫车××。

像王老师给他介绍的这家，就叫车之道。

你不知道我不知道他也不知道，只有车知道。

初一不知道为什么，走进店里的时候脑子里一直就是这句话。

一个小哥把店长叫过来之后，店长问他叫什么名字的时候，他差点儿就回答只有车知道。

"初一。"他控制住了自己的思绪。

"王老师推荐过来的我们还是很愿意用的，"店长说，"我们这儿有好几个你们学校毕业的，业务水平都不错。"

初一没说话，不知道该说什么。

"你刚来，就先帮着洗洗车什么的，人手不够的时候就去帮忙修理保养，"店长说，"好好干，能学到不少东西，在学校可没这么多实践机会。"

"嗯。"初一点点头。

店长说完把他带到洗车区，给几个员工介绍了一下之后就走了。

初一站那儿愣了能有一分钟，也不知道自己该说点儿什么还是该干点儿什么。

好在这会儿正好有车过来要洗，一个老员工冲他抬了抬下巴："你去洗吧。"

"好。"初一点点头。

第二十五章

他没洗过车,学校也没教,不过看过几次也就差不多能明白了。

一辆车也不只是一个人洗,他盯着另一个人的动作现学现干,先绕着车检查了一下有没有损坏,然后打开车门,把脚垫撤了出来。

接着是喷上泡沫,他站在旁边抽空问了一句:"这个是……什么?"

"预洗液。"那人懒洋洋地说。

初一本来想再问一句干吗用的,但看他的样子,就还是放弃了,一会儿查查就知道了。

接下去的冲洗,就简单了,初一拿着喷枪跟那个人一前一后地冲洗着。

冲了两下之后,初一被溅了一脸水。

他抬起胳膊蹭了蹭脸,刚蹭完,那人的喷枪往车顶一扫,又溅了他一脸水。

初一只好让到一边,结果没等他开始冲,对面的喷枪第三次从车顶扫了过来。

如果说前两次是无意的,那这次肯定是故意的了。

初一只在两个地方打过工,拳馆和咖啡店,无论老板和同事,都挺友善的,他从来没被这么刁难过,顿时有些郁闷。

不过新来的嘛,被欺负大概也是正常的,就像他刚到宿舍时,大小强都想立立威风。

他第二次让到了一边。

但他的退让似乎并没有让对面的满意,喷枪再一次扫了过来。

他甚至听到了旁边几个老员工的笑声。

初一发现自己已经没有以前的那种忍功了。

换了以前,别说这么喷他四次,就是十次,他估计最后也就是沉默着走开而已。

这两年活得大概有点儿太嚣张,忍功早已经废掉了。

对面的喷枪第五次喷过来的时候,他迅速抬起自己拿着的那把喷枪,迅速后退,同时喷枪对着水柱喷了过去。

两股水柱在车顶准确地对上了,顿时溅起一道水墙。

初一站得稍微远一点儿,躲开了四溅的水雾,对面的没有防备,被喷了一身水。

旁边几个老员工笑得更厉害了。

"我去!"对面那个关了喷枪,吼了一声,"你有病啊!"

"不好意……思,"初一说,"我不太会,跟着你……学呢。"

"学你个臭虫!"对面的非常不爽,"我教你拿水喷人了?"

初一没说话,面无表情地看着对面的人。

虽然没对着镜子研究过自己这样的表情到底是个什么样,但根据几次莫名其妙的实战经验,他知道这个表情大概会有狗哥的效果。

不过这次他还没等到效果,就被身后过来的一个人给打断了:"赶紧过去俩人给我洗车,我赶时间。"

初一回过头,看到一个大概三十岁左右的男人,不过没看清脸,他回头的时候这人已经转身走了,就能看到走路挺嚣张的样子,穿得也很时尚。

"我不去啊,"旁边有个老员工说了一句,"太难伺候了。"

"初一跟我去吧,"一个看着特别像老大哥的大哥冲他招了招手,"走。"

"嗯。"初一放下了手里的喷枪。

"我姓刘,叫我刘哥就行。"老大哥说。

"刘哥。"初一点点头。

"刚那个是李老板,老客户了,舍得花钱,但是人特别挑剔,"刘哥说,"洗他一个车抵得上洗别人三辆车了。"

"哦。"初一往那边看了一眼,这人开的是辆保时捷,周春阳最喜欢的那款"怕哪摸哪"。

虽然之前那辆车没有洗完,但基本流程初一已经知道了,过去之后就按刚才的顺序,检查车外观,拿出脚垫。

刘哥把泡沫枪递给他,他的动作看上去应该还算熟练,那个挑剔的李老板叼着烟坐在旁边没有说话。

不过就这念头转完了还没到二十秒,李老板就说了一句:"这个是你们的员工吗?怎么没穿制服?"

"新来的,还没给配制服呢,"刘哥说,"你明天来洗车,他就有制服了。"

"新来的啊……"李老板的语气立马就有些变了,"生手吧,会洗吗?"

"不光会洗,还会修,"刘哥说,"专业的。"

李老板没说话,走到了另一边,站在初一对面看着他。

第二十五章

初一还没有习惯被人这么一对一地盯着干活,有点儿不自在,趁着刘哥去拿喷枪的时候,他迅速换了一边,背对着李老板。

把喷枪的喷嘴调好之后,初一拿着喷枪一抬头,发现李老板又跑到他对面站着了,顿时觉得非常无语。

大概是表情没藏好,李老板冲他抬了抬下巴:"别紧张,洗你的,我就这臭毛病,改不了,就得盯着才放心。"

"你要是改天换个大几百万的车,"刘哥笑着说,"不得拿个放大镜对着我们啊?"

"那肯定不会,我要能买得起几百万的车,我就不会这么紧张了,"李老板说,"洗仔细点儿啊,上回洗完保险杠上还有泥点子。"

"放心。"刘哥说。

李老板的确挺挑剔的,哪儿要多冲哪要多洗他都得在旁边说一句,这节奏换了那几个老员工肯定是不乐意。

不过初一没什么感觉,他也没洗过车,不知道正常洗车是不是得这么啰唆,反正李老板让他哪儿多冲水他就多冲哪儿,让他擦哪儿他就在哪儿多擦几下。

洗完之后把东西都收拾好了,初一才发现自己出了一身汗。

"辛苦了小哥。"李老板拿出烟递了过来。

"不会。"初一说。

"看着也不像不会的啊。"李老板上下打量了一下他。

"真不会。"初一说。

"行吧,"李老板自己拿了根烟叼上了,转头看着刘哥,"你们店里原来也就你态度好点儿,现在这个小哥算上一个。"

刘哥笑了笑没说话,把车钥匙给了他。

"是来实习的学生吧?"李老板打开车门上了车,"脾气挺好。"

"嗯。"初一应了一声。

"叫什么名字啊?"李老板放下车窗又问了一句。

"……初一。"初一犹豫了一下。

"哪个学校的?"李老板继续问。

"你不是赶……时间吗?"初一不想再继续回答,跟查户口似的。

李老板愣了愣之后笑了起来:"对,赶时间,非常赶。"

初一没出声。

· 291 ·

"初一,"李老板发动了车子,"下回来再找你吧。"

初一一直觉得自己挺能吃苦的,不过今天从车之道下班回家的时候,他也的确感觉挺累的,起码比他在拳馆打扫卫生的时候要累多了,毕竟干了一整天活儿。

回到家的时候晏航还没回来,他摊在沙发上躺着,还好今天晚上他休息,不用去咖啡厅上晚班。

其实他看老员工也没他这么累,估计因为他是新来的,又是个暑期工,老员工不愿意干的活儿全扔给他了,洗车搬东西跑腿儿,这一天除了中午吃饭,他就没闲过。

不过伙食还可以,做饭的阿姨很舍得放肉,炒青菜里都放肉。

晚饭的时候刘哥也叫他一块儿吃,他为了留肚子跟晏航吃饭,就没吃,一下午忙忙乱乱的,这会儿饿得厉害。

晏航回来的时候,他已经饿得睡着了。

听到晏航在厨房里做饭的声音才醒过来。

"你什……什么时候回……来的!"他跳下沙发跑进厨房。

"二十分钟之前,"晏航把一大盘炒饭递给他,"快吃吧,我看你脸都饿小了。"

"今天不……不做大餐了?"初一问。

"这个就是大餐。"晏航说。

"炒饭也算大……"初一顾不上多说,低头拿勺先往嘴里扒拉了两口,然后愣了愣,"好吃!"

"一会儿再做个玉米浓汤就行了。"晏航说。

炒饭里的配料很多,初一一边吃边研究,洋葱、胡萝卜、小绿豆子、葱花、鸡蛋、菠萝、虾仁儿……还有他熟悉的黄油香味。

"这么多配……配料。"初一说。

"嗯,把剩下的不够单独做菜的配料都搁进去了,"晏航说,"清理冰箱屯货。"

"……哦。"初一愣了愣。

这应该是晏航随便炒的,不过现在晏航的水平,随便清个冰箱剩菜都能清出这种水平了,他非常感慨地坐到沙发上:"你去开……个店吧。"

"不。"晏航回答得很干脆。

第二十五章

"为什么?"初一问。

"太累了,"晏航说,"我操不了那么多心,我不想劳神,领班我都受不了,还开店呢。"

"我看我们汽……汽修店的老……板就挺闲,"初一边吃边说,"一天都没……没见着人。"

"你这真是标准的傻子型想法,"晏航很快煮好了汤,端了出来,坐到他旁边慢吞吞地开始吃炒饭,"今天干得怎么样?累吧?"

"嗯,洗了好……好多辆车。"初一点点头。

"没有机会去看看修车吗?"晏航问。

"没有,"初一摇头,"一直洗……洗车,然后打……杂跑腿儿。"

"没事儿,刚一天,"晏航把一粒大虾仁儿夹到他盘子里,"同事怎么样?"

初一想起了喷他好几脸水的那位,叫阿齐,不知道为什么会用这么难听的称呼,初一几次都把他名字记成了喷嚏,还好没什么交流,要不喷水一战之后又管人叫喷嚏,估计得当场打起来。

"怎么了?不友好?"晏航偏过头。

"有一……一个不友好,"初一说,"有一个刘哥挺……挺好的,别的就不……不怎么搭理我。"

"正常,临时工里的临时工,"晏航摸摸他的脑袋,"你就当是去学习就行了。"

"嗯。"初一扒拉了两口炒饭,"今天有个客……客户,洗车要'声……声控'。"

"什么?"晏航没听懂。

"洗这儿,冲……冲那儿,擦擦……这儿,"初一学着李老板的样子,"这儿不……不要有灰,那儿有……有泥点子……"

晏航笑了起来:"车挺好吧?"

"春阳最……爱的车,"初一说,"我拍……照了,晚上发给他。"

"下次这个客户再去,你就让周春阳去洗,他肯定乐意。"晏航说。

初一笑着又吃了几大口饭。

周春阳是个喜欢吃喝玩乐的货,洗车他是肯定不会来的,特别是脏成这样的车。

·293·

初一看着眼前的这辆车,要不是李老板的确是从这辆车上下来的,他都完全看不出来这是昨天的那辆"怕哪摸哪"了。

不过也挺神奇,李老板对他的车仔细成那样,居然能容忍车脏成这样,糊满了黄泥浆子,车牌那块儿都是专门擦出来的,要不都看不见号了。

"你这车是翻沟里了吧?"刘哥很震惊。

"没有,"李老板一脸忧伤,"一个意外,赶紧给洗洗,看看掉没掉漆。"

"先把泥冲掉吧,"刘哥叹了口气,"你这漆肯定会被磨花了,一会儿抛光看看能不能挽救吧。"

"赶紧。"李老板说。

车上的泥已经干了,初一和刘哥先拿水把泥都弄湿,等泥软了才能拿喷枪冲下来。

"初一是吧?"等着泥被泡软的时候李老板点了根烟在旁边坐着,"过来聊会儿吧。"

初一看了他一眼,站在车旁边没动。

"工作时间不能聊天儿?"李老板问。

"聊什么?"初一问。

"……聊天儿还能先确定个主题吗?那就叫谈话了。"李老板说。

"谈什么?"初一又问。

李老板愣了愣,夹着烟笑了起来,好半天才叹了口气:"算了。"

于是初一转回头,继续看着车。

今天李老板的车用了洗三辆车的时间才算是清洁完毕,刘哥非常郁闷:"洗你这个车我们真是亏死了。"

"有什么亏的,不是还多收费了嘛。"李老板说。

"我宁可正常收费洗三辆。"刘哥说,"你这车一会儿打点儿蜡抛光一下,还算不错,没有特别明显的划痕,你看看。"

"不看,"李老板说,"不忍心。"

刘哥看了他一眼:"你不给它揉揉啊?"

"赶紧的,抛光!"李老板说。

初一忍着笑,一脸严肃地站在旁边,刘哥把车钥匙扔给了他:"把车开过去,打蜡抛光。"

初一有些尴尬:"不会开。"

第二十五章

"你们学汽修的不都会开车吗?"刘哥说,说完又回过神来,"哦,你没到年龄呢吧?"

初一没说话,刘哥已经上了车,要把车开到汽车美容那边,他赶紧跟了过去。

初一在学校上学期学的都是修理,各种汽车零部件的检修维护,这学期学了点儿汽车美容,但是实践的机会不太多,这会儿他也不想跟李老板多说话,就想盯着刘哥,希望他累了能让自己试一下。

"挺简单的,"刘哥一边上蜡一边说,"好多人自己在家买个抛光机就弄了,多试几次就掌握了。"

"你让他试试吧。"李老板说。

刘哥猛地转过头:"什么?"

"我说你让初一试试,你不说简单嘛。"李老板说。

"别人的车我就让他试了,"刘哥说,"你的车还是算了吧。"

"没事儿。"李老板说。

初一看了他一眼。

李老板冲他笑了笑,没说话。

"我试试?"初一小声说。

"稳点儿慢慢来。"刘哥说。

"嗯。"初一应了一声。

晏航的手机在兜里震了一下,他估计是初一发过来的消息,但这会儿他没有时间看。

他正在给大厨备料,还得把材料先初步加工,大厨脾气挺好的,平时笑眯眯的,对谁说话都挺温和,但是要出了哪怕一丁点儿错,他骂起人来绝对能用劈头盖脸形容。

晏航没在他手下出过错,但每次别说备料,就是检查操作台上各种调料时他都不会有一点儿分心。

他算是很有面子了,到了后厨没让他从削土豆儿干起,就是打了几天杂。但他做到现在这个位置时间有点儿太短,而且原因就是他记住了大厨调料的习惯性顺序,随手给放了一下,大厨突然就觉得他是个有心人……这种理由,要想让别人服气,他就不能让人挑出一点儿毛病来。

一个钢镚儿 /3
A COIN

  一直到这一大通忙完了,可以短暂休息一会儿的时候,他才走到外面拿出手机看了一眼。
  他今天出门的时候交代初一有制服了拍张照片给他看看,初一很听话地拍了照片发了过来。
  其实他都差不多能想象得出来是什么样的制服,比他们后厨的制服好看不了几毛钱的。
  但是初一的气质……却相当适合这样的衣服。
  黑色带黄条的工装裤子,普通的黑色T恤,大概因为一直干着洗车工的活儿,所以脚上穿的是双胶鞋。
  晏航盯着看了一会儿,回了一句话。
  荷尔蒙爆棚了。
  什么?
  初一很快回复了过来。
  晏航没理他,盯着照片继续看,接着就看到了照片上初一身后的玻璃。
  玻璃上有个人影,看举着一只手的姿势,初一的照片是这人拍的,而且映出来的影子,这人穿得挺讲究,肯定不是他们的工装。
  给你拍照的是谁啊?
  一个客户
  你让客户给你拍照?
  是啊,我让刘哥帮我拍,刘哥怕拍不好。
  哦。
  晏航喷了一声,自己的确有点儿敏感,但他的敏感多数时候并不是白敏感的。

  回到家的时候,初一没有像平时那样在他开门之前就蹿过来抢着把门打开。
  晏航打开门,听到了浴室里有水声。
  "你怎么这会儿才洗澡?"晏航冲里面喊了一声。
  "你回来了啊,"浴室门马上打开了,初一顶着一脑袋泡沫探出了头,"我今天回……回晚了。"
  "干吗去了?"晏航把手里买回来的菜放到桌上,看到了浴室门口地上扔着的初一的工装,"还把这身穿回来了啊?"
  "我帮着看……看故障车了,"初一说,"就晚了,衣服就……一套,自己

第二十五章

洗,自……己晾。"

"嗯。"晏航应了一声,冲他挥挥手,"赶紧洗,滴一地泡泡。"

初一笑了笑,缩了回去。

洗完澡出来,初一往沙发上一躺:"叫……个外卖吧。"

"怎么?"晏航扔了条毛巾到他脸上,"擦擦脑袋。"

"别做饭了,"初一懒洋洋地擦着头发,"累。"

"又没让你做饭。"晏航说。

"怕你累。"初一说。

晏航看着他。

"工作。"初一补充说明。

晏航笑了起来:"傻狗,那你点外卖吧,我今天还真有点儿不想做饭了,晚上我去你们咖啡厅看会儿书。"

"什么书?"初一一边点餐一边问。

"我们老大写的书,"晏航说,"英文版的,不知道是要装个格调还是想考察我,让我看呢。"

"好。"初一笑了笑,咖啡厅晚上挺无聊的,如果一抬眼就能看到晏航坐在角落里,感觉能舒服很多。

其实说起来,别人都在放假,朋友圈里天天都是吃喝玩乐,全世界好像只有自己从早忙到晚跟个秃毛狗似的,初一觉得自己特别艰辛。

晚上躺在床上都没忍住叹了一口气。

"把咖啡厅的工作辞了吧!"晏航在旁边说了一句。

"嗯?"初一转头看着他。

"都叹气了。"晏航说。

初一笑了起来:"你怎……怎么知道叹……叹的是这个?"

"猜的,"晏航说,"我就是觉得你这么忙一整天好像有点儿太拼了,又不是急需钱赎身。"

"不能辞,"初一说,"暑假完……完了回学校就……就不能去汽……修店了啊,晚上也……不去,钱从哪儿来啊?"

"我养你。"晏航说。

"抢我台词。"初一嘿嘿笑了两声。

"我问你啊,"晏航看着他,"你们那个客户,给你拍照那个,是不是你之前说的,洗车时'声控'的?"

"嗯,"初一点点头,鼻尖在晏航肩上一下下蹭着,"怎么了?"

"这人干吗的啊?"晏航问。

"驯狗……狗……狗师。"初一说,"有个狗……狗场。"

晏航皱了皱眉:"驯犬师啊?"

"嗯,"初一撑起胳膊,"我有他名……名片,我拿给你看。"

"躺好!"晏航甩了他一巴掌,"我看他名片干吗?我又不是狗。"

"……哦,"初一愣了愣,"我是啊?"

"躺好!"晏航说。

驯犬师?啧啧啧。

初一重新躺好:"今天洗他……的车洗……洗了一个多……小时。"

"是吗?"晏航想了想,"他名片拿来我看看。"

"啊?"初一没动。

"名片。"晏航说。

"你有……病啊?"初一很无奈地说。

"有,"晏航指了指床头,"一堆药呢,谁说我没病我跟谁急。"

"啊……恶霸!"初一只得坐了起来,去客厅里拿了那人的名片过来给了他。

晏航没开灯,借着月光看了看名片。

名片很简单,李逍,驯犬师,电话叉叉叉叉叉叉叉叉叉。

还有狗场的地址。

晏航看完把名片递给了初一:"收好吧。"

初一把名片放到床头柜上。

"别弄丢了。"晏航说。

初一顿了顿,往他腿上甩了一巴掌:"吃药吗!"

"不吃。"晏航说。

晏航要不问,初一还真是没太注意这个李逍,只觉得这个李老板的确很挑剔,而且啰里啰唆地爱问话。

晏航说过之后,初一才专门在他来洗车的时候盯着他脸看了一会儿。

李逍长得还可以吧,应该算……还可以吧?

第二十五章

初一对一个人的长相的确是没什么概念,同龄人还能稍微判断一下,比如周春阳就比大小强要好看很多,但是这种比他大了十几岁的,他就感觉不出来了。

反正李逍不说话的时候看着还挺冷峻,一开口初一就觉得他很烦人。

今天他来洗车的时候,初一正躺在一辆故障车的下面,不能给他洗车了,他还挺不高兴的。

初一倒是挺愉快,今天举升机和地沟都有车占了,老员工估计懒得躺车底,这活儿自然就是他的了,他不介意躺车底下,比洗车有意思多了。

"怎么样?"一个老员工蹲在车旁边问了一句。

"从动盘,"初一说,"变形了,跟飞……飞轮摩擦,得换,铆钉也松……松了。"

"行,"老员工点点头,"小孩儿还可以嘛。"

初一从车底滑出来,还没等坐起来,就看到了正弯腰看着他的李逍。

"你……"初一有点儿无语,看着他躺也不是起也不是的,"不盯……着你车了?"

"老刘说你会修车,"李逍说,"我以为他吹牛呢。"

"啊,"初一应了一声,"没吹。"

"嗯,"李逍点点头,继续看着他,"下回我车坏了找你修吧。"

"……哦。"初一也看着他。

李逍一直弯着个腰,他要是直接坐起来,脑袋能撞到一块儿去,他不得不用脚勾着躺板在地上往前走了几步,从李逍的脸下头慢慢滑过去,然后赶紧站了起来。

"你还挺不错的。"李逍说。

这话说得声音不高,基本上只有初一能听见。

初一顿时觉得一阵不对劲,忍不住回头看了他一眼。

但李逍看上去挺正常的样子,冲他笑了笑之后,就又往洗车那边去了,盯着他的宝贝车。

初一在原地愣了好一会儿。

"初一。"店长叫了他一声。

"啊。"初一走过去。

"一会儿跟客户沟通完了你就帮着一块儿把刚那车的从动盘换了吧,"店长说,"你能换吧?"

"能。"初一点头,这些活儿他干得比洗车打蜡什么的熟练多了。
"那举升机空出来了就去换。"店长说。
"好。"初一应着。

这会儿没什么事儿,初一走到店门口想透透气儿,刚在车底闻了一鼻子油味儿。
李逍的"怕哪摸哪"从店里开了出来,经过他身边的时候停下了。
"哎,"李逍从车窗里探出头,"初一,你帮我听一下发动机吧。"
"嗯?"初一看着他。
"有吭吭吭的声音。"李逍说。
初一犹豫了一下,走过去撑着他车窗听了听:"没有。"
"你怎么不站街对面去听啊,"李逍说,"你听得见吗?"
"我站街……对面,"初一说,"也能听得出。"
"听得出什么?"李逍问。
"发动机是新的,"初一说,"没问题。"
"耳朵不错啊。"李逍笑着说。
"还行。"初一点点头,拍了拍车顶,"李老板慢走。"
没等李逍再说话,他转身回了店里。
确定没人注意到他之后,他才长长地舒出了一口气。
太可怕了!
这个李逍是怎么回事儿?
……都怪晏航!
要不是晏航之前说的那些,他根本不会对李逍的一举一动有什么感觉!
让晏航一说,他现在看到李逍,就觉得李逍脸上写着四个大字,"我有阴谋"。
晏航真是个坑货!

第二十六章

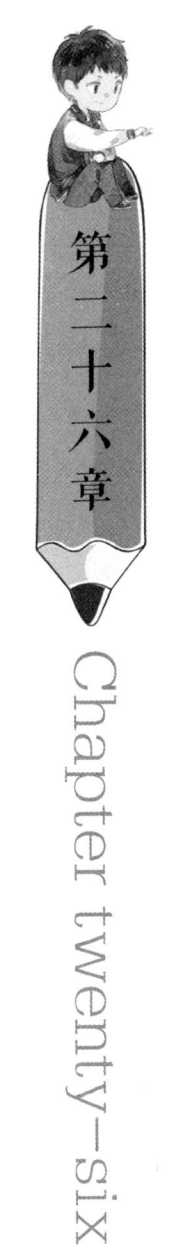

Chapter twenty-six

李逍的事儿初一没跟晏航说，主要是也不知道要说什么，几句对话而已，真要说了，初一都觉得自己跟个小姑娘似的，屁大点儿事都要回家告诉家长。

不过李逍倒是也没再有过什么别的举动了，隔两三天来洗一次车，初一在就点名让初一洗，初一要是没空，他就"声控"别的员工。

这事儿别的员工都没什么话，就阿齐老有点儿不爽。

"你别老往修理那边去，"阿齐说，"你连实习都算不上，就是暑期工，洗车人手都不够，你还老觉得自己能修车了。"

初一看了他一眼，没有说话。

维修其实也不是初一自己老过去，维修那帮员工说实在的比洗车这些要友好些，有时候会主动叫初一过去跟着看看，他也愿意去，这边儿要是刘哥不在，他还真不太愿意待着。

也不知道为什么，同一个店里的人，还按业务形成了不同的工作氛围。

初一觉得自己再怎么狗哥，也还是不太会处理这样的关系，以后一定还是得把专业学好了，能干维修的话，自己一个人对着一台车，舒服得多。

"你们没有休息日吗？"晏航躺在床上，一边打哈欠一边问。

"没，"初一去阳台把晾干了的制服拿进来穿上了，"再说了，洗车啊维……维修啊，是计……件的，多去多……得钱。"

晏航笑着喷了几声："这架势，弄得一副生活不易的样子，我看着都要落泪了。"

"生活，"初一看着他，似乎是在找词儿，找了半天，最后一扬脸，唱了起来，"像一团麻……总有那解不开的……"

声音还挺大，晏航被他这激昂的念经歌给吓得愣了好几秒钟才拿起一个枕头砸了过去："哎，我去你的！"

"小疙瘩！"初一接住枕头，继续把这句给唱完了。

晏航又把自己枕着的那个枕头抽出来砸了过去："你上哪儿学的啊？这都我爸小时候听的歌了！还唱错了！"

第二十六章

"错了?"初一接住第二个枕头,"那是怎……怎么唱?"

"那也是麻绳拧成的……"晏航顺嘴就唱了,唱到一半才蹦了起来,抓过初一往床上一推,按着他,几巴掌甩在了他胳膊上,"找抽呢你!"

"你会……会啊,"初一趴在床上笑着说,"晏叔叔小……时候听的你……你都会。"

"闭嘴!"晏航松开他,对着他屁股又踢了一下。

"这歌刘……刘哥拿手……机放的,"初一说,"天天放,我就听……会了。"

"离你们那个刘哥远点儿吧,本来就够土的了,好容易《数鸭子》之外学个别的歌还学这么一首。"晏航叹气。

"嗯。"初一笑着点了点头。

初一挺有活力的,晏航看着他心情不错地出门去洗车,有点儿感慨。

工作本身就是挺累的一件事儿,像初一这种从早到晚两份工打着就更不用说了,但如果不工作,就连下一年学费都交不上,生活也过不下去了。

按说这样的压力,无论是什么工作,都会让人觉得疲惫不堪。

但初一身上却看不出这样的压力来,除了晚上睡觉睡得特别沉,有时候会叹几声气之外,再也没有别的表现了。

晏航虽然一直嘲笑初一是土狗,有时候还愣乎乎的,但很多时候,他会很佩服这个小孩儿。

真扛得住啊。

他打了个哈欠,顺手摸过了老大让他看的那本书。

书写得挺有意思,结合了各种文化讨论西餐,晏航倒是看得挺认真的,从里头还能看出不少老大做菜的理念和想法。

就是无论是做菜还是英语,他的水平都还不太够,看时间长了就挺累的,费劲。

在床上赖着看了两小时书,晏航起来洗了个澡,打算去车之道看看洗车工土狗初。

他挺喜欢看着初一工作的样子,他还没看到过这小子干跟专业有关的事儿是什么状态。

晏航换了衣服,到窗口往下看了看,看到了崔逸的车停在楼下的车位上。

"你车要修吗?"他给崔逸打了个电话。

"你要用车就说,"崔逸说,"你是不是看到我车在楼下了?"

晏航笑了起来："不用车,我就想找个借口。"

"上回初一说排气管有黑烟,让我去看看,"崔逸说,"你开去看看吧。"

"行。"晏航说。

"到电梯口响我电话一声。"崔逸说。

晏航下了楼,到崔逸家楼下电梯门口,打了崔逸的电话,然后挂掉。

过了一会儿,电梯下来了,门边角落的地上放着崔逸的车钥匙。

"又拿电梯当传送带呢?"保安笑着说。

"方便快捷。"晏航点点头。

车之道还是挺不错的一个连锁店,导航上好几个地址,初一没告诉过他是哪家,不过他每天在小区门口坐公交车过去,能去的方向只有那一个店。

晏航开着车出了门,跟着导航一路过去。

不知道为什么就想起了初一拿着手机天天看小李烧烤的事儿,他轻轻叹了口气。

真是个让人吃惊的狗。

车之道还挺好找的,招牌很大,老远就能看到,装修也挺有样子。

晏航刚把车开到门口,穿着制服的两个小伙子就出来了。

"排气管有点儿冒黑烟。"晏航说。

"先检查一下吧,"一个小伙子说,"您下来,我们帮您开进去。"

晏航下了车,一个小伙子上车,把车开去了维修区。

洗车的地方就在门口,四个洗车位有三个停了车,晏航往那边看了几眼,没有看到初一。

他跟着又去了维修区,一个小姑娘给他拿了杯水过来。

还是没看到初一。晏航喝了口水,正怀疑自己是不是跑错了店的时候,看到了那边地沟里有个人。

地沟上停着车,看不到这人的脸。

但是晏航认识……这人的内裤边儿。

太不检点了,裤子不能提上去点儿吗!裤腰大了不能拴根儿绳子吗!内裤都露出来了!

"初一你帮看一下这台车,"把车开进来的小伙子冲着地沟那边喊了一声,"我去趟电脑室。"

第二十六章

"嗯。"内裤的主人应了一声,果然是初一。

晏航看着他从地沟里退出来,大概是折腾半天了,身上都是汗,T恤都贴在了身上,看得到里面肌肉的轮廓。

初一一边摘掉沾满了机油的手套一往这边看了一眼,然后愣住了。

"帮我看看。"晏航偏偏头。

"你怎……怎么来了?"初一愣了好几秒之后才猛地笑了起来,抬胳膊往脑门儿上蹭了蹭汗,额角被蹭上了一条黑道。

"老崔说你告诉他这车应该来看看。"晏航勾勾嘴角。

"嗯,"初一走了过来,笑着点点头,"我先看看。"

"辛苦小哥了。"晏航说。

"不……辛苦。"初一走到车头,打开了引擎盖。

晏航站到一边看着。

初一用手撑着车头,弯腰看了看里面,带着汗珠的脸上表情很严肃,看着挺养眼。

"应该是火……火花塞。"初一说。

"嗯。"晏航也没注意他到底是在检查什么,一直只是盯着他的动作。

初一从腰上挂着的一个工具袋里拿出了一把螺丝刀,拆下了发动机罩,又看了看之后叹了口气:"崔叔这车从……来不……不保养吧?"

"好像很少保养,开挺多年了,估计就等着出点儿毛病好换车。"晏航说。

"滤清器要……换了,"初一拆下了空气滤清器,"洗都洗……不了了。"

"换。"晏航点头,"还有什么要换的?"

"火花塞。"初一说。

"好。"晏航看着他。

初一又抬头看了他一眼,嘴角带着压不住的笑容:"你真……真是,居然跑到这儿……来了。"

"你不是现在才回过神儿吧?"晏航说。

"就是……"初一笑着,"太开心了。"

"傻狗。"晏航说。

崔逸这车没什么大毛病,初一把滤清器换了,又检查了一下,把火花塞也换掉了。

晏航一直盯着他的动作。

一个钢镚儿/3
A COIN

初一学汽修一年了,之前一直没有想象过他修车时是什么样,之前出去玩,这车也没出个什么故障让初一修一下。

到现在他才算是看到了初一在做"专业相关"的工作时是怎样的状态。

挺有范儿的,无论是拿工具的样子,还是检查时的表情,都像个老手,完全没有生涩不熟练的感觉。

晏航退到边儿上,点了根烟。

"你们认识吧?"一个也穿着制服身上带着机油斑点的小伙子在旁边问了一句。

"嗯。"晏航点了点头,把手里的烟盒和打火机递了过去。

小伙子往四周看了看,拿了一根烟点上了。

"初一挺厉害的,"小伙子说,"他们学校毕业的很多都上我们这儿来实习,他不比其他实习的那些差。"

"是吗?"晏航笑了笑。

"干汽修就是技术说话,没别的,"小伙子说,"像初一这样有好技术的,毕业的时候去哪儿都没问题。"

这小伙子也不知道是不是因为抽了晏航的烟,总之抽烟的这点儿时间里,一直在夸初一。

晏航自己没挺起胸膛为初一骄傲呐喊都有点儿对不住这小伙儿的一通夸。

把该换的都换好以后,初一又把别的部位都检查了一下。

"哪天有空让他过来做个保养吧。"晏航说。

"现在也……也可以啊。"初一说。

"今天我出钱,"晏航说,"保养他还是自己来吧。"

"哦,"初一看着他,"也是,你要买二……二十万的车。"

晏航笑了起来:"要不再给洗洗吧。"

"办卡吗?"初一问。

"……办卡你有提成吗?"晏航问。

"有。"初一点点头。

"那办,"晏航说,"反正老崔也没有固定洗车的地儿,帮他办一个吧,这人平时洗车都靠偶遇洒水车。"

初一笑了起来:"那你过……来交钱。"

第二十六章

初一还是第一次这么主动愉快地跑过去洗车的。

阿齐跟他一块儿洗他都没觉得有什么不爽。

"你朋友啊?"阿齐看了看坐在椅子上伸长了腿玩手机的晏航。

"嗯。"初一应了一声。

"混的吧?"阿齐又问。

"不是。"初一说。

"看着像混的。"阿齐说。

初一没说话。

"干什么的?"阿齐继续问。

"你去采……采访他吧。"初一说。

在旁边车位上洗车的刘哥听乐了:"阿齐这个语气听着也不像采访,像审问。"

"我审问他干吗?"阿齐有点儿没面子,"就随便问问。"

初一没接话,走到车后头弯腰冲着轮子,崔逸这车一直跑市区,虽然一看就是挺久没洗了,但也还算好洗。

洗到一半的时候,初一看到门外开过来了一辆人人都眼熟的车。

李逍来了。

晏航转头看了一眼,然后又往他这边瞅了一眼。

他跟晏航说过李逍开的是什么车,估计晏航是认出来了,于是他点了点头,晏航挺明显喷了一声,又低头接着玩手机了。

"初一,"李逍进来就叫了他一声,"这辆还有多久洗完啊?差不多了吧?"

"还得一……会儿。"初一说。

"那我等会儿吧。"李逍站到了车旁边。

"那边还有一个位置,"刘哥说,"在那儿洗吧。"

"不急,"李逍说着看了看表,"还有点儿时间。"

初一没出声,往晏航那边看了看,晏航还是低头玩着手机,没什么反应。

车洗得差不多的时候,晏航走了过来,看了看车:"保险杠那儿再冲冲吧,灰挺大的,冲干净了没啊?"

"哦。"初一应了一声,喷枪对着保险杠开始冲水。

"一会儿车顶也再弄一下,"晏航说,"挺久没动过这车了,车顶鸟粪也挺多的。"

"好。"初一点头。

按晏航的要求冲了一大通之后,李逍又看了看表:"还没完啊?"

"轮胎这儿还有泥呢,"晏航弯腰指着轮胎,"没冲干净啊。"

初一又拿着喷枪继续冲。

这会儿他已经知道晏航是要干什么了,有点儿想笑,但忍住了。

本来按流程,这会儿该吸尘擦内饰了,但晏航这一指挥,生生多折腾了十多分钟,一会儿这儿一会儿那儿的,跟李逍都有一拼了。

"这冲个没完了啊?"李逍实在忍不住问了一句。

"我有洁癖,"晏航非常诚恳地看着他,"不好意思啊。"

刘哥估计是看出来了,洗完旁边那辆车之后,叫了已经极度不耐烦了的阿齐:"咱俩去把李老板的车洗了吧。"

"……今天真够倒霉的。"阿齐小声说。

"去把李老板的车开过去吧,"刘哥拍拍阿齐的肩,又看着李逍,"这儿还有一阵儿呢,去那边洗吧。"

"一会儿吸尘你注意点儿,"晏航继续说,"脚垫那块儿多弄一下,全是泥。"

"嗯。"初一点头。

"还有车门缝儿,也攒了很多泥。"晏航说。

"洁癖还能攒这么多泥啊灰的,"李逍终于放弃了,冲刘哥挥了挥手,"老刘你帮我洗吧,我一会儿还有事儿。"

看到李逍走开之后,初一松了口气,他倒无所谓帮李逍洗车,他是怕李逍再磨叽下去,晏航那种浑劲上来了能过去把李逍打一顿。

李逍走开了,晏航也就没有了"声控"的架势,坐到一边指了指车门:"赶紧的,里边儿随便吸吸就行。"

"你洁……洁癖好了啊?"初一看了他一眼。

"随便洁洁,克服一下就好,"晏航说,"我挺得住。"

"正常给……你洗好。"初一把喷枪收好,拿了布开始擦车。

"这样你工作量是不是增加了?"晏航说,"本来俩人的活儿。"

"没事儿,"初一说,"这样对……对于我来说是……是放假,休息。"

"那个一脸不耐烦的,"晏航看着那边,"就是你说的不友好的同事吧?"

第二十六章

"嗯,"初一点点头,飞快地擦着车,"他刚没……没发火我还挺……奇怪的。"

"他怕我。"晏航笑了笑。

初一看着他。

"别不信,"晏航勾着嘴角,"我看人就一眼,特别是看这一点。"

初一喷了一声:"那我怕……不怕你啊?"

"你不怕我,"晏航说,"我怕你。"

"怕我一说……话你就……就软了吗?"初一说。

"怕你一嘴欠被我打死了。"晏航说。

初一嘿嘿嘿地笑了半天。

崔逸的车虽然不常维护,但内部还不错,吸尘什么的也不麻烦。

不过初一在吸副驾驶座下面的时候,吸尘器口子被东西堵住了,他关了吸尘器,看了一眼,吸尘口那儿卡着个四方小袋子。

他看了看,上面一个中国字都没有,但是……他感觉自己隐隐知道这不是个什么太纯洁的东西。

"这个……"他用手指夹着小袋子冲晏航晃了晃,"车座下……下面找……到的。"

"……车座下面?"晏航顿了顿,走过来拿过小袋子看了一眼,然后笑了起来,"还好是没打开的,这要是个用过的,我都不知道该怎么挤兑老崔了。"

"这是避……避……避……"初一压着声音说得很艰难,"避……"

"套。"晏航大概是听不下去,给他补上了。

"套套。"初一终于说了出来。

"卖什么萌!"晏航说。

"流氓氓。"初一说。

晏航没说话,看着他,好半天才叹了口气,把那个套放到了他兜里:"我们家狗真可爱啊。"

"干吗?"初一一伸手想把套拿出来,这东西上班时间放在制服兜里,实在是太让人不知所措了。

"拿着玩,"晏航坐回了椅子上,"这么洋气的东西没玩过吧?土狗。"

"你……玩过?"初一看着他。

"玩过,"晏航一本正经地点了点头,"我爸用这个给我吹过气球。"

初一没说话,转过身低头对着椅背一通狂笑,都笑咳嗽了。

·309·

下午下班，跟同事道了别之后，他拿出手机，准备给晏航打个电话，晚上他不用去咖啡厅，想跟晏航出去转转。

　　"你好，欢迎拨打撸狗热线。"晏航接了电话。

　　"怎么个……撸法？"初一问。

　　"我撸狗，你听。"晏航说。

　　初一笑了起来："那谁想听……啊。"

　　"小姐姐们。"晏航说。

　　"神经！"初一笑着看了看时间，"你在家吗？我下……下班了，晚上出……出去吃吧？"

　　"好，我给你派了个司机过去，"晏航说，"马上就要到了。"

　　"什……"初一愣了愣，猛地往四周看着。

　　身后传来一声喇叭声。

　　初一回过头，看到了跟在他身后不知道多久了的车，还有坐在车里正冲他笑着的晏航。

　　"你！"初一顿时心情好得都快能无师自通唱首《好日子》了，他跑过去拉开了车门，"你没……回去吗！"

　　"我疯了吗？你们这儿连个杂货店都没有，我在这儿待一天？"晏航说，"我刚过来。"

　　"你出……出来的时候洗……澡了吧？"初一一边系安全带一边问了一句，"很好闻。"

　　"没，"晏航喷了一声，"我洗完车回去就洗了澡好吗，一身汗我还能坚持到出来才洗啊？"

　　"我还没……洗呢，"初一扯着自己制服闻了闻，"臭吗？"

　　"自己闻完了还得问别人？"晏航说。

　　"怎么办？"初一有些郁闷，"我是臭的。"

　　晏航边开车边乐，笑了有半条街，才指了指后座："给你拿了套衣服，先换上吧，回家了再洗。"

　　"你真贤……贤惠。"初一立马松了安全带爬到了后座。

　　初一换好衣服爬回副驾坐好，手在裤兜儿上还拍了拍。

　　晏航看了他一眼。

第二十六章

初一有些不好意思地笑了笑。

"这是人老崔的,"晏航喷了一声,"你还舍不得放下了啊?"

"拿回去还……还给他啊?"初一说。

"哎!"晏航喊了一声,"你要不然就把这东西放回原地儿,要不然你就扔了,你可别拿着这玩意儿去跟人说崔叔叔我在你车上捡的。"

初一靠在椅背上笑得停不下来。

"老崔也就跟我爸似的看着显年轻,四十多的人了,车上放个套还被小屁孩儿看到了,"晏航说,"多艰难啊。"

"崔叔跟……跟谁用啊?"初一偏过头,问了一句。

"我上哪儿知道去?"晏航说,"他没结婚,没女朋友,挺讲究的估计也不会找小姐……大概有床伴儿吧,老男人的世界我不太懂。"

"哦。"初一点点头,想想又转过脸,"为什么不……不结婚?"

"不知道,"晏航说,"这事儿你要问他啊。"

"嗯。"初一又点了点头。

"你别真问啊!"晏航一听,赶紧补了一句。

初一笑了起来,叹了口气:"你是……不是觉得我特……特别傻啊?"

"谁让你一本正经'嗯'来着。"晏航说。

初一笑着没说话。

晏航开着车往市区去,今天晚上他和初一都有时间,可以找个地方好好吃点儿东西。另外他还打算带初一去酒吧听个小型音乐会,王姐早几天就给了他票,他没跟初一说,怕到了今天凑不到时间去。

这些事儿要没有初一,他其实没什么兴趣,但有初一就不同了,他想让初一见见各种新鲜事物。

省得一天天都那么土。

晏航把车停在了一个商场的地下停车库里,这个商场顶楼有一家挺好吃的小火锅,哪怕是这么热的天,也是食客满满。

"去楼上吃小……"他转过头,话都没能说完。

眼前有一个乳白色半透明的气球。

"火锅。"他说。

"嗯,"初一把"气球"的口扎好,放到了驾驶台上,"这个质……质量比普通气……球要好。"

一个钢镚儿 /3
A COIN

"……是啊。"晏航打开车门下了车,想想又回头指着那个从挡风玻璃外面一眼就能看到的球,"放下边儿去。"

"哦。"初一把球拿下来放到了脚垫上。

吃火锅的过程中,初一大概是因为饿了,埋头一通吃。

晏航觉得很欣慰。

"快开……开学了,"初一一边吃边说,"转过年就……就可以实习了。"

"嗯,"晏航夹了一片肉慢慢涮着,"你们实习都去哪儿?"

"不知道,"初一说,"好几个地……地方,今天店……店长还跟我说,让毕……业了上他们这儿……来。"

"想去吗?"晏航问。

"不让我洗……车就行,"初一想了想,"我不喜……欢洗车。"

"真要让你去肯定是冲技术,洗车工谁都能干,"晏航笑笑,"你的技术好,还担心这个?"

"也有毕……业了去洗……洗车的,"初一说,"技术不行。"

"你们宿舍大小强那样的,"晏航喷了一声,"估计就这样。"

初一摇了摇头:"他们回……回老家,家里给找……找好工作了。"

"是吗?"晏航看着初一。

初一是回不去老家了,回去也没谁能帮他安排好工作。

"再有半……年就能安心挣……挣钱了,"初一倒是没想那么多,边吃边愉快地搓了搓手,拿起饮料跟他碰了个杯,"以后狗哥养……养你。"

"你说的。"晏航拿起饮料喝了一口。

"我说的。"初一点点头。

吃饱了饭,慢慢一块儿散着步往酒吧街走,去听音乐会。

初一觉得自己每走一步都充满了时尚感。

洋气极了。

一直到了酒吧门口,他才想起来问了一句:"什……什么音乐?"

"乡村。"晏航说。

"嗯。"初一点了点头。

虽然他根本不知道乡村音乐是什么音乐,但还是很镇定地表示自己知道了。

酒吧里人挺多的,大家三三两两地坐着,他和晏航在靠近角落的地方找了

第二十六章

个小沙发坐下了。

"随便听听,"晏航在他耳边小声说,"你要是不爱听,我们听一会儿就走。"

"好的。"初一笑了笑。

他没听过什么音乐,更分不清音乐的种类,此时此刻他的烦恼是明明知道乡村音乐肯定不是他概念里的农村音乐,但脑子里一直停不住地响起唢呐和锣声。

快开始吧,他急切地需要清理一下脑子。

其实还挺好听的,台上的歌手简单地跟大家说了声晚上好,就开始一边弹吉它一边吹口琴。

音乐很……朴实,调子也挺轻快,跟初一的想象有着很大的差距,他意外地觉得非常好听。

大概土狗就适合听这样的。

"怎么样?"晏航轻声问他。

"好听,"初一点头,"我喜欢。"

"真的?"晏航看了看他。

"真的。"初一说。

"回去给你买个好点儿的耳机,"晏航说,"你可以听听音乐。"

"嗯。"初一往他身边挤了挤。

音乐会时间不是很长,结束之后跟初一一块儿往回走的时候,晏航能感觉得到他心情很好,虽然初一的心情基本上就没有不好的时候。

"之前老崔一直让我去他家把他那套音响拿过来,"晏航说,"我嫌麻烦不想去,要不明天去拿来吧。"

"让我听音……音乐吗?"初一问。

"嗯,"晏航笑笑,"我也听,好久没听了。"

他跟老爸都爱听音乐,他俩还没开始行走江湖的时候,他记得老爸是有一套很好的音响的,他跟着老爸一块儿蹲在音箱前听。

后来离开家了,这些东西哪儿去了也就不知道了,也许送人了,也许卖了扔了,或者就弃在那儿了吧,他想不起来。

初一笑话他小时候的事儿记不住,其实别说特别小的时候,就算是小学,记得住的东西也不多。

晏航到家洗完澡出来的时候，初一坐在沙发上闭着眼睛。
"睡觉。"晏航打了个哈欠进了卧室。
初一去简单洗漱了一下也蹦上了床。
"不热啊？"晏航把他往旁边一推。
初一拿过空调遥控器嘀嘀嘀一通按："不热。"
"神经病！"晏航扫了一眼空调机上的温度，十九度。
"我交电……电费。"初一嘿嘿笑了两声。
"赶紧睡，你明天不上班了啊？"晏航说。
初一没了声音。
晏航闭上眼睛，没什么睡意。

不知道是不是因为失眠，他俩早上都睡过头了，比平时晚了半小时起床。初一早点都没吃，穿了衣服就风一样地卷了出去。
晏航的时间倒还算能来得及，他给自己做了个酸奶烤吐司。
今天到酒店的时间跟平时差不多，但是一到后厨就接到了老大的电话。
"今天主菜你做。"老大说。
"什么？"晏航愣了愣。
"我家里出了点儿事，"老大说，"现在马上要回去，明天就能回来。"
晏航没再多问，直接应了一声："好的。"
"我已经跟前厅说了今天菜单改一下。"老大说。
"明白了。"晏航回答。
"这是个机会，"老大说，"别给我丢人。"
"嗯。"晏航应着。

老大的主菜是他的秘密武器，晏航当然不可能代替他去做，只能临时换菜单。
晏航没有招牌菜，他毕竟是一个新手助理，但如果他能不出错地把普通菜品扛下来，的确也是个很好的机会。
后厨有人两三年都没能有这样的机会。
他吸了口气，先去了趟前厅。
他跟别的领班不熟，但今天是王姐，也算是他的幸运。
"这边不会有问题，放心吧，"王姐说，"这个机会可得好好把握。"

第二十六章

"嗯。"晏航笑了笑。

"说不定明年就能在菜单上看到你的菜了,"王姐小声说,"加油。"

"谢谢姐。"晏航伸出手。

"哎哟你烦不烦!"王姐笑着跟他握了握手。

回到后厨,气氛略微有些紧张。

不过对于晏航来说,气氛这种东西无所谓,他只管做好自己这一部分。

从配菜开始,他得独立完成全部工作。

"航哥。"有人在他背后小声打了个招呼。

"嗯?"晏航回过头,看到是小胡。

小胡在后厨的时间比他长,年纪却不大,因为太老实,一直混迹后厨低层略上一点儿的位置。

"要帮忙吗?"小胡问。

晏航犹豫了一秒,点了点头:"谢谢。"

小胡的心思,只要不是傻子都能看出来,换了别人,晏航不一定会接受这个"帮忙",但小胡人还挺实在。

"你今天做什么菜,告诉我就行,"小胡说,"我来准备。"

"好。"晏航说。

李逍搬了张椅子坐在维修区的一摞旧轮胎旁边,看着初一:"你是不是不洗车了?"

"洗。"初一站在一辆车前,打开了引擎盖撑着车头正在研究。

"我这都来好几回了,"李逍说,"也没碰着你。"

"你要不住……住这儿吧,"初一拧开了水箱盖子,看了看里头,转头跟旁边的车主说,"进油了。"

"水箱进油了?"车主问。

"嗯,"初一点点头,"气缸……垫坏了,得换。"

"那换吧。"车主说,"时间久吗?"

"半天吧,"初一在工单上记了下来,"要拆发……动机。"

"你行吗?"车主有些不放心地看着他,"新手吧?别给我换坏了。"

初一看了他一眼:"让老师……师傅帮你换。"

"那行。"车主笑了笑。

他走开之后李逍在旁边叹了口气:"初一,你都没脾气吗?"

"什么脾……气？"初一问。

"明显就是信不过你啊。"李逍说。

"我都没……毕业，"初一说，"信不过有……什么奇怪的。"

"……心态不错，"李逍冲他竖了竖拇指，"我车要是有毛病，我就点名让你修。"

初一没说话，转身继续忙活去了。

下午快下班的时候，晏航给他发了条消息过来。

狗子，击个掌。

初一迅速回复。

跟小天哥哥击掌。

中午没空跟你说了，我今天做主菜了，晚上还有一通忙。

啊！真的吗！

嗯，我们老大今天有事来不了。

那你累吗？

累啊，所以让你安慰一下。

安慰到了吗？

还行。

晚上给你捏肩踩背！晏大厨！

其实做菜对晏航来说，应该不是什么特别累的事儿，今天累得一回来就趴在沙发上一动不动的，主要还是因为压力大。

"点外卖吧。"晏航说。

"点了，"初一在他背上捏着，"不过点的都……都是我爱……吃的。"

"我什么都行。"晏航说。

初一也继续在他背上捏着，边捏边问："你揉……揉面团的时……候也是这……这么揉吧？"

"嗯。"晏航闭上眼睛。

"你睡吧，"初一说，"外卖来了叫……叫你。"

晏航居然能在非睡觉时间趴在沙发上睡着，初一觉得非常神奇，听到晏航很低的鼾声之后，他都不敢再继续给他捏后背了，生怕吵醒了蚂蚁放屁都会被惊醒的晏航。

第二十六章

他拿出手机，把铃声调成了震动。

还没等放回兜里，手机就震了，他赶紧踮着脚尖一路小跑到阳台接起了电话，是送餐的小哥已经到了门口了。

他又踮着脚尖一路小跑去开了门。

"您好，您点的餐，请核对一下。"小哥把快餐盒递给了他，又回头往消防楼梯那边看了看。

"嗯，对的。"初一怕吵醒晏航，看都没看就点了头。

正要回屋的时候，小哥又往消防楼梯那边看了一眼，也许是长期受晏航的影响，初一立马觉得有点儿不对，问了一句："看什么？"

小哥声音很低地说："我上来的时候有个人在你家门口，看到我就从消防楼梯走了……注意点儿安全啊，别是来踩点的小偷儿……"

小哥的话还没说完，初一把着的门就被拉开了，晏航从他身边冲了出去，直接进了楼梯。

"你先上去！"晏航边跑边喊了一声。

"谢谢。"初一冲小哥点了点头，也顾不上别的，跟着就冲进了楼道里，晏航已经往下追了。

上面只还有两层，初一一通猛冲，在上面没有看到人，于是他转身开始往下跑。

如果小哥上来的时候，那人才跑的，这么高的楼层，无论是电梯还是楼梯，这会儿都应该还没出去。

晏航有可能追得上。

但晏航刚刚惊醒，这会儿估计人都还是迷糊的，这么冲出去，不知道能不能追上，追上了又会不会有什么问题？

初一有点儿焦心，恨不得直接在地板上打洞往下出溜。

在跑步这方面，无论是平地跑还是跑楼梯，初一对晏航的佩服是非常五体投地的，他硬是一直也没能追上晏航。

跑出消防通道到了一楼的时候，他忍不住喊了一声："晏航！"

他害怕晏航一个人追出去。

"这儿。"晏航的声音从楼外面传了过来。

"怎么样？"初一跑出去，看到了站在楼外小花园旁边的晏航。

"没追上。"晏航皱了皱眉。

初一看到从旁边过来的保安,小声问晏航:"要调……调一下监……控吗?"

"先不急,"晏航说,"上楼。"

"你们的外卖刚才送上楼了啊,你们怎么又下来了?"保安看到他俩问了一句。

"拿了,"晏航点点头,"拿完了下来散个步。"

"哦。"保安笑着点点头。

回到家里之后,晏航又趴在窗边,从窗帘缝隙里往外看了好一会儿。

"有人吗?"初一问。

"没看到什么奇怪的人,"晏航坐到桌子旁边,把外卖盒子打开,"先吃东西吧,饿死了。"

"会是晏……叔叔吗?"初一问。

晏航没让马上查监控,可能也是这么想的。

"仔细想了一下,应该不是,"晏航说,"如果是我爸,不可能让外卖小哥看到他。"

"那……"初一完全没有头绪。

"如果不是我爸,"晏航说,"这人可能也不打算对我怎么样,电梯上来他肯定能知道,他没有躲起来可能就是在等电梯想要走,但没想到送餐的上来了,怕我们会马上开门,所以立马从楼梯跑了。"

"啊。"初一看着晏航。

"明天找物业看看监控吧,"晏航叹了口气,"如果真不是我爸,可能就得搬家了。"

初一没说话,只是伸手抓住晏航的手捏了捏。

好容易能睡着觉的晏航,又睡不着了。

初一搂着他一直在他胳膊上轻轻拍着,但是能感觉得到晏航完全没有睡意。

"睡吧,傻狗。"晏航拍拍他的手。

"不困。"初一说。

"我少睡一觉没什么感觉,"晏航说,"习惯了。"

"以后会……好的,"初一说,"现在要培……培养。"

晏航笑了笑,翻了个身:"嗯。"

"你明天还……还做菜吗?"初一问。

第二十六章

"明天老大回来了,"晏航说,"用不着我做了。"

初一叹了口气:"给他下……下点儿泻……药吧。"

"不急这一会儿,以后还会有机会,"晏航笑了半天,"只要今天没出错,就很好了。"

"嗯,"初一点点头,"你做菜特……特别好吃。"

"不过我得琢磨一下自己的菜了,"晏航说,"别人做不了的……"

这一夜晏航基本瞪着眼到天亮,听着初一均匀的呼吸声也没能被感染。

今天倒是不会睡过头了,起床的时候离闹钟响都还有半小时。

他打着哈欠去浴室洗了个脸,打算上班之前先去趟物业,问问看监控的事儿。

把早餐的材料都准备好之后,晏航回了客厅,拿起手机,想把这事儿跟崔逸先说一下。

手机上有未读消息,是条短信。

他点开看了一眼,手猛地抖了一下,手机差点儿没拿住。

坐崔的车去上班。

很简单的一句话,没有称呼也没有任何说明。

但信息量却大得惊人。

晏航盯着这句话看了能有五分钟,才慢慢坐到了沙发上。

心跳得很快,呼吸也有些不顺畅了。

这是老爸消失之后,第一次直接跟他联系。

没错。

这就是老爸。

他用鼻孔都能猜得出来。

除了晏致远,不可能再有第二个人给他发这样的短信了。

晏航坐在沙发上愣了几分钟,定了定神,拨了崔逸的号码。

"喂?"崔逸声音还带着刚睡醒的迷糊。

"你跟我爸,"晏航说,"到底有没有联系?"

"我跟他要真有联系,初建新被抓的时候我就会劝他去自首了。"崔逸说,"怎么了?"

"那他怎么会有我新号码?"晏航问。

"他联系你了?"崔逸的声音一下清醒了,还猛地提高了好几度。

"我收到条短信,让我坐你的车去上班,"晏航说,"你觉得还能是谁?"

"让我送你上班……"崔逸的反应非常快,直接都没在电话号码上纠结,立马就问了一句,"这两天有没有什么不对劲的事儿?"

"昨天有人在我门口。"晏航说。

"那你昨天怎么没跟我说!"崔逸有点儿急了。

"脑子太乱了。"晏航轻轻叹了口气。

"一会儿我过去。"崔逸说。

"过哪儿?"晏航愣了愣。

"去你门口接你,"崔逸说,"从你家门口送你进酒店……或者你今天不要出门了。"

"老狐狸都没让我请假呢。"晏航说。

"……那行,"崔逸说,"那你等我过去,严格按你家老狐狸的要求做。"

"嗯,把初一也送去他们店里。"晏航说。

"行。"崔逸挂掉了电话。

"怎么了?"初一不知道什么时候起的床,站在卧室门口一脸紧张。

"没事儿,"晏航招了招手,"过来。"

初一马上两步蹿了过来,挨着他挤着坐下了。

晏航抱住他,非常用力地紧紧搂了一会儿,用下巴在他脑袋顶上又使劲蹭了好几下才松了手。

"磕疼了吧?"他问。

"没,"初一搓了搓头顶,"你下……下巴不够尖。"

晏航在他鼻尖上轻轻弹了一下:"我爸给我发了条短信。"

"什么?"初一猛地跳了起来,"晏叔叔?"

"嗯,"晏航把短信点出来,给他看了看,"一会儿咱俩都坐老崔的车去上班。"

"哦。"初一瞪着短信,满脸的震惊,"你回……回复了没?问问晏……叔叔情况啊,安全吗?好……不好?"

"这肯定不是他的号码,"晏航说,"回了也收不到的。"

"……啊。"初一看着他。

"没事儿,"晏航盯着短信,"他有消息就行,没死就行。"

崔逸准时过来敲了门,开车送他俩去上班。

第二十六章

把初一送到店里之后又调头去酒店,一路上晏航一句话都没有说。

他不知道该说些什么,又感觉似乎是想说的太多了。

"有什么情况马上告诉我,"崔逸说,"今天我哪儿也不去了,就在办公室。"

"嗯,"晏航下车,"你是要看着我走进酒店吗?"

"是,"崔逸点头,"目送你。"

"你说我爸是不是也在目送我?"晏航问。

"不一定,"崔逸说,"他也许在处理别的事儿,有我目送你就够了。"

晏航笑着下了车,走了两步又回过头:"你有什么消息也要第一时间通知我。"

"一定。"崔逸点了点头。

后厨今天的早会,晏航被点名表扬了,虽然只有一句话,但他还是能感觉得到周围目光里的复杂。

晏航跟老大汇报了一下昨天的情况之后就去了更衣室换衣服。

他坐在凳子上,闭着眼睛深吸了一口气,调整了一下情绪,顺便求老天爷保佑老狐狸,什么事也不要发生。

一直到中午,都挺平静,崔逸跟他联系过两次问情况,一切都安好。

初一的消息差不多是半小时一条,晏航都能想象得出他拧着眉头一脸担心的表情来。

没事吧?

没事,放心。

这样的对话一溜下来仿佛是复制粘贴。

一直到下午,晏航松了口气,去了趟洗手间,这么长时间没有消息,应该没什么大问题了。

他洗了洗脸,准备休息一会儿。

刚从洗手间出来,还没走两步,兜里的手机震了起来。

晏航心里猛地一紧,迅速拿出了手机,是崔逸的电话。

"怎么?"他接起电话问了一句。

"在休息吗?"崔逸问。

"是,"晏航声音都有些抖了,"怎么了?"

"晏致远自首了。"崔逸说。

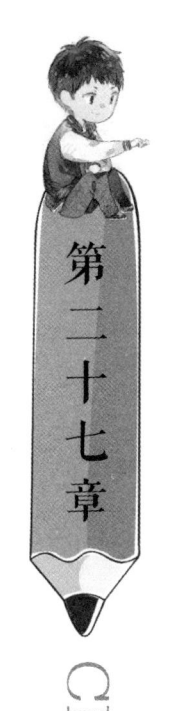

第二十七章

Chapter twenty-seven

第二十七章

晏致远自首了。

崔逸真是个体贴的人,为了不给他太直接的冲击,用的是老爸的大名。

让他有起码两秒的缓冲。

两秒钟之后,晏航轻轻靠到了走廊墙上。

老爸自首了啊?

老爸居然去自首了。

老爸终于自首了。

"他要见律师,"崔逸说,"我现在过去。"

"你代理他的案子吗?"晏航问。

"嗯,怎么?"崔逸说。

"你不是不够专业吗?你接的都是民商案子。"晏航说。

"晏致远可以请两个代理律师嘛,"崔逸啧了一声,"我又不收费,不要白不要。"

晏航笑了笑。

"你晚上在家等我消息吧。"崔逸说。

"嗯。"晏航应了一声。

"这是好事,"崔逸说,"你明白吧?无论对谁,他自首都是好事,你爸还是很聪明的。"

"啊,"晏航应着,"我知道。"

"你调整一下情绪,"听声音崔逸是上了车,"我现在要过去了。"

"拜托了,崔叔。"晏航说。

"求人的时候你嘴最甜了,"崔逸啧了一声,"放心吧。"

挂了电话之后,晏航去了楼下,站到垃圾桶旁边,点了根烟。

调整情绪。

其实他情绪还挺稳定的,除了一开始的震惊。

现在他很平静。

出奇的平静。

就像是另一只鞋终于被扔到了地上。

咚的一声,所有的感觉都跟着落了地。

他拿出手机,给初一发了条消息。

——我爸自首了,老崔现在过去。

没到一秒钟,初一的电话就打了过来。

"自首?晏……晏……晏叔自……首了?"初一的声音都是抖的,给晏航一种初一才是老爸儿子的感觉。

"嗯,"晏航说,"老崔刚给我打了电话,现在还不清楚是怎么回事儿,晚上他回来了才知道。"

"你怎……么样?"初一问。

"挺好的,"晏航说,"别担心。"

"哦,"初一顿了顿,压低了声音,"摸摸头。"

"嗯?"晏航愣了。

"安慰啊。"初一说。

"噗。"晏航笑了起来,夹着的烟都差点儿笑掉了,"乖狗。"

初一并不想挂电话,但晏航要去后厨了,晚餐的准备时间要到了,他只能挂掉了电话。

他担心晏航的情绪,虽然晏叔叔自首这个消息他刚听到的时候震惊得看东西都带毛边儿了,但总体来说,是松了一口气的,起码晏叔叔人没事。

但这事儿对于晏航来说会是什么样的感受,他就完全不能确定了,晏航本来就有神经病……不,精神病?心理问题!对,本来就有心理问题,万一这事儿对他来说是个刺激……

初一拧着眉,走回李逍的车旁边,拿起喷枪继续冲泥。

水一喷出来,就听到李逍喊了一声:"哎!"

初一赶紧松手,抬眼看过去的时候发现喷枪里的水越过车头直接滋了李逍一身。

"对不起!"初一吓了一跳,抓了几张纸巾跑过去往他身上擦了擦,"我给

第二十七章

你拿……拿毛巾。"

"没事儿没事儿，"李逍抖了抖衣服，"大夏天的，当降温了。"

初一又去拿了块新的擦车巾给他，然后定了定神，继续冲车。

今天洗车人手不够，李逍过来的时候没人愿意过来受罪，正好他从维修区过来，顿时就被拎来给李逍洗车了，还是一个人。

"听你们店长说，"李逍一边说，一边拿着毛巾胡乱在衣服上擦着，"过几天你开学了就不来了？"

"嗯，"初一点点头，"我是暑……暑期工。"

"周末啊节假日啊，也不来了？"李逍问。

"嗯。"初一应着。

"你还有多久毕业啊？"李逍继续问。

"明年。"初一回答。

"毕业了是还做汽修吧？"李逍说，"我车一直也没坏，没机会让你试试。"

"一会儿我帮……帮你把发……动机弄坏得了，"初一说，"你这么期……待。"

李逍笑了起来："你真挺有意思的，我就喜欢你这个劲儿。"

初一看了他一眼，没说话。

"真的。"李逍说。

"啊。"初一应了一声，他这会儿脑子乱，也懒得去琢磨李逍这话什么意思，反正打工马上也要结束了。

"电话给留一个吧。"李逍走到他旁边。

初一没出声。

"交个朋友嘛。"李逍看着他。

初一犹豫了一下，把自己的号码告诉了李逍，俩男的要留个电话交个朋友，拒绝了似乎有点儿不合适。

"有空找你出来喝茶，"李逍说，"你要是喜欢狗，也可以上我那儿去玩，我那儿还有个农庄，可以撸撸狗、踏踏青……"

初一呛了一下。

给李逍洗完车，他下班的时间也就差不多到了，这会儿店里也没什么人来了，初一跟店长请了半小时的假想提前走。

一个钢镚儿/3
A COIN

"不用请假,"店长说,"你走吧,就半小时没事儿。"

"谢谢。"初一说。

其实这会儿提前下班去晏航他们酒店外面等着的意义不大,他正常下班也比晏航要早很多。

但他就是不太踏实,他不知道会不会还有意外发生,他得去门口蹲着,第一时间看到晏航才安心。

到了酒店,他就在对面街边的树下蹲着了。

进店去坐着不合适,晏航不是领班了,估计他不可能要一杯凉白开就占一个桌,再说自己还穿着一身工作服,全是机油味儿。

他低头闻了闻自己,还有汗味儿。

啧啧。

所以老实蹲在这儿等着就行了,比较像个可爱的狗。

手机响了一声,他拿出来看了一眼,发现是李逍要加他好友。

他叹了口气,犹豫了几秒钟,给李逍通过了,把他分在了"不熟"的分组里,这里头基本上都是不认识的同学,还有些不知道怎么就莫名其妙加上了的人。

通过之后,李逍发了个笑脸过来。

忙。

初一给他回了一个字,继续看着对面酒店的大门发愣。

早上出门的时候,还在担心会不会出什么事儿,初一还想过会不会又发生偷袭之类的事,当时就想着下了班马上过来守着。

没想到,一天都没过完,事情就完全不一样了。

晏叔叔居然自首了。

那之前没抓到的那个人呢?

还会出现吗?

晏叔叔为什么突然就自首了呢?

是有什么事情发生了?

还是有了什么变化?

初一搓了搓自己的眉心,感觉就琢磨这一小会儿,自己的小皱皱就又要加深了。

第二十七章

老大走了半小时之后,晏航才把今天的工作日记写完,再把老大的地盘收拾妥当,换了衣服。

一边往外走,他一边拿出电话,拨了初一的号码。

"喂?"初一很快地接了。

"想吃什么?"晏航说,"我带菜回去。"

"直……接回吧,"初一说,"我担心那……个人。"

"不用担心,"晏航跟保安点点头,走出了酒店大门,"不会有什么事了。"

"为什么?"初一问。

"我爸只说了坐老崔的车去上班,"晏航说,"没说要坐老崔的车下班。"

"啊?"初一似乎没明白。

"他应该是把他的事儿解决了,"晏航站在路边,犹豫着是去旁边超市买菜,还是回去在小区门口的超市买,目光扫过街对面的时候,他愣了愣,"亲爱的狗子,我是看到你同事了吗?"

"你看到亲……爱的狗……狗子了。"对面穿着工装的人冲他挥了挥手。

是初一。

看到就让人特别顺气儿的狗子。

"你这是怎么回事儿?"晏航看着跑过来的初一。

"下班就来……来了,"初一跑到他跟前儿笑了笑,"我担心。"

"有什么好担心的。"晏航喷了两声,在他脑袋上用力揉了两把。

"我怕有……有人偷袭,"初一往四周看了看,"没有看……到可疑的人。"

"不会有可疑的人了。"晏航笑了笑,又轻轻叹了口气。

老爸的短信虽然只有简单的一句话,但信息还是很明确的。

如果真还有危险,不会还让他出门儿上班,也没让崔逸接他下班。

老爸可能真的是把事儿给了了。

所以自首了。

"吃焗饭吧,"初一在旁边说,"好久没……吃了。"

"好。"晏航点点头。

"黑椒牛……柳加咖喱。"初一说。

"没问题。"晏航把胳膊搭到他肩上。

"崔叔有消……息了吗?"初一偏过头看着他。

"没呢,"晏航说,"不急这一会儿了,等吧。"

"是在这儿自……自首的吗?"初一问。

"是,"晏航点头,"不过跟你爸那会儿一样,见不了家属,只能见律师,让律师带话。"

"嗯。"初一也搂了搂他的肩,又拍了两下。

"你还有几天开学?"晏航问。

"三天,"初一说,"转过年就实……实习了,跟上班差……不多了吧,正式有……有钱拿了。"

"拿工资了就别那么抠了,"晏航说,"自己买点儿内裤,别说一百块一条,起码五十块三条吧。"

"我穿你的。"初一回答得很干脆。

"怎么这么不要脸呢?"晏航说,"抠门儿都抠我头上来了啊?"

初一嘿嘿地乐了两声。

焗饭的材料很简单,不需要到大超市,晏航就在小区门口的超市买好了东西。

虽然知道崔逸有消息会第一时间通知他,但回到楼下时,他还是没忍住往隔壁楼上看了一眼。

崔逸家的灯还是黑着的。

回家之后,晏航把手机拿出来放在了茶几上,进了厨房开始做饭。

初一挺体贴的,昨天外卖的饭给得特别多,还剩了不少,做焗饭正好合适,特别是在没有心情认真做饭的情况下,做焗饭不用动脑子。

平时他做饭,狗子都在客厅里自己玩尾巴,今天他在厨房里待了多久,初一就在他旁边陪了多久。

把烤盘放进烤箱之后,晏航叹了口气,转过身:"是你怕还是你担心我啊?"

"我怕。"初一老实地回答,"我不……不踏实。"

晏航笑了笑:"去洗个澡吧臭狗。"

"哦。"初一笑了笑。

吃完饭之后,晏航和初一就一块儿窝在沙发上看电视。

第二十七章

手指头绕着初一一撮头发转了有八百多圈了也停不下来。

放在茶几上的手机终于响起来的时候,窝在晏航旁边一晚上扭来扭去不得安宁的初一以光速弹了起来,拿起手机递到晏航手里大概耗时不到零点五秒。

晏航扫了一眼屏幕,看到崔逸名字的同时就把电话接了起来:"怎么样?"

"我现在去你那儿。"崔逸说。

"你在哪儿了?"晏航问。

"楼下。"崔逸回答。

"好。"晏航挂了电话,突然有些发慌,看着初一说道,"老崔在楼下了,马上上来。"

初一愣了愣,又蹦起来蹿到门边,把门给打开了。

然后就一直站在门口,直到崔逸从电梯里出来。

"别录音啊。"崔逸进了屋。

"你可以写字,写一张烧一张。"晏航说。

崔逸笑了笑,走到饮水机前面给自己倒了杯水,喝完了往沙发上一倒,伸长腿舒了一口气。

初一退进了卧室,把门关上了。

"怎么样?"晏航问。

"还算可以,"崔逸说,"我让小白帮忙联系了她朋友,律师专业不专业、牛不牛这方面你不用担心了。"

"嗯。"晏航看着他。

"确定是自首,而且有重大立功表现,"崔逸低声说,"我觉得有戏。"

"嗯。"晏航应着。

重大立功。

如果没有猜错的话,老爸真的,凭着自己的不知道是信念还是偏执,最终还是自己把这事儿了结了。

崔逸没再说话,靠在沙发里看着天花板,过了好一会儿才笑了起来:"你有没有什么时候觉得老狐狸挺酷的?"

"他耍我的时候。"晏航说。

"他对你妈有交代了,"崔逸声音一直很低,"警察去的时候地上捆着俩,他正在蹲边儿上抽烟。"

晏航愣了一会儿才低头笑了笑。

"那场景,"崔逸说,"肯定特别像个蹲路边儿骗人的假药贩子。"

晏航笑出了声。

"别的你不用管了,我来处理,"崔逸说,"你爸没什么变化,老样子,伤也没影响,腹肌破相了。"

晏航笑着没出声。

"他让我带张你的照片给他,"崔逸说,"正脸大头带笑容非偷拍……他什么时候偷拍你了?"

"不知道。"晏航喷了一声。

崔逸拿出手机对着他:"来,笑一个。"

晏航转过脸,咧着嘴龇了龇牙。

"还有,"崔逸看了看照片,收好手机,"他跟你说对不起。"

晏航的手轻轻抖了一下,咬了咬牙没出声。

"本来还说了一句他很爱你,"崔逸说,"后来又觉得太肉麻了让我删除记忆。"

晏航低下头,笑了起来。

眼泪就在他笑着的时候突然涌出来,很大滴地落在了面前的地板上。

"我联系一下那边,过两天还要去,"崔逸说,"你有什么话要带给他的吗?"

晏航慢慢地吸了一口气,努力控制了一下失控的眼泪:"等他出来再说吧。"

"好。"崔逸拍了拍他肩膀站了起来,"我回去了。"

"崔叔。"晏航偏过头。

"嗯?"崔逸看着他。

"靠你了。"晏航说。

"放心,"崔逸笑了笑,"我对他的事儿无论如何都会全力以赴的。"

崔逸走了之后,晏航进了浴室,打开水龙头,往自己脸上泼着水。

晏致远用了快二十年的时间,硬是自己把当年的杀妻仇人给抓住了。

晏航不知道他靠的是什么。

执念,爱,还是强迫症。

第二十七章

但想到老爸蹲在被捆好的两个凶手身边抽烟的样子,晏航突然就很想哭,他不知道自己为什么想哭。

他也不知道老爸抽着烟等警察来的时候,是什么样的心情,又会在想些什么。

结束了吧?

也许什么都没想,用了这么漫长的时间来完成的事,付出了那么大的代价来达到的目标,在结束的那一瞬间,也许什么都空了吧。

晏航冲了很长时间的水,感觉一直往脸上泼水有点儿太单调了,于是顺便就往脑袋上也泼了泼。

洗完头之后,他感觉自己轻松了很多,也清醒了很多。

"初……"他一边擦头发一边转身,猛地看到浴室门口站着个人,忍不住吼了一声,"啊!"

这一声吼带着他最后一点儿需要发泄的情绪,吼得挺带劲的,在小小的浴室里一震,自己都感觉自己内功深厚。

初一脸上担心的表情都被他吼成了震惊。

"你怎么在这儿站着啊!"晏航看着他。

"在这儿站……站着都吼……成这样了,"初一说,"在你后……后头站着你不……不得把镜……镜子吼碎了啊……"

"……你就不能在外头乖乖坐着等我出去吗?"晏航有些无奈。

"你能吗?"初一问。

晏航看着他,过了一会儿把毛巾扔到旁边:"唉……"

"好点儿没?"初一轻声问。

"嗯,"晏航闭上眼睛,"没事儿了。"

"我第……第一次看……到有人哭……得要洗……洗头的,"初一说,"你好另……类啊。"

"滚。"晏航说。

"我帮你吹……头发吧。"初一说。

"为什么?开着空调一会儿就干了。"晏航说。

"不知道,就是想帮……帮你吹。"初一说。

晏航坐在椅子上,腿伸得老长,低头玩着手机。

初一站在他身后很认真地拿着吹风筒在他脑袋上呼呼吹着。

挺有意思的,风在头发上吹过时,头发就像开出了一溜小花。

晏航在看微博评论,时不时笑两声。

以初一对他的了解,这会儿他心情还可以,情绪应该是稳定的,但心里乱七八糟地想着很多问题,他需要看看平时都懒得看的评论来分散自己的注意力。

"有什……什么好笑的吗?"初一问。

"你一会儿自己看,"晏航说,"有个小姐姐画了小漫画,你看吗?"

"一会儿自……自己看。"初一说。

"哎哟,"晏航抬起头,"让你自己看还不高兴了啊?"

"自己看,自己查,"初一说,"你又不……不是百科……全书。"

"看不看?"晏航问。

"看。"初一点头,关掉了吹风筒。

晏航把手机递到他面前。

小姐姐画的是他俩一个做饭一个吃饭的场景,Q版的很简单的小图,但是画得很可爱,晏航做饭的动作快得都成千手观音了,小狗面前堆了一摞碗,嘴里全是吃的。

"看差不多了吧?"晏航拍开他的手,"吹头发呢,赶紧的,吹干了好睡觉。"

"我再……看看。"初一说。

"抽你了啊?"晏航看着他。

"抽呗,"初一说,"我又不……不怕,随便抽。"

"我是没舍得真抽你,"晏航说,"我要是随便尽情抽,你就得住院。"

"我看看。"初一伸手想去拿晏航的手机。

晏航把手机塞进了裤兜儿里,冲他笑了笑:"小孩儿。"

初一喷了一声,也没再说别的,继续给晏航吹头发。

吹完头发之后,初一把吹风筒收好,拿出了自己的手机,坐到沙发上。

小姐姐画的图没在评论里,不过要找也很容易,都不用去搜,有人在评论里圈了小姐姐的ID。

第二十七章

他顺着点过去,就看到了刚才的图。

盯着看了没一会儿,猛地发现晏航一直在看他,一根手指撑着额角,眼睛里全是笑容。

看到他偷瞟之后,晏航也没说话,啧啧啧啧地连着啧了能有十来下。

"啧屁。"初一把手机锁了屏,扔到旁边。

晏航笑得不行,起身过来在他脑门儿上弹了一下,转身进了卧室:"你继续,我先睡觉了,今天有点儿困了。"

初一跟着进了卧室:"要聊……聊吗?"

"我爸吗?"晏航轻轻叹了口气:"不知道什么时候能见着,他估计没可能半个月就出来,不知道会不会扯上以前的那个案子。"

"崔叔说……说了,有重大立……立功表现,"初一说,"没事儿的。"

"嗯。"晏航打了个哈欠,拍了拍初一,"睡吧。"

"嗯。"初一倒到了自己枕头上,"晚安。"

"晚安。"

晏航本来以为这一夜又会失眠,但奇迹发生了,他躺下没多长时间就睡着了,而且没有做梦。

一觉睡到天亮。

初一今天起得比他早,这会儿正在阳台上学着他的样子做早操。

晏航坐了起来。

"醒了?"初一回过头。

"嗯。"晏航打了个哈欠。

"你昨天睡……着了。"初一进了屋,站在床边。

"是啊,"晏航说,"我还以为会睡不着。"

"踏实了吧?"初一说,"不管怎……怎么样,晏叔……叔那边不……不用再担心有……什么意外了。"

"是,"晏航笑了笑,"估计他也能睡个好觉了吧。"

"让崔叔问……问他。"初一说。

"行,"晏航点头,下了床,"早点想吃什么?"

"豆浆油……条,"初一说,"我去买吧。"

"我还要小笼包。"晏航说。

一个钢镚儿 /3
A COIN

"等着。"初一套上衣服出了门。

晏航洗漱完,拿了手机坐到了沙发上。
下意识地点开了通话记录,看着崔逸的号码出神。
他想给崔逸打个电话,但是又不知道要说什么。
现在崔逸是他和老爸之间唯一的联系,抓着崔逸就好像能抓住老爸的那种感觉很强烈。
但崔逸昨天才来过,就算能私下告诉他些东西,也不可能说得太明白,而他想说的想问的都太多了,多得面对崔逸的时候都无话可说。

也许是意念太强烈,他刚把手机放回茶几上,崔逸的电话就打了进来。
"崔叔,"晏航接起电话,"怎么?"
"没怎么,别紧张,"崔逸说,"今天我跟刘老师去见你爸。"
"刘老师?"晏航愣了愣。
"嗯,小白的朋友,有他在你就完全不用担心了,"崔逸说,"今天会见结束之后我再跟你联系。"
"好的。"晏航说。
"昨天有句话忘了转达给你,"崔逸说,"你爸说你比以前胖了。"
"放屁,"晏航想也没想,"我这么好的身材。"
崔逸笑了起来:"他说可能是不用跟着他东跑西颠,就胖了。"
"真是的,"晏航笑了笑,心里突然有些不好受,他搓了搓脸,"崔叔,今天见着人帮我带个话吧。"
"嗯?你不是说你没话带,要等他出来吗?"崔逸问。
"现在有,就一句,"晏航说,"我觉得他当爹当得不怎么称职,但是我特别特别想他,非常想。"
崔逸没出声,过了一会儿才轻轻叹了口气:"好,我告诉他。"

初一把早点买了回来,挺大一兜,除了晏航点的小笼包之外,别的这个饼那个包的全是他的。
"我胖了吗?"晏航看着初一。
"没怎么……胖啊,"初一转过头看了他一眼,"不……不过你脸比……比以前稍……微胖了一……点点。"

第/二十/七/章

"是吗?"晏航捏了捏自己的脸。

"现在这……这样好看,"初一说,"特别好看。"

"马屁精姓初。"晏航走到桌子旁边坐下了。

"狗屁……精,"初一把豆浆油条和包子都放到他面前,"今天我最……最后一天上……班了,明天就不……去了。"

"今天拿钱吗?"晏航问。

"嗯,"初一点点头,"店长说要跟……跟我聊聊。"

"可能是想让你毕业了去他们那儿,"晏航边吃边说,"你别傻乎乎地先答应了,你就跟他说到时再看,我不懂你们汽修行业,不过估计你真的是挺牛的,以后能去的地方多了。"

"嗯。"初一笑了笑,"我可牛了。"

今天是上班的最后一天,初一还是跟平常一样,该干什么就干什么。

但是"分别"还真是种挺奇怪的情绪,平时跟他关系也就那样的同事,听说他要走了,也过来留了个联系方式,还顺带夸了他几句前途大好之类的。

连阿齐都过来加了个好友。

"你小子以后肯定能混得不错,"刘哥说,"技术吧,人人都能学,但是能不能学得精,就看个人了,你在这方面脑子好。"

初一笑了笑。

"毕业了来这儿吗?"刘哥问。

"没想好。"初一说。

"你能去更好的地方,"刘哥小声说,"谁问你也别急着答应。"

"嗯。"初一点头。

店长果然在中午吃完饭休息的时候把初一叫到了一边,跟他聊了聊毕业工作的事。

初一说没想好的时候,店长也不意外,只是说保持联系。

这种感觉挺奇妙的,他从来没有过这种感觉,在技能上被真正肯定的感觉,这跟在学校里打个架、别人叫他一声狗哥或者被女生没话找话强行聊天儿是完全不一样的。

无论刘哥他们是不是拣好听的说,店长是不是习惯性地要留一下技术可能还过得去的员工,他都感觉很舒服。

一个钢镚儿 /3
A COIN

他终于完全可以不再回头看自己了。

不过这些夸奖,也不是所有的都让初一舒坦。

比如李逍的夸奖,就总让他有点儿疑神疑鬼,老觉得想跟这人保持点儿距离。

李逍今天来得晚,大部分员工都下班了,他的车才开了过来,车上全是灰,估计是跑了长途。

副驾驶的窗户被放了下来,李逍探了头出来:"初一!"

"啊。"初一刚从财务那儿拿了钱,准备跟店长说一声就走人了,看到李逍,他忍不住有些想叹气,但还是走了过去。

"没穿制服了啊?"李逍下了车,"不干了?"

"嗯。"初一应了一声。

"这就要走了啊?"李逍有些感慨地看着他,"以后就不能找你洗车了。"

"找刘哥。"初一笑笑,往车上看了一眼,今天李逍没开车,驾驶室里坐着个人。

"今天我喝了酒,"李逍指指车上那个人,"我那儿的员工帮我开的,刚拿了本儿,让他过过瘾,顺便来洗洗车。"

"哦。"初一应了一声。

"你下班了是吧?"李逍问。

"是,"初一看了看手机,"准备……走了。"

"那……"李逍叹了口气,"那我找别人吧。"

"好的。"初一笑了笑。

这会儿人都走得差不多了,没有人过来挪车,李逍是熟客了,也没等人,直接拍了拍车顶:"你把车开进去吧,一会儿谁有空了就会来洗。"

车里的人点了点头,发动了车子,又问了一句:"随便停哪个位置就行吧?"

"随便。"李逍说。

车里的人关了车窗正想往里开的时候,初一敲了敲车窗:"等等。"

"怎么了?"李逍看着他。

初一示意车里的人把车窗放了下来,他凑到窗口边儿上听了听:"怠速的时……时候有……声音啊。"

"什么声音?"里面的人愣了愣,"没听见啊?"

第二十七章

"你下来,让他听听。"李逍说。

车上的人下来了,初一坐进了驾驶室,的确是有声音,正想让李逍动一下车的时候,李逍打开车门坐到了副驾上:"什么声音?"

"很轻的,哒哒声。"初一说。

"好像是有,"李逍凑过来听了听,"开起来的时候没听到有啊。"

"可能是气……气缸,"初一说,"或者油压不……不够。"

"问题不大吧?"李逍看着他。

"嗯,"初一点点头,"可以调一下阀……阀门……"

他话还没说完,李逍就笑了起来。

他转头看着李逍。

"是不是挺有缘分的?"李逍往他面前凑了凑,胳膊肘都撑到了方向盘上,"我一直想着你能给我修一次车,它还真就坏了。"

"我不修,"初一闻到了李逍身上淡淡的酒味儿,顿时有点儿不踏实,"找别人修,我已经不……干了。"

"初一,"李逍在他腿上拍了一下,"我发现你这小子吧……"

"我叫……叫人帮你看看……车。"初一想要打开车门下车。

李逍一把抓住了他的手:"你能不能给点儿面子?"

"什么?"初一吓了一跳,赶紧把手一甩。

"你不是看不出来吧?"李逍重新抓住了他的手。

初一整个人都愣了,瞪着他。

这还是他第一次在晏航以外的男人嘴里听到这样的话,顿时就有点儿蒙了。

"你肯定能看出来,"李逍声音低了下去,语气也变成有些扑朔迷离,"你要真没看出来,肯定不会老这么躲我……这车你修不修?"

初一再一次愣住了。

"上回来的那个人,"李逍几乎贴到了他面前,"是你的谁?别以为我不知道。不过……也没事儿……"

没等初一开口,李逍突然往前一凑。

"啊!"初一吼了一声,一把抓住了李逍的后衣领,狠狠地往旁边一甩。

李逍被他一把甩回了副驾,脑袋在玻璃上磕了一下,似乎是猛地清醒了过

· 337 ·

来,瞪着初一,没有说话。

初一也没出声,直接又狠狠地一拳砸在了李逍脸上。

李逍很低地喊了一声,一只手捂住了脸。

初一推开车门跳下了车,简直不知道怎么形容自己现在的感受,他就想着把李逍拉出来狠狠地打一顿。

但在他绕到副驾这边想要拉开车门的时候,李逍把车门锁上了。

初一想也没想,回头几步冲到了洗车位,拎过地上的喷枪,对着他车窗就猛地甩了过去,喷枪头砸在了副驾驶的车窗上。

"哎!"李逍的那个员工在旁边抽烟,这会儿被他这个动作吓着了,冲了过来,"你干什么!"

"滚!"初一转头看着他,抓着水管把喷枪头又一次抡到了车窗上。

车窗被砸开了两朵并排的花,他抬脚踹了上去,车窗被踹出了一个洞。

"初一!"李逍已经到了驾驶座上,鼻子里还流着血,"对不起!我今天喝酒了!真的不是故意的!对不住你了!"

初一没理他,把喷枪对着被踹开的那个洞,按下了开关。

一股强力水柱冲了进去,打在了李逍身上。

"哎!"李逍抱着头扛了一下没扛住,打开车门下了车。

初一扔了喷枪,冲过去对着他又砸了一拳。

"怎么回事?初一!"刘哥的声音传了过来。

初一没回头,想要再过去打李逍的时候,被刘哥从身后抱住了。

"初一!怎么搞的?怎么打起来了!"刘哥勒着他的胳膊拼命往后拉着,"冷静点儿!冷静!"

店里的几个人都跑了出来,看到一身水满脸血的李逍时,全都愣住了。

"不关他事,"李逍抹了抹脸,"我自找的。"

初一瞪着他。

"别拉着他了,"李逍皱着眉,"让他打吧。"

"有什么事儿好好说,"刘哥没有松手,把初一一直拉到了店里,"你挺稳的一个孩子,怎么这会儿这么猛!"

初一喘着气,好半天了才稍微平静了一些。

刘哥松开了他:"怎么了这是?"

第二十七章

初一摇了摇头,没有说话。

他没法说。

刘哥也没追着问,就一直守在他旁边,等到有人来说了一句,说李道已经走了的时候,刘哥才拍了拍他的肩。

"他走了,你也回去吧,"刘哥说,"我也不知道他干什么了,不过你冷静点儿,千万别这么冲动,知道吗?要真打出个好歹来,你有理也变成没理了。"

初一定了一会儿神才点了点头。

"回去吧,"刘哥说,"店长也没在,这事儿我们几个肯定是不会跟王老师说的,放心。"

"嗯。"初一应了一声。

晏航回到家打开门的时候愣了愣,客厅里没有开灯,一片漆黑。

"初一?"他在墙上拍了一下。

灯亮起来的时候他看到初一光着个膀子只穿了条内裤坐在沙发上发愣,估计是洗了澡,头发上还滴着水。

"怎么了你?"晏航关上门,走到他跟前儿,弯腰看了看。

初一过了一会儿才抬眼看看他,很轻地叫了他一声:"晏航。"

"啊,"晏航赶紧应了一声,初一的声音里满满的全是郁闷和委屈,"怎么了啊这是?出什么事儿了?"

"我跟你说……个事儿,"初一皱着眉,"你别打我。"

"不打你,"晏航蹲了下去,摸了摸他的脸,"什么事儿你说吧。"

"那个李……李道,"初一的表情有些变化,一脸嫌弃,"有毛病!"

"他怎么你了?"晏航马上问。

初一很费劲地把事儿说了一遍。

他在初一背上轻轻拍着,又用力搓了几下:"没事儿,揍得好,你要不解气,我明天上门儿揍他去。"

晏航问:"我去弄点儿吃的,想吃什么?"

"饭。"初一说。

"行吧。"晏航笑了笑。

刚要转身去厨房的时候,初一又拉住了他。

·339·

"怎么了？"晏航转头。

"待会儿。"初一说。

晏航坐到了他旁边。

"你是不是还想聊点儿工作心得体会啊？"晏航在他背上拍了拍。

"没。"初一说，"就是想待……待会儿。"

"冷不冷？"晏航拿了空调遥控器。

"不冷。"初一说。

一块儿愣了半天晏航才站了起来："我先弄吃的，晚上我去崔逸家打听一下情况，他今天跟另一个律师去见我爸了，不知道有没有新消息。"

"哦，好。"初一马上跟着站了起来，晏叔叔的事对于他来说，就是镇定剂，能瞬间让他清醒过来。

晚饭晏航做的是意面和小甜点，依旧是速度超快、味道可口。

不过初一今天居然食欲不像平时那么高昂，东西吃到嘴里都没太尝出味儿来。

"我怎……怎么了？"他觉得这非常不符合自己的风格，忍不住看着晏航问了一句，"病了吗？"

"郁闷得病了？"晏航边吃边问。

"我没……没什么胃口。"初一皱着眉，皱了两秒又赶紧抬手按了按眉心。

晏航笑着没说话。

"算了，"初一想想又很感慨，"要是没……没有你，我现在都不……知道是什……什么样呢，都不敢想……"

也许还在家里待着，肯定考不上普高，那就可能在家里附近某个职校上着学，每天还要回家，活在压抑和郁闷里。

老爸不在家里了，老妈也跑了，他和姥姥姥爷……想想都觉得暗无天日。

"你爸最近联系你没？"晏航问了一句。

"没，"初一摇摇头，"我爷给我打……打电话来着，说他也不……不出门。"

"不找活儿干了？"晏航说，"他是无罪释放，不影响找工作的，换个环境就行了，也没人知道他出过什么事。"

"所以大家都挺看不上我爸的，"初一拧着眉，"打趴了起……起不来了。"

"现在你爷爷奶奶养着他吗？"晏航问。

第二十七章

"不知道,我让爷爷别……给他钱,"初一说,"我也不……不会给,他才多大年……纪啊,就这么废……废着了吗?"

晏航笑了笑:"你说这话的时候,特别像个大人了,以后别臭不要脸老说自己还小。"

"就是还小,"初一说,"小狗,特别可……爱的小……小狗。"

"嗯,小小狗。"晏航啧啧两声。

吃完饭晏航给崔逸打了个电话就出了门,留下初长工在家收拾碗筷。

崔逸家里一看就是缺个长工的,虽然也说不上是哪儿乱,但就是一眼就能看出单身狗的气息来。

"怎么样?"晏航问,"刘老师有什么意见吗?"

"初步想法跟我之前说的差不多,"崔逸说,"姓丁的有重大过错,结合你爸的作案动机、手段、结果,再加上他没有前科,这是初犯,这些对他都有利,现在有点儿纠结的就是两点。是不是防卫过当,他和初建新的口供是一致的,就看这个怎么提了;另一点就是逃逸。"

"嗯,"晏航点了点头,"明白了。"

"刘老师经验很丰富,我就给他当个助手,"崔逸说,"你安心等,这个案子涉及到以前那件案子,侦查得两三个月,提起诉讼又得一两个月,再审判,我算算估计得八个月左右,时间这么长,你要老不踏实,我可就有点儿不好过了。"

"你有什么不好过的?"晏航笑笑。

"晏致远没消息的时候也就那样了,现在人就在那儿呢,时不时还要见上一面,"崔逸说,"他要问儿子怎么样,我怎么说?天天愁,跟着我打听?"

"嗯,知道了,我会放宽心的,其实只要他死不了,我也真就没什么别的奢求了。"晏航从崔逸桌上拿了块巧克力剥开吃了。

"当初没被捕死,后面就肯定死不了。"崔逸说,"就等最后判决就行。"

"好,"晏航点头,"我是不是得到开庭的时候才能见着我爸?"

"是,"崔逸点头,"到时你可以去听听……"

"我感觉我还是不去听了,"晏航皱了皱眉,"不舒服。我爸估计也不想就这样跟我见面。"

"随便你,"崔逸拍拍他的肩,"今天把你的话告诉他了。"

"他什么反应?"晏航问。

"你觉得呢?"崔逸笑了笑。
"估计会说我跟个小娘们儿似的。"晏航说。
"亲父子。"崔逸竖了竖拇指。
"唉。"晏航有些无奈。

老爸的事,差不多也就这样了,除了他的口供和律师的大致意见,晏航也并没有再多打听。真给他说了什么,他也不一定能听得明白。
那就等吧,崔逸说八个月左右,其实想想也没有多长时间。
只要知道老爸没事,这大半年也就并不会觉得难受,难受的是之前那种什么也不知道,所有的事都只能猜测,还总会往最坏的方向去想的日子。

初一不知道是不是因为暑假这俩月的打工生涯给了他力量和信心的缘故,开学之后热情高涨地投入了汽修学习。
晏航躺在沙发上翻着初一的朋友圈,这不到一个月里都能有四五次了,他发的都是黑了巴叽全是油也看不明白哪儿是哪儿的几坨汽车零部件。
也不说配个说明文字,就只有一个他标志性的小表情。
本来晏航还想着国庆节的假期他没办法跟初一出去旅游,还怕初一会郁闷,现在看来,初一估计也没有时间出去玩。
现在人家是汽修一哥,无论是看脸,还是看武力值,还是看业务水平,都得叫一声狗哥。
狗哥的十一假期,肯定得在车库中伴着机油度过。

十一假期是可以忽略不计的,周末却还是存在。
今天是周末,初一在他们学校破车库里奋斗了大半天,然后发了条消息给他。
我在酒店对面了,等你下班。
晏航觉得,一个人对你来说重不重要,有多重要,现在就能看得出来。
就这一条消息,让他今天因为客人太多而有些疲惫和烦躁的心情顿时就扬了起来,而且能一直扬到下班。
他跟初一在一起不是一天两天了,从认识到现在也经历了不少事儿,甚至有些事儿现在都还没个结果,他却依然会因为想到初一、看到初一而觉得心情愉快。

第二十七章

可能初一都不知道自己有这么大能耐。

晏航换好衣服,从更衣室出来的时候,碰到了小胡。

"航哥,"小胡一看到他,立马凑了过来,小声说,"那个大小姐又来了。"

"在哪儿?"晏航问。

"没见着人,我刚下去就看她车停酒店门口呢。"小胡说。

晏航皱了皱眉:"那我这逃跑路线都不好确定了啊。"

"是啊,"小胡说,"都不知道她会在哪儿堵你……要不我去找找人,告诉她你不在这儿干了?"

"你觉得她能信吗?"晏航说。

"……不能。"小胡叹气。

"没事儿,"晏航笑了笑,"又不能把我怎么样,就是烦点儿。"

"你说怎么没有女的这么缠着我呢?"小胡有些伤感。

"我都烦死了,你还挺羡慕?"晏航看着他。

"你烦我不烦啊,"小胡说,"大小姐长得漂亮,又有钱……唉,不说了,你赶紧走吧,万一她一会儿摸到这儿就难跑了。"

"走了。"晏航拍拍他的肩。

这个大小姐,晏航已经记不清第一次见到她是什么时候了,按大小姐的说法,起码得是一年多两年之前,但晏航完全没有印象。

那会儿他在前厅,每天见到的客人数不清,如果只是来吃过几次饭,他肯定是记不住的,就算是个漂亮姑娘。

大小姐大概也就是从一个月前开始正式出场的,通过前厅领班把他叫了过去,然后自我介绍加表白。

晏航礼貌拒绝了,只是没想到她会隔几天就来一次,今天这都是第四次了,就像是在提醒晏航,他还是个时不时就会被小姑娘追求的帅哥。

大小姐的车停在酒店门口,也许是个圈套,让人以为她会在大堂某处蹲守从而选择员工通道,所以晏航决定从大堂走。

……其实也就是随便找个理由,从大堂走,出去就是大街,能马上见到蹲在街对面等他的狗子。

大堂里一片祥和,没有看到大小姐。

晏航松了口气，快步走了出去。

刚一出门，就看到了停在大门左边的跑车以及靠在车门边儿上的大小姐。

"躲我呢是吧？"大小姐走了过来，"见面聊几句交个朋友的机会都不给啊？是不是有点儿太绝情了……"

"朋友改天再交吧，"晏航说，"我今天特别忙，赶时间。"

"忙什么呢？"大小姐按了一下手里的遥控器，那边车叫了一声，"我送你吧。"

"不用，"晏航看到了站在对面的初一，犹豫了一下之后他指了指那边，"有人接我。"

"哪儿？"大小姐看了看，"走路啊？"

"跑步，"晏航说，"跑回去。"

"跑回去？"大小姐愣了愣，"你不说你很忙吗？忙着回家啊？"

"是，"晏航说，"我俩一周就这两天能见着面，当然忙着回家。"

大小姐一脸迷茫。

"那个，"晏航说，"他接我下班呢，你懂我意思吧？"

大小姐眼睛一下瞪圆了。

晏航从旁边的花盆里摘了一朵小花放到她手上："谢谢。"

然后没等她再说话就直接大步往前走了。

"谁啊？"初一问，"那个小……姐姐。"

"别叫这么亲热，"晏航把胳膊搭到他肩上，"一会儿知道真相你就后悔这么叫了。"

"真相是什……什么？"初一问。

"你猜一下吧。"晏航说。

初一回头看了看，沉思了一会儿："一个要包……养你的富……婆吗？"

"……你真能猜啊。"晏航感叹了一句。

"不是？"初一问。

"人家就想交个朋友……"晏航没说完就被初一打断了。

"不可能，"初一说，"只想交……个朋友你就……就不会是这……个态度了。"

"我什么态度？"晏航看了他一眼。

"你指我了，"初一说，想了想之后又笑了起来，笑得很开心，"晏航。"

第二十七章

"嗯?"晏航在他脸上戳了一下,"笑成这样。"

"跑回去吧,"走了一段路之后晏航突然说,"好久没跑步了。"
"我天天跑。"初一说。
"我也天天跑,"晏航喷了一声,"我俩很久没一块儿跑了,现在在一块儿,成天也没想这种正经事儿。"
"那正……正经一回吧,"初一点了点头,他俩都穿的是跑步鞋,也没拿包,要跑回去也没什么问题,"跑回去。"
晏航在他脸上弹了一下,往前跑了出去。
初一跟上去,跟他并排跑着。
这条路还行,这个时间人行道上人不多,他俩跑起来还挺自在。

以前就是这么跑的,没有跑道,也没挑地方,就这么顺着人行道往前跑,初一挨着墙根儿,晏航跑在中间,时不时会伸手把他拽过去。
那会儿每天最开心的事,就是晚上跟晏航去跑步。
跑两圈儿,在河边椅子上休息一会儿,喝点儿饮料聊聊天儿。
那个时候的他,非常容易满足,晏航在他最容易满足的日子里出现,给了他超出期待的相处。
那时跟现在一比,其实既算不上踏实,也谈不上有多开心,离开晏航的范围,他就会重新回到黑暗里。
但他却能记得很多,他跟晏航的每一个细节,都能记得清清楚楚。
他甚至还能记得第一次抓住晏航的手,握住他的脚踝时的感觉。
也许从那个时候开始,他对晏航的感情,就不仅仅是重要的朋友那么简单了吧,毕竟是土狗,反应慢一些。

"想什么呢?"晏航问。
"很多,一堆,"初一说,"以前一……一起跑步的事儿。"
"怀旧啊?"晏航笑了笑。
"不用怀,"初一说,"一直都记……记着。"
"我不记得了,"晏航说,"怎么办?"
"我不会嫌……嫌弃你……"初一说,"阿……阿尔茨……阿……茨……尔茨……默……唉,老年痴……呆!"

· 345 ·

晏航笑得不行，边跑边乐。

"请我喝……喝水，"初一喷了一声，指了指前面的一个小报刊亭，"那儿有卖的。"

"好。"晏航点头。

俩人过去买了瓶可乐，老板找了俩钢镚儿。

晏航拿过来，递了一个给初一："镚镚精。"

初一拿着这个钢镚儿猛地有些出神，他现在不再每天把晏航做的那个小皮衣钢镚儿带在身上了，而是压在枕头底下。

他已经不再是那个时刻需要感觉到晏航的存在才能鼓起勇气的土狗了。

但听到镚镚精的时候，他还是会猛地一下，心里全是暖意。

晏航没说话，往前走了一段之后把手伸到了他面前，钢镚儿在他指间来回翻着。

初一看着钢镚儿，晏航一直也没告诉他这个"泡妞专用魔术"到底是怎么变的，估计也不打算告诉他了。

晏航的手翻了一下，钢镚儿不见了。

"呀，"初一马上喊了一声，"好厉害！"

晏航笑了笑。

"去哪儿……了？"初一继续配合。

晏航的手绕过他肩膀，在他左耳朵尖上碰了碰，他刚一转头，脸就被晏航的手指顶住了。

"现在吧，其实也不是特别合适，大街上，也不怎么浪漫，"晏航在他右耳边轻声说，"但是有些话，就是自己感觉合适了，就想说。"

初一没出声，晏航在他耳边的轻语让他很舒服，就想闭着眼睛听。

听多久都行。

"我觉得你肯定不懂什么是情感，你太土了，"晏航说，"不过我也不太懂，虽然我很洋气。"

初一听了这话有点儿想笑，但他心里隐隐涌上来的激动和震惊让他笑不出来，他感觉四周都暗了下去，只有他和晏航是亮着的。

晏航继续轻声说："不过我还是想说……"

"幸好有你。"初一说。

晏航的声音瞬间没了，过了好几秒，才又说了一句："我想抽你，一个结巴

第二十七章

还学会抢人台词儿了,你是不是欠抽啊!"

初一转过头看着他笑了笑。

"一会儿就抽你!"晏航瞪着他。

初一没说话,还是笑,自我感觉从来没笑得这么傻过,但就是停不下来。

晏航叹了口气,伸手搂住了他:"行吧,抢就抢了。幸好有你。"

"走吧?"晏航轻声说。

"嗯。"初一点点头,转脸就看到了路边停着一辆跑车,车窗放了下来,能看到驾驶座上有个女孩儿正瞪着他俩,他愣了愣,"这是刚……刚才那个小……姐姐吗?"

"什么?"晏航回头看了一眼,低声说了一句,"我的天她怎么在这儿?"

"晏大厨,"车里的小姐姐冲这边喊,"你这不会是为了让我死心,找个哥们儿演一出吧?"

"啊,"晏航应了一声,"演技怎么样?"

"很情真意切了,"小姐姐皱着眉,又看着初一,"小鬼,你俩是真的?"

"所见即所……所得。"初一点了点头。

小姐姐很不爽地在方向盘上拍了一把:"我怎么这么倒霉!"

"赶紧回去吧,"晏航说,"这儿禁停,一会儿拍照了罚分。"

小姐姐没说话,拧着眉非常郁闷地又盯着他俩看了半天,最后又一拍方向盘,发动了车子开走了。

"走吧,回家。"晏航拍拍他后背。

"她生气了?"初一跟着他一块儿继续往回走。

"也不一定是生气,"晏航说,"可能一开始觉得我骗她,现在发现应该是真的,就不太能接受吧。"

"你跟……跟她说……了什么?"初一问。

"也没说什么过分的,"晏航说,"本来不想说,觉得没必要,但是她来好几回了,再不说明白也不合适,就说了。"

"如果她告……告诉别人,"初一有些担心,"会……不会影响……你啊?"

"影响什么?"晏航举起胳膊伸了个懒腰,"还不让上班了啊?工作没出错,能影响什么?"

"嗯。"初一笑了笑。

他俩走了一段之后又继续跑步,一直跑回了家。

初一一点儿也没觉得累,心情还很轻快,跟着晏航一直在厨房里转悠,把买好的菜都收拾好之后,他拿了晏航的手机:"直……个播吧。"

"干吗?"晏航看了他一眼,"太久没听小姐姐说你可爱了是吧?"

"主……要是想,"初一点点头,"关爱小……姐姐。"

晏航笑了起来,伸手过来把手机解了锁:"随便你。"

初一上了晏航的号,按晏航的习惯先发了条微博:"你这消……消息"999+"啊,看得过……来吗?"

"有时间了慢慢看呗,"晏航去拿了口罩戴上了,"她们也不稀罕我看不看,主要是为了呐喊,还有相互聊天儿。"

初一进了直播间,把手机举起来对着晏航:"开……始了。"

火速赶来。

光速赶来。

神速赶来。

今天微博是小狗发的吧?

+1,语气不一样。

肯定小狗发的,小天哥哥发微博不带标点,小狗还打个句号呢。

一看就是认真的老实狗。

"今天做一个凑合版的披萨和超级简单的玛芬,"晏航说,"不想做饼底了,今天披萨就用吐司做底……"

"好。"初一说。

"不是跟你说。"晏航说。

"好。"初一又说。

哈哈哈。

小天哥哥怎么这样哈哈哈哈。

小狗非常冷静啊。

好。

"就跟做披萨一样,吐司一铺,你想吃的东西就往上放,"晏航很利索地把吐司片铺在盘底上,然后抹酱放材料,"摄像麻烦拍一下食物。"

好。

第二十七章

好。

"好。"初一让手机对着他的手。

手手手手手!

摄像,让你拍食物啊不是拍手!

小狗很懂我们了。

哈哈哈哈哈哈。

可爱死了怎么办啊?

想抢狗,又觉得打不过。

"后面的步骤就跟做披萨是一样的了,今天这个是培根的,"晏航说,"狗哥喜欢培根。"

"是的。"初一说。

狗哥!

太甜了,狗哥。

小狗怎么叫小天哥哥啊?

亲爱的?

哈哈哈。

"小天哥哥。"初一说。

"嗯?"晏航偏头看了他一眼。

"没跟你……说话。"初一说。

哈哈哈哈哈哈哈小狗的报复。

小天哥哥,叫得好甜。

平时肯定不这么叫。

狗哥这么一本正经的撒娇简直受不了,我的心啊!

"披萨烤上,"晏航继续做菜,"然后是玛芬,可以买纸杯,没纸杯用烤模也行。"

"我们有纸……纸杯。"初一说。

晏航看着他:"是跟我说吗?"

"不是。"初一回答。

"哦,"晏航点点头,"蓝莓玛芬,低筋粉过筛,黄油切丁,然后搓,搓成屑了就差不多了,加糖和蓝莓……摄像帮打一下鸡蛋。"

· 349 ·

"好。"初一应了一声,过去把手机架在了旁边桌上。

啊啊啊啊小帅哥。

狗哥帅死我了。

狗哥,把小天哥哥的口罩撕了吧!

"牛奶鸡蛋一起打。"晏航说。

"嗯。"初一把鸡蛋敲进碗里,加好牛奶,他现在做这些事,比以前要熟练得多了,毕竟天天在厨房里观摩。

那边晏航把面粉和材料拌匀了之后,他就把打好的鸡蛋牛奶倒了进去。

"现在把湿料倒进纸杯就可以了,"晏航把纸杯排好,把面糊糊一个一个杯子地倒好,"现在放烤箱,两百度上下火,二十分钟,就可以吃了。"

初一一听这句话,就知道直播可以结束了,于是冲镜头摆了摆手,然后退出了直播。

"好玩吗?"晏航问。

初一笑着没说话,过了一会儿才问了一句:"你以前为……什么直播?"

"因为无聊啊,"晏航看着烤箱,"我不是到每一个地方都打工,如果不打工的话,就特别无聊。"

"我无……无聊就发呆,"初一说,"河边发呆,还跟树……树洞聊……天儿。"

"因为你比较土。"晏航说。

"嗯。"初一笑着点了点头。

"你为什么这么乖?"晏航在他脸上捏了捏,"我天天说你土,你就不能反抗一下吗?"

"为……什么反抗?"初一说,"你天……天说我土,结果还……不是哭着喊……喊着要……给土狗做饭?"

"滚啊。"晏航看着他,"外边儿蹲着去,现在这么臭不要脸了,刚还夸你乖,乖个屁。"

初一笑着回了客厅。

晏航把做好的吐司披萨和蓝莓玛芬拿到客厅的时候,初一正低头在沙发上坐着,专心致志地看着手机。

"看小姐姐夸你可爱吗?"晏航问。

第二十七章

"没，"初一扯着嘴角笑了笑，"随便看……看。"

"看什么呢？"晏航走了过去。

初一迅速按了一下，把手机锁了屏扔到了一边。

"小屁狗，"晏航拿起他的手机，点了几下解了锁，"跟我玩神秘……"

"啊！"初一吃惊地喊了一声，蹦了起来，"你怎……怎么……能解我手……手机的锁！"

"谁让你不用指纹了？"晏航说着飞快地集中目光，往手机里没退出的页面上扫了一眼。

初一扑过来想要抢手机，晏航抓住他手腕翻过来往里一按。

"啊！"初一喊了一声，被他推回了沙发上。

啧。

是个搜索页面。

快速烘焙入门。

"我是不是应该感动一下啊？"晏航把手机放回初一手里，撑着沙发笑着弹了弹他鼻尖，"这么用功。"

"我不……不想跟你说……话了，"初一郁闷地说，"你偷看我解……解锁。"

初一之前一直用的指纹，最近大概是勤于修车练习，加上秋天有点儿干燥，指纹经常解锁失败，于是他就换成了数字。

"我没偷看，"晏航笑得不行，"我是猜的，真的，就四个数我都不用想就知道是我生日啊。"

"我很……没有面子，"初一瞪了他一眼，"我以后用春……春阳的生日！"

"你有胆儿就试试。"晏航啧了一声。

"吃饭。"初一迅速起身坐到了桌子旁边。

晏航就看他埋头苦吃的样子有点儿想笑。

"这个真……好吃啊，"他指了指玛芬，"能吃十……十个。"

"我一共就做了十个。"晏航说。

"你就不……吃了吧？"初一说。

"嗯。"晏航笑了笑。

晏航做饭最大的好处就是需要洗的碗很少，一般就俩盘子，上手抓着吃，像今天这样，一共就一个烤盘。

收拾起来都用不了两分钟。

这一夜挺奇妙,初一躺到床上闭上眼睛的时候,想到了在大街上的那句话。
有些话一旦说出口,所有的感觉就全都变了。
同样的人,同样的事,同样的生活,好像就都联系上了。
早上起来往回学校的时候,都觉得自己前所未有的前途无量。
到学校了吗?
晏航给他发了条消息。
到了,中午你忙完了给我打电话,我中午在实训室。
好。
初一回了趟宿舍,宿舍几个人刚起床,都半死不活地洗漱着。
"早。"他跟大家打了个招呼。
"昨天给你发消息怎么没回我?"周春阳问了一句。
"发了吗?"初一愣了愣。
"没到十点的时候发的。"周春阳说。
初一拿出手机看了看,还真有一条周春阳的未读消息,也不知道自己是怎么的就没看到。
老杨突然过来找你,是不是有什么事?
"老杨找我了?"初一看着周春阳,有些意外。
杨老师虽然是班主任,但很少到宿舍来,特别是周末晚上,并不是人人都回宿舍的时间。
"嗯,"周春阳点点头,"我说给你打电话,他说不用了,今天再找你。"
"我去找……他吧。"初一转身准备出去。
周春阳跟了过来,跟他一块儿走出了宿舍。

"怎么了?"初一问。
"我觉得有点儿不对,"周春阳小声说,"苏斌去找过老杨。"
"嗯?"初一愣了愣,苏斌找老杨跟老杨找他有什么关系他没反应过来。
"王老师之前不是让老杨推荐你吗,就是明年实习的事儿。"周春阳低声说。
"是啊。"初一看着他。
学校每年实习之前都会给几个优质的汽修厂推荐优秀学生,一般没有这么

第二十七章

早,但今年王老师先把他推荐了,这事儿他还挺高兴。

"你是不是还没睡醒啊?"周春阳看着他,"你脑子也结巴了吗?"

"啊,"初一这会儿才猛地反应过来,虽然不会只推荐他一个人,但这种"推荐位"还是很多学生会想要争取的,特别是苏斌那种觉得自己天下第一优秀的人,"他是……不是跟老杨说……什么了?"

"这个我也不确定,就是觉得有问题,"周春阳皱了皱眉,"你去找老杨的时候有点儿准备,别突然他问什么你不知道怎么答。"

"知道了。"初一点了点头。

虽然不知道这里面到底有没有什么问题,但初一往老杨办公室去的时候还是有些不安。

只是也想不出来,如果苏斌去跟老杨说,能说什么。

老杨办公室没有人,初一往里看了看,正想拿手机打个电话的时候,看到老杨从操场那边走了过来。

"杨老师。"初一叫了他一声。

"你来了啊,"老杨看了他一眼,"进来吧。"

老杨平时挺严肃,但是对他一直还是挺和气的,今天脸上却连一丝笑容都没有。

"您找我有……有事儿?"初一跟着他进了办公室。

"王老师说要给你推荐,"老杨倒了杯水慢慢喝着,看了他一眼,"我给压了下来。"

"……哦。"初一愣了愣,果然是这个事。

"按说这个推荐主要是看技术能力,你专业还是非常优秀的,"老杨说,"但是也不能完全不考虑品行。"

"品行?"初一听得有些迷茫。

品行怎么了?因为打架?

可是如果打几次架就算品行不好不能推荐的话,汽修班里大概也就苏斌品行没问题了。

那还能是什么?

初一猛地觉得自己后脖子有些发凉。

第二十八章

Chapter twenty-eight

第二十八章

初一看着老杨,在老杨喝水的这几秒钟里,他脑子里转了能有八百多圈,想要找到会让自己落下个"品行不端"名声的事件。

他从小到大虽然被同学欺负被老师忽略,但从来没有过任何涉及"品行"的问题。

打架肯定不是,汽修班全是男生,打架差不多是日常了,跟品行也扯不上什么关系。

"我一直觉得你是个老实的孩子,也肯学东西,"老杨放下杯子,皱着眉,"你平时打个架什么的,我也不想说,汽修专业一向就这样,年轻气盛,真打了也没什么大不了的。"

初一没说话,看着他。

"但是有些事就不一样了,王老师好心安排你暑假去兼职,"老杨说,"结果你呢?"

"啊?"初一愣了愣,"我去……了啊。"

"是啊,你去了,你在人家那里干什么了呢?"老杨看着他。

初一猛地想起了李逍的事儿,顿时冷汗都下来了。

但当时店里人并不多,店长也没有看到,老杨是怎么知道的?

苏斌说的?那苏斌又是怎么知道的啊!

"打人砸车,"老杨说,"是你干的吧?"

果然。

初一皱了皱眉。

主要是这事儿他还没有办法解释,虽然他对自己任何事都敢承认,但也不愿意到处去说。

可老杨下一句话就让他整个人都有些郁闷了。

"你说你要实在想搞点儿什么前卫的事,我也懒得管,毕竟现在年轻人一个个的跟赶时髦似的想法新潮,而且不是说什么尊重个人隐私吗?那我就尊重你们的隐私。"老杨说,"但是你跟周春阳的关系……居然打个工还把客户扯上了!"

"什么?"初一猛地抬起头。

"你不要不高兴,"老杨说,"我说这些话都是有证据的!你跟周春阳是不是天天混在一起?你跟客户的事是怎么回事?你是不是打了客户,都把人打伤了?还砸了车!"

初一看着老杨,这一瞬间他算是知道了什么叫百口莫辩。

没错,他跟周春阳的确是关系最好的,天天一块儿上课下课吃饭,还一起在操场上看人打球。

没错,他的确是打了李逍,还打出鼻血了。

没错,他的确是砸了李逍的车,而且还踹了车窗。

都没错,但又都是错的。

如果这些都是苏斌给老杨说的,他苏斌还真是非常厉害,初一觉得自己活了快十八年,从来没有想到话还能这么说。

一口气就那么生生地堵在胸口,堵在嗓子眼儿里,无论如何也咽不下去,却也无论如何也吐不出来。

血都快从眼珠子里憋出来了。

"这些都是真的吗?"老杨问。

"不是。"初一回答。

"那你有什么要解释的吗?"老杨皱眉看着他。

初一沉默了一会儿,说了一句:"没有。"

当然不是真的,但老杨的语气已经很明显地能听出来他已经相信了,这时自己无论说什么,老杨估计也都会觉得是在狡辩。

初一也不想再费心去解释,这么多的话,对于他来说非常费劲。

而且,他突然发现自己根本不屑再去解释什么。

苏斌在背后说了他一些神奇的事,而他着急费力地拼命解释,听起来就很可笑,也许这就是苏斌想要的局面,他不想配合。

"你确定不需要给我解释一下?"老杨似乎有些意外。

"嗯。"初一应了一声。

老杨瞪着他,很长时间都没有说话,最后挥了挥手:"你也太不珍惜王老师对你的器重了,你去上课吧。"

第二十八章

初一转身走出了老杨的办公室。

走到操场边的时候,他看到了周春阳。

周春阳手里拿着他的书包,应该是专门在这儿等他。他走了过去。

"什么情况?"周春阳问。

"推荐取……消了,"初一接过自己的书包,"跟你成天混一块儿,还跟客户也说……不清,又打……打了客户、砸……了车。"

周春阳看着他:"你打客户了?还砸车了?"

"嗯,"初一点点头,"那个客户他……"

"苏斌怎么知道的?"周春阳皱着眉,"这打探消息比胡彪还灵啊?建议胡彪揍他,抢生意呢?"

初一扯了扯嘴角。

"你给老杨解释了没?"周春阳跟他一块儿往教室走过去。

"没。"初一说。

周春阳有点儿吃惊地转过头看着他,过了一会儿又叹了口气:"换我我也不解释,真糟心。"

初一没出声。

走了几步之后,周春阳又转过头:"老杨说你跟我……"

"嗯,"初一点点头,"赶时髦。"

"我——去!"周春阳很郁闷地喊了一声,"我是不是躺枪啊!"

"啊。"初一点头。

"你不跟老杨解释这个我理解,"周春阳突然很紧张地压低声音,"你记得跟晏航解释啊,我不想挨揍啊。"

"嗯,他不……不会信的。"初一说。

"……唉!"周春阳走了一会儿,狠狠踢了一脚地上的一块石头,"这个苏斌,是活腻了我看!"

初一没有说话,沉默地往前走。

到教室的时候,宿舍的人已经给他俩占好了座位,初一坐下之后,李子强马上问了一句:"怎么样,老师找你什么事儿?"

"取消推荐的事儿。"周春阳说。

"啊?"李子强愣了。

"为什么取消啊?"高晓洋问了一句,"这推荐还能取消啊!"

"理由是什么?"吴旭问。

"打客户了,还砸了客户的车。"周春阳说。

"初一打客户?"李子强有些不相信。

"嗯,"周春阳看了初一一眼,"打是打了,但是你们觉得他会随便打人吗?还是打客户。"

"那肯定是有原因的啊!"胡彪压低声音,"肯定是客户先找事的。"

"但是被人掐头去尾一转述,"周春阳说,"就不一样了。"

几个人同时转过头,看着跟他个隔了好几排坐着的苏斌。

张强说:"不过他怎么知道的啊?"

初一看了他一眼。

"说话注意点儿啊小强哥,"胡彪说,"狗哥在这儿坐着呢。"

张强喷了一声:"这是重点吗!重点难道不应该是一会儿我们回宿舍得把苏斌收拾一顿吗!这还能忍?"

"得了吧,"周春阳说,"苏斌会承认吗?老杨也没说是苏斌啊。再说了,就算是他,他对推荐人选不满意,去跟老师说了,回头就被揍了一顿,你让老杨怎么看初一啊?"

"……去他的,"李子强很不爽,"那怎么着,就这么憋着了?"

"初一的事儿初一自己决定怎么处理,"周春阳说,"我呢,就等着,如果哪天老杨给苏斌推荐了,我就上老杨那儿举报去。"

"举报什么?"胡彪问。

"他骚扰我,"周春阳说,"到时你们给我做个证就行。"

初一没忍住笑了起来。

几个人一通乐,纷纷点头:"没问题。"

"万一他反咬一口呢?"高晓洋说。

"看颜值,"周春阳指了指自己的脸,"你觉得长成我这样的,能骚扰苏斌那样的吗?"

"不能。"初一说。

"这不就是了,"周春阳说,"等着吧。"

周春阳的话无论是真话还是气话,初一都挺感动的,宿舍里这帮人,是他新生活里很重要的那一片阳光。

第二十八章

推荐没了,初一很憋屈,看到苏斌的时候就想过去把他的脑袋按到马桶里抽个十回八回的,但宿舍一帮人跟着他一块儿不爽的时候,他还是能感觉到温暖的。

他并不是特别在意这个推荐,现在的他,有以前的土狗从来没有过的自信,他喜欢自己现在的专业,也愿意为这个专业去认真琢磨,所以他对自己有信心,有没有这个推荐,他都能找到合适的去处。

他的郁闷,更多的是因为被人在背后用这样的理由、这样的手段坑了一把。

他从小到大被人欺负,却还从来没有这样被人坑过。

不知道是不是心虚,平时苏斌晚上不会去教室自习,无论宿舍里的人怎么闹腾,他都会戴着耳机躺床上玩手机。

在老杨找过初一之后,整整一个星期,他都压着熄灯的点儿回宿舍。

宿舍也没人问过他什么,但大家心知肚明,估计也就不想再装了,直接回避,以防在宿舍待的时间太长了被收拾。

周末本地的几个人回家,东西都没收拾完,苏斌人就已经走了,不知道上哪儿躲着去了。

周春阳说:"我真想叫几个人过来揍他一顿。"

"我觉得行。"张强点头,"我们知道是他说的,但没证据,找人打了他,他知道是我们干的,也一样没证据,互相坑呗,看谁能玩得过谁!"

"谢了,"初一把包往背上一甩,"你们别……惹麻烦。"

周春阳啧了一声。

"下周三我晚……晚上不打工,"初一说,"请你们吃自……自助。"

"晚上?"胡彪马上问。

"嗯,"初一点头,"啤酒街。"

"狗哥够意思,"胡彪竖了竖拇指,"上月跟航哥过生日也没叫我们一块儿,还以为你不乐意跟我们一块儿混了呢。"

"他都没……没过生日,"初一叹了口气,"事儿多。"

"你跟晏航什么关系啊,人家过生日你还要凑热闹呢?"周春阳说,"想混饭吃找我啊,没少带你们吃吧?"

晏航的生日的确是没过,他倒是记得,但是正好卡着晏叔叔的事儿,生日也就没怎么特别过,就吃了个饭,他送了晏航一个刻字的保温杯。

晏航说杯子是"老干部"款的,刻了字就更"老干部"了,但还是坚持每天用它喝水，凉水也用它喝。

初一想想就觉得挺好笑。

不过想到今天的事儿，他又笑不出来了。

为了排解自己的郁闷，他先去晏航家对面的商场转了几圈，然后又去小超市转了转，按晏航的习惯买了点儿菜，拎了箱酸奶。

到家没等多久，晏航就回来了。

他立马觉得一阵踏实。

"我买……买菜了。"他指了指厨房。

"你还去买菜了？"晏航有些意外。

"不想一……个人待……待着啊，"初一说，"就去买了。"

"我看看有什么菜。"晏航进了厨房，看了看他买的菜之后又回到客厅，"买得不错，都能配上。"

初一笑了笑。

晏航进卧室换了身衣服出来，坐到了他旁边，往他身上一靠："狗子。"

"嗯。"初一应了一声。

"说吧，"晏航说，"是不是在学校碰上什么事儿了？"

"啊？"初一愣了愣，转头看着他。

"我一眼就能看出来，"晏航往他身上挤了挤，"说吧，一个人憋着不难受吗？"

初一叹了口气："其实也没……没什么。"

"嗯。"晏航笑笑。

"就学校给……给了我一个推……荐机会，"初一说，"现在没了。"

"是你以前说过的那种推荐吗？不是要到明年才推荐的吗？"晏航问。

"嗯，王老师就给我……我们班……主任先推……荐了我，"初一说，"之后还……会有别人的。"

"为什么没了？"晏航又问。

初一拧着眉，把今天的事儿给晏航简单说了一下。

晏航愣了半天才说了一句："这是什么意思啊？"

初一没说话。

"你们班主任的脑子是不是应该去实训室让人拆开了重装一下啊？"晏航说。

初一叹了口气。

晏航看着他，伸手摸了摸他的脸："郁闷？"

"嗯，"初一点头，"倒不……不是为推荐。"

"我知道，"晏航说，"从小到大没被人这么阴过吧？"

"没，"初一说，"深刻体……体会了人……人心险恶。"

"别的同学知道了吗？"晏航问。

"宿舍的知道。"初一说，"春阳说不……不要告诉别……别人。"

"那现在有人说这件事吗？你被取消推荐的原因。"晏航说。

"好像没，"初一说，想了想又皱了皱眉，"有人知……知道也没……人敢来跟我……说啊。"

晏航手指按着嘴唇轻轻咬着："这人是欠收拾了。"

初一看着他。

"怎么？"晏航看了他一眼。

"我要是收……收拾他，"初一说，"会被老杨知……知道。"

"废话，"晏航说，"再说了，你连解释都不想解释，还收拾他干吗？晾着吧，让他弄不清你到底在想什么，吓死他。"

"他都不……不怎么回……宿舍了。"初一说。

"多好。"晏航笑了笑。

初一觉得自己的情绪还是很容易调节的，毕竟憋屈了十几年，有经验，再加上周末跟晏航泡在一起。

周一回到学校的时候，看到苏斌，他已经不再有那种强烈的想要拿他脑袋当马桶搋的冲动了。

不过依然是有点儿堵得慌。

没个爆发的点。

如果苏斌是膀子哥就好了，膀子哥特别容易主动进攻，然后被人抓着机会反抽。

可惜苏斌的样子就跟反了似的，仿佛是他受到了全宿舍的迫害，连宿舍都不敢回。

简直让人浑身难受。

跟他一样难受的还有周春阳，毕竟被莫名其妙拉了躺枪。

下午体育课，宿舍几个人躲在里面小操场上聊天儿的时候，周春阳一直念叨着："我不行了，我特别想现在就过去抽他。"

"春阳你别说这个话,"张强说,"你这话一说,我就真的想去了。"
"等放假吧,"初一说,"挺住。"
"哼。"周春阳咬了咬牙。
李子强掏了烟出来叼着,又把剩下的跟几个人一块儿分了。
"我买瓶饮料去,"胡彪站了起来,"你们喝吗?我请客。"
大家点了饮料之后,胡彪跑着去了小卖部。
没过几分钟,他又跟被人追杀似的狂奔着回来了,手里也没有饮料。

"怎么了?"李子强马上站了起来。
"出什么事儿了吗?"吴旭问。
"我去!我去!"胡彪一边跑过来一边挥着手喊,"你们猜……"
"猜你大爷,有屁放。"周春阳打断了他的话。
"苏斌被人拖出去了!从小卖部那儿!"胡彪一脸兴奋带震惊地喊了一声,"好些人看到了,不过这小子没人缘,谁也没拦,都干瞅着!"
"被拖出去了?"几个人都站了起来。
"春阳你叫的人?"李子强看着周春阳。
"我没叫啊,"周春阳说,"我要叫了人我能憋成这样吗?"
"那是谁?"几个人立马来了兴致,转身就往大门那边走。
"戴着口罩帽子!"胡彪兴奋地说着,说到一半猛地停下了脚步,转回头看着初一,一下压低了声音,"初一,不会是航哥吧!"
"什么?"初一愣了。
"就是晏航!"胡彪跳了一下,"我说怎么听声音那么熟呢!"
"还说话了?"周春阳问。
"说了,"胡彪兴奋得不行,"说,'你欠我的钱什么时候还'!肯定是他,初一是不是你叫来的啊?"
"我没。"初一也震惊得不行,猛地想起了那天晏航说的那句话。
这人是欠收拾了。

"欠钱?"高晓洋有些迷茫,"他欠了晏航的钱吗?"
"你傻了吗?"周春阳说,"他不说欠钱,他难道说我是来给初一出头的吗?"
"他也可以不说话啊。"吴旭说。
"唉,我跟你们这些傻子说话真费劲,"周春阳一边往学校门口那边走,

第二十八章

一边无奈地说,"他什么也不说,苏斌就可以跟老杨说那是初一叫来的人,他说这一句,旁边人都听到了,是苏斌欠了钱被人找到学校来了。"

"对!"胡彪点头,"说得还挺大声,好些人听到了,小卖部老板都听到了!"

"我去,快,"李子强跑了起来,"看热闹去!苏斌被人追债追上门了!"

初一回过神,赶紧跟着就往外跑。

"等等!"周春阳一把拉住了他。

"怎么了?"初一看着他。

"如果真是晏航,你不能去拉架。我们过去要是碰上了,就是看热闹的。"周春阳说,"也不能让人看出来你俩认识,懂我意思吗?"

初一点了点头:"懂了。"

不过他们赶过去的时候,苏斌和拖走他的人都已经没有影子了,他们和另外几个看热闹的站在学校门口东张西望了半天,也没看出儿有什么动静。

"你们几个!"保安不知道从哪儿走了过来,"干吗呢?回去!上课时间还想往外跑呢?就走开十分钟你们都不老实!"

一帮人回到了小卖部,胡彪买了饮料,一块儿站在门口喝着。

"是你们班的吧?"小卖部老板走过来问了一句,"刚被拖走的那个。"

"嗯。"周春阳应了一声。

"还不赶紧跟你们老师说一声啊?"老板说,"追债的呢,下手都狠。"

"怕被报复,"周春阳说,"我们不敢说。"

老板叹了口气,回到收银台,拿起电话拨了个号:"喂!杨老师吗?我这边是小卖部!你们班有个学生被高利贷追债的拖走了啊!啊?是谁啊……"

"苏斌,"周春阳马上转头告诉老板,"他叫苏斌。"

"苏斌!"老板说,"是的!高利贷!啊!是不是高利贷我不知道,反正是被人追债了!"

"真爽啊。"周春阳点了根烟,靠在小卖部门边,愉快地说了一句。

"别在我这儿抽烟啊!"老板挂了电话指着他,"上后头抽去。"

几个人绕到了小卖部后边儿,坐在了台阶上。

初一喝了口饮料,手机在兜里响了一声,他赶紧拿出来看了一眼。

是晏航发过来的消息,他看着这行字,突然就想笑,就像周春阳说的,真爽啊。

一会儿下课了公交站见,请你吃饭。

这个苏斌非常不抗揍。

晏航就往他身上踹了一脚,都还没怎么使劲,他就团成一团在地上不动了。

"死了啊?"大李从后面的残疾三轮儿上探出头来。

"这一脚连个蚂蚱都死不了吧?"晏航说。

"装呢。"大李下了车,走到苏斌旁边,弯腰冲他吼了一声,"钱!什么时候还!"

"我没欠你们钱!"苏斌也吼了一声,带着些许哭腔,"你们搞错人了!"

"你是不是汽修的苏斌啊?"晏航慢条斯理地问了一句,"刚问你,你可说的是。"

苏斌挣扎着说:"我是,但是我……"

"还钱!"晏航对着他屁股又踢了一脚。

"你们是谁!"苏斌哑着嗓子喊。

"你爸爸。"晏航对着他又踹了一脚,"你爹过来教你做人!"

"欠债!"晏航一脚蹬在他后背上。

"还钱!"又一脚踩在了他胳膊上。

这几下他用了劲,但找的地方都不会出问题,就是疼。

"我口袋里有钱包!"苏斌挣扎着想站起来,"你要钱就给你好了!"

"我看看,"大李过去,从他裤兜儿里拿出了钱包。打开看了一眼,然后一扬手拿钱包对着他脑袋抽了一下,"这几百块糊弄谁呢!"

苏斌没了声音,抱着头。

晏航没打算把苏斌弄出什么大伤,之前大李已经扇过他的脸,还砸了一拳,看上去鼻青脸肿,这会儿身上应该也有青紫了,效果还是很好的。

这就差不多了。

初一还在学校上着课,真把苏斌弄得太严重,万一查起来,怕会有影响。

这次就算是个教训,吓唬一下苏斌。

他现在是还没缓过劲,一会儿回了学校,就该明白了。

但要想说什么也全都无凭无据,只能憋着。

"下回借钱想着点儿还,"晏航在他身边蹲下,苏斌脸冲下团着,他拽着苏斌的头发把他脑袋往上提了提,"听清了吗?"

苏斌没说话。

第二十八章

"听清了吗!"大李对着他的腰踢了一脚。

"……听清了。"苏斌说。

"这次算你初犯,"晏航说,"下次再落我手上,我就请你吃海鲜。"

大李把苏斌拎上了电动三轮车,晏航也坐了上去。

车开回初一他们学校门口,晏航把苏斌推了下去,没等保安过来,大李一拧电门,三轮车嗖嗖地往前蹿着开走了。

"航哥,"大李说,"你这下手也太轻了,就挠这几下还让我跑一趟。"

"你就是来开个车,"晏航把口罩摘了下来,把帽子扣到了大李头上,点了根烟叼着,"我是没办法一边开车一边抓着人,要不我就自己来了。"

"开着电动三轮打人,"大李说,"也就你干得出来。"

"废话,我让你开你拉货那车,等着他们学校保安报警查车牌啊?"晏航看了看手机上的时间,"你一会儿在前边儿路口放我下来吧。"

"干吗?我还说送你回酒店呢。"大李看了他一眼。

"我晚餐请了假的,"晏航说,"还有事儿。今天谢谢了,明天你过来送货的时候给我打个电话,咱俩出去吃个饭。"

"那么客气干吗?拿你当朋友呢,不说谢不谢的,"大李说,"你们那儿从前厅到后厨,就只有你让我帮忙我没二话。"

晏航笑笑,拍了拍他的肩。

大李在路口停下,晏航从扔在车上的一个塑料袋里把外套拿出来穿上了,然后下了车,沿着路慢慢往回走。

边走边给初一发了条消息。

还有多久下课?

二十分钟吧。苏斌回来了,我们宿舍去看看热闹。

苏斌怎么了?

……演得真好,一会儿我下课了给你打电话。

好。

晏航溜达回学校对面的公交车站,在旁边的一个小奶茶店里坐下了。

苏斌鼻青脸肿地被扔在了学校门口,立即引起了围观。

保安和杨老师把他带去了校医室,简单检查处理了一下之后又带去了办公室。汽修专业全体成员尾随看热闹,老杨出来赶了两回都没能把人赶走。

学校里打架的事儿天天有,大家见得多了,有时候都跟没看见似的。

但是被追债的人从学校小卖部里拖走,打完了又扔回学校门口,这种事就非常江湖了,谁也没见过,八卦起来热情高涨。

"你们一个宿舍的,都不知道是怎么回事吗?"有人问胡彪。

"那上哪儿知道去?你跟他同学也一年多了,你除了知道他名字,还知道别的吗?"胡彪问。

"我今天才知道他名字。"另一个人非常诚恳地回答。

一帮人顿时乐成了一团。

"真看不出来,"又有人说,"还玩高利贷呢?"

"别瞎说,"周春阳看了他一眼,提高了声音,"你哪只眼睛看到他借高利贷了,说不定就是普通借钱,没还上而已,一个班的,别带头传谣啊。"

"哈哈。"那人笑了起来。

老杨就像晏航说的,脑子应该拿去实训室让大家练习拆装,什么事儿特别容易先入为主。

在小卖部的老板和当时在场的同学嘴里证实拖走苏斌的人的确是来"追债"的之后,他对苏斌的辩解就不太相信了。

下课之后大家散去吃饭的时候,苏斌在老杨办公室里显得非常愤怒和无奈,虽然听不清他们说话的内容,但能听到苏斌激动的喊声。

几个人一块儿回了宿舍,初一放下了书包准备出门去找晏航。

"嘴都严点儿,"周春阳说,"吹牛的时候管好嘴。"

"放心吧,"胡彪说,"你这话是对我说的吧?"

"挺有自知之明。"周春阳笑了。

"我嘴该严的时候还是很严的,"胡彪往床上一躺,"再说我也看出来了,这宿舍里,一个个的谁都不好惹,一不小心,就得被'追债的'打一顿。"

"初一晚上回来吗?"李子强问了一句。

"回,"初一点点头,"给你们带……夜宵。"

"就等你这句话呢。"胡彪愉快地笑了起来。

初一出了宿舍,下了楼又往老杨办公室的方向看了一眼,没看到苏斌,估计还在办公室里解释吧。

他拿出手机,给晏航打了电话过去。

第二十八章

"出来了?"晏航接起电话问了一句。

"嗯,"初一笑了笑,"你在……哪儿?"

"车站那个奶茶店,"晏航说,"你要喝点儿什么吗?"

"不在学……学校这儿喝了,"初一说,"去市里吧。"

"行。"晏航说,"那你过来吧。"

初一快步走到车站,看到晏航靠在站牌下边儿正等着他。

不知道为什么,只要看到晏航,他嘴角就想往上扬,怎么也控制不住。

"打车去吧?"晏航也笑着,看着他过来问了一句。

"嗯。"初一点点头。

不是周末的时间,学校门口的交通还是比较通畅的,打车挺容易,没两分钟他们就上了一辆出租车。

晏航在他手上轻轻拍了两下:"饿了吗?"

"不饿。"他说。

"我有点儿饿了,"晏航摸了摸肚子,"去吃海鲜吧。"

"好。"初一点点头,车开出去一会儿了,他凑到晏航耳边小声问,"你是……不是还叫……叫人了?"

"我一个人。"晏航说。

"屁,"初一说,"一个人怎……怎么弄!"

晏航笑了起来,仰头靠在后座上:"叫了我们后厨送菜的,跟他认识挺久了,我刚到酒店的时候他就给我们送菜了。"

"开三……三轮?"初一问。

"是不是很酷?"晏航笑得更厉害了,"唉,平时是小货车。"

初一看着他半天才又小声问了一句:"三轮没车……车牌?"

"嗯,"晏航转头在他鼻尖上弹了一下,"这事儿已经过了,你就别管了。苏斌回宿舍了没?"

"没,"初一说,"去老杨办……公室一……一直没出来。"

"你们几个咬死了啊。"晏航说。

"嗯,"初一想了想,"你怎……怎么找……到他的啊?"

"上回周春阳不是给你发过你们上课修车的照片吗?"晏航说,"你告诉我的,那个是苏斌。"

"啊,"初一有些吃惊,"那就记……记住了?"

"别人未必记得住,"晏航说,"但是他那个中老年秃顶预备役一九分的发型我印象太深刻了。"

"……他没……没秃。"初一说。

晏航笑了起来:"哦,以后会秃的。"

"今天要没……碰上他呢?"初一看了他一眼,突然有些后怕,"你不……不会去教……室里抓他吧?"

"怎么可能?我也不知道你们教室在哪儿。"晏航啧了一声,"太小看我了。你们下午有体育课啊,这种没人缘儿的人,一般就在旁边待着也不会参加什么活动,但肯定也不会去哪儿躲着,因为他得让老师看到他没有逃课,进去转一圈儿肯定能找见。"

"……啊。"初一不知道还能说什么了。

"别担心,"晏航在他腿上搓了搓,"我不会那么冒失的。"

"嗯。"初一笑了笑,想想又转头看着他,"为……什么没跟……跟我说一声啊?"

"怕你不让我去啊,"晏航说,"你不高兴了?"

"没,"初一摇头,"就是很意……意外。"

"我随便惯了,有些事儿忍不了。"晏航说,"这事儿你也不能怎么样,那就只有我来怎么样了。"

初一握紧了他的手。

晏航问他是不是不高兴了,他还挺吃惊的。

他并没有不高兴,但晏航问过这句话之后,他想起了第一次见到晏航时的情形,也想起了听到晏航说的第一句话。

"从今天开始,他归我罩了。"

到现在他都还能记得自己听到这句话时的感受。

换一个人,换一个场景,这句话都算得上是中二病晚期。

但在那一瞬间,晏航就像一个从天而降的……神经病,开着直播把他从困境中解救出来。

而那句他根本没有当真的话,晏航却一直到现在都没有食言。

他归我罩了。

就一直罩着了。

初一每次想到这一点,都会觉得自己真不愧是个狗,运气这么好,会碰上

第二十八章

晏航这样的人。

在他眼里，几乎没有缺点的一个人。

可再一细想，又莫名其妙地还是有些说不上来的微妙感觉。

他也想要为晏航那样的人，希望自己对于晏航来说，也能像是晏航对于他那样的存在。

"叹什么气？"晏航轻声问。

"嗯？"初一愣了愣，"我没叹……叹气。"

"……叹气了都不知道？"晏航看着他，"想什么呢？"

"没想什……什么。"初一有点儿不好意思。

晏航盯着他看了一会儿，没再说话。

到了市区下车之后，跟着晏航找地方吃饭的时候，初一还是低声问了一句："晏航，你会……不会觉……觉得我特别没……没用？"

"嗯？"晏航转脸看着他，"什么？"

"我是……不是挺废物的？"初一又问了一遍。

这话他本来不想问，万一晏航说你是挺没用的废物狗，那他就很没面子了。可要是不问，他又怕晏航觉得自己是因为今天收拾苏斌的事儿不高兴。

这么一比较，他宁可让晏航说他是废物狗。

"谁说你废物了？"晏航立马一脸很不爽的表情，"你们老师？还是谁！"

"没，"初一赶紧摆摆手，"我们学……学校谁敢……敢说我废……物啊。"

"……哟，"晏航笑了起来，"还真是，专业成绩牛，打个架也就是两招儿的事，那还有谁敢说你废物啊？"

"你啊。"初一说。

"滚，"晏航看着他，"我什么时候说你废物了？"

"心里……"初一说。

"你是想打架了吧？"晏航说。

"有……没有想过……啊？"初一把话说完了。

"你没事儿吧？"晏航停下了脚步，转身看着他，仔细地盯着他的脸瞅了半天之后才皱了皱眉，"你为什么会认为我觉得你没用？"

"那……那你觉得我……我是……"初一拧着眉，不知道应该怎么说了。

"你是狗啊，"晏航拍了拍他的脸，"跟你在一块儿我踏实。"

初一看着他没说话。

"其实吧,"晏航叹了口气,往周围看了看,轻声说,"我老叫你土狗土狗,土是真土,但不是品种。"

"那我是什……什么品种啊?"初一问。

"德牧吧,"晏航说,"平时也不觉得有什么用,也就叼个东西、蹭蹭脑袋,但看到就安心,因为你知道它会一直跟着你,有什么危险它一定会扑出去咬。"

初一笑了笑。

"你还知道它会在你失控的时候把你往回拽,"晏航说,"很靠谱的狗,土点儿就土点儿,我喜欢。"

"真的吗?"初一问。

"真的,"晏航看了看从旁边走过的路人,胳膊搭到他肩上,推着他继续往前走,"以后别逼我在大马路上说这种话,特别不配套。"

"哦。"初一笑了起来。

晏航拍了拍他。

初一这种发自内心的笑容,让他松了一口气。

初一现在比起以前,已经快让人没法把他跟从前的初一联系到一块儿了,但毕竟十几年的烙印,那种不自信并不是一年两年三年五年就能被抹掉的。

就像自己时不时就会有强烈的空虚和不踏实的感觉,初一也会时不时地就要自我否定一把。

也许他俩这辈子都不会真的把这些都抹掉。

但是没关系。

他给他安全感。

他给他肯定。

这就行了,这世界上没那么多完美,重要的是正好合适。

其实今天晚上初一不大愿意回宿舍,给宿舍那帮人带夜宵的事儿他挺想放一回鸽子的,但因为苏斌刚挨了打,他不想让老杨觉得他有什么嫌疑,也不想再被人抓着夜不归宿说事儿,所以最后他还是拎着一大兜烧烤回了学校。

"苏斌说什么都不用管,"晏航说,"你什么也不知道,气死他。"

"嗯。"初一点点头。

看着出租车开走之后,他才转身进了学校。

这种分别他一直也不太能适应,总是特别舍不得,有时候他都想穿越到

第二十八章

五十年之后，看看他那会儿是不是还总这么依依不舍目送个没完没了的。

回到宿舍一推门，胡彪就扑了过来："狗哥！亲哥！还怕你不回来了呢！"
"嗟。"初一把手里装着几个打包盒的袋子递给了他。
"接了接了，"胡彪接过袋子，"非常诚心地接住了。"
"文盲！"周春阳坐在椅子上，把腿搭桌上正玩着手机。
"腿让让！"胡彪说，"我怎么就文盲了？"
周春阳收了腿："初一骂你呢。"
"骂我了？"胡彪愣了愣，转头看着初一，"你骂我了？"
"啊。"初一笑了笑。
"骂……唉，骂就骂吧，有吃的就行。"胡彪一挥手，把盒子拿出来放在了桌上。
宿舍里几个人扔了手机都围了过来，吴旭搓了搓手："丰盛！不愧是一块儿住了这么久的人，知道大家得贴秋膘了。"
一帮人热热闹闹地边吃边聊的时候，初一往苏斌那边看了一眼。

从他进来到现在，苏斌就那么坐在床边，也不玩手机，也不躺着，也不出声……当然他平时也不出声，就那么顶着一脸五颜六色，像是在抗议似地笔直地坐着。
"别管他，"张强小声说，"吃完饭回来就那样，一直没动过。"
"两个多小时了，"胡彪说，"一会儿他结束了打坐，咱们是不是得给他鼓个掌啊？"
"一会儿就该坐化了，"周春阳说，"不用鼓掌，你直接去跪拜一下吧。"
几个人乐了半天。
初一其实也挺佩服苏斌的，他以前也坐河边发呆，但一动不动挺着个背坐这么长时间他做不到，后背和腰都会抽筋的。

他们吃完了烧烤，初一把袋子盒子都收拾了，准备上床拿换洗衣服去洗澡，手刚抓着上铺的栏杆，还没抬腿，苏斌突然蹦了起来，猛地两步冲到了他面前。
这速度挺快的，这要是出手来一拳，初一感觉自己躲不开，实在完全没想到这个已经石化的人会突然冲过来。
不过苏斌没有动手，在这一点上，他应该还是很清醒的。

"初一，"他瞪着眼睛，"你也就这点儿本事了！"

"嗯？"初一看着他。

"缩头乌龟！"苏斌说，"缩头乌龟！有本事自己来找我啊！"

"找你干吗？"初一转身看着他。

"想打我你自己来啊！也就叫别人来打的这点儿本事了！没人帮你出头，你就是个屁！"苏斌有些激动，唾沫星子飞溅。

初一往后退了退，抹了抹脸："我为……什么要打你？"

苏斌的话让他非常不爽，超级不爽，本来对苏斌的怒火算是已经消退了不少，晏航也替他出了气，但这句话瞬间把他所有的怒火又再次点着了。

"别装傻了！"苏斌指着他，"不就是觉得我跟老杨说了你的事儿你不爽吗？有本事正面找我说啊！打我啊！"

"哎！"周春阳在旁边一拍桌子，"我说，原来那个背地里给人捅刀子的人是你啊？"

"是我！怎么了？装什么傻！"苏斌说，"打我啊！你有本事打我啊！"

初一一秒钟都没用，就决定接受苏斌的邀请。

他伸手兜着苏斌后脑勺儿猛地往前一推。

苏斌的脸被他直接扣到了架子床的铁柱子上，咣的一声。

他松开手时，苏斌像是被点了慢速播放，缓缓地跌坐在了身后的凳子上，鼻血流了出来。

"啊，流鼻血了，"张强说，"苏斌你没事儿吧？今天被追债的打完不是去了医务室吗？怎么又流血了？"

苏斌没动也没说话。

"我不……知道你在说……什么，"初一弯腰凑到他脸跟前儿，一字一句地说，"听得懂……人话吗？"

苏斌沉默。

"我再……没本事，"初一说，"也能甩你……一条街。"

苏斌像是刚回过劲来，看了他一眼。

"你背后捅刀……也没用，给你十年，"初一指了指脚下，"你也还……在那儿。"

说完这句话，宿舍里一片安静。

初一又盯着苏斌看了两眼，直起身走出了宿舍。

第二十八章

到了走廊上被风一吹,他一直冲在脑门儿上的血才慢慢退了下去。

他靠着栏杆还有些恍惚。

长这么大,他第一次说出这样的话,虽然全靠的是怒气值,但还是跟做梦似的。

身后宿舍门响了一声,他回过头,周春阳走了出来。

"狗哥。"周春阳冲他一抱拳。

初一愣了愣,这还是周春阳第一次这么叫他。

"今天两米八,"周春阳说,"不,三米二。"

"滚。"初一笑了笑。

"说得挺好的,"周春阳过来靠着栏杆点了根烟,"我以为就你这性格,这辈子都说不出这种话呢。"

"啊,"初一应了一声,"我也没……想到。"

本来不想再动苏斌,奈何他努力争取,不过撞床柱的那一下跟他满脸的青紫重合了,也分不清先来后到,他也只能自己扛着了。

好在这事儿之后,苏斌就回到了之前的状态里,特别是脸上的伤好一些之后,就像是什么也没有发生过了。

也许对他来说,还是有胜利的,毕竟初一的推荐取消了,也一直没有再加上,就算他自己也不会被推荐,也能平衡。有些人就是这么容易满足,要有只能我有,要没有大家都没有。

初一倒没什么感觉,他本来就不是特别在意推荐,气也出了。

对于他来说,年前的这段时间要忙的事儿很多。

小香姐说是要去环游世界,把咖啡馆转让给别人了,于是初一的兼职工作没了,收入一下变成了零。

这个比没有推荐可严重多了,且不说他还有跟晏航一块儿买车以及"包养"晏航的远大理想,就明年的学费和各种费用都是个问题。

交是能交上,但是也不能交完了就两手空空。

初一划拉着朋友圈,现在莫名其妙认识不认识的好友有一大堆,还有些毕业了的学姐,朋友圈里经常会看到有人转发兼职的信息。

他琢磨着看看能不能在这里头找到合适的。

但是半个月了,他联系了好几个,不是人家已经招到人了,就是只能晚上才

· 373 ·

去的不要。

初一感觉这兼职好像比他去汽修店找个全天工作还要难得多。

他叹了口气。

"我可以借钱给你，"晏航在边儿上一边玩游戏一边说，"打个借条，明年实习了分期还我就行。"

"我现在有……有钱用，"初一说，"我是要准……备好。"

"一时半会儿也不一定能找到合适的，你这一天天急的，不知道的以为你再不工作明天就得出门儿要饭去呢！"晏航喷了一声。

"奶茶店，"初一指了指手机，"是……不是挺好的？"

"你去奶茶店？"晏航停了手里的游戏，看着他，"做奶茶？"

"啊，"初一点点头，"应……应该不……难吧？"

"……嗯，应该挺快就能学会，"晏航上上下下地打量了他一会儿，"就是我有点儿不习惯。"

"怎么？"初一问。

"就觉得你和一身机油比较配套。"晏航笑了笑。

"非常时……时期嘛，"初一说，"我也想找汽……修的兼职，但是人……人家都要全……天的。"

"哪儿的奶茶店啊？"晏航问。

"贝壳儿发的，不过好……几天了，"初一说，"我问问？"

"哦，小贝壳儿啊，"晏航啧啧两声，"你问吧，看她理不理你，平时跟你没话找话说，你直接一个字给人顶得不知道再说什么好……"

"她人挺……挺好的。"初一说。

你发的那个奶茶店还招人吗？我只有下午下课以后有时间，能去吗？

初一给贝壳发了消息之后又往上翻了翻，这是他跟贝壳加上好友之后说的最长的一段话，看得他自己都有点儿不好意思。

贝壳没回复他，他等了一会儿，转头看着晏航："怎么办？"

晏航没说话，笑得不行。

"再笑抽……你啊。"初一说。

晏航直接笑得倒在了沙发上："不抽死我你就是猫。"

"猫挺可……可爱的。"初一坐着没动。

第二十八章

过了几分钟,手机响了一声,有消息进来。

他赶紧拿起来看了看,是贝壳发过来的语音。

"晚上可以啊,七点到十点,你真的想来吗?这个店离你们学校倒是不算太远,大概公交车一个小时吧。"

"可以!"初一拿着手机冲晏航晃了晃。

"那去吧,"晏航说,"再不找个地方挣钱感觉你要疯。"

初一嘿嘿笑了两声。

时间没问题,但是我没有做过奶茶,行不行啊?
我教你啊,我也是上晚班,你要是来,以后我们就是同事啦!

"哎哟哟哟哟哟……"晏航不知道什么时候凑过来在他后头看着手机上的字,"以后我们就是同事啦。"

"烦不烦?"初一笑着转头看着他。

"烦死喽,"晏航躺回沙发上,"我家的狗,谁看到都想摸,还想偷,防不胜防。"

"我都没……没说那个开……车的小姐姐,"初一说,"她不是还成……成天去吗?"

"嗯,"晏航笑了,"挺逗的,我都无奈了。"

贝壳是个很热情的自来熟,初一之前跟她聊天儿一直也没什么热情,她却完全不受影响,初一说了想去奶茶店,她立马就帮着联系了。

晏航做了四个小泡芙,拿个很可爱的小粉盒子装上让初一带着,送给贝壳表示感谢。

初一捧着小粉盒子跟贝壳在约好的路口见面时,贝壳一看就笑了起来:"这个肯定是送我的。"

"是。"初一把盒子递给她,"我朋友做……做的泡芙。"

"真的吗?"贝壳立马眼睛一亮,"我喜欢吃啊,非常喜欢!"

"哦。"初一应了一声。

"盒子太可爱了,我要留着,"贝壳打开了盒子,看到里面的四个小泡芙的时候喊了起来,"好香啊!这做得也太好了吧!"

"你真……给面子。"初一由衷地说,贝壳这种性格,应该是很多人都喜欢的,对所有的人和事都很友善。

"这真是你朋友做的吗?"贝壳拿了一个边吃边问。

"嗯。"初一点头。

"是……上回碰到的跟你一块儿逛街的那个帅哥吗?"贝壳又问。

"是。"初一继续点头。

"啊,没想到,"贝壳感慨着,"人长得帅,做点心也这么牛!"

贝壳的食量让初一有些吃惊,他感觉很多小姑娘都是吃块小饼干就喊着撑死了,贝壳就站那儿给他介绍店里情况这么点儿工夫,就把四个泡芙都吃光了。

"走吧,去店里吧,我跟店长说好了的。"贝壳把小盒子放到包包里,"你不用紧张,基本就是来见个面,你长这么帅,她哭着喊着半个月了都没招着帅哥呢。"

"哦。"初一笑了笑。

店长也是个小姑娘,看上去跟贝壳差不多年纪,看到初一的时候笑得很开心:"贝壳儿说是个帅哥,我还不信呢,没想到真是啊。"

"你好。"初一说。

"你好你好,"店长伸出手,"欢迎加入我们。"

"我叫初一。"初一跟她握了握手,"我没有……经验……"

"没事儿,学两天就行,不难的,"店长指了指屋里的各种小水桶和机器,"这些上面都有字,贝壳儿也会带你的。"

"嗯。"初一点点头。

这个奶茶店面积不大,在商场临街那面,旁边一溜都是这样的小店,吃的喝的,门口都支着阳伞摆着桌椅,不过天儿已经凉了,客人都在屋里,显得特别热闹。

七点之后就是贝壳和他当值,还有另一个叫小琦的小姑娘在店里忙活。

初一什么也不会,就先在收银那儿开单。

这个他倒是不需要教,跟之前在咖啡馆的时候用的差不多,看几眼就能明白了。

一开始人还不算太多,过了晚饭时间出来逛街的人多了之后,就开始有些手忙脚乱了。

"你先不急帮我们,"贝壳说,"你就看着我们做,哪儿不明白你就问我,我告诉你。"

"好。"初一收完银就转身盯着贝壳和小琦。

第二十八章

贝壳应该是做了挺长时间了,动作很熟练,一边做奶茶一边告诉他各种奶茶的比例。

初一不知道是不是因为现在学东西都跟自己赚钱有关,他无论是在学校还是打工,学的东西都记得特别牢,比他以前上初中的时候强得多。

那会儿老师说他笨,他都觉得无可辩驳。

奶茶店的工作量比咖啡馆要大得多,九点多的时候人才慢慢少了。

初一试着去做了一杯伯爵,在贝壳的指点下,做得还挺顺利。

"你挺聪明的嘛,"贝壳说,"也没怎么教就能做出来啦。"

"你太会夸……夸人了。"初一说。

"我刚来那会儿小琦教了我好几天呢,"贝壳说,"都无奈了。"

"你个糊涂脑子!"小琦笑着说。

有客人进店,初一又回到收银那儿,连着两个客人都是扫码付款,还挺快的,他正想过去帮忙做奶茶的时候,又有人站到了收银台前。

"招牌奶盖红茶,去冰半糖。"

初一熟练地在机子上戳完了之后才猛地抬起头。

"你付钱。"晏航撑着台子冲他笑了笑。

初一拿出手机,一边扫码一边控制着自己快要扯到耳朵那儿去了的嘴角:"你怎么又……又这样啊?"

"那我走了。"晏航喷了一声。

"喝了再走,"初一笑着说,"我给……给你做。"

"嘿!"贝壳转头看到了晏航,有些惊喜地招了招手,"帅哥,又见面啦。"

"好久不见。"晏航笑了笑。

"谢谢你的泡芙啊,特别好吃!"贝壳说。

"有泡芙?"小琦立马转过头,"你居然没给我留?"

"饿了我就全吃光了,"贝壳笑了起来,"明天我买给你吃。"

"喜欢吃我再做了让初一带过来就行,"晏航说,"也不费事。"

"真的啊?"贝壳走了过来,"那太好了。"

"我做……做个奶盖吧。"初一走到操作台跟前儿。

"我教你吧。"小琦往那边看了一眼,贝壳跟晏航说了两句之后就去收银了,晏航正很有兴趣地撑着台子看着他俩。

"好。"初一点点头。

在小琦的指点下，初一基本没出什么错地把晏航点的奶盖给做好了。

"招牌奶……盖。"初一把杯子盖好，戳了根儿管子递给了晏航。

"我去坐着了，"晏航说，"等你下班。"

"嗯。"初一应了一声。

这会儿基本没有客人再进店了，做好两份外卖的奶茶让送餐小哥拿走之后，初一就站在台子后头看着那边喝奶茶玩手机的晏航。

贝壳和小琦在他身后不知道聊什么，就听见贝壳一直在笑，小琦很小声地说了一句："哎呀，我不好意思。"

"行行行，"贝壳说，"我去问。"

初一正想回头看看她俩要问什么，贝壳已经走了过来，站到了他旁边："哎，初一。"

"嗯？"初一看着她。

"你朋友叫什么名字啊？"贝壳问。

"晏航。"初一说。

"他叫晏航。"贝壳回过头对小琦说了一句。

"哎呀你真讨厌……"小琦很不好意思地笑着侧过了身。

"那你朋友……"贝壳小声又问，"有没有女朋友啊？"

"啊？"初一愣了愣。

女朋友？

这个问题让他顿时警觉起来，觉得自己的耳朵一下立在了头顶上。

女朋友？

什么意思！

谁问的！

要干什么！

"他……"初一往晏航那边看了一眼，这个突如其来的问题让他一时半会儿不知道应该怎么回答。

有女朋友吗？没有。

但人家肯定不会再继续问下去。

"他……"初一清了清嗓子，还是决定替晏航交个女朋友，"有。"

"啊？"贝壳叹了口气，很失望地回过头看着小琦耸了耸肩。

第二十八章

"啊……"小琦靠到墙边,郁闷地抠了抠墙皮,"真是的,这年头,看到好看点儿的男生,百分百都不是单身啊,这是什么世道!"

"幼儿园的时候看到好看的,就得下手,"贝壳走过去拍拍她的肩,一脸正经地说,"到小学都晚了!"

初一听得有点儿想笑。

笑容还没完全展开,贝壳突然转过脸看着他:"那初一,你呢?你有女朋友吗?"

"我……"初一差点儿条件反射地说没有,赶紧咬了咬牙,"也有。"

"你有女朋友了?"贝壳瞪圆了眼睛看着他,"我怎么一点儿也不信啊!"

"为什么?"初一被她瞪得有点儿心虚。

"你看着一点儿也不像有女朋友的人啊!"贝壳说,"太不像了,朋友圈也没见你发过照片呢。"

"太丑。"初一咬牙回答。

"……啊。"贝壳愣了愣,"好虐。"

下了班从奶茶店出来,走到路口跟贝壳和小琦道了别之后,晏航开始边走边乐。

"你笑……什么?"初一看着他。

"女朋友很丑吗?"晏航问。

"……你听到了?"初一没忍住也笑了起来。

"嗯,"晏航转头看着他,"还什么太丑了照片都不能放朋友圈……"

他也看着晏航。

俩人对视着走了一段路之后,初一问:"有没有感……感觉到什……什么?"

"是想说你又长高了是吗?"晏航眯缝了一下眼睛。

"啊,"初一点头,"好像跟……跟你一样……高了。"

"放屁,"晏航说,"我早上一米八七晚上一米八六。"

"……晚上还缩……水啊?"初一愣了愣。

"晚上会矮一点儿,这是常识。"晏航说。

"哦。"初一往前看了一眼,松开了他的肩,快步走了过去,"药……药店,我去量一下。"

"不要挣扎了。"晏航在他后头说。

药店里有个量身高的机器,初一一站在旁边开始蹦。

"……你干吗?"晏航问。

一个钢镚儿/3
A COIN

"蹦高。"初一说。

"蠢狗,你这么蹦完了落地的时候立马给你砸矮三厘米。"晏航说。

"啊!"初一赶紧停下了,转头看了他一眼,然后站着拼命往上抻了抻脖子,"那我拉……拉长点儿。"

"赶紧量!"晏航压着声音,"你现在还真是一点儿也不在乎别人看你了啊?"

初一往柜台那边瞟了一眼,两个店员捂着嘴正冲着这边乐。

他赶紧站到了机器上,用力把脖子伸长。

机器上面的板子往下滑,在他头顶敲了一下,又回去了,接着屏幕上显示身高是一百八十六厘米。

他有些惊喜地转头看着晏航:"一样了!"

"下来。"晏航喷了一声。

他乐滋滋地跳了下来,晏航站了上去,板子往下敲了敲晏航的头。

初一盯着屏幕上的字。

一百八十七厘米。

他愣住了:"你不……不是说……"

"穿着鞋呢笨狗。"晏航看了他一眼。

"啊。"初一顿时有些失望,"那我还……还是矮啊。"

"可以了,这位同学,要多高是高啊,"晏航把他推出药店,"你真长到两米我可能真的接受不了,傻大个儿。"

"不过我比……比我爸高了,"初一说,"他一……米八整。"

"你以前是不是担心自己不长个儿啊?"晏航问。

"嗯,"初一点点头,"我姥说身……身高随妈,我妈穿鞋才一……一米六呢。"

"那你可能是捡来的。"晏航笑着说。

"我姥就……这么说……"初一正说着,手机在兜里响了。

他掏出手机来看了一眼,看到来电显示是"爸"的时候,他愣住了。

"你爸?"晏航也有些吃惊,"说谁谁到啊?"

初一犹豫了一下,接起了电话:"喂?"

"初一啊,"老爸的声音传了出来,"放学了吗?"

"……十点了。"初一说。

第二十八章

"哦,"老爸笑了笑,"睡了吗?"

"没,打工刚……下班。"初一说。

"还去打工了啊?"老爸问。

"一……一直打着工。"初一有些无奈,他跟爷爷打电话的时候一直都说着兼职的事儿,爷爷肯定会告诉老爸,他实在不明白为什么老爸永远都记不清他的事。

"那一会儿是要回宿舍是吧?"老爸又问。

"嗯,"初一应了一声,"有……事儿吗?"

"住宿舍方便不方便啊?"老爸说,"那么多人挤在一起。"

"挺好的,"初一说,"学校规……规定住校。"

"这样啊……"老爸似乎在犹豫。

"怎么了?"初一又问了一次。

老爸沉默了一会儿才开口:"我是想着吧,去你那边看看能不能找个活儿干着,咱们父子俩在一个地方,也好有个照应。"

"啊?"初一愣住了。

"沿海城市嘛,工作机会能多一点儿。"老爸又说。

"哦。"初一不知道该说什么好,看了晏航一眼。

"没事儿,我就是有这么个想法,"老爸说,"也没决定呢,过完年再说吧,我就是跟你说一下。"

"嗯,"初一应着,"知道了。"

挂了电话之后,初一看着晏航,好半天才说了一句:"我爸想过……过来。"

"过来?来这儿?"晏航也有些吃惊。

"嗯,想来找……活儿。"初一说。

"让你帮他找活儿?"晏航看着他。

"没。"初一摇摇头,"我自己都……没着落呢。"

"你有我呢。"晏航说。

"你也有……我呢。"初一说。

"没错,"晏航笑着搂住他的肩,"这就对了,这话我爱听。"

"我爸真过……过来的话,"初一皱着眉,"怎么办啊?"

"问我吗?"晏航说,"我无所谓,你愿意怎么都行。"

"我想想。"初一点点头。

"有些事儿吧,"晏航说,"你不用太有压力,你愿意他过来也行,你不愿意他过来,也不表示你有什么问题。"

"嗯。"初一应着。

这件事让他稍微有些茫然,比起同学关系,比起各种工作兼职,这大概是他第一次作为一个"成熟"的人去处理一件事。

他有些意外,自己除了有些茫然,却并没有觉得自己会力不从心。

虽然他从来没有想过。

自己什么时候开始有了这种没来由的自信了……

他看了一眼晏航。

第二十九章

Chapter twenty-nine

把兼职给续上之后，初一就踏实了很多。他自打离开家里之后，就知道只能靠自己，兼职不能停，这是他的坚持。没有了收入比学校把他开除都让他不安，哪怕他知道晏航不会让他饿死。

不过他很感谢晏航的一点就是，晏航从来不说你用我的钱吧，一般只说借，而且会说清要还的时间。

时不时还会非常不讲理地强行问他要礼物和逼着他请客，虽然他会心疼自己莫名其妙就被晏航花掉了的钱，但也同样会觉得很满足。

元旦宿舍的人给老师们凑钱买礼物，他还很潇洒地出了一百块。

以前连十几块的烫伤膏都不舍得买的人，如今也能一挥手不拿五十块当钱了……不不不，五十块还是很值钱的……

苏斌不参加宿舍的买礼物活动，大家也没管他，一帮人凑好钱，就把买礼物的事交给了周春阳，他对这类事情很有经验。

周春阳给女老师买的口红，男老师买了烟。

"口红行吗？"高晓洋有些担心，"万一不是她喜欢的色号呢？"

"你还知道色号呢？"周春阳笑了起来，"老师的微信都加上那么久了，平时多少都会有点儿信息的啊，喜欢的口红多半都会发朋友圈感叹，按那个买就行了。"

"咱们元旦那个晚会的节目怎么办？"胡彪问。

"不说让初一上去表演快速拆装发动机嘛。"高晓洋说。

"滚啊。"初一说。

"吴旭会拉手风琴，"李子强说，"上去拉一首曲子就行了吧？"

"我一个人啊？"吴旭说，"那多紧张啊，万一拉一半我哆嗦起来了怎么办……"

"你这么说不对，"周春阳说，"拉一半了肯定不会再哆嗦，你应该说，哆嗦得拉不出来怎么办。"

"带个开……塞露。"初一说。

第二十九章

"开塞……我的天,"吴旭愣了愣,"初一你真是……"

一帮人乐成一团,纷纷表示愿意出钱给吴旭买开塞露。

一通瞎乐之后,大家还是达成了共识,不能让吴旭一个人扛下403的共同压力,他们会一块儿上台。

出钱买东西给老师的时候苏斌是不会加入的,因为以周春阳的性格,不会专门在给老师礼物的时候说一句这里头没有苏斌那份,但上台演出,苏斌就会参加了,毕竟都能看得到他有没有参加宿舍的活动。

也就还有这几个月就要实习了,宿舍里的人也懒得再跟苏斌较劲。

初一还挺兴奋的,马上给晏航打了电话进行了汇报。

元旦这天晏航忙得走路都快脚不着地了,给老大打杂以及在老大忙不过来的时候帮着做简单的冷盘和点心。

虽然很忙,但他倒是没什么抱怨,老大越是把活儿都扔给他,他的机会就越多,一次也不能放过。

这大概是他懒懒散散二十年最认真地想要做好的事情了。

今天初一他们学校要搞联欢会,初一也要上台,据说这是他十七年土狗生涯里第一次正式登台演出。

"以前有一次全……全班大……合唱,"初一说,"大家都上……上去,结果那个架……子少……少一个位置,我就被叫……下来了。"

对于连大合唱少一个位置都能被老师去掉的土狗来说,宿舍里的人一块儿上台,应该是件非常重大的事了。

晏航让初一找人给录个像,表演完了发过来让他看看。

初一上台之前还给他发了个消息说要上去了,很紧张。

晏航也没看着,一直到他忙完中午,休息的时候才又打开了手机,看到了初一发过来的好几条消息和他们表演的视频。

表演完了。

好紧张啊!我全身都是僵硬的,上台的时候好像又顺拐了。

不过效果还挺好的,很多人鼓掌尖叫。

还有好多人录像,学校也有录像,到时会发给我们。

一会儿你下班了去店里等我吧,我请你吃烧烤。

晏航笑了笑,他们宿舍那几个人弄这个节目还能很多人鼓掌尖叫?那别的节目得有多次啊。

403一帮人看上去没一个有什么文艺细胞的，吴旭拉手风琴也就能拉个《友谊地久天长》，就算能拉复杂点儿的估计他们几个伴唱也伴不下来……只会《数鸭子》的初一居然会唱《友谊地久天长》了？

晏航赶紧点开了视频，这可是个重大的历史时刻啊。

视频是从报幕开始录的，主持人是个口齿不太清楚但是长得很漂亮身材也很好的小姑娘，她说出"汽修一班403宿舍"的时候，全场就开始尖叫了，尖叫声以女声为主。

啧。

晏航立刻明白了所谓的"节目效果挺好"是怎么来的了。

这尖叫明显就是冲着初一和周春阳。

啧啧啧啧。

晏航顿时就想伸手到视频里把正在往台上走的周春阳给抠出来打一顿。

吴旭抱着个手风琴坐在中间，剩下的七个人用了快一分钟才你推我挤地在吴旭身后站了个半圆。

"哎呀，怎么没让狗哥跟春阳站在一起啊！"录视频的人有些遗憾地说了一句。

居然找了个小姑娘帮着录视频，而且还是个"CP粉"！

啧！

晏航再次觉得打周春阳一顿势在必行了。

上回打苏斌的时候就应该把周春阳也拉出来。

视频里开始有了音乐声，手机视频收音不怎么样，但吴旭拉起琴来架势还是在的，虽然听不清到底什么水平，底下倒是挺多人鼓了掌。

前奏过后，就开始合唱。

这之前肯定没怎么排练过，歌声连进调都进不去。

七个人，参差不齐地至少分了三拨才都开了口，然后吴旭不得不放慢了节奏调整了一下，才跟合唱部分配合上了。

总算是没跑调，但是也听不出谁是谁。

神奇的是，晏航没有听到初一念经一般的歌声。

当然也有可能是被尖叫声淹没了吧，视频里全是尖叫，拍视频的姑娘大概也是非常激动，连喊带蹦地还拿着手机挥手，有几下镜头晃得晏航都想晕车。

第二十九章

看完视频,晏航给初一发了条消息。
看完了,效果真好。
是吧!幼教弹钢琴的女生弹得特别好也没我们这么多掌声!
白痴,当然没有了,人那是个女生,也没有"CP"!
没听到你念经的声音啊?
我没出声念,我上去就对个口型,然后摇晃就可以了。
晏航看着这条消息笑出了声音。

下了班他直接去了奶茶店,看到正在给顾客做奶茶的初一时还是很想笑。
"航哥,"贝壳看到他打了个招呼,"送泡芙来的吗?"
"你怎么这么馋呢!"晏航笑了,"得过完元旦才有时间做这些了。"
"没事儿,我预订八个啊,我四个,小琦四个。"贝壳笑着说。
"行。"晏航点头。
初一做好奶茶,笑眯眯地过来了:"怎……么样?"
"好棒棒呀,"晏航小声说,"狗哥来,再给我摇晃一个看看。"
初一一点儿都没犹豫,立马开始左右摇晃:"就这样。"
晏航笑得不行,压着声音:"行了,傻狗啊。"

今天奶茶店的生意也很好,为了不影响别人,也方便跟初一说话,晏航没到桌子那边去坐着,一直就靠在吧台旁边慢慢喝着奶茶。
喝完一杯之后,他敲了敲台子:"再来一杯玫瑰香芋,大杯常温半糖。"
初一看着他,他又说了一句:"还是你付钱。"
"两个大杯,"初一瞪着他小声说,"快三……十了!够吃一盘烧……烧烤了!"
"大杯常温半糖。"晏航又说了一遍。
"一……一会儿出……去打一架吧!"初一拿出手机扫码付了钱,转身又去给他做了一杯奶茶,放到他面前,"败家……玩意儿。"
晏航笑着没说话,拿过奶茶继续慢慢地喝。

挺长时间没去小李烧烤了,不光他和晏航挺久没去,崔逸也很久没去了,所以今天下了班之后,他俩直接去了小李烧烤,把崔逸也叫了出来。
崔逸最近一直在忙晏叔叔的案子,经常见面,但一直也没时间一块儿吃个饭的。

"你俩大忙人居然有时间吃烧烤？"崔逸坐下就先点了两大盘的肉。

"哪有你忙？"晏航说。

"我真不算太忙，你爸的案子不算复杂，又主要靠刘老师，我就是搭把手，盯着让他全力以赴。"崔逸说，"你爸让你给他买件羽绒服。"

"你不是给他买了吗？"晏航问。

"想穿儿子买的吧。"崔逸说，"你也就是不会做衣服，你要会做，他估计就得让你做件羽绒服给他了。"

"行，"晏航点点头，"我明天就去买。"

"忙完元旦假期吧，"崔逸说，"他又不是没衣服穿。"

晏航笑了笑。

"过年你们怎么安排的？"崔逸看着初一，"回去看爷爷奶奶吗？"

"嗯，"初一应了一声，"然后打……工。"

"过年还打工？"崔逸愣了愣。

"过年很多汽修店都缺人手，工资给得还高，"晏航说，"他们老师让他去呢，他哪会错过机会。"

"初一还真是不错，"崔逸有些感慨，"我跟你这么大的时候，就没这个劲头，成天混日子。"

"跟我爸一块儿吗？"晏航问。

"嗯，"崔逸笑了笑，"不过那会儿他比我懂事，毕竟没退路，自己一个人，真混日子就得要饭了。"

晏航沉默着，想象不出来老爸当年的样子。

"等他出来了，你让他给你讲讲当年的事儿，"崔逸说，"以前他不跟你说，现在事儿都解决了，你要问，他肯定说。"

"那我得好好问问。"晏航说。

"能写本书了，"崔逸说，"书名就叫《看把你浪的》。"

晏航笑了半天，拿起饮料跟崔逸碰了一下杯，又跟初一碰了一下。

老爸的这半辈子，算是活得挺丰富多彩还刺激了，什么滋味儿尝过了，什么也都经历过了，也不知道哪天真出来了，平静的生活他能不能过得习惯。

晏航看了看初一。

在他和初一没有联系的那一年里，他就过得挺……沉闷的。

第二十九章

他渴望的像所有普通人一样的生活，对于他来说居然平静得让人有些发闷，也许是因为当时并不是真的平静，只是把很多东西强行埋起来了吧。

也许是因为没有初一。

其实初一也算不上多有意思，没什么兴趣爱好，什么也不会，连玩游戏都不会，但他却并没有什么不满，也完全没有希望他改变的想法。

每次跟初一待在一起的时候，他都觉得哪怕不说话，什么也不干，就那么愣着，也不会无聊和烦闷。

没什么压力的时候，时间就过得很快，还没反应过来寒假就到了。

"带十包干蛤蜊？"晏航看着初一。

"嗯，"初一点头，"我爷爷爱……爱吃这个。"

晏航把初一拎过来准备一块儿塞进行李箱的袋子，里边儿除了干蛤蜊，还有虾仁、鱿鱼丝，每种估计都有十包。

"我真服了你了，"晏航坐到地上，"我让你今天去买点儿带给爷爷奶奶的特产，没让你买这么多啊，你不嫌累啊？"

"他们爱……爱吃啊。"初一说。

晏航叹了口气："这样，你一样带个两三包的回去，然后剩下的我帮你寄过去，这样不用一路扛着，你出了机场还要坐大巴呢。"

"嗯，"初一点了点头，"你真聪……明。"

"谢谢啊。"晏航把袋子里的海鲜干货重新整理好，"回来的时候别带什么东西了，你爷爷跑着去买太麻烦，还难扛。"

"嗯，"初一笑了笑，"你会想……我吗？"

"这种废话天天问！"晏航说，"想啊，非常想，你一进安检我就开始想。"

"好，"初一很满意，"我下了飞……飞机开始想。"

"凭什么？"晏航看着他。

"我上了飞……机要睡觉。"初一说。

"行吧。"晏航笑了。

初一还是很了解自己的，他现在坐飞机没那么紧张了，上了飞机之后也就十分钟他就睡着了，等到飞机起飞的时候才又把他给惊醒。

旁边的一个大叔看着他："挺厉害啊小哥，还没起飞都睡了一轮了。"

初一笑了笑，有些不好意思。

一个钢镚儿/3
A COIN

他看着窗外的云朵，反应过来跟晏航得好几天见不着脸之后，猛地就开始想得不行，心里没着没落的。

也不知道晏航现在在干什么。

这会儿后厨正是忙得要命的时候，年后说不定晏航能升职，这会儿上班他连抽烟都不敢随便去，怕被老大说他工作不认真。

飞机一落地，初一就给晏航发了消息，不过晏航肯定是没有时间回复的。

他拖着行李直接从机场坐了大巴到市里汽车总站，再直接上了去爷爷那儿的大巴。

小姨今年过年去了南方，这里没有小姨，似乎也就没有了他停留的理由，连何教练都已经回老家了。

坐在大巴上，看着车窗外他熟悉的那些景色，初一说不上来心里是什么滋味儿。

这个他生活了十几年的城市，居然就这么只是路过了。

车快到爷爷家的时候，初一给老爸打了个电话。

"你到了？"老爸问。

"差……不多了，还有十分钟吧，"初一说，"你别……让爷爷去接，太冷了。"

"他已经去了，我在家包着饺子呢，"老爸说，"拦不住，他跟你奶非要去，没事儿，我听动静好像老张家丫头跟着一块儿去的。"

"哦。"初一应了一声。

"你东西多吗？"老爸问，"东西多的话我现在拿个拖车去吧。"

"不用，"初一看了看一地厚厚的雪，拖车也没法拖，"东西不……不多。"

挂了老爸电话没两分钟，车速就慢了下来，初一看了看窗外，老远就看到了穿着一身红棉衣的爷爷和奶奶。

他扛着行李箱挤到车门边，抢着第一个跳下了车："爷爷！奶奶！"

"哎哟我的小初一啊！"奶奶踩着脚迎了上来，搂住了初一的腰，"哎哟，现在这大高个儿，奶奶都搂不着脖子了！"

初一笑着半蹲了下去："来。"

奶奶搂着他的脖子，在他脸上亲了一口。

"东西沉吗？"爷爷在旁边问。

"不沉。"初一拎起箱子。

第二十九章

把背包往背后甩的时候,他听到了一个女孩儿的声音:"背包我来拿吧。"

他愣了愣才看到旁边还站着个看着跟他差不多年纪的姑娘,也是这会儿他才反应过来,刚听到他爸提了一嘴老张家丫头。

没等他出声,老张家丫头已经过来把他的包从肩上拿走了。

"这姑娘,多懂事啊。"奶奶笑眯眯地说。

"啊。"初一回过神,赶紧追了过去,"不用,我自己……拿。"

"我帮你拿,没事儿。"小姑娘笑了笑,躲开了他伸过去的手。

"我……"初一还想伸手。

"没事儿!我帮你拿着。"小姑娘又说了一次,还是带着笑。

初一只得收回了手,以免让人以为他要抢包。

他回头看了一眼爷爷奶奶,奶奶冲他挥了挥手,示意他跟小姑娘一块儿走。

初一只能转过身,跟在小姑娘身后。

非常尴尬以及突然感觉……不怎么安。

初一完全不认识这个老张家的丫头,但是看老张家丫头的样子,似乎还是应该见过面的,大概在他还是个萝卜头大小的土狗的时候。

"你们男孩儿还真是长个儿厉害,"老张家丫头背着他的包边走边说,"前两年你上你爷爷家过年的时候,还没我高呢。"

"啊。"初一应了一声。

他连微信跟姑娘聊天儿都进行不下去,这种面对面的就更加无法进行了,但虽然他想不起来人家,也还是老邻居,他不好意思就这么"啊"一声就把老张家丫头给晾那儿了。

于是搜肠刮肚老半天,终于找到了一句话,在他看来还挺重要的,完全不是客套的废话。

"你叫什……么名字?"初一问。

老张家丫头猛地转头看了他一眼,脸上的表情有些震惊,还有些尴尬:"你不记得我名字了?"

不是不记得。

是根本就不知道。

对不起。

"我叫张莹,"老张家丫头有些失落地说,"名字太普通了吧?都记不住。"

"记住了。"初一说。

张莹看了他一眼,又笑了笑:"你是明年毕业吧?"

"嗯。"初一应着。

"是要留在那边吧?"张莹说,"唉,挺好的,海边多美啊。"

"嗯。"初一点点头,本来这两句话他得"嗯"两次,张莹一次说完了,他倒是省事儿了。

"那……"张莹应该是在努力找话题,"你们学汽修的,班里有女孩儿吗?"

"没有。"初一说。

对话不大进行得下去了,初一感觉非常对不住张莹,忍不住回头看了看爷爷奶奶。

张莹大概也挺尴尬,于是也回头看了看,然后走了过去:"奶奶我还是搀着您吧,有点儿滑。"

"没事儿没事儿,"奶奶笑着说,"我腿脚还挺利索的呢。"

初一放弃了过去搀着爷爷的想法,人姑娘过去搀着一个,自己也跟着过去搀一个,有点儿不合适,万一再让爷爷奶奶以为自己对张莹有什么想法,就很郁闷了。

他只得一个人在前边儿拎着箱子走。

还好车站离家不太远,他坚强地走着,越走越快。

到爷爷家楼下的时候正好碰上老爸出来,一看到他,老爸就愣了愣:"你爷爷奶奶呢?"

"后……"初一回过头,发现不知道什么时候,他已经把后头的三个人给甩掉了,"他们走得慢。"

"你是不是不好意思了?"老爸接过他的箱子,低声说,"你奶奶想着你也没什么朋友,正好老张家丫头回来过年,聊到你,说差不多大,她就想让你多交个朋友……"

"我也不……不认识她。"初一也低声说。

"是啊,我说了别这样,你奶奶也不听。"老爸往回走,"人老了就这样,特别能操心。"

初一笑了笑。

跟在老爸身后走着的时候,初一一看到了老爸头上的白发。

第二十九章

他愣了愣。

老爸才四十出头,上回无罪释放出来,他俩见面的时候,老爸的头发基本还是黑的,这也没多久没见,居然有白头发了……而且还挺多,头顶、后脑勺儿的边缘,还有两鬓。

初一轻轻叹了口气:"你染……染头发吧。"

"买了染发膏了,"老爸说,"还没顾得上弄。我头发白得挺早,这点随你爷爷。"

初一没说话。

回到家里把行李放好了,爷爷奶奶才进了屋。

一进屋奶奶就叹了口气:"初一这孩子,真是的,把人小姑娘一扔,嗖嗖就走了,跟鬼撵着似的。"

"我又不……不认识她。"初一也叹了口气。

"聊聊不就认识了?"奶奶说,"你以前那个性格也没个朋友,后来我看你不是跟五颗星关系挺近的嘛,还寻思你这孩子也能有朋友了,就想让你多认识点儿朋友……"

五颗星是谁?一般人能比吗……

"起码得是个小伙儿吧,"老爸说,"你这突然抓个小姑娘,初一哪能交得上朋友。"

"现在就得学着点儿了,"奶奶继续叹气,"你说这孩子,明年就上班了,再长大点儿,就该谈朋友结婚了,这性格去哪儿找媳妇儿啊!"

"你就是能操心。"爷爷笑了起来。

"我就这一个孙子,我能不操心吗?"奶奶说,"早知道当初多生几个孩子,那会儿只要一个孩子的也就咱们家了。"

爷爷奶奶边聊边进了厨房准备去做菜,初一进屋转了转。爷爷奶奶这儿就两间房,每次过来,他都跟老爸老妈挤一个屋里。

现在没有老妈,他跟老爸一块儿住,说起来是更宽敞了,但不知道为什么,却觉得有些不自在。

也许是他真的变了很多,那些以前他根本不会去考虑和介意的事,现在都会注意得到了。

"现在就咱俩,你不用搭折叠床了,"老爸跟了进来,"挺好的。"

初一看了老爸一眼,没有说话,把行李箱里带回来的海鲜干货拿了出来,老爸拿去厨房给了爷爷奶奶。

初一把奶奶拿出来的一床新被子铺好之后,老爸又进了屋,坐在旁边的椅子上看着他。

过了好半天,才叹了口气:"你有你妈的消息吗?"

"没有。"初一说。

"也不知道跑哪儿去了!"老爸说,"就算要离婚,人也得回来啊。"

初一不知道该说什么,只能沉默。

"狗子回家去看爷爷奶奶了,"晏航站在阳台栏杆上,手里拿着手机,对着远处星星点点的灯光拍着,"今年我得一个人过年。"

摸摸头。

我也一个人,陪你。

抱抱小天哥哥。

小狗什么时候回来啊?

"初三,"晏航说,"财迷得回来打工赚钱。"

小天哥哥那边炮比我们这边放得密集啊。

我这边炮也很多,放得都听不清直播声音了。

还没到三十儿就放这么夸张啊,不过我们这边禁了。

晏航把手机定在最远最亮至今也没弄清那里是什么地方的一个楼的方向上,看着小姐姐们在屏幕上聊天儿。

以前差不多就是这样,他偶尔说两句,然后就看小姐姐们聊天儿,除了做吃的偶尔露出手,小姐姐们会炸一下,别的时候都是一副从来没红过就过气了的过气主播范儿。

小天哥哥今天不做点儿吃的吗?

别说吃的,我饿了。

我也没吃饭呢。

"楼下保安要放烟花,"晏航往下看了看,把手机对着楼下,"这个保安,养了个刺猬,结果长大了找个老婆就不理他了。"

哈哈哈哈哈哈哈哈好郁闷的保安大哥。

刺猬没直播过呢,哪天看看刺猬啊。

现在冬眠了吧?

刺猬还要冬眠啊?

第二十九章

晏航对着楼下保安放的烟花拍着,保安大哥的烟花还挺灿烂的,而且颜色丰富,数量极多,放了能有十分钟才全部结束。

"看电视去了。"晏航退出了直播,伸了个懒腰。

回屋洗了个澡出来,手机上有一条初一发过来的消息。

今天累吗?

还行吧,天天都这样好像习惯了……你那边怎么样?

挺好的,就是晚上要跟我爸一个屋睡有点儿尴尬,没什么话说。

以前不也这样吗?

嗯,但是以前他跟我妈说话啊,我自己待着。

晏航笑了笑,给初一打了电话过去。

那边初一很快接起了电话,声音非常严肃冷漠:"喂。"

"挂了。"晏航说。

"别别别,"初一小声说,听声音带着喘,估计是跑到楼上露台了,"刚我爸在……在边儿上呢,不自在。"

"你们这父子关系也真是……"晏航叹了口气。

"没办法,这么多……年都是这……这样,"初一也叹了口气,"我都找……不到话跟……跟他聊。"

"一会儿喝几盅就有话聊了。"晏航说。

"喝几盅他倒……倒是话多,"初一笑了笑,想想又压低声音,"我爸有白……头发了。"

"你爸没多大年纪吧?"晏航说,"估计这阵儿挺愁。"

"嗯,"初一应了一声,"你明天跟……崔叔在……在家过吗?"

"是啊,"晏航说,"我俩打算随便吃点儿就行了,我初一还要上班。"

"想……我了吧?"初一小声问。

"是啊,"晏航笑了起来,"快回来吧。"

"初三就回……回了,我琢磨明……明年把爷……爷奶奶接……接过去过……年算了,"初一说,"就不用来……回跑。"

"也行,"晏航说,"也让他们看看你现在的状况,省得老操心你过得好不好。"

"唉,"初一叹了口气,"太操心了。"

"怎么了?"晏航问。

"今天带……带了邻居的女……女儿去接我,"初一说,"我都不……不认识。"

晏航愣了愣:"相亲啊?你们那儿什么风俗啊,给未成年人相亲?"

"不……不是,"初一说,"我奶说让我学……学会跟女……女儿相处。"

"为什么要跟女孩儿相处?"晏航喷了一声。

那边初一没了声音,又叹了口气。

"怕你以后交不着女朋友结不了婚呢,"晏航也叹气,"老太太想得真远。"

"你生……气吗?"初一问。

"我气什么?"晏航笑了笑,"又不关你事儿,你奶奶也没做什么。"

"要不……"初一像是在下决心,过了一会儿,都能听出他咬着牙,"我跟他们说……说了得了。"

"别,"晏航赶紧说,"大过年的,别说这个,你还让不让老人家过年了?"

"……那怎……么办?"初一说。

"以后有机会再说吧,你才多大,"晏航说,"这会儿也没人逼你结婚。"

"哦。"初一应了一声。

晏航没再说话,听着电话里初一的呼吸声有些出神。

他挺感动的,初一在这件事上几乎没有过多的思考也没什么犹豫,虽然就算犹豫了,就算什么也不敢说,也很正常。

但初一的第一反应就是说。

小屁狗子还挺猛的。

跟初一聊了几句挂掉电话之后,晏航躺到沙发上,拿着手机一下下转着。

这个问题在初一说起之前,他还从来没有想过。

老爸不知所踪,他并没有需要专门考虑的人。

但现在老爸就在那儿,有崔逸带话,他甚至不用等到跟老爸见面。

老爸是个似乎什么都能接受的人,还挺惯着他的,如果真知道了,大概不会有什么反对意见,顶多就是吃惊一把。

就算反对,也无所谓。

晏航咬了咬嘴唇,算是对他不辞而别,以及十几年来在某些方面不是个称职父亲的报复吧。

没错。

晏航打了个响指。

然后拿出了手机。

你什么时候去见我爸?

晏航给崔逸发了条消息。

"明天会去一趟,也不是聊案子,就是聊会天儿,"不爱打字的中年男人崔逸发了语音过来,"你有什么话我就帮你带过去。"

告诉他我胖了就行,另外的话过完年再带。

"另外的什么话?"崔逸问。

晏航拿着手机又转了几圈,然后飞快地打了一行字给崔逸发了过去。

我要跟他说我和初一的事。

也就过了不到一分钟,崔逸的电话打了过来。

晏航接了电话:"喂?"

"初一?"崔逸劈头就问了一句。

"……你反应怎么这么快?"晏航愣了愣。

"真的假的?这事你别拿你叔开玩笑。"

"没开玩笑,"晏航清了清嗓子,"真的。"

崔逸没出声,像是在思考。

"崔叔你说,"晏航把腿架到茶几上,"这件事我爸能接受吗?"

"他不接受有屁用,这事儿又不是他说了算,"崔逸说,"你不用管他能不能接受。"

"那他能不能呢?"晏航问。

"能吧,"崔逸说,"你爸什么没见过?老狐狸精。"

"嗯,"晏航笑了笑,"那过完年你帮我给他带个话吧,我写封信,你带过去给他展示一下就行,其实我也想过当面儿说,但是我赶时间,而且也觉得有点儿尴尬。"

"……你们家晏致远这个爹当得真有特色。"崔逸有些无语。

"崔叔,"晏航说,"那你能接受吗?"

"能,有什么不能的?"崔逸说,"特别是如果你爸接受不了哭天喊地的话我还能在一边儿看戏呢。"

晏航笑着没说话。

"要不我明天就带着信去给他展示吧,"崔逸说,"让他过不好这个年,怎么样?"

"你俩真是哥们儿吗?"晏航说,"真不是他坑了你你现在伺机报复呢?"

"不是哥们儿,"崔逸很干脆地说,"我要看戏的时候他就不是哥们儿了。"

"噗。"晏航笑了笑。

"放心吧,"崔逸说,"我看情况。"

"嗯,谢谢崔叔,"晏航说,"明天给你做大餐。"

晏航把写给老爸的信给了崔逸。

信写得跟老爸最后留给他的那封信一样。

用信封装着,里面就一张从笔记本上撕下来的纸,上面写着简单的几个字。

不过崔逸说是要看戏,看老爸哭天喊地,但三十儿那天去了看守所,也还是没有提这件事,只是聊了一会儿,回来之后按老爸的要求,给他包了一个大号的压岁红包。

崔逸大概还是觉得过完年再让老爸知道比较合适。

晏航虽然感觉这件事无论什么时间告诉老爸,自己都没有什么压力,但知道崔逸没在大年三十儿这天给老爸说的时候,他还是微微松了一口气。

毕竟是件挺大的事儿,万一老爸真的接受不了,这年还真不好过了。

今年这个年过得挺度日如年的,如年都如到了晏航提前了快两个小时就到了机场的地步。

发了快三小时的呆,才终于看到了初一坐的那班飞机到港的信息。

"我出来了!"初一第一时间打了电话过来。

"我在出口这儿站了三个小时了,"晏航说,"腿都站粗两圈儿了。"

"一会儿给……你捏腿。"初一笑着说。

"赶紧的,"晏航说,"跑出来。"

"好。"初一挂掉了电话。

没过两分钟,晏航就看到了一路从里面狂奔而出的初一。

虽然度日如年,但这几天晏航也还觉得能够忍受,并没有太难熬,但看到拖着箱子带着风跑出来的初一时,他还是猛地一下觉得全身上上下下都通透了。

心情扬了起来,连毛孔都张开了,一块儿往外扇着清新的小风。

第二十九章

初一跑到离他还有两三米的地方才猛地一停,然后在光滑的地面上滑了过来。

"我去,"晏航低头看了看他的鞋,"你这什么鞋?这么不防滑。"

"我爷地……地摊儿上给……我买的跑鞋,"初一笑得不行,"一天摔一……一跤,我都没敢跟……跟他说。"

晏航跟着乐了半天,缓过来之后一张胳膊:"来抱一下。"

初一搂住他,非常使劲儿地收紧胳膊。

晏航笑着问:"想我吗?"

"想,"初一说,"不像你,还背……背着我直播。"

"这都被你知道了?"晏航说。

"还被我看……到了呢。"初一说。

"你看了啊?"晏航愣了愣。

"嗯,"初一点了点头,"我还没……没从手机上看……过你直播呢。"

"那你也没冒个泡?"晏航啧了一声。

"你这直播实……在是太无……无聊了,"初一也啧了一声,"没有冒……泡的欲望。"

晏航拍了拍他后背:"走吧,车在外头,晚点儿老崔要出门,还得把车还给他呢。"

回到晏航家楼下,崔逸已经在楼下等着了,看到初一从车上下来,先拿了个红包递过来:"给我拜年。"

"崔叔过……过年好,大吉大利。"初一笑着说。

"拿着,"崔逸把红包放到他手上,"今年就要实习准备上班了,祝你工作顺利,日进斗金。"

"谢谢崔叔。"初一愉快地接过了红包。

红包非常厚,他有些吃惊,但也没好意思当着崔逸的面就拆开来看。

一直到崔逸开车走了,他跟晏航一块儿进了电梯之后,他才赶紧打开了红包:"怎么这……这么厚,都是一块儿的吗?"

晏航笑着没说话。

"我去!"打开红包看着厚厚一叠一百块之后,初一震惊了,"是……不是搞……错了啊!拿错红……包了?"

"没拿错,"晏航说,"今年我的也是这么大,你肯定得跟我一样。"

"为什么?"初一还是吃惊,他跟崔逸的关系,肯定不可能像晏航跟崔逸那么深。

"晚点儿再告诉你。"晏航走出电梯。

初一的手机响起来的时候,他刚收拾完躺到床上,听着声儿都不想动。

"你电话响了。"晏航说。

"嗯。"初一没动。

"通知你去捡钱呢。"晏航说。

初一笑了起来:"我⋯⋯不是财迷。"

晏航喷了一声。

手机再一次响起来的时候,晏航用胳膊肘杵了杵他:"去接电话,别是谁有什么事儿找你。"

"嗯。"初一应了一声,很不情愿地坐起来叹了口气,下床往客厅走过去。

电话是王老师打过来的。

"王老师,"他接起电话,"过⋯⋯年好。"

"过年好过年好,"王老师笑着说,"从老家回来了吗?"

"刚下飞⋯⋯飞机。"初一说。

"那你明天要不要休息一下?"王老师说,"本来说是初五去,现在人家让初四⋯⋯"

"不用休息。"初一马上说。

"还说不是财迷,"晏航一边往浴室走一边小声说了一句,"就这一天的钱都不放过。"

"那行吧,"王老师说,"地址我给过你吧?你明天早上八点过去就行,这回这家规模比车之道要大,你去了就是修理,不用来回再跑美容那边。"

"谢谢王⋯⋯老师。"初一说。

"不用谢我,我一直给他们推荐学生过去。"王老师说,"对了,上回你们杨老师取消你学校推荐的事⋯⋯他事先也没跟我说一下,要不我肯定拦着了⋯⋯"

"没事儿,"初一说,"不影响我。"

"学校的推荐也不用太在意,"王老师说,"我个人给你推荐也是一样的,别有心理负担。"

"嗯。"初一笑了笑。

第二十九章

两个人收拾完换了衣服一块儿出门去找东西吃。

天儿挺冷的,他俩不想往远走,于是去了小李烧烤。

坐在了他们最常坐的那个桌。

老板都不用他们出声,立马就先烤了两大盘过来,都是他们每次必点的东西。

"喝啤酒吗?"晏航问。

"白的。"初一说。

"白的?"晏航看着他,"白酒啊?"

"难道白……开水吗?"初一问。

"哎哟,"晏航笑了起来,"三日不见,狗子这么嚣张了?张嘴就要白酒啊?"

"那是,"初一点点头,"毕竟我是……是个成年……狗了。"

"行,"晏航跟服务员要了两小瓶的白酒,"你明天上班能起得来就行。"

"肯定能起……起来,"初一说,"放心。"

晏航拿了串羊肉咬着,手机在兜里响,他拿出来看了一眼,是崔逸。

"老崔,"他接起电话,"正好,你吃了没?我们在小李呢。"

"我一会儿跟刘老师吃饭,"崔逸说,"我刚从看守所出来。"

"嗯,怎么样?"晏航问。

"本来是随便聊天儿,"崔逸说,"聊聊就聊到你了。"

"你把信给他看了?"晏航放下了羊肉串。

"这个时机还不错,再说这会儿不让他看吧,我猛一下还真编不出什么瞎话来,"崔逸说,"我随便编一个他一眼就能看出来了。"

"怎么样?"晏航突然有些紧张,"他有没有什么反应?"

"没什么反应,"崔逸说,"笑来着。"

"笑?"晏航愣了愣,"这么严肃震惊的事儿他居然笑得出来?"

"是啊,"崔逸说,"是不是亲爹啊!"

对面的初一猛地抬起了头,瞪着他。

"你没蒙我吧?"晏航问。

"这种事儿我蒙你干吗?"崔逸说,"就是这样,他什么也没说,就是笑了一会儿,然后就没然后了。"

"……他什么意思啊?"晏航简直无语了,伸手在初一手上轻轻拍了拍。

"不知道，"崔逸说，"我热闹也没看成，他为什么笑，只能等他出来以后你自己问他了。"

"行吧，"晏航叹了口气，"谢谢崔叔。"

挂了电话之后，初一立马撑着桌子凑到了他面前，瞪着他："怎么回……回事儿？"

"我爸。"晏航笑了笑。

"晏叔……叔？"初一有些吃惊，"你……他说……说什么了没？"

"什么也没说，就笑了一会儿，"晏航喷了一声，"老崔也不可能采访他。等他出来了再说吧。"

初一看着他，很长时间都没说话。

"怎么了？"晏航弹了一下他下巴。

"他会生……生气吗？"初一问，"他知……道是我吗？"

"知道是你，"晏航说，"生不生气就不知道了，生气也无所谓，要是一怒之下再打我……"

"你打……不过他。"初一说。

"是。"晏航笑了起来。

"没事儿，"初一咬咬嘴唇，"有我呢。"

"你帮我跟他干仗啊？"晏航笑着看他。

"让他打我啊，"初一说，"我比……比较扛揍，不还手。"

晏航笑出了声。

第三十章

Chapter thirty

小李烧烤一向生意都很好,现在天儿冷,更是坐得满满当当都是人。

吃完烧烤,两瓶小酒也喝光了,初一感觉自己身上挺暖和,也没有什么明显的醉意。

"我酒量好……好像还挺好的。"他说。

"就二两酒你就能判断自己酒量好不好了啊?"晏航说。

"我以前都没……怎么喝过酒,"初一叹了口气,"过年陪我爸还……还有爷爷喝……了点儿……晕。"

"你爷去买的那个酒,也不知道是什么酒,"晏航说,"上回我喝着也上头。"

"本地老……老头儿都……喝那个,"初一说,"高粱的。"

"下回你再去,给带点儿好酒,"晏航想了想,"带两支红酒让他尝尝鲜……他不会说没味儿吧?"

"说五颗星带……给他的,就肯……肯定要夸,"初一笑着说,"五颗星时……时髦呢。"

晏航喷了一声。

这个寒假基本就没有休息,晏航只有三十儿晚上没上班,初一也就回爷爷家闲了三天。

初四一早起来他俩各自去上班的时候晏航叹了口气:"我想归田了,真累啊。"

"你归……归了十……几年的田,"初一说,"还归啊?"

"滚。"晏航笑了笑。

"你……"初一想起什么,凑过来小声说,"你……"

晏航指了指他。

他闭了嘴,拿了自己的背包往背上一甩:"上班。"

王老师这回介绍的兼职地方，比车之道要大，看上去专业性更强，汽车美容和汽修是完全独立的两个区域，还有一个挺大的配件专卖大厅。

　　这里也不叫车××这种时髦的名字，而是有一个非常朴实又让人感觉实力挺强的名称，顺风汽修厂。

　　顺风？不送快递了吗？

　　哦，那个是顺丰。

　　初一在前台打听了之后往汽修区走，差点儿迷路，转了半天才找到了办公室。

　　简单的面试提问之后，主管就扔了一套衣服给他："老王的学生，还是都不错的，不过你们今年的实习这么早吗？寒假没过完呢就开始了啊？"

　　"啊。"初一应了一声。

　　他到这会儿才突然反应过来，王老师不知道是不是因为自己推荐被取消的事儿心里过意不去，这次让他来的时候跟厂里说的居然是实习？

　　如果是实习的话……初一突然有些振奋。

　　这个顺丰快……不，顺风汽修厂看上去还挺气派的，虽然不是连锁。

　　怎么样？新制服。

　　晏航看着初一发过来的照片。

　　这个制服跟之前车之道的制服大概是一个厂定做的，还是黄黑相间，但是胸口和后背都印着顺风汽修的字样。

　　跟之前的挺像的，不过有了这两行字，就显得更加实在了，一看就是很有实力的大厂子。

　　"非常帅。"

　　你真是什么都能夸得出口。

　　换个人我眼皮都不带夹他一下的。

　　我先去干活了。

　　狗哥加油！

　　晏航看了看时间，把手机收好，回了后厨。

　　今天后厨有些忙乱，他不能离开时间太长了。

　　不过这份忙乱，并不是因为客人多，而是因为老大要离开了。

　　估计是年前就已经提过的，但是他们这些普通小员工是不会知道的，老大

· 405 ·

也没有跟他透露过任何信息。

今天一上班开晨会的时候,才宣布了这个消息,气氛顿时就变得有些微妙。

想代替老大的,想跟老大走的,觉得晏航是不是有可能上位的……大家一边干活,一边各自进行着丰富的想象。

晏航没什么想象,他也懒得去想,本来就够累的了,只要没有人正面招惹他,这种猜来猜去还顺便给自己设个假想敌的心路历程,他就不想再去体会了。

老大不知道由于什么原因要走,晏航只扫到了几耳朵,猜是要自己干了,但连他的"亲信"晏航都没有带走,就有些奇怪。

"你真不知道吗?"张晨抽空过来找他聊天儿,"一点儿都没跟你提过啊?"

"真没。"晏航说。

"那你现在怎么办?"张晨说,"人家要不就说你是得罪了老大,新老大来的时候估计都会对你有提防,要不就说你差到连老大都不想带你走。"

"我就不能是忠于餐厅忠于酒店,谁叫我我都不走吗?"晏航说。

"能啊,"张晨笑了,"但是没人信。"

晏航也笑了笑:"随便吧,没所谓。"

"航哥,"张晨冲他竖了竖拇指,"就喜欢你这个无所谓的样子。"

"马屁精!"晏航喷了一声,"今年是不是要为当领班而努力啊?"

"没戏,"张晨说,"我算是看明白了,除了你,现在领班没一个是我们自己人里出来的,都是外面挖来的,我放弃了。"

"那你也还是得有个目标搁在那儿,不管能不能成,"晏航说,"闲着也是闲着。"

张晨笑了半天,点了点头:"行。"

晏航给张晨说的是挺好的,但这事儿多少对他还是有些影响。

新老大的情况谁也不知道,他自己之后的工作会是什么样他也不清楚,只能是边干边适应了。

"那你不……不问问老……大吗?"初一问。

"这事儿不好问,"晏航说,"我跟他的关系也真不是别人以为的什么亲信不亲信的,他没主动跟我说,我去问就很尴尬。"

第 / 三 / 十 / 章

"那不管了,"初一一摆手,"有什么了……不起的,换个老大就……换个老大。"

"新老大来了要是情况会有变动,我待不下去再说吧,"晏航说,"先干着。"

初一点头,想了想又偏过头看着他,"晏航。"

"嗯?"晏航躺到沙发上。

"你会……不会觉得,"初一说,"现在没……没有以前那……么自在?"

晏航看着他。

"以前到……处跑,"初一说,"也不……不用考虑工……作的事儿,也不用压着自……自己的性子。"

"嗯,"晏航笑了笑,"感觉上是以前自在些吧,想干吗就干吗,干什么都不用考虑后果……但是我也不可能一辈子都那样,活得太不着地了,不踏实。"

"现在踏……实吗?"初一问。

"还行,"晏航把脚搭到他肩上,"工作嘛,好歹还是我愿意做的工作,还有个你陪着。"

"晏叔叔出……出来的时候会……不会吃惊?"初一说,"我都觉……得你跟以……以前不太一……样了。"

"我爸未必想看到我还跟以前一样。"晏航仰起头,看着灯。

过了元宵节,老大就走了。晏航见到了新老大。

一个微胖的中年大叔,非常严肃,眼神锐利,根据晏航多年看人的经验,这个胖老大,不是太好相处。

上班的第一天,晏航本来想跟他聊两句算是沟通一下,结果胖老大并没有跟他沟通的意愿,只是说了一句:"工作是做出来的,不是聊出来的。"

晏航只能沉默。

不沟通的后果就是肯定会出错。

配菜的习惯,做事的顺序,口味的不同,甚至摆盘,都会不一样。

一天下来,晏航觉得耳边全是胖老大不满的声音。

回到家的时候他连电视的声音都不太想听,初一跟他说修车碰到的有意思的客户,他直接伸手捂住了初一的嘴。

"我眯会儿。"晏航说。

"嗯。"初一点了点头。

晏航的工作应该不太顺利,今天他俩还没吃饭,初一看晏航这样子估计也不像是还有精力做饭了。

他轻手轻脚地起身进了厨房,打开冰箱看了看。

菜倒是挺多的,但他做不来复杂的,只能用剩饭做个焗饭。

他除了蛋炒饭,大概就能做这个了。

焗饭不光很好吃,对他来说还挺有意义的,就像传说中……妈妈的味道,焗饭就是小天哥哥的味道。

他爱吃,晏航也就经常做,看多了感觉自己也会了。

晏航能听到初一打开冰箱拿东西出来的声音,还能听到他努力控制着力道拿起盘子,再轻轻放到案台上的声音。

挺烦躁的。

晏航闭着眼睛,越是这种轻手轻脚的声音,就越是能听到。

其实挺想发火的,无差别发火。

这种情绪不稳定的时候,他的脾气就非常大。

但他已经很长时间没有过这样的状态了,甚至觉得自己可能再也不会出现情绪问题。

一旦他发现自己还是会这样,整个人就有些失落。

初一轻轻拿起刀,用了起码十秒才切完了一刀,听到刀轻轻磕在案板上的那一声的同时,晏航从沙发上蹦了起来,两步冲过去把虚掩着的厨房门一脚踢开了。

初一吓了一跳,回过头看着他。

晏航看了一眼案台上放着的各种材料,咬着牙把自己的情绪压了下去。

"我没睡着,"他看着初一,"你该怎么弄就怎么弄,不用跟做贼似的。"

"……哦。"初一应了一声。

晏航退出厨房,关上门,拿了根烟去了阳台。

夜幕下的城市还是很好看的,虽然远远近近热闹的灯光看起来总有些寂寞,但还是能让人觉得安静。

他叼着烟,盯着远处不知道到底是个什么楼的那个楼看着。

一根烟抽完之后,烦躁的劲头稍稍退下去了一些,他松了口气,弯腰拉着栏杆把身体往下拉伸着。

第/三/十

拉了一会儿，觉得舒服了不少，正想直起身的时候，阳台门被猛地一把拉开了。

晏航吓了一跳，站直的时候差点儿扭了腰。

狗的报复啊。

"晏航！"初一喊了他一声。
"啊，"晏航回过头，看到他满脸的紧张，"干吗，烤箱炸了？"
"没，"初一看他好半天才又开口，"焗……焗……焗……"
"喊人还带卖萌的啊？"晏航说。
"焗饭，"初一说，"放多……多少奶酪？"
"我没事儿，"晏航叹了口气，"不用这么紧张。"
初一愣了愣，没出声。
"过来。"晏航伸了伸手。
初一走到他旁边之后，他捏了捏初一的肩："我今天有点儿不高兴。"
"看出来了。"初一说。
"我刚特别想打你，"晏航说，"就劈头盖脸打一顿，连打带踹把你从厨房摔到电梯口，会感觉特别爽。"
"……听着就……就挺爽的，"初一说，"是我话太……太多了吗？"
"不是，"晏航说，"跟你没什么关系，就是烦躁。"
"哦。"初一抱着他，在他背上一下下拍着。

晏航很喜欢初一这一点，不知道是不会安慰人还是安慰的话说不利索，初一很少安慰他，基本上都是沉默地待着或者突然逗个贫。

晏航情绪不稳定的时候最不能听的就是安慰，会让他更加烦躁，就像初一这样，消消停停地"哦"一声，然后不再出声，就最让他舒服了。

"我这周可能还是得抽时间去找罗医生聊聊。"晏航说。
"嗯，"初一点头，"还……还可以去……去把你们新……老大打……一顿。"
"好主意，"晏航喷了一声，"你真聪明。"
"真……打吗？"初一问。
"再忍三天，"晏航说，"忍了一礼拜了，凑个十天，他还这样我就真不忍了，我怎么说也是个……"

晏航正想给自己琢磨个名号，初一替他开了口："是个前神……神经病。"

"你一直就是这么给我归类的啊?"晏航说。
"嗯,"初一点点头,"你就是挺神……神经的,不过我可……可以忽略。"
晏航笑了笑。
初一说的是可以忽略,不是可以忍。
这个说法他很喜欢。

胖老大在新的一周开始之后,依然是老样子,没有沟通,全凭晏航精神紧绷地观察他的每一个动作和眼神。
他虽然工作经验并不算丰富,除去之前随意的打打工之外,就只有在餐厅这两年算是正式工作,尽管从前厅到后厨都待过了,但像胖老大这样的同事他还真的是第一次碰到。
被莫名其妙整得就差录视频以便观察胖老大一举一动了,晏航甚至猜测过这种几乎让人觉得带着恶意的配合方式是不是胖老大别具一格的用人考查。
但很快他就推翻了自己这个猜测。
"你比我之前的助手……"胖老大皱着眉看着他,"简直差得天远。"
晏航正在摆盘,没有答话。
"你这个审美是街边咖啡馆培养出来的吗?"胖老大说,"我之前是怎么摆盘的,你没有看过吗?"
晏航对自己很满意,怒火中烧的状态下他还能让自己手都不抖一下地把小花瓣一片一片粘在巧克力球上,实属不易。
"真不知道你是来当助手的还是捣乱的。"胖老大说。
晏航依旧没出声儿,手机在兜里震了两声,大概是有消息进来。
他把手上的活儿干完了才抬起头,拉下了口罩:"我去洗个脸。"

手机上是崔逸发过来的消息。
依旧是中老年男人的语音消息。
"现在公安机关的侦查基本结束了,接下去就是检察院审查起诉,正常情况一两个月,然后就是开庭了。"
晏航心里猛地一提,接着又猛地一松。
侦查已经结束了,那就是说,所有的事儿应该都查清了,案件的进度算是有了进展。不管怎么说,离最后的结果是越来越近了。
他本来以为自己会不安,但没有想到最大的感受却是狠狠地松了一口气。

第三十章

洗完脸出来看到胖老大在后厨门口跟每周例行来检查的总监说话时,他甚至觉得心情愉快。

"赶紧的,"胖老大一看他就皱了皱眉,"洗个脸这么长时间!"

"我不干了。"晏航说。

胖老大和总监都愣住了。

"今天的活儿我会做完,"晏航边往里走边戴好口罩,"明天我就不来了,其实我跟原来的主厨没多熟,您不用这么紧张,还玩上'清君侧'了。"

晏航一开始只觉得胖老大可能是想把自己原来的助手带过来,但想想又觉得不可能,他这个级别的大厨,带个助手过来完全不需要用这种手段。

估计是觉得他是以前主厨的人,留在身边不好用吧。

初一今天下班没能准时走,到点儿的时候他还跟带他的江师傅俩人一块儿蹲在地沟里仰头看着车底盘。

"你看这儿,"江师傅说,"离合打滑就是因为膜片弹簧断了。"

"换个压……压盘就……就成。"初一说。

"嗯,"江师傅点点头,"你一会儿就给换一下这个,我今天有点儿事,要帮忙你就叫一下他们。"

"好的。"初一应着。

江师傅走了之后,他从沟里出来,摘掉了手套,拿出手机准备给晏航发个消息。

刚划亮屏幕,手机就响了,晏航的电话打了进来。

他有些意外地接起了电话:"喂?"

"小哥,忙呢?"晏航的声音传了过来,听上去心情很好,居然有心情学小李烧烤大叔的调调。

"忙呢。"初一笑着说,"你怎么有……空打电话?"

"你还没下班吗?"晏航问。

"没,"初一看了看身边的车,"有个车刚……刚来,要换压盘。"

"那行吧,"晏航想了想,"我过去找你,你们那边有个什么很高雅的音乐餐厅,咱们晚上去那儿吃饭。"

"你下班了?"初一的重点始终抓得很准。

· 411 ·

"今天我爸的事儿有新消息，"晏航说，"老崔刚跟我说，侦查基本结束了，接下来就是起诉，然后开庭。"

"啊，"初一愣了愣，顿时有点儿紧张，"那刘……刘老师和崔……叔有……有谱儿吗？"

"问题不太大，"晏航笑了笑，"是不是应该吃一顿？好歹是有进展了。"

"嗯，"初一点头，"我请客。"

"那儿一顿可不便宜，抠门儿精，"晏航说，"不心疼钱啊？"

"不心疼。"初一说，又看了看四周，压低声音，"我现在钱比……比以前多……多了三……分之一。"

"发财啦。"晏航也压低声音。

"是啊。"初一继续压着声音。

"那你等我过去啊，"晏航说，"给我发个定位。"

"你……"初一又看了一眼墙上的钟，确定现在的时间就是平时晏航还忙着的时候，"你是……不是辞……辞职了？"

"啊，"晏航笑了起来，"这都被你猜出来了？"

初一有些意外，却又不是太意外，而且还有那么一点儿惊喜。

这几天晏航的心情不怎么好，他知道是因为新来的主厨一直找麻烦，而且这事儿似乎无解，他挺希望晏航辞职的，但是不敢说。

"打了胖……胖厨没？"他问。

"没，"晏航喷了一声，"我现在还是有数的，跟我们家狗学习稳重忍耐。"

"那你过……过来，"初一说，"请你吃……大餐。"

"我辞职了，失业了，"晏航说，"没收入了……我以为你得叹个气什么的呢。"

"不怕，"初一说，"有我呢，我等……等你要饭等……了很久了。"

"滚！"晏航说。

"真的，你终于要……上饭了，"初一说，"普天同……同庆。"

晏航笑着没说话。

"我有一句台……台词等了好……久想说，"初一说，"老天不……不负我，机会来了。"

第三十章

"说吧。"晏航啧了一声。

"没啥都不……不怕,"初一说,"你有狗呢。"

你有狗呢。

晏航坐在出租车上往初一他们汽修厂去的时候,脑子里一直是这句话。

是啊,有狗呢。

辞职这种事搁以前,他完全不会在意,都是随便打打工赚点儿零花钱,工作有就有,没有就没有了。

但现在这份工作,他干了两年,从前厅服务员干到领班,再到主厨助手,用了多少努力,花了多少精力,真要说出辞职,他靠的也还是冲动。

骨子里那种想干吗就干吗的劲头。

离开酒店的时候他感觉全身都是轻松的,但也不像从前那么无所谓了。

毕竟现在的他,不再是当初跟着老爸行走江湖什么都不在意的那个他了。

直到听见电话里初一底气十足的那句"你有狗呢"的时候,他的心才突然着了地。

初一的那点儿工资,并不能成为他的底气,初一的这个态度,才是他的底气。

没有工作没关系,有狗呢;没有钱了没关系,有狗呢;要饭了没关系,有狗呢。虽然有些幼稚,也很天真,但心里那份暖却是实实在在的,一点儿也不虚。

晏航看着车窗外的景物。

以前他也会看,路过的那些城市,乡村,他落脚的地方,四周的环境。

不知道是因为在这里待的时间最长,还是因为他的生活在这里完全改变了,他不再有局外人和过客的感觉。

他知道城里哪里的东西好吃,哪里的衣服最潮,哪里的格调最高,知道小区周边的每一条巷道通往哪里,知道某个中专附近都有哪些车站。

会有早就想去但一直没有时间去的餐厅,在辞职之后跟某个人一块儿去那里吃顿大餐的期待。

这种感觉还是很奇妙的。

顺风汽修厂。

除了这个土气而严肃的名字,这里别的都还挺不错的,装修得也很好,无论是汽车美容还是修理,还有配件销售,几个区域看上去都挺有档次。

汽修工初一站在门口等他。

穿着印字的制服,手里拿着一副满是黑色机油的手套,屁股上还挂着个工具包。

之前初一给他发的照片,是没穿外套的,就是T恤和长裤,估计是室内暖和,这会儿出来了,就穿了件外套,非常工作服的那种,前胸后背连带着袖子上都印着"顺风汽修"。

晏航忍不住喷了一声:"你们这儿以前是不是有人偷工作服啊?"

"啊?"初一看着他。

"所以你们老板就把衣服印满字让人穿不出去,"晏航说,"就差再戴个帽子了,上面也印上这四个大字。"

"有,"初一说,"我没……没戴。"

"……别戴,"晏航说,"我怕我忍不住嫌弃你。"

"一个要……饭的,"初一说,"哪儿来的勇……气嫌弃金……金主啊。"

"要饭的还是打车来的呢,"晏航说,"金主天天坐公交。"

"所以你要……要饭了。"初一点点头。

晏航笑了起来,往他胳膊上甩了一巴掌:"带我参观一下吧,金主。"

"来。"初一一招手。

初一待在这种充满了各种机油、汽油味和金属味儿,混杂着轮胎胶皮味儿的环境里会觉得特别舒服。

晏航跟着他在拆开的或者吊着的汽车中间穿过,看着他的背影。

这小子在这些东西里穿行时,走路姿势都跟平时不一样了,挺有范儿,特别自信,有种这是他的地盘的牛气感。

"你在这儿等……等我吧,"初一指了指旁边一个木头椅子,"我弄完这……这辆车就走。"

"嗯。"晏航在椅子上摸了摸,又看了看手,坐了下去。

初一叹了口气:"我天天坐,都蹭……蹭干净了。"

"赶紧干活儿。"晏航往后一靠,把左脚踝往右腿上一架,鞋尖冲他晃了晃,"乖狗。"

第三十章

初一笑了笑，脱掉了外套，钻到了车下边儿的沟里。

晏航伸长腿看着他。

初一在弄什么部件，晏航看不明白，毕竟自己是没车的人，平时就开开崔逸的车，崔逸的车还几乎从来不保养，就一天天地等着车坏了好换车。

但是初一的动作很熟练，这一点晏航还是看得明白的。

无论做什么事，只要熟练，就会很好看，就跟他做菜似的。

他摸出了兜里的手机，发了条微博。

初一像是有感应似的回了一下头，看到他手里拿着的手机时叹了口气："都沦……沦落到要靠直……播骗钱了……吗？"

"是，我要是一开始就拿你来直播，现在应该早发财了，"晏航笑着进了直播间，"今天给你们看狗哥修车。"

第一。

第一。

我第一。

哪来那么多第一……

第什么一啊，小狗修车啊！不看修车抢什么第一啊！

啊啊啊啊狗哥！我是不是看到狗哥的屁股了？

"狗哥现在挺牛的，"晏航把镜头对着初一，"动作娴熟，行云流水。"

跟你做菜似的。

我是不是看到肌肉了？

哪里有肌肉？遮这么严实呢。

小天哥哥麻烦过去掀一下衣服。

麻烦扯一下裤子。

文明点儿啊你们！小天哥哥不要理她们，麻烦过去展示一下小狗的腹肌。

晏航笑了笑，拿着手机走到地沟边儿上："狗子。"

初一"哐"的一声把一个刚卸下来的什么部件放到了地上，转过了头："啊？"

妈呀！

扑通一声跪下。

太有气势了，这是把什么东西给砸了吗？

"小姐姐不知道你在干什么，"晏航说，"给说一下吧。"

"这个坏了,"初一指了指扔在地上的一个大铁片,"要换。"
"嗯,"晏航点点头,"然后呢?"
"然后就……换啊。"初一说。
晏航愣了愣:"……行吧。"

狗哥的讲解很完美了。
非常完美,说完了跟没说一样。
你们情商太低了,这种时候难道不应该一起点头,然后表示恍然大悟吗!
啊,是要换这个啊!
好厉害哦,要怎么换呢?
给前面的戏精竖拇指。
"那你换吧。"晏航笑着说。
初一从车底出来,从旁边拎了个箱子过来,拆开之后拿出了个新的大铁盘子,单手一拎,又钻回了车底。
我鼻血滴到键盘上了。
好性感啊!
已经想不起来当初小狗还是小狗时候的样子了。
我还能想起来,我有图,但是没法联系到一块儿了。
有种看着儿子突然长大的沧桑感。
我全程姨母笑!

换这玩意儿初一叫了个同事过来帮忙,晏航走到一边坐回了椅子上,退出了直播。
继续坐那儿看着初一工作。
工作使人英俊。

完成了工作之后,初一急急忙忙地去换了自己的衣服,然后跑了出来。
"不用穿着工装到处跑了啊?"晏航问。
"统一给洗,"初一笑笑,"待……待遇好吧?"
"给洗个衣服就待遇好了?"晏航说,"你真好打发啊。"
"至少不……不用回去洗,洗一次你消……消一次毒,"初一说,"伤自尊。"

"滚，"晏航笑了起来，"你那衣服一身机油，我能不消毒吗？"

"伤自尊。"初一说。

"再说一遍抽你啊。"晏航看着他。

"伤自尊。"初一飞快地又说了一遍，然后在他抬手的同时，猛地往前蹿了出去。

"一刀把砸死你。"晏航说。

"你好……好久都没……带刀了。"初一停下，转身看着他笑着，"刀在床……床头柜抽……屉里。"

"这你都知道？"晏航挺吃惊。

"嗯，"初一点点头，"我帮你拿口……口罩的时候看……到的。"

晏航啧了一声，没说话。

初一有时候细心得让他吃惊。

他的确是很久没把刀带在身上了，那把折叠刀是老爸给他的，打从拿到手那天开始，他差不多就天天带着，一直到老爸自首。

不过如果初一没说，他也不得记得了。

晏航点名要吃的这家音乐餐厅，一看就很贵，餐厅在四楼，一进电梯，就看到了穿着餐厅制服的服务员站在里头。

"二位到几楼？"服务员问。

"四楼。"晏航说。

"欢迎用餐，"服务员帮着按了四楼的按钮，"是几位呢？"

"就俩人。"晏航说。

电梯到了四楼，服务员领着他们进了餐厅，给他们找了个靠窗的位置，拿来了菜单，又问了一句："需要推荐吗？"

"推荐吧，我们第一次来。"晏航点头。

服务员给推荐了几个菜，晏航一边看菜单一边点好了三个菜。

"请先用茶，"服务员上了茶，"菜很快就来。"

"三个够……够吃吗？"初一等服务员走开了之后小声问了一句。

"够了，"晏航说，"你要是看一眼菜单，就会觉得一个菜都够了。"

初一愣了愣，笑了起来："不用帮……帮我省钱。"

"一会儿不够了再点嘛。"晏航说，"现在你是经济支柱，不要浪费。"

"哦，"初一点点头，往旁边看了一圈儿之后又小声说，"好高级，一看就……就贵。"

"是的,我都嫌贵。"晏航说。

"你毕竟今……今时不……同往日了,"初一说,"要珍惜眼……眼前的菜。"

"滚蛋。"晏航笑着说。

初一喝了一口茶,茶有一点点甜,还带着点儿焦香味儿,不知道是什么茶,很好喝。

他喝了两杯之后才停下,看着晏航:"你真辞……职了啊?"

"嗯,"晏航也喝了两口茶,"不过还得回去办交接,总监明天要找我聊聊,不知道想说什么,今天我当着他的面辞职的。"

"总监是……是总……跟你说英……英语的那个吗?"初一问。

"是,他人还挺好的,也没什么架子。"晏航叹了口气,"要不是胖子,我三年之内肯定不会走。"

"走都走……了,就不……不想这个了。"初一说,"你赋……闲在家的时……时候有什么打……算吗?"

"这口气,"晏航托着下巴看着他,"挺像个家长啊?"

"金主。"初一纠正他。

"行吧狗金主,"晏航勾勾嘴角,"我还没想好。先休息一段时间,然后看看书吧,我想要不先去考个证。"

"什么证?"初一问。

"口译的,"晏航说,"以前老崔不就让我去考嘛,一直也没考,现在有时间,就想试试,如果以后还做西餐,这个也有用。"

"好啊,"初一有些兴奋,"听着比我……们的证高级。"

"你们什么证?"晏航问。

"汽车维……维修工。"初一说。

"挺土的。"晏航笑了起来。

"而且还……还是……初级,"初一说,"今年考……完了要过两……两年才能考中……中级。"

"再过两年你也没多大,"晏航有些感慨,"小不点儿,别人还在上大学,你都能考中级职业资格证了啊。"

"啊,"初一想了想,"我还这……这么小,我老觉……觉得自己年……年

第三十章

纪很大了。"

"个儿是挺大了，"晏航说，"身材也很好……给你看个照片。"

"又偷拍我了？"初一凑过去。

"嗯，"晏航按亮手机，把屏幕转过来对着他，"看。"

"……什么啊？"初一看到了锁屏图片。

晏航用他的照片锁屏，他还是很愉快的，但图片上是他的背影，确切地说，是他弯着腰的时候被拍下来的屁股。

"这个腚，"晏航说，"很性感。"

"你有……没有斯……斯文点儿的词……了啊？"初一看着晏航。

"好腚。"晏航说，"今天小姐姐们都夸你很性感。"

"人也没……没说是我……我的腚性……感啊。"初一说。

"我说的。"晏航说。

"啊！"初一看着他，"我知……知道你想说……什么。"

"我想说什么？"晏航问。

初一清了清嗓子。

晏航愣了一会儿才突然笑了起来，靠回到椅子上冲着他一通乐。

"你对金……金主还能……不能给点儿面……面子了啊？"初一被他笑得有点儿想脸红，"再笑抽……你了啊。"

"我真没想。"晏航边笑边说，"真的。"

"……哦。"初一低头喝了一大口茶。

"不过我很感动，"晏航说，"你身为金主，还时刻惦记着我的福利。"

"菜来了！"初一看到服务员端着一个托盘走了过来，赶紧坐直了，盯着托盘，"菜来了，别说了。"

服务员端着托盘从他身边走过，往前面那桌走过去了。

他愣了愣。

晏航顿时笑得趴到了桌上，半天都没起来。

他只能哼了一声。

高级音乐餐厅的这顿饭，吃得还是挺愉快的，就是结账的时候初一感觉自己又开了些眼界。

不过比起当年烫伤膏都不舍得买的他来说，现在的他已经基本能够平静接受了,毕竟有收入,而且还是两份收入。

"现在直接去奶茶店对吧?"晏航问。

"嗯,"初一点点头,"我跟贝壳儿说……说了晚点儿到,时间差……不多。"

"养个吃闲饭的不易啊,"晏航搂着他的肩,"从早忙到晚……开学的话汽修厂是不是就不去了?"

"去,"初一说,"没课就去,我们下……下学期课少……少了很多,都是实践课了,跟王老师说……说一声就行。"

"辛苦了。"晏航说。

"为人民……服务。"初一说。

说辛苦的确挺辛苦,修车既是技术活,也是体力活,但对于初一来说,更多的却还是充实的感觉。

开学之后的生活,比起放假的时候更充实了。上课修车做奶茶,让初一觉得自己简直是个能人。

超级金主。

而且不仅仅是充实,赋闲在家的金主家要饭的,看完书无聊了,有时候还能来探个班,虽然也就是露个脸,但每次都能让他开心老半天。

虽然周末的白天他也还是要上班,但晏航不忙了,可以有大把时间给他做顿好吃的晚餐。

这种日子,实在是美滋滋。

想起来初一都会觉得自己嘴角要拉不住了。

天气转暖之后,学校正式的实习就开始了,宿舍里几个人都被安排了地方实习。

不过周春阳和吴旭、高晓洋没有去学校安排的地方。

周春阳大少爷,家里给找的所有地方他都没去,说是要先休养生息。

"我累了快两年了,"他躺在宿舍床上,"我要休息。"

"你难道不是休息了快两年,得起来累一累了吗?"高晓洋看着他。

"你懂什么,心累知道吗?心。"周春阳指了指自己胸口,"我当初为什么来这儿,我以为这儿能玩车。"

"是玩车啊。"初一说。

"玩的都是破车,"周春阳说,"全是零部件,待时间长了我都快不知道整车什么样了!我现在看车的时候车在我眼里都会自动拆解,心累得很,我要休息。"

初一笑着没说话。

周春阳家里有钱,心累不累都可以什么也不干,说羡慕也挺羡慕的,但真让他也这样,他估计会有些不舒服。

大概是因为他家的那个样子,他也根本没法想象什么也不干就躺在家里玩的情形,总觉得第一反应就是姥姥会拿个锅抽他。

想到姥姥,他又有些怅然,多久了也不知道,他一直没再见过姥姥姥爷,也没再见过老妈,甚至连声音都没再听过。

如果不是老爸偶尔会在他和爷爷打电话的时候跟他说两句话,他都有种自己是个孤儿的错觉。

"狗哥!"晏航在客厅里喊他,"你爸的电话!"

"哦!"初一擦着头发从浴室里走了出来,有些不太情愿地拿起了手机。

老爸已经跟他隐晦地提过两次想要过来了,他都没有接话。

他不打算主动让老爸过来,但如果老爸一定要过来,他也不会拒绝,帮着租房什么的都没问题。

只是老爸说的相互有个照应的这个照应,他还不确定接不接受。

老爸还年轻,他希望老爸能找个工作重新开始,而不是完全靠自己去照应他。

"初一啊,"老爸的声音传了出来,"下班了吗?"

"下了。"初一说,老爸终于记住了他现在上下班的时间,还有兼职的工作是做奶茶。

"到家了啊?"老爸问。

"嗯,"初一应了一声,"准备吃饭。"

"你现在是不是没在学校住了?"老爸又问。

晏航的电话响了起来,初一凑过去看了看,是崔逸打过来的,晏航接起电话,在他屁股上拍了一巴掌,进了卧室。

"在学校,"初一说,"现在还……还是实习,下个月才拿毕……业证。"

"哦,这样。"老爸似乎还在思考,"那如果我……要过去的话,是不是得先租个房?"

初一顿了顿:"你要过来吗?"

"是啊。"老爸笑了笑,"以前车队有个同事,那个罗叔叔你记得吧,我最近刚知道,他现在就在那边呢,所以我就想过去看看,看能不能找个合适的活儿干着。"

初一记得罗叔叔,跟老爸差不多的年纪,老妈以前总说罗叔叔跟老爸一样窝囊。不过这都不是重点,老爸居然会跟以前的同事联系,这让他很意外。

按老爸的性格,这应该是实在逼得没办法了,而且他也的确是想找个工作。

"我帮你把房……房子租好,"初一说,"你再过来吧。"

"哎,好好,好,"老爸声音顿时轻松了,"我先给你把房租打过去吧,你也刚上班。"

"不用,"初一说,"房租我有,你不……不用管。"

跟老爸又聊了几句之后,他挂掉了电话。

听得出老爸很高兴,只要老爸不一直窝在爷爷那儿,愿意找事情做,他也挺高兴,他打算这两天就帮老爸打听一下租房的事。

他走到卧室门口,晏航正好挂了电话。

"崔叔?"他问。

"嗯,"晏航点了点头,把手机扔到床上,走到他面前,"狗子。"

"啊。"初一应了一声看着晏航,感觉他脸上的表情有些紧张,"怎么了?"

"下周一要开庭了。"晏航说。

"啊!"初一先是一愣,接着也猛地紧张起来,"开……开……开庭了!"

"嗯,"晏航看着他突然笑了起来,"哎!你真是……我紧张啊,你比我还紧张。"

"我不紧……紧张,"初一赶紧伸手抱紧晏航,在他头上摸了摸,"来,狗哥摸……摸头,小航航不怕。"

晏叔叔的事终于要开庭了,虽然崔逸的意思是基本没什么问题,刘老师也已经准备得很全面了,但终归是个命案开庭,别说晏航了,初一也紧张得想要哆嗦,何况他本来就是个容易紧张的人。

不过为了给晏航稳定情绪,他一直表现得很稳重冷静,甚至没耽误去给老爸打听租房的事儿,还让晏航也帮着打听,他想让晏航觉得一切如常,也想分散一下晏航的注意力。

晏航说如果这次庭审顺利,过一段时间晏叔叔就能出来了。初一希望他能

第三十章

平静地等到时间去接晏叔叔。

"你准备给他租个什么档次的房?"晏航窝在沙发里拿着手机慢慢划拉着。

"一居室就……就行吧,"初一说,"他一个人,也住不了太……太大的,地段也不……不用太讲究。"

"你毕业了也就没宿舍住了,"晏航看着手机,"他会不会让你过去跟他一块儿住?"

"我不去,"初一想也没想,"我来……来这儿。"

晏航笑着抬头看了他一眼:"我这儿也就是个一居室。"

"我又不……不占地儿,"初一说,"我还是金主,我给你交……交房租。"

"那行。"晏航点点头。

"那,"初一突然想起来,"晏叔叔……"

"要是以前呢,他肯定跟我一块儿住,"晏航说,"现在知道咱俩的关系,他肯定要自己找地儿住。"

"哦。"初一突然有些内疚,这么多年,出事儿之前晏叔叔和晏航都没有分开过,从来都是一起来一起走,租了房一起住。

现在突然从看守所出来,就不能跟儿子住一块儿了,多伤心啊!

"我爸这个人,"晏航把脚踩到他后背上,"也说不准他能不能安定下来。他这辈子就没安定过,现在猛地一下就待在这儿,不出去转悠了,可能还不习惯。"

"他还……还会到处跑吗?"初一转过头,"凶手都……抓……住了啊。"

"他这么多年的生活方式就那样,我刚来的时候都不习惯,何况他。"晏航叹了口气,"他现在又没什么牵挂了。"

"哦。"初一也叹了口气。

晏叔叔还真是个浪子啊。

给老爸找房子也不是特别容易找,晏航跟以前同事打听的都太大了,动不动就三室四室,还海景房,这种房子租金他负担不起。

折腾了好几天,还是汽修厂的江师傅帮问到一个一居室,就是位置稍微偏一些,这个问题倒不大,初一打算去看看。

"跟我一……一块儿去吧。"初一看着晏航。

"行。"晏航点点头。

离开庭的日子越来越近,晏航也越来越不爱动弹,窝在沙发里或者飘窗上抱着书,但有时候视线会长时间停留在一个方向,一看就知道是在发呆。

初一除了拉着他一块儿去看房子,一时半会儿也找不到什么合适的能让晏航转移一下注意力的办法了。

当然他还有大招儿,不过现在他俩的情绪都不算太好,大招儿使出来怕效果不尽如人意……

"这房子内部挺好的,"房东打开了门,"去年我刚装修过,东西都是新的,都能用。"

初一和晏航跟在房东身后走进了屋,里面的确都挺新,墙都还是雪白的。

"外面楼面就没办法了,毕竟是老楼了,"房东说,"但是周边生活设施都齐全,过日子很方便,超市菜市场什么的都有。"

"嗯。"初一点点头,进厨房看了看,这厨房虽然没多大,但比起原来家里的厨房,也都算很好了。

屋里就这么点儿面积,转了没到十分钟,也就没什么可看的了。

初一看了晏航一眼。

"我觉得还行,"晏航说,"刚过来看公交车站也没多远。"

"对,车站近,到市区有两趟车呢,"房东说,"还是挺方便的。"

初一没有租房经验,晏航说行,他就也觉得挺好了,于是当场就跟房东签了协议,交了钱拿上了钥匙。

房东临走的时候又交代了一下哪个超市的生活用品比较全。

"你爸一个人住这儿挺合适了,"晏航又转了转,"就算带个人回来,也够住。"

"带个人?"初一看着他。

"他才四十出头吧?"晏航说,"找个女朋友也正常。"

"……还没离……离婚呢。"初一说。

"你妈都失踪了,"晏航摸摸他后脑勺儿,"不过你爸怎么想就随他吧,这事儿你也管不着。"

"嗯。"初一点点头。

老妈说是要离婚,但自从老爸被抓她失踪之后,就再也没有出现过,老爸

第三十章

就被她这么晾着了,要真又找了个什么女朋友,也并不稀奇。

初一叹了口气,这世界上像他们家这样的家庭,不知道还有没有第二份了。

从租房的地方出来,晏航伸了个懒腰,又拿出手机看了看时间:"转转再回去吧。"

"好,"初一马上点头,晏航能主动提出要转转让他松了口气,"去哪儿?"

"看楼盘去。"晏航笑了笑。

"什么?"初一愣了。

"挺远的,打车贵,坐公交吧,"晏航说,"我昨天在手机上看王姐说有个新楼盘在近郊,很便宜。"

"看房啊?"初一总算明白了,手指在自己和晏航之间来回指了两下,"咱俩?看房啊?"

晏航笑了起来:"怎么了啊,看房又没让你买房,能不能有点儿金主范儿啊?"

"看……什么看?"初一一挥手,"给你买。"

"没错,"晏航点头,"就是这样。"

坐在公交车上往那个据说便宜的楼盘去的时候,初一忍不住问了一句:"你怎么突……突然想看房啊?"

"不知道,"晏航说,"就刚房东带着给介绍屋子的时候,我就觉得……说不上来什么感觉,就挺有意思的。"

"啊。"初一看着他,没明白这有什么意思。

"会下意识地就看屋里,这里放什么,那里放什么,这里应该弄幅画,那里可以放盆花……但是一想,这也不是自己的房子,这么折腾又觉得亏了。"

"所以就假……假装买房,过个瘾,"初一点点头,"懂了。"

晏航笑着没说话。

这个楼盘大概因为是在近郊,所以来看的人不算太多,但也基本把售楼的小姑娘给占光了。

估计他俩这样的顾客也不像是马上能买房的,所以没人招呼,这让初一感觉有点儿尴尬。

· 425 ·

晏航倒是很自在，先拉着他看了一遍沙盘，然后挑了个觉得不错的楼，直接就过去了。

楼盘还在建，门什么的都没装，他俩直接进了之前看好的那套房。

"一楼还带个小院子，"晏航说，"可以种点儿东西。"

"菜吗？"初一问。

"……你还能不能行了！"晏航看了他一眼，"你爷爷一个老头儿种的都是花，你一个十八岁小伙子想种菜。"

初一笑了笑："那种花。"

进了屋之后晏航转了转："户型跟老崔那套有点儿像。"

"崔叔的房……房子是买的吗？"初一问。

"嗯，他买个房还是轻松的，"晏航说，"不像我爸，这辈子光浪了。"

"各有各的活……活法。"初一说。

晏航转过头笑了笑："是啊。"

看房子能看两个小时，这是初一之前没想到的。

晏航带着他楼上楼下地转悠着，本来他只觉得晏航想看，他就陪着看，转了一会儿之后，他突然明白了晏航为什么会想要看。

挺奇妙的。

虽然买不起，但每次看房子，都会忍不住想着，如果这是我家，我会想要什么样的结构，要高层还是要一楼，要院子还是要露台，屋子应该怎么排列，各种空间要怎么去设计。

这种想象让会让人充满期待和向往。

有那么几个瞬间，初一都觉得这是他和晏航的房子了，下一秒他们商量好就要住进来了。

他忍不住嘿嘿地乐了好一会儿。

但想想不知道这个愿望什么时候才能实现，又觉得有些怅然，叹了口气。

"要疯了吧？"晏航说。

"啊，"初一揉揉鼻子，"我想买……买房子。"

"先买车吧，"晏航说，"挑个好歹努力一下就能实现的愿望先实现了。"

"应该去看车……车展了！"初一一拍手，"车展！"

车展得到国庆才有规模大的，这会儿离国庆节还有些日子。

第/三/十/章

而且从现在到国庆,中间还夹着很多事儿。

比如晏航要考证,比如他要毕业,也要考证,老爸还要过来……

最重要的是,要开庭了。

崔逸跟晏航聊了两三次,确定他是不是真的不去旁听。

晏航的决定都是不旁听了。

"真不听吗?"初一问。

"不敢听。"晏航说。

"你还……还有不敢的……事儿啊?"初一说。

"嗯,我不是谦虚,这事儿我是真㞞,"晏航仰头靠在沙发里,"我真不敢。"

"那要不我……我过去听,"初一想了想,"然后告……诉你?"

"不要,你得陪着我,"晏航说,"在法院门口蹲着。"

初一愣了愣:"门口?"

"嗯,"晏航偏过头看着他,"我不敢去听,但是……"

"想偷看。"初一说。

"老崔说可能会从正门走,说不定能瞄着一眼,"晏航说,"我就想……看看我爸现在什么样了。"

"英俊,"初一说,"帅气。"

晏航看了他一会儿笑了起来:"你这个狗屁精当得真敬业。"

初一跟着也笑了:"那我陪你蹲……蹲门口。"

崔逸比他俩提前一天过去,初一和晏航在开庭前一天下午到的时候,崔逸已经在他住的酒店帮他们订好了房间,酒店离法院很近,走路过去大约二十分钟就到。

"我都没……没来过这边。"初一趴在房间窗台上往外看着。

"你还是这片儿长大的呢!"晏航靠在窗边,点了根烟,"你是不是一直就在你家附近那两条街活动啊?"

"不止两……条街,"初一说,"去学校,去菜……菜市场,还……有商场,有个七……八条街吧。"

"那我还小看你了啊?"晏航笑着说。

"嗯。"初一点头。

"回来的事儿没跟你爷你爸他们说吧?"晏航问。

· 427 ·

"没说,"初一说,"我爷他们还……还好,我爸知……道了怕他尴……尴尬。"

晏航叼着烟,看着远处。

"要跟崔叔和刘……刘老师吃……个饭吗?"初一问。

"不用,"晏航拍拍他,"他俩今天晚上没空理我们,你想吃什么一会儿咱俩就去吃。"

没什么想吃的,也许是在这里长大,初一觉得无论什么食物,都挺平常的,特别是眼下这种情况,放个烤全羊在他面前,他估计也没什么胃口。

晏航就更不用说了,抽第二根烟的时候连烟都忘了点,搁嘴里嘬了半天都没发现,初一给他点上的时候还把他吓了一跳。

"算了不抽了,"晏航抽了两口把烟掐了,"吃饭去。"

酒店这条街还挺热闹的时候,他俩沿着街随便走了一段,找了个饭店,没滋没味儿地吃了一顿。

连饱没饱都没太感觉出来。

初一按了按肚子。

"没吃饱?"晏航马上问。

"不是,"初一对于晏航在这种情况下还能第一时间注意到他的小动作非常感动,"我就是确……确定一下我吃……没吃。"

"怎么比我还紧张?"晏航笑了。

"我本来想装……装得比你镇……定一些,"初一叹了口气,学着晏航的样子,把胳膊搭到他肩上,"但是我还……还小,装不来。"

"以后这种不要脸的话只能悄悄跟我说,"晏航上上下下打量着他,"都快比我高了,还成天说自己小,脸都大成饼了还小呢。"

"比你小,"初一说,"就可以说小,我是小……可爱。"

"抽你啊!"晏航看着他。

"我是大……大可爱。"初一改了口。

"……行吧。"晏航叹了口气。

这一夜晏航没睡着,初一自然也跟着睡不着。早上崔逸打电话给晏航的时候,他俩已经在房间里坐了快一个小时了。

"老崔说他和刘老师一会儿就直接过去了。"晏航说。

第三十章

初一猛地一下站了起来:"那我们也走……走……走……走……"

"走啊走,"晏航嘴角带着笑看着他唱了一句,"走到九月九……"

"这种老……老年人才会……唱的歌,"初一喷了一声,"你都会。"

"走吧,"晏航站了起来,原地蹦了蹦,"去暗中观察。"

"什么时……时间开始啊?"初一跟在他身后走出了房间,小声问着。

"不确定呢,说是先得从看守所提人,"晏航似乎是想找件衣服换上,但蹲在自己的包跟前儿摸了半天却什么也没摸出来,"提了人到法院之后……"

初一伸手从包里拿了件T恤出来放到他手上。

晏航看了他一眼。

"小航航不紧……紧张。"初一在他脑门儿上弹了一下。

"嗯。"晏航笑了笑。

初一又伸手在他脸上来回搓了搓:"放松。"

"嗯。"晏航点点头。

他俩到法院门口的时候,四周非常安静。

看不到什么人,大楼里有两个人顺着台阶往里走,看上去一片平静。

不,不是平静,就是特别庄严,初一每次经过法院都会莫名其妙地紧张,总觉得走慢了就会被人抓进去。

也不知道为什么。

哪怕是眼前这个并没有多大,看着也没有别的法院高级的法院。

法院附近没什么可以待着的地方,晏航拉着他进了一家茶叶店,就在法院对面,隔着玻璃能看清大门附近的动静。

老板给他们上了壶茶,同时介绍着茶叶。

不过晏航明显听得心不在焉。老板往对面看了一眼:"是今天有认识的人要开庭吧?"

"嗯,"晏航收回目光,"我们一会儿买茶叶,就这个吧。"

"没事儿,"老板笑了笑,"先喝着吧,不买也没关系。"

"谢谢。"初一说。

老板起身走开了,坐到了另一边的摇椅上慢慢喝着茶。

等待的时间很漫长,他俩到的时候是差不多九点,崔逸说不会这么早,因为还要提人,他俩这会儿到了估计还得等一阵儿。

初一一开始还想象了一下,如果见着晏叔叔人了,会是什么样的场景,晏航会不会一路飞奔过去,大喊着"老狐狸",然后晏叔叔回头,泪流满面。

后来就不想了,觉得自己的想象力有点儿太匮乏而且太狗血,特别是在抓住晏航手的时候,他发现晏航的手冰凉,顿时就什么也不想了。

就握着晏航的手拼命搓着。

一直搓到快十点,晏航有些坐不住了,初一也能感觉得到,他几乎跟晏航同时站了起来,快步走出了茶叶店,往对面的大门走了过去。

跟初一过了街走到法院门口,晏航觉得步子老有些踏空。

这要是让老爸知道了,不知道会怎么嘲笑他呢。不就是来瞄一眼人吗?还至于紧张成这样……

登记之后往里走了没两步,初一突然猛地拽了一下他的胳膊。

晏航回过头,看到从大门外转进来一辆法院的车,他顿时定在了路边。

虽然崔逸说了有可能瞄得着人,但晏航在心里一直是做着两种准备的,看得见,看不见。

这会儿看到车开过来,他估计应该是能看到,顿时就有些喘不过来气儿了。

多久了?

两年多了?

还是三年了?

还是一年多?

不,一年多怎么可能……两年?三年?

车开到了法院大楼的台阶前停下了,晏航盯着车门,下意识地往旁边捞了一把,抓住了初一的手,狠狠地捏紧了。

"啊啊。"初一小声地喊了两声。

他听见了,但是也没松手。

车门打开,先下来的是法警,接着是……嫌疑人。

晏致远。

只凭半个后脑勺儿,晏航就能认出来这人就是老爸。

头发剪得很短,他认识老爸这二十年,从来没见过他剃过这么短的头发。

第三十章

老爸跟法警一块儿顺着台阶往里走。

晏航觉得眼前有些发虚,像是蒙了一层雾,但还是能从老爸走路的姿势看出来,应该是戴着手铐,脚底下看不清,不知道有没有脚镣。

马上要进去的那一瞬间,老爸突然定了一下。

初一突然觉得非常佩服晏航和晏叔叔之间的这种默契,哪怕是在这种情况下,两个人居然都还能做到同步。

晏航在晏叔叔转过头的同时,转过了身,背对着大楼。

而他还什么都没反应过来,愣在那儿瞪着晏叔叔那边。

距离有些远,他完全看不清晏叔叔的表情,但就在他转头又转回去的这短短不到一秒的时间里,他感觉似乎能看到晏叔叔嘴角的笑容。

站在原地老半天之后,初一才把自己一直被晏航死死抓着,感觉都快骨折了的手抽了出来,用力甩了几下。

晏航看着他:"进去了?"

"嗯。"初一点点头。

晏航开口的时候眼睛里还有很不明显的泪光,说完之后眨了眨眼睛,就恢复了平时的样子。

"他穿的是我给他买的衣服,那件T恤,"晏航说,"现在不用穿着看守所的衣服开庭了吗?"

"应该是不……不用了吧?"初一说。

"真遗憾,"晏航说,"不能嘲笑他衣服难看了,不过还可以嘲笑手铐。"

"嗯。"初一笑着点了点头。

"还换发型了,估计是推子推的,"晏航说,"他最不喜欢头发这么短了,说显二。"

初一没说话,看着晏航。

晏航又说了很多,对晏叔叔评头论足了一番,还顺便推测了一下他在庭审时会是什么样的表情。

无论是语气还是神态,晏航看上去都很轻松。

但初一光听他这一串串说个没完的话,就知道他并不轻松,甚至他说这么长时间,连姿势都没变过,一直是刚转过身时的样子。

"晏航。"初一打断了他的话。

"我觉得到时……嗯?"晏航停了下来。

"没事儿了,"初一说,"肯定会顺……顺利的。"

"嗯。"晏航终于动了一下,低头轻轻跺了一下脚。

"他刚进……进去的时候,"初一说,"冲咱们笑……笑呢。"

"是吗?"晏航抬起头。

"啊,"初一点点头,"我看到了。"

晏航看着他,过了好半天才喷了一声:"肯定是个意味深长的笑……上回去见我妈的碑你都吓得顺拐了,刚见着我爸你没吓得跪下啊?"

"啊!"初一愣了愣。

本来初一的注意力大部分都放在晏航身上,还有一小部分留着替晏航观察晏叔叔,别的他都没有去想。

这会儿猛地反应过来之后,迟来的紧张顿时让他后背泛起一阵毛毛汗。

"走两步我看看,"晏航笑着说,"顺拐了没?"

"你有本……本事回头……看看。"初一说。

晏航喷了一声:"学坏了。"

初一笑了笑。

晏航不敢回头,哪怕是知道晏叔叔现在已经进去了,连押人的车也开走了,他还是不敢回头。

这种感觉初一无法体会,只知道晏航这会儿心里肯定各种滋味儿都有。

两人都没再说话,就那么站在法院大楼外面的台阶下头愣着。

愣了挺长时间,晏航才说了一句:"出去吧,反正人见着了,不用在这儿等着了。"

"哦,"初一转过身,跟他一块儿慢慢往外走,这会儿没什么公开庭审的案子,所以整个法院都没什么人,他俩待这儿的确挺扎眼的,快走到大门口的时候他又回头看了一眼,"不等出……出来的时候再……看一眼吗?"

晏航喷了一声:"我还巴巴儿等着啊,让他发现我在外头站这么久,不得笑死!不能给他这个机会。"

"也是。"初一笑着点点头,"那如……如果刘……老师够厉……厉害,能被判为无罪的话今……今天能出……来吗?"

第/三十/章

"老崔说了，"晏航说，"这种案子不是当庭宣判，得择日，择日宣判完了，如果无罪，那会儿才会释放。"

"啊，"初一想了想，"那在这儿……等吗？"

"不等。"晏航说，"你明天得回去上班，你不挣钱，咱俩就饿死了，我马上要考试。"

"那释放的话要……要来接吗？"初一问。

晏航叹了口气，看着他："你真能操心啊。"

"我也不……操心别人。"初一说。

"不接了，老崔的意思是他把人带回去就行。"晏航说，"我爸那个人吧，也不习惯这种久别重逢眼泪哗哗的场面。"

"懂了，"初一笑笑，"那回去吧。"

晏航订的票是大半夜，一是方便在开庭结束之后跟崔逸和刘老师再见个面听听情况，二是半夜的票便宜。

对于第二点，初一是持怀疑态度的。

"你不会图便……便宜，"初一说，"你是赶时……间让我明……明天能上班。"

"那不是一样吗？"晏航举起两根手指，"双重省钱，票钱省了，还能多上一天班多挣一天的钱。"

"……是哈？"初一看着他。

"相当是啊。"晏航说。

"奴役金……金主第一人，舍你其……其谁！"初一说。

"找个汽修工当金主的也就我了，"晏航说，"我不逼紧点儿还得回头要饭去。"

初一笑了起来，晏航跟着他笑了好半天。

开庭的时间其实不算太长，比初一想象中的要短。

他和晏航中午随便在酒店吃了点儿东西，崔逸和刘老师就回来了。

"我去他们那边聊聊，"晏航说，"你先睡会儿吧。"

"嗯。"初一应着。

他其实也挺想跟着过去的，但又觉得不太合适。

主要是他老觉得这个开庭就得从早开到晚，要不怎么能把晏叔叔这些年

· 433 ·

付出的精力,那些无论对错无论旁人是否能理解的事情都一一说清呢。

在他看来,晏叔叔不仅仅只是一个牵涉两起命案的嫌疑人,他就像本故事书,你不翻开了一页页看,是看不懂的。

晏航去了崔逸房间之后,初一坐在床上愣了很久,然后打开了电视。

听到熟悉的音乐时,他才发现,自己有两年没看到本地这几个他从小看到大,看了十几年的电视台了。

这会儿正在播一个口水节目,几个主持人非常尴尬地聊着天儿,以前姥姥还挺喜欢看的,这节目时不时会聊点儿家长里短,婆媳打架儿子打亲妈之类的内容,姥姥每次都看得嘎嘎乐,谁家有点儿不顺心,哪怕是电视上的,她都会特别高兴。

初一看了一会儿,发现两年不见,几个主持人都还是原来的,连发型都没换个新的,但是明显能看出来变老了。

很神奇的感觉。

也猛地有些恍惚,现在如果突然看到老妈,会不会也有同样的感觉?

不过也不知道还能不能再见着了。

他靠在床上,就那么瞪着电视。

感觉自己一直醒着,但是估计是睡着了。

因为晏航什么时候进的房间他都不知道,晏航在他脸上拍了两下,他才猛地一下坐了起来,居然还有个睁开眼睛的过程。

"睡着了啊?"晏航看着他。

"没……没注意。"他迷迷瞪瞪地回答。

"睡着了居然还能没注意?"晏航笑了起来,"不愧是狗哥。"

"怎么样?"初一回过神来,想起了晏航之前出去的原因。

"刘老师的意思是没什么问题了。"晏航说,"他说话一直很谨慎,如果他都说没什么问题,那应该就是没什么问题。"

"啊。"初一有些激动。

"这次也没让你爸出庭作证,用的是书面证词,"晏航说,"如果对证词有异议,就会让你爸出庭。"

"那说明没……没异议。"初一说。

"嗯。"晏航坐到床沿儿上,"虽然老崔也说过,是否能认定无罪的核心证据肯定不会只是你爸的那份证词,但再怎么说也还是有利的。"

"什么时……时候能宣判?"初一问。

"两个月之内,"晏航说,"最多不能超过三个月。"

"那你考……考完试,"初一说,"就能见到晏……叔叔了。"

晏航没有说话,轻轻舒出一口气,躺到了床上。

初一也没再说话,挨着他也躺回床头,继续看着他曾经很熟悉现在看着却像是回忆的电视节目。

没过多长时间,他听到了晏航很轻的鼾声。

他挺意外的,晏航在这样的时间,在这样的环境里能这么随便一躺就睡着了,比他睡着了却没注意到更神奇。

他往旁边轻轻挪开了一些,以免自己有什么动静把晏航吵醒了。

晏航这一觉睡得时间还挺长,差不多两个小时,都到晚饭时间了,都还没醒。

初一看了看手机,下床去楼层服务台叫了个送餐服务。

服务员到房间送餐的时候,晏航才醒了过来。

"你睡着了。"初一把点的两份套餐放到桌上。

"嗯。"晏航笑笑,进浴室洗了个脸出来,"还做梦了呢。"

"梦见什……么了?"初一问。

"我爸。"晏航坐下,看着桌上的饭菜,"还有好多以前的事儿,跟临死之前来个跑马灯回忆……"

话还没说完,初一伸手在他嘴上用力弹了一下。

"哎,"晏航摸了摸嘴,"我就随便说一嘴,你这汽修工的手劲也太大了。"

"吃饭吧,"初一坐下,"没几天就……就能见面了,用不上跑……马灯。"

是啊,应该是过不了多久就能见面了。

晏航觉得自己挺奇怪的,从老爸出事到自首,他虽然情绪波动都挺大的,但还没有像今天这样,想老爸想得不行,就像个只有几岁的小孩儿,想爹想得都犯困了。

其实他并不愿意这样疯狂地想念老狐狸,显得他好像多脆弱似的,没了爹还不行了,但他又的确控制不住自己。

也许是突然感觉真的有希望了,就在前面了,再过一个多月说不定就能见着老爸了,毕竟这么多年,老爸一直是他心里的支柱,哪怕带来各种不安全感的源头都是老爸,那也还是他的支柱吧。

"好好复……复习,多听材料,多说说,"初一去上班的时候交代他,"没几天就考……考试了,你英语这……这么牛,三级要是都考……不过就非常丢……人了。"

"知道了。"晏航戴上了耳麦。

"还好没直……直接报二级。"初一一边穿鞋一边说。

晏航拿起手边的一筒卷纸扔过去,正中初一脑袋顶。

"人生苦短,"初一把纸捡起来放到沙发上,"珍惜光……光阴。"

晏航一把拽掉了耳麦,从飘窗上跳下来,往门边冲过去。

初一迅速抓起自己的包,打开门逃了出去。

可惜电梯离他们这层还有点儿远,晏航追出门的时候,他还在电梯门口站着。

"珍惜眼……眼前人,"初一蹲下抱住脑袋,"就这一……一个,打坏就没了。"

晏航在他屁股上踢了一脚:"起来!"

"算了吧,万一邻居出……出来看……看到打人,"初一说,"不太好。"

"应该给你来个直播。"晏航摸了摸兜儿,手机在屋里没拿出来。

"过气主播翻……翻红之后立……立马暴打摇……钱树。"初一说。

"电梯来了。"晏航叹了口气。

初一看了一眼显示屏,站了起来:"走啦,上班去了。"

"去吧,一寸光阴一寸金。"晏航说。

看着初一进了电梯,他才转身回了屋里。

初一特别喜欢说"上班去了"。

这话的重点应该是上班,当初活得小心翼翼的小狗子,现在完全没靠着家里一分一毫,居然顺利地开始上班了。

非常值得天天念叨一回了。

晏航坐到飘窗上,拿起书,又靠着窗往外看着。

没过一会儿,看天灵盖都能看出活力和愉快来的初一从楼里走了出来,甩着胳膊往前走。

第三十章

走了二三十米之后,突然一扬胳膊,举起手冲后面比了个V。

虽然没回头看,但晏航知道这是冲他比的,笑了半天,这小孩儿还学会耍帅了。

晏航的考试挺顺利就考完了,初一甚至没觉得他去考试了,上班的时候他还没走,回来的时候他已经考完了。

"怎么样啊?"初一问。

"没问题,"晏航说,"十一月我再去把二级考了吧。"

"真的没……没问题啊?"初一对考试这种事儿有阴影。

他离开家之前每次考试之后都得被老妈和姥姥嘲讽至少一个月,就算上中专之后他每次考试专业成绩都是第一,也还是很难修复他对考试的印象。

"真没问题,我有感觉,"晏航说,"你就别紧张了。"

"嗯,"初一叹了口气,"今天我爸打……打电话了,后天过……过来。"

"你爸也挺磨蹭的,"晏航说,"房子租好都半个月了。"

"他一辈子就……换过两……两次工作,"初一说,"我感觉他是有……有点儿害怕……换环境从……头开始。"

"他还不如你。"晏航说。

"我跑……跑出来那……那会儿毕竟……"初一想了想,"没退路。"

晏航摸了摸他的脑袋。

"希望我爸能……快点儿找……找到工作。"初一说。

"我也帮问问吧,"晏航说,"司机的工作他应该没问题,也不是个惹事儿的人。"

"嗯。"初一应着。

老爸是坐火车过来的,跟他当年一样。

初一站在出站口,那会儿他来的时候还没人接,自己一个人,拿着学校的通知书和小李烧烤的地址,就这么跑来了。

现在想想,他还挺勇敢的。

人群里一个出站的人举起手冲他这边挥了挥,初一看清了那是老爸,于是也挥了挥手。

"这车还挺快的。"老爸走了过来,扛着一个大行李袋。

"我拿吧。"初一伸手接过了行李。

"这都大小伙子了,"老爸看着他,"每次看到,我都得愣一下。"

初一笑了笑没说话,领着老爸往出租车站走过去。

"租房那块儿离这儿远吗?"老爸问。

"远,"初一说,"两个区了。"

"哦,"老爸点点头,"打车贵吧?"

"没事儿,"初一说,"公交车也没……没直达的。"

"哦,"老爸继续点点头,往四周看着,"这儿不错啊,建筑还挺洋气的。"

"吃饭了吗?"初一问。

"没,"老爸笑笑,"一会儿咱爷儿俩得好好吃一顿。"

初一笑了笑。

老爸的状态还行,比前阵儿看着要强,也许虽然不太适应,但是新城市新开始还是会让人有所期待。

带着老爸到了出租房之后,老爸屋里屋外转了转:"挺好的,够住了。"

"周围也挺……挺方便的。"初一说。

"嗯,一会儿就到门口那个饭店吃吧,看着挺好的,"老爸说着又拿过行李袋,"来,你爷你奶让给你带了一堆吃的。"

"啊。"初一赶紧走过去。

"还有给五颗星的,"老爸说,"五颗星是……晏航吧?"

"是。"初一点点头。

"他爸爸……"老爸说了个开头又没再说下去,低头把吃的一样样拿了出来。

晏叔叔开庭的事儿他没跟老爸说,但老爸应该知道,之前晏叔叔的案子在侦查阶段的时候,警方肯定也会找老爸问话。

只是这个事儿,他俩只在老爸释放那会儿聊过一次,就再也没有提起过了。

也不知道是因为尴尬,还是因为这件事带来的动静实在太大,改变了那么多人的生活,让人都不敢轻易提起。

"这些给晏航的,你这两天给他拿过去吧,"老爸说,"你爷做的酱鸭,怕天儿热搁时间长了会坏。"

"嗯,"初一点点头,"晚上就拿……回去给他。"

第三十章

"回去？"老爸看着他，"你俩住一块儿啊？"

"……啊。"初一点点头。

老爸只知道他俩关系还不错，但应该是想不到他俩关系不错到能住在一块儿吧，愣了半天才又继续低头把给晏航的东西一个购物袋装了起来。

初一坐在一边发呆，想找个话头跟老爸聊几句，但一时半会儿也找不出来。

好容易想到可以问问工作的事儿，刚要开口，他手机就响了一声。

"你手机响了。"老爸大概也是没话题，一听手机响，赶紧说了一句。

"嗯。"初一点点头，拿出手机看了看。

是晏航发过来的。

晚上不回来吃饭了吧，跟你爸吃一顿？

嗯，一会儿就在门口饭店吃。

房子你爸满意吗？

满意，我爷爷给你带酱鸭了，就上回你觉得很咸但是又强行说好吃的那个酱鸭，一整只。

……替我谢谢他啊。

嗯，那这么咸怎么办啊？

初一笑了笑。

我处理一下就行。

跟晏航聊了几句之后，初一觉得轻松了不少，从他和老爸之间那种本来就话少，现在又很久没在一块儿待过，所以更没话了的尴尬感里，稍微脱离出来了一些。

"是朋友找你吗？"老爸在旁边问。

"嗯。"初一点点头。

"同学啊还是同事啊？"老爸又问。

"同……事。"初一犹豫了一下。

"哦。"老爸点了点头，顿了一会儿又没话找话地问了一句，"是女的吗？看你笑得挺开心的啊。"

"啊？"初一看着他。

"哦，对啊，你们汽修厂……没女的吧？"老爸有些尴尬地笑了笑。

"也有，销售和客……客服里有女孩儿。"初一被他带得又回到了尴尬里。

一个钢镚儿/3
A COIN

"哦,"老爸犹豫了一下,"你现在是不是有女朋友啊?"

初一感觉这话题有些进行不下去了,于是笑了笑,选择了沉默。

"交女朋友也正常,"老爸说,"不用有压力。"

初一还是没出声。

"要有喜欢的,也可以带回来让我们见见嘛。"老爸笑了笑。

老爸大概是认定手机里的消息是女孩儿发的了,毕竟初一打从有手机那天开始,就没收到过什么消息,电话就更不用说了。

也许是自己刚才的确笑得太甜蜜,让老爸误会了。

"你……"老爸还想说什么,但初一打断了他的话。

"爸,"他看着老爸,"有……个事儿,我想跟……跟你说一下。"

"啊,你说,"老爸赶紧点点头,看着他,"有什么事儿你说。"

初一在开口的前一秒,还有些犹豫,非常紧张,甚至能感觉到自己手脚在开口的瞬间就变得冰凉了。

但话说了个开头之后,他猛地一下平静了下来,也许是知道自己已经豁出去了,也就没有了那些乱七八糟的担心和不安。

"我……"他清了清嗓子,"我……我……"他说了一大串。

"……啊?"老爸愣住了。

初一感觉自己好像连他的呼吸声都听不到了。

等再听到老爸的呼吸声时,是本来蹲在行李袋面前的老爸一跃而起猛地发出的震惊而震怒的喘气声。

"你说什么?"老爸瞪着他。

初一也站了起来,把那些话又说了一遍。关于他和晏航的那些事。

老爸的态度让他有些不安,但这句话说出口时他整个人都轻快了的那种感觉却压过了一切不安。

老爸吼了一声:"你疯了啊!"

"没。"初一回答。

"你让你爷爷奶奶怎么想啊!"老爸又吼了一声。

"我会跟他……们说的。"初一说。

第三十一章

Chapter thirty-one

屋里变成一片死寂。

老爸一脸震怒的表情在几秒钟之后变成了震惊,瞪着初一很长时间都没有能够再发出任何一丝声音。

初一也一动没动。

他对于自己会说出这么些话来同样感到震惊。

没有在心里彩排过,也没在心里琢磨过,甚至没有在脑子里闪过这样的念头,但却就这么脱口而出了。

眼下再次尴尬。

初一不知道现在应该怎么收场,是继续说,还是沉默,或者是离开。

老爸在寂静了一阵之后,突然抱着头一屁股坐到了旁边的椅子上。

初一顿时有些慌张。

"爸……"他往老爸那边走过去。

"你到底怎么回事?"老爸抬起头看着他,"你是不是真的脑子有什么问题啊?"

初一停下了脚步。

老爸没有哭,眼睛里满满都是郁闷和疑惑,还有隐约的怒火。

"我脑子……挺好的。"初一说。

"你说你从小……"老爸说了一半又停下了,大概是发现以"从小"这个切入点说不下去吧。

"从小也没……没人管我,"初一说,"那现在也……别管了吧。"

老爸看着他。

"我挺好的,"初一说,"从来没……没有这么……好过。"

老爸还是看着他。

"这事儿我自……自己跟爷爷他……们说,"初一说,"你别说。"

本来想再加一句你要说了我跟你没完,但想想老爸受的刺激已经挺大了,

第三十一章

这话他就咽下去没有说出口。

说完这几句,他也没等老爸开口,转身打开门走了出去。

关门的时候他又停下,犹豫了一下转身回了屋里,把爷爷带过来的那些吃的拎上,再次开门走了出去。

王姐给介绍了一份不错的工作,但晏航不是特别有兴趣,他感觉自己需要静一静,认真想想自己下一步该怎么走。

正跟王姐发消息聊着的时候,客厅的门被打开了,初一拎着两个大兜走了进来。

晏航看了一眼手机上的时间,有些吃惊,他都还没吃饭,初一居然已经跟他爸吃完饭回来了?

"你没……吃饭吧?"初一问。

"没,"晏航看着他,"你怎么这会儿就回来了?"

"我刚叫……叫了外卖了,"初一说,"两份,一块儿吃吧。"

"嗯。"晏航放下手机从飘窗上跳了下来,走到他跟前儿,"怎么了?"

"我刚跟……跟我爸说了。"初一看着他。

晏航愣了愣:"你不是去接你爸然后吃个饭吗?怎么还说到这个话题了?"

"打听我来着,"初一皱了皱眉,"实在不……知道怎么说了,就干脆说……说了实话。"

"哦,"晏航应了一声,搂过他的肩,在他后背上拍了拍,"你爸生气了吧?"

"嗯。"初一说。

"后来呢?"晏航问。

"后来,"初一说,"我就走……走了……"

初一坐到沙发上,叹了口气:"我让他别……别跟我爷他……他们说。"

"你爷爷奶奶那儿先不着急说。"晏航说。

"嗯,"初一点点头,"我也不……不是太想告……告诉他们。"

晏航看着他,过了好一会儿才又说了一句:"你真跟你爸说了啊?"

"嗯。"初一看了他一眼,"是不是觉……觉得这不……不是我的风……格啊?"

"也不是,"晏航想了想,"你现在还真就是这个风格。大概是太突然了,我比你爸还吃惊呢,就出去接个爹,饭还没吃成。"

443

初一喷了一声："你心态真……真好。"
"嗯……还好还好。"
"快毕业吧？"晏航突然转了个话题。
"快了，下个月就……毕业了。"初一说。

说起来时间过得的确很快，初一还记得他到学校报到时的所有事情，甚至门口卖铺盖卷套装的店都还没变样，现在居然就要毕业了。

不过比起别人毕业，他们学校毕业就挺简单的，考试结束之后到学校拿了毕业证，就算完事儿了，之前实习的表现好的学生继续工作，别的就自谋出路了。

"我都不……不想去吃毕……业饭，"初一看着手机上的通知，"我就跟403几……几个人熟。"

"去吧，你跟别的同学不熟，你还跟老师不熟吗？"晏航说。

"也是。"初一点点头，"而且还交……交了钱。"

"抠死你。"晏航踢了他一下。

初一笑了笑，坐在沙发里又盯着自己的毕业证看了一会儿："我真毕……毕业了啊？"

"不想毕业回去再留级一年得了。"晏航说。

"你毕……业过吗？"初一转头看着他。

"小学还是毕业了的，不过记不清了，好像学校还弄了个欢送会吧，"晏航说，"后来就跟着我爸走了。"

因为提到了晏叔叔，初一也就没再挤兑晏航是文盲的事儿。

按崔逸给的时间，晏叔叔这会儿差不多就该有消息了。晏航差不多隔一天问一次，初一看着都想回去一趟蹲看守所门口替他等着了。

"我去了啊。"初一换了身衣服准备去吃毕业饭。

"周春阳他们到了？"晏航问。

"说五分钟后到……到大门。"初一说。

"嗯，"晏航点点头，"别喝太多，你没有你想象的那么好的酒量。"

"知道，"初一笑了笑，"晚上他们要……要去唱歌，我就不……去了。"

"没事儿，"晏航笑了起来，"去吧，毕竟上回你表演念经的时候没出声，这次应该让广大女同学都听到。"

"晏叔……叔出来以后我……我们去唱吧，"初一说，"我请客。"

"然后把他吓回看守所？"晏航说。

第三十一章

"我脾气真……真好啊。"初一看着他。

"因为打不过我,所以对着我你就得脾气好点儿,"晏航喷了一声,"赶紧走,一会儿人都到了你还没出去。"

"走了。"

狗子毕业了。

虽然只是个中专,但是文凭比他硬呢。

他的小学毕业证早不知道扔哪儿去了……小学有毕业证吗?

有吧。

大概有吧,记不清了。

晏航躺到沙发上,拿过手机看了看王姐刚发来的消息。

真不去啊?我去那个餐厅吃过,挺专业的,你要是不去,我消息一放出去,可真是一堆人抢的啊。

晏航笑了笑,王姐说的餐厅他知道,跟之前他们酒店餐厅的水准差不多。

但是晏航还是决定不去了,他目前不太想再回到同类的餐厅里。

他的确是得继续工作,他的金主今天才毕业,总不能把两个人的生活都压在一个小孩儿身上……虽然他还有存款。

但是他也需要些新鲜感,不一样的类型,不一样的工作氛围,毕竟他整个成长过程都在不断的变化当中,有无数的新鲜感,无数的刺激。

这种对环境的习惯一旦形成,想要改变也并不是太容易。

在真正找到自己能待得住的工作之前,他还想多尝试一下。

一个晚上他都在慢慢查找着本地有特点的跟西餐有关的餐厅,想看看有没有什么更吸引他的地方。

九点刚过,初一就给他打了电话,说是吃完饭了准备回来。

"不跟同学去念念经了吗?"晏航说,"你也不一定非得开口啊,听听别人唱,一块儿热闹热闹也行啊。"

"算了,李子强喝……喝多了,一……一直拉着我哭,"初一说,"我受不了了。"

晏航听乐了:"你是不是干了什么对不起他的事儿了?"

"不知道,"初一说,"也许他暗……恋了我两……两年吧。"

"要点儿脸吧!"周春阳的声音从旁边传进了话筒。

"春阳骂……骂我不……要脸。"初一说。

"揍他，"晏航说，"反正他打不过你，不揍白不揍。"

初一笑了半天："我打……打车回去了。"

"给我带点儿烧烤，"晏航说，"不用太多，也不用买海鲜，就里脊、肥羊、肥牛、板筋一样五串儿。"

"……这也不少啊，"初一说，"小李的串儿多……多大啊，二十串儿还……还好意思说不……不用太多？"

"再去超市买一盒针线，要那种大粗针。"晏航说。

"干吗啊？"初一问。

"一会儿回来给你把嘴缝上，"晏航说，"这事儿我想了起码能有三年了，今天终于决定实现一下。"

初一笑得呛了一下，咳了半天："行。"

晏航没吃晚饭，按崔逸的说法这几天应该有消息的老爸一直没消息，问崔逸也问不出个所以然来，他有点儿不太想做饭。

不过饿还是会饿的，特别是在跟初一点了烧烤的菜单之后，就更饿了。

眼巴巴地盯着门，等着初一赶紧给他带吃的回来。

过了能有一个多小时，晏航感觉已经饿得想要自己去做饭的时候，终于听到了电梯到楼层的声音。

他站了起来。

门打开了，初一拎着一大兜的烧烤进来，一边换鞋一边笑着说："饿……死了吧？"

"嗯。"晏航把桌上扔着的书拿开，正想转身去接烧烤的时候，外面电梯又响了一声。

楼里两部电梯，住了这么长时间，他还是第一次见到两部电梯这么繁忙，前后就隔了这么一会儿。

"你吃饱了吗？"晏航过去接了烧烤，"是不是买了不止……"

话还没说完，就在初一换了鞋回手关门的时候，一只胳膊从门缝儿里伸了进来。

初一觉得，晏航的反应，可以去申请一下世界纪录，尤其是在对危险的预判和反应上，他再也没见过比晏航反应更快的人了。

门缝儿里伸进来的胳膊勒住他脖子的那一瞬间，他都还没来得及做出任何反应，晏航已经隔着兜子抓着一把签子扎在了这条胳膊上，而且扎得挺准，

第三十一章

没有误伤他英俊的脸。

身后传来一声抽气声,接着有人很低地喊了一声:"啊……"

初一顺手抓着这人的手腕,往外一拧,转了个身。

但没等他站稳,这只手已经不知道怎么地就转开了,而且反手在他手腕上一抓一带。

初一脚步不稳地往墙上撞过去的同时,脑子里闪过了一个人。

他忍不住吃惊地喊了一声:"晏叔叔!"

这人松开了他的手,用手指在门上戳了一下,大门完全打开,屋里的灯光打亮了他的脸。

初一一条腿跪在沙发上,半个人倾着靠在墙上,瞪着站在门口捂着胳膊的晏叔叔,感觉自己整个人都蒙掉了。

"晚上好啊,小初一。"晏叔叔冲他勾了勾嘴角。

这个跟晏航一看就是父子的笑容终于让初一回过了神,猛地转头看向晏航。

"晚上好,"晏叔叔说,"太子。"

晏航手里还抓着那把烧烤,愣在原地就那么看着门口。

"儿子!"晏叔叔晃了晃手,"亲爱的道道!哎!看这儿!"

"你被释放了?"晏航过了好一会儿才哑着嗓子问了一句。

"嗯,"晏叔叔笑了笑,"早上你崔叔去接的我,我一直让他保密,想给你个惊喜来着。"

"惊……惊着了。"初一半天才说出了这么一句。

"爸?"晏航再次开口时,声音里带着颤。

"嗯,是我。"晏叔叔进了屋,回手把门关上了。

"无罪释放?"晏航颤着声音又问。

"你是不是有点儿遗憾没能去探监啊?"晏叔叔说。

晏航没出声,往晏叔叔跟前儿走了两步,又猛地停下了,接着转身冲进了厕所。

初一愣了愣,赶紧追了过去。

晏航正弯腰撑着马桶圈。

"你吐了?"初一震惊得无法形容。

一个人,想爹想得睡不着觉的人,好容易见着爹了,居然吐了?

"出去!"晏航往他腿上踹了一脚,"逮着个机会就要参观是吧?"

"你没……没事儿吧?"初一很担心,但是担心也还是压不住他的震惊,他的确是非常想要参观。

第一次见到因为思念过度,之后相见以呕吐开场的。

以后他一定不能跟晏航分开太长时间,以免害得晏航呕吐,对胃不太好。

晏航把厕所门给踢上了,初一不得不回到客厅。

"小初一给我倒杯水,"晏叔叔已经坐到了沙发上,"晏航吐了?"

"嗯,可能太……激动了。"初一拿了晏航的杯子,去给晏叔叔倒了杯水,"他天天都问……问崔叔叔。"

"你还真是初一啊,"晏叔叔看着他,"变化有点儿大。"

初一有些不好意思地笑了笑:"我长……长个儿了。"

"不光是长个儿了,"晏叔叔说,"这是长大了啊。"

"三年了。"初一笑着坐到他对面。

说起来有些奇怪,他跟老爸单独面对面的时候,会觉得不自在,会尴尬,找不到话题,但跟晏叔叔这么待着的时候,却没有那样的感觉。

虽然他猛地一阵紧张,紧张得手心都冒汗,却并不会尴尬。

他甚至能在被紧张包裹着的时候,还能抽空打量一下很久没见了的晏叔叔。

居然变化不大,没有像老爸那样能看出时间和变故的痕迹,晏叔叔无论是样子、笑容,还是眼神,都还跟他记忆里的一样。

只是头发短了很多。

"崔叔说你上班了?"晏叔叔从兜里摸出烟,"这屋里不禁烟吧?"

"你儿……儿子天天抽,"初一把茶几下面的烟灰缸和打火机拿出来放到了他面前,"我上班了,就在之……之前实习的汽……汽修厂。"

"挺好。"晏航点了烟,看了看他,"这么看着你还真有点儿不习惯,中间也没个过渡,突然就这么大个儿了。"

"你跟踪晏航的时……时候没见……过我吗?"初一问。

晏叔叔愣了愣,初一顿时感觉自己是不是说错话了,想要赶紧找补一下的时候,晏叔叔笑了起来。

晏航洗了脸从厕所里出来的时候,看到老爸正叼着烟冲初一乐着。

第三十一章

看到他出来，老爸冲他抬了抬下巴："你居然发现我偷拍你了？"

"你是不是觉得自己神不知鬼不觉啊？"晏航说。

"不愧是我儿子，"老爸说，"这都能被你发现了。"

"你不是一直跟踪我吗？"晏航眯缝了一下眼睛，"你不知道我发现了？"

"谁一直跟踪你了？"老爸说，"我那么忙，就百忙之中抽空去拍过两张照片。"

晏航没说话。

老爸掐掉烟站了起来，走到了他前面："毕竟还是想我儿子啊。"

这句话就像是对着鼻子挤进了两管芥末，晏航连反应的时间都没有，就觉得从鼻子到脑门儿发生一股怎么也压不住的酸劲儿，眼泪跟着涌了出来，泪珠连个从小到大的过程都省略了，直接大颗大颗地就滑到了嘴边。

晏航有些郁闷。

这样子让老爸看到了也就算了，还让初一也看到了，多没面子。

他低头搂住了老爸，把眼睛按到了他肩上。

也许是因为"藏"起来了，他的情绪一下爆发得非常淋漓尽致，自己都能感觉得到自己抓着老爸衣服的手在抖。

"对不起，"老爸轻声说，"对不起啊。"

晏航没出声，咬紧牙关努力控制着自己，以防自己会像个小孩儿一样哭出声音来。

"老爸这辈子最对不起的人就是你，"老爸说，"你说得一点儿也没错。"

晏航狠狠地吸了一口气。

很久了，他都没有听到过老爸的声音，这么近、这么真实的声音。

说不上来是高兴，是激动，还是委屈，他咬着牙最后还是哭出了声："我特别想你。"

初一站起来，轻轻走进了卧室，把门关上之后靠着门叹了口气。

伸手揉眼睛的时候，他摸到了自己脸上的湿润。

太神奇了，人家父子相见，他还跟着哭上了……

但就是想哭，很感动，也很感慨。

他趴到床上把脸埋进了枕头里。

真好啊。

太好了。

无论发生过什么，有过什么，改变过什么，现在都过去了。

初一翻过身，冲着天花板嘿嘿嘿一通乐。

初一在床上躺着，看着天花板。

他不知道这种感情超级好的亲父子多年不见中间还缠着两桩命案的久别重逢，一般需要多长时间来倾诉和平复心情。

他已经做好了先心情愉快地睡上一觉的准备。

不过刚眯上眼睛还没酝酿好瞌睡劲儿，卧室门就被推开了，晏航走了进来。

"怎么？"他坐了起来。

"你是不是存了小李的电话啊？"晏航看着手机，"我记得我也存了的，找不着了。"

"我有，"初一摸出手机，"要干……干吗？"

"让他再送点儿烧烤进来吧，"晏航说，"还有啤酒，这点儿哪够咱们仨吃啊。"

"我打电……电话吧，"初一点开电话本，"你陪晏叔叔聊……聊着。"

"他洗澡去了，"晏航说，"我给他拿套衣服。"

"拿那套庆……庆祝出狱，重……获新生，好……好做人服吧？"初一说。

"你真欠啊，"晏航笑了，偏过头看着他，"大粗针买了吗？"

"没，我想……想了一下，"初一说，"家暴犯……犯法，不能知法犯……法。"

"滚蛋。"晏航拉开了衣柜门，从里面拿出了一套衣服。

这是之前他和初一一块儿去买的，初一那天在法庭外头见过老爸，说身材跟以前没什么变化，所以他按着以前的号买的，应该还是挺合适的。

买衣服的时候他还跟初一就衣服的颜色款式发生了争执，初一想买有点儿颜色的，说是喜庆，晏航还是坚持按老爸的风格买了素色低调的。

还好没听初一的，老爸现在的发型，再配个初一给挑的明黄色……想想都觉得很精彩。

这狗什么都变了，就是审美没有一点儿提高。

把衣服拿到浴室给老爸的时候，老爸正光着膀子研究沐浴露。

"你要洗凉水澡是吧？"晏航问。

"嗯，不像你们那么娇气。"老爸说，"你这沐浴露还是我走的时候用的那瓶吧？"

第三十一章

"你想什么呢？"晏航无奈了。

老爸笑了两声。

晏航没说话，看到了老爸腰上肚子上的伤疤。

一看就知道捅得很深，就算是已经完全好了，刀口的痕迹也都还能看得清清楚楚，每一道疤都往肉里深陷进去。

老爸的验伤报告他没有看过，但崔逸跟他说过，伤很重，有两刀造成了脏器的损伤，但现在这么看，晏航觉得哪个刀口都能伤到脏器。

"没事儿，"老爸知道他在看什么，一边把衣服放到架子上，一边笑着说，"已经没什么影响了。"

"没什么影响和没影响，还是不一样的。"晏航说。

"已经没影响了。"老爸又说了一遍。

晏航笑了笑。

小李烧烤送餐非常快，大概是因为离得近又是熟人，烤好的两大兜子肉串和啤酒很快就送到了。

晏航和初一把炉子和锅架上，东西都摆好，晏航又进厨房去拿了块黄油出来。

"我好像挺长时间没吃烧烤了，"老爸从浴室出来，"都快忘了什么味儿了。"

"门口小李烧烤，"晏航看了他一眼，新换的衣服还挺合适，就是这头型配什么衣服都透着一股刑满释放的气息，"味道还不错。"

"初一现在能喝点儿酒了吗？"老爸坐下，看了看初一，"以前也就舔一口的量。"

"现在能舔……舔两口。"初一说。

"那舔吧。"老爸笑笑，拿起了自己面前的杯子。

三个人一块儿磕了磕酒杯，都喝了一大口。

"你今天出来也没跟老崔吃一顿吗？"晏航放了一块黄油到锅里，然后把肉串儿放进去慢慢加工着，"太不够意思了吧？"

"跟他吃饭时候多的是，"老爸说，"这阵儿老见着他，已经没有久别重逢的感觉了，先跟你俩叙叙旧吧。"

初一没太说话，就老实坐在一边儿，听着晏航和晏叔叔聊。

这种感觉就像是回到了以前，他不想回家吃饭，就跑到晏航家蹭饭。

"那俩人,"晏航把加工好的肉串拿出来放到盘子里,"你是怎么找着的?"

"打听呗,"晏叔叔说,"人只要是活着,就不可能没有痕迹,总能找得着。"

"怎么打听?"晏航又问。

"蛇有蛇道,鼠有鼠路,"晏叔叔喝了口啤酒,"这种身上背着案子的人,说不好找,是不好找,都特别会隐藏,可要说好找吧,也好找,越是想藏,不合常理的地方就会越多。"

晏叔叔说得挺轻松,始终带着笑,但具体的内容却一个字也没有透露。

这么多年,总有些苦是不希望自己宝贝儿子知道的吧,虽然因为什么也不知道而带来的那些不安对于晏航来说挺不公平的。

晏航听得出老爸不愿意多说这些,其实他也就是随口一问,他自己也未必想知道这些事,知道得越详细,也许他就越难从过去这些年里摆脱出来。

"我之前回去过一次,"晏航说,"老崔给我的地址,去了趟墓园。"

"难怪知道我偷拍。"老爸笑了起来。

"你是不是还得再去一趟?"晏航说,"报告我妈,任务完成了。"

"再说吧,"老爸叹了口气,"我也不总去,每次去,都感觉她应该不会感谢我,说不定还想出来说我是神经病。"

"可以去看看,"晏航想了想,"哥儿俩好那个店的老板,还记得你们呢。"

"他现在是个老头儿了吧?"老爸说,"饭店还开着?"

"没,说累,干不动了,改成杂店铺了。"晏航说。

"一晃都这么多年了,"老爸叹了口气,"人这一辈子,还真是说没就没了,有些人一辈子什么也没干,有些人一辈子就干了一件事儿。"

晏航没说话,拿起杯子把剩下的半杯啤酒都喝了。

"你爸怎么样?"晏叔叔转过头问了一句。

初一刚往嘴里塞了肉,赶紧咽了下去:"挺好的,现在……也在……在这边儿呢。"

"换了个地方工作吗?"晏叔叔问。

"嗯。"初一点点头。

"我以为他那会儿会报警呢,"晏叔叔笑了笑,"没想到能直接跑了。"

"他胆儿小。"初一叹了口气。

"你没随他,"晏叔叔伸手在他肩膀上拍了拍,"还真是不错,胆儿特别

第三十一章

大,还敢手拉手站那儿冲我展示呢,在待时间长点儿我看你俩要再拉着手跳个圆圈舞。"

初一一时半会儿没反应过来,等回过神来晏叔叔说的是什么的时候,他顿时就觉得自己像是被挂在了烤炉里,腾地从脚心到头顶烧得都差咕嘟咕嘟地冒泡了。

"……谁给你展示了啊!"晏航在旁边正喝啤酒,听到这话也呛了一下。

"看着特别像展示。"晏叔叔说。

初一完全不知道这会儿应该说什么了,晏叔叔这种老狐狸,说话带着笑的时候,谁也看不出来他这个笑是真的还是假的,语气还特别平和。

但这种时候他不能让晏航一个人扛事儿,他怎么也得说点儿什么才行,刚还被夸了没随老爸胆儿小呢。

"对不起。"他说了一句。

晏叔叔愣了愣,看着他没说话。

"对不起个屁,"晏航在他胳膊上捏了一下,"你对不起谁啊?"

"不……知道,"初一顿了顿,也没想明白对不起谁,"一般电……电视里都是俩……人往那儿一……一跪,说对……不起。"

晏叔叔一下没忍住笑出了声:"初一说话这个劲头是一点儿没变啊。"

初一有些不好意思地跟着笑了笑。

"反正这事儿吧,"晏航估计他还是有点儿尴尬,清了清嗓子,"就是这样了,你有意见没意见,也改变不了什么了。"

"我没什么意见,"晏叔叔笑了笑,点了根烟叼着,看着晏航,"我以前就说过,你想怎么样都行,我没给过你什么,也没资格要求你什么,只想你能怎么自在怎么来。"

晏航没说话。

"我这算是愧疚吧?"晏叔叔说,"虽然愧疚也没什么用,但也不可能不愧疚。"

晏航把三个杯子倒满酒:"我现在真挺好的,你别愧疚了,毕竟我天天想你呢。"

"想得直哭。"初一说。

"我的创可贴呢?"晏航往口袋里掏了掏,"没有针创可贴也行啊。"

初一笑着跟他和晏叔叔都碰了碰杯子,喝了一大口。

晏航今天吃得明显比平时多,边吃边喝边聊,也许是这会儿所有的压力都消散了，他吃东西都比平时看起来要愉快得多。

初一自己也吃了不少，面前的签子他都不好意思看，一把拿了放进了旁边的塑料袋里。

"你接下去怎么打算的？"晏航问晏叔叔，"要租个房吗？"

"先在你崔叔那儿住几天，"晏叔叔说，"我还有些地方想去转转……天儿冷了就不想出去了。"

"嗯，"晏航点点头，"我估计你是待不住。"

"待不住也得待啊，"晏叔叔说，"现在也没什么到处跑的理由了，我也想都安顿好了就好好休息几年，然后找个工作。"

"……几年？"初一忍不住问了一句。

"先懒个十年八年吧，"晏叔叔勾着嘴角，"啃你俩。"

这个笑容初一总算能看出来是在逗他了，叹了口气："晏航失……失业呢，是你俩啃我。"

"你失业了啊？"晏叔叔看着晏航。

"我失业有什么奇怪的，"晏航喷了一声，"我不是成天都失业吗？"

"那不一样啊，那会儿看你干得挺有劲的，"晏叔叔说，"我以为你目标是你们酒店老总呢。"

晏航笑了起来："我都没见过我们酒店老总。"

"失业就失业了吧，"晏叔叔伸了个懒腰，"慢慢找，先欺负初一。"

"嗯。"晏航点点头。

烧烤都吃得差不多，酒也基本喝没了的时候，屋里响起了一个陌生的手机铃声。

"我的。"晏叔叔从兜里摸出了个手机。

"早上放出来，立马就用上手机了？"晏航看着他，"还新款呢？"

"崔逸哭着喊着给我买的，"晏叔叔说，"不收下他跪地上都不起来，号还是原来的号没变……喂？"

初一看了看桌上的一片狼藉，一点儿也没觉得不舒服，倒是有种踏实感，什么也不用再担心了的感觉。

他听着晏叔叔打电话，开始收拾桌上的东西。

电话应该是崔逸打来的，让晏叔叔过去蹭地板，不要耽误他睡觉。

"老崔什么时候还养成早睡早起的优良习惯了？"老爸接完电话站了起来，

第三十一章

"我没他家钥匙,先过去了,我怕再晚他不给开门。"

"这会儿睡觉不算早睡了,"晏航指了指墙上的钟,"一点半了。"

"对你来说三点之前都算早睡吧,"老爸笑了笑,"现在还失眠吗?"

"偶尔,"晏航说,"已经好很多了。"

"嗯,"老爸点点头,伸手搂了搂他,"明天你要没事儿,带我出去转转吧。"

"你起床了给我打电话,"晏航说,"一般初一起床了我就被吵醒了。"

初一转头看着他。

"早睡不知道,早起我是肯定早起的。"晏航说。

初一叹了口气。

晏航把老爸一直送到了崔逸家那栋楼的电梯口,看着老爸进了电梯,这才转身回了屋。

初一已经把桌子都收拾干净了,正在厨房里洗着碗。

"你不困啊?"晏航过去往他背后一靠,"我这种失眠专业户都困了。"

"说我坏……坏话说困的吧?"初一说。

晏航笑了起来:"记仇啊。"

"我早……早上起来,轻点儿,你说……说我越轻你越……越能听见,"初一说,"重点儿吧,又说我吵……吵醒你。"

晏航不说话,一直乐。

"我的生活也太……太艰难了。"初一把洗好的锅放到架子上,转过了身。

早上初一没像平时那么准点醒,是晏航起床去阳台的时候拉门的声音把他吵醒的。

他先拿过手机看了一眼时间,还早。

初一抱着枕头翻了个身。

晏航从阳台进来了,听脚步声是走到了床边。

初一继续装睡,半张脸都埋在枕头里。

"要我帮你请个假吗?"晏航的声音从上方传来,"告诉你们组长,你受伤需要休息。"

初一一掀毛巾,连坐起来的过程都省了,直接从床上蹦到了地上。

晏航笑了好一会儿:"赶紧的,上班要迟到了。"

初一一扬脑袋走出了卧室。

晏航进了厨房准备弄点儿早餐的时候，初一从浴室探出头，一边刷牙一边说："别做早……饭了，我出去吃。"

"嗯？"晏航看着他。

"你留着肚……肚子跟晏……叔叔共进早……餐吧。"初一说。

"他得睡到中午才能起来了，"晏航说，"昨天喝了酒，人也放松下来了，没准儿能睡到下午。"

"我觉得他一……一直都放……松啊，"初一说，"进法院还笑……笑呢。"

"他那人就那样，"晏航拿了瓶酸奶出来，切了两片面包，打算给初一随便弄个酸奶三明治，"有什么事儿脸上看不出来，非常老谋深算了。"

"你跟他一样，"初一说，"小谋深……深算。"

晏航笑着看了他一眼："害怕吗？"

"不怕，"初一说，"你不会……算我。"

"这么有自信？"晏航切了两片大红肠夹到面包里。

"这两年我特……特别自信，"初一说，"不知道哪儿……来的。"

"我给的。"晏航把三明治放在盘子里递给他。

"应该是吧。"初一接过盘子，一脸若有所思半天也没吃。

"怎么了？"晏航拿手在他眼前晃了晃。

"没，"初一低头拿起三明治咬了一口，"就是觉得好……好险啊，人和人就……就那么一个转……头可能就错……错过了。"

"一个汽修工，"晏航说，"就别成天这么诗意了。"

初一笑了笑。

老爸不仅没有睡到下午，连午饭都没有错过，十点半的时候晏航手机响了。

"起来了？"晏航接起电话。

"嗯，老崔打了个催命电话让我起床找你玩，"老爸打着哈欠，"大概觉得起晚了影响父子相见的深情程度。"

"饿吗？"晏航问，"带你去吃饭。"

"行，"老爸说，"不过我不想吃海鲜，就吃个普通的饭，没海鲜的。"

"为什么？"晏航问。

"吃腻了。"老爸叹了口气，"之前租个房躲着，房租里包了伙食，房东就是卖海鲜的，我吃了好几个月海鲜，想起那个味儿我就想吐。"

第三十一章

晏航笑了起来,笑了一会儿又觉得心里有点儿不是滋味儿。

"去吃火锅吧,"老爸说,"川味儿的。"

"行。"晏航说。

晏航收拾好下了楼,老爸居然已经站在楼下等着他了。

"这么快?"他走过去。

"有烟吗?"老爸问他,"给我一根。"

晏航把兜里的烟递了过去:"你不会是买烟的钱都没有了吧?"

"我是根本就没时间去买烟,"老爸点烟,"初一上学……上班去了?"

"嗯,"晏航点点头,"每天特别积极,跟拯救人类似的。"

老爸笑了起来,想想又看了看他:"你俩这一天天的,过得还挺认真?"

"那要看怎么定义认真了,"晏航说,"我也没想过太多,什么以后之类的,没计划没想法。"

"就你自己定义的。"老爸说。

"那我挺认真的。"晏航点点头。

老爸猛抽了两口烟,把烟在旁边垃圾筒上掐灭了:"行。"

又在他背上拍了拍:"还是那句话,你想怎么就怎么,只要你乐意,我都不管。"

晏航跟老爸一块儿走到了小区门口,门口停着两辆出租车,但是他犹豫了一下,没上车,带着老爸顺着路往前走了。

"走走吧?"他说。

"嗯,"老爸伸了个懒腰,"很久没跟我儿子这么走了。"

"以前也没怎么走。"晏航说,"走几步跟腿要断了似的。"

"那是你。"老爸说。

"我现在都挤公交车。"晏航笑了。

"太子沦落到要靠个从小被人欺负的小结巴养活了,"老爸感叹着,"世道变了啊。"

"你那儿还有钱吗?"晏航想了想,转头看着老爸。

"没了,我走之前把钱都给崔逸了……"老爸说了一半也转头看着他,"他贪污了我的遗产?"

"……遗产给我了,"晏航说,"我就是问问,你要没钱了我这儿还有你部分遗产,反正你也没死,可以还给你。"

"你拿着,不用管我,"老爸说,"我随便弄点儿就行。"

"怎么弄?"晏航问。

"找个富婆傍一下。"老爸说。

晏航退后两步看着他,过了一会儿才叹了口气:"头发长长了再考虑这个事儿吧。"

老爸笑了半天。

跟老爸之间没有因为时间和发生过的事有什么生分和陌生感。

从见到老爸的那一秒开始……不,他吐完了之后开始,他就回到了跟老爸惯常的相处氛围里。

其实很多事都变了,他不会再跟着老爸到处游荡,不会再跟老爸到处租房,不会再一起不管有没有钱先吃一顿再说,也渐渐不会再在他消失的日子里不安失眠,甚至不会再跟老爸住在一起。

但哪怕是这样,老爸依然是老爸,十几年相依为命处下来的感情,已经不单单是父子可以概括的了。

而最重要的是,他们生活里那些不安的因素,已经没有了。

老爸亲手带来的不安,又亲手抹掉了。

有时候想想,会觉得很奇妙。

而现在,哪怕老爸明天就只字不留地消失,他也不会再重新回到黑暗里,想念当然还是会想念,那也只是单纯的想念了。

唯一让他心里还轻轻抖了一下的,就是老爸的那句"遗产"。

他走的时候,大概就没想过还能活着回来,算是抱着托孤的想法把他交给崔逸的。

"想什么呢?"老爸在旁边问。

"太多了,说不清。"晏航说。

"老崔说你一直看医生呢,最近还去了几次,"老爸说,"情况怎么样?"

"基本没事儿了,"晏航说,"上回去还是因为工作的事儿,情绪控制不好。"

"你是揍了老板被解雇的吧?"老爸问。

"真想揍来着,"晏航喷了一声,"揍我们新来的主厨,不过最后还是忍下来了。"

"忍?"老爸似乎有些惊讶,转头看了他一眼。

第三十一章

"嗯。"晏航笑了笑。

"初一身上还是能学到点儿东西的啊,"老爸说,"我一直也没怎么管你,想打谁就打谁,反正吃不了大亏……没想到现在还能忍了。"

"一个忍还用跟人学吗?"晏航说。

老爸笑了起来:"你自己清楚。"

往前走了一段之后,饭店差不多到了,晏航往路边指了指:"那个商场是新开业的,一会儿吃完了我带你去转转,你有好几年没逛……"

晏航这话没说完就感觉有什么地方好像不太对。

"亲爱的太子,你是不是觉得我被关了十几年刚放出来啊?"老爸说,"我自首进看守所之前一直在外头逛呢。"

"……顺便跟踪我是吧?"晏航说。

"真没有,"老爸笑了起来,"我事儿那么多,也不是一直在这儿,而且吧……"

老爸把胳膊搭到他肩上搂了搂:"我也不太敢去看你,想得厉害,也心疼。"

晏航没说话。

"是不是觉得挺委屈的?"老爸问,"没混着个靠谱的爹。"

"我才二十出头,"晏航说,"你现在开始靠谱也来得及。"

"行,"老爸点点头,"明天我跟崔律师商量一下,我去给他做个助理吧。"

"……你不如直接问他要钱呢,"晏航笑了起来,"找这次的理由你好意思吗?"

"我还真得找他要点儿钱,"老爸说,"玩完了今年,明年自己弄点儿什么干干。"

"好。"晏航马上说,"我可以去帮忙。"

"别大材小用了。"老爸摇头。

"你想弄点儿什么?"晏航问。

"反正不会是开西餐厅。"老爸笑着说。

初一今天提前一小时下的班,跟同事交代了几句就坐车去了商场。

晏叔叔回来得太突然,一点儿准备时间都没给他和晏航留。

他一直想着要在晏叔叔出来之前去买点儿礼物的,算是个庆祝纪念,结果还没想好买什么，人就这么突然回来了。

初一在商场里来回转悠着，太贵的买不起，便宜的没意思，普通的没创意，有创意的又不实用……

最后他还是站在了保温杯专柜前。

这家的杯子，之前他经过都不会往里看，拖他进去他也会抱着门柱不撒手的，一个杯子好几百，他去年给晏航买杯子都没舍得进来。

不过现在不同了，他现在工资收入还不错，比实习的时候要高了一倍，等之后考完证，钱还能再加点儿。

买个几百块的保温杯，已经不需要咬牙切齿了。

从商场拎着一看就是超级豪华土豪保温杯包装的袋子出来的时候，晏航的电话打了过来。

"喂？"初一接起电话。

"你今天准时下班吗？"晏航问。

"已经下班了。"初一说。

"嗯，那行，今儿晚上就在家吃，"晏航说，"我做点儿菜。"

"不出……出去吃个大……餐什么的吗？"初一问，"毕竟放……放出来是……个大事儿啊。"

"又不是蹲了十年冤狱，你是不是还想放挂鞭啊……我爸一般情况下喜欢在家窝着，"晏航笑笑，"你没看他以前吃个烧烤都要拿回家吃吗？"

"那行，"初一说，"我带菜回……去吗？"

"我买了，"晏航说，"你只管马上立刻回来就行。"

初一拎回家的保温杯得到了晏叔叔的高度赞扬。

他拿着杯子笑了能有五分钟还没停下来。

"你是保温杯推广大使吧？"晏航也笑得不行，"还能不能有点儿别的礼物送了啊？"

"这个不……不好看吗？"初一跟着也一直笑。

"比我那个强多了，"晏航拿过杯子看了看，"我感觉主要是店里大概没有太难看的中老年款，你闭眼儿挑也能挑个差不多的。"

"这是销……销售挑的。"初一如实回答。

"难怪。"晏航笑着伸手在他脸上弹了一下。

他转过头看着晏航："别瞎动手。"

晏航没出声，抬手又在他脸上捏了一下。

初一瞪着他。

晏航又抬手捏了捏他鼻尖。

"没完了啊？"他说。

晏叔叔在那边又啧啧啧了好几声，晏航笑着倒到沙发里："他好久没这么可爱的小孩儿可逗了，你还这么配合。"

"是，"晏叔叔点了点头，"晏航没个小孩儿样，我平时都逗不着他。"

初一叹了口气。

"吃饭，"晏航拍了拍手，"给老崔打个电话吧，可以过来了。"

晏叔叔给崔逸打了电话："崔律师，开饭了，用我过去把您背过来吗？"

崔逸在那边不知道说了句什么，晏叔叔说："没事儿啊，我可以帮你打断了再背过来。"

崔逸几分钟之后进了门，一进来就叹气："这种家庭聚会就不用叫我了吧？我不太适应。"

"你可以在旁边负责上菜啊。"晏叔叔说。

"你知道我一小时咨询费多少钱吗？"崔逸说。

"不知道，"晏叔叔回答得很干脆，"我又不给钱。"

"崔叔坐这儿，"晏航给崔逸拿了椅子，"偶尔感受一下家庭温暖有利身心。"

崔逸坐下，靠着椅背笑了笑："也挺好，总算是能消消停停的了。"

"明天忙吗？"晏叔叔问他，"不忙的话喝点儿吧？"

"你都这么说了，"崔逸说，"我明天就算忙也得喝啊。"

初一跟着晏航进了厨房，打开冰箱看了看："啤酒没……没买吗？"

"他俩要喝白的。"晏航说，"我买了，咱俩喝饮料。"

"哦。"初一愣了愣，"为什么？"

"老崔我不了解，我爸要是这架势，今儿晚上肯定是不醉不算完，"晏航说，"你要跟着喝，那明天就请假吧。"

"我不喝，"初一赶紧说，"不喝。"

晏航今天做的是中餐，四个人，他做了七八个菜，都拿大盘大碗装着，再把几瓶白酒往桌上一放，看得初一非常颤抖。

一看就是最后得有人在桌子底下躺着的场面。

"你俩喝饮料?"崔逸看了一眼晏航手里的冰红茶。

"嗯,"晏航点头,"我俩还小。"

"未成年。"初一说。

"那你们看着大人喝吧,"崔逸手指在酒瓶上弹了一下,"倒酒。"

晏航马上站起来开了酒,给他俩一人倒了一满杯。

"没想到吧?"晏叔叔拿起杯子,"咱俩还有这么喝酒的一天。"

"嗯,"崔逸也拿起杯子,先是看着酒愣了一会儿,然后往他杯子上磕了一下,"我以为这辈子也见不着了。"

晏叔叔笑了笑,仰头一口,半杯酒下去了,初一看着都觉得嗓子眼儿烧得慌,他赶紧拿起冰红茶喝了一口。

崔逸也一仰头下去半杯。

初一又拿起冰红茶喝了一口。

晏航一直没弄清楚崔逸和老爸的关系,大致只知道他俩在老爸结婚前就是朋友,至于一个后来当了律师的人,是怎么跟当初是个混混到现在也还是个无业游民的老爸成为朋友的,就不清楚了。

老爸也没提过,大概是提这些,就要提那些他不愿意多想的过去。

晏航拿过冰红茶瓶子往初一手上磕了磕:"狗哥,走一个。"

初一很豪迈地一仰头,喝掉了半瓶冰红茶,然后一抹嘴,把瓶子往桌上一放:"到你了。"

晏航忍着笑,也豪迈地仰头灌下去半瓶。

"是不是有……有点儿傻?"初一小声问。

"是。"晏航笑着点头。

老爸和崔逸喝酒喝得很猛,边聊边喝,菜吃得不多,但酒没多大一会儿就空了一瓶。

虽然在晏航听来,他俩聊天儿没什么可听的,无非就是老爸这几年的见闻,崔逸问问,他随口说说,但却很安心。

初一在身边埋头吃着,边吃倒是边听得很投入,时不时还插嘴追问几句。

就算现在是狗哥了,也还是个没见过世面的狗哥,老爸那些随口说出来的见闻,对于他来说,都是很新鲜的事儿。

晏航笑了笑,靠在椅背上轻轻晃着。

天花板上的灯挺旧了，不过初一刚换了灯头，所以很亮，之前用的是白光，初一买灯泡的时候坚持买了黄光的，说是看着舒服。

　　的确很舒服。

　　鼻子里闻到的菜香、酒香，耳朵听到的时高时低、时有时无的聊天儿声，眼睛里看到这一个屋子，一桌菜，几个人。

　　晏航感觉整个人前所未有地松弛。

　　并不是他过不惯一成不变"普通"的生活，而是他并没有真的过上这样的生活，一直到现在，才真的开始了。

　　他闭上眼睛轻轻晃了晃，眼泪从眼角滑进了耳朵眼儿里。

　　正想抬手蹭一下的时候，有人拿纸巾在他眼角按了一下。

　　他转过头，看着初一。

　　"开心吧？"初一问。

　　"嗯。"他笑了笑。

第三十二章

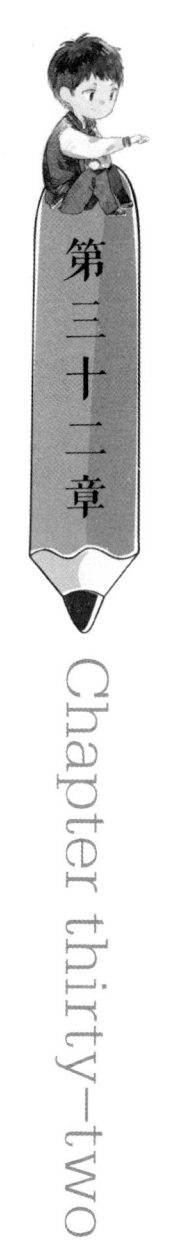

Chapter thirty-two

第三十二章

初一酒量不行,但他知道晏航酒量还不错,所以连晏航都不敢加入的晏叔叔和崔逸的酒局,他是有心理准备的。

但还是没想到,两个人能喝下这么多酒,晏航买的那些酒都没了,他俩还喝了一阵儿冰红茶。

最后俩人在沙发上一头一个睡着的时候,已经是半夜快三点了。

看着一桌一地的狼藉,拥有多年长工之魂的初一困得都有点儿不想动了。

"不管了,"晏航在飘窗上靠墙坐着,腿来回晃着,"明天再收拾吧。"

"……还是收……收拾一下吧,"初一犹豫了一会儿站了起来,"万一半夜谁……谁起来上……个厕所再……再摔一跤。"

"你真是……"晏航笑了笑,从飘窗上跳了下来,"行吧,我帮你。"

"怎……怎么是帮我?"初一喷了一声,"这也没规……定是我的活儿……啊。"

"我跟你一块儿,"晏航说,"对了吧?"

"嗯。"初一点头。

晏航这个"一块儿",基本也就是跟着走两步,初一收好一摞盘子,他往上放个勺,初一捧起一摞碗,他往上再放个杯子。

等把这些收拾完开始扫地的时候,他就坐回了飘窗上,"一块儿"活动就算是结束了。

初一一边扫地一边瞅了他一眼:"你以前……"

"以前都是跟我爸轮流收拾,先扔着,有空了再弄。"晏航打断了他的话,很利索地回答。

"那后来……"初一又说,但又被打断了。

"后来我自己在这儿也不怎么开火,有时候用纸碗纸盘吃完一扔,"晏航说,"再后来就有你了。"

"……哦。"初一点了点头。

其实实在没人管,晏航自己也收拾,毕竟还是个挺讲究的人,但有他在,晏航肯定就躲懒儿了。

命好苦。

从小在家就要做各种家务，长大了一边上班还得一边做家务。

不上班的在飘窗上抽烟看夜景。

……幸福啊。

大醉一场的两个人第二天都睡到了中午，晏航正犹豫着是要叫他俩起来吃饭还是直接不管的时候，崔逸起来了。

"我去办公室了。"他进浴室洗了洗脸。

"一身酒味儿去办公室？"晏航愣了愣。

"回去洗个澡，洗个头，刷个牙，换身儿衣服，去办公室。"崔逸说。

"知道了。"晏航笑了起来。

"你爸估计得睡到晚上，"崔逸往客厅那边看了一眼，"你别管他了，自己吃吧。"

"要给你弄点儿吗？"晏航问。

"不用，"崔逸说，"我一会儿让助理给我叫个外卖就行。"

"你有助理啊？"晏航说。

"我都干多少年了，有个助理很奇怪吗？"崔逸看着他。

"不是，主要是我也没见过，"晏航笑了笑，"我爸还说去给你当助理呢。"

"那我直接就得被投诉到失业。"崔逸挥了挥手，"我走了，再吃饭别叫我了，扛不住。"

"嗯。"晏航笑着点了点头。

老爸的适应能力很强，从带着儿子四处游荡到一个人四处连躲带追凶再到看守所里窝着，最后做回普普通通的失业中年男人，这一路的转变似乎没有对他有什么影响。

晏航琢磨新工作的这段时间里，老爸一直住在崔逸家里，有时候会过来跟他聊会儿天儿，大多数时间会在外面转悠。

说是心态不一样了，看到的世界就不一样了，得重新看一遍。

晏航有预感，这只中年老狐狸是待不住的。

果然没过多久，老爸就打算出趟门，说是回老家看看，再去点儿别的地方。

别的地方是哪儿，晏航没多问，现在老爸出门，他已经不会有什么害怕了，

第三十二章

只是会有点儿舍不得。

"回来给你俩带礼物。"老爸拿了个行李袋往里塞着衣服。

"哄小孩儿呢你!"晏航说。

老爸笑了笑没说话。

他住在崔逸家,但衣服都放在了晏航这儿,收拾的时候从衣柜里一拢,依旧跟以前一样,虽然都是挺讲究的衣服,但一共也没几件,随便往行李袋里一塞就行。

把衣服都塞好之后,老爸又从袋子里扯了几件出来,递给了晏航:"帮我挂回去。"

晏航看了他一眼,笑了笑,把衣服挂回了衣柜里。

老爸对于他的心思还是相当了解的,这个把衣服挂回去没全拿走的动作,就像是在向自己证明,不会再不告而别不知归期了。

"我大概一个月回来,"老爸说,"你有时间去帮我看看租个房,我也不能总住崔逸那儿,他天天晚上去厕所都以为我是贼,一惊一乍的。"

"老崔记忆力这么差,他是怎么做得了律师的……"晏航有些震惊。

"他这一辈子屋里都没有过别人,"老爸说,"估计我不住个一年两年的他适应不了。"

"你对房子有什么要求吗?"晏航问。

"你没跟我一块儿租过房吗白眼儿狼,"老爸问,"才多久啊就不记得了?"

"我知道,能住就行,"晏航说,"现在不是……不一样了吗?"

"也是,"老爸喷了一声,看着他,"要比你崔叔那个房子大,比他那个房子高级,比他那个……"

"还是用能住就行这个标准吧。"晏航冲他抱了抱拳。

给老爸租房,比给初一他爸租房要简单得多,因为老爸花钱没谱儿,而且"遗产"还没用完。

"我去物……物业问问吧,"初一说,"就在这儿能……租着就最……好了。"

"嗯。"晏航点点头。

初一办事效率还是很高的,说完就直接去了物业,然后就问着了一户,跟他们隔了四栋楼,户型差不多,比晏航这套多一个房,但肯定没有崔逸那套大,是在一楼,门口有个两平米的所谓院子。

"就这套吧。"晏航在电话里说。

"不去看看?"初一愣了愣。

"有什么可看的?"晏航说,"楼都挺新的,还带院子。"

"那能叫院……院子吗……"初一叹了口气,"跟我们楼……楼下那个一……样啊,用个跟我腿那……那么高的栏杆……围着,刺猬都能蹦……过去。"

"放屁,"晏航笑了起来,"你看过楼下花园的刺猬跳吗?"

"我去看看吧,"初一说,"你也没……没什么用。"

"滚。"晏航挂了电话之后笑了半天,又伸头到窗户外面仔细看了看楼下的"院子"。

的确算不上是个院子,两步就能走个来回了,不过可以搁点儿花盆种点儿葱……晏航的思绪又有点儿飘远了。

虽说买车的目标都还没达成,也还是会在这种时候想想自己的房子。

初一回来的时候已经看过了房子,还跟房东约好了签协议的时间。

"挺有效率。"晏航竖了竖拇指。

"我问……问了一下这……这个小区的房价,"初一看着他,"吓死我了。"

"你俩月工资买不了一平米吧?"晏航笑着说。

"啊,"初一点点头,"是我挣得太……太少还是房……价太不……懂事了啊?"

"你挣得不少了,"晏航说,"你同学不还有很多都还挣不上钱的吗?"

"嗯,"初一喷了一声,"比如周……春阳同学。"

"他不算,不争气的啃老玩意儿!"晏航也喷了一声,"不过……好久没听你提他了啊?"

"想喝醋直……直接厨……房里喝吧,"初一说,"何必找春阳!"

"他没姓啊?"晏航说。

"何必找周……春阳。"初一说。

"会不会断句啊?"晏航说。

"你对我们结……结巴是不是要……求太高了?"初一说。

晏航看着他,过了一会儿冲他招了招手:"过来,小乖狗。"

"干吗?"初一很警惕地看着他。

"揉揉脑袋。"晏航说。

"然后呢?"初一还是很警惕。

"让你过来揉脑袋!哪儿那么多废话。"晏航瞪着他。

第三十二章

初一迅速走了过去，低头往他身上一扎。

晏航抱着他脑袋一通搓："有时候突然就觉得你很可爱。"

"我也觉得。"初一说。

老爸这次的确是回了趟老家，确切说是晏航的老家，毕竟老爸没父没母，老家到底在哪儿，只有他自己知道。

老妈的墓碑他又给换了一块新的，上面的字儿跟以前一样，就是立碑人那儿多了晏航的名字。

"本来想写野驴之墓，"老爸说，"刻碑的老头儿不干。"

"你媳妇儿要蹦出来跟你急了，神经病。"晏航说。

"之前放这儿的东西我都搁到墓里头了，"老爸说，"算是个纪念吧，以后跟着我儿子重新做爹了。"

"嗯。"晏航笑笑。

"我下个月初回去，"老爸说，"赶在你生日之前。"

"今年能送我点儿正常的礼物吗？"晏航问。

"能啊，"老爸说，"哪年送的礼物不正常了？"

"……行吧，"晏航叹了口气，"你回来就行，礼物不用了。"

老爸之后的行程没有再给他透露，但隔两三天会给他打个电话，有两次听着风很大，声音也很飘，像是站在山顶上。

"不知道上哪儿浪去了，"晏航一边翻着朋友圈看着之前同事们的近况，一边咬着牙，"居然不带我。"

"带你，你也不去。"初一在旁边翻着书。

他月底要考初级证，每天都特别刻苦地看着书，但每次都能接上话茬儿，让晏航强烈觉得他这回根本考不过。

"你十一有假吗？"晏航说，"我想出去玩。"

"不知道，十一还那……么久呢。"初一说。

"我……"晏航翻到一半，看到了以前老大发的一条朋友圈。

老大一万年也不发一条朋友圈，要不是有时候能看到联系人里有他，晏航都觉得从来没加过他好友了。

老大发的照片是个正在装修的店面，面积不大，但看得出是西餐厅，配的文字是"做属于你自己的西餐"。

"你以……以前的老大?"初一不知道什么时候凑过来的。

"嗯,"晏航点点头,"好像自己开店了。"

"羡慕吧?"初一问。

"不羡慕,"晏航说,"你现在给我钱让我去开个店,我也干不了,经验不够,不懂的东西也太多了。"

"这么谦虚?"初一有些震惊地看着他。

"你以为我跟你似的不要脸吗?"晏航说。

"你说自……自己帅的时候一……一点儿都不谦……谦虚啊。"初一说。

"说事实呢,瞎谦虚什么?"晏航说,"又不跟你似的瞎眼儿说瞎话,什么可爱,可爱的。"

"我不……不可爱吗?"初一问。

"可爱。"

初一笑了笑,低头又指了指手机:"'做属于你自……自己的……'什么意思?"

"不知道,"晏航想了想,"他不会是想做定制吧,他写的书里提过,让客人最大限度地控制自己想要的味道……"

"你想去?"初一问。

晏航看了他一眼,很多时候他想什么,初一连一秒都不用就能猜到。

"我先问问。"晏航说。

"那十……十一就不……能出去玩……了哟。"初一把下巴搁到他肩上。

"哟屁啊卖什么萌!"晏航反手在他嘴上拍了一下,"人家也不一定还招人,招人也不一定要我……我跟他也算不上熟,先问问再说。"

"嗯。"初一点头,"别紧张。"

晏航看了他一眼,笑了起来。

"如果是我就……就会紧张,"初一也笑了笑,"一时半……半会儿也好……不了。"

"没事儿,你现在也不用找工作,"晏航说,"紧张不着。"

紧张这种情绪,对于晏航来说,也不是没有,但一般打个电话问问工作,他是不会紧张的。

他看了一眼时间,给老大拨了个电话过去。

"小晏?"老大接了电话。

"是我,"晏航笑了笑,"唐哥下午好。"

"怎么想起来给我打电话了?"老大的语气还是跟以前差不多,挺严肃。

第三十二章

"看到你发的照片了。"晏航也没绕弯子。

"哦,我跟朋友弄了个店,"老大说,"尝试一下新的形式。"

"是你书里提过的吗?"晏航问。

"你……还真看过我的书啊?"老大似乎有些吃惊。

"看了啊,"晏航说,"我拿到以后就全看了。"

老大叹了口气:"你大概是第一个真的看完了我书的助理了。"

"我每天留点儿时间看书,"晏航说,"你的书我当教材看的。"

老大笑了笑,沉默了一会儿之后问了一句:"你是不是想过来试试?"

"嗯,我觉得挺有意思。"晏航说。

"那你明天过来试试吧,但是我不保证能用你,"老大说,"现在店里不招人。"

"没事儿,"晏航说,"我就当学习学习。"

初一今天点儿比较背,碰上个比李逍还啰唆的客户就算了,还指手画脚地指导他,换皮带的时候就差要推开他自己干了。他上手的时候待的那个位置初一一看就知道这人屁也不懂。为了不伤着他,初一的手被狠狠勒了一下,收回来的时候手指头已经发紫了。

"怎么这么不小心!"客户一看就愣了,没有了之前的嘚瑟劲儿。

"出去。"初一指了指门口。

"先拿水冲冲吧。"客户说。

"你去……外面,"初一还是指着门口,"等着。"

"行行行,"客户转身往外走,"冲冲啊。"

手指头跟被蘸了辣酱的刀剁了一下似的,一下下蹿着疼,初一已经很久没体会过这种疼痛了,大概是太久没被人打了……

上回换发动机被砸一下脚也没这么疼。

他蹲在车边儿上,拿出手机给手指头拍了张照片,然后发给了晏航。

再一看时间,又觉得不太合适,这会儿晏航应该是在那个老大的店里面试……于是他赶紧又补发了一条。

不用管我。

"你是不是天雷剧看多了啊?"晏航一小时之后给他打了个电话过来,"发个惨兮兮的照片再配一句不用管我……"

初一想想,没忍住乐了:"我不是故……意的,我怕你在面……面试呢。"

"我就是在面试呢,"晏航说,"矫情玩意儿!"

"面完了?"初一问,"怎么样?"

"你手怎么弄的啊?"晏航没回答他,叹了口气,"上礼拜砸脚,这礼拜砸手,你们汽修伤亡率是不是有点儿太高了啊?"

"没人亡。"初一说。

"问你怎么弄的呢!"晏航说。

"皮带夹了一下,"初一说,"已经不……疼了。"

"回来给你揉揉。"晏航说。

"那就得疼……疼死。"初一笑了。

"那回来给你再砸两下吧!"晏航啧了一声。

初一笑了半天没说话。

"老大让我下周去上班了。"晏航说。

"真的?"初一声音一下提高了,"上班了?"

"嗯,他们那儿的形式就是摆个小台,客人坐那儿看着,搭配想要的口味,然后给做出来,还得做得好吃,"晏航说,"这也不算什么创新了,不过他这个店里客人参与度更高些。"

"听……不懂。"初一说。

"下回听不懂请及时打断我,省得我说这么一堆。"晏航说。

"但是喜……喜欢听你……说话。"初一笑着说。

"滚,"晏航说,"回来给你砸手。"

人还是得工作,哪怕是晏航这种随意惯了的人,初一也能感觉到,下周去上班这个消息,让晏航心情不错。

他回来之后也没琢磨着要砸初一的手。

"过来吧,"晏航坐在飘窗上冲他招了招手,"抹点儿药。"

初一走到他跟前,伸出中指。

晏航看着他。

"就是中……中指受伤。"初一解释。

"那也不用摆这么个标准的手势吧!"晏航说。

初一迅速把手指都伸开了。

晏航拿了点儿药棉,从一个小瓶子里倒了点儿药出来往他手指头上抹着。

"什么药?"初一问。

"不要每回都问,"晏航说,"上回就告诉你我不知道,我爸不知道从哪个老骗子那儿骗来的。"

初一叹了口气。

不过这个药还挺管用的,起码能消点儿肿。

吃完饭之后手指看上去就没那么太吓人了。

"你不告……告诉晏叔叔吗?"初一躺在沙发上,对着灯检查自己中指的恢复情况。

"你能不能行了,夹个手指头还要告诉我爸?"晏航说,"我被人捅了一刀他都没慰问过我呢。"

"我说……说的是……你工……作的事!"初一放下手,叹了口气。

"他没几天就要回来了,"晏航说,"这会儿着急告诉他干吗?跟小朋友考了一百分要告诉爸爸一样。"

"你让……让他过过瘾,"初一说,"就……儿子有……有什么事儿,第……一时间告……诉他,多幸福啊。"

晏航低头看了他一眼:"幼稚。"

"那就幼……幼稚一回呗。"初一说。

晏航沉默了好半天,然后摸出了手机。

给老爸汇报自己的事儿,他好像很少做,老爸不会问,他一般也不会主动这么说。

就像每次老爸消失之后又出现,他不会问老爸的行踪,也不会报告他消失这段时间里自己的情况。

找了份工作就给老爸打电话,还真是第一次。有些不自在,但也莫名其妙地觉得有点儿暖。

"亲爱的太子,"老爸很快接了电话,"想我了?"

"没,"晏航说,"我拨错号了。"

"那这是缘分啊,聊会儿。"老爸说。

晏航笑了起来:"跟你说个事儿……其实也没什么,不说也无所谓。"

"说啊,"老爸说,"让我听听。"

"我今天去面试了一个挺有意思的餐厅,"晏航说,"通过了,下周上班了。"

"是吗?"老爸的语气听着挺平常的,但晏航对他太熟悉,还是听出了高兴,不知道是高兴他终于又上班了,还是高兴他专门打电话说了这个事。

"嗯，"晏航笑了笑，给他说了一下餐厅的形式，"挺好玩的，你回来以后叫上初一和老崔，一块儿过去吃一次吧，我给你们做。"

"你生日正好可以去。"老爸说。

"我生日，你们过来坐那儿，然后我做东西给你们吃？"晏航问。

"是啊。"老爸说。

"是谁生日啊？"晏航有些想笑。

"你啊，"老爸说，"儿子的生日是老爸的受难日啊。"

"……你替我妈生的我是吧？"晏航乐了。

"她生完你就冲我发火呢，没出产房就骂上了，"老爸说，"要不是没力气，她能下来揍我，我非常受难啊。"

"行吧，"晏航笑着说，"那我生日的时候伺候你吃一顿。"

"这就对了。"老爸说。

晏航挂了电话之后，初一看着他，电话里晏叔叔的话他差不多都听到了："这……这个生日很……有意义啊小……小晏。"

"是啊小初。"晏航说，"说到这里就可以了，再嘴欠挤兑我我保证抽你。"

"好的小晏。"初一点点头。

俩人对视了一会儿之后一块儿乐出了声，笑了好半天晏航才在他脸上拍了拍，往后仰头靠着，闭上眼睛拉长声音舒出了一口气。

晏叔叔在外边儿玩了一圈儿回来的时候，带了挺多东西，塞满了一个新买的大号旅行箱。

初一和晏航一块儿蹲在旅行箱跟前儿看着。

"都是礼物？"晏航问。

"也不全是礼物，有些是买回来也不知道干吗的。"晏叔叔说。

"你是不是觉得你遗产挺多的得赶紧用啊，"晏航看着他，"出于对我的打击报复，不打算给我留点儿了？"

"咱们这么多年在外头，从来也没往回走过，"晏叔叔说，"我体会一下这个往回带东西的感觉。"

"体会到了吗？"晏航问，"感觉怎么样？"

"累死了，"晏叔叔指着这个行李箱，"所有的行李架都搁不下它，搁过道上能把路堵死，最后乘务员给我拎到下车门那儿放着。"

第三十二章

初一笑了半天,对于出门永远没什么行李的晏叔叔和晏航来说,这应该是从来没体会过的。

其实他也没体会过。

他就出了一趟远门儿,从家里到这儿,而且因为根本没东西可带,他的行李也只有一点儿。

晏航用手指弹了弹行李箱:"打开看看呗,带什么回来了?"

"看看呗。"初一也学着他往行李箱上弹了一下。

"来,让你们看看,"老爸也蹲了下来,把行李箱放倒,打开了盖子,"你俩怪可怜的,都没体会过家里有人回来给带东西的感觉吧?"

"没有,"晏航看了初一一眼,"你有吧,你小姨还给你带东西呢。"

"不太……一样,"初一笑了笑,"我小姨都是把……把我叫……出去偷偷给的,来看……看我的时候带……东西感觉也……不一样了。"

"那来感受一下吧。"晏航搓了搓手。

仨大老爷们儿一块儿围着个行李箱蹲着,等着看里头的东西,这场面其实挺傻的,但是晏航却顾不上吐槽自己,就觉得有意思,甚至还有些激动。

这种激动,对于他和初一来说,晚到了得有十多年,对于很多人来说,有记忆起就应该有这样的场面了吧。

"这个,"老爸打开盖子之后拿出来的第一件东西是个袋子,"给初一买的衣服。"

"啊!谢……谢晏叔……叔,"初一兴奋地接了过来,立马就拆开了,"是T……T……T……T恤啊!"

"大小应该差不多,我按晏航的号买的,"老爸说,"你俩差不多现在。"

"是,"初一点头,"他不……不长个儿了。"

"滚。"晏航看了他一眼,又转头盯着箱子,"还有呢?"

"这个是给你的。"老爸又拿了个袋子出来,"也是件T恤。"

"我看看,是什……"晏航接过来的时候有些激动地把袋子拆开,然后愣了愣,"跟初一的一样啊?"

"对啊。"老爸说,"一视同仁。"

"……这样的衣服是不是有点儿浪费啊?"晏航看着他,"我俩衣服混着穿,现在相当于一人两件一样的衣服。"

"我是让你俩一块儿穿,谁让你们轮着穿了!"老爸说,"你智商让初一传染了吗？"

"没，"初一还是兴奋地拿着他那件T恤，"智商是遗……遗传的。"

晏航笑出了声，坐到地上一通乐。

老爸叹了口气，继续从箱子里往外掏东西："这个是初一的。"

"我还有？"初一很吃惊地接了过来，是条运动裤，"阿……阿……阿……阿……"

"'啊'什么'啊'个没完了？"晏航拍了他一下，"至于这么激动吗？"

"迪。"初一说。

"……还有我的吗？"晏航转头看着老爸。

"有。"老爸点头。

看到他手里拿着的同样的袋子的时候，晏航忍不住说了一句："你就说你是不是给我俩一样的衣服买了一套？"

"三套。"老爸伸出三根手指，"怎么样？我够意思吧，我自己才买了一套。"

"一样的吗？"初一问。

"谁跟你们穿一样的！"老爸说，"我穿童装。"

"真可爱。"初一点点头。

"继续。"晏航笑着指指箱子。

老爸也不知道是真没有给人买东西的经验，还是永远就这么没正经，他和初一各获得了三套双胞胎效果的一模一样连码子都没有区别的衣服，一人五双袜子，确切说是一模一样的十双袜子分开两份包装，还有一人一双同样码的黑社会款人字拖。

"怎么样？"老爸看着他俩问。

"喜欢。"初一盘腿儿坐地上一个劲儿点头。

晏航一直在乐，就没停下过。

"还有呢，"老爸说，"还看吗？"

"来。"晏航边乐边说。

"接下去上场的，就不是哥儿俩好礼物了，"老爸说，"是不一样的。"

初一很有兴趣地盯着。

"这个是初一的。"老爸拿出了个盒子。

"剃须刀！"初一说。

"对,"老爸说,"大小伙子了,用个好的。"

初一低头一通拆,乐得合不拢嘴,晏航感觉这狗真的很好打发,收到什么都笑得找不见眼睛。

"我没有?"他问了一句,想起来老爸说现在上场的是不同的了。

"没有。"老爸回答。

"我没胡子啊?"晏航问。

"我看你用的那个挺高级的了,"老爸说,"用不着买新的。"

"那他也用我的那个呢!"晏航指着初一。

"我又不知道,"老爸冲初一一勾了勾手指,"还给我,我正好拿去送崔逸,我忘记给他买东西了。"

初一愣了愣,迅速把剃须刀放到了自己身后:"不。"

晏航跟老爸同时爆发出笑声,他揉了揉初一的脑袋:"哎,说得好,'不'!"

老爸给晏航买了个新的耳机,这倒是晏航没想到的,他的耳机用了很多年了,虽然是个好货,但也多少有点儿旧了。

"你还用的是以前那个吧?"老爸问。

"嗯,"晏航笑了笑,"一直用着也没想到要换。"

"这个好,试听的时候就那么一下,"老爸说,"音乐都没放全呢就很震撼了。"

"一会儿我试试。"晏航笑着点头。

"接下去就没你俩的了,"老爸从箱子里又拿出个盒子,拆开了,"看看,多漂亮。"

是个长条的玻璃花瓶。

按花瓶来说,它非常漂亮,老爸的审美一向没问题,但是大老远的出去玩一圈儿,回来的时候扛个花瓶,这就让人觉得非常神奇了。

但也有可能只有晏航觉得神奇,因为初一表示非常惊喜。

"可以放……放在给你租……租的那个屋里,"初一说,"正好合适。"

"对,我也是这么想的。"老爸点头。

"还有什么?"晏航往箱子里看了看,差不多见底了,"我的生日礼物呢?"

"你今天生日吗?"老爸看着他。

"三天之后。"晏航回答。

"那就三天之后再看,刚那一堆还不够你过瘾的吗?"老爸说。

"……行吧。"晏航笑笑。

箱子里还有些东西，都是老爸随手买的，一个花瓶，几个挂墙的盘子，还有帽子，造型奇特看了绝对睡不着觉的恐怖版小夜灯……

还有一个小首饰盒。

这个老爸没向他俩展示，但晏航看得出来是个戒指盒子，他趁着老爸让初一试衣服的时候悄悄摸过来打开看了一眼，果然是空的。

大概是把这个戒指和之前的那些小玩意儿放在一起了。

盒子还带了回来。

晏航笑了笑，对于老爸来说，野驴应该是他下辈子都会记得的人。

老爸扔下一堆神奇的礼物之后，把衣服收拾到箱子里，搬进了新租的那套房子。

居住环境一直不是老爸租房考虑的内容，但毕竟这是得住上挺长时间的地方，他儿子也不可能几年内就给他买房子，所以他还是里里外外都看了一遍。

"挺好的，"老爸点点头，"这房子光照好，出来进去也方便。"

"门口可以种点儿东西，"晏航说，"初一问了，不能刨地，但是可以搁花盆。"

"种点儿什么……"老爸看着门口的两平米空地，"搭个小架子，然后把崔逸的花搬点儿过来吧。"

"你能不能对你唯一的朋友善良一点儿啊？"晏航说，"他那点儿花伺候得多不容易。"

"我又不会弄死他的花，他帮我养儿子，我帮他养花，多么公平。"老爸说，"就这么决定了。"

"……哦。"晏航点点头。

老爸回来之后就没再出门，吃喝都上晏航这儿来。

上班下班，路过老爸门口的时候叫一声，老爸立马出来跟他回去吃饭，晏航觉得有种从来没有过的奇妙的踏实的感觉。

工作目前来说也还挺顺利，本来他以为老大会让他去后厨先试试，毕竟前厅要是出了错，客人直接一眼就能看到，但老大让他留在了前厅。

"毕竟形象好，搁后厨浪费了。"这是老大的理由。

他的工作是在前厅帮助客人做西餐，有时候是客人点了他做，有时候是协助客人自己做，但是这样的形式，在晚上七点准时结束，别的时间里客人点餐

第三十二章

都是后厨做，而他七点之后就能下班了。

生活就像是随着老爸回来而走上了踏实的重复之中。

唯一让他有些无语的就是生日的时候他得做饭。

"我们直接过去就能有座儿吗？"晏叔叔坐在副驾驶的位置上，回头看着初一，"不是说他们一共就三个这种台子，还得预订吗？"

初一点了点头："嗯，特别火……火爆，一座难求，都得排……排……"

"先别急着帮他吹牛，"晏叔叔打断他，"我们没订座儿呢。"

"晏航给留……留了。"初一笑了笑。

"你说我要点个大酱吐司或者红烧肉沙拉什么的，"崔逸边看导航边说了一句，"晏大厨能给我做出来吗？"

"挺大个……人了，"初一说，"欺负小……小孩儿。"

崔逸喷了一声："初一你这个厚脸皮是跟晏航学的吗？"

"是。"初一很诚恳地点了点头。

快到餐厅的时候，初一拿出了手机，上了小天哥哥的号，发了条微博。

崔逸把车在餐厅的停车位上停好的时候，他说了一句："我要直……直播了。"

崔逸和晏叔叔同时坐直了，一个看着后视镜，一个把遮阳板的镜子翻了下来，初一没忍住笑了起来："不一定能……能拍到你们。"

"下车。"崔逸打开车门下了车。

"想拍也不让你拍。"晏叔叔也下了车。

初一一边下车一边用小天哥哥的号进了直播间。

"有人吗？"他把镜头对着地面。

有。

有有有有。

有的呀小狗。

狗哥。

狗哥好。

摄像麻烦把镜头转一下，对着自己或者抬起来对着刑天，谢谢。

"今天是小……小天哥哥生……生日，"初一跟在晏叔叔和崔逸身后往餐厅走，"又老一岁，可以叫老……老天哥哥了。"

老天爷。

· 479 ·

别这样,我比小天哥哥大好几岁。

我儿子都快跟他一样大了……

现在是开始比老吗?

初一抬头看了一眼,晏航从餐厅里走了出来,冲他们晃了晃手:"给你们留好桌了。"

初一愣了愣,晏航今天穿的这身餐厅的制服,是他见过的晏航穿过的制服里最好看的,特别像个有钱人家里的大总管。

……大总管有什么好看的?

不知道,反正就是好看。

其实就是套西服,黑色的,晏航身材修长,穿上就特别养眼。

"今天小天哥哥很帅。"他小声说。

不结巴了?

没结巴。

居然被帅得说话都利索了!

我一直以为应该是帅得说话都结巴了呢!

"干吗呢?"晏航看了他一眼。

"直播,"他说,"要口……口罩吗?"

"不用,"晏航笑了笑,"走,进去。"

餐厅里人挺多的,除了三张定制西餐的台子,还有不少卡座,都差不多坐满了,旁边的客人也都会看着定制台子这边。

初一坐下之后突然明白了为什么老大会让晏航留在前厅。

做菜做得好,做菜的动作也非常帅,而且人还特别帅,这样的厨师上哪儿找啊。

"欢迎光临,"晏航站在台子旁边,手往台面上一撑,看着他们几个,"感谢你们在我生日的时候过来让我给你们做饭。"

"不客气。"晏叔叔说。

"这是我们应该做的。"崔逸说。

哈哈哈哈哈哈哈哈这是叔叔吗?

啊,好紧张,似乎有长辈在啊。

跟着坐直了身体。

我们要见家长了吗?

第三十二章

叔叔好。

大叔叔好,二叔叔好。

初一托着下巴,看着晏航,把手机往上慢慢抬,从晏航的腿一直拍到他的脸,然后停下。

屏幕上小姐姐们开始疯狂刷屏,初一几乎已经看不到晏航的脸了,也快要不认识"啊"和"帅"字了。

感觉手机都有些扛不住。

"可以做个大酱吐司吗?"晏叔叔问了一句。

屏幕上好容易才刚刚缓过劲来的小姐姐们顿时又把屏幕给"哈哈"满了。

"可以啊,"晏航说,"我做了你吃不吃?"

"他吃。"晏叔叔指了指崔逸。

初一笑了起来,手都有点儿抖。

"我想吃奶酪把饼盖满的披萨,"崔逸说,"放培根和黑椒,别的都不要,重要的是奶酪要多,盖满……我一直想这么吃,但是哪个店也不给这么做。"

"你早说啊,"晏航笑了,"我在家就能给你做了。"

我也想这么吃。

饿了。

天哪,我也一直想只吃奶酪不吃别的。

"好,崔叔的全奶酪披萨,"晏航转头看着晏叔叔,"你的大酱吐司?"

"烤馒头片儿,"晏叔叔说,"配猪排,行吗?"

"……行。"晏航点头,然后往初一这边看了过来。

我的天这一眼要真是看我,我估计站不住了。

是我。

你们有点儿出息啊,勇敢地站起来,小天哥哥就是在看我们的狗哥!

狗哥还好吗?

应该还好,手还很稳没有抖。

毕竟有大叔叔和二叔叔在。

请大家端庄一些,给两位叔叔留个好印象。

两位叔叔根本不会看我们好吗!

所以……

我要炸了啊,太帅了啊,我喜欢小天哥哥的眼神啊啊啊啊啊!

"你想吃什么?"晏航看着初一勾了勾嘴角。

吃你。

你!

当然是你!

矜持!

狗哥要吃小天!

初一差点儿让小姐姐们带得脱口而出一句"吃你"了,咬了咬牙才刹住:"小……小狗吐司。"

"什么?"晏航看着他。

"小狗吐司。"初一说。

妈呀哈哈哈哈哈哈哈!

小狗的专属吐司!

我要去下单一个吸氧机。

我撞桌子自我人工呼吸吧,毕竟穷。

晏航的眼睛的确很好看,初一看得有些出神。

其实他挺长时间没有这么看过晏航了,每天忙着上班下班,觉得生活特别充实,跟晏航每天晚上一块儿窝着吐槽一会儿电视剧,或者是他看电视,晏航玩游戏。

生活过很单调也很暖。

偶尔像现在这样突然面对面用另一种心态抬眼看着晏航的时候,他又会猛地心里一阵激动。

直播是什么时候退出的,初一弄不清了,反正晏航开始做小狗吐司的时候,他的手机已经脸冲下放在桌上挺长时间了。

真是对不起小姐姐们啊。

"你这个小狗吐司就是用吐司摆个狗啊?"晏叔叔说。

"不然呢?"晏航叹了口气,"我就给他捏过一个狗头面包,我哪知道小狗吐司是个什么鬼。"

"小狗吐丝是蜘蛛精。"崔逸说。

初一笑了好一会儿:"小狗吐……吐司就是小……小狗吃的吐司,小狗吃……吃了就叫小……狗吐司。"

"你现在也是个大型犬了。"晏叔叔说。

第三十二章

听到晏叔叔的声音时,初一才猛地回过神,呛了一口,偏开头咳了半天,脸都憋红了。

一半是咳的,一半是感觉自己有点儿丢人。

他大概是有什么眼疾了,只看得到对面的晏航,两边的晏叔叔和崔逸他完全没看见,想想自己满脑子想着晏航,再加上装可爱说的那句话,顿时都想钻到桌子下边儿去。

晏航拿了奶油和冰激凌混合浇在了吐司上,再把盘子推到了初一面前:"吃吧,小狗。"

初一先拍了张照片,然后抓过叉子埋头苦吃起来。

晏航有点儿想笑,估计是回过神来了,这会儿就算没东西吃,初一这个脑袋也抬不起来。

"你也弄点儿吃的啊。"老爸边吃边说。

"我上着班呢,"晏航说,"怎么吃?"

"……这么可怜?"老爸看了他一眼,"那平时也这样吗?你做好了,看着别人吃?"

"做好了我就走开了,"晏航说,"今天我是没办法才站在这儿看你们吃的。"

"你现在可以走开,"崔逸说,"没事儿。"

"叔,"晏航看着他,"我在等我的生日礼物呢。"

"哦,对了,"崔逸赶紧摸了摸兜儿,"差点儿忘了。"

他把一个红包放到了晏航面前:"生日快乐。"

"谢谢崔叔。"晏航拿起这个简单粗暴的红包放进了兜儿里。

"来,"老爸的手也伸进了兜里,"这回的生日礼物绝对正常。"

晏航看着他,他手从兜里拿出了一个小首饰盒,递了过来。

这就是那天在行李箱里看到的首饰盒,当时是空的,晏航接过来:"这不是……"

"偷看没看着吧?"老爸说,"在下面那层呢。"

晏航看了老爸一眼:"你长了多少眼睛啊?"

"俩。"老爸喷了一声,"你是我带大的,想什么、看什么、干了什么,我全知道。"

晏航笑了笑,打开了盒子。

一个钢镚儿/3
A COIN

盒子依旧是空的,他按老爸的指示把中间的小隔板拿了起来,下面是条带黑绳的银色吊坠。

看上去很普通,但晏航拿起来的时候,看出来吊坠上是两根勾在一起的手指,跟小时候"拉勾上吊一百年不许变"的手势一样。

他看着老爸。

"我做的。"老爸说。

"你做的?"晏航非常怀疑,"你要说是初一做的我还能信,你什么时候有这手艺了?"

"我找了个老师傅给定制的,我画了图,还敲了两下,"老爸说,"所以是我做的。"

晏航笑了起来,看着手里的吊坠:"有什么含义吗?"

"没有,"老爸说,"就希望你们都好好的。"

"嗯。"晏航点点头,往初一那边看了看。

初一突然站了起来,把自己的包从椅子上拎了起来。

"干吗?"晏航问,"要走啊?"

"出……出来一下吧,"初一看上去有些不好意思,"外面送……送你礼物。"

"哎哟,"崔逸笑了,看着老爸,"咱俩应该出去啊!"

"就不出,"老爸说,"让他俩出去。"

"走吧。"晏航笑了笑。

初一拎着包在前头,走出了餐厅,晏航跟同事交代了一句,也跟了出去。

一直走到拐角,初一才停了下来,往四周看了看,然后指了指旁边一个假山喷泉:"那儿。"

晏航又跟着他走过去,看着他在喷泉旁边的草地上蹲下。

"干吗在这儿?"晏航问。

"环境好。"初一指了指周围,"有山有……水有草……草地。"

"行吧,"晏航也蹲下,挨着他,"我看看是什么礼物要这么好的环境才能看。"

"我自……自己做的,"初一小心地从包里拿出了一个鞋盒大小的盒子,"做得不……不太好。"

"没事儿,做成什么样我都喜欢。"晏航说。

"咱俩想买……买房可能不……太容易,"初一把盒子放在草地上,一边拆着上面的包装纸,一边小声说,"估计得好……多年,所以……"

· 484 ·

第三十二章

初一把包装纸揭开了。

晏航看到里面的东西时愣住了。

这是一个小小的房子的模型,从上面和侧面能看到屋里的各种摆设,桌椅、柜子、床、沙发,甚至在茶几上还有小花瓶。

"三室两……两厅,"初一指着模型,"卧室、书房、客房,家具我做……做得不好,柜子门打……不开。"

晏航没说话,定定地看着模型。

"小装……饰不是我做的,是买的,"初一说,"好多啊,我都挑……挑花眼了,也不知道你喜……喜欢什么风……风格。"

"嗯。"晏航应了一声,感觉嗓子眼儿有些发紧。

"在买得起房之……之前,"初一偏过头看着他,"就先用这个过……过瘾吧?你有喜……喜欢的告……诉我,我就加进去。"

"嗯。"晏航点点头。

"想要扩大也……也可以加。"初一说。

"我觉得这样就够大了,"晏航说,"卧室里能加个小沙发吗?"

"可以,"初一笑着说,"沙发我会……会做。"

"厨房差个油烟机。"晏航说。

"哦,对,"初一看了看,"我忘了……"

"初一,"晏航用手指在他下巴上轻轻戳了一下,"谢谢。"

"生日快乐。"初一说。

"有你就很快乐。"

番外 1

Extra 1

番/外 1

今天是初一在幼儿园的最后一天,妈妈说以后就不再上幼儿园了,要上小学了。

初一对小学没什么概念,只觉得有点儿害怕。

每次抢他东西的,都是隔壁楼的小学生。

对于初一来说,小学生都是恶霸。

他们都比自己高,也比自己壮,并且带着身为小学生的优越感,看到他的时候会很不屑地拿眼角瞅一眼:"幼儿园的啊?"

虽然自己马上也是个小学生了,初一却并没有觉得自己能获得小学生的能量,也不觉得自己能跟隔壁楼的小学生抗衡。

"初一,今天是你姥姥还是你妈妈来接你啊?"小果老师走到边儿上问了一句。

"不……不……不知道。"初一很小声地回答。

他在幼儿园门口已经蹲了很长时间了,他们苹果班的小朋友差不多都已经走光了,只剩下他和另外两个爸爸妈妈有事要晚些来的小朋友。

"结巴!"一个叫小义的小朋友跑出来冲他喊了一声,又转身跑回了教室里。

"不许这样说小朋友!"小果老师进去叫住了小义,"老师有没有说过不许这样?很没有礼貌!"

"他就是结巴!我又没说错!"小义很不服气,"小时候是结巴,长大也是结巴,以后都是结巴!"

小果老师还在教育小义,初一没有听他们说什么,拿了片小树叶低头在地上来回扫着。

有只小蚂蚁从他面前爬过,他把树叶伸过去,小蚂蚁爬到了树叶上,他站起来小心地走到旁边的花圃旁边,把树叶放到了土上。

小蚂蚁有没有成功地下去,他没有来得及看清,因为刚才叫他结巴的小朋友突然从他身后跑过,对着他后背推了一把,他没站稳,直接扑进了花圃里。

"妈妈!"小义推完他又继续往前边跑边喊。

"哎,怎么能这样跟小朋友玩呢?"小义的妈妈说,"不可以随便推小朋友……来,跟小果老师说再见。"

"小果老师再见。"小义冲跟出来的小果老师摆了摆手,跟着妈妈走了。

初一从花圃里挣扎着退出来的时候,小果老师才看到他。

"你怎么到那儿去了?"小果老师叹了口气,蹲下拍着他的裤子,"看看这土,一会儿你姥姥来接你,又得骂了。"

初一低头看着自己沾了泥的裤子,顿时有些害怕。

小果老师走开之后,他悄悄走到水池旁边,拧开了水龙头,伸手接了水在自己膝盖上擦着。

黄泥很难洗掉,姥姥终于到幼儿园来接他的时候,他裤腿儿上被洗湿了的黄泥已经洇开了一大片。

"你是不是脑子不好使!"姥姥一看就怒了,过来对着他脑袋一巴掌拍了下去,"不知道干了拍掉再洗啊!"

"初一姥姥!"小果老师跑了过来,"怎么能这么打孩子!"

"那我打你吗!"姥姥瞪着小果老师,"我孩子放你们这儿就给弄一身泥!洗得都湿了也没人管!"

"我以为他洗手呢,过来的时候他已经把裤子洗湿了,"小果老师说,"我拿毛巾给擦半天了……"

初一很害怕,姥姥生气的时候特别让人害怕,姥姥已经在幼儿园里脱过一次衣服,警察来了她才穿上的,现在看她对小果老师瞪着眼睛的样子,初一非常担心她会把身上的褂子再给脱了。

他抓住了姥姥的手,把她往幼儿园门口拖过去。

"干什么你!"姥姥一甩手,"你是不是缺心眼儿啊!"

初一跟跄了一下,一屁股坐到了地上。

"这孩子今天幼儿园毕业!"小糖老师从另一个教室跑了过来,"初一姥姥,您能不能让他留点儿好的回忆啊!"

小果老师过来把他从地上抱了起来。

四周变得很安静,初一能看到小糖老师和姥姥在争执,也能看到小果老师

番/外 1

红着眼眶在跟他说话。

但是他听不清。

他的脑子里全是今天小朋友们表演节目的样子,唱歌跳舞,他在旁边拍手。

他也不想听清,什么也听不清就挺好的,不会害怕。

不过姥姥拎着他衣领往家走的时候,他就没有办法再去想别的了,因为姥姥每骂一句,拎着他衣领的胳膊都要挥一下,他一路被拎得跟跟跄跄的,还得抱着他的书包。

要是能长高点儿就好了,姥姥就没办法拎着他衣领走路了。

回到家的时候妈妈正在厨房里炒菜,听到他们进门的声音,立马喊了一声:"怎么这么长时间!"

"你还嫌时间长呢?"姥姥说,"你再忘久点儿他明天也回不来!"

初一低头从姥姥腿边儿上挤进了厨房里,往洗菜池里看了看,青菜还没洗,于是踮起脚开始洗菜。

"袖子也不知道挽一下!"姥姥过来对着他甩了一巴掌,"洗洗洗!脑浆子都冲没了还洗呢!"

初一迅速蹲下,抱住了脑袋。

姥姥在他身上哪儿顺手就往哪儿打。

挺疼的,不过初一觉得现在这样比看着姥姥在幼儿园跟老师吵架要舒服得多。

姥姥打了他几下出了气之后就回客厅看电视去了,初一继续踮着脚洗菜。

洗菜挺好玩的,可以玩水。

他特别喜欢看着水龙头里细细的水流滴在菜叶上溅起来的水花,还有滴在手臂上的时候四溅开的水花。

"以后你发财了自己买个游泳池玩去,别在这儿浪费我们穷人家的水!"妈妈在旁边说,"你多倒霉啊,投胎的时候瞎了眼,也没投个好人家。"

初一没敢说话,也不敢往妈妈那边看,盯着菜叶子继续洗。

发财啊?

发财就是有很多钱。

一百块吗?

还是一亿块?

……他好像弄不清一百多还是一亿多。

不过没关系，有很多钱就是钱都花不完，可以买很多好吃的……吃什么呢？

初一一边洗菜叶一边想，想了很久，也不知道自己想吃什么，反正只要不是家里做的菜就可以了。

妈妈和姥姥做的菜都不好吃。

有很多钱的话，能不能去另外一个家，家里有一个人专门为他做很多好吃的？

他想吃什么，就可以做什么，虽然他现在不知道自己想吃什么，但是以后有钱了，应该就会知道了。

发财以后还可以去旅行。

去哪里旅行呢？

初一把洗好的菜举起来，让水从菜叶里流出来，本来应该放在菜篮子里，但是菜篮子被姥姥生气的时候踩碎了，就只能举着了。

水顺着他的胳膊一直淌进了他衣服里。

有点儿冷。

吃完饭之后，初一出了家门。

幼儿园毕业了，他现在不用写作业，什么抄生字、做算术题，也不会因为写不出来而被骂了。

毕业真好。

初一隔着三级台阶开心地往下一蹦，跑出了楼道。

刚一出去，就碰上了楼上的一个叔叔，他赶紧低头贴到了墙边。

"哟，初一啊，"叔叔看了他一眼，从兜儿里掏出了一块巧克力，"吃吗？"

初一一眼就看出来了这是块巧克力，因为他挺喜欢吃巧克力的，小姨给他买过，很好吃，可惜见不到小姨就没得吃。

他想起来自己喜欢吃巧克力就挺高兴的，以后有钱了可以买很多巧克力吃。

"想吃吗？"叔叔把巧克力往他面前递了递。

初一往墙角又缩了一点儿，他不喜欢这个叔叔。

楼里有很多邻居他都不喜欢，他们喜欢笑话他结巴。

"你说句话，我就把这块给你。"叔叔说。

初一摇了摇头，嘴闭得很紧。

"不想吃吗？"叔叔笑着问，"你家平时也不给你买零食吧？"

番/外 1

初一没出声,垂下眼皮看着自己的鞋。

鞋尖上有一个洞,能看到袜子了。

这个洞本来没有这么大,今天他蹲在幼儿园等家里去人接他的时候抠了一下,就把洞抠大了,吓得他用手捂了很久。

"别逗他了,"邻居阿姨这时走进了过来,"这孩子都快让他姥姥打傻了,还逗呢!"

初一看着他俩的脚,看到他们走进楼道之后,立刻转身贴着墙根儿飞快地往外跑,跑到一半的时候不知道踢到了谁家扔在墙根的一袋垃圾,吓得他差点儿摔了一跤。

一直跑到了河边,他才停了下来。

河边的路灯有些亮着,有些黑着,他顺着路走了一会儿,找到一个旁边路灯黑着的石凳,坐到了上面。

没有人能看到他了,他这才觉得安全了。

姥姥不大喜欢他到处跑,说会碰上人贩子,把他抓走卖掉。

初一一直挺期待的。

期待一个人贩子出现,他肯定不跑,让人贩子抓到他,然后卖到别的地方,他就可以旅行了。

不过姥爷说人贩子会先把眼珠子挖掉,以防小孩子能看见路跑了。

初一想到这一点就又有些犹豫,抬手摸了摸自己的眼睛,如果看不见了,旅行就没有意思了啊。

但他也不是特别相信这个话,他晃了晃脚,人贩子是要抓小孩子去卖的,谁要买瞎孩子呢。

姥爷肯定是吓他的。

远处有两个人走了过来,初一突然有些紧张,停止了晃脚,偏过头盯着那边的人影。

是人贩子吗?

两个吗?

会把自己抓走吗?

直到那两个人边笑边闹地走近了,初一才看清那是两个穿着高中校服的学生。

高中啊。

就是特别高的中学。

比幼儿园高很多,比小学也高很多了。

初一从石凳上跳下来,转身跑到了身后的墙边,站在了一棵树后头,这种身后是墙,眼前是大树干的位置,让他觉得踏实。

他贴紧树干,只露出一只眼睛看着这两个高中生。

看上去他们很高兴,一直在笑。

初一很羡慕他们。

在初一看来,他们是大人了,虽然不像真正的大人那么大,但是看上去特别自由自在。

他知道小学之后是初中,然后才是高中。

他还知道小学有六个年级,要念六年,初中要念三年,六加三等于九,就是九年。

但是他不知道九年是多长时间,他只知道一天是多长时间,九年有很多很多很多天。

好像很长,像是一辈子。

不知道自己还有没有机会变成高中生了。

两个高中生走到了他面前,他赶紧把露出的那只眼睛也藏到了树后面。

然后看到了树干上有一个洞。

黑黑的。

他吓了一跳,往后退了一步,靠在了墙上。

姥姥告诉他,所有的洞里都有手,能把他一把抓走,然后姥爷就说会被抠掉眼珠子。

每次初一被吓到的时候,他们都会哈哈大笑。

初一觉得他们说的应该不是真的,他们就是想笑。

跟那些邻居看到姥姥生气的时候就会笑一样。

初一很小心地伸出手,在树洞的边缘上摸了摸,摸到些粗糙的树皮。

他等了一会儿,没有看到洞里伸出手来,于是鼓起勇气,把自己的小指头伸进了洞里。

他觉得小指头是最没用的,如果不小心被抓走了,他还可以写字和做事。

树洞里很安静,小手指也没有被抓走。

他又勾了勾小手指,还是没有被抓走。

"喂?"他往树洞旁边凑过去,小声说了一句,"你好呀。"

树洞里没有声音,但是突然有风吹过,头顶的树叶一阵沙沙响,脚下的落叶也一起跟着风往前跑。

初一很紧张,但是坚持着没有把小指头收回来。

这可能是树洞在跟他说话。

"我听……听到了,"初一小声说,"你跟……跟……跟……"

说到一半,他停了下来,有些丧气地低下了头,用更低的声音说:"我结……结巴,他们都……都……都不跟……我玩。"

又一阵风吹过,初一感觉肩膀上被什么东西轻轻碰了一下。

他先是吓得一动也不敢动,过了好半天,才慢慢地转过头,往肩膀上看了一眼,是一片叶子。

这让他非常惊喜,拿过叶子看了看,叶子还有一半是绿色的,很漂亮。

"这是送……送给我……的吗?"他扒着洞口,冲里面说,"谢谢你。"

因为收到了礼物,初一觉得树洞不可怕了,他眨了眨眼睛,想看清里面的样子,可惜什么也看不见。

"喂?"他把脸扣在树洞上,"我叫初……初一,大年初……一的一……的初……初一。"

树洞没有跟他说话,但是他觉得树洞能听懂他说话,这里面肯定住了一个小精灵,所以才会送他一片叶子

"你是小……小……精灵吗?"他问,"你会魔……魔法吗?Biubiubiu!变……变……变出一……片叶子来?"

树洞挺大的,他觉得自己要是往前再用力一点儿,就可以把脑袋塞进去了,但是他没敢用力,他怕会拔不出来。

他上小班的时候,有一个小朋友把头塞进了幼儿园的一个栏杆里,来了救火车把栏杆拆掉才救出来的,非常可怕。

小朋友哭得都喘不上气儿了。

他要是被卡住了,就不会哭,但是姥姥会打他,可能还会把他塞回去,然后全家一块儿笑话他……所以他不敢。

一 / 个 / 钢 / 镚 / 儿 /3
A COIN

"我们交……交朋友吧,"初一继续说,"你叫树……树洞吗?"

说完他竖着耳朵听了一会儿,然后点点头:"我叫初……初一,大年初……初……初一的一……的初……我刚才好……好像说……说过了?"

他有些不好意思,但是树洞没有笑话他,他吸吸鼻子:"你还……还有别……的朋……朋友吗?我没有啦,我只……只有你一……个朋……朋友。"

"以后我来……来找……找你玩,"他轻声说,"你要记……得我啊。"

路的那头突然传来了爸爸的声音,很远地喊着他的名字:"初一!初一!"

"我要回……回家了,"初一有些着急地拍了拍树干,"明……明……明天找……你玩啊,再见。"

初一不太喜欢放暑假,去幼儿园的时候至少可以看别的小朋友玩,放了暑假,他就只能每天在家里做事,扫地擦桌子还有洗碗,有时候跟姥姥去买菜,帮她拎篮子。

只能等吃完饭了,他才可以跑去河边,没有别人跟他玩,他跟树洞说话。

不过暑假过完,他变成小学生之后,又开始觉得还是暑假好,可以一个人待着。

班里的同学有一多半他都认识,有些是邻居,有些是以前幼儿园一个班的。

刚去上了一天学,所有的同学就都知道他是结巴了,会一块儿过来逗他说话,他一开口,大家就笑得东倒西歪的,这让他有些沮丧。

大家还知道了他的姥姥生气的时候会在街上脱衣服骂人。

每次有同学过来说"初一,听说你姥姥……"的时候,他就拼命把头低着,一句话也不说。

特别想快点儿长大,有很多的钱,去一个没有人认识他,也不用说话的地方。

今天是教师节,早上起床去学校的时候,初一还看了一眼日历。他学会看日历以后,每天都会看一眼日历。

看到日历要被翻过去了,他就会觉得很开心。

这个月过了一半了。

但是他高兴地走进教室的时候,突然愣住了。

班里的同学,差不多每个人,桌子上都放着一朵花,或者一个小礼物。

番/外
1

"你没有带教师节礼物吗?"同桌看着他问,"今天是教师节啊,应该给老师送一份心意!"

初一看着她没有说话,过了好半天才慢慢在自己的椅子上坐下了,抱着书包。

初一心里特别慌张,特别害怕,所有的同学都带了小礼物,只有他没带。

"我妈帮我系的蝴蝶结,"前桌回过头跟他同桌晃了晃手里的花,"漂亮吧?"

初一低下头,妈妈并没有帮他准备教师节的礼物,可能妈妈不知道今天是教师节。

他很慌乱,不知道应该怎么办了。

一会儿就要上课,大家就都会把礼物拿给老师,就他没有……他急得有些想哭。

他拉开了自己的书包,在里面翻着,想看看有没有可以送给老师的礼物。

笔、橡皮擦、课本、作业本,没了。

他愣了很长时间,最后拿出了自己的作业本。

刚进教室的时候他看到有同学自己做了卡片,上面画了花,写了字。

他打开本子,急得手都有些哆嗦,努力地把笔捏紧,在本子上一笔一画地写下了一行字。

老师我ài你。初一。

然后把这页本子小心地撕了下来。

老师走进教室的时候,同学们都跑了过去,把自己的小礼物送给了老师。

"谢谢大家,"老师一个一个收下礼物,挨个儿地摸着他们的头,"谢谢大家,老师最喜欢你们啦。"

初一紧张地跟在最后面,他看到有两个同学的礼物盒子很大,老师没有收,只说谢谢他们,让他们把礼物拿回家给爸爸妈妈。

初一看了看被自己紧紧捏在手里的那页纸,害怕老师也会不要他的礼物。

最后他鼓起勇气把纸递给老师的时候,腿都有些发抖了。

"谢谢小初一。"老师摸了摸他的头,打开纸看了看,然后把纸和大家的礼物放在了一起。

初一猛地松了一口气。

"真的啊?"姥姥看着他,"你就自己写了个破纸片儿给你们老师啊?"

一个钢镚儿 /3
A COIN

　　初一点了点头。
　　"哎哟，你可真是逗死我了！"姥姥发出了一阵大笑，姥爷和妈妈也跟着笑了起来。
　　初一没有笑，他有些难过。
　　"你那个破纸还好意思往外拿呢？"妈妈一边磕瓜子一边笑得不行，"你脑子可真好使。"
　　"你们老师没拿你那张破纸去擤鼻涕啊？"姥姥笑着说。
　　"没，"初一咬咬嘴唇，"老师说谢……谢……谢……"
　　"还谢谢你啊？"姥姥笑着打断了他的话，"哎哟！谢谢你的破纸片儿啊！"

　　初一站在树洞前。
　　确定了四周都没有人之后，他才靠了过去，把脸扣在了树洞上，抱住了树干。
　　"晚上好……呀，"他小声说，"我是初……初一，我来找……你玩了。"
　　说完这句话，他忍不住眨了眨眼睛，眼泪流了出来。
　　"今天我……我……我不……不怎么高……兴，"他小声哭着，"有点儿难……难过。"
　　有风从他肩膀上轻轻吹过，他压着声音抽泣着："你是精……精灵吗？你是精……精……精灵好……不好？"
　　"我想快……快点儿长……长大，"他用力吸了吸鼻子，又偏开头抹了抹眼泪，再重新把脸扣回到树洞上，"你帮我好……好吗？"
　　树洞没有说话。
　　初一也没有再说话，他抱着树干。
　　没有精灵吧。
　　但是树洞还是他的朋友，他跟树洞说完话就会开心。
　　也许真的有精灵呢。
　　那说不定他有一天就长大了。
　　然后去很远的地方，有很多钱，可以吃很多好吃的东西。
　　他笑了笑。

番外 2

Extra 2

一个钢镚儿 3
A COIN

入冬以后街上的人就都跟冬眠了似的,下午六点一过,就没几个人了。

路边的商店坚持到八点,就全关了,这种时候最让人觉得温暖踏实的就是饭店。

棉帘子一掀,夹杂着菜香的温热空气,明亮的灯光,满耳的人声,还有喝得面色红润的一屋子人。

不过晏致远是从后厨掀的帘子,相比之下,就是另一番景象。

油腻的地面,堆放着的切好的菜,灶里蹿出来的火苗和叨着烟炒菜的厨师,还有满脸不耐烦的老板。

"今儿怎么这么晚!"老板走了过来。

晏致远给这家饭店后厨送调料什么的已经挺长时间了,跟老板混得还算熟,老板脸上的不耐烦在走到他跟前儿之后稍微调整了一下,变得没那么明显了。

"路上车坏了,"晏致远递了根烟给他,"修了半天。"

"唉,修就修吧,现在开车送货算不错了,"老板拿了烟走到门边,"就是一天修个十回八回的,没点儿技术这货还送不成了!"

"上月还琢磨要把这车卖了呢,卖不掉我才一直开着,"晏致远说,"车要卖掉了,我这大冷天儿的还得蹬三轮给你送货来。"

"都不易。"老板叹了口气,一脸深沉。

"您这月账能按时结吧?欠着账的太多了,"晏致远说,"收不回来钱,我就拿不上工资,。"

"给你结,"老板说,"你也得赶紧催催别家啊,马上年关了,拿了钱好回家过年。"

"是得催。"晏致远点点头。

跟老板一块儿抽完一根烟,他裹好围巾离开了饭店。

回到车上之后,用了五分钟才重新把车给发动起来了。

番/外 2

  这车的确是破得不行，一个车座全拆掉了的小面包，开的时候就一个壳儿，还晃得厉害，过个坎儿颠一下有种车要碎了的感觉。
  四面漏风还没有暖气。
  但这就算是很不错了，相比他之前得蹬三轮儿送货，骑自行车送货，甚至还有跑步送货的时候，这辆小面包在同等条件的工作里算得上是高配置了，关键是，这是配车。

  晏致远裹紧军大衣，把车开了出去。
  街上的人少，不光是天儿冷了，还因为马上年关了，不少人已经回了老家，再过几天，估计连人影都看不着了。
  得赶紧把自己的工资结出来，倒不是他要回家，而是生意挺不景气的，他怕老板回家跑了。
  他是没家可回，过年自己给自己放一个月假，过完年再找个新工作就行。
  也没准儿过完年不仅仅是新工作，还会有一个新的城市在等着他。
  他看了看窗外，这个城市一眼看过去，刚刚有些眼熟，有很多地方，他去了，走了，最后连曾经住过的那条街什么模样都记不清。
  这里他倒是能记住不少。
  比如腊月二十四，他的车第八次坏在了路上。

  他下车打开引擎盖看了半天也没找着毛病在哪儿，他又回到了车上，有点儿吃不消，手指头都冻麻了。
  不过因为没了发动机那点儿热气儿，他坐在车里也没暖和到哪儿去。
  这段路正好是城乡交界，出了送货的饭店那一片，眼下这儿连个开门的商店都没有，只有两边连灯都亮不全的几栋破楼。得过了这块儿，才能到他工作的那个批发市场。
  他从兜儿里摸了块破电子表出来想看看时间，他车上还有货，得今天送完，离得倒是不远，就是想着要扛着货走过去，就有点儿郁闷。
  电子表没电了。
  晏致远盯着一片空白的表盘看了一会儿，打开车窗把表扔了出去。
  在摇上车窗的时候，他往后视镜上扫了一眼，看到后面走过来了几个人。
  都穿着皮猴儿带着雷锋帽，脸上还有口罩。
  晏致远弯了弯腰，从车座底下抽出了一根两指粗的钢条。

这种打扮在这种天气里并不少见，但这几个人身上散发出来的气息，对于晏致远来说，实在是眼角扫一扫就能判断出来。

这几个人也许就是要找个地儿吃饭或者住宿，但他这辆坏在这儿还一看就拉着货的车，对于这些人来说，就是个顺带手就能做了的活儿。

他哼了一声，大冷天儿的，还这么多麻烦！

几个人果然冲着车这边儿就过来了，还有两个人的手伸进了衣服里，像是在掏东西。

晏致远叹了口气，打开车门，拎着钢条跳下了车。

几个人大概是没想到这种天气里，一辆熄了火的车上还能蹦下个人来，顿时一块儿站住了，有些吃惊。

"这货有主呢，"晏致远拎着钢条走到了车后，跟他们几个面对面地站着，"大冷天儿的，还是找地方喝点儿酒舒服，是不是？"

对方四个人，个儿都不矮，看着也挺壮，不过晏致远并不在意。

这样的人哪怕再来十个，只要他愿意动手，他就会动手。

至于会有什么后果，就不在他的考虑范围内了，他考虑的只有要不要动手。

对面看着像是领头的那个，听了他的话并没有什么反应，口罩捂着脸也看不见表情，只能看到眼神里的凶狠。

这人扫了他一眼之后，抬腿就往小面包屁股上踹了一脚。

嘭的一声。

还挺响。

紧跟着他旁边的那人就扬起了手，手里有根看不清质量的棍子。

晏致远在他扬手把棍子抡向车门玻璃的同时，狠狠把手里的钢条往上一挥。

撞击声在寒风里传出去挺远的，接着就是断了的木棍从领头那位的脑袋上越过，飞了出去。

动手的事儿一旦开了头，就不能犹豫，谁愣神儿谁便落了下风。

晏致远没犹豫，挡棍子时扬起的手直接往下一抡，砸在了手上还有半截儿棍子的这人腿上。

这人顿时"嗷"了一声，跟跄着弯腰抱住了自己的腿。

番/外 2

  在领头的反应过来掏出刀往他脸上捅过来的时候，晏致远已经退开了一步，接着就是横着一甩，钢条抽在了这人肋骨上。

  他举着刀的胳膊软了下去。

  这个开局晏致远很满意，要不是隔着那么厚的衣服，他这两下能让这俩人立马站不起来。

  算是老天爷拉偏架了。

  接下去就是混战了，四个人的战斗力因为两个人受伤变成了三个，全扑上来的时候，晏致远觉得身上都发热了，抡着钢条就抽，也不管是什么部位，反正对方也没管。

  本来在车上冻得挺难受的，这么活动一下，没几分钟就感觉身上暖了。

  人一暖和，很多动作打起来就利索了，他主要是防着刀，棍子和砖块儿砸身上他都无所谓。

  唯一让他有些郁闷的，就是对方并没有撤退的意思，就好像在这种隆冬寒夜里大家抱团跳个舞取暖似的，伤了肋条直不起腰的，伤了腿瘸着走的，都特别投入不肯撤退。

  这种混战就怕时间长，人少的一方时间长了必然吃亏。

  晏致远头上胳膊上都有伤了，脸上还能感觉得到有暖流，估计是血淌下来了，但是气温不够低，过了好一会儿才冻上。

  几个人的目标已经不完全是车上的货了，司机没走赔笑脸递烟求饶这一系列程序，直接动手就弄伤两个，应该让他们非常愤怒，为了面子，今天不把谁干趴下了，这事儿过不去。

  晏致远的确跟其他送货的伙计不一样，他没什么牵挂，没有家人，没有朋友，没来处，也不知去处，这车货真丢了，他也不在意，扔了车直接走人就行。

  他打这一架，只是因为他想打。

  这一架要是打出个好歹来，甚至真把他这不知道会有多长的人生打个完结，他也不太在意。

  就是不知道自己到底活了多少年，让他有些遗憾，也许十九年，也许二十年，也有可能二十一年。

  还好他没有强迫症。

  混战不知道混了多久，三分钟，五分钟，还是十分钟，晏致远感觉人数有些不对。

他一边对着人影抡钢条,一边抽空数了一下。

的确是人数突然变了。

本来加上他应该是五个人,这会儿怎么数都是六个。

在他反应过来人多了一个之后,混战的场面突然有了改变,不再是四个人围着他打了。

莫名其妙加入战局的这个人,抄着半块儿砖头,每一砖头砸的都是对面的。

晏致远没空问这人是怎么回事儿,他趁着这会儿助了个跑,蹦起来对着领头那人的后背一脚踹了过去。

"别打了啊!"旁边不知道哪个破楼里有人喊了一声,"叫警察了!"

也不知道是真的害怕警察,还是已经落了下风不得不走,总之在这人喊了一嗓子之后,那几个人往旁边一条小路跑了过去。

街上瞬间就安静下来了,只剩了风。

还有雪水里被踩成了黑泥的不知道谁不小心掉落的装备。

晏致远仔细在地上搜索了一下,捡起了一把弹簧刀,试了试,还不错。

"哎,"身后有人出了声,"都没句感谢?"

晏致远把刀收进了兜儿里,转头看了一眼,一个应该穿得挺时髦但这会儿已经打得时髦全无了的年轻人站在那儿,手里还拿着那半块砖头。

"谢什么?"他继续低头在地上看着。

"我刚要没帮你,"那人走了过来,"你就得让他们打死在这儿你信不信?"

"不信。"晏致远说。

"……啊?"那人愣了,"我刚就应该在边儿上看着!"

"对啊,"晏致远又在地上捡了包烟,看了看,拿了一根叼在嘴上,一边点烟一边看了那人一眼,"还能给我鼓个掌。"

"要脸吗?"那人瞪着他。

"要啊,"晏致远笑了笑,"你有多的吗?"

"噗!"那人把手里的砖往他脚底下狠狠一砸,转身走了。

酒还挺壮胆儿。

晏致远看着那人走路有些发晃的背影,看着挺文气的一个人,喝点儿酒也能拿块儿砖就开始见义勇为了。

他走到车门旁边,拿扔在车座上的围巾把自己包好了,准备再把后面的货扛出来,一转身,发现那人又走了回来。

"我就没见过你这样的人!"那人指着他。

"那你得谢谢我啊,开眼了吧?"晏致远笑了,打开后备厢,把一个小拖车拿出来放到了地上。打了一架身上暖和了不少,离最后一家要送货的饭店也没多远了,他打算把货拖过去。

那人指着他没说话,指了一会儿之后又转身走了。

"赶紧回家吧,"晏致远把货在拖车上码好,"别在路上睡着了再冻死了。"

"滚!"那人一边走一边吼了一句。

离过年还有两天,老板带着老婆回老家了。

本来过年回老家也挺正常,但连货都没了就很不正常。

晏致远看着跟被人打劫了似的一地狼藉,感觉有些无语。

其实老板两口子人还不错,之前他没找着地方住,老板还让他在店里打地铺,知道他就自己一个人之后,老板娘还给他买了身上穿的这件军大衣,也给他涨过工资,虽然也就一顿饭的钱。

因为这些,他那天才会拎着根钢条跟人干仗,就为了那两箱货不被抢走。

现在脑袋上的伤还贴着纱布呢,老板却拿了他两个半月的工资跑了。

他这会儿都不知道自己的心情什么样了。

他在店里转了一圈儿,厨房里还有些没带走的炊具和油盐酱醋,他看了看,拿一个电饭锅,再把窗户外头漏收了的一挂腊肠放到了锅里。

拿着锅往外走的时候,碰到了房东。

"哎!"房东指着他手里的锅,"放下!这屋里的东西现在都归我了!"

"他们欠你房租了?"晏致远问。

"房租倒是没欠……"房东的话没说完就被他打断了。

"让开,"晏致远看着房东,"他们欠我仨月工钱。"

他的脸色应该不怎么好看,房东犹豫了一下,让到了一边,他拿着锅走了出去。

回过神儿来之后还是挺郁闷的,手头没多少钱了,就算他一个人没年可

一个钢镚儿/3
A COIN

过,也撑不了几天,过年这会儿还不好找活儿干。

晏致远坐在自己屋里,看着外面飘落的雪花,叹了一口气。

不过好歹还有个地方住,虽然取暖就靠个小炉子。

也不错了。

他站起来,往军大衣内袋里摸了摸,这一小叠钱,就是现在他的全部家当了。

他把衣服扣子扣好,心想出去吃一顿庆祝一下吧。

租房的这条街上,唯一还经营的就是前面的哥儿俩好了,老板是个大叔,手艺不错,菜的分量也足,他只要手头有钱,一星期起码得去吃个两三次的。

今天这就算手头有钱。

他掀开了哥儿俩好的棉帘子。

"小晏来啦。"大叔正好从厨房出来,看到他笑着打了个招呼。

"今天这么多人?"晏致远看了看,店里本来也没多大,放了四五张桌子,这会儿每桌都有人。

"没事儿,"大叔指了指靠里的那张桌子,"那个小伙子,估计快吃完了,你跟他拼个桌吧,他就一个人。"

"行吧。"晏致远点点头。

走到桌子旁边的时候,这个人抬起了头。

四目相对的时候,他俩都愣住了。

晏致远记人脸的能力相当强,就这人头还没全抬起来的时候,他就已经认出来了,这是之前见义勇为还没捞着他一声谢谢的那位。

"我去,"这人看着他,"又是你?"

"喝不少啊,"晏致远坐到了他对面,看了看桌上的酒瓶,"喝完了是不是又上街抢砖头去啊?"

"我跟你说,"这人指着他,"你今儿就在这儿待着别走了,要不你出了这个门,我就拿砖头抢你!"

"我跟你说,"晏致远一边摘掉帽子围巾一边冲他笑了笑,"你再指着我,我现在就把手腕给你拧折了。"

这人顿了顿,把指着他的手收了回去,撑在桌上:"呸。"

大叔拿了壶热茶过来:"吃什么?"

"大盘鸡,大的。"晏致远说。

"好嘞,"大叔点点头,"你也喝点儿吧?"

"嗯,"晏致远想了想,"就你们家那个米酒吧。"

"等着。"大叔拍了拍他的肩,转身走了。

"他家还有米酒?"对面那位看着他,"好喝吗?"

"不好喝,"晏致远说,"但是我喝不收钱。"

对面的喷了一声,靠在椅背上不说话了。

这人应该是家里生活还不错的主儿,看衣服就能看出来,看他喝的酒也能知道,哥儿俩好这儿没有,肯定是大叔去旁边哪个店帮他买来的。

只是不知道这么一个看着家庭不错,长得也挺文气,跟个大学生似的人,怎么会在这儿喝酒,而且两次碰上,都是奔着喝醉去的。

所以说啊,这世界上的人一个个也就看个封面,封底还没个简介,非得翻开了才能知道是什么故事。

大叔把一瓶米酒和大盘鸡端过来放到了桌上,晏致远拿了个杯子正要倒酒,对面的把自己的杯子放到了他面前:"我喝一口。"

"你谁啊我让你喝一口?"晏致远看着他。

"我叫崔逸,"对面的说,"倒酒。"

晏致远盯着这个崔逸看了一会儿,往他伸过来的杯子里倒了一杯米酒。

"谢谢。"崔逸拿过杯子喝了一口,半杯酒没了。

"你口渴啊?"晏致远说。

"心里渴。"崔逸说。

"那你心里饿吗?"晏致远说,"你心里要还饿,就再吃几口。"

崔逸抬起头,看了他一会儿,把杯子往前一递:"磕一个。"

晏致远跟他碰了个杯,喝了一口米酒。

"真难喝啊,"崔逸把一杯米酒全喝光了,"这破酒……再来一杯吧。"

晏致远给他又倒了一杯。

崔逸每喝一口都要感慨一句米酒难喝,但是一口也没少喝。老板拿了两瓶过来,起码让他喝掉了一瓶。

大盘鸡也让他吃了不少,就仿佛之前桌上被他吃空的俩盘子是个幻象。

晏致远也没说什么,他要个大盘的就是准备俩人一块儿吃的。

这个崔逸肯定是碰上了什么大事儿了。心里有事儿的人,特别是这种没什么心眼儿,一看就是挺好的家庭里养出来的挺单纯的孩子,基本就把"我有心事"写在脸上了。

吃完饭晏致远叫了大叔过来结了账。
"你看看,拼桌挺好吧?"大叔笑着说,"吃个饭还交了个朋友。"
晏致远笑了笑没说话,起身走出了哥儿俩好,也没管还趴桌上不知道是醒着还是睡着了的崔逸。
但走了没几步,身后传来了脚步声。
他回过头,看到崔逸有些跟跄地跟了过来。
"干吗?"他问。
"按说刚才我应该出点儿钱,"崔逸说,"但是我身上实在是没钱了。"
"没事儿,"晏致远挥挥手,"没多少。"
"你给我留个地址,"崔逸说,"我过两天把钱给你拿过去,看你这样子应该也不是什么有钱人,这顿也不少钱呢。"
"不用。"晏致远说,"行了你走吧,别跟我这儿客气了。"
"谢谢。"崔逸说。

晏致远没理他,转身走了。
谢谢。
就这一顿饭,崔逸跟他说了两回谢谢。
说实话,就他每天混日子的世界里,一年到头加一块儿也未必能听到两回谢谢。
走了一段,他忍不住回头看了一眼。
崔逸已经不见了。
他叹了口气,转身继续往前走,走了两步又猛地停下了,再回过头,盯着前面拐角的阴影看了好半天。
然后转身跑了过去。
果然看到了崔逸正脸冲下趴在墙角的雪堆上。
"哎!"晏致远拽着他胳膊把他翻了个身。
崔逸哼了一声就没动静了。

米酒后劲儿大,像崔逸这种没喝惯的人,一瓶下去,那就是说倒就倒,一点儿价不讲的。

番/外 2

晏致远觉得自己总的来说，还是个挺好的人。

他本来可以把崔逸背到旁边派出所扔下就行，但他却把这个死沉的人给背回了家，扔在了他的破床上。

崔逸一直睡到后半夜才醒，睁开眼睛之后就瞪着他，好像半天都回不过神来。

"连句感谢都没有啊？"晏致远说。

"谢什么？"崔逸说。

"噗。"晏致远笑了起来。

番外 3

Extra 3

大好的周末，老爸去谈生意，老妈跟几个姐妹花约了在家喝茶顺便比美，周春阳躺在床上无聊地看着手机。

平时一块儿玩游戏的几个人都没在线，他一个人玩着也没什么意思，就瞪眼看着初中的同学群里一帮人聊天儿。

不知道怎么就聊到要聚会了。

一说聚会，立马就又蹦出来不少人，说是挺久没见了，也不知道都怎么样了，应该聚一聚什么的。

很久没见了吗？

周春阳没什么感觉，也许是他记忆力太好了，这些同学他感觉都好像昨天才见过面，完全没什么"挺久"的错觉，他甚至觉得离他跟初一在晏航他们餐厅"谈判"也是昨天刚发生的。

大概是太寂寞了，日子一天天都过得一个样，所以跟没过似的。

唯一的新鲜事也就是到新学校之后碰上个晏航，结果还因为初一不允许而什么也没干成。

这日子过的，多可怜啊。

李霖去不去啊？

周春阳没有去同学聚会的兴趣，本来打算放下手机去开电脑的，看到李霖的名字时，他又停下了，继续看着手机屏幕。

都有谁去？

李霖问了一句。

现在说话的这些都去。

没说话的呢？

李霖又问。

周春阳笑了笑，他差不多能知道李霖是在问谁。

没说话的也没几个了吧，还谁没说话啊？

一个钢镚儿 /3
A COIN

@周春阳。
班长圈了他一下。

班长是他同学,一个非常老实的老实人,只要不真的惹毛他,平时怎么欺负都行。
周春阳跟他同桌了两年,一直也没觉得班长有什么过人之处,这会儿看到班长圈他,他才突然觉得班长还是很可爱的。
他没有回话,拿着手机美滋滋地点了一根烟。
群主出来发了个公告,几个一直没说话的人出来了,表示都去。
过了差不多能有二十分钟,周春阳才在手机上打了几个字发了出去。
聚会啊?什么时间?
几个人报了个初步确定的时间给他。
我到时看看吧,不确定,要是能去我就去。
大家都纷纷要求他去,还有几个说去的时候顺路过来叫他。
周春阳也没细看,就盯着等李霖的名字出现。
但这家伙自打班长圈完他之后,就再也没有说过话了,也不知道是在窥屏还是走开了。
而且这一沉默,就直接沉默了好几天。
不过周春阳并不着急,反正他也好几天没冒过泡。

班长打电话过来的时候,周春阳因为在房间里抽烟被老妈劈头盖脸拿本杂志追着打,从卧室打到一楼客厅,又从客厅打回二楼卧室。
"我接个电话,我接个电话,"周春阳一边拿手机出来一边抬手挡着老妈的杂志攻击,"我接完了你再继续。"
老妈没理他,又往他身上打了两下,转身走了。
"喂?班长。"周春阳接起了电话。
"你是不是忙啊?"班长问。
"还行,"周春阳说,"什么事?"
"还能什么事啊,你明天能去吧?"班长问。
能去,当然能去,李霖要是能去他肯定会去,但是现在他不知道李霖去不去……
"我……应该能去。"他说。

他去不去肯定不能以李霖为标准,这要让李霖觉察到了,自己岂不是很没面子?

"别应该啊,确定一下吧!"班长说,"我要订桌呢,得确定人数。"

"哦,能去,"周春阳啧了一声,又很自然地问了一句,"去的人多吗?"

"基本上都去,"班长说,"我一个一个打电话确认的。"

基本。

基本这个词相当玄妙,十个里有九个去,就叫基本了,可这一个,万一正好是李霖,那这个聚会对于他来说,就没什么意思了。

唉。

李霖是初二转学到他们班上的,跟他差不多一直坐前后桌,初二初三两年,最远范围也就是一条走道而已。

关系就挺普通,还不如他跟班长。

不过他对李霖挺关注的,因为他上自习课的时候拿着手机看小漫画被李霖看到过。

其实谁看到他都无所谓,老爸老妈没看到就行,只是李霖当时的反应跟别人不太一样。

只是看了他一眼,眼神里连诧异都没有。

太平静了。

他觉得李霖可能跟他一样。

而且这人对他也同样关注,还自认为没被发现。

但他俩两年时间里却始终只是偶尔说句话的普通同学关系而已,周春阳没想过要跟他有点儿什么。

如果不是初一,他毕业之后估计都不会再跟李霖有什么来往了。

现在再看到李霖的名字时,他突然就感觉不太一样了。

他跟班长打完电话之后,点进李霖的相册看了看。

这人朋友圈发得不少,但是很少有自拍,拍吃的比较多,而且毫无美感,方便面都拍,拍完还配上字:方便面。

周春阳推测他朋友圈里估计有智商方面不太拿手的人。

同学聚会的饭店是班长订的,离周春阳家不远,打车五分钟就到。

六点开始,五点半的时候老妈就来敲门了:"你别迟到啊!"

"同学聚会,迟到就迟到了。"周春阳说。

"你以为迟个到你就能万众瞩目了吗?"老妈说,"都是老同学,看你看了三年了都。"

"……那我也不能现在出门儿啊,"周春阳说,"我这会儿出门,到那儿肯定除了班长就是我了,显得我多缺这顿饭似的。"

其实是衣服还没挑好。

不管李霖今天会不会去,他都是挺注意形象的人。

再说以他向来敏锐的第六感来判断,李霖应该会去。

他的判断还是很正确的,李霖不仅来了,而且到得比他早。

他进了包厢的时候,李霖已经坐在包厢里跟几个同学聊着了。

"春阳来了,"有人说了一句,"还怕你不来呢!"

"我为什么不来?"周春阳笑了笑。

"春阳没什么变化啊。"班长走过来拍了拍他的肩。

"还行,"周春阳点点头,"没老。"

一帮人都笑了起来。

周春阳往李霖那边看了一眼,跟李霖的目光对上了,他笑了笑。

李霖也笑了笑。

正在他考虑要不要坐到李霖旁边的位置上时,李霖已经转开了头,跟别人继续聊天儿了。

哎,我去你大爷!

周春阳坐到了班长旁边。

也许这是初中毕业之后的第一次聚会,虽然间隔时间挺短,但高中的各种新鲜事儿还是急于要分享的,一个个聊得热火朝天。

周春阳一般都是听,偶尔说几句,再说他们学校也没什么可说的,每天对着一堆汽车配件,他也没兴致说。

李霖上的是市里的重点高中,他们班成绩特别垃圾,李霖上重点高中一个个的都过来打听。

"美女多吗?女学霸很有魅力啊。"有人感叹。

"没注意。"李霖笑了笑。

这个回答非常有意思了,周春阳看了他一眼,又一次跟李霖的目光对上了。

所以周春阳会觉得李霖一直关注他,就是因为他看李霖十次,有八次能四目相对的。

"哎,春阳你们呢?"又有人问。

"你问屁话呢?"周春阳说。

"你们学校没美女?"班长问。

"他们专业没女的吧。"李霖说。

"什么专业啊?"

"汽修。"李霖说。

"嗯,"周春阳喝了口茶,"一个女的都没有。"

"挺好。"李霖笑了笑。

周春阳看着他,李霖嘴角的笑还在,看上去也没有收起来的意思,于是周春阳也笑了笑。

李霖看上去跟原来没什么变化,但周春阳又还是觉得他跟以前不同了,说不上来什么感觉。

反正以前他不会吃一顿饭的时间里看李霖看七八十眼的,没这么大吸引力。

今天这顿饭他都没怎么吃,耳朵里听着同学聊,眼睛时不时就会不受控制地往李霖那边看过去。

偏偏每次都能发现李霖在看他。

但除了说专业那次,别的时间里李霖都会转开头,跟别人聊。

这让周春阳有点儿不爽。

这每次看过去视线都能对上,起码说明他看自己的时间比自己看他的时间多得多,还有脸装若无其事?

饭局快结束的时候,一帮喝了点儿啤酒兴奋起来的人开始站起来在几个桌子之间来回溜达着诉说衷肠。

李霖也站了起来。

这回周春阳控制好了自己的视线,坐在自己位置上头都没偏一下。

但意外的是李霖直接一屁股坐到了班长走开之后空出来的那个椅子上,他转过头,看着李霖。

李霖把椅子往他旁边又拖了拖,拿起他面前的杯子喝了一口啤酒,然后笑了笑:"你还真是没怎么变。"

"就这么点儿时间我也来不及变啊。"周春阳看了一眼自己的杯子。

李霖又站了起来,回原来位置上拿了杯子过来,给自己倒了一杯啤酒,又把周春阳杯子里的啤酒倒满了。

"咱俩喝一杯吧。"他拿起杯子。

周春阳没说话,拿了自己的杯子跟他碰了一下,喝了半杯。

李霖跟着也喝了大半杯,放下杯子的时候顺手抹了一下嘴。

"你现在怎么样?"李霖问,"刚也没听你说。"

"就那样吧,"周春阳说,"本来也没什么可说的。"

"哦。"李霖笑了笑,"我看你朋友圈还挺有意思的。"

周春阳没说话。

"虽然专业没有美女,"李霖说,"但是宿舍有帅哥。"

周春阳转过了头,看着他。

帅哥指的应该是初一。不知道他说这话是什么意思。

没等他再开口,李霖已经走开到别的桌去了。

周春阳回头瞪着他,有种想要把他拎回来揍一顿的冲动。

有种自己被人调戏了的不爽感觉。

不过他没有表现出来,继续边喝边跟别的人聊天儿,只是没再往李霖那边看。

吃完饭大家一块儿站在饭店门口,有继续聊的,有忙着安排送酒量不行,几瓶啤酒下去脚底就打飘了的同学回家的,还有方向相同约着一块儿走的。

"走吗?"周春阳走到李霖身边问了一句。

"嗯?"李霖看了他一眼,"走。"

周春阳偏了偏头,转身顺着路走了,李霖在后头跟几个同学说了一声,跟了上来。

"你没喝高吧?"周春阳问。

"没,"李霖说,"我也没喝多少。"

"哦。"周春阳一边走一边摸了烟出来,点了一根叼着,又看了看他,"你不抽烟是吧?"

"不抽。"李霖笑了笑。

"嗯。"周春阳点点头,没再说话。

外头挺冷的,但他们又吃又聊的刚出来,身上还很暖,这会儿的气氛应该可以说挺舒服的了,暖黄的路灯,路上不太多的行人,旁边商店里传出来的音乐声,还有虽然没喝醉但多少有点儿发晕的两个人。

一路走着,李霖起码有三次转过头想跟他说话,他都偏开了头,看着路边的商店。

最后走到路口,周春阳烟抽完了,在路边的垃圾桶那儿把烟一掐,然后问了一句:"你往哪边儿?"

李霖犹豫了一瞬间之后往右边指了一下:"那边儿。"

"哦。"周春阳笑了笑。

李霖家跟他家不在一个方向,右边是他回家的路,李霖要非从这边走,绕个弯儿倒也能回去……

"我往那边儿。"周春阳往左边一指。

"嗯?"李霖明显愣住了。

"晚安。"周春阳拍拍他的肩,往左边走了。

李霖是什么反应他没看,反正他自己爽了就行。

一直走到前面拐角,他才伸手拦了辆出租车。

上车之后他手机响了几声,拿出来看了一眼,是几个同学在群里骂他不说一声就跑了,让他请客。

我有点儿事走得急,不好意思了,请客没问题,时间地点你们定。

你是不是还有一局要赶啊?

有人问了一句。

周春阳笑了笑,在手机上飞快地戳了几下。

是,还约了人。

发完消息他把手机放回兜里,愉快地伸了个懒腰,经过之前他扔下李霖的路口时,他往外看了一眼。

李霖已经没在路口了。

他又伸了个懒腰,心想让你嘚瑟。

手机在兜里又响了一声,周春阳慢吞吞地拿出来看了一眼,是李霖发过来的消息。

就两个字。

晚安。

神经病。周春阳没有回复,把手机往兜儿里一塞。

接下去的几天,李霖都没再有什么动静,朋友圈倒是跟平常一样,发点儿毫无美感的食物。

出于对李霖拍照水平和拍照内容的鄙视,周春阳在实训室拍了张脏兮兮的滤清器发了朋友圈,还配了两个字。

戚风。

一大帮人给他评论问他是不是饿疯了。

让周春阳有点儿小意外的是,李霖居然看懂了他的意思。

第二天李霖又发了一张甜甜圈的照片,配字是轮胎。

周春阳给他点了个赞。

点完赞没到半小时,李霖给他发了条消息过来。

吃吗?

周春阳莫名其妙地回了一个问号。

李霖把他发在朋友圈的那张滤清器的图发了过来。

周春阳笑了。

你想吃我请你,管饱。

请你吃甜甜圈吧。

周春阳看着这条消息愣了愣。

明天有时间吗?

李霖又发了一条过来。

周春阳盯着两条消息看了半天,想解读一下这里头的意思,是李霖想要表达什么,还是想要报复那天被他扔在路口的事?

这会儿他还真不敢轻易回答去还是不去了。

春阳?

李霖发了第三条消息过来。

行。

周春阳立马给他回了一条。

就冲春阳这两个字。

别人叫他春阳，他没什么感觉，老爸老妈亲戚朋友同学，所有的人都叫他春阳，但不知道为什么，李霖这声，都没叫出声，只是打了两个字，他猛地就觉得很奇特。

出于谨慎，周春阳迟到了五分钟才到了约好的地点，而且到了地方也没急着下车，而是坐在出租车上先往外看了看，看到了正站在路边玩手机的李霖时，才打开车门下了车。

"不好意思，"他走到李霖面前，"过来的时候有点儿堵。"

"没事儿，"李霖笑笑，"我刚到。"

李霖看着就是个好学生，但只要一笑，就不那么好学生了，哪怕有颗虎牙，也遮掩不住这人的阴险。

……阴险不太准确。

狡诈？

邪恶？

没好好上学就是费劲，找个形容词都半天找不出来。

"在外头晒晒太阳吧？"李霖带他进了一家小店。

"随便。"周春阳说。

"今天风不大，"李霖穿过小店，走到了靠海那边的木廊上，"我平时过来都喜欢在外头待着。"

"每次都请人吃甜甜圈吗？"周春阳问。

"没，"李霖走到靠边的一个桌子前坐下了，伸长腿冲他笑了笑，"平时都一个人过来。"

"哦，一个人啊，思考人生吗？"周春阳犹豫着是坐他对面还是坐他旁边。

"写作业，"李霖用脚把他旁边的椅子从桌子下面推了出来，"你是不是从来不一个人出来？"

周春阳坐了下去，靠着椅背看了看前面的帆船："我不喜欢一个人。"

"两个人呢？"李霖笑着问。

"看是谁了。"周春阳看了他一眼。

一个钢镚儿 /3
A COIN

服务员走了过来，李霖点了甜甜圈和热牛奶，周春阳点了戚风和热可可。

服务员把他们点的东西送过来，李霖把甜甜圈放到他面前，把戚风拿了过去，然后再把他的热可可往牛奶里倒了一点儿。

"你有抢别人东西喝的习惯吗？"周春阳忍不住问了一句。

"看抢谁的了。"李霖笑着喝了一口牛奶，转头看着海面。

周春阳也盯着海面看了一会儿，换了个话题："你发朋友圈的时候是不是有人拿枪指着你，不发就一枪崩了你？"

李霖转回头，笑了好半天都没停下来。

"发个方便面还要带注解。"周春阳看着他。

"就是无聊才发的，"李霖笑着说，"光发个图不说点儿什么又觉得不舒服。"

周春阳笑了笑，想说话的时候，手机响了一声。

他拿起来看了一眼，消息是初一发过来的。

挺意外，初一没什么事儿一万年也不会给人发消息，他点开来看了一眼就愣住了。

初一发过来的是张照片。

阳光、海水、木廊，两个正在笑着说话的人。

他和李霖。

"咦？"他迅速转过头往木廊那边看了一眼，果然看到了初一和晏航。

"怎么了？"李霖问。

周春阳对他脸上有些担心的表情非常受用，站起来拍了拍他的肩："等我一会儿，我同学。"

跟晏航和初一说完话往回走的时候，看着坐在阳光里转头往这边看着的李霖，有种说不太清的感觉。

就觉得挺好的，如果是李霖。

但是这想法在他坐下之后就被立马压了下去。

"你们宿舍的那个帅哥啊？"李霖勾了勾嘴角。

"嗯。"周春阳对于李霖能一眼认出初一来并不吃惊，初一长得帅，人也挺酷，狗哥不是白叫的，他吃惊的是自己对于李霖能记得初一有点儿不怎么爽。

就冲这一点,就算他对李霖有点儿什么而李霖对他也有点儿什么,他也打死都不能先开口了。

"那是他朋友吗?"李霖笑着问了一句。

"是。"周春阳点点头。

李霖笑着拿起牛奶喝了一口,笑容意味深长,不知隐藏了什么信息。

番外 4

Extra 4

番/外
4

初一坐在休息区，听几个老师傅聊车，每天休息时间他们都会聊，不过年轻员工里愿意坐这儿听的，大概只有初一。

别的年轻人都到厂子后门抽烟吹牛去了。

初一不爱说话，也不太愿意吹牛，毕竟他身边有真牛的人，晏叔叔要是真吹起来，大白天都能让牛给遮成晚上。

他还挺喜欢听老师傅聊的，他们大多数时间都聊车或者修车的事儿，听着比上课有意思。

"初一是不是想买车来着？"刘师傅问。

"随便想想。"初一笑笑。

"你到时要买车，叫上我，"刘师傅说，"我帮你看看。"

"嗯。"初一点头。

"他要再过两年，水平可不一定比你差。"王师傅笑着说，"这拨年轻人里头，就数他最用心了。"

"那倒是，"刘师傅抽了口烟，"来了这大半年，现在自己弄一台车一点儿问题没有。"

"还是有的，"初一说，"不过不……不明白也不怵，有你们呢。"

"这小子！"王师傅听着很受用，拍了拍他的肩。

聊了一会儿有车送过来，初一起身过去准备干活，被正好过来的主管叫住了。

"初一，正好找你，"主管招招手，"来一下，我有点儿事问问你。"

"好。"初一跟着主管进了旁边的办公室。

虽然已经在这儿干了一年了，所有的同事领导对他的表现都是点头的，但初一每次被单独叫进办公室时，都还是会紧张。

总觉得是不是自己哪儿没做好，或者是谁在背后说了他什么不好，领导要找他麻烦了。

就像晏航说的，他这毛病大概这辈子也好不了了。

"是这样的,"主管给他倒了杯水,"今天有个你们学校的学生过来应聘汽修,你也知道,一般你们学校的学生过来,都是有教师推荐的,去年你们三个过来,都是王老师推荐的。"

"嗯。"初一点点头。

"今天这个同学,之前在车之道,现在想过来,我跟他聊了一下,专业还是不错的,"主管说,"但是没有推荐,我就想问问,你认不认识这个同学?"

"我们这……这届的我差……不多都认识。"初一说。

"这个同学叫苏斌。"主管说。

初一看着主管,有些吃惊:"苏斌?"

"对,是你同学吧?"主管问。

"一个宿舍的。"初一说。

苏斌之前在车之道,这事儿他们还真没人知道,还真是你不知道,我不知道,只有车知道了……不过也就这会儿初一才猛地反应过来,苏斌为什么会知道他打李逍的事儿,应该是在那儿有认识的人。

"他怎么样?"主管问。

初一没有马上回答,他们汽修厂挺牛的,进人不容易,他们这种新人,都得靠推荐,他的回答直接就能影响到苏斌能不能进厂。

其实他的回答并不需要考虑,苏斌当然别想进厂,无论他专业有多强,那种性格,进来了就是个麻烦,特别是如果他给了苏斌肯定的回答,以后苏斌弄出任何事情来,都会算到他这个"推荐人"的头上。

以前他不会想这么多、这么远,大概是跟晏航待久了,就学会想事儿了。

他现在要考虑的是怎么说出这个否定答案来。

不过他在说话方面的道行比起晏航来还是太浅,就这么几秒钟时间里,他也实在想不出什么特别完美的说法。

于是还是用了自己的表达方式。

"他来,我就走。"初一说。

主管愣了愣,看着他:"有矛盾?"

"有。"初一点点头。

"私人矛盾还是……别的什么问题?"主管问。

"人品。"初一说。

"哦,"主管想了想,拍拍他的胳膊,"我知道了,你先去忙吧。"

"嗯。"初一转身出了办公室。

爽!

非常爽!

虽然那事儿已经过了很久,他也早就不再放在心上,苏斌也并没有对他造成什么影响,但刚才告"黑状"的时候,他还是觉得很爽。

狗哥报仇,十年不晚!

不过等到晚上下了班到家,他又有点儿不踏实。

在厨房里一直跟着晏航转悠:"主管会……不会觉得我人……品不好?"

"不会。"晏航一边切菜一边说。

"会不会觉……觉得我有什……么阴谋?"他又问。

"不会。"晏航回答。

"那会……"他想继续问,晏航转过身,把刀背压在了他嘴上,他停止了说话,对眼儿看着刀。

"不会不会不会不会,"晏航说,"你去了那么久,每天埋头做事,从来没抱怨过也没出过错,所有人对你的评价都是老实认真,对不对?"

"嗯。"初一应了一声。

"你也没有多说苏斌有什么问题,没有添油加醋各种描述,"晏航看着他,"你就说了因为他的人品问题,你俩有矛盾,对不对?"

"嗯。"初一继续应着。

"所以不会不会不会不会不会,"晏航拿开了刀,"这事儿别再琢磨了,要不一会儿就把你嘴贴上。"

"好。"初一笑了笑。

晏叔叔正坐在客厅里等饭吃,手里拿着纸笔在沙发上坐着,写写画画的。

这阵儿他琢磨着要开个小店,让崔逸给他投资,崔逸说投资可以,但是要他写个可行性报告。

本来以为晏叔叔不会接受这样的要求,但没想到他并没拒绝,开始每天拿着纸笔来回写着,写好几天了。

也不知道写出什么来了没有。

晏叔叔没上过学,但是看了不少书,虽说每天都拧着眉,可也一直在写,这一点让初一非常好奇，特别想看看晏叔叔到底写了什么。

别说可行性报告这种听着都高级的东西，他年终的工作汇报都写不出来，还是让文盲晏航帮他写的。

"怎么样了？"晏航做好饭端出来的时候问了一句。

"今天晚上可以交给他了，"晏叔叔点点头，"虽然字儿不多，但是内容还是很全面的，你要有空的话就帮我再翻译一份英文的给他。"

"……你俩玩你俩的，"晏航说，"就别拽着我了，我这一天天的忙成狗。"

晏叔叔看了一眼初一。

"我翻译？"初一问。

"你翻译个屁，你给我翻份拼音的吗？"晏叔叔说，"他说他忙成狗了，我就看看狗是不是很忙。"

"忙。"初一诚恳地点头。

"那就只给个中文版的吧，"晏叔叔说，"一会儿去门口那个文印店给他发个传真。"

"什么？"晏航转头看着他。

"正式一些嘛，"晏叔叔说，"我也没电子版的，要不可以给他发个邮件……不过传真也行，我还画了我司的标志。"

"你是真的想开店吗？"晏航问。

"是。"晏叔叔点头。

"……行吧，"晏航坐到桌子旁边，"吃饭。"

吃完饭晏叔叔还真的就去小区门口的文印店发传真去了。

"他写……写了什么啊？"初一问，"你看了吗？"

"没看着，"晏航说，"就扫了一眼，统共两页纸，字写得跟一块钱那么大，能写出什么玩意儿来？我感觉他俩就是闲的。"

"崔叔不……不闲啊。"初一说。

"他是不闲，他那么忙，总得给自己找点儿乐子，"晏航说，"看看文盲写的可行性报告啊，跟文盲抢花盆儿啊，约个人啊……"

"……你，"初一拍了拍晏航的手，"行了。"

晏叔叔的"可行性报告"效果非常好，昨天把传真发到崔逸办公室，今天

番/外 4

一下班崔逸就拿着传真件过来了。

"晏致远呢？"崔逸进门就问。

"一会儿才过来，"晏航说，"饭没做好不过来。崔叔今天在这儿吃吧？"

"行。"崔逸往沙发上一坐。

坐了没几分钟，晏叔叔就过来了。

初一给他开了门，他进门一看到崔逸，立马转身就往外走："哎，老崔怎么在这儿……"

"平时看着挺不要脸的一个人，"崔逸冲着门，"这会儿怎么突然就跑了啊？"

"你来蹭饭了？"晏叔叔又走了回来。

"聊你那个可行性报告。"崔逸从兜里掏出了两张纸。

"怎么样？"晏叔叔往椅子上一坐，笑了笑。

"亲爱的崔律师你好，"崔逸对着纸开始念，"今天的天气不错啊。"

晏航坐在飘窗上笑得不行，初一听得还挺认真："这是写……写信啊？"

"你给我二十万，"崔逸继续念，"我就能开个店，这个店肯定能赚钱，不管赚了多少钱，我都分你一半。"

"是不是特别真诚？"晏叔叔问。

"是。"初一点点头。

"如果以后干不下去了，"崔逸看了他俩一眼，"我就把两个儿子抵给你，他俩工作还不错，以后估计能挣不少，你可以收走他们的工资卡……"

"我去！"晏航笑得倒在了飘窗上，"亲爹啊这是。"

初一叹了口气。

崔逸把"报告"念完了，挺短的，因为晏叔叔的字儿写得一个赛一个的大，最后还隔得老远地写上了"此致敬礼"，并且带个落款，还在纸的左上角和右下角都画了个标志。

根据这个标志跟晏航脖子上那个勾手指吊坠的雷同程度，基本可以判断这个标志直接用的就是当初的"设计图"。

"行吗？"晏叔叔问。

"行。"崔逸点了点头，从兜里拿了张卡出来放到了桌上，"二十万，俩儿子暂时归我，然后按每月分红分批返还。"

"谢了。"晏叔叔拿过了卡放到兜儿里。

晏叔叔这个报告是抽疯,但开店的事儿不是抽疯,吃完饭他跟崔逸就去了阳台,聊了挺长时间。

"开什么店啊?"初一问。

"没跟我说过,"晏航说,"不过我差不多能猜到吧,他一直想开个书店。"

"书店?"初一愣住了。

说实话,晏叔叔整个人的气场,就跟书店完全不挨着。

"嗯,"晏航笑了笑,"我爸挺喜欢看书的,书看得也不少,比我看得多,没上过学还知道晏殊七个儿子呢。"

"也是。"初一点头。

"估计还想弄得有情调点儿吧,"晏航说,"我爸这人,骨子里挺浪漫的。"

"你也是。"初一说。

"跟你比的确是,"晏航看了他一眼,"反正我不会总送人老头儿款保温杯。"

初一笑了起来:"我就送……送了你一个。"

"用到现在呢,"晏航叹气,"上班的时候拿着,同事跟我都有代沟了。"

"买个奶瓶……给你。"初一说。

"去买。"晏航啧了一声。

"明……明天……"初一说了一半,手机响了,他跳下飘窗,过去把手机拿起来看了看,"春阳。"

"周春阳!"晏航瞪了他一眼。

"喂,春阳?"初一接起电话。

"周春阳!"晏航又喊了一声。

"晏航跟我打招呼呢?"周春阳在电话里问。

"他想打……你呢,"初一说,"有事儿?"

"403聚会,"周春阳说,"大小强他们周末过来,外地的不许带家属,本地的都可以带。"

"我家……家属要上班,"初一看了晏航一眼,"他周末没休……休息。"

"去他们店里吃。"周春阳说。

"说去你……你们那儿吃。"初一回头跟晏航说了一句。

"想得美。"晏航很干脆地回答。

"想得美。"初一对着话筒重复了一遍。

"不用重复,"周春阳笑了起来,"我听到了,那就这么说定了,周末去晏航他们那儿吃,六点准时到,吃完再去撸串儿。"

"好。"初一应着,想了想又问了一句,"你带家……属吗?"

"我没家属。"周春阳说。

403这几个人,差不多两个月就要聚会一次。

除了大小强之外,宿舍几个人都留在了市里,不过大小强上班的地方离得很近,坐班车一个多小时能过来。

每次聚会其实也就是吃吃吃,连唱歌都去得少,基本就是先吃晚饭,吃完了以后顺着街溜达一会儿,然后撸串儿到深夜。

"你去吗?"初一问晏航。

晏航现在在店里算是老资格的员工,不用再每天都站在台子那儿了,一周顶多两天,别的时间他都给店里新员工培训,或者跟着他们老大去别的地方取经,老客户要想吃他做的东西都得预约。

"去呗,"晏航说,"反正也没什么事儿。"

"给做吃的吗?"初一问。

"不给,"晏航说,"不是上班时间只给自己家里人做吃的。"

"我们已……已经被抵……押给崔……叔了。"初一说。

晏航笑了半天:"那老崔要是愿意,天天过来吃就行。"

聚会这天晏航让店里给他们在二楼拼了两个卡座的大桌,初一和晏航是到得最早的,坐在卡座那儿看着店里的人。

每一个经过的服务员都会冲晏航很有礼貌叫一声航哥,这感觉实在是太美妙了,就像是山大王带着压寨夫人……不对,就像山大王带着狗……巡山……

初一叹了口气。

"怎么了?"晏航问。

"没。"初一笑了笑。

晏航没说话,盯着他看了一会儿,伸手在他脑门儿上摸了摸。

初一笑着拍开了他的手,看到楼下店门被推开,李霖走了进来,身后没有看到周春阳。

一个钢镚儿/3
A COIN

"李……李霖一……一个人来的?"初一说,扒着栏杆冲下面挥了挥手,李霖笑了笑,走了上来。

李霖跟他俩打了个招呼,坐了下来:"我以为我迟到了呢。"

"你是迟到了,"晏航看了看时间,"只是他们迟得更厉害。"

"你没……没跟春阳一……块儿来?"初一问。

"他说不顺路,"李霖说,"我就自己过来了……他没准儿来不了呢。"

"……哦。"初一喝了口茶。

真神奇啊。

李霖来了没多大一会儿,宿舍的几个人就都来了,隔不了俩月就要见一次面的一帮人,见了面连招呼都懒得打了,坐下就开始聊。

周春阳是最后一个到的,进来的时候脸上表情有点儿郁闷。

"车撞了一下。"他坐下喝了口红酒。

李霖立马坐直了,转头看着他。

"我没事儿。"他看了李霖一眼。

李霖没说话,又靠回了椅子上。

"撞着别人了没?"胡彪问。

"没,"周春阳皱了皱眉,"我都不想说,我撞停车场柱子上了。"

李霖没忍住笑出了声,一帮人跟着全乐了。

"你开车挺长时间了啊,"晏航笑着说,"怎么还能撞柱子?"

"不知道,"周春阳说,"是不是轮距没调好……"

"轮距跟撞……柱子没关系,"初一说,"你上的是隔……隔壁幼教吗?"

几个人乐得停不下来。

"初一,"周春阳看着他,"咱俩还是不是哥们儿了啊?"

"是。"初一点点头,向他伸出了手。

周春阳伸手跟他握了握。

"轮距没……调好所以撞……撞了柱子,"初一说,"明天你车开……我们那儿去,我给你……看看。"

"好。"周春阳点头。

这次聚会说是都带家属,但实际上这帮人差不多都是单身状态,分的分,追的追不着,特别令人唏嘘。

番/外 4

所以吃完之后在街上闲逛了没多大一会儿,就唧嗻着要去撸串儿了。

"走。"胡彪一挥手。

一帮人往烧烤店走的时候,初一和晏航走在最后头,他俩要蹭着肩膀走,就不走在前头了。

初一瞪着前面的周春阳和李霖,这会儿刚开春,都穿得还挺多的,他好半天才看到了这俩人左手上的确都有一条黑色和银色相间的手链。

手链还挺好看的。

"李霖手上还有个戒指。"晏航又小声说。

"戒指是光……光圈儿的啊。"初一说,他倒是看到李霖的左手食指上有个戒指了。

"手心那边是个C。"晏航说。

初一有些吃惊地转过头看着他:"你怎么看……到的?"

"我看人从来都是一眼就从头到脚全看完了,"晏航说,"习惯性观察,我平时看客人也得这么看,刚认识你不到一个月我就知道你后腰靠下有颗痣。"

"有吗?"初一震惊了,伸手往自己后腰摸了摸,"我都不……不知道!"

初一笑了半天,他长这么大,还真不知道自己后腰有颗痣。

但是晏航知道。

这么一想,就觉得很奇妙。

"咱俩也……也去……"他往晏航耳边凑了凑,小声说,"弄那种手……链吧?"

"那样的吗?"晏航看了看前面。

"嗯。"初一应着。

"狗子,"晏航把胳膊往他肩上一搭,"你是想跟周春阳戴一样的呢?还是想跟李霖戴一样的啊?"

"……算了。"初一啧了一声。

晏航笑了半天,叹了口气:"再刻个字吧。"

"嗯,"初一想了想,"刻什么?"

"你的就刻狗子,"晏航说,"我的就刻……铲屎官。"

很好。初一点点头。

番外 5

Extra 5

手机响的时候，初一正坐在休息区，拿着他的保温杯慢慢喝着茶，感觉自己像是个得道老神仙。

可惜还没好好体会一下就被打断了。

他拿出手机看了一眼，是老爸的电话。

老爸现在在一家海产品公司开车，收入还可以，就是有点儿累，老爸是个胆儿小的老实人，有活儿叫他干从来不推辞，跟以前一样，别人不愿意去的，都叫他，一直被老妈和姥姥骂窝囊。

不过初一觉得也行了，无论这个班是怎么上的，老爸现在过得还算是挺稳定。

只是跟老爸的联系一直也不算多，他跟老爸说了和晏航的事之后，老爸有一年多时间没有联系过他，去年才开始给他打电话了，但次数也不多。

"喂？"初一接起了电话。

"上着班呢？"老爸问。

"这会儿休……休息着呢。"初一回答。

"我这两天要回去一趟，"老爸说完停了一下，叹了口气，"回去离婚。"

初一愣了愣，过了一会儿才回过神来："我妈找你了？"

"我新换了号码，她给你爷打电话要的我号码，"老爸又叹了口气，"现在你爷奶都知道这事儿了，本来还想不告诉他们的。"

"他们怎……怎么样？"初一马上问。

"还行，"老爸说，"你爷说早晚的事。"

"嗯，"初一应了一声，"我一会儿给……给他们打……个电话。"

"你还回去……看看你妈吗？"老爸问。

初一沉默了几秒钟，咬了咬嘴唇："不了，她也未必想见……见到我。"

"……好吧，"老爸说，"我大概回去个三五天的，手续办完再过来。"

"嗯。"初一应着。

挂掉电话之后,他看着脚边放着的保温杯,杯子有点儿掉漆了,不过刻的字还是很清晰的,航哥的狗子。

他笑了笑,拿起杯子喝了一口。

这是晏航在网上定制的,挑的"老干部"开会赠品款,刻了字,字体挑的也是"老干部"开会赠品专用款。

不过用了一年了,天天拿着上班,休息的时候就坐这儿喝,这杯子上的字儿居然一直也没被别人看到过。

可能是因为太普通了。

就跟这满世界的普通人一样,小小的幸福不一定能被别人看到,大概就是自己走在路上的时候想起来就会笑。

这种小幸福的力量是很强大的,能够让人忽略很多别的不愉快。

比如父母终于要离婚了。

其实离婚这事儿初一没什么感觉,没有不高兴,没有郁闷,也没有松口气,就好像是听到了别人家的八卦。

快下班的时候有人送了车过来,是初一的老客户,一个胖大哥。

"明天吧。"初一说。

"今天晚点儿走嘛,"胖大哥说,"我都过来了。"

"放这儿吧,明天帮……你看,"初一说,"我下班了。"

"先帮我看看?"胖大哥说。

"哪儿不……不对劲了?"初一问。

"转向的时候方向盘特别沉。"胖大哥说。

"胎压看了吗?"初一又问。

"看了,没问题啊。"胖大哥说。

"轮子悬……悬空还沉吗?"初一继续问。

"不知道,我上哪儿让它悬空去!"胖大哥叹了口气。

"那明天帮……你看,"初一说,"得试……半天呢。"

"行吧,"胖大哥看着他,"你估计是哪儿的问题啊?"

"转向器,转向节臂……下摆臂球……球头,"初一说,"都有可能。"

"那麻烦吗?"胖大哥问。

"再麻烦也就换……换点儿东西。"初一笑笑。

帮胖大哥登记好之后，初一就换了衣服下班了。

走出汽修厂大门的时候他还有点儿高兴，现在他也是个有老客户的人了，也是个能让老客户等着的"老"师傅了。

不过平时他肯定会晚走一会儿，先把故障大致排除一下，但是今天他得按时走，今天他和晏航约好了去晏叔叔店里看看。

晏叔叔的确是如晏航所料，弄了个书店，从挑地方到装修到完工，耗时大半年，又要省钱还要精致，总之各种折腾。

书店开业之后他们一直也没去看过，今天晏航休息，才约好了过去，一起吃饭顺便参观一下。

初一有点儿期待，毕竟他跟书一向没什么缘分，除了工作需要会看各种汽修相关的书之外，他连包装盒上的字儿都不太愿意看，现在居然有关系这么近的人开了个书店，他还挺兴奋的。

跟晏航会合之后，他俩打了个车直奔书店。

书店在步行街的一条小巷里，车进不去，只能在路口下车。

"买束花。"初一下了车之后看了看四周。

"干吗？"晏航问。

"总得表……表示一下吧？"初一说，"开业以后第……一次来呢。"

"那还不如买吃的。"晏航说。

初一想了想："行吧。"

于是他俩去步行街最火爆的烧鸡店，买了一只烧鸡，让人给切好了放在了盒子里。

"有蝴蝶结什么的吗？"晏航问店员。

"……没有。"店员有些茫然地看了他俩一眼。

"这个吧，是送礼的。"晏航说。

"这个就是礼盒了。"店员指了指他们手上的盒子，"有些客人是要纸袋装的。"

晏航还想说什么，初一一把他拉走了。

"正常点儿吧！"初一很诚恳地劝他，"谁买烧……烧鸡还扎蝴……蝶结的？"

"也是，"晏航笑着点点头，"一般都是送人钢笔的时候才扎，还得是亮色儿。"

初一看了他一眼。

"特别好看,"晏航凑到他耳边小声说,"我非常喜欢。"

"小可怜儿,"初一叹了口气,"那会儿都没……没收过礼物呢。"

"嗯,"晏航点点头,"小可怜儿还可怜别人呢,礼物还没送就差点儿找不着了。"

"小可怜儿呀,"初一突然唱了起来,"十七八呀,没有礼物,真可怜呀……"

晏航转头看着他,这几年初一什么都有了长足的进步,就这个念经,不仅没进步,感觉还有点儿退步,非常魔性。

"小可怜儿呀,"初一大概以为他对歌词不满,于是迅速地改了词儿,"河边翻呀,礼物丢啦,真可怜呀……"

"多大的人了?"晏航说。

"十四啊。"初一说。

"我问你现在是多大的人了!"晏航瞪了他一眼。

"十四啊。"初一回答。

"你还……"晏航话刚起了个头就被打断了。

"不要啊。"初一说。

"从现在起,"晏航说,"走到店门口,你不要说话,我怕我会打你。"

初一笑了笑,闭紧了嘴点了点头。

老爸的店,他们都没来过,开业的时候想来,但是老爸没让,说没有开业的程序,不放炮也没摆大花篮,并且不打折,就不要来凑热闹了。

不过崔逸还是送了花篮,而且送了二十个,晏航听说的时候很震惊,结果老爸给拍了张照片。

半个手掌大的迷你小花篮,一共二十个,在收银台上摆了两排,不知道崔逸上哪儿定做的,每个花篮都有小飘带,上面还有什么敬贺辞之类的。

虽然没来过,不过店还是很好找的,步行街的一条小巷,巷口挂了个小木牌,上面就一个"书"字,然后画了个箭头往里一指。

转进巷子之后就能看到书店的小门脸儿了。

"外头还不错啊,"晏航看到门脸儿的时候喷了一声,"里面不知道什么样,说是老崔给找了个大学生设计的。"

"嗯。"初一应了一声。

"你可以说话。"晏航说。

"我拍……个照。"初一拿出了手机。

书店好像没有招牌,晏航看了一圈儿也没发现哪儿有字,不过似乎也不需要有什么招牌了,木质带玻璃的门一眼看进去,就能看到门口书架上的书了。

晏航过去推开了门,一阵很小的很细碎的金属碰撞的声音响起来,细而悦耳。

初一跟在他后头,抬头看了看,门边挂着个风铃,上面有很多银色的金属小星星。

店的面积也不大,loft风格的两层,装修也很简单,除了不规则摆放的高高低低的书架之外,就是各种豆袋和坐垫,还有小沙发和可以随意摆放的小桌子。

进了店右转就是收银台,初一看到了正在收银台后头的豆袋上窝着看书的晏叔叔。

平时初一也老看晏航戴个耳机靠飘窗上看书,晏航身上有匪气,不过看书的时候,那种匪气就会被他专注又随意的样子压住,看上去还挺和谐的。

晏叔叔就不同了,晏叔叔身上的江湖气质,是连打盹儿的时候都不会消失的,这会儿靠在豆袋上捧着本书,也会让人觉得他没在看书而是在埋伏,随时有可能从书里抽出一把刀来……

"没生意啊?"晏航转头往店里四处看了一圈儿之后说了一句。

"不怕,"晏叔叔抬眼瞅了瞅他们,"赚不着钱大不了儿子不要了呗。"

晏航喷了一声:"我是捡来的吧?"

"初一是捡来的。"晏叔叔说。

初一笑着过去把烧鸡放到了晏叔叔腿边:"小礼物。"

"烧鸡啊?"晏叔叔打开了盒子,"年轻人就是有想法,开业礼物送只烧鸡。"

"排很长……的队呢!"初一在书架之前转了两圈儿,又上了阁楼,靠着栏杆往下看了看,"感觉很……很舒服啊。"

一个钢镚儿

晏航进了收银台后面的小屋,发现是个小厨房,咖啡机烤箱什么的一应俱全。

"你请人做简餐吗?"晏航问。

"嗯,"老爸点点头,"怎么,你想跳槽吗?"

"不想。"晏航说。

老爸笑了,站起来伸了个懒腰:"这儿感觉怎么样?"

"挺好的,"晏航说,"不是客气话,就是挺舒服的。书都是你挑的吗?"

"嗯,还得补,"老爸说,"老崔给找了不少有意思的书,翻开了能坐得住读下去的。你要有时间就再给我弄个英文的书单,我摆上提高一下水准。"

"行,"晏航走到咖啡机跟前儿,转头看着他,"你喝吗?"

"不喝,喝一上午了,"老爸拿过烧鸡盒子闻了闻,"闻着这个喝咖啡串味儿。"

晏航做了两杯咖啡,拿到了二楼。

初一正坐在个小沙发上,捧着一本图册看着。

"什么书?"晏航问。

"狗,"初一把图册转过来让他看了看,"非常可爱。"

"回去照镜子就行,"晏航坐到了他旁边,跟他挤着,"我家的狗也可爱。"

"最可爱。"初一低头继续翻图册。

"嗯。"晏航把咖啡放到他手边。

"晏叔叔做的?"初一拿起来喝了一口,"不对,是你做……做的。"

"这都能喝出来?"晏航笑了笑。

"嗯,"初一点头,"你做的菜也……也能一口吃……出来。"

晏航没说话,在他脑袋上抓了抓,然后回手从身后的书架上随便抽了一本书。

《神秘岛》。

他在封面上轻轻弹了两下,真巧啊。

他第一次看科幻小说,就是凡尔纳三部曲,他跟着老爸开始四处游荡的第一年,老爸不知道从哪儿弄来的。

那会儿他每天都看,搬家的时候也带着,不过后来就不知道弄哪儿去了,搬来搬去的次数太多,有时候走得急,很多东西就那么消失了。

现在再看到的时候,突然就有些感慨。

他回头又看了一眼书架,果然《格兰特船长的儿女》和《海底两万里》都在,而且封面都跟他当初看的那版一样,书都不是新的,应该是淘来的。

不知道老爸是不是也在怀旧。

晏航看了会儿书,正想下去叫老爸一块儿出去吃饭的时候,老爸给他俩拿了两份隔壁小店的外卖上来。

"我还说出去吃呢。"晏航愣了愣。

"我看店呢,出不去。"老爸说。

"哦,那也行,"晏航点点头,又看了看楼下,"把刚那个……"

"烧鸡我已经吃完了,"老爸摸了摸肚子,"这两份就是给你俩买的。"

"……烧鸡一口都没给我们留?"晏航看着他。

"自己买去,给你们买了饭还想我给你们配只烧鸡啊?"老爸转身下了楼,"不要啃老,都挺大的人了。"

初一靠在沙发里笑了半天。

"太可气了!"晏航打开外卖看了看,是炒面,虽然很香,但是跟烧鸡比起来,就的确挺气人的。

"绝食吧。"初一说。

"饿了,"晏航叹气,拿起餐盒开始吃,"一会儿上哪儿转转吗?"

"就在这儿看……看会儿书吧,"初一说,"我觉得特……特别舒服。"

"你居然会觉得看书特别舒服?"晏航有些吃惊。

"不是,"初一坐起来,又往他身上一靠,"就这……这种感觉。跟你一块儿什……什么也不想,就这么窝……窝着。"

"你是不是碰上什么事儿了?"晏航抱住他的脑袋搓了搓。

"没,"初一闭上眼睛,过了一会儿又睁开了,"对了,我爸明……明天回去离……离婚。"

"你妈回来了?"晏航问。

"嗯,"初一应着,"不知道是……不是有新感……感情了,所以想……起来要离婚了。"

"离就离吧,"晏航说,"不离也没意思了,离完了你爸也能重新找个女朋友了。"

"是啊,"初一把腿架到沙发扶手上,"我都不……不知道他们当初为……什么要结婚。"

"当初还是有感情的啊,"晏航说,"只是这二十多年了,人慢慢变了,感情也就跟着变了。"

初一没说话,抱着那本狗狗书盯着天花板出神。

晏航也没再说别的,拿了餐盒放在他脑门儿上慢慢吃着炒面。

"好吃吗?"初一问,"闻着好……香啊。"

"张嘴。"晏航说。

初一张开了嘴。

晏航夹了一筷子炒面放进他嘴里:"还可以。"

"嗯,"初一嚼了嚼,"你喂我吧。"

"凭什么?"晏航说。

"凭我可爱啊。"初一说。

"抽你啊,厚脸皮。"晏航喷了一声。

"天天说抽……抽我,"初一笑了笑,"一次也没舍……舍得真抽。"

"早晚抽你一顿狠的,"晏航又夹了一筷子面喂到他嘴里,"平时不收拾收拾你,你都不知道是谁罩你。"

"小天哥哥罩……我呢。"初一边吃边说。

"所以不要惹小天哥哥,"晏航说,"惹急了小天哥哥就直播揍狗。"

初一笑了半天:"小姐姐们说你再……再不直播就又……又要过……气了。"

"不会,"晏航夹了一块肉喂给他,"来个狗哥光膀子修车,立马就能爆。"

其实这么躺着等人喂,并不怎么太舒服,老怕呛着,吃的时候要特别小心,不注意还掉一脸面条。

但是初一还是坚持这么躺着,张嘴等晏航喂他。

他和晏航在一块儿时间也挺长了,这样的时候不太多。

有时候他想想又有点儿害怕,如果再过些年,他俩之间还会不会有这样的场景出现。

"晏航,"他看着晏航,"你说……"

"嗯?"晏航应了一声。

"人都会变的是吗？"初一问。

"是啊，"晏航说，"咱俩不都在变吗？变了那么多了呢。"

"那以后还会变吗？"初一又问。

"没谁一辈子都一个样，"晏航拍拍他的脸，"多少都会有点儿改变的，见的东西多了，想的不一样了，人也就有变化了。"

"我不想变了。"初一说。

"为什么？"晏航问。

"我怕我万……万一哪天变……变得讨厌你了，"初一说，"那你多……可怜啊。"

"谁？"晏航问。

"什么谁？"初一愣了愣。

"讨厌我了你跟着谁混去？"晏航问，没等初一回答，他一把抓住了初一的衣领，"周春阳？"

初一一下乐了："什……"

"我真的应该弄他出来打一顿了。"晏航说。

"赶紧打……打吧，"初一笑得不行，"你这愿……愿望都多……少年了，快实现了它吧，我都替你着……着急。"

晏航笑了起来："一会儿你给他打个电话约时间吧。"

初一笑着转头，靠在了沙发里。

"注意点儿啊，"晏航说，"你吃了炒面还没擦嘴。"

初一扯过旁边小桌上的纸巾擦了擦嘴。

"狗子。"晏航说。

"啊。"初一应着。

"你不用担心，"晏航说，"这辈子除了我应该没别的人会理你。"

初一枕着胳膊笑着："我可能是……想多了。"

"是不是因为你爸妈离婚的事儿啊？"晏航问。

"大概吧，"初一说，"刚结……结婚的时候也……也没想过会……过成这……这样吧？"

"你这个思维不对，你老盯着他们看干吗？"晏航说，"你得看看你晏叔叔啊。"

初一没说话,沉默了很长时间才闭了闭眼睛:"还真是。"

"天底下那么多人,"晏航说,"天天被欺负的人也那么多,我就仗义出手了那么一回,就是你。"

初一嘿嘿乐了两声。

"天底下那么多人,"晏航继续轻声说,"你用了一年时间去找其中的一个,就是我。"

"啊。"初一点点头。

"天底下那么多人,"晏航想了想,"我想想词儿啊……"

"我们就……就是最让人羡……羡慕的。"初一说。

晏航喷了一声:"没错,都羡慕得嗷嗷叫。"